21년 역사를 이룬 LG글로벌챌린저만의 특별한 도전기

세계를 꿈꾸며
열정으로 걷다

도전할 수 있는
젊음은 아름답다

LG글로벌챌린저의 특별한 세계 도전기인 《세계를 꿈꾸며 열정으로 걷다》의 출간을 진심으로 축하하며 환영한다. 2010년 《세상의 중심에서 도전을 외치다》, 2011년 《뜨겁게 도전하고, 거침없이 뛰어라》, 2012년 《도전하여 행복했던, 열정으로 뜨거웠던》, 2013년 《세상과 나를 바꿀 최고의 꿈》, 2014년 《꺼내야 열정이고 떠나야 청춘이지》에 이어 여섯 번째로 세상에 나온 챌린저들의 이야기가 가슴을 뛰게 만든다.

1995년 LG 21세기 선발대로 시작한 LG글로벌챌린저가 벌써 21년을 맞이했다. 21년간 꾸준히 대학생들의 사랑을 받아온 LG글로벌챌린저는 대한민국 대표기업 LG가 이끄는 대한민국의 대표적인 해외탐방 프로그램으로 우리 젊은이들이 과감히 세계를 향해 도전하여 대한민국을 전파하고 세계를 포용하며 미래의 글로벌 리더로 성장할 수 있는 큰 밑그림을 그리는 기회를 준다. 또한, 피 끓는 젊은이들이 설레는 가슴을 안고 세계를 향해 마음껏 꿈을 펼칠 수 있는 한마당을 열어 주어 세계 속에서 대한민국을 확인하고 한국 속에 세계를 열어 가는 젊고 싱싱한 미래 잔치이기도 하다.

처음부터 이 행사에 기꺼운 마음으로 참여해 오면서 LG에게 진심으로 고마운 마음을 품어 왔다. 내가 오랜 세월 <먼 나라 이웃나라>를 통해 우리 젊은이들에게 보여주고 싶었던 드넓은 세계와 그 속의 대한민국의 위상을 LG가 현실적으로 가능케 해 주고 있기 때문이다.

선발된 젊은 대원들이 세계를 누비며 몸소 겪고 느끼고 배워 온 정보, 지식과 체험은 우리나라 미래를 위한 소중한 재산이다. 이런 재산은 당사자와 LG만의 것이 아니라 온 국민, 모든 젊은이가 함께 누려야 할 귀중한 공동의 가치이다. 그 동안 이런 가치 있는 보고서들이 널리 공개되어 책으로 엮였으면 하던 바람이 이루어지게 되어 더할 나위 없이 기쁘고 대견하다. 부디 모든 사람에게 글로벌 대한민국의 내일을 열어 갈 소중한 자산이 되기를 기원한다.

매년 뜨거운 축사를 전하며 우리 대한민국의 성공 사례 및 노하우를 세계에 전파하는 '베푸는 글로벌챌린저'가 되었으면 좋겠다는 바람을 보내왔다. 우리나라는 그 어떤 나라보다 단기간에 과학·통신·경제·경영·사회문화 분야에서 무궁한 발전을 거두었고, 원조를 '받던' 나라에서 '주는' 나라로 성장했기 때문이다. 이러한 흐름에 발맞춰 LG는 2015년 LG글로벌챌린저 21년을 맞이하여 국내에서 공부하는 외국인 유학생들에게 대한민국의 선진사례를 탐방할 수 있는 기회를 제공했다. '함께하는 글로벌 챌린징'을 진정으로 실천하게 된 것이다.

도전할 수 있는 젊음은 아름답다.
올 여름 누구보다 뜨겁게 도전했던 LG글로벌챌린저의 열정은 우리 온 대한민국의 자산으로 돌아올 것이다. 여러분의 도전을 사랑한다.

2015년 12월
덕성여자대학교 총장 이 원 복

꿈을
만들어 낼 책

인생을 행복하게 살아가기 위해 영향을 미치는 것이 일, 관계, 놀이, 건강 등일 것입니다. 그 중에서도 20대에게 가장 중요하고 어려운 것 중의 하나가 하고 싶은 일을 정하고 그 기회를 현실화시키는 것이라고 생각합니다.

하지만 "이렇게 살아야 행복해"라는 이야기를 너무 많이 듣고 살아와서 내가 행복할 수 있는 일을 스스로 정하고 선택하는 것이 늘 불안하고, 걱정스럽습니다. 조금 더 일찍 고민하고, 조금 더 많이 경험하고, 조금 더 많은 이들과 이야기를 나눴으면 하는 후회가 한 가득 입니다.

이러한 시절을 살고 있는 대학생에게 지난 시절에 대한 후회보단 일단 시작하고, 도전해서 선택에 대한 확신을 높여나가는 전형이 LG글로벌챌린저입니다. 세상과 부딪치며 몰랐던 스스로를 찾고, 잠자던 잠재력을 깨워 인생의 주인으로 살 수 있는 경험을 선물하고 싶은 LG의 진심이 담긴 프로그램입니다.

LG의 진심이 LG글로벌챌린저에게 전달되었고, 그 진심을 또 다른 20대의 기회로 돌려주고자 정성을 다한 것이 이 책입니다. 이 책을 통해서 조금 더 고민하게 되고, 조금 더 경험하게 되고, 조금 더 많은 세상의 이야기를 접하게 되었으면 좋겠습니다. 분명 앞으로의 인생을 행복하게 살아가는 데 큰 용기가 될 수 있을 것이고, 그 용기는 반드시 여러분들의 꿈을 만들어 낼 것입니다.

㈜대학내일 대표이사 김영훈

CONTENTS

LG챌린저스란?

역사

LG챌린저스의 역사는 1994년으로 거슬러 올라간다. LG는 국내 최초로 대학생 기자를 통한 기업매거진 <인간존중>을 1994년 4월에 발간하였다. 이후 1995년 LG 브랜드 출범과 도전, 세계 최고 지향, 젊은이의 얼굴을 형상화한 미래의 얼굴 아이덴티티를 제호에도 변경 적용하였다. <미래의 얼굴>은 2002년 가장 먼저 온라인 웹진 형태를 갖췄고, 2010년에는 또 다시 가장 먼저 블로그형 오픈 플랫폼인 <LG러브제너레이션>으로 개편하였다. 그리고 2015년에는 <LG챌린저스>로 개편하여, 더욱 다양한 콘텐츠를 제공하며 넓은 시야를 갖추고 자신의 브랜드를 가진 당당한 대학생 문화를 만드는 데 선도하고자 한다.

명칭부터 <LG챌린저스>라는 새 옷을 입은 만큼, 앞으로 '도전' '혁신'을 키워드로 대학생 스스로 탐험하고 꿈꾸면서 진정한 가치를 발견하는 자발적 채널로 거듭나고자 한다. LG가 오랜 시간 대학생과 소통한 경험을 토대로, LG챌린저스는 대학생들의 치열한 도전과 혁신을 통한 성취의 순간을 응원하는 채널이다.

역할

LG챌린저스는 LG의 20대 대상 커뮤니케이션 온라인 허브로 다양한 콘텐츠를 제작하여 공유한다. LG글로벌챌린저, LG드림챌린저, LG소셜캠페이너를 홍보하고 홈페이지를 통해 모집/선발하며, 프로그램 참가자들의 준비 과정, 탐방&캠프 현황 등에 대한 내용을 콘텐츠화하여 공유한다. 또, LG 이슈와 대학생 문화 콘텐츠를 제작하고, LG 채용 일정 및 직무/조직문화 관련 콘텐츠 링크를 (정보 미러링) 통해 대학생이 필요한 양질의 정보를 제공한다.

도전, 대학생이 가질 수 있는 무한한 가능성의 시작!
"당신은 **챌린저**입니까?"

활동

1) LG글로벌챌린저

1995년 <LG의 고객은 세계입니다>라는 슬로건 아래, '고객을 위한 가치창조', '인간존중의 경영'이라는 경영 이념과 함께 LG의 세계화 의지를 상징화하는 과정에서 기획되었다. 미래잠재고객인 대학생들의 우리나라 미래의 주인공인 대학(원)생들로 하여금 세계 최고수준의 현장체험과 연구할 수 있는 자율탐방 기회를 제공함으로써 미래의 비전을 제시한다는 취지 아래 시작하여 연례화된 캠페인으로 정착하였다. 2015년 현재까지 21년 동안 운영되고 있으며, 2015년도 대원들을 포함하면 총 690팀, 2,620명의 대원을 배출하였다.

2) LG드림챌린저

2009년에 시작된 국내 최초의 비전 수립 캠프로, 대학교 1학년 신입생들이 "나 다운 꿈"을 찾고, 자기주도적으로 대학생활과 인생을 설계할 수 있도록 돕는다. 우리나라에서는 대입이라는 한 가지 목적을 가지고 학업에 매진하던 학생들이 정작 대학 입학 후에는 뚜렷한 목표를 찾지 못하고 고민과 방황을 거듭하는 경우가 많기 때문이다. '자신의 꿈'을 잃고, 그에 대해 고민할만한 계기도 갖지 못한 상황에서 LG드림챌린저는 다양한 프로그램으로 새내기들의 꿈을 지원한다.

3) LG소셜캠페이너

다양한 소셜 캠페인, 기업 브랜딩 캠페인, 마케팅 캠페인 등 20대가 함께하는 참신한 캠페인을 기획하고 실전에서도 운영할 수 있는 대학생 기획자를 양성하는 프로그램이다. LG챌린저스 콘텐츠 운영에 참여할 뿐만이 아니라 다양한 마케팅과 캠페인 운영의 주체로 적극적인 참여를 가능하게 한다.

세계로 뻗어나가는
LG글로벌챌린저

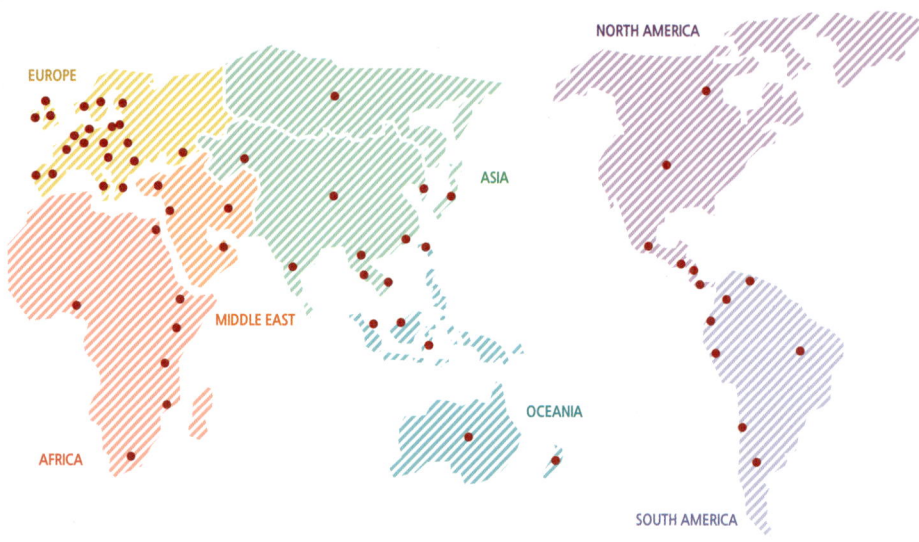

총 64개국, 847개 도시로 떠나다!

LG글로벌챌린저 프로그램의 가장 큰 장점이자 매력은 세계로 떠날 수 있다는 것이다. 여행하기에 위험해 통제된 곳이 아니라면 세계 어느 곳이든 가서 보고 배울 수 있다. LG글로벌챌린저 대원들은 21기에 이르기까지 총 64개국, 847개의 도시를 탐방하였다. 그중에는 겹치는 곳도 있으니 이것까지 감안하면 훨씬 많은 장소를 탐방했다고 할 수 있다.

세계로 떠나고 싶은가? 그리고 그곳에서 쉽게 경험할 수 없는 것을 보고 배우고 싶은가?

정답은 바로 LG글로벌챌린저에 있다.

번호	나라	도시	번호	나라	도시
1	과테말라	과테말라시티 외 2	33	에콰도르	키토 외 1
2	그리스	아테네 외 2	34	에티오피아	아디스아바바 외 1
3	나이지리아	아부자	35	엘살바도르	산살바도르
4	남아프리카공화국	케이프타운 외 2	36	영국	런던 외 74
5	네덜란드	암스테르담 외 28	37	오스트리아	빈 외 6
6	노르웨이	오슬로 외 9	38	우즈베키스탄	타슈켄트 외 2
7	뉴질랜드	웰링턴 외 3	39	이란	테헤란 외 5
8	대만	타이페이	40	이스라엘	예루살렘 외 12
9	대한민국	서울 외 34	41	이집트	카이로 외 5
10	덴마크	코펜하겐 외 20	42	이탈리아	로마 외 12
11	독일	베를린 외 75	43	인도	뉴델리 외 4
12	라오스	비엔티안 외 1	44	인도네시아	자카르타
13	러시아	상트페테르부르크 외 1	45	일본	도쿄 외 51
14	루마니아	피테슈티	46	중국	베이징 외 18
15	말레이시아	쿠알라룸푸르 외 1	47	체코	프라하 외 1
16	멕시코	멕시코시티 외 4	48	칠레	산티아고 외 2
17	모잠비크	베이라 외1	49	카자흐스탄	아스타나 외 1
18	미국	워싱턴DC 외 244	50	캐나다	오타와 외 15
19	베네수엘라	카라카스	51	케냐	나이로비 외 1
20	베트남	하노이 외 5	52	코스타리카	산호세 외 10
21	벨기에	브뤼셀 외 6	53	콜롬비아	산타페데보고타 외 1
22	브라질	브라질리아 외 6	54	탄자니아	아루샤 외 1
23	스웨덴	스톡홀름 외 15	55	태국	방콕 외 1
24	스위스	베른 외 19	56	터키	이스탄불 외 2
25	스코틀랜드	에든버러 외 2	57	페루	리마 외 1
26	스페인	마드리드 외 12	58	포르투갈	리스본
27	싱가포르	싱가포르	59	폴란드	바르샤바
28	아랍에미리트	두바이 외 1	60	프랑스	파리 외 39
29	아르헨티나	부에노스아이레스	61	핀란드	헬싱키 외 8
30	아이슬란드	레이캬비크	62	헝가리	부다페스트 외 1
31	아일랜드	더블린 외 4	63	호주	시드니 외 10
32	에스토니아	탈린	64	홍콩	홍콩 외 1

미래를 위해 공부하는
LG글로벌챌린저

분야별 지원률

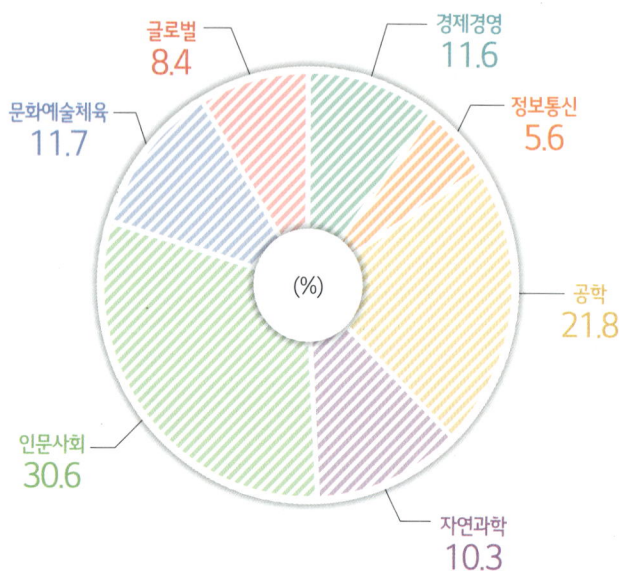

글로벌
8.4

경제경영
11.6

정보통신
5.6

문화예술체육
11.7

(%)

공학
21.8

인문사회
30.6

자연과학
10.3

미래를 위한 공부를 하다!

LG글로벌챌린저의 탐방 주제는 무척 다양하다. 자연과학, 정보통신, 공학, 경제·경영, 인문·사회, 문화예술 크게 6개 분야로 나뉜다. 매년 시대의 흐름을 반영한 신선한 주제들이 공모되며 탐구 깊이도 깊어지고 있다.

작년부터는 LG글로벌챌린저 20년을 맞아 국내에 거주하는 외국인 유학생들을 대상으로 한 '글로벌' 분야가 신설되었다. 한국을 넘어 전 세계가 함께하는 명실상부한 'Global' Challenger로 발돋움하게 된 것이다. 글로벌 분야는 국내에 거주하는 외국인 유학생들을 대상으로 하며, 이들에겐 10박 11일간 대한민국의 우수사례를 탐방할 수 있는 기회가 제공된다.

대한민국 대학생들의 꿈,
LG글로벌챌린저

역대 참여 대학 리스트

서울 30개 대학
건국대학교, 경희대학교, 고려대학교, 광운대학교, 국민대학교, 덕성여자대학교, 동국대학교, 명지대학교, 상명(여자)대학교, 서강대학교, 서울과학기술대학교, 서울교육대학교, 서울대학교, 서울시립대학교, 서울여자대학교, 서울예술대학교, 성균관대학교, 성신여자대학교, 세종대학교, 숙명여자대학교, 숭실대학교, 연세대학교, 이화여자대학교, 중앙대학교, 한국예술종합학교, 한국외국어대학교, 한국항공대학교, 한성대학교, 한양대학교, 홍익대학교

경기 10개 대학
가톨릭대학교, 가천대학교, 경기대학교, 경원대학교, 경찰대학교, 단국대학교, 아주대학교, 인천대학교, 인하대학교, 한경대학교, 한국항공대학교

강원 3개 대학
강원대학교, 경동대학교, 춘천교육대학교, 한림대학교

경상 16개 대학
경남대학교, 경북대학교, 금오공과대학교, 대구대학교, 동서대학교, 동아대학교, 부경대학교, 부산외국어대학교, 부산대학교, 영남대학교, 울산대학교, 울산과학기술대학교, 인제대학교, 포항공과대학교, 한국해양대학교, 한동대학교

충청 11개 대학
공주교육대학교, 공주대학교, 배제대학교, 청운대학교, 청주대학교, 충남대학교, 충북대학교, 카이스트, 한국교원대학교, 한국기술교육대학교, 한국교통대학교, 한국정보통신대학교

전라 3개 대학
전남대학교, 전북대학교, 조선대학교

전국 76개 대학(원)이 참여하다!

LG글로벌챌린저는 대학생들을 위한 도전이자 하나의 축제이다. 전국의 모든 대학생을 대상으로 하며 2015년 21기까지 총 76개 대학교의 학생들이 참여했다. 대체로 서울, 경기, 충청도에 분포한 대학교의 참여도가 높으나 그 외 지역에서도 참여율이 꾸준히 늘고 있다. LG글로벌챌린저의 기회는 누구에게나 열려 있다. 대학생이라면 주저하지 말고 도전해 보라. 꿈을 향한 열정과 도전 의식, 노력만 있다면 누구나 LG글로벌챌린저가 될 수 있다.

※ 총 76개 대학 중 상명여자대학교와 상명대학교는 통일시킴(1996년도부터 상명여자대학교가 상명대학교로 변경됨)

LG글로벌챌린저의
사계절

봄 SPRING

**모집 및 홍보,
캠퍼스 설명회**

1~4월

LG글로벌챌린저는 매년 온·오프라인을 통해 대대적으로 모집 홍보를 진행하고 있다. 새 학기가 되면 톡톡 튀는 포스터와 함께 선배 챌린저들이 직접 캠퍼스로 찾아가 패기 넘치는 캠퍼스 설명회를 진행한다. LG글로벌챌린저 지원은 인터넷으로만 접수 가능하며, 4월 말에 마감된다(뜨거운 열정으로 똘똘 뭉친 예비 LG글로벌챌린저라면 4월이 끝나기 전에 인터넷을 통해 접수해야 한다).

여름 SUMMER

**서류 심사 및
면접 심사**

5월 중순~ 6월 초

LG글로벌챌린저 서류 심사 및 면접 심사의 핵심은 '어느 팀이 더 참신한 주제로 논리적인 탐방 계획을 세우고 성실히 준비했는가'이다. 공정하고 객관적인 평가를 위해 해당 분야의 전문성을 갖춘 LG 임직원뿐 아니라 각 분야의 저명한 교수님들이 심사위원으로 위촉되어 평가를 진행한다. 서류 심사는 '탐방 계획서'만을 가지고 평가하고, 면접 심사는 팀원 모두가 참석하여 질의응답을 하는 형태로 진행된다. 모든 심사는 학교명, 팀원의 이름 등이 노출되지 않는 블라인드테스트로 진행되어 심사의 공정성을 더한다.

발대식 &
사전 교육

6월 말

발대식에는 매년 LG그룹 회장이 참석하여 챌린저들에게 직접 임명장을 수여하며, LG 임원 및 임직원들도 발대식에 참석해 그 해에 선발된 챌린저들을 축하하고 응원한다. 발대식 후에는 LG 임직원들의 교육을 전담하는 LG인화원에서 글로벌 매너부터 팀워크 강화 등 해외 탐방에 필요한 소양을 갖출 수 있도록 Premium Training을 받는다.

해외
탐방

7~8월

각 팀은 여름 방학 기간을 활용해 7월 15일부터 8월 30일 사이에 각자 정한 주제와 계획에 따라 13박 14일 동안 해외 탐방을 떠난다. 탐방에 소요되는 항공권 및 탐방비는 LG에서 전액 지원한다. 챌린저들은 세계 곳곳을 누비며 LG글로벌챌린저로서의 자부심을 느낄 수 있는 경험을 하게 된다. 또한 해외 탐방 기간에는 LG챌린저스 사이트 내 인터넷 중계 페이지를 통해 탐방 활동 모습과 에피소드를 생생하게 전한다.

탐방을 위해 그동안 준비했던 모든 것을 쏟아 내는 시기이며, 그 안에서 다양한 것을 보고 느낄 수 있다. 단순히 탐방을 위한 여행이 아니라 세계 곳곳에서 새로운 문화와 사람들을 만남으로써 더욱 시야를 넓힐 수 있도록 해 준다. 일정에 따라 틈틈이 관광도 할 수 있으므로 체계적인 계획과 현지 돌발 상황에 대한 순발력이 요구된다. 단, 중간중간에 챌린저들을 위한 미션이 주어지므로 이 또한 수행해야 한다.

**탐방
공유회**

9월 중순

해외 탐방을 모두 마치고 돌아오면 LG글로벌챌린저만 모여 서로의 탐방 기록을 공유하는 시간을 갖는다. 이 자리를 통해 각 팀의 탐방 내용, 재미있는 에피소드, 해당 탐방 지역만의 이야기를 공유하고, 성공적으로 탐방을 마치고 돌아온 것에 대해 서로 축하해 준다.

**보고서
심사**

10월 초

해외 탐방을 마치고 한 달 동안 탐방 보고서를 쓰는 시간이 주어진다. 심혈을 기울여 작성한 탐방 보고서는 공정성과 객관성을 최우선으로 하여 심사를 받게 된다. 1차 심사는 탐방 보고서 내용 자체로, 2차 심사는 탐방 보고서 PT를 통해 이루어진다.

시상식	
11월 초	시상식에서는 1년 동안의 챌린저 활동의 결과물에 대한 시상이 이루어지며, LG 회장님을 비롯해 계열사 임직원이 참석하여 축하해 준다. 대상 1팀, 최우수상 3팀, 우수상 3팀, 특별상 4팀에 대한 시상이 진행되며, 대상 및 최우수상 그리고 우수상을 수상한 7팀에게는 LG글로벌챌린저 최고의 특전이라고 할 수 있는 'LG 입사 자격증 및 인턴 기회'가 주어진다.

단행본 출간 및 홈커밍데이	
12월, 1월	LG글로벌챌린저 활동의 마무리! 챌린저들이 탐방을 하면서 보고, 듣고, 느낀 것에 대한 이야기가 책 안에 고스란히 담겨 그해 겨울에 출판되며, 1월에는 OB 챌린저까지 모두 모이는 홈커밍데이 파티가 열린다. 한 해가 지났다고 챌린저 활동이 끝나는 것이 아니다. '챌린저 플러스'라는 OB 모임에 소속되어 그 후에도 관련 활동에 참여하며 LG글로벌챌린저로서의 명예와 자부심을 이어 나간다.

People 사람

'Smart Bed'
노인의 건강을 관리하다

팀명(학교)	노인과 베드 (인하대학교)
팀원	강지웅, 김형필, 라웅균, 박영범
기간	2015년 8월 2일~2015년 8월 15일
장소	핀란드, 스웨덴, 프랑스, 독일
	1. 헬싱키 (보건사회부 Ministry of Health & Welfare)
	2. 스톡홀름 (SICS연구소 SICS e-Health Lab)
	3. 파리 (캡슐테크 CapsuleTech)
	4. 프랑크푸르트 (GDA요양원 GDA WOHNSTIFT FRANKFURT)

현재 대한민국에서 청년 실업, 저출산 등과 더불어 가장 큰 사회적 문제이자, 세계적인 문제로 고령화 문제가 손꼽히고 있다. 노인의 수가 증가함에 따라 요양기관의 수도 증가하고 있는데, 이에 비해 관련 종사자의 부족과 서비스의 질 저하 같은 문제가 발생하고 있다. 이러한 고령화 사회에서 노인들에게 더 나은 서비스를 제공하기 위해 u-Healthcare와 Smart Healthcare 가 주목받고 있다. 특히 정보통신기술(ICT)의 발전에 따라, 사물인터넷(IoT)기술은 고령층을 위한 홈케어나 만성질환 치료 및 관리 등 의료서비스 부문에 접목되어 의료비 절감 및 서비스 품질 향상에 기여할 것으로 예상된다. '노인과 베드'팀은 정보통신기술(ICT), 그 중 사물인터넷 (Internet of Things)을 이용한 'Smart Bed'라는 아이디어를 통해 노인들을 위한 새로운 Smart Healthcare 산업 생태계를 제안하고자, 선진복지국가들이 모여 있는 유럽의 네 국가 로 탐방을 떠났다.

한 발 빠른 복지 선진국, 핀란드의 보건사회부

핀란드는 인구가 530만 정도인 북유럽의 중소국이다. 핀란드는 제2차 세계대 전 직후 스웨덴으로부터 북유럽 복지국가형 사회보장 제도를 도입하여 1960 년대 중도-좌파 정권이 출현한 이후 경제성장에 따라 본격적인 북유럽형 사 회보장 제도를 발전시켰다. 우리가 처음 방문한 기관은 핀란드 보건사회부로, 국민복지정책을 담당하는 부서였다. 처음 방문한 기관이기도 했고, 이제부터 는 국내인터뷰와 달리 모든 인터뷰를 영어로 진행해야 하므로, 부담과 긴장은 배가 되었다. 어렵게 찾아간 건물의 입구에는 손으로 밀어도 꿈쩍도 않는 대문 이 있었다. 초인종을 눌러 사전에 약속을 잡고 방문을 하였다고 하니 자동문 이 열렸다. 유리 벽을 사이에 두고 보안요원이 웃으며 반겨주었다. 여권을 출 입허가증으로 교환하고 미리 준비된 미팅룸으로 들어가니 애플파이와 홍차, 커피가 준비되어 있었다. 달콤한 향기에 긴장이 조금은 풀리는 듯했다. 곧 부 서의 팀장인 마리타 콜호넨(Maritta Korhonen) 씨가 왔다. 그녀는 자신이 진행 하는 노인복지 의료체계와 관련된 프로젝트와 현재 핀란드의 시스템에 관해서 설명을 해주었다. 우리나라가 지금 겪고 있는 고민인 의료법, 원격진료 등에 대해서 핀란드는 한발 앞서 정책을 내놓고 진행하고 있었다. 인상 깊었던 부분은 전 국민을 대상으로 동등한 서비스를 제공하는 것이었다. 특히나 'Kanta'라는 이름의 서비스는 웹사이트를 통해 운영되고 있는데, 핀란드 국민이 본인의 주민등록번호를 이용해서 가입하면, 자신의 의료정보가 공유되는 것을 선택할 수 있고, 어떤 병원에서 누가 이용하고 있는지를 추적할 수 있으며, 진료 후 전자처방전을 통해 시간 및 비용을 효율적인 방법으로 건강을 관리할 수 있게 정부에서 지원하고 있었다. 우리나라에도 있으면 정말 좋을 것 같다는 생각이 절로 들었다. 인터뷰를 진행 하는 동안 마리타는 우리에게 더 많은 정보를 주지 못해 아쉬워하며, 좀 더 조사하여 메일로 보내주었다. 마지막으로 미리 준비한 선물까지 전달하고, 첫 인터뷰를 잘 마치고 뿌듯한 마음으로 문밖을 나왔다.

챌린저 Tip

고령화 | 고령화란 고령자의 수가 증가하여 전체 인구에서 차지하는 고령자 비율이 높아지는 것을 말한다. 고령화의 동향은 일반적으로 고령화율로 나타낸다. 고령화율이란 65세 이상의 고령자 인구(노령인구)가 총인구에서 차지하는 비율로 나타내는 것이 일반적이다.

고령화율에 따른 사회 구분

고령화 사회 : 65세 이상 인구가 총인구를 차지하는 비율이 7% 이상을 고령화 사회라 한다. 현재 대한민국이 고령화 사회에 속한다.

고령 사회 : 65세 이상 인구가 총인구를 차지하는 비율이 14% 이상을 고령 사회라 한다.

고령화 사회 : 65세 이상 인구가 총인구를 차지하는 비율이 20% 이상을 초고령 사회라 한다.

u-Healthcare | u-Healthcare란 유비쿼터스(Ubiquitous)와 헬스케어(Healthcare)의 약어로서 정보통신기술이 의료와 접목되어 환자가 병원을 찾지 않더라도 '언제나', '어디서나' 질병의 예방, 진단, 치료, 사후관리를 받을 수 있는 건강관리 및 의료서비스를 말한다. u-Healthcare의 범위는 환자의 질병을 원격으로 관리하는 의료기기산업 및 의료서비스부터, 일반인의 건강을 유지 및 향상하는 서비스까지 포함된다.

IoT(Internet of Things) | IoT란 Internet of Things의 약자로서 유무선 네트워크를 통해 디바이스, 사물, 사람 간에 연결되어 상호간의 정보소통을 하는 인텔리전트한 네트워크 환경으로, 정보 추출과 분석을 통해 사람의 삶과 비즈니스를 질적으로 향상 시키는 것이라고 할 수 있다. 쉽게 말해서 인터넷을 통해 소통하는 모든 것들을 IoT라 한다.

태극기와 함께 감라스탄의 분위기 있는 골목에서

스웨덴 정보통신산업의 메카에서 노인을 위한 e-Health를 묻다, 시스타 SICS 연구소

스웨덴 스톡홀름에는 뜻밖에 볼 곳이 많았다. 왕궁, 감라스탄, 바사박물관, 시청사 등등. 발길이 닿는 곳마다 스웨덴의 역사와 문화가 고스란히 녹아있었다. 그러나 탐방이라는 주목적을 가지고 온 우리의 관심을 끈 장소는 따로 있었다. 바로 시스타 사이언스 시티(Kista Science City)라는 스웨덴의 정보통신분야 연구단지이다. 전철역도 있는 시스타에는 1,000개 이상의 ICT 기업들이 입주해있다고 해서 우리는 몇몇 유명기업의 문을 두드렸지만, 당시 유럽은 누구도 방해할 수 없는 휴가 기간이었기 때문에 번번이 거절의 쓴맛을 봐야 했다. 그런데 스웨덴에서 보내는 마지막 저녁시간. 운이 좋게도, SICS(Swedish Institute of Computer Science) 연구소 측에서 스톡홀름 중앙역 앞에서 만나자는 메일이 도착했다. 그리하여 저녁 7시에 우리가 만난 담당자분은, 약 100여 명의 IT 연구원이 일하는 스웨덴 SICS 연구소에서 e-Health 분야에서 국내 및 국제 협력을 위해 일하시는 사일러스 올슨(Silas Olsson) 씨였다. 그는 'Smart Bed'라는 아이디어를 듣고서는, 현재 스웨덴에서도 e-Health를 통해 고령 사회의 문제를 해결해보려고 노력을 한다고 말했다. 그 예로, 의료기록 및 처방전 등의 전자기록화, 원격의료를 위한 인프라 구축 등의 이야기를 나누었다.

스웨덴 장난감 가게에
글챌 닌자거북이가 등장하다!

또한, 우리의 아이디어는 '제품'이기 때문에 시장성이 있는지에 대해서도 이야기를 나누었는데, 올슨 씨는 스웨덴은 인구가 적은 만큼 IoT디바이스 시장이 작기 때문에 유럽연합을 대상으로도 연구를 진행한다고 했다. 한국에서의 e-Health 시장은 IT 기술력이 상당히 발달해있기 때문에 전망이 긍정적일 것 같다고 했다. 스웨덴과 한국의 e-Health 관련 정책 및 인프라의 현 상황을 비교하며, 스웨덴에서 겪어왔던 문제가 현재 한국에 나타나고 있다며 신기해했다. 그들도 약 10년 전에 의료법이 e-Health 발전에 발목을 잡고 있었는데, 시간이 지나면서 시간 및 비용적 비효율성 때문에 의료법 개정의 필요성을 모두 실감하고 결국은 바뀌게 되었다고 한다. 의료정보는 환자의 의사에 따라 병원 간에 공유될 수도 있고, 안될 수도 있다는 이야기를 들었을 때, 시민의 의사를 우선순위로 법을 개정한다는 것은 올바른 방향이라고 느꼈다. 그는 마지막으로 한국의 e-Health 관련 상황이 더 나아져서, 많은 기업이 IT 기술력을 바탕으로 e-Health 산업을 성장시키길 바란다고 말하며 인터뷰는 마무리되었다. 갑작스러운 만남이었지만, 스웨덴 로컬 펍에서 각종 맥주를 마시며 했던 즐거운 인터뷰는 절대 잊히지 않을 것 같다.

챌린저 INTERVIEW
SICS 사일러스 올슨

저희의 아이디어인 'Smart Bed'에 대해 어떻게 생각하시나요?

Smart Bed는 굉장히 흥미롭습니다. 저희 SICS는 데모그래픽 에이지(고령화 사회) 문제 분야에 굉장히 관심을 가지고 일하고 있습니다. 유럽 및 스웨덴 정부는 노인 복지를 도와줄 기술을 찾고 있으므로, 유럽에서의 이노베이션 시스템을 통해 노인들을 위한 IT프로젝트를 지원합니다. 그리고 저의 관심 분야도 이것이죠. 그래서 저는 이 아이디어가 굉장히 좋다고 생각합니다. 왜냐하면 요즘 데모그래픽 에이징 문제에 적절하기 때문입니다. 지금 당장은 헬스케어 시장이 좁기 때문에 관련 제품의 시장진출이 어렵습니다. 그래서 유럽은 시장을 개선하기 위해 다양한 재조정을 하고 있습니다.

한국에서는 의료정보 공유가 불법이며, 따라서 저희에겐 중요한 문제입니다. 스웨덴에서는 어떤가요?

이것은 헬스케어에 대한 신뢰의 문제인 것 같습니다. 진료 기록(Medical Record)을 한국에선 종이로 기록하고, 스웨덴에선 전자로 작성합니다. 환자 의료 정보에 대한 소유가 병원이 '주'가 되느냐, 환자가 '주'가 되느냐의 문제인 듯합니다. 만약 환자가 '주'가 된다면 의료정보에 대하여 자신들이 원하는 대로 할 수 있어서 프라이버시의 문제는 덜어질 것 같습니다. 이는 덴마크, 스코틀랜드 등 유럽 국가들도 해결을 위해 연구하고 있습니다. 어떻게 진행되는지는 잘 알지 못하지만, 제가 말하고 싶은 것은 프라이버시라는 문제는 중요하다는 것입니다.

SICS담당자 올슨 씨와의
스웨덴 펍에서 즐거웠던 인터뷰

각각의 의료기기를 통합연결하고 정보를 분석 및 관리하는 시스템, CapsuleTech

우리의 'Smart Bed'라는 아이디어는, 요양원에서의 사용을 목표로, 침대와 다른 기기 간에 정보 교류를 통해서 자동 알람, 온습도 조절 등의 기능을 수행해야 한다. 따라서 실시간으로 노인분들의 상태를 확인하기 위해서는, 얼마나 기기간의 의사소통이 잘되는지, 플랫폼에서 정보관리가 잘되는지가 중요하다. 이를 고려해서 해외 기업을 한번 찾아보니, 프랑스 파리에 있는 캡슐테크 (CapsuleTech)의 'SmartLink'라는 정보관리 시스템은 우리가 원하는 기능을 병원에서 잘 수행하고 있는 것 같았다. 기업에 방문 전에, 이미 파리에서 3일을 온종일 돌아다녔기 때문에 캡슐테크도 수월하게 찾는 듯 했으나, 간판이 별로 없는 유럽건물 사이에서는 역시 기본 20분은 헤매야 했다. 골목에 있던 레스토랑에 물어보고 겨우 회사를 찾아 들어가서 우리의 짐을 한곳에 모으니, 인터뷰 담당자인 버지니 가바드(Virginie Gavard) 씨가 왔다. 이름을 보고 팀원들에게 남자분이라고 소개했었는데, 젊은 여자 분이셨다. 그녀와 우선 회의실로 이동하여 명함을 받았다. 그리고 우리에게 프레젠테이션을 통하여 회사를 소개해주었고, 그 후 우리의 아이디어에 대해 이야기를 나누었다. 18년 전에 설립된 이 회사는, 현재 38개국에 1,800여 개의 병원에 의료정보 관리시스템을

밤을 밝히는 루브르박물관 앞에서!

인터뷰를 마치고,
캡슐테크 담당자 버지니 씨와 함께

공급하고 있었다. 그들은 여러 기업에서 만든 의료기기들을 하나의 기기에 연결하고, 자체 드라이버를 통해 얻어지는 정보를 해석 및 통합하여 의사와 간호사에게 실시간으로 환자의 정확한 정보를 공유하게 한다. 우리 아이디어의 기대효과 중 하나는, 요양보호사의 업무 부담감을 줄여주는 것이었는데, 간호사의 업무 부담을 많이 줄여주고 있다는 캡슐테크의 시스템에서 배울 점이 있었다. 알람 시스템, 전자의료기록, 의료 정보 수집을 통한 국책 연구 자료 지원 등. 이 시스템이 제공되는 곳이 요양원이 아니라 병원인 것이 다를 뿐, 우리가 원하는 기능들을 모두 수행하고 있어서 모두 열정적으로 인터뷰에 참여했다. Smart Bed라는 아이디어는 기존에 있었지만, 노인과 베드팀의 아이디어는 고령화 사회 문제 및 원격 진료 등에 초점을 두면서 좀 더 발전되었고, 시기적절하다고 말씀해주셨기에 더 힘이 나서 탐방을 다닐 수 있었던 것같다. 미래의 엔지니어로서, 기술개발의 중요성도 깨닫는 계기가 되었다.

첨단장비의 도입을 반기기 전, 먼저 사람과 마음으로 소통하는 것을 배우다, GDA 프랑크푸르트

많은 과학자나 기술개발자들이 착각하는 것 중의 하나가, '와! 이것은 정말 대단해. 모두가 이 기술을 좋아하고 사용할 거야!'라고 생각하는 것이라고 한다. 그렇게 첨단 기술들을 세상에 선보이면, 뜻밖에 사람들은 그렇게 필요성을 못

하이델베르크 여행 중에 만난 오리 떼와 오리 떼를 쫓는 꼬마 아이

느끼는 경우가 많다고 한다. 우리 역시 이와 같은 실수를 하지 않기 위해 IoT 서비스를 제공하는 측면에서 정말 노인분들과 요양원은 어떤 것을 원하고 있고, 복지 선진국들의 요양원에서는 어떻게 문제들을 해결하고 있나 알아보기 위해 요양원을 직접 방문해 보기로 하였다. 그렇게 해서 방문한 곳이 독일의 사회재단 중 하나인 GDA에서 운영하는 GDA 요양원이다. 건물 밖에서 봤을 때는 그냥 흔히 보던 건물 같았는데, 내부로 들어가니 우리가 숙박하는 호텔보다 더욱 분위기 있는 로비가 나타났다. 중앙의 안내데스크가 있고 간호복을 입은 분들과 거주하고 계시는 어르신들께서 여유 있게 왔다 갔다 하셨다. 로비에 있는 의자에 잠깐 앉아 있으니 GDA 프랑크푸르트 요양원 매니저인 사빈 슈네이더(Sabine Schneider) 씨가 왔다. 슈네이더 씨를 따라 미팅 룸으로 이동하였다. 준비된 사과와 탄산수를 마시며 GDA 요양원과 독일의 요양원 시스템 등에 대해 이야기를 나누었다. 이곳 요양원에는 수영장, 도서관, 강당, 식당 등 노인분들이 이용할 수 있는 편의시설을 갖추고 있었다. 다만 이런 비용은 거주하는 분들 스스로 지불하는 것이라 한다. GDA에서 사용하고 있는 장비들과 간호사분들의 이야기를 듣기 위해 메인 간호사님을 만나려고 이동했다. 이동 중에 뷔페처럼 준비된 식당과 어르신들께서 공연 등을 즐길 수 있는 강당을 지

나면서 너무나 좋은 시설에 놀라지 않을 수가 없었다. 간호사분과의 인터뷰에서는, 독일에서도 요양보호사는 굉장히 힘든 직업으로 인식을 하고 있고 일손 부족 문제를 겪고 있다고 하였다. 이 부분을 정책적으로 좀 더 지원해줘야 한다고 말씀하셨다. 다만 우리나라와 달라서 감명 깊게 들었던 부분은 첨단장비의 도입도 중요하지만 독일에서는 노인분들과 많은 시간을 보내고, 많은 이야기를 나눠주는 것에 중점을 둔다는 것이었다. 우리의 아이디어인 Smart Bed와 같은 장비를 도입하여 간호사들이 해야 하는 허드렛일을 줄여주어 간호사들이 보다 많은 시간을 노인분들과 함께 있도록 하면 어떨까 하는 질문에 'Great'하다고 칭찬해 주셨다. 새로운 것을 만들려는 공학자로서 '사람이 먼저다.'라는 것을 다시 한 번 생각해 볼 수 있는 시간이었다.

GDA 요양원에서의
인터뷰를 마치고,
담당자 슈네이더
메인 간호사님과 찰칵!

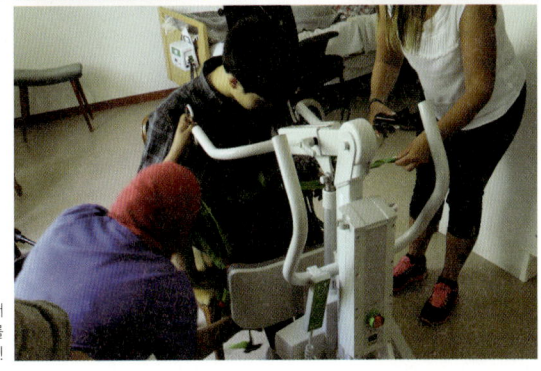

GDA 요양원에서
의료기기를
직접 체험하다!

탐방대원 후기

팀원 1. 라웅균

대학을 졸업하게 되면 다시는 이러한 활동을 할 수 없겠지만, LG글로벌챌린저를 했다는 것 하나가 그 모든 아쉬움을 달랠 수 있을 것 같습니다. 이제 마지막을 향해 달려가는 데 LG글로벌챌린저 21기 모두 화이팅! 그리고 우리 팀도 화이팅!

팀원 2. 강지웅

LG글로벌챌린저를 통해 3년 전 혼자 유럽여행 했을 때의 발자국을 다시 밟아 보았고, 현재 혼자가 아닌 팀으로 과제를 수행하고 있음을 깨달았습니다. 미래에 '노인과 베드'를 사람들이 직접 사용한다면? 하고 맘껏 상상도 해보았습니다. 여기까지 멱살 잡고 끌고 와준 두 분께 글로나마 감사를 전합니다. '노인과 베드 화이팅!' 아니 우리는 역시~ "대한민국~ 만세!!!"

팀원 3. 김형필

LG글로벌챌린저를 통한 유럽과의 첫 만남! 설레지만 두려웠던 해외 기관 인터뷰! 2주 동안 유럽의 복지현황을 보고 느끼면서, 배운 것이 참 많았습니다. 대학생들이 자신의 꿈을 펼칠 수 있게 해주는 이런 프로그램이 있어서 감사합니다. 노인분들의 복지개선을 위해 앞으로도 화이팅!

팀원 4. 박영범

LG글로벌챌린저를 지원하면서부터 해외탐방과 보고서 작성까지 정말 쉬운 것 하나 없었지만 대학 생활 중 가장 기억에 남는 소중한 시간이었습니다. 스스로 문제를 찾고 이를 해결하기 위한 모든 과정이 앞으로 큰 도움이 될 수 있을 것이라고 생각합니다. 저를 한 단계 업그레이드 시켜준 LG글로벌챌린저에 감사의 말을 전하고 싶습니다.

Know-how
'무엇을 선택할 것이냐'가
모든 것을 좌우한다!

1.
우리나라의
문제점에서
시작하자

주제 선정을 할 때는 결국 우리나라에서 무엇이 문제가 되고 있는 가에 대해서 고민하는 것이 중요하다고 생각한다. 그러기 위해서는 끊임없이 고민하고 많이 찾아보는 수밖에 없다. 매일같이 인터넷으로 뉴스도 찾아보고 관심 있는 쪽에 대한 기사들도 찾아보면서 우리나라에 무엇이 문제인지 그리고 해외에서는 이러한 문제들을 어떠한 방향으로 해결하려 하는지에 대한 정보를 얻는 것이 중요하다고 생각한다. 이런 식으로 접근한다면 LG글로벌챌린저에 합격한 후에 자신들의 주제와 비슷한 주제가 포털사이트 메인에 올라와 있는 것을 목격할 수 있을 것이다. 그리고 주제를 정한 후에는 우리 팀의 주제가 특별하다고 생각하고 자신감을 가지고 밀어붙이는 사고도 매우 중요하다.

2.
대기업만이
능사가
아니다!

많은 팀이 기업, 기관을 컨택할 때 어떤 기업을 컨택할 지에 대해 고민에 빠지게 된다. 심사위원들이 알 법한 대기업 등 잘 알려진 곳을 선택해서 억지로 끼워 맞출 것이냐, 아니면 작은 기업, 기관이라도 어울리는 곳을 컨택할 것이냐 이러한 고민에 빠질 때는 주저 말고 후자를 선택하기를 바란다. 최대한 자신들의 주제와 어울리는 기업, 기관이나 대학 연구실 등을 컨택해야 면접 때 기관 탐방 이유를 설명할 수 있고 보고서의 맥락을 잡기 쉬우며, 무엇보다 얻을 수 있는 것이 훨씬 많기 때문이다. 대기업은 인지도 면에서는 도움이 될지 모르지만, 그게 전부가 될 확률이 높을 것이다.

장애가 장애가 아닌 세상을 위한, 엑소스켈레톤

팀명(학교) 슈퍼히어로 (경북대학교)
팀원 김수연, 박성희, 우병준, 이유정
기간 2014년 7월 20일~2014년 8월 2일
장소 미국, 캐나다
1. 미들타운 (피오에이 POA)
2. 보스턴 (마이오모 myomo)
3. 시카고 (알아이씨 RIC)
4. 밴쿠버 (아이코드 icord)

현재 우리나라 신체마비환자 수는 매년 증가하는 추세이다. 통계청 자료에 의하면 2014년도 우리나라 지체장애인 수는 1,295,608명이나 된다고 하니 그 수가 엄청나다고 볼 수 있다. 그리고 아주 오래전부터 신체마비환자들은 보통사람들처럼 일상생활을 하고 싶다는 생각을 하고 있었다. 이러한 환자들의 심리적 욕구에 맞춰 최근 세계의 과학자들은 신체마비환자들이 스스로 몸을 움직일 수 있도록 엑소스켈레톤이라는 로봇을 개발하고 있다. 국내에서도 이러한 개발을 시작하고 있지만 아직 그 단계가 해외에 비하면 낮은 수준이다. 따라서 우리는 국내의 엑소스켈레톤 발전을 위해 엑소스켈레톤 개발의 선구지인 미국을 방문하여 엑소스켈레톤 기술의 현황과 그 기술을 발전방안에 대해 알아보고자 하였다.

엑소스켈레톤을 사용해 볼 수 있었던 POA

POA는 약자로 풀 네임은 Prosthetic & Orthotic Associates으로 이곳은 척추, 하지를 전문으로 하는 중형재활센터이다. 우리는 이곳에서 구비하고 있는 미국 마이오모사의 상지 엑소스켈레톤 Myopro와 독일 오토복(Ottobock)사의 하지 엑소스켈레톤 C-BRACE를 보고 미국 재활센터의 운영시스템을 알기 위해 방문하기로 예정되어 있었다. Myopro는 팔의 3가지 근육을 강화하기 위한 모드변경과 환자의 취향에 맞추어 디자인할 수 있다. 그리고 C-BRACE는 작은 크기로 제작되어 환자들이 종아리에 착용하였을 때 하중을 줄인 제품이다.

POA는 미국으로 와서 처음 방문하는 탐방기관이었기 때문에 설레기도 했지만, 처음 영어로 인터뷰한다는 것에 불안과 걱정도 가지고 있었다. 하지만 들어간 순간부터 우리를 환영해주는 분위기와 우리에게 맞추어 상세하게 설명해주는 사람들 덕에 즐겁게 인터뷰에 임할 수 있었다.

우리는 POA의 CEO인 토마스 파세로(Thomas Passero) 씨와 인터뷰 예정이었지만, POA와 연계된 상지재활을 전문으로 하는 OFFSPRING의 상지 엑소스켈레톤인 Myopro를 이용한 재활을 담당하는 재활치료사 팔라 호이윤(Phala Hoeun), 데비 라투르(Debi Latour) 씨와도 함께 인터뷰를 할 수 있었다. 우리는 이곳에서 상지 엑소스켈레톤인 Myopro를 볼 수 있었고, 착용해 볼 수 있었다.

POA재활센터,인터뷰를 마치고 다 같이 즐겁게 한 컷!

Myopro는 먼저 상지 중 재활을 원하는 부위를 설정하였고 그 부위에 힘을 주는 방식이었다. '이 정도야!' 하면서 자신만만했던 처음에 비해 생각보다 사용하는 데 어려워서 당황스러웠지만, 이 제품이 마비 환자들에게 많은 재활 효과가 있다는 것을 몸으로 느낄 수 있어 정말 좋았다. 그 후 우리는 토마스 씨의 프레젠테이션과 상세한 인터뷰를 통해 우리는 이곳에서 실제 엑소스켈레톤들이 환자들에게 얼마나 효과가 있는지 같은 엑소스켈레톤의 효용을 알 수 있었다. 또한 엑소스켈레톤을 이용한 재활프로그램이 진행되는 과정에 대해 상세하게 들을 수 있었다. 엑소스켈레톤 제작회사에서 기기를 구매한 뒤 재활치료사와 환자를 1:1로 매칭하여 개인맞춤 재활프로그램을 진행하고 있었다. 개인맞춤 재활프로그램은 환자의 조건과 근육 강화 정도에 따라서 재활운동과 기기를 조절하는 것에 뛰어난 장점을 가지고 있었다.

챌린저 Tip

엑소스켈레톤(Exoskeleton) | 사전적으로 외골격이란 의미이다. 외골격이란 생물학 용어로서 곤충이 신체를 지탱하기 위해 가진 갑피 등을 말하는 것이다. 그러나 이 Exoskeleton이란 용어가 과학 분야에서는 외골격의 역할을 함과 동시에 신체에 부착하여 신체를 지탱하거나 운동 능력을 강화할 수 있는 보조기구를 뜻하는 말로 사용된다. 보조하는 신체 부위에 따라 팔과 손가락은 상지엑소스켈레톤, 허리와 다리는 하지엑소스켈레톤으로 나눌 수 있다. 최근에는 Exoskeleton이란 단어를 넘어서 Exosuit, 파워슈트, 외골격로봇, 동력형외골격, 착용형로봇(웨어러블로봇) 등의 여러 단어와 함께 쓰이고 있다.

상지 재활엑소스켈레톤 전문기업인 Myomo

뉴욕에서의 일정을 끝내고 짐을 챙긴 후 우리는 다음 탐방 장소인 보스턴으로 이동하였다. 보스턴으로 가는 약 5시간의 이동시간 동안 피곤했지만 마이오모의 인터뷰 준비를 계속하였다. 마이오모는 미국 내에서 상지 재활엑소스켈레톤인 Myopro를 제조한 회사로서 독점적인 기술을 가지고 있는 회사이다. 특히 Myopro는 이전에 탐방을 다녀온 POA와 같은 재활센터나 연구용으로도 많이 활용되고 있는 제품으로도 유명하다. 기업인 만큼, 재활 센터인 POA와는 질문 방향을 달리하여 인터뷰 준비에 임하였다.

인터뷰는 마이오모의 CEO인 스티브 켈리(Steve Kelly) 씨와 하기로 되어있었다. 마이오모같은 큰 회사의 CEO와 인터뷰를 한다는 생각에 우리는 기쁘기도 했지만 한편으로는 회사의 CEO를 만난다는 것에 긴장이 되기도 하였다. 스티브 씨는 우리에게 앞으로 Myopro의 현재 기술 수준, 앞으로 Myopro의 어떤 부분을 개선할 지 등 앞으로의 방향에 대해서 말씀해주셨고, 프레젠테이션을 통해 현재 미국 정부의 지원현황과 Myopro를 이용하여 개선된 사람들에 대해서도 말해주셨다. 짧은 시간의 인터뷰였지만 스티브 씨의 열정에서 마이오모에 대한 애정을 느낄 수 있는 뜻깊은 시간이었다.

빌딩 복도에 Myomo사가 표시되어 있다

Myomo사와 인터뷰를 마치고 즐겁게 한 컷!

챌린저 INTERVIEW

Myomo CEO 스티브 켈리

한국은 특히 상지 엑소스켈레톤 개발이 미미하다. 마이오모의 상지 엑소스켈레톤 기술수준은 어떠한가?

Myopro는 재활훈련뿐만 아니라 일상생활에서도 충분히 사용할 수 있는 수준까지 개발되어있다. Myopro는 근전도 인식기술을 이용하여 환자의 의지에 따라 기기가 작동한다. 3가지의 이두근, 삼두근, 양두근을 활용하는 모드가 있어 환자의 상황에 따라 선택할 수 있다. Myopro의 사용을 위한 온라인 지원 소프트웨어도 개발하였다. 물리치료사와 환자는 이 서비스를 이용하여 기기를 더 잘 활용할 수 있다. 또한 개인 맞춤제작으로 착용이 편리하며 재활 효과를 극대화하였다. 맞춤제작인 만큼 제품의 디자인을 환자의 취향에 맞추어 디자인 변경이 가능하다.

마이오모가 생각하는 상지 엑소스켈레톤의 개발 방향은 무엇인가?

기존에는 팔과 어깨만 사용가능한 상지 엑소스켈레톤만 판매되었다. 이번 최신제품으로 손목을 활용할 수 있는 더 정교해진 제품이 있다. 또한 손가락을 활용하는 기기를 개발할 예정이다. 큰 부위를 사용하는 제품에 작은 부위도 사용 할 수 있도록 제품을 개발한다. 이는 환자가 더 다양하게 움직일 수 있도록 한다. 그리고 3D프린터를 이용하여 제품을 생산할 계획이 있다. 현재 3D프린터를 이용해 배터리를 얇고 작게 만들고도 있다. 배터리를 얇고 작게 만든다면 환자가 기기를 착용하는데 하중을 줄일 수 있고 적응기간도 짧아진다. 소프트웨어 프로그램도 이용하여 재활을 편리하게 할 수 있다. 컴퓨터만이 아닌 휴대폰을 통한 소프트웨어를 개발할 예정이다.

존핸콕센터, 바다처럼 끝없이 펼쳐지는 시카고의 야경!

최신 엑소스켈레톤의 집합소인 RIC

보스턴에서의 일정을 무사히 마치고 우리는 아침 일찍 공항에서 렌터카를 반납하고 시카고행 비행기에 올라탔다. 다음 날 아침 일찍부터 인터뷰 일정이 잡혀 있었기 때문에 보스턴에 도착한 후 숙소에서 잠시 쉬고 난 뒤 인터뷰 준비에 박차를 가하였다. 앞서 두 번의 기업 인터뷰를 해보아서 좀 더 철저하게 준비할 수 있었지만, 다음 날 있을 인터뷰에 대한 긴장감을 숨길 수 없었다.

세 번째 인터뷰 기관인 RIC(Rehabilitation Institute of Chicago)는 세계 최고의 대형 재활병원이고 비영리 기구로써 신경과학, 의학, 생명공학분야에 연구하고 있다. 우리는 RIC에서 엑소스켈레톤을 활용한 연구 분야에 대표 연구자이시고 관리자이신 애런 자야라만(Arun Jayaraman) 씨를 만났다. 그는 우리를 반갑게 맞이해 주었고 일반인이 출입할 수 없는 RIC의 곳곳을 동행 해 소개해 주셨다. 세계 최고의 대형 재활병원이라는 타이틀에 걸맞게 RIC연구소 내에는 우리가 보고 싶었던 최신 엑소스켈레톤이 다 구비되어 있었다. 이 연구 분야의 전문가이신 애런 씨에게 엑소스켈레톤의 현재 기술 수준과 앞으로의 기술발전 방향에 대해서 자세하게 들을 값진 기회가 되었다.

바쁜 일과시간인 와중에도 애런 씨는 많은 시간을 우리에게 할애해 주셨다. 특히 직접 건물 밖까지 나오셔서 시카고에 꼭 가봐야 할 멋진 명소들을 소개해 주셨

RIC에서 인터뷰를 마치고 다같이 즐겁게 한 컷!

다. 마지막까지 그의 따뜻하고 세세한 배려에 우리는 감동할 수밖에 없었다. 그가 알려준 여러 지식뿐만이 아니라 그의 따뜻한 매너를 마음에 담게 되었다.

엑소스켈레톤을 이용한 척추손상환자의 재활을 연구하는 icord

미국에서의 10일의 시간을 보내고 마지막 인터뷰를 위해 캐나다 밴쿠버로 출발하였다. 미국과 비슷하면서도 다른 캐나다를 방문하려 하니 처음 미국으로 떠나던 날처럼 두근거렸다. ICORD는 공립 종합대학인 UBC(University of British Columbia)와 국립병원인 VCH(Vancouver Coaster Heath)가 협력하여 설립한 척추손상연구소이다. icord는 하지보조기기 제조의 선두기업인 Eksobionics(엑소바이오닉스)사의 엑소슈트(Eksosuit)를 가지고 있으며 엑소슈트를 활용하여 척추마비환자에게 미치는 재활 효과에 대해 연구 중이었다. 엑소슈트는 재활훈련용 트레이드밀을 벗어나 휠체어에 부착하여 사용하는 대표적인 하지 엑소스켈레톤이다. 일어서는 동작과 걷는 동작을 보조하는 역할을 한다.

우리는 UBC의 교수님이시자 척추연구소의 대표 연구자이신 타니아 램 (Tania Lam) 씨와 연락을 취했다. 하지만 아쉽게도 우리가 방문하는 날 휴가를 떠나셔서 다른 연구원 세 분이 나와 주셨다. 연구원 중 라자 말리크(Raza Malik) 씨는 휴가임에도 불구하고 유모차에 탄 아기와 함께 나와 주셨다. 우리를 위해서 휴가 중임에도 시간을 내주시고 질문 하나하나에 정성껏 대답해 주셔서 정말 감사했다.

우리는 엑소슈트를 직접 보고 효용을 확인하는 연구에 대한 이야기를 들을 수 있었다. 현재 엑소슈트는 일상생활 속에서 마비환자가 혼자 걷기 위해 이용할 수는 없지만, 재활병원과 연구실에서 환자의 재활을 위해 이용되고 있었다. 엑소슈트를 작동시켜 재활치료사와 함께 이용되는 방법, 엑소슈트의 장점과 단점, 환자에게 미치는 효용 등을 세세하게 설명해 주셨다. 사진으로만 보던 제품을 직접 사용하는 모습을 보면서 설명을 들으니 생각했던 것과 다른 점들을 많이 깨닫게 되었다.

ICORD연구소에서 lokomat을
보고 있는 슈퍼히어로팀!

탐방대원 후기

팀원 1. 김수연

1절 동해물과 한학기가 마르고 닳도록 글챌이 보우하사 슈퍼히어로팀 만세 ppt 삼천리 면접심사 최종합격, 미국으로 길이 보전하세/2절 치즈위에 저 햄버거 철갑을 두른 듯 고칼로리 불변함은 미국 기상일세 차운전 삼천리 화려강산 비행시간, 시차로 길이 보전하세/3절 여름 하늘 공활한데 높고 구름 없이 엑소스켈레톤 우리 가슴 일편단심일세 무궁화 삼천리 화려강산 마비환자, 엑소로 함께 걸어가세/4절 이 기상과 이 맘으로 열정을 다하여 살아가세.

팀원 2. 박성희

자유롭게 주제를 정해 기획하고 실행해 나가기가 쉽지 않았습니다. 하지만 이 과정 자체를 통해 내가 더 발전할 수 있는 큰 힘을 얻었습니다. LG글로벌챌린저는 저의 대학생활에 잊을 수 없는 추억이 되었습니다. 도와준 주변 지인들과 스스로에게 고맙다는 말을 전하고 싶습니다.

팀원 3. 우병준

LG글로벌챌린저를 통해 새로운 곳에서 새로운 경험을 한 것은 저에게 있어 잊지 못할 추억이었고 제 인생의 새로운 전환점이 되는 시간이었습니다. 21기 LG글로벌챌린저가 될 수 있도록 같이 노력한 팀원들과 뒤에서 도와준 친구들에게 고맙다는 말을 전하고 싶습니다. :)

팀원 4. 이유정

탐방을 하면서 즐겁기도 하고 힘들기도 했지만 더욱 시야를 넓힐 수 있게 된 계기가 된 것 같습니다. 정보를 얻으러 간 탐방이였지만, 탐방하면서 각자 신념을 지니고 열심히 일에 종사하는 사람들을 보면서 많은 자극을 얻을 수 있었습니다.

Know-how
지피지기면
백전백승이다!

1.
구체적인 주제로
차별성을 가져라!

우리 팀의 주제는 '마비환자들을 위한 국내 엑소스켈레톤 발전방
안 제시'이다. 이렇듯 마비환자라는 명확한 대상을 설정하였다.
2013년도 '공돌이 포: 공포'팀이 '노인 복지용 Wearable
Robot'으로 탐방을 다녀왔다. 엑소스켈레톤을 Wearable
Robot이라고 부르기도 한다. 엑소스켈레톤에 대한 주제로 공포
팀이 이전에 탐방을 다녀왔지만, 우리는 주체가 마비환자로 달랐
기 때문에 합격할 수 있었다. 이렇듯 적정기술, 신재생에너지 등
같은 분야의 주제로 많은 팀이 탐방을 다녀왔다. 이 팀들도 분야
는 같지만 각자 구체적인 주제를 설정하여 다른 팀과의 차별성을
가질 수 있었다. 자신의 분야가 일반적이거나, 이전에 탐방을 다
녀온 팀이 많다고 판단되면 주제를 구체적으로 설정하는 것을 강
력 추천한다.

2.
보고서를 위한
단체 스케줄
설정은 필수다!

탐방을 다녀온 뒤 12시간 이상의 시차 적응, 여름 가족휴가, 고
학년의 토익 공부 등은 4명이 모여 한 달 안에 보고서를 작성하기
에 많은 어려움을 일으킨다. 이럴 때 꼭 필요한 것이 보고서 작성
의 단체 스케줄을 설정하는 것이다. 우리는 다 함께 구성, 자료조
사, 보고서 작성과 피드백, 최종완성 5단계를 정하고 각각 2일,
5일, 10일, 5일로 기간을 설정하였다. 큰 스케줄을 완성한 후 여
름 가족휴가와 개인 스케줄은 미리 말하며 모임 일자를 조정하였
다. 글챌에 고학년 팀들이 많이 참여하는 만큼 개인일정과 탐방보
고서 작성 일정을 맞추기 어려우므로 단체 스케줄을 설정하는 것
을 추천한다.

3D Frinter : 중앙대학교

고령자 식문화의
새로운 감성공학
3D FOOD PRINTER

팀명(학교) 3D Frinter (중앙대학교)
팀원 신택수, 안태혁, 윤석현, 이경석
기간 2015년 8월 16일~2015년 8월 29일
장소 **오스트리아, 덴마크, 독일, 이탈리아**
1. 비엔나 (알티디에스 컨설팅 회사 RTDs, 3D프린터업체 벌츄메이크 Virtumake)
2. 코펜하겐 (덴마크국립이공대학 Danish Technological Institute)
3. 뮌헨 (이잘 요양원 Izal Sanatorium)
4. 밀라노 (2015 밀라노 푸드 엑스포, 2015 Milan Food Expo)

어릴 때 가족들이 모여 갈비를 먹고는 했다. 그때마다 할아버지, 할머니는 자식과 손주들에게 건네주며 보는 것만으로도 행복하다고 하시며 부드러운 덩어리는 다 가족들에게 넘겨주고 질긴 부분만을 골라 드셨다.

시간이 흐르고, 두 분은 더욱 노쇠해져 씹는 힘이 약해지고 크고 덩어리진 것들을 삼키기 힘들어졌다. 맛없는 죽을 드시며 말씀하시는 '그저 괜찮다'는 두 분의 맥 빠진 표정과 씁쓸한 뒷모습이, 예전에는 느끼지 못했던 슬픔이 되어 가슴을 후볐다.

노인층을 위한 음식이 큰 관심을 받지 못하는 것은 2015년 대한민국의 안타까운 현실이다. 그래서 우리는 생각했다. 점점 더 젊은 감각만이 중요해지는 이 시대에 노인들을 위한 배려의 산물을 가져오고 싶다고. 똑같이 보고만 있어도 행복하다는 말을 이제는 내가 할아버지, 할머니께 하고 싶었기에 신 고령자 식품의 빛 '3D 푸드 프린팅' 기술을 배우러 유럽으로 떠났다.

상상력을 현실로, RTDs

10시간 가까이 좁은 비행기에서 몸을 내린 대망의 유럽에서의 첫날, 우리는 비록 몸은 피곤했을지언정 마음만큼은 열정과 기대로 가득 차 비엔나의 열기처럼 이글거리고 있었다. 비엔나는 오스트리아의 수도로 수백 년의 역사를 지닌 유서 깊은 도시로써 고풍적인 건물들이 그 깊이를 짐작할 수 있게 하였다. 이렇게 역사가 오래된 도시에 3D Printing이라는 최첨단 기술의 보고가 숨어있음에 놀라움을 느끼며, 짐을 내리자마자 신 고령자 식품 탄생의 토대를 형성한 매니저 엘렌(Ellen Fethke) 씨를 만나기 위해 비엔나 외곽에 위치한 RTDS 사무실에 찾아갔다. RTDS는 EU의 프로젝트 펀딩을 위한 기업, 연구기관, 대학 등의 네트워크 형성과 제안서 작성을 도와주는 컨설팅 회사이다. 여태까지 150개가 넘는 프로젝트의 코디네이터로서 성공적으로 활동하였으며, 10억 유로 이상의 자금을 지원받아왔다. 특히 유럽 연구&혁신 재정지원(European Research and Innovation Funding)분야에 집중하고 있으며, 10명 남짓한 소수정예의 인원으로 18개 국가에 파트너쉽을 형성하고 있다. 엘렌 씨를 만나자 맛난 사과 파이와 주스로 매우 반갑게 맞이해주었다. 편한 분위기에서 시작되었으나 첫 번째 기업 방문이자 앞으로의 청사진을 짜는 데 가장 큰 역할을 할 기업인 만큼 우리 모두는 다소 긴장된 모습이 역력했다.

우리는 첫 번째 탐방기관 방문 후, 사전에 만나려고 했던 기관에 대한 정보와 실제 관련자의 의견을 종합하여 식품의 제작, 포장, 그리고 배달과 반응까지 각각의 해당 업체와 기관을 방문하여 전체적인 그림과 이해도를 높이기로 하게 되었고 바로 3D FOOD PRINTING의 현재를 알기 위해 길을 떠나기로 결심했다. 인터뷰하느라 굶주린 배를 이끌고 아프리카 현지 음식점에 들어갔다. 첫 해외에서의 저녁인 만큼 무언가 음식에서도 새로운 도전을 해보고 싶었다. 난생처음 먹어본 푸푸는 카사바 혹은 옥수수 전분을 뜨거운 물에 풀어 만든 우리나라의 풀떡과도 같은 음식이었다. 비록 염소 고기요리는 향이 너무 독특해서 즐겼다고는 할 수 없지만, 난생처음 수식도 해보고 가장 강렬하게 여정의 첫날을 마무리하는 우리만의 추억이 되었다.

RTDs,컨설팅업체와 단체사진

챌린저 INTERVIEW
RTDs 엘렌

현재 퍼포먼스(PERFORMANCE) 프로젝트는 독일 오스트리아 덴마크 등 여러 국가에서 참여하는 큰 프로젝트로 알고 있습니다. 어떻게 이런 프로젝트를 시작하게 되었는지, 그리고 고령자들을 위한 음식을 하필 3D Printer를 응용하기로 생각한 이유는 무엇인지 궁금합니다.

이번 퍼포먼스 프로젝트는 고령자를 위한 음식제작에 힘써오던 한 업체의 제안으로 시작되었어요. 저작운동과 연하작용이 원활하지 않은 고령자들을 위한 부드러운 음식 제작에 힘을 쓰는 바이오준 Biozoon이 3D Printer를 활용하여 고령자들에게 음식을 제공하고, 이를 통해 음식의 맛과 멋 두 가지를 한 번에 잡는 신 고령자 식품을 만들어서 노인들의 집이나 요양원에서 바로 음식을 받자마자 섭취하기 쉽도록 배달까지 하는 것이 최종목표예요. 바이오준은 독일 북부에 있는 기업으로, 고령자를 비롯한 저작과 연하가 힘든 환자들을 위한 신개념 식품 연구와 판매에 힘쓰고 있죠. 현존하는 고령자들을 위한 음식제작은 이미 퓨레화된 음식을 틀에 찍어내서 차갑게 굳히는 방식이었으나, 이는 개인맞춤형 음식을 완전하게 제공하기도 어렵고, 실제로 틀에 넣고 얼린 것을 다시 녹이면 형태가 무너지는 등 명확한 단점이 존재해요. 그러므로 이번 프로젝트를 통해 그러한 한계점을 극복하고 노인들의 행복한 삶을 보장할 수 있는 고령자 식품을 만들고자 해요.

네트워크 형성과 제안서 작성과정에서 어려웠던 점은 무엇인지 궁금합니다.

가장 어려운 점은 제안서 작성과정에서 프로젝트의 필요성을 각인시키는 것이었어요. 실제로 EU 기금에서 받는 액수는 매우 크며, 이번 프로젝트의 경우 3년이라는 긴 시간을 바라보고 해야 하므로 참여하는 기업 관련 종사자와 연구원 그리고 교수들의 전문지식을 넘어 인내심과 책임감 또한 요구되죠. 적합한 인물을 찾는다 해도 프로젝트에 참여할지 안 할지는 미지수이므로 처음 컨택과정에서 어려움이 많았어요. 또한, 계약과정에서도 사업아이템을 제안한 바이오준이 조직의 책임을 맡기는 하지만 이익분배의 경우 각자의 공헌도에 따라서 달라지는 민감한 부분이라 사전계약서로 분배하는 과정이 매우 조심스러웠어요.

Austiran 3D printer company

다행히도 RTDS바로 옆에 주목할 만한 3D 프린팅 업체가 있었다. 벌튜 메이크 (Virtumake)의 CEO 버나드(Bernhard Mayrhofer) 씨는 현재 3D Food Printing의 한계점에 관한 이야기로 운을 띄우며 초콜릿과 파스타와 같은 단순한 음식들은 만들기 쉽지만, 실제 음식들은 생각보다 많은 요구사항과 공정과정이 필요하다고 말해주었다. 고령자를 위해 부드러운 음식을 제공하려면, 고령자들이 진정으로 원하는 음식은 단순히 부드럽기만 한 것이 아니라, 모양과 질감을 자신들이 노쇠해지기 전에 느꼈듯 그대로 느끼고 싶어한다는 점에 착안해야 할 것이라고 조언했다. 한국에서는 질긴 음식이 많아 특히나 고령자들이 힘들어한다고 말하자, 버나드 씨는 독일에서도 학센, 사워크라우즈 같이 썰어야 하고 질긴 음식들이 많아 공감할 수 있다며 웃어주었다. 가장 인상 깊었던 점은 이를 밀라노 Food Expo에 참가하여 미래 식품코너를 둘러보면 궁금증을 해결할 수 있으리라고 조언해주어 마지막 일정에 한 곳을 더 추가하는 계기가 되었다.

Food Packaging의 대가가 있는 그곳, 덴마크 국립이공대학 DTI를 가다

두 번째 기관탐방을 마치자마자, 우리는 비행기를 타고 바로 덴마크로 넘어갔다. 바다를 건너자 마치 초겨울과도 같은 추운 바람이 우리를 맞이해주었다. 코펜하겐은 덴마크의 수도로 북유럽답게 독일이나 오스트리와는 달리 매우 한적하였으나 전 세계적으로 유명한 학회와 연구기관의 본부가 있는 만큼 시내로 갈수록 세련되고 웅장한 건축물들이 눈에 띄었다. 숙소에서 성공적인 인터뷰를 위해 한국 음식을 먹으며 열심히 준비하다 잠이 들었다. 날이 밝자마자 방문한 곳은 코펜하겐에 있는 DTI(Danish Technological Institute), '덴마크 국립이공대학'이었다. 인터뷰를 진행한 알렉산더 발덴스테인(Alexander Bardenstein) 박사는 덴마크 국립이공대학에서도 음식의 포장기술에 관한 저명인사로서, 다른 누구보다 노인들을 위한 편의를 가장 최우선으로 생각하는 감성공학자의 표본이었다.

발덴스테인 박사는 노인들에게 있어서 가장 중요한 것은 단순함이라고 말했다. DTI에서 그의 연구팀은, 최적의 단순화를 가능하게 하려고 열전도율을 다르게 한 포장지로 음식을 감싸 일반적인 전자레인지에 넣어서 가열해도 복잡한 사용법이 아닌 그저 켜고 끄

Food Packaging의 대가가 있는 국립이공대학에서 어렵게 만난 알렉산더 씨와 함께

기만 하면 먹음직스럽게 재열 가능한 포장기술을 연구한다고 했다. 몸이 약한 노인은 당연히 음식을 만들 힘도 없겠지만, 복잡한 매뉴얼을 숙지하는 것은 더욱 어려워할 게 뻔하다고 말하면서, 우리에게 열전도율이 각기 다른 포장지와 커버를 제작하여 각 음식의 종류에 맞게 씌우는 기술의 연구가치를 설명해 주었다. 같은 에너지라도 DTI의 포장지를 씌우면 받는 열의 양과 변화결과가 달라지는 것이 핵심이라고 말해주었다. 마지막으로 우리는 가장 어려운 점이 무엇이었는지 물어보았고, 그는 젤리화된 음식이기 때문에 굉장히 섬세하게 다루어야 해서 어려웠다며 웃음을 지었다. 열을 가했는데도 그 물성과 형상을 유지하게 하는 건 생각보다 여러 기술의 응용이 필요하지만, 몇 년에 걸쳐 연구한 끝에 이제는 목표를 이루었다며 발덴스테인 박사는 자신과 연구원들의 노고로 인해 먹음직스러운 고령자음식을 특수한 포장기술을 통해 일반적인 전자레인지로도 재가열할 수 있게 되었다며 흡족해하는 모습을 보였다.

실제로 복지선진국 독일 노인들의 이야기를 듣기 위해 Izal Sanatorium을 가다

다시 독일로 와서 이잘 Izal 요양원에 방문했다. 이곳은 치매 혹은 단순 노환으로 인해 신체가 불편하고 식사가 원활하지 않은 고령자들을 위한 요양원으로써, 현재는 주조 틀에 죽과 같은 음식을 넣어서 찍어내는 방식으로 제공하고 있었다. 3D 프린터로 음식을 만드는 기술에 대해 들어본 적이 있는지, 그리고 이러한 기술에 관해 복지선진국인 독일의 요양원 입장에서는 어떻게 바라보는

지 궁금해졌다. 노인들의 식사를 담당하고 있던 영양사 디네(Dinae Cruger) 씨는 매우 긍정적인 반응을 보였다. 특히 가장 중요하다고 생각되었던 것은 젤리화된 음식이었음에도 겉보기에는 기존의 음식과 육안으로 구분하기가 거의 불가능 하다는 점에 놀랐다. 실제 요양원 원장과 노인들의 식사담당자와의 대화에서 고령자들의 식사 만족도가 현실적으로 매우 낮게 평가되고 있고, 많은 경우 나이가 들수록 식사량이 줄고 음식섭취에 대한 흥미 자체가 감소한다는 점에서 3D Printed Food의 도입 시급성에 대해 재차 확인시켜주는 계기가 되었다. 시각적·촉각적 즐거움을 만족시키고, 각 고령자의 현재 건강상태에 따라 영양소를 주입해서 만든 유일무이한 음식을 제공함으로써, 우리 팀이 탐방을 오기 전에 그렸던 이상적인 신 고령자 식품의 구현을 국내 요양원이나 실버타운에서는 어떻게 받아들일지 궁금해졌다.

Milano Food Expo에 방문하다! 글로벌 기업 Barila에게서 고령자식품의 미래를 보다

비행기를 타고 밀라노 공항에 도착하자마자 잠시나마 잊고 있었던 한여름의 더위가 우리를 기다리고 있었다. 1차선 도로는 늘 비워주던 여타 국가의 운전

┤ EPISODE ├

뮌헨 광장

1945년 8월 15일, 대한민국이 독립국이 된 이후 70년이 흘렀다. 한국은 전 세계에서 가장 빈곤하고 피폐했던 국가에서 이제는 세계에서 경제력으로 10위권에 드는 강대국으로 변했다. 우리는 이 광복 70주년을 우리만의 방식으로 의미 있게 만들고 유럽에 알리고 싶었다. 뮌헨광장에 흰 티셔츠 네 장, 그리고 바람개비 조립 부품들을 가지고 부푼 마음으로 걸어갔다. 사람들이 동양의 아직은 익숙하지 않을 나라의 광복 70주년을 기념하기 위해 시간을 내어주고 즐겁게 행사에 참여할지 의문이 들었지만, 한 명 두 명 인터뷰하면서 그저 기우에 지나지 않는다는 것을 깨달았다. 어린아이, 젊은 부부, 나이 든 노인분들까지 2차 세계대전의 종결과 대한민국의 광복을 매우 의미 있게 연관 지으며 진심으로 축하의 메시지를 전해 주었다. 광장에 있는 많은 아이에게 태극기가 그려진 바람개비를 같이 조립하고, 날리면서 뛰어다니는 모습을 보며 이번 여정에서 가장 가슴이 벅차오르고 LG글로벌챌린저로서 자부심이 느껴지는 하루였다.

자들과 달리, 이탈리아는 차선의 이용이 마치 우리나라의 운전자들과 비슷했다. 험악한 도로와 찌는 듯한 더위를 견디며 밀라노 푸드 엑스포 2015에 도착했다. 그곳에서 우리의 이목을 끈 장소는 Future Food District. 바로 식품기술의 미래가 그곳에 집약되어 있었다. Future Food District에서 우리는 3D 프린터의 상용화를 위해 가장 현실적으로 접근하는 이탈리아의 파스타 회사 바릴라의 관계자를 만날 수 있었다.

우리는 이탈리아의 거대 파스타 회사인 바릴라(Barilla)에서 도모하고자 하는 바가 무엇인지 궁금해졌다. 관계자의 말에 따르면, 바릴라사는 개인이 원하는 모양과 영양을 넣은 파스타를 만들고자 한다고 말해주었다. 파스타는 남녀노소 누구나 즐기는 만능 음식이기도 하고, 조리법을 자신이 취향에 맞추어 얼마든지 자유롭게 응용 가능하기 때문에, 이러한 개인맞춤형(Personalized) 파스타를 만듦으로써 어린아이들은 음식을 즐겨 먹을 수 있고, 노인들은 자신의 영양 상태를 맞춤과 더불어 선호하는 형태까지 선택하는 전 연령의 기호식품이 될 수 있으리라는 믿음에 착안하여 이러한 신기술에 관심을 가지기 시작했다고 설명했다. 그러나 상용화 시기는 아직 이르지 않느냐는 질문에 오히려 미소를 보이며 비록 지금은 프로토타입이 나와 있지만, 2, 3년 내로 기계가 보급되고 재료와 형태를 사용자가 정하는 시대가 도래할 것이라고 예상했다. 그는 바릴라사가 자기 주도적 식사의 선구자 역할을 할 것이라며 지속적인 관심을 부탁했다. 우리는 FP7과 같이 공적인 지원 없이도 미래지향적인 청사진을 구성한 바릴라사에 감탄했다며 그에게도 가져간 선물을 나누어주고 엑스포를 빠져나왔다.

챌린저 Tip

FP7 | 단일규모로는 세계최대 연구개발 프로그램인 유럽지역 연구개발 프로젝트, '7th Framework Programme for Research Technological Development'의 약자로 2007년부터 2013년까지 7년간 500억 유로 규모의 유럽 최대 연구기금을 가지고 국가 간의 기간망 연동을 필요로 하는 사업의 선정과 자금을 지원한다.

밀라노 푸드 엑스포 2015 | '지구 식량, 생명의 에너지'라는 주제로, 145개국이 음식을 테마로 각각의 독립된 관을 운영하는 아주 큰 규모의 전시박람회. 대한민국 역시 밀라노 엑스포에 참여하고 있다.

탐방대원 후기

팀원 1. 신택수

"LG글로벌챌린저, 마치 초등학교 친구처럼 이젠 이름만 들어도 너무 친숙합니다. 2015년 한해는 LG와 함께한 것 같습니다. 특히 이 모든 순간을 함께한 우리 팀원들이 정말 소중합니다. 아마 저희는 10년, 20년이 지나 "아~ 그때 진짜 힘들면서 행복했는데!" 하지 않을까요? 이 책을 읽는 분들 또한 이 경험을 꼭 해보시고, 그리고 함께 느껴보시길 바랄 뿐입니다.

팀원 2. 안태혁

글챌대원이 되기 위해, 또 되고 나서도 팀원들과 함께 밤을 새우며 노력하던 순간과 과정은 혼자서는 불가능했던 저의 한계를 뛰어넘게 해주었고, 팀과 함께한다는 것이 무엇인지 느끼게 해준 소중한 경험이었습니다. LG글로벌챌린저의 대원으로서 얻은 저의 도전은 현재진행형!

팀원 3. 윤석현

2주 동안 20,160분의 짧고도 긴 유럽 5개국 8개 도시의 탐방여행은 저에게 또한 우리 팀원들에게는 인생에서 너무나 소중하고 값진 의미 있는 시간이 아니었나 싶습니다. 99세까지 88하게 노년에 새로운 선물을 주고 싶었던 우리는 이제 한 발을 내디뎠고 앞으로 어떤 미래가 펼쳐질지 궁금합니다.

팀원 4. 이경석

늘 좋은 사람들과 함께한다는 것에 감사합니다. 나중에 시간이 아무리 흘러도, 대학생활에서 가장 의미 있었고 보람찼던 해를 기억하라면 전 2015년을 뽑을 것입니다. 최고의 사람들과 최선을 다해본 경험은 그 어떤 활동에서도 얻지 못하는 가치를 지니기 때문입니다.

Know-how
욕심을 버리고 포용의 자세를
기르면 모든 것이 즐거우리라!

1.
탐방을 늦게 간다면
꼭 미리 준비해
갈 것!

우리 팀의 경우 8월 16일~29일에 탐방을 다녀왔는데, 해외탐방 30팀 중에 가장 늦게 간 편이었다. 돌아오자마자 수강신청에 개강준비, 각종 과제와 퀴즈 등 학기 초와 보고서 작성 기간이 겹치면 매우 바빠진다. 탐방을 떠나기 전에 인터넷중계의 콘티와 보고서 아웃라인을 미리 잡아놓고 간다면 탐방 중에 영상기록도 훨씬 체계적으로 수행할 수 있고, 돌아와서도 효율적으로 보고서를 작성할 수 있다!

2.
탐방기간에는
늘 서로팀원들의
건강을 챙기자!

때때로 4명이 함께 생활하다 보면 감기 같은 가벼운 질병도 쉽게 퍼져서 탐방진행의 방해가 될 수 있다. 너무 들뜬 나머지 과음을 한다거나, 도전정신이 넘쳐나 몸 상태가 좋지 않은데도 무리한 일정을 소화하려고 하다가는 더 큰 탈이 날 수 있다는 것을 명심하자! 현지에서 발포 비타민을 챙겨가서 아침마다 팀원들과 타서 마신다면 건강과 팀워크를 동시에 챙기는 일석이조의 효과가!

비콘,
장애인의 길을 밝히다

팀명(학교) New Era (단국대학교)
팀원   고병학, 김용현, 김준호, 조연희
기간   2015년 8월 15일~2015년 8월 23일
장소   독일, 네덜란드, 영국
            1. 베를린 (센서버그 Sensorberg)
            2. 그로닝겐 (그로닝거 박물관 Groninger Museum, 탭미 미디어 Tapme Media)
            3. 런던 (런던 시각장애인 자선단체 Royal London Society for Blind People)

사물인터넷 '비콘'과 '장애인'을 결합한 주제는 일상에서부터 시작되었다. 학교에 휠체어를 타고 다니며 엎드려 수업을 듣는 친구의 모습을 보고 "내 친구가 더 편하게, 우리와 같은 모습으로 살 수는 없을까?" 라는 생각을 했고, 그 결과 최신 기술과 장애인 복지를 결합한 주제를 선택하게 되었다. 최첨단의 시대를 열어가는 지금, 다양한 정보를 송수신하는 비콘은 현실적인 인력, 시설 등의 한계를 뛰어넘는 장애인 편의시설의 효율을 극대화할 수 있는 중요한 열쇠가 될 것으로 생각한다. 그래서 우리는 비콘과 장애인을 함께 탐구하기 위해 비콘 기술 시장이 넓은 독일, 장애인의 복지가 잘 되어 있는 영국, 비콘을 장애인에게 적용한 것을 볼 수 있는 네덜란드까지 탐방하게 되었다. 세 나라는 밀접히 모여있어 우리에게 15일이라는 시간 안에 많은 것을 얻어 올 수 있는 최적의 장소였다. 우리의 작은 생각이 탐방을 통해 실현화, 한국화될 수 있기를 희망한다. '비콘이 장애인들의 등대가 되어 그들의 길을 밝히는 것'이 우리의 최종 목표이다.

비콘과 애플리케이션을 연결시켜주는 징검다리, Sensorberg

센서버그 에스디케이(Sensorberg)는 독일 베를린에 위치한 유명한 신생 기업으로서 SDK(Software Development Kit) 제작 회사이다. 먼저, 비콘을 상용화하려면 비콘이라는 하드웨어와 애플리케이션이라는 소프트웨어, 그리고 애플리케이션에서 비콘의 신호를 받아 둘을 연결해주는 프로그래밍이 필요한데, 센서버그는 이러한 비콘과 개발자가 개발한 애플리케이션을 비콘 환경에 맞게 프로그래밍 시켜주는 SDK를 만드는 회사인 것이다. SDK는 애플리케이션을 환경에 맞게 만들어 주는 도구라고도 말할 수 있다. 쉽게 말해, 부착된 비콘과 스마트폰의 애플리케이션을 연결해주는 '징검다리'인 셈이다.

만약 시각장애인을 위한 길 안내 애플리케이션을 만든다면, SDK는 비콘이 자동으로 애플리케이션에 반응하게 하고 명령어를 내리거나 알림을 띄우는 기능을 개발하게 해주는 도구이다. 예를 들어, 지하철 개찰구에 비콘을 설치해 놓았다면 시각 장애인이 접근 시, 애플리케이션은 신호를 비콘에 보내고 비콘으로부터 다시 정보를 받아 '이곳은 여의도역 지하철 개찰구입니다.' 와 같은

인터뷰 후 함께 찍은 단체사진

명령어를 보내는 역할의 소프트웨어를 만들게 해주는 것이다.

    센서버그는 Microsoft와 스마트폰에 내재된 Windows 10에 관련된 비콘 사업을 하는 유일한 회사이기도 하다. 이러한 사실을 인터뷰 때 알게 돼서 깜짝 놀랐다. 기업에 대해 놀라기도 했으며 그러한 기업 탐방을 선택한 우리 자신에게도 대견해서일까? 탐방 결과, 우리의 아이디어는 유럽 내에서도 많이 연구되고 있는 주제인 만큼 아주 긍정적으로 평가하셨으며 다만 얼마나 세심하고 자세히 장애인에게 정보를 제공하는지에 대해 더욱 고민해보는 게 좋겠다는 조언도 해주셨다. 또한 대학생 4명이 똑같은 빨간 티를 맞춰 입고 똘망똘망한 눈으로 말을 듣고 있으니 귀여워 보이셨는지 아주 친절하게 잘 설명해주셨다. 자회사 비콘도 선물로 주시며 앞으로 지속적인 도움을 주시기로 약속하셨다. 한국 도장과 LG글로벌챌린저 부채를 받고 무척이나 좋아하셨던 사업개발팀 실장 파스칼(Pascal Morschbach) 씨의 표정이 아직도 기억난다.

챌린저 Tip

사물인터넷(Internet of Things) l 일상 사물에 탑재된 컴퓨팅 기기들이 데이터를 주고받을 수 있도록 인터넷을 통해 서로 연결하는 것을 말한다. 즉, 물건에 인터넷과 연결될 수 있는 네트워크 기능을 추가하는 것이다.

비콘(Beacon) l 사물인터넷 종류 중 하나로서 블루투스 4.0을 기반으로 한 근거리 무선 통신 장치이다.

시각장애인을 위한 애플리케이션이 나오다

탭미 미디어(Tapme)는 '비아비아(Viavia)'라는 시각장애인 길 안내 애플리케이션을 만든 회사로, 애플리케이션을 직접 시행해보고 피드백을 거친 경험이 있다. 이 기업은 네덜란드의 북부에 있는 소도시 그로닝겐(Groningen)이라는 곳에 있어 우리는 암스테르담에서 장장 기차로 2시간을 넘게 달려 그곳을 탐방하게 되었다. 감사하게도 우리는 탭미 미디어의 직원 마릿(Maurits van Mastrigt)씨와 첫 만남을 가지고 그 다음 날은 CEO인 시즈(Sietze de Dong) 씨와도 인터뷰를 하게 되어 인터뷰로 얻어 온 것이 훨씬 많았다. 탭미 미디어는 규모가 큰 회사는 아니었지만 비콘 관련 회사로서는 영향력이 크며, 인터뷰를 해보니 비콘을 장애인에게 접목하는 데 있어 아주 관심이 많아 우리와 아이디어 공유를 많이 하기 바랐던 회사였다.

탭미 미디어는 네덜란드의 한 시각장애인 단체로부터 요청받아 학교 내에서 시각 장애인이 이동할 때 위치를 파악하게 해주고 음성으로 길을 안내 해주는 시범 애플리케이션을 제작했으며 아주 유용하다는 평을 받았다. 그 이후 시각 장애인뿐만 아니라 지체 장애인의 편의에도 맞는 애플리케이션을 연구하고 있다. 탭미 미디어와의 인터뷰에서 인상 깊었던 점은, 우리를 동등한 파트너로 보며 의견을 존중해주는 것이었다. 인터뷰로 단순히 정보를 알려주는 형식이

아름다운 자연과 어울러진 암스테르담 국립박물관 풍경

아니라 우리의 생각을 물어보고 '비아비아(Viavia)' 애플리케이션의 보완점을 함께 공유하며 이야기를 풀어나간 것이 정말로 우리가 단순히 학생이 아닌 진정한 이 주제의 사업가가 된 느낌을 주었다. 공동목표가 같은 만큼 서로를 응원하고 아이디어를 공유하겠다는 말을 끝으로 인터뷰를 성공적으로 마쳤다.

비콘을 이용한, 시각장애인을 위한 길 안내 애플리케이션을 제작한 RLSB

RLSB(Royal London Society for Blind People)는 영국 런던 중심부의 남서쪽에 있는 '177년 전통'의 시각장애인을 위한 자선단체이다. 이들은 시각장애인의 사회 연계망 구축, 취업 알선, 교육 및 스포츠 서비스 등을 제공하고 있으며 특히, 우리 팀이 관심 있는 비콘을 통한 시각장애인 길 안내 애플리케이션 '웨이파인더(Wayfindr)'를 꾸준히 개발하고 있다. 이 애플리케이션은 소프트웨어 및 비콘 제작 회사인 우스토(Ustwo)와 협력하여 실제 RLSB근처의 핌리코(Pimlico)역에서 시범운영을 하기도 했다. 이들은 비콘을 활용하여 시각장애인들이 타인의 도움 없이 영국 지하철을 이용할 수 있게 하는 것이 목표라고 말했다. 우리 팀은 '웨이파인더' 애플리케이션을 통하여 장애인들이 필요로 하는 비콘 시스템이 무엇인지를 중점적으로 알아보고, 대한민국 장애인을 위한 비콘의 표준을 만드는 것을 목표로 삼고 RLSB를 방문하였다.

열정 있는 RLSB의 매니저 캐서린(Katherine Payne) 씨와 이야기를 나누며 느

피카딜리 서커스 역, 팀원들과 단체사진

58

RLSB기관의 건물 전경

인터뷰를 마친 후 단체사진

껐던 것은, 진정으로 장애인을 비장애인과 같은 권리를 가진 사람으로 보며 그들을 위한다는 것이었다. 우리나라는 스마트폰과 같은 전자 기기 및 신기술이 이윤이 나지 않는다는 이유로 장애인들에게 배제된 경우가 많으며 적용속도도 더디다. 하지만 런던은 시대가 변화함에 따라 발전하는 기술을 장애인들도 누리게 하며 그런 기술 발전을 장애인 삶의 질 향상에 이바지하려는 모습을 볼 수 있었다. 즉 런던의 장애인들에게 '편리하게 살 수 있는 권리'를 적극적으로 제공한다는 것이다. 캐서린 씨는 이렇게 말했다.

"비콘은 앞으로 장애인들의 미래의 삶을 180도 바꾸어 놓을 수 있는 잠재력 있는 요소라고 생각합니다. 왜냐하면, 장애인들이 진정으로 원하는 것은 독립적으로 도움 없이 이동하는 것이기 때문이죠. 한국의 다양한 장애를 가진 사람들과의 끊임없는 대화와 관찰로 그들이 가장 필요로 하는 애플리케이션을 만들기를 바랍니다."

챌린저 Tip

Wayfindr 애플리케이션 | 영국 런던의 시각장애인 자선단체 RLSB가 제작한 시각장애인 실내 길 안내 애플리케이션이다. 개찰구, 계단, 지하철 문앞에서 음성으로 장애인에게 간단한 명령어를 통해 이동을 돕는 시스템이다.

128만원의 증발

8월 15일, 탐방의 첫날 우리는 끔찍한 사건을 겪었다. 우리는 인천에서 베를린으로 가기 위해 뮌헨을 경유해야만 했다. 뮌헨에 도착했지만 비행기 연착으로 경유 시간이 20분밖에 남지 않아 전속력으로 수속을 다시 밟은 뒤, 베를린으로 가는 게이트에 도착했다. 다행히도 비행기가 오지 않았었다. 우리는 비행기가 늦게 들어오는 것이라 예상하고 커피를 뽑아 마시고 단체사진을 찍으며 여유를 부렸다. 그때, 갑자기 직원이 큰 소리를 내며 다급하게 찾아왔다. "게이트가 좀 전에 바뀌어서 방송을 했다. 근데 너희가 비행기를 타지 않아 승객들과 비행기가 모두 20분을 더 기다렸고 마지막까지 오지 않아 비행기를 보냈다."

세상에, 우리 지금 비행기 놓친 거야?하며 기다리고 있었던 게이트를 보니 우리의 항공기 번호와 끝자리만 다른, 20분 후 이륙 예정인 베를린행 비행기가 떡 하니 있었다. 부리나케 달려가 서비스 센터에서 직원과 이야기를 해본 결과, 우리의 수화물이 벌써 실려 가버려서 페널티 요금을 내야 했다. 바로 250유로! 한 사람당 250유로였다. 세상에 4명이면 1,000유로로, 한국 돈으로 128만 원, 한 달 치 용돈 값이 순식간에 증발했다.

다음 비행기 이륙 시간은 21시 40분. 현재 시간 19시. 정신도 지갑도 탈탈 털려 지친 뉴에라 팀은 현재 뮌헨 국제공항 게이트 G12에 있다.

비행기 놓친지도 모르고 여유롭게 글채리님께 보내드릴 단체사진 찍는 중~

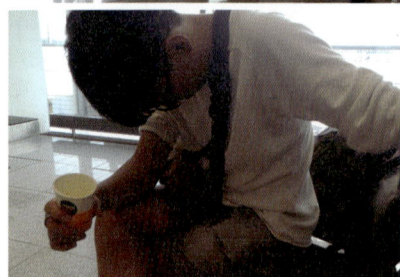

비행기를 놓치고 멘붕에 빠진 김용현 팀장

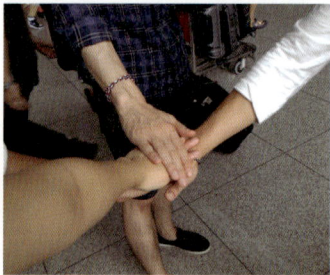

비행기 놓친지도 모르고 열심히 하자고 하이파이브 하는 우리 팀!

챌린저 INTERVIEW

RLSB 캐서린

시각장애인들에 대한 보편적인 대중들의 생각은 무엇이며, 가장 개선해야 할 점은 무엇입니까?

대부분 대중이 시각장애인들에게 미안하다고 생각하고, 그들은 아무것도 못 할 것이라고 단정 짓습니다. 영국에서는 대중들이 장애인들에게 과한 친절을 베풀려고 합니다. 어떠한 경우에는, 단순히 시각장애인이 가만히 있으면 어디로 가야 할지도 모르는 상황에서 과한 친절을 베풀어 자의적으로 끌고 가는 경우도 있습니다. 시각장애인들이 정말 원하는 것은 사람들이 자신들이 항상 도움을 받아야 하는 존재로 인식되지 않는 것입니다. 그러므로 독립 이동이 가능한 도움 체계가 있다면, 그것이 바로 뉴에라팀이 하고자 하는 비콘이라고 생각합니다. 비콘을 사용한다면 대중들의 인식 변화도 시작될 것이며 장애인들도 주체적인 생활을 할 수 있을 것입니다.

Wayfindr 애플리케이션에 대한 전반적인 설명과 중요한 요소는 무엇입니까?

Wayfindr은 비콘을 이용하여 시각장애인의 스마트폰으로 길을 안내하는 애플리케이션입니다. 이 애플리케이션은 비콘을 활용하여 시각장애인들이 도움 없이 혼자서 영국 지하철을 이용할 수 있게 하는 것을 목표로 만들어졌으며, 핌리코역에서 약 1달여 동안 시각장애인들을 대상으로 시범운행이 되기도 했습니다. 작동 원리는 지하철 곳곳에 비콘이 설치되어 있고, 그 비콘을 지날 때마다 스마트 폰으로 명령어가 전송되어 원하는 곳까지 장애인을 이동하게 합니다. RLSB가 가장 중요하게 생각하는 부분은 '명확한 명령어를 만드는 것'입니다. 시각장애인들 입장에서 가장 중요한 것은 원하는 곳까지 이동하는 것입니다. 그러므로 신뢰할 수 있는 명령어를 만드는 것이 중요합니다. 만약 명령어가 잘못되었을 경우에는 지하철 환경에서는 큰 사고가 발생할 수 있기에 신뢰할 수 있고 명확한 명령어는 필수 조건입니다.

탐방대원 후기

팀원 1. 김용현

저에게 LG글로벌챌린저란 끝없는 도전의 연속이었습니다. 탐방을 넘어서 사람을 변하게 하고, 더 나아가 변한 나를 통해 세상을 바꿀 기회를 준 것이 바로 LG글로벌챌린저입니다. 앞으로도 많은 도전자가 LG글로벌챌린저 대원이라는 타이틀을 빛내 줄 것을 희망합니다.

팀원 2. 고병학

LG글로벌챌린저 도전은 대학생활에서 가장 값진 추억 중 하나라고 확신합니다. 그동안 경험해보지 못한 일들을 이번 기회를 통해서 처음으로 할 수 있게 되어 정말 행복했습니다. 모든 대원과 사무국, 팀원들을 포함해 도전과정에서 만난 모든 분에게 고맙다는 말을 꼭 전하고 싶습니다.

팀원 3. 김준호

우리가 직접 탐방 주제, 탐방 국가를 정하고 탐방 계획을 세워서 실제로 해외로 나가 그 주제에 대해 배워오는 공모전이 또 어디에 있을까요? LG글로벌챌린저를 하면서 정말 많은 성장을 할 수 있었습니다. 이 공모전의 존재 자체가 너무나 감사할 따름입니다. 더욱더 많은 학생이 LG글로벌챌린저에 도전해서 저처럼 값진 경험을 얻어갔으면 좋겠습니다.

팀원 4. 조연희

지원할 때의 설렘, 최종 합격의 기쁨, 탐방의 즐거움과 준비과정의 좌절, 포기하고 싶었던 마음 등 많은 감정을 느끼게 해준 값진 시간이었습니다. 21기 대원으로서 잘해냈다는 뿌듯함과 기쁨을 이 과정을 함께해주고 응원해준 사람들과 나누고 싶습니다. LG글로벌챌린저 파이팅!

Know-how
좌절을 두려워 하지마라
나를 일으키는 원동력이 된다!

1.
거침없는 비판을
두려워 말라

4명이 한 팀으로 뭉치게 되면, 처음 본 사이든 친분이 있든 간에 정이 붙고 가족보다도 더 많이 보는 사이가 된다. 그러다 보면 팀원이 열심히 해온 성과물이나 생각해온 아이디어에 대해 혹여나 상처받을까, 논쟁이 생길까 쉽사리 비판하거나 엄격히 보지 못할 때가 분명히 생긴다. 하지만! 생각을 공유하고 서로에게 엄격한 잣대를 대고 바라보는 것이 팀을 위하는 일! 높은 퀄리티, 다양한 생각과 참신한 아이디어를 담은 결과물이야말로 모두가 바라는 바이기 때문에 잠깐의 쓴소리와 갈등의 시간은 우리 팀에게 뼈와 살이 된다. 이유 없는 무조건적인 비난이 아닌, 같은 팀원으로서 설득할만한 논리적인 비판이 필요하다. 그 대신, 팀원도 무조건 생각을 고집하는 떼쓰기는 LG글로벌챌린저에선 과감히 접어야 한다!

2.
아주 힘든
장기 레이스임을
잊지 말자

LG글로벌챌린저 지원을 준비하는 데 걸리는 시간은 길게는 1년이 넘게 걸린다. 1차 합격 후에는 면접 전까지 할 일이 아주 많다. 최종 합격 후에는? 쉬는 것이 아니라 탐방일정을 빽빽이 짜고, 기관 만남을 잡고, 탐방 이후엔 50여 장의 보고서와 심사위원분들 앞에서 긴장하며 발표할 PT를 준비해야 한다. 우리 팀은 6개월 동안 이 과정을 함께했는데도 중간에 포기하고 싶을 만큼 슬럼프도 오고, 보고서만 봐도 힘이 빠지고, 한계와 맞닿으며 눈물 흘린 적도 많다. 처음부터 끝까지 대충할 수 있는 게 없다 보니 많은 에너지가 소비되고 정신적으로도 힘들어지는 것은 사실이다. 그만큼 팀원들은 에너지 분배를 잘하고 단거리 페이스로 무작정 달리는 것이 아니라, 마지막까지 포기하지 않게 완주하는 것을 목표로 삼아야 한다. 완주하고 돌아보면, 어느새 멋지게 성장한 '나'와 '팀'을 발견할 수 있을 것이라 자신한다.

독거노인의 행복한
노후를 위한
시니어 콜렉티브하우징

팀명(학교) 도란도란 (한양대학교)
팀원 신예은, 이서연, 임다영, 최수원
기간 2015년 7월 15일~2015년 7월 28일
장소 일본
1. 도쿄 (히츠지, 도쿄도청, 캉캉모리, 나루세 이노쿠마 아키텍쳐)
2. 요코하마도쿄 (코코 쇼난다이)
3. 시즈오카 (토모다치무라)
4. 오사카 (겐다이나가야텐)

의학기술의 발달로 인한 수명 증가와 핵가족화로 인해 현재 우리나라의 '혼자 사는 노인 가구 수'는 계속 증가세다. 인구분석에 따르면, 15년 내에는 10가구 중 1가구가 노인 혼자 사는 독 거노인 가구가 될 것으로 보인다. 독거노인들이 겪게 될 문제는 명백하다. 주거비 부족, 외로 움 등 우리는 이들의 이야기를 안타까워하는 것에서만 그치지 않고 그 이상의 것을 실천해보고 싶었다. '시니어콜렉티브하우스'는 노인을 위한 콜렉티브하우스로, 콜렉티브하우스란 여러 세 대가 독립된 주거 외에 식사나 보육 등의 공간을 공유하여 생활 일부를 공동화한 주택을 말한 다. 이를 통해 주거비 절감, 고독사 감소, 자립가능형 복지를 기대할 수 있다. 우리는 우리나 라보다 10년 빠른 고령화 수준을 가지고, 다양한 형태의 시니어콜렉티브하우스를 운영하는 일 본을 탐방하고, 우리나라에 맞는 시니어콜렉티브하우스를 도입하고자 한다.

공유주택에 대한 모든 것! 히츠지

우리의 첫 탐방기관은 히츠지였다. 히츠지는 일본 최초, 최대의 공유주거 포 털 사이트를 관리하는 회사로, 일본 공유주거 열풍의 대표적인 공신으로 꼽히 는 회사다. 우리는 공유주거 전반에 관련된 제도 및 정책에 관해 알아보기 위 해 이곳을 방문했다. 도착해서 가장 먼저 눈에 띈 것은 바로 카페 같은 인테리 어. "여기 회사 아닌 거 같아."하며 다들 잘못 찾아온 줄 알고 밖에서 서성이며 들어가지도 못하고 있었다. 조심스레 들어가 인터뷰 얘기를 하니 송재호 에디 터가 나와 우리를 맞아주셨다. 재일교포인 송재호 씨는 우리가 한국에서 온다 는 얘기를 듣고 특별히 안내를 맡아주셨다. 비록 조금 부족한 한국어였지만 끝 까지 한국어로 인터뷰하시려는 모습에 감동했다. 법률 및 제도에 관련된 내용 은 한국어로 읽어도 어려운 데다 팀원 대부분이 일본어를 할 줄 몰랐다. 게다 가 일본어는 탐방에 있어 우리에게 큰 산과도 같았는데, 한국어로 쉽고 친절하 게 설명해 주셔서 정말 큰 도움이 됐다. 에디터님의 말에 따르면, 공유주택의 수요가 늘어남에 따라서 법률이 완화되는 동시에, 안전상의 문제가 있는 공유 주택을 걸러내기 위한 지속적인 법률의 재개정이 이루어지고 있다고 했다. 그 리고 빈집을 활용한 공유주택과 테마가 있는 공유주택이 좋은 반응을 얻고 있어 앞으로도 확산될 전망이라고 알려 주셨다. 인터뷰가 끝나고 우리는 한국말 친구가 되기로 하고, SNS 친구도 서로 신청하며 좋은 인연이 되었다.

뜻밖에 얻은 이득, 도쿄도청

도쿄도청은 처음부터 탐방지로 선정한 곳은 아니었다. 히츠지에 방문했을 때, 마침 이날 도쿄도청에서 공용주택법에 대한 설명회가 있다는 정보를 얻어 급하게 방문하게 된 것. 갑자기 방문을 결정한 것이라서 설명회가 열리는 정확한 위치를 모르고 갔는데, 설상가상으로 도쿄도청의 건물이 매우 컸고, 다양한 설명회가 진행되고 있어서 우리가 참석하려는 설명회를 찾기가 곤란했다. 다행히 히츠지에서 만났던 분이 메일로 정확한 위치를 알려주셔서 늦지 않고 설명회에 참석할 수 있었다.

우리 이외의 참석자들이 다 양복을 입고 있어 처음에는 위압감을 느꼈다. 그러나 알고자 하는 마음은 다른 참석자들에 못지않았고, LG글로벌챌리저 티셔츠를 입고 있었기에 자신감을 가지고 열심히 들을 수 있었다. 일본의 공용주택에 관한 법이 최근에 개정되었는데, 설명회를 통해 어떤 부분이 달라졌고, 어떤 점을 고려하여 법을 개정했는지 자세히 들을 수 있었다.

챌린저 Tip

일본 공용주택법 개정 배경 | 일본은 과거 확실한 관련법 없이 공동주택이 활성화되면서 안전하지 못한 공동주택이 빈번하게 생겨 급하게 법을 강화했다. 하지만 법이 너무 과하다는 의견과 이미 있던 공동주택들이 대부분 위법이라는 사실 때문에 조금 완화하는 방향으로 법이 개정되었다.

친절하게 설명해주시는
캉캉모리 거주민님께
정말 감동받았다

함께 하는 삶이 아름다운 캉캉모리

캉캉모리는 우리가 처음으로 방문한 실제 콜렉티브하우스였다. 마침 견학회가 있어 견학회에 참여하는 형태로 방문하게 되었다. 시작을 알리는 영상을 통해 캉캉모리가 어떻게 설립되었고, 이곳에 사는 사람들이 어떻게 지내왔는지 알 수 있었다. 동아리 활동과 다양한 이벤트를 함께 웃으며 즐기는 모습이 인상적이었다. 캉캉모리의 가장 큰 특징을 꼽자면 이곳에 사는 사람들은 모두 동아리 활동을 꼭 하나씩 해야 한다는 것이다. 주민들은 동아리 활동을 통해 함께하는 삶을 살고 있다. 그중에 하나가 견학회를 준비하는 것이라고 한다. 실제로 우리가 참가했던 견학회도 거주민들이 직접 진행했다.

영상을 다 본 후에는 콜렉티브하우스 내부를 돌아다니며 거주민이 직접 공동공간을 소개해주었다. 직접 둘러보니 매우 살기 좋을 것 같다는 생각이 들었다. 개인공간도 매우 좋았지만, 특히 공용공간이 기억에 남았다. 테라스는 예쁘게 잘 꾸며져 있고, 다양한 채소를 재배하고 있었다. 여기서 자라는 채소를 실제 음식재료로 사용한다고 한다. 거실 겸 식당의 천장은 이 층 높이까지 뻥 뚫려있어 답답하지 않았다. 이곳은 시간제한 없이 자유롭게 이용할 수 있다고 한다. 공동식사를 하므로 많은 양의 음식을 만들어야하기에 부엌은 매우 넓었고, 공동식사 시간을 제외하면 자유롭게 사용할 수 있다고 한다.

설계과정에서 모형을 많이 활용하는 일본!

마지막은 견학회에 참가한 사람 모두 둥글게 둘러앉아 질문하는 시간을 가졌다. 다른 참가자들에게 캉캉모리는 자기가 살게 될 수도 있는 곳이었으므로 조사를 위해 참가한 우리와 질문하는 내용이 달랐다. 우리는 전체적인 시스템, 프로그램 등에 대해 질문했지만, 그분들은 실제로 본인들이 하게 될 일들에 대해 힘들거나 귀찮지는 않은지 질문했다. '시니어 콜렉티브 하우스'를 한국에 도입할 때 직접 살게 될 사람들의 입장에서 충분히 생각해봐야 한다는 것을 깨달았다. 덕분에 우리가 생각하지 못했던 것들을 알 수 있었다. 거주민들은 모두 같이 살고 있으므로 하는 일도 많지만, 그러한 불편을 감수할 만큼 이곳에서의 삶이 즐겁다고 하셨다. 서로 대화하며 웃음이 끊이지 않는 게 너무 보기 좋았다.

커뮤니티를 위한 건축 레이아웃, 나루세 이노쿠마 건축사무소

개인적으로 많이 기대했던 탐방지였다. 나루세 이노쿠마 사무소에서 설계한 LT준사이는 건축계에서 인정받은 유명한 콜렉티브 하우스이기 때문이다. 좋은 건축 설계라는 것은 단순히 인간이 살 공간을 만드는 공간이 아니라 그 공간 안에 인간의 행동을 예측하고 좋은 방향으로 더 편리하게끔 행동을 유도한다. LT준사이는 콜렉티브 하우스에서 가장 중요한 기능인 커뮤니티를 건축 설계로 끌어냈다.

많은 기대를 하고 사무실에 방문하였다. 내부는 전형적인 건축 사무소였다. 다들 바쁘게 움직이는 가운데, 메인 건축가인 이노쿠마 씨는 우리를 반갑게 맞이 하여주셨다. 조금 일찍 온 우리는 아직 도착하지 않은 또 다른 메인 건축가, 나루세 씨를 기다렸다. 기다리는 동안 이노쿠마 씨는 우리에게 차를 대접해주셨다. 탐방 기간 동안 가장 아쉬웠던 것은 우리 중에 일본어가 능숙한 사람이 한 명뿐이라는 것. 그런 우리에게 이노쿠마 씨는 영어로 기초적인 이야기 들려주려 노력하셨다.

두 분께서는 LT준사이가 건축 내에서의 커뮤니티를 이루어내기 위한 건축 레이아웃에 대해 설명해주면서, 원래 기대했던 LT준사이뿐만 아니라 설계 중이신 다른 콜렉티브 하우스 진행 상황도 보여주셨다. 우리는 건축을 보여주는 방식이 우리나라와 매우 다르다는 점을 알게 되었다. 어떻게 이런 스킵플로어를 구성할 수 있었는지에 대한 질문에 나루세 씨는 수많은 건축 모형을 만들었다고 하셨다. 우리나라에서 대부분 3D를 이용한 작업물로 진행되는 모습과는 많이 다른 모습이었다. 커뮤니티를 위한 스킵플로어에 이런 수많은 모형을 만드셨다는 말에 많은 감동을 하였다.

챌린저 Tip
스킵플로어 Skip Floor ㅣ 한 층에서 바닥 일부를 높게 꾸미는 바닥의 구성법. 단차로 인해 생기는 여유 공간을 통해 자연스럽게 공유공간과 사적공간을 섞을 수 있다.

NPO운영의 콜렉티브 하우스, 코코 쇼난다이

코코 쇼난다이는 NPO(Non-Profit Organizations)가 운영하는 시니어 콜렉티브 하우스로, 3개 지점, COCO 쇼난다이, COCO 아리마, COCO 타카쿠라를 가지고 있다. 우리는 그중에서 가장 가까운 2호점에 방문하였다. 직접 가보니 한적한 동네에 단아하고 깨끗한 이층집이 서 있었고, 그 옆에 안내소 겸 카페 역할을 하는 별채가 마련되어 있었다. 마치 외할머니네 집에 온 것 같은 분위기였다.

별채에 들어가 음료를 주문하는데 바로 우리 인터뷰어인 카와사키 치에코 씨가 일하고 계셨다. 치에코 씨는 코코에서 2년째 지내고 계신 거주민이신데, 평일에 이곳에서 아르바이트를 하신단다. 안내소 아르바이트 말고도 본래 직업이던 의류업도 계속하신다고 하셨는데 그 건강함과 열정이 놀라웠다. 치에코 씨와의 인터뷰는 시간이 어떻게 가는 줄 모를 정도로 재미있었다. 처음 코코 쇼난다이를 알고 오시게 된 이야기부터 함께 사는 것의 즐거움, 불편한 점, 어려웠던 점, 여러 에피소드 등 실제로 사는 사람만이 해주실 수 있는 이야기들을 허심탄회하게 해주셨다.

NPO가 콜렉티브하우스에서 맡는 역할들과 NPO의 장점에 대해서도 알 수 있었다. NPO운영의 콜렉티브하우스는 같은 지역의 다른 하우스들보다 저렴한 가격으로 입주할 수 있으며 가사 서비스, 개호보험 등의 서비스도 함께 받을 수 있었다. 하지만 최대한 거주민들이 주체가 되어 생활하는 것을 지향하고 있었는데, 의료나 보험 이외의 전반적인 생활은 모두 거주민들이 자체적으로 정하고 해결하도록 하고 있었다. 치에코 씨는 NPO운영도 좋지만, 함께 살아서 더는 외롭지 않은 것이 가장 좋다시며 우리의 주제에 힘을 실어 주셨다.

정을 품은 원형 시니어 콜렉티브 하우스, 도모다치무라

도모다치무라는 다른 탐방에 비하여 시골에 있어 찾아가는데 고생을 많이 했다. 택시에서 내려 우리가 본 도모다치무라의 첫인상은 '자연과 포옹'하는듯한 느낌이었다. 도모다치무라는 원형 건축물을 뜻하는 말로, 그 형상으로 인해 형성되는 커뮤니티는 이미 많은 사람의 인정을 받았다. 그 원형은 중심의 정원뿐만 아니라 산 쪽으로 트여있어 자연과 안고 있다는 느낌이 들었다.

도모다치무라의 실내로 들어간 우리는 내부의 활기찬 모습에 기분이 좋았다. 사실 사전 컨택이 제대로 이루어지지 않은 기관이라서 많은 걱정을 했지만, 우리의 생각과는 달리 스태프분들이 친절하게 맞이해 주셨다. 공용 세미나실에서 인터뷰를 하고 있는 도중에 할머니 한 분이 들어오셔서 반갑게 인사를 해주셨다. 그러고서는 스태프와 대화를 나누셨는데 스태프와 스스럼없이 지내는 모습이 정말 인상적이었다. 인터뷰가 끝난 후에는 건물을 전반적으로 견학할 수 있었다. 모든 방문의 맞은편에는 창가의 턱이 크게 놓여있는데, 그곳은 방주인의 기호에 맞게 꾸며져 있어 아주 좋았다. 어떤 집 앞에는 아기자기한 것들이 가득하여 이 주인이 너무나 궁금할 정도였다.

스태프는 내부 견학을 마친 우리에게 혹시 시간이 더 있는지 물어보셨다. 시간이 남아있다는 우리에게 미소를 띠며 주변을 더 구경시켜주신다고 하셨

토모다치무라 인터뷰 후 기념사진

콜렉티브 하우스 방명록에 도란도란의 흔적을 남기고 왔다

다. 스태프를 쫄래쫄래 따라가며 건물 옆 풀숲 사이에 숨겨져 있던 온천을 보고 깜짝 놀랐다. 설마 진짜 온천인가 했는데 물에 손을 담가보니 진짜 따뜻한 물이었다. 규모는 크지 않았지만, 자연을 즐기며 족욕 하기에 그만인 장소였다. 바로 옆에는 로즈메리가 가득해 향도 아주 좋았다.

스태프는 또 다른 곳을 빠른 속도로 걸어가다가 갑자기 멈추더니 풀을 하나 꺾어 건네주셨는데, 그건 네 잎 클로버였다. 그 무성한 풀숲 속에서 빠른 속도로 걸어가면서 발견했다는 것이 너무 신기했다. 근처의 약수터, 채소밭, 차밭도 데려가 주셨다. 방울토마토와 채소 이것저것을 뜯어서 먹으라고 몇 개 나누어주셨다. 감동하여서 스태프분께 "제 수첩에 아무 말이나 적어주실 수 있으신가요?"라고 부탁했다. '안녕'이라는 일본말을 적어주셨다. 그것과 함께 우리에게 선물해주신 자연과 사진을 찍었다.

탐방이 끝난 후에 많은 아쉬움을 느끼며 여관으로 향했다. 정말 많은 정을 느꼈던 탐방 기관이었다. 그런 정들이 가득하였기 때문에 그곳의 분위기가 활기차고 밝았던 것이 아니겠느냐는 생각이 들었다.

무작정 찾아간 용기의 결실, 겐다이 나가야 TEN

10가구가 함께 사는 겐다이 나가야 TEN은 오사카시 주택공급공사가 기획한 사업으로, 오사카시 소유의 공휴지를 거의 반값에 임차해주고 마을 만들기 위원회, 건설조합 등과 함께 콜렉티브하우스를 건설한 프로젝트였다. 다양한 운영주체를 알아보고 싶었던 우리로서는 민간기업, 대기업, NPO에 이어 정부기획 콜렉티브하우스도 반드시 봐야 할 곳 중 하나였다. 그래서 겐다이 나가야 TEN을 건설한 건축사무소에 계속 연락을 해보았지만 탐방 전부터 메일 답장도 전화도 묵묵부답이었다. 결국, 갈까 말까 고민하던 우리는 밑져야 본전이라는 심정으로 건축사무소를 무작정 찾아갔다.

정말 다행이게도 건축사무소에서 친절히 우리를 맞아주셨다. 심지어 겐다이 나가야 TEN을 직접 설계하신 건축가 마쓰토미 켄이치 씨도 만나 뵐 수 있었다. 메일과 연락에 대해서는 받은 바가 없다며 당황해하셨지만 아는 대로 다 알려주시겠다며 열의를 보여주셔서 마음 편히 인터뷰를 진행할 수 있었다. 직접 겐다이 나가야 TEN을 보면서 이야기하자며, 걸어가면서 그리고 TEN 건물 앞에 서서 이야기를 나누었다. 일본어를 못하는 세 멤버를 위해 영어와 일어를 번갈아 가며 말씀해 주시는 수고까지 해주시고, TEN에 대해 자세히 소개해 주셔서 안 찾아갔으면 배우지 못할 것들을 많이 알 수 있었다.

켄이치 씨가 먼저 가시고 나서 기왕 무작정 찾아온 김에 TEN의 거주민들도 무작정 만나보기로 했다. 1호부터 10호까지 문 앞을 서성이는데 우연히 10호의 할머니 한 분이 1층 테라스에 나와 더위를 식히고 계셨다. 할머니께 자초지종을 설명해 드리니 집 앞으로 들어와 보겠냐며 문까지 열어주셔서 운 좋게 거주민도 인터뷰할 수 있었다. TEN은 다른 콜렉티브하우스보다 폐쇄성이 높고 운영하는 공동 프로그램이 적은데, 할머니께서는 낮에 직장에 나가는 사람이 많고 공용공간도 별로 없어 이웃들을 마주치기 힘들다며 아쉬운 심정을 살짝 드러내셨다. 공용공간과 공동프로그램의 필요성에 대해 잘 알 수 있는 대목이었다. 계획 없이 방문한 것에 비해 아주 성공적으로 탐방이 잘 마무리되었다.

탐방대원 후기

팀원 1. 신예은

'진정 무엇인가를 발견하는 여행은 새로운 풍경을 바라보는 것이 아니라 새로운 눈을 가지는 데 있다.'는 말이 있습니다. 이번 탐방을 하면서 세상을 바라보는 새로운 눈을 가지게 된 것 같습니다. 저 자신이 많이 성장할 수 있는 기회를 주신 LG글로벌챌린저에게 너무 감사드립니다.

팀원 2. 이서연

LG글로벌챌린저는 제게 마지막 학년의 일탈 같은 것이었습니다. '일탈'치고는 기말고사에 졸업 작품까지 겹쳐 매일 밤을 새워도 모자랄 만큼 바빴지만, 팀원들과 더 가까워지고 일본까지 가볼 수 있었던 소중한 경험과 추억이 되었네요. LG글로벌챌린저를 물심양면으로 도와주신 지도교수님, 동아리 연합회 친구들 그리고 함께해준 팀원들, 정말 고마워요!

팀원 3. 임다영

LG글로벌챌린저는 주제에 대한 깊은 탐구뿐만 아니라 다양한 상황과 조건에서 나를 하나의 사람으로서 성장할 수 있게 해주었어요. 낯선 공간에서 낯선 사람들과 낯선 시간을 공유하면서 나의 새로운 가능성을 마주할 수 있었습니다.

팀원 4. 최수원

일본어는 자신이 있었는데, 아직 많이 부족하다는 것을 깨달았습니다. 막상 가서 인터뷰하자니 생각만큼 말이 잘 안 나왔고, 주제에 대해 깊게 대화하는 데 많은 어려움을 느꼈습니다. 그리고 낯을 많이 가리는 편인데 이번에 낯선 사람들을 많이 만나면서 자신감도 생기고 적극적으로 될 수 있었습니다.

Know-how
좌절하지 말고
전진해라!

1.
왜? 라는
질문을 하라!

진행하는 데 있어 막히는 순간이 항상 오기마련이다. 이때, 이에 대해 근본적으로 생각해보는 것이 중요하다. '왜, 이 주제여야 하는가?', '왜, 이것을 배워와야 하는가?', '왜, 하필 이곳으로 탐방해야 하는가?' 등의 질문은 위기를 극복하게 해주는 돌파구를 얻게 해준다. 이를 통하여 당위성도 확보할 수 있다.

2.
심사위원에게
신뢰와 설득력을
확보하라

전문가를 통한 '설득력'이 중요하다. 인터넷 검색, 책, 논문은 한계가 있으니 교수님, 연구원, 해당 산업의 일선에 계신 분들을 찾아가서 조언을 듣는 것이 좋다. 어쩌면 더 좋은 아이디어를 내어 주실지 모른다. 저희 지도 교수님의 경우, 초기 기획보다 더 좋은 아이디어를 내어주셨다. 그리고 이분들의 인터뷰를 보고서에 싣는다면 신뢰도도 확보! 정성으로 찾아가면 거절하실 분은 없다는 것!

동물과 재소자가 만나
새로운 삶을 꿈꾸다

팀명(학교) 74도 (연세대학교)
팀원 고유리, 김우정, 김형민, 류현재
기간 2015년 7월 31일~2015년 8월 14일
장소 미국
1. 오레곤 (맥클라렌 소년교도소 MacLaren Youth Correctional Facility)
2. 워싱턴 (라치 교도소 Larch Corrections Center,
   남서워싱턴 유기동물센터 Humane Society for Southwest Washington,
   동물보호단체 West Columbia Gorge Humane Society)
3. 뉴욕 (퍼피스 비하인드 바 Puppies Behind Bars)

8,859와 42.3의 숫자가 무엇을 의미하는지 아는가? 각각 2013년 청소년 범죄자 수와 재범률을 의미한다. 우리 사회에는 매년 8,000명이 넘는 청소년들이 범죄를 저지르고 있으며, 이들 중 40% 넘는 아이들이 재범의 유혹에 빠진다. 청소년 재소자들은 우리와 다르지 않은 아이들이다. 다른 점이 있다면, 이들은 지원과 재기의 기회, 이런 실수들을 극복할 수 있는 자신이 없다는 점이다. 청소년 재소자들은 가정 폭력이나 사회 부적응 등 가정과 사회로부터 소외되거나 격리된 이들이 대부분. 우리는 이 아이들이 다시 사회에 돌아올 때 좀 더 나은 모습으로 복귀할 수 있도록, 동물을 활용한 교화 프로그램을 통해 돕고자 한다. 미국의 경우 52개 주 중 36개의 주에서 동물을 활용한 교화 프로그램을 시행하고 있으며, 프로그램에 참여한 재소자들의 재범률을 0% 가까이 낮추는 성공적인 모델을 보여주고 있기에 미국의 교도소와 관련 기관들을 탐방하기로 했다.

청소년 재소자와 유기견이 만나 변화를 이루는 POOCH Project

오레곤 주를 탐방지로 결정한 큰 이유 중 하나는 맥클라렌 소년교도소(MacLaren Youth Correctional Facility)에서 진행하고 있는 푸치 프로젝트 프로그램(POOCH Project)을 탐방하기 위해서였다. 푸치 프로젝트는 2006년 천안 소년교도소에서 동물 매개 프로그램이 시행되었을 때 모델로 삼은 프로그램이다. 1993년부터 시행해 온 푸치 프로젝트는 청소년 재소자들이 유기견을 훈련해 일반가정에 입양시키는 과정까지 책임을 지고 수행하도록 한다. 이 프로그램을 통해서 재소자들은 많은 긍정적인 변화를 겪게 되는데, 그 변화의 현장을 직접 체험해보고자 우리는 아침 일찍 맥클라렌 소년교도소로 출발하였다.

차를 타고 한 시간 반을 달려 도착한 맥클라렌 소년교도소! 생각한 것보다 굉장히 넓어 놀라웠다. 입구에 도착하자마자 한국에서부터 메일을 주고받은 조앤 달튼(Joan Dalton) 씨가 우리를 반겨주었다. 조앤 씨는 푸치 프로젝트를 처음부터 기획하고 지금까지 진행해 온 총 담당자다. 본격적인 탐방에 앞서, 교도소인 만큼 기관에 입장하기 위해서는 철저한 보안 검사가 필요했다. 핸드폰, 카메라를 포함한 모든 소지품이 반입 불가였고, 신분증 검사와 금속 탐지

맥클라렌 교도소에서 LG 글로벌챌린저 기를 들고

기 검사도 있었다. 입장 후 조앤 씨가 전체적인 교도소 투어를 해주셨다. 맥클라렌 소년교도소에는 약 400여 명의 만18세부터 25세까지 청소년 재소자들이 생활하고 있으며, 고등교육을 받을 수 있는 Lord High School이라는 고등학교도 있다. 우리는 재소자들의 숙식 공간인 생활관도 볼 수 있었고, 직접 이들에게 우리가 궁금한 사항들을 물어보고 대답을 듣는 시간도 가질 수 있었다. 우리는 투어가 끝난 후 재소자들이 직접 요리한 점심을 먹으며 오레곤 주 정부에서 나온 신문기자로부터 인터뷰 질문을 받았다. 배우러 온 우리에게 오히려 인터뷰까지 진행하며 많은 관심을 가져주는 것 같아 너무나 감사했고, 탐방에 정말 큰 힘이 되었다.

맛있는 점심을 먹고 드디어 우리가 보고 싶었던 푸치 프로젝트 시설로 이동했다. 그 날의 활동을 우리가 직접 볼 수 있도록 관계자분들과 재소자들이 준

챌린저 Tip

동물매개 프로그램 | 동물매개치료를 활용해서 진행하는 다양한 프로그램을 말한다. 동물매개치료는 체계적이고 전문적인 계획을 세우고 정신적, 육체적 질병에 시달리고 있는 환자들을 치료하는 데 동물을 이용하는 것으로, 동물에게 간단한 능력을 요구하는 동물매개활동에서부터 복합적인 능력을 필요로 하는 동물매개치료까지 모두 포함하는 용어이다.

2006년 천안교도소 사례 | 2006년 12월 20일부터 2007년 12월 26일까지 천안교도소에서 청소년 재소자 재범방지를 위해 동물을 활용한 교화 프로그램이 진행되었다. 삼성 에버랜드의 지원으로 기준을 통해 선발된 재소자 5명을 대상으로 진행된 프로그램은 천안교도소가 김천교도소로 통합되면서 2008년을 끝으로 중단하게 되었다.

비한 채 우리를 기다리고 있었다. 도착하자 바로 동물훈련사 리사(Lisa) 씨는 6여 명의 재소자 앞에서 직접 개를 데리고 훈련방법을 가르쳐 주었다. 재소자들은 정말 진지한 태도로 수업에 응했고, 훈련사가 질문해도 서로 대답하려는 모습이 인상적이었다. 수업이 끝난 후 훈련된 개들이 입양 가능한지 여부를 확인하는 시험이 진행되었다. 개와 그 개를 맡아서 훈련한 재소자가 함께 훈련사의 지시를 수행하는 방식으로 시험이 이루어진다. 재소자가 아주 수월하게 개를 다루는 모습을 보고 그동안의 노력, 끈기 그리고 개에 대한 사랑과 관심을 엿볼 수 있었다. 이번 방문은 프로그램을 통하여 얼마나 청소년 재소자들이 변화할 수 있는지의 가능성을 다시 한 번 확인할 수 있었던 탐방이었다.

유기묘와 24시간을 보내는 성인교도소, Larch 교도소

워싱턴 주에 있는 라치 교도소(Larch Corrections Center)는 LCAP(Larch Cat Adoption Program)이라는 프로그램을 진행하고 있다. 많은 교도소에서 진행하고 있는 동물 매개 프로그램과는 달리 이 프로그램은 성인재소자들이 24시간 동안 각자 맡은 유기묘와 함께하며 동물을 훈련시킨다. LCAP은 우리에게 너무나 많은 도움을 주신 캐롤라인 씨가 속한 WCGHS(West Columbia Gorge Humane Society)유기동물보호센터에서 진행하고 있다. WCGHS는 재정적 지원뿐만 아니라 자원봉사자, 그리고 유기묘 배급까지 전부 담당하고 있었다. 사전조사 중 우리는 개가 아닌 고양이를 훈련한다는 점에서 매력을 느끼고 바로 연락을 하였다. 캐롤라인 씨는 고양이를 활용한 동물 매개 프로그램이야말로 아직 프로그램이 없는 우리나라에 가장 쉽게 도입할 수 있다고 말씀하셨다. 성인재소자들이 고양이를 훈련하는 놀라운 현장을 보고자 캐롤라인 씨와 함께 산속에 위치한 라치 교도소로 향하였다.

교도소 입구에서 우리는 많은 분이 우리와의 만남을 기다리고 있는 것을 보고 너무나 놀랐다. 교도소장님께서도 특별히 시간을 내셔서 우리를 반겨주셨고 격려의 말씀을 아끼지 않으셨다. 소년교도소와 마찬가지로 신분증 검사 후 방문 허가증을 받고, 교도소 Public Information Officer인 대니트(Danette Gadberry) 씨의 주도하에 교도소 투어를 시작했다. 성인교도소는 소년교도소에 보다 더욱 엄격했고 분위기 또한 많이 달랐다. 재소자들은 모두 통일된 유니폼을 입고 있었으며, 우리가 지나갈 때 모두 우리를 쳐다보아서 더욱 긴장되게 하기도 했다. 투어가 끝난 후 재소자들이 먹는 밥을 우리도 직접 먹어보는 시간을 가졌다. 식사 후, LCAP을 진행하는 시설로 이동했는데, 약 15여 명의 재소자가 고양이들과 함께 한 방에서 우리를 기다리고 있었다. 우리는 각자 소개를 하였고, 재소자들이 2주에 한 번씩 하는 활동보고 내용을 들었다. 이것은 재소자들이 한 명씩 자신이 맡은 고양이의 상태를 일기 형태로 작성하여 발표하는 시간이다. 각 재소자가 발표할 때마다 모두가 귀 기울여 듣고 박수 쳐주는 모습을 보고, 우리는 그들에게 가졌던 선입견을 놓게 되었다. 책임감과 애정 가득한 모습으로 유기묘와 생활하는 재소자들에게 큰 감동을 했고, 사람과 동물 간 유대관계의 힘을 몸소 느낄 수 있었다.

유기동물센터와 수많은 자원봉사자

우리는 탐방 사전조사 중, 교도소에서 진행되고 있는 많은 동물매개 프로그램들이 인근 유기동물센터와 협력하고 있다는 점을 발견할 수 있었다. 유기동물센터와 교도소, 그리고 주 정부가 함께 해 시너지를 이뤄 재소자들을 위한 프로그램을 개발하는 점이 인상적이었고, 탐방을 통해 꼭 배워오고 싶었다. 그래서 우리는 유기동물센터에도 연락을 하여 방문하기로 하였다. 우리는 총 두 곳을 방문하였는데, 먼저 갔던 곳은 Humane Society for Southwest Washington! 이곳은 재정적 지원이 상당해 안정적으로 운영되고 있는 유기동물센터였다. 반갑게 맞이해주신 매니저 샘(Sam Ellington) 씨와 함께 바로 투어를 시작했다. 많은 유기견과 유기묘들이 있는 만큼 동물들을 입양하러 오는 사람들도 많았다. 동물병원 자체도 이 시설 안에서 운영되고 있었다. 무엇보다도 놀라웠던 점은 많은 수의 자원봉사자들이었다. 자원봉사자로는 정기적으로 책임을 갖고 활동할 수 있는 분들만 지원을 받고 있으며, 면접 그리고 교육과정을 거쳐야 공식 자원봉사자로 인정받게 된다. 까다로운 절차에도 불구하고 상당히 많은 자원봉사자가 공식적으로 등록된 것을 보고, 이곳 사람들의 동물에 대한 관심이 얼마나 높은지 다시 한 번 느낄 수 있었다.

다음날 우리가 향한 유기동물보호센터는 라치 교도소와 협력하여 동물 매개 프로그램을 진행하고 있는 WCGHS였다. 이곳은 오레곤 주와 워싱턴 주에서 탐방을 도와주시고 숙식제공을 해주신 캐롤라인 씨가 자원봉사자 총 책임자로 일하고 있는 곳이다. 시설은 전날 방문했던 유기동물센터보다 규모가 작았지만, 관계자분들의 열정이나 최대한 많은 유기묘와 유기견을 좋은 가정으로 입양시키려는 노력만큼은 그 어느 곳에도 뒤처지지 않았다. 샘 씨는 시설 투어를 해주신 후 우리의 질문에 친절히 대답해 주셨다. WCGHS는 라치 교도소 프로그램을 위한 유기묘 배급을 담당하고 있을 뿐만 아니라, 프로그램 지원과 진행까지 도맡아 하고 있다고 한다. 유기묘 선택은 건강하지만, 가정으로 입양되기에는 사회성이 많이 부족한 고양이들을 선택한다고 말씀하셨다. 아직 유기동물에 대한 사회적 관심이 부족한 우리나라에서도 이러한 유기동물보호센터와 기관들이 협력하여 프로그램을 개발하게 된다면, 동물들에게 조금 더 나은 환경을 제공할 수 있지 않을까 하는 생각으로 인터뷰를 마쳤다.

챌린저 INTERVIEW

POOCH Project 조앤

프로그램이 재소자들에게 어떤 영향을 주나요?

이곳 청소년 재소자들의 재범률이 0%라는 수치만 봐도 프로그램의 효과가 어느 정도인지 짐작할 수 있을 것입니다. 유기견들을 훈련해 입양 보내는 프로그램을 진행하면서, 재소자들은 동물을 다루는 전문적인 능력을 기를 뿐 아니라 정서적으로도 크게 변화하게 됩니다. 자신이 맡은 개와 상호작용하고 교감하는 과정에서 재소자들은 인내심과 책임감을 익히고 자신의 감정을 올바르게 표현하는 법을 배우죠. 담당한 개를 훈련해 입양 보내기에 성공했을 때 재소자들의 성취감은 상당합니다. 많은 재소자가 참여하기를 원하며, 현재 프로그램에서 활동 중인 이들이 엘리트로 인정받는 점을 보면 프로그램이 재소자들에게 상당한 영향력을 지니고 있음을 알 수 있습니다.

Larch Corrections Center 모닉

프로그램을 성공적으로 진행하는 노하우는 무엇입니까?

우리 프로그램을 진행하는 데 있어서 꼭 필요한 것은 자원봉사자들입니다. 유기견들을 들여오고 관리하는 일, 재소자들과의 활동과 교도소 안에서 진행되는 다양한 이벤트들 모두 자원봉사자들의 도움 없이는 성공적으로 이루어지기 어렵습니다. 열정 가득한 자원봉사자들은 프로그램을 위해 모든 면에서 헌신적으로 도와주기 때문에, 최대한 많은 자원봉사자를 모으는 것이 중요합니다. 자원봉사자들이 모이면 동물들을 관리함과 동시에, 재소자들과 스케줄을 맞추어 프로그램에 참여합니다. 재소자들과 자원봉사자들 간의 소통은 재소자들에게 있어서 중요한 관계 형성 중 하나가 되며, 봉사자들의 참여를 더욱 의미 있게 만들기도 합니다.

친절한 관계자분들 덕분에 라치 교도소 탐방을 성공적으로 마칠 수 있었다!

74도 팀 단체티를 입고
PBB에서!
(feat. 개무룩)

재소자와 함께 사회 도우미견을 양성하는 Puppies Behind Bars

퍼피스 비하인드 바(Puppies Behind Bars, PBB)는 현재 뉴욕 주에 있는 5개의 성인교도소에 동물 매개 프로그램을 도입시켜 진행하고 있는 기관이다. 이곳은 우리가 지금까지 봐 온 프로그램들과는 차이가 있는데, PBB는 유기동물을 훈련하는 것이 아닌 특정 종의 강아지들을 성인 재소자들로 하여금 도우미견으로 훈련하도록 하는 프로그램을 진행한다. 현재는 퇴역군인들을 위한 도우미견 또는 폭발물 탐지견을 훈련하는 과정에 재소자들을 활용한다. 동물매개 프로그램을 통해서 우리 사회에 도움을 줄 수 있다는 점에 관심이 갔고, 어렵게 연락이 닿은 만큼 설렌 마음으로 인터뷰하게 되었다.

45분이나 일찍 도착해서 혹시나 하는 마음으로 문을 두드렸다. 제일 먼저 우리를 반겨준 건 다섯 마리의 늠름한 개들이었다. 개들과 인사를 하며 긴장을 풀고 있는데, PBB를 처음으로 시작한 글로리아 씨가 인터뷰를 위해 나오셨다. 바로 소개를 한 후, 직원 2명을 포함해 7명이서 인터뷰를 시작하였다. 전에 탐방했던 기관들보다 PBB는 상당히 전문적이었고 체계적으로 프로그램을 진행하고 있었다. 간단한 훈련 정도가 아니라 도우미견이 되기 위한 필요한 복잡

뉴욕, 덤보(Dumbo)
WE ARE IN DUMBO XOXO

한 훈련절차를 재소자들이 모두 소화할 수 있어야 한다. 글로리아는 그러기 위해서 이뤄지는 모든 과정에 끊임없는 노력과 계획이 필요하다는 점을 강조하였다. PBB의 프로그램이 진행되는 과정을 정리해보면 다음과 같다. 우선 교도소에서 태도가 매우 좋은 재소자들만이 지원할 수 있고, 지원 후에는 몇 주간의 특별한 관찰인터뷰와 면접이 이루어진다. 이를 통과한 재소자들은 몇 주간의 교육과 트레이닝을 받은 후 생후 8주 된 강아지를 받는다. 이제 이들은 각자의 강아지를 책임지게 되며, 2년간 함께 생활하면서 훈련을 한다. 이 과정에서 재소자들은 개와 특별한 관계를 맺게 되면서, 자신의 인생이 변화하는 걸느낀다고 한다. 더 좋은 점은 훈련된 도우미견들이 사회에 나가 도움됨으로써 재소자들을 바라보는 사람들의 시선도 긍정적으로 변화시킨다는 것이다. 글로리아와 담당자들은 이러한 시너지가 한국에서도 이뤄질 수 있을 것이라며 다양한 조언과 격려를 해주셨다. 대화하다 보니 1시간 반이 순식간에 지나간 것같았다. 아쉽게도 인터뷰를 마쳐야 했지만 준비한 선물도 나눠드리고 함께 사진도 찍으면서 인터뷰를 마무리했다.

| EPISODE |

74도, 미국 방송에 나오다!

지금도 잊을 수가 없다, 그 순간을. 2015년 8월 6일 우리는 미국 워싱턴 주와 오레곤 주 NBC 뉴스에 등장했다. 사건의 전말을 이야기하면 다음과 같다. 우리는 탐방기관 중 한 곳인 WCGHS에 컨택하는 중에 그곳에서 자원봉사 총 책임자로 일하고 있는 캐롤라인이라는 할머니 한 분을 알게 되었다. 캐롤라인은 67세라는 나이가 안 믿어질 만큼 열정적이고 젊게 살아가시는 분이다. 캐롤라인은 우리의 이야기를 듣자마자 오레곤 주와 워싱턴 주에 머무를 탐방 기간 내

WCGHS, NBC 뉴스 앵커 캐시 씨와 인터뷰 중인 74도 팀!

내 자신의 집에서 묵을 것을 권했고, 우리는 너무도 감사한 마음으로 초대에 응했다. 캐롤라인은 우리에게 숙식을 제공하는 것에 그치지 않고 탐방 일정 내내 우리를 도와주었다. 차로 우리를 탐방기관에 데려다주는 것은 물론, 탐방기관 컨택과 탐방 일정을 세우는 것까지 도와주었다. 그러던 중 그녀는 우리에게 더 놀랄만한 소식을 전해왔다. 우리의 프로젝트와 LG글로벌챌린저가 더 많은 사람에게 알려지고 응원받을 수 있도록 NBC 뉴스와 각종 신문 매체들을 섭외한 것이다.

유기동물보호센터인 WCGHS를 방문하는 8월 5일, 우리는 그곳에서 우리를 기다리는 취재진을 마주했다. NBC Channel 8의 메인 앵커인 캐시(Cathy Marshall) 씨와 취재진을 만나자 우리는 긴장감에 몸이 굳었다. 한국 뉴스도 아닌 미국 뉴스라니! 긴장된 마음을 추스르는 사이 인터뷰는 진행되었다. 다행히도 우리 팀의 영어 담당이었던 고유리 팀원이 침착하게 인터뷰를 진행했고, 취재는 안정적으로 마무리 되었다. 다음날 오후, 우리는 모두 거실에 모여 4시와 6시 뉴스에서 우리가 나오는 모습을 생중계로 확인했다! 우리가 너무나 좋아하며 환호하자 캐롤라인과 가족들도 우리를 축하해주며 함께 기뻐했다. 지금도 그 날을 생각하면 가슴이 떨려온다.

탐방대원 후기

팀원 1. 고유리

많은 사람의 응원과 도움이 있었기에 모든 것이 가능했습니다. 그 많은 분 중 저희에게 너무나 큰 도움을 주시고 잊지 못할 추억들을 만들어주신 Caroline에게 다시 한 번 감사의 말씀드리고 싶네요. 지금 이 책을 읽고 계신 대학생 여러분, 꼭 도전하라고 말씀드리고 싶네요!

팀원 2. 김우정

LG 글로벌챌린저 덕분에 기관들 인터뷰도 해보고, 타임스퀘어 전광판에도 나와 보고, 미국 여행도 해보고 정말 다양한 경험을 해볼 수 있었어요. 소중한 추억을 쌓게 해주신 LG에 감사의 인사를 드리며, 이 모든 과정을 함께 해 온 74도 팀원들에게도 고맙다는 말을 전하고 싶습니다.

팀원 3. 김형민

한국에 돌아온 지 꽤 됐지만, 아직도 꿈을 꾸고 있는 것만 같아요. 탐방을 통해 많은 사람을 만나면서 그들의 열정에 다시금 놀랐고, 삶의 진정한 가치를 찾아 활동하는 모습을 본받아야겠다고 생각했습니다. 잊을 수 없는 추억과 경험을 선사해 준 LG에 감사드립니다.

팀원 4. 류현재

해외탐방에 앞서 아직 한국의 현실에서는 실현하기 어렵지 않겠냐는 회의적인 시선을 보내시는 분들도 많았습니다. 하지만 실제 현장에서 저희가 고민했던 문제점과 우려들이 아무것도 아니라는 것을 확인할 수 있었습니다. 이 프로그램이 정말 좋다는 것을 다시 한 번 확인하며 주제에 대해서도 확신과 자신감을 얻게 되었습니다.

Know-how
간절히 원하면
온 우주가 도와준다!

1.
적극적으로
도움을 구하라

LG글로벌챌린저를 준비하다 보면 수많은 난관을 만나게 된다. 그럴 때마다 우리 팀은 주변에 적극적으로 도움을 청했다. 탐방 주제를 정할 때는 전 기수 선배님들께 조언을 구하고, 국내 및 해외 탐방 컨택 때는 교수님들의 도움으로, 면접 준비 때는 대학 동기들에게 모의면접을 보면서 여기까지 올 수 있었다. 실례로 몇 번을 시도해도 열리지 않던 서울소년원의 문은 국내 탐방 때 인터뷰했던 교수님의 전화 한 통으로 쉽게 열리기도 했다. 문은 두드리면 열리게 되어 있다.

2.
공동의 목표를
세워라

LG글로벌챌린저는 팀 미션이다. 네 명의 팀원이 얼마나 단단한 팀워크를 가지고 있냐에 탐방과 보고서의 승패가 달려있다고 해도 과언이 아니다. 그러므로 탐방에 앞서 팀원 모두가 공감할 수 있는 목표를 세우는 것이 중요하다. 어떤 팀원은 탐방을 통해 외국을 경험하는 것에서 만족할 수도 있고, 어떤 팀원은 수상까지 원할 수도 있다. 각 팀원이 기대하는 목표치가 다르면 1년이라는 긴 프로젝트를 충돌 없이 마무리 짓기 힘들지도 모른다. 이에 우리 팀은 글로벌챌린저에 선발된 후에, 공동의 목표를 세우고 모두가 팀장이라는 책임감으로 미션을 수행했다.

Environment 환경

해양 Garbage 불가사리,
친환경 접착제 되다!

팀명(학교) SEA Star (동아대학교)
팀원 김동우, 박혜진, 이창우, 이현주
기간 2015년 7월 20일~2015년 8월 02일
장소 미국
　　　　1. 로스앤젤레스 (샌타바버라 대학교, University of California Santa Barbara)
　　　　2. 샌디에이고 (스크립츠 해양과학연구원, Scripps Institution of Oceanography)
　　　　3. 시카고 (시카고 대학교, The University of Chicago)
　　　　4. 볼티모어 (해양 및 환경 기술 연구원, Institute of Marine and Environment Technology)

현대의 인류는 놀라운 문명의 발전을 가져오는 위대한 업적을 이루어 왔지만 이를 이루기 위해 초래한 환경적 문제로 고통을 경험하기 시작했다. 우리나라는 환경적 문제를 해결하기 위해 화학물질 평가, 화학물질의 허가 및 제한 등 규제를 하고 있지만 선진국과 비교하여 볼 때 규제가 강력하지 않으며 관리가 미비한 실정이다. 우리는 강력한 규제를 준수하면서도 해양생태 강국이라 불릴 만큼, 합성화학물질이 아닌 천연 해양자원을 이용하여 새로운 돌파구를 찾고 있는 미국을 탐방하여 '불가사리'라는 재료로부터 환경에 해가 없는 접착제를 개발하는 방법을 배우고자 한다.

화학합성 접착제가 아닌 NEW 해양자원 접착제,
불가사리 접착제의 가능성

미국에서도 아름다운 자연경관으로 손꼽히는 샌타바버라 대학교에 자전거를 타고 출근하시는 허벌트(Herbert Waite)교수님이 있다. 허벌트 교수님은 세계 최초로 홍합 접착 단백질을 발견하고 물성 연구를 하신 분으로 천연 해양자원을 이용하여 새로운 친환경 접착제의 기반을 마련한 선구자이다. 그는 홍합 이외에도 기초 해양자원을 연구하고 있으며, 최근 불가사리에 관해서 연구를 진행하였다. 홍합 접착제와 비교하여 불가사리 접착제의 실현 가능성과 이를 적

접착제의 재료로 사용되는 불가사리와 홍합

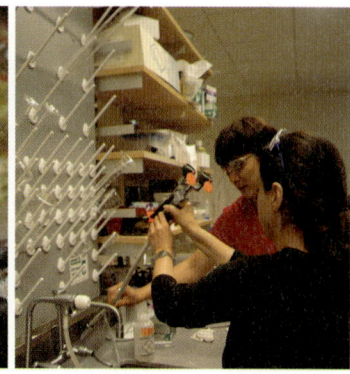
실험실 투어를 통한 학습

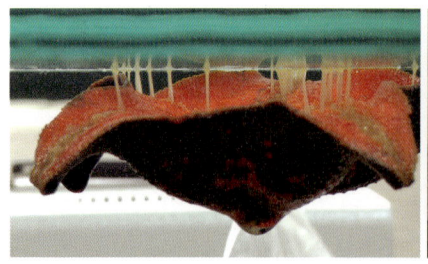

불가사리 발에서 나오는 접착 단백질   실같이 보이는 것이 홍합의 족사에서 나오는 접착 단백질이다!

용하기 위해 필요한 과정들을 알아보았다. 불가사리 접착 단백질은 홍합 접착 단백질과 달리 표면에 스스로 붙고 떨어질 수 있는 큰 장점이 있지만 단백질 구조가 다르기에 분석 및 개발이 필요하며, 한국에 적용하기 위해서는 정부의 재정 지원과 더불어 정책지원을 받아야 한다는 숙제가 남아있었다. 허벌트 교수님은 값싼 원료로 빠른 제품을 만들어내는 것보다 더 많은 자금과 시간이 필요하더라도 이에 투자하여 인류가 원하는 제품을 만들어내는 것이 더 중요하다고 강조하였다. 홍합 접착제를 개발, 생산하는 데 오랜 시간이 걸렸지만 해냈듯이, 불가사리 접착제도 가능하다는 희망적인 메시지를 들었고 불가사리 접착제를 긍정적으로 바라볼 수 있었다.

챌린저 Tip

홍합 접착 단백질 | 홍합의 발에서 족사라는 실과 같은 구조를 뻗어 분비되는 단백질로 DOPA 아미노산 성분과 관련이 있다. 이 접착단백질은 고체 표면에 딱딱한 플라크를 만들어 홍합이 바위 위에 단단히 붙을 수 있게 한다. 수중에서도 사용 가능한 소재로 현재 알려진 화학합성 접착제인 에폭시 접착제보다 2배 정도의 인장력을 가지고 있으며 $1cm^2$에 40mg으로 10kg의 물체를 들어 올린다. 직접 추출한 접착 단백질은 1그램당 1만 마리의 홍합이 필요하며 7천만 원이라는 매우 높은 가격에 팔리고 있어 상용화가 어려우며 현재 상용화 단계에 있는 접착 단백질은 유전자 재조합 방식을 사용한다.

불가사리 접착 단백질 | 이 물질은 홍합을 떼어내거나 일시적으로 바위에 강하게 접착할 때 분비되는 접착 단백질이다. 접착 분비물에서 확인된 58%의 단백질은 현재 알려진 접착단백질과 유사하지 않은 잠재적인 새로운 접착 단백질로 드러났다. 이 단백질은 이황화결합을 통해 중요한 물질로 변할 수 있으며 접착 단백질 이외에 탈착 단백질도 지니고 있어 개발의 전례 없는 소재이다. 직접 추출한 접착 단백질의 양은 홍합 접착 단백질보다 더 많은 것으로 연구 중에 있다.

챌린저 INTERVIEW

University of California Santa Barbara 허벌트 교수님

친환경 접착 단백질에 어떻게 관심을 두고 연구하게 되셨나요?

흔하지 않으면서도 미래 전망성이 있는 연구를 하고 싶어 생물학적인 모델 시스템을 통해 연구 소재를 자연계에서 찾으려고 시도했습니다. 따개비와 홍합의 경우는 배의 표면에 달라붙어 거센 물길 속에서도 잘 떨어지지 않는 특성이 있었는데 이러한 접착 성분을 발견하고 접착제를 만드는데 관심을 두기 시작했죠. 또한, 바이오 접착제는 인체에 무해하여 의료용으로도 사용 가능하기에 더 많은 관심을 가지게 되었습니다. 현재 한국 바이오 연구진들과 협력하여 접착제를 만드는 연구를 하고 있습니다.

불가사리 접착제가 화학합성 접착제를 대체할 만큼 효율성이 큰가요?

불가사리는 어민들의 양식이 되는 패류, 바닷속의 나무라고 불리는 산호초까지 먹으며 끈질긴 생명력과 처리 불가능한 많은 개체 수로 해양생태계의 파괴범입니다. 이러한 불가사리를 접착제로 재활용한다는 점과 천연소재를 이용하여 인간에게 무해하다는 점에서 불가사리 접착제는 그 영향력이 클 것이라고 봅니다. 미래지향적인 연구로서 당장의 수익성을 기대하기는 힘들지 모르지만, 그 기대효과는 아주 파급적이라 생각됩니다.

우리를 위해 특별히 PPT를 준비해주신 허벌트 교수님, 감사합니다!

NEW 해양자원, 해양 쓰레기인 불가사리를 이용한 접착제를 만들어야 하는 이유

드넓은 바다와 눈부신 라호야 해변을 따라 올라가다 보면 스크립츠 해양과학연구원(Scripps Institution of Oceanography)이 보인다. 스크립츠 해양과학연구원은 해양, 지구, 대기 환경 등 해양생태계 연구의 가장 오래된 역사를 가진 기관이다. 이곳에서 해양생물의 개체 수가 해양 생태계에 미치는 영향과 해양의 산성화 등을 연구하는 전문가 리사(Lisa Levin) 교수님을 만났다. 우리는 현재 불가사리가 해양 생태계에 미치는 악영향과 불가사리 접착제 활용을 통한 불가사리 개체 수 변화가 가져올 해양 생태계 변화를 알아보기 위해 기관을 방문하였다.

리사 교수님은 불가사리가 미생물과 물고기 사체를 잡아먹어 해양 정화라는 장점이 있지만 많은 개체 수로 인해 해양생태계를 파괴하는 단점은 반드시 해결해야 하는 과제라고 불가사리의 문제점에 대해 강조하였다. 그리고 불가사

시카고 대학의 실험실 투어!

리 접착 단백질 성분을 이용하여 해양 쓰레기를 친환경 접착제로 탈바꿈시키고자 하는 우리의 놀라운 시도는 해양생태계를 보전할 수 있을 뿐만 아니라 인류와 환경을 보존할 수 있는 새로운 길이 될 것이라는 희망적인 메시지를 들었다.

나노기술을 적용한 생체모사로 생산하는
불가사리 접착 단백질

세계에서 가장 많은 노벨상 수상자를 배출한 명문 대학 시카고 대학교는 그 명성만큼 캠퍼스의 거리도 아름답다. 따가운 햇볕 아래에서도 푸른 잔디밭에 캠퍼스를 누비고 있는 당신의 모습을 발견할 수 있을 것이다. 이곳에서 생체분자 공학 및 나노기술의 선구자인 매튜(Matthew Tirrell) 교수님을 만나기로 하였으나 갑작스러운 출장으로 Tirrell 그룹의 연구원인 블레어(Blair Brettmann) 씨를 만났다. 불가사리 접착 단백질은 전례 없는 바이오접착 단백질이기 때문에 나노기술을 이용한 생체모사를 통해 미지의 단백질 생산이 실현 가능한지를 알아보았다.

바이오 접착제인 홍합 접착제의 경우, 직접 추출의 어려움으로 2004년에 대장균으로부터 유전공학적으로 생산하려고 하였으나 생산성과 수용성이 낮아 실제적인 접착제로는 한계가 있었다. 이를 극복하기 위해 생체모사 방법을 통한 유전자재조합 방식을 사용하였고 새로운 단백질 나노입자 형태의 하이브리드 바이오 접착제를 개발하였다. 불가사리 접착 단백질 또한 직접 추출 및

라호야 해변에서 하루를 마무리!

대장균으로부터 유전공학적인 배양이 어렵다면 생체모사 방법을 통한 유전자 재조합 방식으로 해결할 수 있기에 새로운 바이오 친환경 접착제가 탄생할 수 있을 것이라는 긍정적인 답변을 얻었다. 불가사리 접착제가 실현되기 위해서는 우선 접착 단백질의 물성 분석 및 여러 가지 기술 적용을 통한 다양한 시도라는 근본적인 과제가 남아있었다.

단백질 추출 및 배양으로 불가사리 접착단백질의 기술 적용 방안

미국의 해양 환경기술 정부기관인 해양 및 환경 기술 연구원(Institute of Marine and Environment Technology)은 독특한 물고기 로고 덕분에 누구나 먼발치에서도 한눈에 알아볼 수 있다. IMET는 해양자원 분석을 통해 추출 및 배양을 하는 기관이며 그곳에서 이사를 맡은 러셀(Russell T. Hill) 교수님을 만나 불가사리 접착제를 만드는 과정에서 필요한 접착 단백질의 추출 및 배양 방법과 기술 적용 방안을 알아보았다. 개체 수가 많은 불가사리를 이용하여 단백질을 직접 추출하는 것이 경제적으로 가장 효율적이지만 단백질 분리가 어려울 경우 세포 배양 기술의 본질적인 문제를 해결하는 것이 산업용 생산에 중요한 점이었다. 홍합접착 단백질의 경우에는 대장균으로부터 유전자 배양 기술의 한계에 부딪혀 유전자재조합 방식을 적용하였다.

    대화를 나누면서 이미 해양자원인 홍합 접착 단백질을 생산하는 데 성공한 세계 최고의 한국인 전문가들이 있으며 세계적으로 유전자 배양 기술을 향상하기 위해 힘쓰고 있기에 불가사리 접착제를 실현하기에 충분하며, 해양 쓰레기인 불가사리를 이용한다는 점에서 기대가 크다는 희망적인 메시지를 들었다. IMET 조수인 정숙청(J. Sook Chung) 씨를 만나 실험실 투어와 함께 그 과정을 자세히 알아볼 수 있었고 우리에게 불가사리 접착 단백질 추출 시 사용되는 용매와 불가사리 접착 단백질의 생성 시기, 생성 이유 조사라는 숙제가 남겨졌다. 작은 선물과 함께 감사의 인사를 전한 우리는 더 큰 선물을 받았다. IMET 페이스북에 같이 찍은 사진과 함께 LG글로벌챌린저인 우리를 응원하는 글이 올라왔다. 이 자리를 빌려 다시 한 번 감사드린다.

IMET에서 한 컷!

탐방대원 후기

팀원 1. 박혜진

제 인생의 버킷리스트 중에 하나가 '미국 여행 가기'였습니다. LG글로벌챌린저를 통해서 여행보다 값진 '탐방'을 하게 되었고 제 인생의 전환점이라고 말할 수 있을 정도로 많은 것을 보고 느끼는 계기가 되었습니다. 또한, 많은 분이 도움을 주시고 응원도 해주셨는데 이 자리를 빌려 감사한 마음을 전하고 싶습니다.

팀원 2. 김동우

모든 것이 처음이라 설레고 기대되는 나날들이었지만, 누군가는 정말로 원했을 이 시간을 헛되게 보낼 수 없었습니다. 매 순간 부끄럽지 않은 LG글로벌챌린저가 되기 위해 지칠 수 없었습니다. 탐방하며 배운 열정과 책임감, 절대 잊지 않겠습니다.

팀원 3. 이창우

태어나서 처음으로 욕심을 가지고 도전한 LG글로벌챌린저를 통해 많은 것을 얻었습니다. 많은 사람과의 만남과 소통을 통해 얻은 추억 그리고 이러한 추억과 경험을 통해 얻은 보람이라는 단어는 저를 더욱 성장시켜 주었습니다. 앞으로도 LG글로벌챌린저의 일원으로서 세상을 움직일 수 있도록 노력하며, 가슴 따뜻한 일을 계속할 수 있는 사람이 되고 싶습니다.

팀원 4. 이현주

LG글로벌챌린저를 통해 처음으로 더 넓은 세상에 첫발을 내디딜 수 있었고, 미국 서부에서 동부까지 횡단하는 값진 기회를 얻었습니다. 몸소 부딪치며 느끼고 배운 지식과 체험은 돈을 주고도 살 수 없는 경험이라 생각합니다. 뜬눈으로 밤을 보내며 불태웠던 열정의 추억들은 절대 잊을 못할 것입니다. 저를 성장시키는 최고의 기회를 준 LG글로벌챌린저, 사랑합니다!

Know-how
하다 보면 된다

1.
차 렌트 시,
짐을 숨겨라!

미국의 캘리포니아 주에서는 대중교통보다 렌터카를 이용하면 시간과 돈을 최대로 절약할 수 있다. 이때 원하는 렌터카를 예약하고 가는 것이 가장 좋은 방법이지만, 현장에서 렌트를 해야 하는 경우가 발생할 수 있다. 이때 약간의 짐은 숨기는 것이 좋다. 우리의 경우 중형차에도 캐리어들을 충분히 실을 수 있었지만, 직원은 짐을 싣기에 대형차는 되어야 한다며 다른 크기의 렌터카를 제공해주지 않았고, 렌트비 예산 초과라는 결과를 낳았다.

2.
여가 일정을
계획하고 떠나라!

탐방 이외의 여가는 한정되어 있고 팀원마다 가고 싶은 여행지는 다를 수밖에 없다. 국내에서 의견 조율을 통해 몇 군데의 여행지를 선정하고 계획해 놓으면 입장권을 싸게 구매할 수 있을 뿐만 아니라 예정된 일정 속에 의견 충돌 없이 여가를 재밌게 보낼 수 있다. 여행 도중, 계획된 여가 일정 이외에 더 즐기고 싶은 여행지가 있다면 팀원과 함께 시간을 적절히 조절하여 즐기는 것도 탐방 및 여행을 알차게 보내는 방법이다.

바이오차(Bio-Char),
음식물폐기물의
매력적인 변신

팀명(학교) Charming (서울여자대학교)
팀원 김나연, 박지아, 이주은, 조민지
기간 2015년 8월 17일~2015년 8월 30일
장소 독일, 벨기에, 프랑스, 영국
1. 프라이부르크 (Eurofins, 유로핀)
2. 브뤼셀 (European Policy Centre, 유럽연합정책센터)
3. 낭트 (Florantaise, 플로랑타스)
4. 파리 (Carbonex, 카보넥스)
5. 에든버러 (UKBRC, 에든버러대학연구소)

'내가 남긴 음식물의 최종 목적지는 어디일까?' 라는 막연한 물음에서부터 우리의 행동은 시작됐다. 생각 없이 버렸던 음식물 폐기물이 환경오염의 주범이 될 수 있다는 것에 놀랐고, 쓸모 없다고 생각했던 음식물폐기물이 '자원'이 될 수 있다는 것에 번뜩였다. 음식물폐기물이 '자원'이 될 수 있다면, 세계적인 자원 수입국인 우리나라에 큰 도움이 될 수 있다고 생각했다. 무궁무진한 가능성을 갖고 있는 음식물폐기물이 재활용된다는 것에 대해 아직 우리 사회는 부정적인 인식을 하고 있으며, 이를 활발하게 활용할 수 있는 제도도 미비한 상태이다. 따라서 음식물폐기물을 활용하여 만든 바이오차를 상용화하려는 방안을 모색하기 위해 폐기물을 활용해 바이오차를 생산하고, 에너지원으로 적극적으로 활용하고 있는 유럽의 독일, 벨기에, 프랑스, 영국을 방문하였다.

독일에서 전반적인 바이오차 연구 시스템을 배우다

한국에서 출발하여 긴 비행 끝에 도착한 독일, 우리는 베를린 공항에 도착하자마자 드레스덴이라는 곳으로 이동을 시작해야 했다. 처음 계획은 베를린을 구경하고자 했으나 긴 비행을 하고 나니 다들 지쳐있었고 모레 인터뷰도 잡혀있었기 때문에 우리는 조금이라도 쉬기로 마음먹었다. 추적추적 비 오는 드레스덴을 보면서 우리는 기관 인터뷰 준비에 열을 올렸다.

　　그렇게 모든 준비를 마치고 드디어 인터뷰 당일, 드레스덴에서도 2시간가량 떨어진 프라이부르크까지 가야 했기에 아침 일찍 길을 나섰다. 비를 맞으며 기차역에서 30여 분간 걸어 유로핀(Eurofins)에 도착하니 오늘의 주인공인 한스(Hans-Peter)와 유로핀 홍보부에서 일하고 있는 지나(Gina Freyer) 씨가 반갑게 맞아주었다. 유로핀은 바이오차 연구 시스템과 연구 네트워크가 잘 마련되어 있는 기관이다. 연구 시스템 측면에서 볼 때 각각의 Lab마다 각 분야의 전

챌린저 Tip

바이오차 | 바이오매스를 이용하여 산소가 제한된 환경에서 열분해 할 때 만들어지는 탄소 함량이 높은 고형물질로, 탄소 함량이 일반 유기물보다 상대적으로 높은 물질을 말한다.

문가들이 배치되어 있으며 분업화가 잘 되어 있다. 또한, 한 건물 자체에 연구 결과물의 샘플들을 보관해 두었는데 바이오촤와 관련한 많고 다양한 샘플을 볼 수 있었다. 그는 이 샘플들이 기관의 자산이며 이를 바탕으로 더욱 활발한 연구가 이루어질 수 있으며, 연구 결과물이 빠르게 상용화될 수 있다고 답변해 주었다. 이처럼 우리의 프로젝트의 핵심인 연구에서 나온 결과물이 어떤 과정을 걸쳐 제품화되고 판매에 이를 수 있는지에 대한 답변을 얻을 수 있었던 소중한 시간이었다. 특히 독일과학재단(Science Funding)이 연구 결과의 상용화에 긍정적 영향을 미친다고 말했다. 독일과학재단은 연구 기관과 정부 기관을 서로 연계하는 역할을 하는 곳이다. 이 기관을 통해 연구 기관은 프로젝트에 대한 금전적 지원 또는 더 나은 프로젝트를 위한 투자를 끌어낼 수 있다. 이를 통해 연구 기관은 수요자의 요구를 충족하는 프로젝트를 진행할 수 있고 수요자들은 자신들이 원하는 것을 충족시킬 수 있다는 장점이 있다.

한스 씨는 유로핀의 모든 실험 과정들을 직접 보여주며 자세하게 설명해 주었다. 우리는 그의 한 마디 한 마디에 집중하며 많은 것을 배울 수 있었다.

비를 쫄딱 맞으며 도착한 UKBRC,
연구소 탐방을 비롯하여 바이오촤의 실물을
볼 수 있었던 유익한 곳이었다

챌린저 Tip

독일과학재단 Science Funding | 특정 분야의 연구 기관과 정부 기관이 서로 연계하며, 독일의 기업이 투자하는 방식이다. 기업은 재단을 통하여 약 2.5억 유로 가량을 투자한다.

유럽에 도착한 후
처음으로 날씨가 좋았던 날,
탐방기관 가는 도중 만난
공원에서 팀 깃발을 꺼냈다

폐기물을 활용한 에너지를 적극 활용하고 있는 유럽의 정책 탐색

유럽에 도착하고, 계속 비가 내렸다. 탐방 삼 일째, 드디어 벨기에에서 맑은 하늘을 만날 수 있었다. 맑은 유럽을 처음 만났기에 '제대로 된 유럽을 즐겨보자!'라는 마음으로 조금 일찍 숙소에서 나섰다. 숙소에서부터 기관까지는 걸어서 약 20분 정도의 거리였지만, 조금 돌고 돌아 사진도 많이 찍고 꽤 기억에 남는 하루를 보냈다.

유럽연합정책센터(EPC, European Policy Centre)에 도착하여 애니카(Annika Hedberg) 씨를 만났다. EPC는 유럽의 전반적인 정책을 제정하고 법률을 수정, 보완하는 곳이었다. EPC에서 만난 애니카는 정말 따뜻하게 우리를 맞이해줬고 인터뷰 내내 우리의 프로젝트에 대해 굉장한 흥미를 보였다. 유럽에는 음식물폐기물로 에너지를 만들어 대중교통의 연료로 쓰는 도시도 있고, 이를 적극적으로 활용하고자 노력하는 곳이 많다고 했다. 하지만 가장 중요한 것은 정책적인 측면이고 정책이 제정되기 위해서는 이에 대한 필요성이 끊임없이 제기되어야 한다고 강조했다. 그녀는 한국의 상황을 듣고, 폐기물을 활용한 에너지를 적극적으로 활용하기 위한 초기단계에서는 일정부분 '의무성'을 띤 정책도 필요하다고 덧붙였다.

한눈에 다 담지 못할 그랑플리스의 규모와 아름다움에 우리는 압도당하고 말았다

　일방적으로 전달하는 인터뷰가 아니라, 최대한 한국 상황에 맞는 솔루션을
제공해주려고 노력한 그녀의 인터뷰에 감동했다. 우리가 먼저 질문하면 그 질
문에 대한 한국 상황을 물어보았고, 이에 대해 가장 적합한 답변을 해주어서
큰 도움이 되었다. 더불어 우리의 프로젝트와 딱 맞는 전문가를 소개해주셔서
더 폭넓은 배움의 기회가 될 수 있었다.

바이오 에너지 활용을 위한 기술력 탐구, 프랑스 'Florentaise & Carbonex'

프랑스의 낭트에 있는 기관 플로렌테제(Florentaise)를 방문하는 날. 변두리에
있어 교통편 찾기가 쉽지 않아 역 근처에서만 삼십 분 넘게 지체했다. 조그만
여자애 넷이 헤매던 게 안쓰러웠는지 옆에서 일하던 공무원 한 분이 손수 콜택
시를 불러주었고 겨우 기관에 도착할 수 있었다.

　인터뷰는 플로렌테제의 대표인 로랑(Laurent Saupin) 씨와 진행되었다. 플로
렌테제는 햇볕에 말린 쌀과 옥수수를 원재료로 바이오차를 생산하는 기업이
다. 독자적으로 기술력을 보유한 사업체이기 때문에 기술과 관련한 질문에 민
감하게 반응하진 않을까 걱정했는데, 오히려 PPT를 통해 공정 과정을 설명해

주는 등 열정적으로 인터뷰에 응해 주어 한결 마음이 놓였다. 게다가 웅장한 소리를 내며 가동되고 있는 바이오차 리액터와 에너지 밸런스를 맞추는 자동화 기계까지 구경시켜주었다. 그렇게 미래세대를 위한 발전, 환경을 위한 기술이라는 자부심을 느끼며 작업하는 플로렌테제 기업의 에너지를 느끼며 기분 좋게 인터뷰를 끝마쳤다.

낭트에서의 인터뷰를 마친 다음 날, 바이오 에너지로 전기를 생산하는 기관인 카보넥스(Carbonex)와의 인터뷰가 진행되었다. 카보넥스와 연락은 사실 갑작스럽게 이뤄졌다. 정부의 지원을 받는다는 점에서 눈독 들였던 기관이지만, 일정 조율 실패로 인터뷰는 물 건너 간 셈이었다. 하지만 운 좋게도 낭트행 기차 안에서 담당자와의 통화 끝에 인터뷰 기회를 얻을 수 있었다. 카보넥스 담당자 삐에르(Pierre) 씨가 숙소 근처 커피숍까지 와주었고 그렇게 인터뷰는 시작되었다. 그는 프랑스의 에너지 관련 현 정책 상황으로 운을 띄우며 진행 중인 전기 생산 프로젝트에 대해 설명해주었다. 프랑스 환경부는 그린에너지, 그중에서도 전기에 관심을 가지며, 전기생산 프로젝트를 적극적으로 지원한다. 덕분에 카보넥스가 작은 회사임에도 불구하고, 많은 지원을 받아 2010년부터 바이오매스를 이용한 전기생산을 진행할 수 있게 되었다고 한다. 그는 마

Florantaise,
처음으로 바이오차 리액터를 마주한
팀원들은 뿌듯한 표정이다

지막까지 바이오촤 에너지가 석탄에 비해 짧은 시간에 만들어짐에도 불구하고 석탄의 에너지와 비슷하고, 기존 연료보다 가볍다는 점을 어필하며 바이오촤의 가능성에 대해 열변을 토했다. 거기서 그치지 않고 공식적인 인터뷰가 끝난 후에도 삐에르는 아시아의 바이오촤 상황에 대해 흥미를 느끼며 시간 가는 줄 모르게 대화를 이어갔다.

바이오촤의 실물을 마주하다

프랑스 샤를드골 공항에서 비행기를 놓치는 일이 있었다. 갑자기 일정을 변경하게 되어 히드로 공항을 거쳐 에딘버러로 향하게 되었다. 인터뷰는 반드시 해야 했고, 공금은 얼마 남지 않은 상황에서 어쩔 수 없는 상황이었다. 비행기를 두 번이나 타고 가는 일이 조금은 걱정되기도 했지만, 길고 길었던 영국 입국심사를 거쳐 잘 도착했다. 처음에 에딘버러에서 에딘버러 대학교까지 가는 길이 조금 복잡해서 약속 시간보다 10분 정도 지각했음에도 불구하고, 교수님께서는 친절하게 맞아주셨다. 교수님뿐만 아니라 대학교의 몇몇 직원분들도 짐이 많은 것을 보고 서로 도와주려고 하셨고, 덕분에 정말 잘 연구소까지 도착할 수 있었다. 지각한 것에 대해 정말 죄송스러웠는데, 오히려 길 찾기 어렵지는 않았냐며 걱정해주셔서 감사한 마음이었다.

본격적으로 인터뷰를 시작했다. 온드레즈 마세크(Ondrej Mašek) 교수님께서는 바이오촤 분야의 권위자셨고, 정말 모든 대답에 친절히 대답해주셨다.

낯선 타지에서의 힐링은
역시 라면만한 게 없다.
라면 먹는 순간!
이곳은 한국이다

루브르 박물관 앞에서 우리 팀 두 번째 인생샷이 탄생했다!

UKBRC(UK Biochar Research Centre)는 바이오차 연구에만 집중하며 그 어떤 상업적 활동은 하지 않지만, 상업화를 하려는 기업을 돕기는 하였다. 우리가 음식물쓰레기를 주된 바이오 원료로 사용할 것이라고 말씀드렸더니, HTC기술을 잘 활용하면 충분히 에너지화시킬 수 있다고 말씀해주셨다. 음식물폐기물을 이용한 바이오차는 기본적으로 바이오매스의 값이 저렴하고, 기술을 사용하면서 수분을 제거하는 부분만 잘 이루어진다면 충분히 경제성과 에너지성에 있어서 가능성이 크다고 하셨다. 그뿐만 아니라, 바이오차를 만드는 과정에서 생겨나는 부산물들의 활용방법도 알려주셔서 좋았다. 현 한국의 연구 과정에서는 바이오 리퀴드를 활용하는 측면에서 많은 고민이 있었는데, 온드레즈 마세크 교수님의 조언대로 활용해본다면 부산물의 활용도 잘 이루어질 것이라 확신한다. 교수님께서 확신을 하고 한국에서의 바이오차 전망이 나쁘지

챌린저 Tip

열수가압탄화반응 (hydrothermal carbonazation, HTC) I 밀폐된 반응기를 이용하여 바이오매스를 산소가 제한된 환경에서 탄화시키는 방법이다.

않다고 말씀해주시니 우리의 프로젝트가 정말 현실화 가능성이 크다는 것을 다시 한 번 깨닫고 뿌듯했다.

인터뷰를 무사히 마치고 나니, 교수님께서는 어린 학부생이라면 에딘버러의 프린지 페스티벌을 즐겼으면 좋겠다고 하시면서 꼭 주변을 둘러보고 가고 말씀해 주셨다. 일 년 중 가장 큰 축제라고 하셨다. 버스 안이었지만, 축제의 분위기를 마음껏 느낄 수 있었다. 사람들은 흥에 겨워 모두가 친절했고, 영국 신사들은 어린 동양 여대생이 큰 짐을 끌고 가는 것을 모두 도와주었다. 좋은 기억 가득한 에딘버러였다.

| EPISODE |

비행기를 놓치다!

파리에서 에든버러로 가는 날이었다. 일부러 조금 서둘러서 집을 나섰고, 비행 4시간 반 전에 숙소에서 출발했다. 공항철도를 타기 위해 환승역에 도착했는데, 수상한 '기운'과 '분위기'라는 게 있지 않은가. 그때 샤틀렛역은 어수선함과 불안한 기운이 맴돌았다. 옆에 있던 프랑스 아주머니께서는 우리의 거대한 캐리어를 보시며 측은한 눈빛을 보내셨다. 그때 알아차렸어야 했지만, '별일 있겠어?'라는 마음에 열차에 올라탔다. 그런데 열차가 멈췄고, 모두 내리라는 방송이 나왔다. 그렇다, 우리는 열차 사고로 비행기를 타지 못했다. 다음날 인터뷰가 있었기 때문에 사비를 걷어 팀원 한 명을 새벽 비행기로 먼저 보냈고, 나머지는 약 17시간의 공항 노숙을 견뎌야만 했다.

샤틀렛역, 공항열차 충돌사고로 공항에 가지 못하게 되어 어리둥절한 상태로 길을 찾아나서는 나연이와 주은이의 뒷모습

샤를드골역, 결국 비행기를 놓쳐 공항에서 다음 비행기를 기다리다 치쳐 잠든 주은이

챌린저 INTERVIEW

UKBRC 온드레즈 마세크

기존 연료와 비교했을 때, 바이오촤가 연료로써 경쟁력이 있다고 보시나요?

스위스에 수분함량이 굉장히 높고 열량이 낮은 물질을 넣고 그것을 연료로 만드는 곳이 있습니다. 이 사업은 현재 성공을 거두어 다양한 프로젝트를 진행 중인데, 이 사업이 성공할 수 있었던 이유는 원재료가 굉장히 저렴했고 그들이 가진 기술력과 원재료의 특성이 부합하여 시너지 효과를 냈기 때문입니다. 그런 면에서 한국에서 시도하는 음식물폐기물을 활용한 바이오촤는 기존의 석탄 연료와 비교했을 때 가격 면에서 충분히 경쟁력이 있다고 봅니다. 하지만 좀 더 높은 경쟁력을 갖기 위해서는 성분적인 보완이 몇 가지 필요한데, 우선 수분을 함유한 원료임으로 HTC를 활용한 기술력을 높여 이를 적극적으로 활용할 수 있도록 해야 하며, 염분 문제도 해결해야 하지만 이 역시 HTC를 활용한다면 가능하다고 생각합니다. 단순 연료로서의 경쟁력 이외에 친환경적, 지속할 수 있는 사회를 추구하는 시대적 흐름과도 걸맞아 충분히 경쟁력 있을 것입니다.

바이오촤를 생산하는데 발생하는 부산물의 활용처가 궁금합니다.

HTC를 활용하여 바이오촤를 생산한다는 가정 하에, 바이오촤인 고형물과 바이오가스, 바이오 리퀴드가 생성됩니다. 사실 바이오촤를 만들기 위한 과정 중에 발생하는 것들이기 때문에 이를 어떻게 처리해야 하는지 상당한 고민이 있었습니다. 하지만 바이오가스 같은 경우에 가스에서 에너지를 창출할 수 있습니다. 열에너지원으로써 발전소로 보낼 정도의 크기는 아니지만, 생성된 바이오가스들을 모아두었다가 바이오촤를 만들 때 에너지원으로 충분히 활용할 수 있습니다. 실제로 우리는 이런 식으로 바이오촤를 만들고 있으며 이와 같은 재활용은 생산비용 절감에 큰 도움이 됩니다. 리퀴드는 정제하여 가공한다면, 바이오디젤로도 활용할 수 있다고 보고 이를 연구하고 있습니다.

탐방대원 후기

팀원 1. 박지아

두 번의 도전 끝에 이렇게 제가 LG글로벌챌린저 대원으로서 탐방도 갔다 오고 후기도 적고 있다는 것이 꿈만 같습니다. LG글로벌챌린저를 하며 느낀 것은, 우리는 나보다 똑똑하다는 것입니다! 저희 프로젝트에 함께해주신 모든 '우리' 여러분, 이 자리를 빌려 감사드립니다.

팀원 2. 김나연

프랑스어를 전공하고 있는 저에게 유럽에 가는 일은 언제나 즐거운 일입니다. LG글로벌챌린저 대원으로서 여행과는 조금 다른 목적으로 가는 거였지만, 새로운 사람들을 만날 수 있어서 즐거웠습니다. 프로젝트를 계획하고, 실행하는 과정에서 더욱 성장하는 저를, 그리고 팀원들을 볼 수 있었습니다.

팀원 3. 이주은

LG글로벌챌린저에 도전할 수 있었던 것은 황금 같은 기회를 잡은 덕분입니다. 목적이 여행이 아니었기 때문에 몸도 마음도 지쳤지만 힘들었던 만큼 많은 에피소드로 가득 찼던 탐방이었습니다. 남들과는 조금은 다른 목적으로 우리 팀만의 목적으로 갔던 유럽이었기 때문에 평생 기억에 남을 것 같아요. 이번 탐방을 도와주신 모든 분에게 감사의 인사를 전해드리고 싶어요!

팀원 4. 조민지

단순한 해외여행이 아닌 인터뷰라는 업무를 짊어지고 간 탐방이라 처음엔 걱정과 부담이 가득했지만, 점차 이 과정을 즐기는 저의 모습이 저 자신에게도 새롭게 느껴졌습니다. 고난과 역경 속에서도 함께해준 팀원들과 잊지 못할 경험을 선사해 준 LG글로벌챌린저에게 다시 한 번 고마움을 전합니다.

Know-how
목적을 명확히, 모든 방향성은
'목적'으로부터 나온다

1.
**탐방대원
모집방법,
1/n을 기억하라!**

LG글로벌챌린저가 단순한 해외탐방프로그램이라고 생각해선 안된다. 팀원이 각자 맡은 1/n의 몫을 수행할 때, 시너지가 생기며 더 좋은 결과물을 도출할 수 있다. 마음이 맞는 친구와 도전하는 것보다는 팀원이 가진 '역량'이 겹치지 않도록 팀을 꾸리는 것이 가장 중요하다. 실제로 우리 팀은 보고서의 논리 흐름을 볼 수 있는 팀원 1, 숲보다는 나무를, 세밀한 부분까지 볼 수 있는 팀원 2, 인터넷 중계와 보고서 디자인 등을 맡은 팀원 3, 영어와 현지 언어가 가능한 팀원 4 이렇게 구성했다. 모든 방향성은 함께 의논하지만, 실질적인 활동을 할 때, 각자 본인이 맡은 역할을 최대한 수행하여 좀 더 효율적으로 일할 수 있었다. 이렇게 본인이 맡은 역할이 확실할 때, 책임감이 생겨 좀 더 열심히 하게 되는 원동력이 생기기도 한다. 왜냐면 나는 우리 팀에서 1/n만큼을 맡고 있으니까!

2.
**학교 수업에
충실할 것,
강의는 노다지다**

LG글로벌챌린저를 하고자 마음먹었다면, 가장 먼저 하는 것이 주제선정이다. 그리고 주제를 선정하는 기간만큼은 듣고 보는 모든 것들이 주제와는 관련이 없는지 모든 신경이 곤두서있다. 우리 팀은 한 팀원이 듣던 환경 교양 수업에서 주제를 찾았다. 교수님이 지나가듯이 말씀하신 "나는 이런 연구를 하고 있어요."에 번뜩여 그 날로 수업이 끝나자마자 달려갔다. 뉴스부터 TED, 관련 서적들까지 주제를 찾을 길은 정말 넓고도 많다. 하지만 학교 수업도 '노다지'임을 꼭 알려주고 싶다. 실제로 한 팀원이 수업시간에 괜찮다고 생각하고 메모장에 적어둔 주제가 전년도 선발 주제에 있었고, 서류통과 주제에도 있었다. 약간의 팁을 덧붙인다면, 교수님의 연구 과제도 좋은 주제가 될 수 있다. 논문을 열심히 본다면 분명 그곳에서 황금과 같은 주제를 발견할 수 있을 것이다.

실크와 엽록소가 만나
미세먼지를 해결하다

팀명(학교) LEAFCOVERY (한동대학교)
팀원 김대현, 김승윤, 김태신, 황지영
기간 2015년 7월 20일~2015년 8월 2일
장소 미국
1. 보스턴 (오메네토 실크 연구소 Omenetto Silk Lab, 백시스 Vaxess Technologies)
2. 뉴욕 (하이라인 파크 High Line Park, 센트럴 파크 Central Park)
3. 시카고 (시카고 시청 City hall of Chicago)
4. LA (남부 해안 대기질 관리 센터 South Coast Air Quality Management District)

도심을 가득 채운 뿌연 대기, 잔뜩 인상을 찌푸린 채 마스크를 쓰고 걸어가는 시민들. 현대인들에게는 더는 낯선 풍경이 아니다. 어느새 우리에게 익숙하지만 불편한 이웃이 되어 버린 미세먼지는 지금 이 순간에도 우리들의 건강을 위협하며 침묵의 살인을 진행 중이다. 우리는 미세먼지가 망쳐버린 자연과 사람들의 삶의 회복을 위한 해결 답안을 자연에서 발견했다. 실크와 엽록소의 조화로 만들어진 천연산물인 실크리프는 광합성을 함으로써 미세먼지를 제거한다. 우리는 미세먼지의 살인적인 공격으로부터 숨기에 급급한 현실에 반전을 가져오기 위해 미국에 가서 실크리프의 무한한 응용 가능성과 성공적인 국내 도입을 위한 방안에 대해 배웠다. 그리고 마침내 미래에 펼쳐질 대한민국의 푸른 하늘을 그릴 수 있게 되었다.

실크에 엽록소를 주입한 실크리프를 개발한 Omenetto Silk Lab

오메네토 실크 연구소는 누에고치로부터 뽑아낸 천연 실크의 활용 방안에 대해 연구하고 신기술을 개발하여 다양한 분야에 적용하는 연구기관으로, 실크 연구 및 기술 개발 분야에서 세계 최고의 권위를 지니고 있는 연구소다. 우리가 알아보려고 하는 실크리프 기술의 고향이라고도 할 수 있는 곳이기 때문에 우리는 현재 실크 기술이 어느 정도까지 발전되어 있으며 어떻게 진행되고 있고, 특히 실크리프라는 기술이 미세먼지에 얼마나 효과가 있는지를 알아보기 위해서 연구소를 방문했다.

인터뷰 시간에 맞춰 오메네토 실크 연구소가 위치하고 있는 터프츠 대학교(Tufts University)에 도착했다. 우리와 인터뷰 약속을 한 Technology Transfer Manager 마틴(Martin Son) 씨가 직접 우리를 데리러 와준다고 해서 우리는 학교 로비에서 떨리는 마음으로 앉아있지도 서 있지도 못한 채 그를 맞이할 준비를 했다. 한국에

자유로운 분위기의 Omenetto Silk Lab

서부터 사진으로만 봐왔던, 좀처럼 연락하기 쉽지 않았던 그였기에 그를 처음 봤을 때 우리는 흡사 연예인을 만나는 기분이 들었다. 수줍게 인사를 나눈 후에 실크 연구소에 도착했다. 연구소이기 때문에 굉장히 딱딱한 분위기일 것으로 생각했는데 상상 이상으로 자유로운 분위기였다. 간단한 놀이기구와 벽에 쓰인 아이디어들을 구경하고 있는 동안 마틴이 다채로운 인터뷰를 위해서 연구원 두 명을 더 데리고 와줬다.

여태 동안 글로만 배웠던 실크리프를 직접 말로 전해 듣고 배우는 시간인 만큼 우리는 언어를 초월하여 모든 말을 알아듣고 이해하기 위해서 신경을 곤두세웠다. 실크리프는 애초에 미세먼지 해결을 위해서 고안된 것이 아니므로 실제 미세먼지 환경에 직접 쓰였던 적은 없지만, 광합성을 한다는 사실이 확인되자 미세먼지를 해결할 수 있다는 가능성을 발견한 것이다. 또한, 실크리프를 용액이나 필름, 고무와 같은 성질로 만들 수 있어 더욱 다양하게 적용할 수 있다는 사실을 알게 됐다. 유익했던 인터뷰 시간을 마치고 연구원들이 연구실을 구경시켜주었는데, 화면으로만 보던 실크리프 만드는 과정을 직접 눈으로 보게 되어 영광스러웠다.

인터뷰와 연구소 투어까지 끝마치고 마틴 씨는 우리에게 터프츠대학교의 생활을 느끼게 해주겠다며 학생식당에서 밥을 사줬다. 미국 대학생이 된 것만 같은 느낌을 만끽하며 여유롭게 메뉴를 고르고 자리를 잡았다. 맛있게 식사를 하는 와중에 그가 한국계 미국인이라는 것을 알게 되었다. 더 놀라운 것은 그의 아내가 한국인인 까닭에 한국말을 어렵지 않게 한다는 것이다. 덕분에 우리는 밥 먹는 동안에는 영어 대신 한국어를 사용하며 편안한 마음으로 식사할 수 있었다. 그의 친절함과 따스함으로 우리의 첫 번째 탐방은 무사히 끝이 났다.

챌린저 Tip

실크리프 | 실크 용액에 엽록소를 주입해서 건조한 것으로 실제 나뭇잎처럼 광합성을 하는 새로운 친환경 신기술

챌린저 INTERVIEW

Omenetto Silk Lab 마틴

실크리프를 미세먼지에 노출된 환경에 설치하여 본 적이 있습니까?

실제로 실크리프를 야외에 설치한 적은 없지만, 연구단계에서는 다양한 환경에서의 실험이 이루어졌습니다. 결국, 대기환경개선의 효과를 알아보기 위해서는 실크리프가 실제 식물과 기능적인 부분에서 얼마나 유사한지를 밝혀내는 것이 중요합니다. 그동안 연구진들은 실크리프에 주입된 엽록소들이 광합성을 통해 충분한 산소와 음이온을 배출함을 밝혀냈죠. 그 결과 실크리프가 대기오염물질 제거에 효과적일 수 있음을 알 수 있었고, 실제로 도시에 적용된다고 했을 때도 충분히 큰 영향력이 있을 것으로 생각합니다.

실크리프 기술을 한국에 적용하려면 어떤 점들이 보완되어야 할까요?

가장 먼저 필요한 것은 한국의 실제 도시에 적용하고 한국형 실크리프를 개발하는 것입니다. 실크리프의 성능이 연구 단계에서는 충분히 입증되었다고 하지만, 실제 도시의 환경은 우리의 생각보다 훨씬 더 변화무쌍하며 다양합니다. 그러므로 한국의 실제 도시에 적용되었을 때, 실크리프가 어떻게 적응하고 변화하는지를 파악하고 분석하는 것이 중요합니다. 또 다른 하나는 한국 사회 안에서 기술의 필요성에 대한 공감대가 형성되어야 한다는 것입니다. 아무리 좋은 기술이 있어도 사용자가 필요성을 느끼지 못한다면 무용지물이기 때문에 지금 한국의 대기환경이 얼마나 열악한 상황에 놓여있는지, 왜 이 기술을 들여와야 하는지 등에 대한 인식이 있어야 합니다.

여러 형태의 실크를 보며
흥미로워하는
LEAFCOVERY

실크를 이용해 백신을 장기간 보관할 수 있도록 연구하는 Vaxess Technologies

백시스는 개발도상국에 있는 가난한 환자들이 해당 지역의 열악한 기후에서도 의약품을 변질 없이 장기간 보존할 방법을 연구하고 개발하기 위해서 창업한 벤처기업이다. 현재 미국 시장에서의 실크제품에 대한 수요, 실크리프가 시장에 출시되기 위해서 어떠한 점을 고려해야 하고 제품으로서 얼마나 경쟁력 있을지 조언을 구하기 위해서 이곳을 탐방하기로 했다.

두 번째로 방문하는 기관인데도 떨리는 마음은 첫 번째 기관과 다를 바 없었다. 건물 안으로 당당하게 들어가기 전에 마음을 추스르고 있었는데 한 연구원이 지나가다가 우리를 발견하고는 귀엽다는 듯이 미소를 지으며 안으로 인도해줬다. 떨리는 마음으로 백시스에 입성하여 우리와 인터뷰를 진행해 줄 마이클(Michael Schrader) 씨를 만났다. 인터뷰 동안 그는 기업이 충분한 수익을 창출할 수 있을 만큼 실제 시장에서의 실크제품에 대한 수요가 많다는 얘기를 해주었다. 실크가 경제적으로 저렴하고 백신을 오래 유지할 수 있으며 친환경적이라는 장점을 말하며 도시녹화를 실행할 수 있을 정도의 많은 양의 실크를 공급해 줄 기업을 찾는다면 실크리프는 시장에서 굉장히 매력적인 제품이 될 것이라고 했다. 우리는 인터뷰를 통해 실크 기술을 한국에 도입했을 때에 한국에서 아직 개척되지 않은 실크 제품의 시장을 선점할 기회가 됨과 동시에 미국이라는 큰 시장으로 나아갈 수 있는 발판이 될 수 있다는 것을 확인했다.

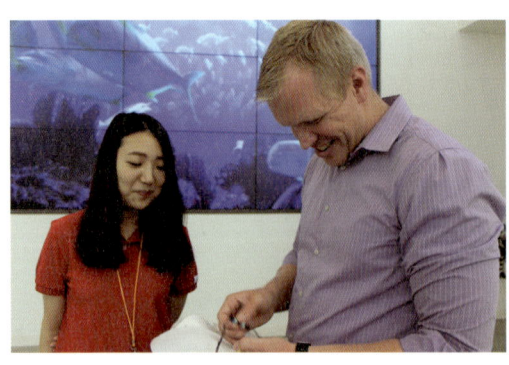

우리가 준비해간 선물을 뜯으며
활짝 웃는 마이클

파란 하늘과 푸른 언덕이 드리워진 보스턴 커먼

마이클 씨는 백시스의 CEO로서 바쁜 시간을 보내고 있음에도 불구하고 한국에서부터 날아온 우리를 위해서 원래의 예정 시간보다 더 길게 인터뷰를 해주었다. 인터뷰가 끝난 후에도 친절하게 맛집을 알려주고 주변에 하버드대학교와 매사추세츠공과대학교가 있으니 둘러보는 것을 추천해주었다. 그의 추천에 따라 하버드대학교에 가서 하버드생이라도 된 듯이 교정을 거닐었고 사람들과 눈을 마주쳤을 때 여유로운 눈인사를 나누는 허세도 부려보았다. 그가 추천한 식당에서 맛있는 클램 차우더를 먹으며 우리의 두 번째 탐방도 성공적으로 끝이 났다.

성공적인 도시녹화 정책으로 '그린 시티'를 만들어낸 City Hall of Chicago

보스턴과 뉴욕에서의 일정을 끝내고 시카고에 도착했을 때 우리는 큰 감명을 받았다. 여태껏 방문했던 도시에서는 느낄 수 없었던 또 다른 매력이 있었다. 시카고는 건물에서부터 도시 안에 있는 녹지까지 모든 것이 잘 디자인된 느낌이었다. 세련되고 정돈된 도시의 분위기를 즐기며 시카고에서의 일정을 왜 가장 짧게 잡았는지 후회를 할 정도였다. 시카고 시가 리처드 데일리(Richard Daley) 전 시장의 강력한 의지와 리더십, 미국 환경부의 치밀한 계획의 결과로 '그린 시티'로 재탄생 되었다는 것을 온몸으로 느끼고 또 느낄 수 있었다.

실제로 시카고 시는 'Clean City Awards'에서 수차례 수상을 거머쥐었으며 한 설문조사에서 미국에서 가장 쾌적한 도시 1위로 선정되기도 하였다. 또 옥상녹화를 성공적으로 조성하여 미국 내의 어느 도시보다 많은 옥상 녹화 부지를 보유하고 있다. 우리는 이 사실을 토대로 시카고 시가 도시녹화를 위해 정책적으로 어떤 노력을 했는지 확인하고 한국에 도입할 만한 방안과 프로그램들을 살펴보고자 시카고 시청을 찾았다.

인터뷰를 해주기로 했던 시카고 시청의 녹화 프로젝트 담당자인 마이클 (Michael Berkshire) 씨를 만나서 인사를 나누고 본격적인 이야기를 나누었다. 그는 시카고 시의 도시녹화를 위해서 1990년을 기점으로 강력한 환경정책을 펼쳤다고 했다. 도시녹화에는 천문학적인 비용이 들어간다는 어려움이 있었지만, 시카고 시는 이러한 문제를 극복하기 위해서 시민들의 참여를 유도했다. 또 시민들의 참여를 유도하기 위해서 'Chicago Center for Green Technology'라는 시설을 설립하여 운영하기도 하고, 'Green Core'라는 녹화를 이용한 재소자 사회적응 프로젝트를 시행하기도 했다. 한국의 도시녹화 사업을 위해 시민의 인식 개선을 위한 교육과 시민들의 적극적인 참여가 필수적이라고 조언을 해주기도 했다.

인터뷰를 진행하는 내내 시카고 시의 녹화사업을 얘기하며 눈썹을 올렸다 내렸다 하던 마이클 씨의 얼굴에는 '그린 시티' 시카고를 성공적으로 이루었다는 자부심이 가득했다. 우리도 시카고 시에게 직접 도시녹화에 대한 조언을 듣고 온 만큼 우리나라도 도시녹화를 성공적으로 이뤄내고 싶다는 열정에 사로잡혔다. 우리나라도 도시녹화에 성공하여 모든 사람이 마이클과 같이 자부심이 가득한 얼굴을 하고 다니길 바라며 우리의 세 번째 탐방은 소망을 품은 채 끝이 났다.

챌린저 Tip

Chicago Center for Green Technology | 시카고 시에서 설립한 센터로 도시녹화뿐만 아니라 지속가능한 개발, 친환경 기술과 친환경제품에 대한 모든 정보를 전시 및 안내하고 있다. 시민 도서관 및 투어 프로그램 등을 통해 시민에게 직접 다가가는 교육도 진행하고 있다.

Green Core | 시카고 시에서 기획한 프로그램으로 교도소에서 출소한 지 얼마 되지 않은 사람들이 사회에 적응할 수 있도록 돕기 위해 개발된 프로그램이다.

진지하게 설명을 듣고 있는 LEAFCOVERY

지역의 대기질을 관리하고 감독하는
South Coast Air Quality Management District

캘리포니아 주의 South Coast 지역은 2차 세계 대전 이후부터 1990년대에 이르기까지 미국에서 가장 심한 대기질 문제를 안고 있는 지역이었다. 하지만 SCAQMD(South Coast Air Quality Management District)의 관리 및 감독을 통해 현재는 미국 내에서도 손에 꼽히는 공기 청정 지역으로 거듭나고 있다. 우리는 SCAQMD로부터 미세먼지 제거를 위해 어떤 노력을 기울였는지 확인하고, 한국의 정책과 비교하여 어떤 점이 차이를 만들어 냈는지 알아보기 위해 직접 기관을 방문했다.

　　우리와 한국에서부터 연락을 해주었던 남부 해안 대기질 관리 센터의 미디어 담당자인 샘(Sam Atwood) 씨는 우리에게 더 다양한 이야기를 해주기 위해서 두 명의 연구원을 데려와 주었고 반갑게도 둘 중에 한 연구원은 한국인이었기 때문에 훨씬 더 편안한 마음으로 인터뷰를 진행할 수 있었을 뿐만 아니라 한국의 실정을 더 잘 전달할 수 있어서 감사했던 인터뷰였다. 우리는 인터뷰를 통해 SCAQMD가 단기간에 엄청난 대기질 개선을 이루어 냈고, 그 원동력은 강

광합성을 하고 있는 LEAFCOVERY

력한 규제와 엄격한 기준이었음을 확인할 수 있었다. 때로는 강하게, 한편으로는 인센티브 정책을 통한 독려가 돋보이는 SCAQMD의 전략을 배울 수 있었다. 이러한 정책의 적용이 가능했던 것은 정책의 결정 과정에서 사회 구성원들이 함께 참여했었기 때문임을 확인할 수 있었다.

인터뷰를 끝내고 난 우리에게 샘 씨는 연구소 투어를 시켜주겠다고 하였다. 생각지도 않았던 연구소 투어의 기회였기 때문에 서프라이즈 선물을 받은 기분이었다. 연구소 투어를 하면서도 많은 연구원이 우리에게 설명을 해주었고 직접 미세먼지의 필터를 보여주고 미세먼지 연구를 하는 과정을 알려주며 친절하게 대해주었다. 가장 많은 도움을 받으며 예상치 못했던 부분까지 신경을 써주었던 SCAQMD 인터뷰였다. 어찌나 많은 사람에게 설명을 들으며 다녔는지 나중에는 우리가 준비해간 한국 선물이 부족해서 나눠주지도 못할 지경이었다. 이렇게 우리의 네 번째 탐방은 감사한 마음을 가득 안은 채 끝이 났다.

LEAFCOVERY, 회복을 꿈꾸다

올 연초 겨울의 어느 날, 우리가 모인 그 날은 서울에 미세먼지 주의보가 내려진 날이었다. 시야를 가리는 뿌연 먼지 속에서 인상을 잔뜩 찌푸린 채 얼굴을 가리고 걸어가던 사람들. 그 순간, 우리의 마음에 새싹처럼 자라나기 시작한 것이 있다. 바로, 회복(Recovery)을 향한 간절한 꿈. 회복의 꿈은 우리를 움직이게 했다.

사실 미세먼지 문제를 해결하겠다는 주제를 정하는 것부터가 무모한 도전이었다. 국내 미세먼지 분야의 전문가들이 항상 고개를 가로저으며 '현재로써는 해결 불가능'이라는 비관적이고 회의적인 답변을 내놓았기 때문이다. 하지만 그대로 포기할 수도 없었다. 우리가 모인 첫 순간부터 밥 먹고 잠자는 시간을 제외한 깨어있는 순간 내내, 우리는 미세먼지 문제 해결을 위한 고민과 회복의 꿈에 미쳐 살았다. 마침내 우리는 미세먼지, 도시녹화, 실크리프라는 점들, 그리고 그 점들이 하나의 선으로 연결했다. 우리는 전율을 느꼈고 그 감동은 또 다른 도전의 원동력이 되었다.

미세먼지 문제를 해결하기에는 아직 많은 것들이 부족하고 열악한 상황이다. 하지만 우리가 이 시간까지 달려오며 깨달은 것이 있다. 현실의 무게 앞에 좌절하여 가만히 앉아 고민만 하고 있으면 아무것도 바뀌지 않는다는 것이다. 우리가 지금 하는 이 모든 행동은 꿈을 향한 도전이다. 그 결과 시간이 지날수록 우리가 살아가는 이 땅과 우리가 사랑하는 사람들의 삶이 회복될 것이다. 나중에 시간이 흘러 회복을 되찾은 후에 미세먼지 문제에 대해 생각하며 '그땐 그랬었지'라고 웃으며 말할 수 있을 것을 확신한다.

데칼코마니처럼 포즈를
취하고 있는 태신과 대현

탐방대원 후기

팀원 1. 김대현

2014년 11월, 우스갯소리로 "우리도 해외탐방 공모전 한번 나가봐야지" 라며 가볍게 던진 한마디. 이 한마디가 여기까지 우리를 이끌 줄은 상상도 못 했습니다. 미친 척 도전하면 상상하지 못했던 일이 현실이 됩니다. 지금 당장 도전하세요. 그리고 미치세요. 도전에 미친 여러분이 바로 LG글로벌챌린저입니다!

팀원 2. 김승윤

글로벌챌린저를 시작한 뒤로 매 순간이 챌린지였던 것 같습니다. 주제선정부터 계획서작성, 면접 준비, 해외탐방, 보고서 작성, 그리고 피티 준비까지! 정말 힘들었지만, 한편으론 제가 가장 많이 성장할 수 있었던 시간이었습니다. 무엇보다 팀원들과 함께해서 행복했습니다. 더 젊은 꿈으로 더 넓은 세상을 사랑하는 글챌 21기가 되길 바라며, 안녕!

팀원 3. 김태신

마지막 학기를 앞두고 그저 취업준비를 계획하던 저에게는 일탈이자 기회였던 LG글로벌챌린저. LG글로벌챌린저로서 활동하는 것은 주어진 길이 아니라 내가 꿈꾸고 상상했던 대로 길을 그려가는 과정이었습니다. 덕분에 다시 찾게 된 저만의 젊은 꿈으로, 당당하게 더 넓은 세상을 사랑하겠습니다.

팀원 4. 황지영

처음에는 자연을 회복하고자 하는 마음에서 시작했습니다. 하지만 LG글로벌챌린저를 준비하는 1년 동안 많은 사람의 관심과 응원을 받으며 제 안에서의 회복이 먼저 이루어졌습니다. 회복의 꿈을 꾼 처음부터 꿈을 이루게 될 마지막까지의 모든 순간을 감사함으로 가슴속에 간직하며 살아가고 싶습니다.

Know-how
'같이'의 가치

1.
고장난명
(孤掌難鳴)

'백지장도 맞들면 낫다'는 말이 있다. 혼자 하는 것보다는 같이 하는 것이 훨씬 좋다는 말이다. 우리는 LG글로벌챌린저를 준비하면서 우리 팀 혼자서만 준비하지 않고 다른 팀들과 함께 협업하며 준비해왔다. 서류심사 전에는 다른 팀과 함께 주제에 대해서 나누며 서로 피드백을 해주기도 했고, 면접심사 전에는 서로 면접관이 되어 조언도 해주고 때로는 날카로운 말도 해주며 도왔다. 주제가 중요한 만큼 팀 안으로만 꼭꼭 숨기려 하지 말고 오히려 선의의 경쟁자를 찾아서 모두가 발전하는 방향으로 도움을 주고받는 것이 바람직하다. 또 이미 LG글로벌챌린저나 다른 공모전을 했던 선배들을 만나 여러 가지 도움을 받는 것도 큰 힘이 될 수 있다.

2.
일심동체
(一心同體)

같이 있는 시간을 최대한으로 많이 확보하는 것이 좋다. 매일 같이 만나서 글로벌챌린저에 대해서 구상하고 서로의 생각을 나누면 주제는 발전할 수밖에 없다. 우리 팀의 경우에는 매일 같이 보는 것도 모자라 넷이서 한집에 살았다. 함께 지내는 동안 주제를 더욱더 심화하여 확장할 수 있었고 LG글로벌챌린저 준비하는 동안의 모든 시간을 효율적으로 관리할 수 있었다. 또한, 함께 살면서 서로의 라이프스타일을 미리 익혀놓으면 탐방에 가서도 팀원들을 더 많이 이해할 수 있게 되어 충돌을 줄일 수 있다. 단, 합숙할 때에는 기상 시간을 정해놓지 않으면 하루가 순식간에 몽땅 날아가는 수가 있으니 조심하라.

닭털플라스틱으로
지구를 치유하다

팀명(학교) Dr. Plastic (서강대학교)
팀원 김혜린, 이서영, 이윤석, 정원우
기간 2015년 7월 22일~2015년 8월 4일
장소 미국, 멕시코
1. 워싱턴 (Agricultural Research Service)
2. 버지니아 (Virginia Polytechnic Institute and State University)
3. 께레따로 (Instituto Tecnólogico de Querétaro)

산업 혁명 이후 고속 성장에만 힘쓰던 인류는 이제 새로운 가치를 추구한다. 바로 건강한 환경에서 건강한 삶을 영위하는 것이다. 즉 예전의 인류는 현재에 집중했다면, 지금의 인류는 인류의 미래를 바라본다. 이에 따라 인류는 환경과 생태계를 발전의 도구에서 보존의 대상으로 인식하고 환경 보호를 위한 노력을 하고 있다. 그 노력의 일환으로 많은 연구진이 '바이오 플라스틱' 개발에 힘쓰고 있다. 인류 역사의 혁신이라고 할 수 있는 화석 연료 플라스틱은 실용성은 매우 뛰어나지만 환경에 매우 악영향을 미친다. 따라서 실용적이며 친환경적인 바이오 플라스틱에 대한 연구가 활발히 이루어지고 있지만, 비용이나 실용성 측면에서 많은 한계점을 가진 것이 현실이다. 또한 바이오매스의 원료로 사용할 수 있는 새로운 원료를 찾고 있다. 그러한 한계점을 극복하는 신원료인 닭털로 만든 플라스틱을 미국과 멕시코에서 연구 중이라는 사실을 접하고 매력과 동시에 알 수 없는 책임감을 안고 닭털 플라스틱을 주제로 선정하게 되었다.

환경보호를 위한 첫걸음을 내디딘 미국의 연구자들

우리 Dr. Plastic의 탐방은 닭털 플라스틱의 연구 시작과 확산 경로와 일치했다. 친환경적이며 실용적인 가능성을 갖고 있는 닭털 플라스틱에 관한 합동연구는 워싱턴의 HRI(Horticultural Research Institute)와 ARS(Agricultural Research Services)에서 시작하였다. 당연하게도 우리의 탐방 역시 그곳에서 시작되었다.

초심자의 행운이었을까. 우리가 인터뷰하기로 닭털 플라스틱의 최초개발자 월터 슈밋(Walter Schmidt) 박사님의 파트너는 김문성 박사님, 한국 분이셨다.

닭털 플라스틱의 최초개발자 월터 슈밋 박사님

첫 탐방이라 다소 긴장되어 있던 우리는 "LG 공모전 관련해서 오신 분들이죠? 어서 오세요. 반갑습니다." 라며 인자한 미소로 우리를 반겨 주신 박사님과 타국에서 들어서 더욱 친근한 한국말에 긴장이 누그러졌다. 우리는 박사님으로부터 닭털 플라스틱이 등장하게 된 배경을 알게 되었다. 바이오플라스틱의 연구가 현재 기능면과 원료수급량 측면에서 어려움을 겪고 있는데, 닭털 플라스틱은 이러한 어려움을 바이오매스 원료의 확대를 위한 연구 과정에서 발견되었던 것. 잠재력이 매우 큰 닭털 플라스틱이 널리 쓰이지 않는 이유가 있었다. 옥수수의 전분에서 추출한 원료로 만든 친환경 수지이자 사용 중에는 일반 플라스틱과 동등한 특징을 가지지만, 폐기 시 미생물에 의해 100% 생분해되는 재질인 PLA(Poly Lactic Acid)와의 정치적인 이유라는 사실도 알게 되었다. 게다가 슈밋 박사님께서 본인이 직접 만드셨던 닭털 플라스틱 화분을 주셨다. 예상했던 것보다 냄새도 덜 나고 단단해서 주제에 대한 자신감이 생겼다.

인터뷰가 끝난 후 김문성 박사님께서 맛있는 점심을 사주셨다. 메뉴는 무려 한식 뷔페! 사실 미국에 도착한지 이틀째라 한국 음식이 매우 먹고 싶은 상황은 아니었지만 아주 맛있어서 다들 기본 세 접시씩은 먹었다. 거짓말 약간 보태서 우리 엄마표 집 밥 보다 맛있었다.

우리의 다음 탐방 기관은 월터 슈밋 박사님의 연구를 이어받아 상용화를 시키고자 했던 버지니아 주에 있는 버지니아 테크(Virginia Tech)였다. 이곳에서

챌린저 Tip

바이오플라스틱 | 석유 기반 생분해성 고분자를 포함한 바이오매스 유래 고분자를 의미하며, 다양한 생분해성인 고분자와 생분해성이 아닌 바이오매스 기반 고분자를 포함한다.

바이오매스 | 바이오매스란 에너지원으로 사용되기 위해서 사용되는 식물이나 동물 같은 생물체, 생물체에서 얻어지는 에너지원으로 사용할 수 있는 메탄가스나 에탄올 등을 바이오 매스 에너지라고 부른다.

PP, 폴리프로필렌 | 프로필렌의 중합체로 내약품성 기계적 성질, 열적 성질 등이 우수한 자원이다.

고분자 | 분자량이 매우 큰 분자를 거대분자라 하고 이 분자로 구성된 물질을 고분자라고 한다.

케라틴 | 동물의 여러 조직을 구성하는 주된 단백질이며, 대개 점성과 탄성이 매우 높고 물에 쉽게 녹지 않는다.

Dr. Plastic 팀은 한복을 입고 타임스퀘어를 활보했다.　　뉴욕 센트럴파크에서 열심히 UCC 촬영중인 정원우 대원!

우리는 고분자공학(Macromolecular Science and Engineering)을 연구하시는 저스틴 바론(Justin Barone) 교수님을 인터뷰했고, 닭털 플라스틱의 직접적인 제조 과정과 제조 시설, 그리고 단계별 닭털의 상태 등을 볼 수 있었다. 또한 닭털 플라스틱이 상용화되기 위한 조건들과 필요한 사항들을 알게 되었다. 여러 관련 이해관계자들 간의 기술력과 투자 측면에서의 협력 관계가 형성되고 정부의 적절한 규제 적용과 보조금 지급이 이루어진다면 가까운 시일 내에 상용화될 것이라는 말씀을 해 주셨다.

환경 보호와 연구에 대한 젊은 열정과 꿈을 보여준 멕시코의 연구자들

마지막 탐방 기관은 멕시코에 있는 인스띠뚜또 테끄놀로히꼬 데 께레따로 (Institúto Tecnológico de Querétaro)였다. 우리 팀은 이곳에서 나노기술, 물질화학, 고분자화학을 연구하시는 까를로스(Carlos Velasco-Santos) 교수님과 물질 공학, 환경 공학을 연구하시는 안나(Ana Laura Martínez-Hernández) 교수님을 인터뷰했다. 까를로스 교수님과는 두 번의 만남을 가졌는데, 첫 만남에서 간단히 얘기를 나눈 뒤 명소를 보여주시겠다고 하셔서 즐거운 마음으로 따라 나섰다. 교수님들은 우리에게 멕시코의 명소들과 야시장 등 여러 곳을 안내해 주셨다. 멕시코는 위험한 곳이라고만 생각했는데 생각보다 평화롭고 아름다웠다. 명소 구경을 한 뒤 께레타로 전통 음식을 대접해 주셨는 데 매우 맛있었다. 특히 흰개미 알로 만든 요리는 아직도 잊히지 않는다. 흰개미 알 요리는 식용 개미의 유충과 번데기를 버터에 볶아 만든 멕시코의 고단백 요리이다. 개미 알을 버터 또는 기름에 마늘과 함께 넣고 볶은 후 향신료 에파조테를 첨가하여 먹는다. 보통 또띠야에 살사와 함께 싸먹는데, 버터와 땅콩 같은 고소한 맛이 짙다.

두 번째 만남에서 교수님은 함께 연구하는 석사 및 박사과정 학생들과 함께 오셨다. 그분들은 본인들의 논문에 관해 우리에게 PT를 해주셨다. PT를 통해서 닭털이 왜 다른 바이오 플라스틱에 비해 강도가 높은지, 첨가하는 원리가 뭔지, 앞으로의 닭털의 성장 가능성이 어느 정도 되는지 배우게 되었다. 닭털 안에는 깃털 섬유가 포함되어 있는데 이 섬유는 넓은 표면적으로 충격을 흡수하여 플라스틱의 강도를 높여주는 역할을 한다. 교수님께서는 '닭털은 이와 같은 강점에 원재료 수급 용이함을 더하여 바이오플라스틱 시장의 확대를 이끌만한 소재'라고 아주 확신에 찬 눈빛으로 말씀해주셨다. 내용도 매우 감명 깊었지만 본인의 연구에 대한 애정과 열정이 느껴져 매우 뜻깊은 시간이었다.

우리에게 많은 것을 알려주셨던 교수님, 그리고 그 외 학생들

챌린저 INTERVIEW

Institúto Tecnológico de Querétaro 안나와 까를로스 박사님

닭털을 활용해서 만든 제품의 예와 그 가능성은 무엇입니까?

몇 년 전에 독일의 폭스바겐이 PP와 (닭의 것은 아니지만) 천연 깃털을 섞어 차의 앞 범퍼를 만든 사례가 있습니다. 이것은 우리에게 좋은 깃털 적용 사례가 될 것입니다. 또 다른 좋은 사례는 깃털은 그 자체로 절연이 가능하다는 거예요. 이것은 굉장히 중요한데, 왜냐하면 냉장고의 본체가 깃털로 만들어질 수 있다는 것을 의미하기 때문이죠. 또한, PU(Polyurethane, 폴리우레탄)와 깃의 부분을 섞어 자동차의 의자(Seat)도 만들 수 있을 겁니다. 닭의 털에 존재하는 케라틴을 이용하여 방음처리 또한 할 수 있습니다. 케라틴에는 조그만 구멍들이 있고 그 구멍들이 방음재로써 작용하여 소음을 흡수합니다. 이로써 닭의 털에 있는 다른 원료들의 효율성을 높이는 것이 매우 중요합니다. 우리가 생각하기에 깃털을 분해하여 다른 고분자와 섞어 사용할 수 있는 예시의 대표적인 3가지가 바로 절연기, 방음, 그리고 기계에 쓰일 수 있는 속성입니다. PU의 세포막을 이용하여 납, 석탄산 등 중금속을 제거하고 기름 또한 없애줍니다.

닭털의 성질과 그에 따라 구현 가능한 제품은 무엇인가요?

우리는 닭털의 역학적 성질을 이용하여 합성 고분자에게 그가 가지고 있지 않은 저항력이나 다른 성질들을 주는 것입니다. 플라스틱은 굉장히 절연적인데, 케라틴이 섞이면 전기 합성물, 예를 들어 노트북이나 냉장고 등을 만들 수 있습니다. 닭털의 역학적 성질의 경우, 닭털의 중요한 성질들을 이용해 거의 모든 고분자의 역학적 성질을 향상시켜 그것이 어떤 제품을 만들 때 가장 적합하도록 만들어 주는 역할을 합니다. 깃털이나 섬유는 대체로 고분자와 섞이기 힘들어서 좀 더 잘 섞이도록 개선해야 합니다. 만들고 싶은 제품에 따라 쓰이는 깃털이 다릅니다. 예를 들어 필터를 만들 때는 구멍이 많은 것을 선택하는 것이 좋습니다. 또한, 어떤 제품을 만들 것인가에 따라 사용되는 고분자 또한 다릅니다. 다시 말해, 고분자를 시작점으로 어떤 물품을 만들기 시작하는 것이 아니라, 어떤 물품을 만들겠다고 정한 후 그 물품의 속성에 맞는 고분자를 고르는 겁니다. 따라서 특정 물품 A를 만들 때 쓰이는 고분자와 섬유는 특정 물품 B를 만들 때 쓰이는 고분자와 섬유와 다릅니다. 우리는 보통 만들고 싶은 제품을 한두 개 고르고, 그것의 용도와 속성에 맞추어 어떤 고분자와 케라틴을 사용할 것인지 정합니다.

탐방대원 후기

팀원 1. 김혜린

2015년은 글로벌챌린저로 꽉 찬 해였던 것 같습니다. 탐방 자체도 형용할 수 없을 만큼 얻을 게 많았지만, 탐방 계획부터 실천하기까지 고된 업무량에도 항상 웃음이 끊이지 않았던 우리 팀에게서도 많이 배워갑니다. 누구보다 소중하고 값지게 만들어준 나의 팀원들에게 무한한 감사와 사랑을 전합니다.

팀원 2. 이서영

LG글로벌챌린저의 대원으로서 활동할 수 있었던 것은 저에게 가장 값진 경험이었습니다. 좋은 사람들을 만나고 좋은 경험을 하며 좋은 결과들을 하나 둘 만들어낼 때마다 굉장히 행복했고 감사했습니다. 우리 Dr.Plastic 팀의 활동과 앞으로의 삶이 더욱 멋져지기를 기원하며, LG글로벌챌린저와 우리 팀원들에게 고맙다는 말을 전합니다.

팀원 3. 이윤석

최고의 결과물을 향한 도전, 최고의 팀워크를 향한 노력, 최고의 공모전에 합격했다는 자부심, 대학생으로서는 하기 어려운 매우 값진 경험을 하게 해주었습니다. 이러한 기회를 준 LG글로벌챌린저에 감사드리며 값진 경험을 더욱 빛나게 해준 우리 팀원들에게 감사합니다.

팀원 4. 정원우

이번 탐방을 통해서 다양한 감정들을 느끼게 된 것 같습니다. 때로는 감정이 상할 뻔한 적도 있고, 모두가 너무 즐거워 배터지게 웃은 적도 있지요. 무엇이 되었던, 타지에서 서로를 도우며 어려운 상황을 함께 이겨나가고 행복한 순간들을 서로 나눌 수 있게 되어 너무 즐거웠습니다. 행복합니다:)

Know-how
목적을 명확히, 모든 방향성은
'목적'으로부터 나온다

1.
탐방대원
모집은
성향과 역할 분담을
고려하여 신중하게

매서웠던 꽃샘추위가 완전히 물러가고 따듯한 4월의 어느 무료한 오후, 김혜린 팀장은 과제를 하다 머리를 식힐 겸 SNS에 접속했다. 시시껄렁한 광고들, 각기 본인들의 하루를 자랑하기 바빴다. '다들 재밌게 사네. 후, 이번 학기는 무얼 하면서 보내나.' 그때, 눈에 무언가 들어왔다. '글로벌챌린저? 뭐지 이건, 오호, 재밌겠다!' 같은 학교 4명이라. 순간 떠오르는 사람이 있었다. 평소 활달하고 당찬 성격으로 이곳저곳을 누비며 여러 경험이 많은 이서영 대원이었다. 그녀는 바로 이서영 대원을 만나 프로젝트를 제안했다. 결과는 '한 번에 오케이' 게다가 그녀는 PPT 디자인에도 능했다. 남은 두 빈자리를 누구로 채울 것인가 고민하던 중 한 선배가 이러한 공모전에 최적인 친구를 추천해주겠다며 연락처를 주었다. 정원우 대원이었다. 그 역시 기다렸다는 듯이 단번에 승낙을 했다. 마지막 대원은 정원우 대원의 추천으로 이윤석 대원이 들어왔다. 유일한 타 전공생으로 다양한 관점을 제공해 줄 것 같았다. 그렇게 우리는 팀을 이루게 되었다.

2.
지난해
주제들을
심화조사 해볼 것!

기본적으로 지난해 최종합격 주제들을 살펴보는 것이 좋다. 그리고 그들의 탐방 계획서를 살펴보는 것까지는 모든 참가자들이 할 것이다. 다음으로 그들의 주제에 관한 자료조사를 개인적으로 해보는 것을 추천한다. 완벽한 주제는 없다. 미완의 주제를 들고 설득하는 과정과 반론을 견뎌내는 과정을 살핀 후 반론들을 잘 이겨낼 수 있는 주제를 고르는 것이 좋다. 물론 평소에 관심이 있고 잘아는 분야의 주제면 좋겠지만 본인이 전혀 모르는 주제더라도 노력을 통해 잘해낼 수 있다. 대표적인 사례로 지극히 자연과학 분야인 플라스틱 원료를 주제로 선정한 우리 팀원은 모두 문과이다.

세상을 구할
풀 에너지를 찾아라!

팀명(학교) 풀에너지 (한동대학교)
팀원 강윤하, 김예슬, 손단아, 안정환
기간 2015년 7월 27일~2015년 8월 9일
장소 프랑스, 독일, 네덜란드
1. 렌 (렌 대학교 Université de Rennes)
2. 브란덴부르크 (펠트하임 마을 Feldheim)
3. 와게닝헨 (와게닝헨 대학교 Wageningen University Plant-e)
4. 레이던 (레이던 대학교 Leiden University)

어느 날 예고도 없이 정전된다면 다음 중 당신이 하게 될 행동은? 1)핸드폰 배터리를 확인한다. 2)노트북 배터리를 확인한다. 3)켜지지 않는 컴퓨터와 TV의 전원 버튼만 부질없이 눌러본다. 우스개 농담이 아니다. 전기가 없으면 무엇 하나 할 수 없는 세대가 된 우리의 에너지 수요는 날이 갈수록 늘어만 간다. 그로 인해 지구는 우리가 모르는 사이 뜨겁게 녹아내리고 있다. 어느 날에는 그저 전기만 나가는 것이 아니라 우리의 삶의 터전이 무너질지도 모른다. 에너지와 환경의 팽팽한 줄다리기에서 한 쪽도 외면할 수 없는 지금, 지속가능한 에너지는 선택이 아닌 필수가 됐다. 환경과 에너지는 정말 대립할 수밖에 없는 걸까? 에너지를 얻으면서 환경을 보호할 수는 없는 걸까? 그 답은 자연에 있다. 자연을 자연으로 되돌려 사람을 위한 에너지를 얻는 Plant-MFC 기술. 우리는 그 가능성을 알아보기 위해 프랑스와 독일, 네덜란드로 떠났다.

Plant-MFC의 시작, 와게닝헨 대학교와 Plant-e에 가다

네덜란드는 우리나라와 많이 닮았다. 우리가 부산에서 서울까지 하루에 오갈 수 있는 것처럼, 네덜란드도 모든 지역이 일일생활권으로 기차만 타면 어디든 갈 수 있다. 암스테르담에서 1시간 정도 떨어진 곳에 우리의 목적지, 와게닝헨이 있었다. 우리는 가장 먼저 식물에서 에너지를 얻겠다는 발상이 시작된 곳, 와게닝헨 대학교를 찾았다. 와게닝헨 대학교는 유럽 연합이 PlantPower 프로젝트를 하게 된 시발점이라고 할 수 있다. 이들은 처음으로 Plant-MFC를 발견하였고, 현재도 여전히 연구를 거듭하며 다양한 환경에 Plant-MFC를 적용하기 위해 노력하고 있다. 우리는 자료조사를 하면서 사진과 영상으로만 보았던 익숙한 장면들을 실험실에 도착해서 직접 볼 수 있었다. Plant-MFC는 한 쪽 전극이 산소가 없는 혐기성 상태이어야만 하므로 주로 수생식물로 연구가 이뤄진다. 실험실이 분주했음에도 환경기술 연구소 소속 연구원 코언(Koen

---

챌린저 Tip

Plant-MFC | 살아있는 식물에서 생성되는 미생물 연료 세포(Plant-MFC)를 에너지 생산에 이용하는 것으로, 식물의 광합성 결과로 생성되는 유기물을 분해하여 화학에너지를 전기에너지로 직접 전환한다.

Wetser) 씨는 멀리 한국에서 온 우리를 반겨주었다.

코언 씨는 현재 수생식물뿐 아니라 건생식물에서도 에너지를 얻을 수 있도록 연구하고 있으며, 수생식물도 강, 바다, 습지 등 보다 다양한 환경에서 자라는 식물을 이용할 수 있도록 하는 연구를 진행하고 있다고 말해줬다. Plant-MFC는 식물이 모두 흡수하고 남은 유기물을 분해하여 만들어지기 때문에 '찾지 않으면 버리는 것이나 마찬가지'인 에너지다. 코언 씨가 다양한 식물종으로 연구하고 있는 것 중 하나는, 바다에서 자라는 수생식물을 이용하여 전기에너지를 얻으면서, 그 에너지로 해수를 담수로 바꾸는 것이다. 식물이 만들어내는 에너지를 꼭 인간이 직접 추출해가지 않고도 사용할 수 있는 것이다. 우리는 코언 씨가 직접 연구하는 식물들까지 보고 연구실을 나왔다. 곧장 Plant-e에 찾아간다는 우리의 말에 코언 씨는 고개를 끄덕이며, Plant-e에서는 Plant-MFC를 적용한 제품을 많이 볼 수 있다고 말했다.

우리는 마트에서 간단하게 먹을 점심을 사 들고 버스로 40분여를 달려 Plant-e에 도착했다. 흥미롭게도 Plant-e 오피스는 폐건물을 개조한 것처럼 보였다. 여기저기 기웃대며 구경하는 사이 우리와 연락을 주고받았던 Plant-e R&D팀 대니얼(Daniel Groen) 씨가 나타났다. Plant-e는 유럽연합의 PlantPower

맑은 하늘 아래 와게닝헨 대학교

오피스 창가에서 우리를 반겨준 식물들

플랜트이와 LG의
콜라보레이션을 기대하며

프로젝트의 결과물로 설립된 회사이며 Plant-MFC 기술을 핸드폰 충전, 핫스팟, 옥상정원 등에 적용한 제품을 개발한다. Plant-MFC는 연구가 시작된 지 얼마 안 된 기술이기 때문에 홍보를 위해 학교에서 아이들 교육용으로 사용할 수 있는 교육용 DIY키트와 가정에서 간단하게 사용할 수 있는 키트도 판매하고 있었다. 대니얼 씨는 Plant-e가 Plant-MFC를 어떻게 제품에 적용해왔는지 설명해줬다. 2014년 지속가능 전시회에서 전시했던 핸드폰 충전기 Wall-e도 오피스 한편에 자리하고 있었는데, 우리는 직접 충전을 해보고 싶었지만, 현재는 식물 관리가 잘 안 돼 작동하지 않는다고 했다. 설치한 제품을 많이 볼 수 있을 거란 기대와는 달리 조금 아쉬웠고, 'Plant-MFC를 이용해서 대량의 전기 생산은 어려우므로 아직은 다양한 제품에 적용하는 데 한계가 많다.'는 인터뷰 결과로 우리는 막막함에 휩싸였다.

챌린저 Tip

PlantPower 프로젝트 | 2008년 와게닝헨 대학교 산하 연구소에서 미생물 연료전지를 이용하여 녹색에너지를 생산하는 Plant-MFC 기술을 개발했고, 이후 EU와 네덜란드 와게닝헨 대학교가 공동 주최자로서 Plant-MFC 의 발전 가능성과 유용성에 대해 연구 및 개발을 진행하고 있다.

Plant-MFC는 식물과 환경에 전혀 해가 되지 않나요?

Plant-MFC는 기본적으로 에너지를 생산하는 방식이 자연으로부터 얻는 것이기 때문에 식물에 해를 주지 않지만, 연구 초기에는 Cathode에서 발생하는 산화 과정을 조금이라도 더 촉진하기 위해 화학적인 촉매제를 사용했습니다. 백금과 같은 촉매제는 가격이 너무 비싸서 사용할 수가 없었기 때문이죠. 그래서 이 화학적 촉매제가 식물을 오염시킬 가능성이 있었는데, 현재는 미생물을 이용해 산화 과정을 촉진하기 때문에 식물과 환경에 전혀 해가 되지 않아요.

현재는 Plant-MFC의 효율을 증대시키기 위해 어떤 연구가 진행되고 있나요?

현재는 전력 생산량을 높이는 데 초점을 둔 연구보다는 더욱더 다양한 환경에 적용할 수 있는 Plant-MFC 시스템을 연구하고 있습니다. 전력 생산량을 높이는 것에 대해서는 식물 뿌리의 어떤 부분에서 유기물이 많이 배출되고 산소 생산율이 높은지에 대한 연구가 진행되고 있죠. 이 부분이 명확해지면 특정 뿌리 부분을 겨냥하여 전기 생산량을 더 높일 수 있다고 기대하고 있습니다.

인터뷰를 마치고 Koen과 함께

다정한 교수님의 생물학 강의, 렌 대학교

렌 대학교에 도착했을 즈음, 비가 추적추적 내리기 시작했다. 조용하고 다정한 인상의 렌1대학 화학과학 연구소 소속 전기화학 전공 프리데릭(Frédéric Barrière) 교수님은 건물 앞까지 마중을 나오셨다. 인터뷰를 진행하기에 앞서, 교수님은 우리의 전공이 무엇인지 물으셨다. 디자인 전공 셋과 심리학 전공 하나, 탐방 주제는 Plant-MFC. 이 특이한 조합에 교수님은 너털웃음을 터뜨리셨다. 비도 오는데 잠시 커피를 마시지 않겠느냐며 교수님은 우리를 티 테이블로 안내했다. 향긋한 커피를 앞에 두고, 비전공자 챌린저들을 위한 다정한 교수님의 생물학 강의가 시작되었다. 식물의 광합성이 어떻게 진행되는지, 그 과정에서 미생물은 어떤 역할을 하는지, 기초적인 것부터 차근차근 설명해 주셨다. 우리는 Plant-MFC로 생산하는 전력량이 기대했던 것보다 작아서 어떻게 전력량을 올릴 수 있을지 고민이라고 털어놨다. 가만히 듣고 계시던 교수님은, "왜 꼭 전력량을 늘리려고만 하니? 작은 전력을 더 유용하게 활용할 수도 있잖아. 적은 전력량으로도 할 수 있는 건 충분히 많단다. 또 미생물을 다른 식으로 사용할 수도 있지. 예를 들면 전기를 역으로 이용해서 새로운 화학 물질을 만들어 낼 수도 있고." 역으로 식물에 전기를 공급해서 새로운 물질을 만들어낸다고? 교수님이 제시한 새로운 아이디어에 우리는 고개를 끄덕였다. 우린 전력량을 증가시키겠다는 한 가지 목적만 바라보면서 왔는데, 교수님과 대화를 하면서 우리에게도 좀 더 새로운, 다른 관점이 필요할 것 같다는 생각이 들었다.

Do you want to save the world?

레이던 대학교 물리학 연구소 소속 생물물리학 전공 티츠(Thijs J Aartsma) 교수님은 제일 먼저 우리의 이름을 적어달라고 종이를 내미셨다. 인터뷰하기에 앞서 서로의 이야기를 해보자며 우리 한 명 한 명에게 앞으로의 비전을 묻는 모습에서 학생들에게 깊은 애정과 관심을 두고 있는 분이라는 걸 느낄 수 있었다. 교수님은 왜 우리가 Plant-MFC라는 기술을 주제로 선택했는지에 대해 물었다. 우리는 끊임없는 에너지와 환경의 대립, 그리고 훼손되어가는 자연을 보호하고 싶다는 생각에서 리서치를 시작했고, 그 끝에서 Plant-MFC를 만났다고 설명했다. "그래서, 너희는 그 에너지로 세상을 구하고 싶은 거니?" 장난기 어린 교수님의 물음에 우리도 크게 웃으며 그렇다고 말했다. 교수님의 물음에 다시금 우리가 왜 이 자리에 있는지를 되새기게 되었다. 맞다. 우리가 이 에너지로 인류를 구원할 수는 없어도, 세상을 좀 더 이로운 곳으로 만들고 싶다. "그렇다면 세상을 살리는 에너지는 어떠해야 할까?" 렌에서도 느꼈지만, 교수님들과의 인터뷰는 마치 수업시간 같다. 교수님들은 종종 우리가 잘 이해하며 따라오고 있는 지를 질문으로 확인하셨다. 세상을 살리는 에너지는 생산 비용이 저렴하고 생산 절차 또한 간단해서 모든 사람이 손쉽게 접근할 수 있어야 한다. 또한 인간에게 필수적인 식량과 경쟁하지 않아야 한다. 즉 옥수수 같은 식량을 태워서 에너지를 만들어서는 안 된다는 것이다. 교수님의 말씀을 들으면서 우리는 다시금 Plant-MFC가 어떤 에너지인가에 대해서, 어떤 에너지가 되어야만 하는가에 대해서 고민해볼 수 있었다.

고요하게 자연을 자연으로 되돌리는 착한 사람들의 마을, 펠트하임

독일 남서쪽 브란덴부르크 주에 있는 펠트하임은 에너지 자립 마을로 유명하다. 고작 128가구가 사는 이 마을의 진가는 풍력, 태양광, 바이오가스, 바이

오매스 등을 이용하여 전기와 난방용 에너지를 100% 자급자족하고 있다는 데 있다. 먼 길을 달려 펠트하임에 도착한 우리의 눈에 가장 먼저 들어온 건 수십 개의 풍력 터빈이었다. 하루에 마을을 드나드는 버스는 아이들이 통학하는 시간대마다 한 대씩뿐인 이 외딴곳의 작은 마을은 어떻게

수십개의 풍력터빈이 돌아가는 펠트하임

세계가 주목하는 에너지 자립마을이 되었을까?

우리에게 마을을 안내해주고 인터뷰를 해준 펠트하임 마을 홍보 및 투어 담당 베기(Peggy Kappert) 씨는 재생에너지를 도입하기 전, 농산물의 가격이 급락하면서 마을 대부분의 사람이 농부였던 펠트하임에 위기가 닥쳤다고 했다. 그 위기를 극복하기 위한 방법으로 농산물을 이용하여 에너지를 생산하게 되었고, 이것이 경제적인 이득을 가져왔을 뿐만 아니라 지역 농촌 조합에 새로운 일자리를 창출했다. 물론 마을 전체가 재생에너지로 생활하기 위해서는 초기에 투입되어야 하는 비용이 크다. 하지만 베기 씨는 재생에너지로 자급자족하는 시스템이 안정되고부터는 생산하는 에너지를 주변 지역에 판매할 수 있을 정도가 되었고, 환경적으로도 서식하는 식물종의 수가 자연적으로 증가함으로써 환경이 스스로 회복되는 것을 볼 수 있었다고 말했다. 고요한 펠트하임 마을을 돌아보면서, 이 작은 마을의 진짜 힘은 더 높은 가치를 위하는 주민들의 의식에 있다는 생각이 들었다. 당장의 손실만을 따지는 것이 아니라, 장기적으로 환경과 사람에 이익이 되는 것을 볼 수 있는 사람들이 펠트하임의 진짜 자부심이었다.

| EPISODE |

탈 수 없다면 세워라!

베를린에 도착한 우리의 표정은 비장했다. 펠트하임에 예정된 인터뷰 시간까지 남은 180분 안에 열차를 한 번, 버스를 두 번 타야만 했다. 거대한 짐이 함께했지만 도착하기만 한다면야. 하지만 예상치 못하게 펠트하임으로 가는 기차는 고장이 났다. 이런 게 여행의 묘미라고 서로를 위로하면서도 시간이 다가올수록 표정에는 초조함이 드러났다. "히치하이킹이라도 할까?" 예슬이가 엄지를 척 치켜들었다. 그래, 탈 수 없다면 세워야지. 하지만 야속하게도 시골마을엔 지나다니는 차도 거의 없었다. 간절하게 엄지를 흔들 무렵, 한 중년의 아주머니가 나타났다. 익스큐즈미! 우리는 너나 할 것 없이 아주머니에게 달라붙어 우리의 상황을 설명했다. "펠트하임 가는 버스는 하루에 한 대 뿐인데..." 아주머니는 잠시 기다리라고 하더니 아저씨를 불렀고, 곧 그는 우리의 구세주가 됐다. "내 남편이 데려다줄 거예요." 그 순간 우리가 느낀 감동을 어떻게 표현할 수 있을까? 앞차를 몇 번이나 추월하면서 우리는 인터뷰 시간에 맞춰 도착했다. 간절하고 용감할 수 있다면 누구든 우리를 도와준다는 걸 느낀 시간이었다.

탐방대원 후기

팀원 1. 안정환

팀장으로서 팀원들의 안전과 사고 없이 원활하고 효율적인 탐방을 위해 고려해야 할 상황들이 많아 부담스럽기도 했죠. 하지만, 탐방을 통해서 불가능이란 없음을 배웠습니다. 또한, 사소한 배려는 주변 사람들에게 큰 힘이 될 수 있고 팀을 움직이는 원동력이 될 수 있음을 알게 됐습니다.

팀원 2. 강윤하

탐방을 통해 다양한 문화와 사람들을 접하고 팀원들과 협업하는 과정에서는 어려운 상황에서도 소통하면서 함께 나아가는 법을 배울 수 있었어요. 하나하나 사소한 것에서부터 끊임없는 배움의 연속이었습니다. LG글로벌챌린저를 통해 얻은 배움이 다른 일을 할 때 든든한 밑거름이 될 것이라고 믿습니다!

팀원 3. 김예슬

LG글로벌챌린저는 보고서 압박으로 등골 시린 경험마저 정말 행복한 순간들이었습니다. '언제 또 우리가 함께 여행하며 탐방을 할 수 있을까.' 생각하면 팀원들과의 인연도 소중하고, 직접 보고 경험하는 게 얼마나 큰지를 다시금 깨달을 수 있었습니다. "자, 이제부터 내 삶은 시작이겠지? 그 시작을 함께 해 준 글챌이 정말 고맙다!"

팀원 4. 손단아

밤을 새우고, 때로는 답을 찾을 수 없을 것 같아 막막하고, 이걸 과연 제대로 끝낼 수 있을까 의구심이 들기도 했지만 'LG글로벌챌린저'라는 이름 자체가 매번 힘을 주었습니다. LG글로벌챌린저를 통해 배운 많은 것들이 값진 양분이 되어 앞으로의 내 삶을 더욱 풍요롭게 만들 겁니다.

Know-how
지금 우리는
지구 반대편에 와 있다고!

1.
관심 주제를 키워드로 폭넓은 리서치를 하라!

임팩트 있는 주제 선정은 LG글로벌챌린저 발탁에 있어 중요한 요소다. 그러므로 우리 팀도 주제 선정에 가장 많은 시간을 들였다. 전 세계적으로 이슈가 되는 것, 아주 생소한 것, 모두 좋다. 하지만 수박 겉핥기식으로 할 게 아니라면 기본적으로 팀이 관심 있는 분야를 바탕으로 주제 선정이 이루어져야 즐겁게 공부하고 탐방할 수 있다. 관심 있는 키워드를 정했다면 정보의 바다에서 가장 임팩트 있고 참신하며, 우리나라에 적용하기 적합한 주제를 선정해야 한다. 좋은 주제는 장기 프로젝트를 끌고 가는 힘이다. 주제 선정에 투자하는 시간을 아깝게 여기지 마라.

2.
싸워도 좋다 안 싸우면 더 좋다

놀기 위해 여행을 가도 싸운다는데, 2주라는 시간 동안 빡빡한 탐방 일정을 소화해야 하는 상황에서 서로에게 너그럽기란 무척 어려운 일이다. 하지만 우리 팀은 2주라는 시간을 서로 배려하며 제법 잘 보냈다고 자부한다. 서로의 이야기에 귀를 잘 기울여 의도를 어긋나게 받아들이지 않는다면 싸울 일이 많지 않다. 2주는 길다면 길고 짧다면 짧은 시간이다. 기적처럼 모인 4명의 팀원이 지구 반대편에 와 있는데 훨씬 더 멋진 것들을 할 수 있는 시간에 불평불만만 앞세우진 말자! 이 여름에 멋진 서포트를 받아 좋은 사람들과 함께하고 있다는 그 감사함을 기억하자.

사물인터넷,
도시환경문제를 해결하다

팀명(학교) lociTy (한양대학교)
팀원 변보선, 이동영, 장혜린, 조인영
기간 2015년 7월 16일~2015년 8월 1일
장소 **영국, 아일랜드, 스페인**
　　　 1. 런던 (임페리얼 칼리지 Imperial College London, 엔필드 시청 Enfiled Civic Centre)
　　　 2. 더블린 (더블린 시청 Dublin City Council, 트리니티 칼리지 Trinity College)
　　　 3. 바르셀로나 (본 지구 Barcelona El Born)

"2020년 펼쳐질 사물인터넷 세상. 상상이 현실이 될 날은 멀지 않았다."

급격한 도시화로 인해 서울 여러 곳이 몸살을 앓고 있다. 특히 우리나라의 관광명소 중 하나인 북촌의 경우, 관광객이 급증하면서 도시환경 문제가 다시금 주목받았다. 폭발적인 양의 쓰레기 문제, 각종 교통 문제, 도시 에너지 문제, 방범 및 안전 문제 등. 우리는 이에 경각심을 느끼고, 도시환경 문제에 대한 '해결책 고안'을 위해 고민을 시작했다. 우리는 아직은 생소한 '사물인터넷(IoT)'을 이용해 상상 속의 도시공간을 현재로 끌고 오기로 했다. 이미 많은 부분에서 성공적 결과를 이끈 유럽의 영국, 아일랜드, 스페인을 방문하여 어떤 기술들을 활용하고 어떠한 정책을 시행하는지 탐방하기로 했다.

기업과 협력하여 IoT 기술을 연구하는 Imperial College London

우리의 첫 탐방지인 임페리얼 칼리지 런던은 영국 런던에 있는 공과대학이다. 현재 런던을 기반으로 스마트 시티에 대한 다양한 활동 시행하고 IoT(사물인터넷)와 모바일, 컴퓨팅, 유비쿼터스 분야를 연구하고 있다. 우리의 첫 탐방이니만큼 기대 반 걱정 반의 마음으로 향했다. 우리의 숙소에서 지하철로 30분 정도 거리에 떨어져 있어 찾아가는 데는 어렵지 않았다. 떨렸던 첫 인터뷰. 첫 번째 인터뷰 담당자는 람프로스(Lampros Lamprinos) 씨였다. 그는 현재 임페리얼 칼리지 ICRI Cites라는 사업을 추진 중이다. ICRI 사업은 Intel과 협력하여

임페리얼 칼리지 앞에서 단체샷!

호스가든에서 씨스타 포즈 한컷!

스마트 도시를 만드는 중이다. 우리는 이곳에서 현재 개발 중인 기술들과 런던에서 실제로 상용중인 기술에 대한 인터뷰를 진행하고 어떤 IoT 기술들이 도시 문제 해결에 도움을 주고 있는지에 대한 자문을 구하였다. 그는 우리가 'IoT로 도시를 치료하는 것의 잠재적 효과와 중요성을 일깨우고, 가시적으로 얻을 수 있는 효과를 알게 될 것'이라고 조언해줬다. 우리가 한국에서 한 가지 주제에 대해 관심을 가지고 외국까지 탐방을 온 것에 대해 매우 긍정적으로 받아들였고 우리를 끝까지 반갑게 맞아줬다. 이렇게 우리의 첫 번째 탐방이 끝났다.

런던의 교통체증 문제를 해결한 Enfield Civic Centre
우리의 두 번째 탐방지는 런던의 교외인 엔필드에 있는 엔필드 시청이었다. 엔필드 지방은 많은 교통량 때문에 문제를 안고 있었다. 도시화가 진행되면서 교통량은 더욱 늘고 그에 따른 대기오염은 더욱 심각해졌다. 우리는 이러한 문제

챌린저 Tip

사물인터넷(IoT) | Internet of Things의 약자로 인터넷을 기반으로 모든 사물을 연결하여 사람과 사물, 사물과 사물 간의 정보가 상호 소통되는 지능형 기술 및 서비스 즉, 사물들을 네트워크로 연결해 정보를 공유하는 환경을 말한다.

도시환경문제 | 도시화가 진행되면서 도시라는 한정된 공간에 많은 사람들이 밀집하게 되었다. 그에 따라 발생한 각종 교통문제, 주거문제, 쓰레기문제, 안전 및 방범문제, 에너지문제 등을 일컫는다.

를 IoT 기술로 해결한 엔필드 시청을 방문하여 인터뷰를 진행하였다. 한 시간의 기차 여행 뒤에 도착한 엔필드는 작은 시골 마을 같은 느낌이었다. 우리는 바로 엔필드 시청에 방문하여 미리 컨택하였던 환경보건안전국 국장 네드(Ned Johnson) 씨를 만났다. 네드 씨는 환한 미소로 우리를 맞아 주었다. 그는 엔필드에서 지속되었던 심각한 교통문제를 대기중에 오염도를 측정하여 알려주는 센서를 통해 해결하였다고 말하였다. 초등학교 정문에 설치된 센서는 실시간으로 통학하는 아이들과 학부모들에게 자신의 자가용 등하교가 환경에 어떠한 악영향을 주는지 시각적으로 보여주고 즉각적 반응을 얻을 수 있었다고 하였다. 또한, 시민들은 눈으로 직접 보는 기술이 많아질수록 기술의 중요성을 인식한다고 말했다. "현상의 심각성에 대해 인지하고, 그러한 현상에 대한 답이 기술이라는 생각을 하게 되면 사람들은 그 기술에 대해 더 찾아보고 연구할 것입니다." 네드 씨의 말투에서 자신의 사회문제를 해결하겠다는 강한 의지와 공무원으로서의 사명감이 느껴졌다.

도시 전체가 센서를 깔아 관리하는 Dublin City Council

우리는 두 번째 탐방국가 아일랜드의 더블린으로 이동하였다. 더블린은 도시 전체가 센서로 깔린 도시신경시스템을 적용하고 있다. 이를 관리하는 더블린 시의회는 IoT 기술을 활용하여 주거, 교통, 수도, 환경문제를 관리하고 있

다. 우리는 더블린 시의회를 방문하여 처음으로 컨택한 더블린 시의회 스마트 시티 공동기획 총책임자 제이미(Jamie Cudden) 씨를 만났다. 더블린이 IoT 기술 도입에 있어 선두주자가 된 이유를 인터뷰하고 더블린 시의회에서 실제로 사용하고 있는 기술들에 대해서 간략한 브리핑을 받았다. 그러곤 제이미 씨는

더블린 시의회, 제이미 커든 씨와 함께

더블린 시청 외부전경　　　　　　　　　　　트리니티칼리지 잔디에서 촬영준비하는 보선

교통통제센터에 우리를 데려다주었다. 교통통제 센터는 더블린 시내의 모든 교통흐름을 파악하고 교통혼잡을 해결하기 위해 노력하는 곳이다. 교통통제센터의 담당자 시애라(Ciara Moore) 씨는 실제로 교통통제 시스템이 시민들의 교통 혼잡을 줄이는데 이바지하고 있고, 자신이 그런 일을 하고 있다는 것에 자부심을 느낀다고 말하였다. 교통통제센터를 보고나서 우리는 더블린 시의회 Noise Action Planning 담당자 브라이언(Brian McManus) 씨를 만났다. 브라이언 씨는 도시 곳곳에 설치된 센서를 통해서 도시의 소음 정도를 파악하고 이러한 정보를 바탕으로 시민들이 현재 소음이 적은 곳을 찾아갈 수 있게끔 하여 소음 문제 해결에 도움이 되고자 노력하고 있다고 말하였다.

챌린저 Tip

도시신경시스템 | 도시신경시스템(Urban Nervous System)이란, 도시 전체에 우리 몸에 신경세포가 퍼져있는 것처럼 센서들이 설치돼있는 상태를 말한다.

챌린저 INTERVIEW

Dublin City Council 제이미

더블린이 도시환경문제에 IoT 기술 도입에 있어 선두주자가 된 이유는 무엇입니까?

Dublin City Council에서 다루는 내용들은 다른 시 의회보다 훨씬 적습니다. 건강, 정책, 교육, 사회 서비스 등의 기능들은 의회에서 책임지는 부분이 아닙니다. 이렇듯 다른 곳의 의회에서 맡는 부분보다 제한되어 있으므로 한정된 분야에 집중해서 주력할 수 있습니다. 또한 더블린은 Intel(Intel Labs), IBM 등 최고의 글로벌 IT기업들의 연구소가 많이 입주해 있습니다. 더블린이라는 도시 위에 많은 실험을 하고 있으며, 대학 및 학업기관들과의 협업으로도 이어집니다. 도시가 가진 여러 문제들을 해결하기 위해 기업, 대학, 도시들과 함께 노력하고 있습니다. 기술 혁신의 기회가 늘어나고, 기술이 급속도로 발전하고 (특히 여러 기기를 서로 이을 수 있는 iot 기술, 센서기술 등) 있는 이러한 상황에서 더블린이 가지고 있는 특징들이 이러한 부분을 극대화할 수 있었던 것 같습니다.

더블린 시의회에서 도시환경개선을 위해 중점적으로 다루고 있는 분야는 무엇인가요?

첫째는, 실시간 모니터링을 통한 교통파악입니다. 실시간으로 사람들이 어떤 동선으로 움직이는지, 교통 혼잡을 파악해 최적화하는 것, 그리고 시민들에게 어떤 루트로 가는 것이 더 좋은지 등의 정보를 알려주는 것이 IoT 기술을 통해 효과를 본 것들입니다.

둘째는, 환경모니터링입니다. 공기오염도나 소음도를 파악해 도시 전체를 효율적으로 관리할 수 있으며, 시민 생활의 질을 높이고 있습니다.

셋째, 더블린 시의회에서는 자연재해문제를 IoT로 해결하고자 Intel과 현재 협업하고 있습니다.

마지막으로 더블린 시에서는 고효율의, 에너지 소비량을 70%로 떨어뜨리는 Smart Lighting System을 적용한 가로등을 활용하여 에너지를 절약하고 있습니다. 이에 그치지 않고 가로등끼리 소통해 좀 더 효율적이고 자동으로 에너지를 관리할 수 있는 IoT-Lighting 시스템을 구축하려 노력하고 있습니다.

정부, 기업과 협력하여 IoT 솔루션을 적용하는 Trinity College

더블린에서 두 번째로 탐방한 곳은 트리니티 칼리지였다. 트리니티 칼리지
Future Cities는 더블린 시의회, 인텔 사와 협력하여 지속가능한 도시를 만드는
연구소이다. 우리는 이곳의 총책임자인 시오반(Siobhán Clarke) 씨를 인터뷰하
였다. "우리는 한 환경에 소속된 시민으로서, 우리가 가진 자원들을 옳지 못하
게 사용하고 있습니다. 우리는 이러한 태도를 바꿔야 합니다. 그렇기에 사람
들에게 태도 변화를 요구하며 몇 년간 노력해왔지만, 이것 역시 뚜렷한 성과를
내지 못했습니다. 그래서 우리는 사람의 행동에 구애받지 않고, 이러한 문제
점을 해결할 기술로 IoT를 선택했습니다." 그녀의 인터뷰를 요약하자면, 인간
을 바꾸는 것은 힘들어서 기술을 활용해 인간의 삶을 보다 윤택하게 만들자는
것이다. 또한, 그녀는 이러한 프로젝트를 진행하면서 정부, 기업, 학업기관,
시민의 참여 네 가지 부분의 협력을 강조했다. 이 4가지 중 어느 한 부분이라
도 빠진다면 제대로 된 프로젝트를 진행할 수 없다고 덧붙였다.

IoT 기술을 직접 적용 중인 Barcelona El Born

바르셀로나의 본 지구는 곳곳에 IoT 기술 기반의 스마트시티 솔루션을 운영하
고 있다. 이러한 IoT 솔루션을 구현해, 가상환경에서 각종 공공 서비스를 제
공하고 있다. 다양한 도시환경분야에 IoT 솔루션을 적용해 시예산 절감과 시
민서비스향상이라는 두 마리 토끼를 잡았다. 우리는 바르셀로나 본 지구 곳곳
을 돌아다니며 실제로 도시에 적용되고 있는 IoT 기술을 직접 보고 체험했다.
첫 번째로 본 것은 스마트 쓰레기통. 스마트 쓰레기통은 쓰레기를 스스로 압축
하여 저장 공간을 늘릴 뿐 아니라 쓰레기가 가득 찼을 때 센서를 통해 관제센

챌린저 Tip

지속가능한 도시 | 지속가능한 도시(Sustainable Cities)란, 기존의 도시에서 발생하였던 무분별한 자원 사용
으로 인한 자원고갈과 환경오염을 방지하기 위하여 개발과 환경사이의 균형을 깨지 않는 선에서 발전가능한
도시를 만드는 것이다.

터에 신호를 보낸다. 신호를 받은 관제센터는 쓰레기 수거차를 보내서 쓰레기를 거둔다. 이렇게 되면 불필요하게 쓰레기 수거차가 움직이는 것을 막을 수 있다. 두 번째로 본 것은 스마트 주차 시스템이다. 주차공간을 찾기 위해 도로 위를 헤매는 차들이 많다. 이는 교통 혼잡을 일으킨다. 스마트 주차 시스템은 도로 위의 센서가 실시간으로 비어있는 주차공간을 운전자에게 알려준다. 그렇게 되면 도로를 헤매지 않고 바로바로 주차공간을 찾게 되며 이는 교통 혼잡 문제도 해결하게 된다. 세 번째는 스마트 가로등이다. 스마트 가로등은 스스로 밝기를 조절하여 에너지 절감 효과를 얻을 뿐 아니라 가로등에 달린 센서를 통해 공기오염도와 소음의 정도를 파악한다. 우리는 본 지구 곳곳을 돌아다니면서 주민생활 밀착형 IoT 솔루션을 체험하며 즐거운 시간을 보냈다.

| EPISODE |

lociTy, 더블린 시장님을 만나다

아일랜드에서 더블린 시 의회를 방문해 주제와 관련된 현황에 관해 이야기를 듣고자 했던 대원들. 그런데 탐방 전 갑자기 담당자가 더블린 시장과의 만남을 주선해주겠다고 하는 것이 아닌가. 얼떨떨 하면서도 시장님이 계시는 맨션 하우스에 도착한 우리. 화려한 내부에 넋을 놓고 바라만 보고 있었는데, 경호실장 레이가 너무나도 유쾌하게 우리를 대해주고 내부를 구경시켜 주었다. 아침 일찍 비행기를 놓칠 뻔하고, 겨우 아일랜드에 도착해 정신이 없던 대원들의 마음이 훈훈해지는 순간이었다. 맨션 하우스 안에서 시장님과 만나 티타임도 가지고, 직접 내려주신 기네스 맥주도 마시며 행복한 시간을 보냈다. 다시는 하지 못할, 정말 기분 좋은 경험이었다.

더블린 시장님 집무실에서 기네스맥주를 먹는 인영

챌린저 Tip

주민생활밀착형 IoT 솔루션 | IoT 기술을 기반으로 상하수도 관리, 스마트주차시스템, 폐기물관리 및 커넥티드 버스 등 시민들에게 꼭 필요한 생활밀착형 IoT 서비스를 제공한다.

탐방대원 후기

팀원 1. 변보선

너무 애착이 많이 갔던 LG글로벌챌린저였습니다. 준비과정부터 이렇게 열정을 쏟았던 것이 있었나 싶을 정도로 철저히 준비했습니다. 탐방 기간 동안 지금까지는 느껴볼 수 없었던 많은 것들을 보고 배웠습니다. 저에게 정말 평생 잊지 못할 경험을 하게 해준 LG글로벌챌린저 2015 너무너무 사랑합니다.

팀원 2. 이동영

처음에 주제를 정하고 탐방계획서를 만드는 것부터 어느 것 하나 쉬운 것이 없었습니다. 1차 서류심사와 2차 면접을 거쳐 최종합격까지 우여곡절이 많았습니다. 낯선 땅에서 새로운 도전을 한다는 것은 어려움의 연속이었습니다. 하지만 혼자가 아니기에 힘들 때마다 같이 고민하고 헤쳐나갈 4명의 든든한 팀원이 있기에 가능한 일이었습니다.

팀원 3. 장혜린

탐방을 다녀온 지 얼마 되지 않은 것 같은데 벌써 이렇게 탐방 후기를 쓰고 있다니 끝이 보이는 것 같아 아쉽네요. 말도 통하지 않는 머나먼 타국에서 단순한 여행이 아닌 '탐방'을 하느라 모두 고생도 했고 그만큼 특별한 추억을 만든 것 같아 기뻐요!

팀원 4. 조인영

처음 도전하는 공모전인 만큼 패기와 열정만을 가지고 LG글로벌챌린저에 도전한 게 엊그제 같은데, 탐방까지 다녀오다니 정말 꿈만 같습니다. 주제와 관련된 모든 자료를 찾아 밤을 새면서 보고서를 만들고, 컨택을 위해 밤늦게 국제전화를 걸었던 순간까지 정말 잊지 못할 것 같아요. 처음 도전했던 공모전인 만큼 제게 정말 특별한 LG글로벌챌린저, 앞으로도 화이팅!

Know-how
우리의 무기는 협력이다!

1.
역할 분담,
각자의 완성본으로
의견 취합하기

할 것이 많은 만큼 각자 역할을 나누는 것이 중요하다. 안 되는 것에 모두가 머리를 싸매고 있으면 시간에 매여 진도가 잘 나가지 않았다. 그럴 경우마다 우리 팀은 대원 각자의 개인 과제를 하는 것처럼 그 부분을 작성해보았다. 그 후 각자가 작성한 내용을 설명하면서 좋은 의견이라고 생각되는 것들을 모두 취합했다.

2.
이메일보다는
직접 통화를

인터뷰 담당자를 섭외하는 것만큼 탐방에서 중요한 것은 없다. 탐방 하루 전날까지도 인터뷰 섭외에 어려움을 겪었다는 선배님들의 이야기를 들을 정도로 담당자와의 컨택은 쉽지 않다. e-mail을 보내도 읽지 않는 경우나 혹은 읽었더라도 답장이 오지 않는 경우가 비일비재하기 때문이다. 그러니 섭외하고자 하는 담당자의 연락처를 찾아 꼭 직접 통화를 하는 것을 추천한다. 담당자의 연락처도 알아놔야 하며 해당 국가의 시차도 고려해야 하고, 어마어마한 국제전화비도 감당해야 하므로 미리미리 알아보고 준비할수록 좋은 결과를 얻을 수 있다.

3.
해외탐방은
되도록 빠르게
다녀올수록 좋다

탐방을 마쳤다고 모든 일정이 끝난 것이 아니다. 탐방을 마친 일자로부터 30일 이내에 '최종 보고서'와 '탐방수기'를 작성해야 한다. 그동안 탐방하고 준비해온 과정의 정점을 찍는 보고서인 만큼 많은 시간과 노력이 필요하다. 팀원들끼리 자주 만나고 의견 교류가 필요한 시점이다. 그러므로 최대한 이른 시일에 탐방을 다녀오는 것을 권장한다. 개강 후에 보고서를 쓰려면 서로 다른 시간표로 시간을 맞추기도 어렵고, 다가오는 중간고사에 대한 압박감으로 좋은 보고서를 작성하기 쉽지 않다.

주민들이 주인공인
에너지 자립 마을 만들기

팀명(학교) 人SIDE (한림대학교)
팀원 권태은, 김재남, 김찬미, 이명진
기간 2015년 7월 16일~2015년 7월 29일
장소 독일, 덴마크
1. 프라이부르크 (보봉마을 Vauban Village, 프라이부르크 시청 Freiburg City Hall)
2. 삼쇠 (삼쇠 에너지 아카데미 Samsø Energy Academy)
3. 코펜하겐 (주 덴마크 대한민국 대사관 Embassy of the Republic of Korea in Denmark)

2011년 9월, 충남의 한 마을 이장이 스스로 목숨을 끊었다. 이명박 정부가 녹색성장을 명분으로 강행하던 '저탄소 녹색 마을' 사업이 화근이었다. 이장은 사업을 밀어붙이던 정부와 사업에 반대하던 주민들 사이에서 마음고생을 하다 극단적인 선택에 이른 것이다. 이 비극적 사실을 통해 우리는 에너지 자립마을 설립이 정부주도하에 이루어지고 있고, 마을 주민들이 참여도가 낮은 것을 알 수 있었다. 친환경 에너지를 통한 에너지 자립은 미래의 과제임이 분명하다. 하지만 이를 시작하기 위해서는 마을 단위로 시작하는 에너지 자립이 이루어져야 한다. 더불어 가장 중요한 것은 주체가 되어야 하는 주민들의 참여다. 우리는 해외의 에너지 자립마을은 어떻게 운영되며, 시작은 어떻게 되었는지 유럽의 주요 국가를 방문하기로 했다.

주민들의 힘의 중요성을 배운 Vauban Village

보봉마을은 프라이부르크시 안에 있는 작은 마을이다. 보봉마을은 주민들의 자발적 참여로 차 없는 마을, 자원순환 마을, 태양에너지 주택과 에너지 효율 주거단지 마을로 에너지 자립을 실천했다.

첫 탐방지인 보봉마을에 들어서는 순간, 책과 인터넷에서만 보던 보봉마을이 눈앞에 있었다. 마을 입구에서 만난 안드레아스 델레스케(Andreas Dellske)씨는 보봉마을 투어 담당자다. 그는 우리에게 보봉마을이 어떻게 생겨났는지부터 시작하여 마을 구석구석을 돌아다니며 소개해주었다. 그중 인상 깊었던 것은 마을 안에 냇가가 흐르고 아이들이 물놀이하는 풍경이었다. 그는 이 냇가또한 여름에 마을 온도를 낮추기 위한 자연 냉방시설이라고 소개해줬다. 그리고 델레스케 씨는 주민들이 어떠한 생각을 하고 있는지 소개를 해줬는데, 보봉마을 주민들은 친환경 에너지 자립마을이 초기 투자비용이 비쌈에도 불구하고 이러한 자본을 '미래에 대한 투자'라고 생각하며 장기적인

보봉마을 어린이들과

보봉마을 가이드인 안드레아스 델레스케 씨와 한 컷!

시각을 형성했다고. 그들은 자발적이고 긍정적이며 몸소 체득한 친환경 사회에 만족하는 삶을 끊임없이 배우고 있다. 예를 들면 아이들에게 환경과 에너지에 대한 교육을 이웃들과 함께 어울리며 해줄 수 있어서 보봉마을이 친환경 교육의 장이라고 생각한다. 집들 또한 그냥 지어진 것이 아닌 친환경적인 냉난방 시설을 갖춘 것이라고 했다. 우리는 투어가 끝난 후에 시민들을 만나 인터뷰를 했다. 주민들은 보봉마을에 거주하는 것을 매우 만족해하며 친절하게 응해줬다.

그날따라 유난히 덥고 많이 돌아다녀서 힘들었지만, 시민들이 친절하고 배울 수 있는 것이 많아서 유익한 시간이었다. 보봉마을의 주민들은 본인을 '마을의 일부분'으로서 생각하면서, 친환경 에너지 사업을 긍정적으로 받아들이고 자본 투자를 서슴지 않으며 이러한 친환경적인 삶을 통해 항상 행복한 미소를 잃지 않았다.

챌린저 Tip

에너지 자립마을 | 친환경 에너지의 이용을 통해서 마을 단위에서 에너지 생산 및 공급을 자립할 뿐 아니라 잉여 에너지를 판매하여 수익을 얻는 마을이다. 또한, 지역 특성에 맞는 에너지를 이용하는 로컬 에너지를 개발하여 에너지 절약, 이용 효율 극대화를 위해 친환경 에너지를 적극 이용하는 데 앞장서는 마을을 말한다.

실질적인 한계를 알게 해준 프라이부르크 시청

보봉마을 이후 두 번째 탐방지는 바로 프라이부르크 시청이다. 프라이부르크 시는 세계 환경의 수도, 태양의 도시라고 불리며 친환경에너지에 관심 있는 사람이나 관계자들이 많이 찾는 곳 중 하나이다. 우리는 KBS에서 방영했던 '태양의 도시 프라이부르크'를 봤던 기억들이 머릿속을 스쳐 지나가며 기대에 부풀었다. 프라이부르크 시청 환경보호과 지역태양광행정부 경영진인 토마스 드레셀(Thomas Dresel) 씨는 인터뷰 내내 우리에게 실질적으로 도움이 되는 정보를 정말 많이 제공해 줬고, 또 친절하게 대해줬다. 토마스 씨는 우리가 잘못 알고 있는 부분들이 많다며 수정해줬는데, 시청에서는 '태양광이나 혹은 어떠한 것을 하라'라고 명령하는 것이 아니라, 시민들이 필요로 하면 정보를 제공해주고 도와주는 것이라고 했다. 프라이부르크에서는 생산시설을 설치하기 위한 공간이 부족해서 태양광을 많이 이용하고 있으며 주민들의 자발적인 참여에 중점을 두고 있었다. 우리는 우리나라가 프라이부르크를 벤치마킹하면 어떨까 하는 생각을 하게 되었다. 프라이부르크 또한 우리나라의 대도시들과 마찬가지로 태양광 패널을 설치하는 데 있어서 장소에 따라 공간적인 제약이 존재했다. 그렇지만 마을 주민들에게 이를 권장하기 위해 '다양하고 많은 정보를 제공'하는 것도 우리나라의 도시들과 비슷했기 때문이다.

인터뷰 끝나고 토마스 드레셀 씨와

친환경 교육의 메카 Samsø

우리는 프라이부르크에서의 탐방을 끝내고 덴마크로 넘어갔다. 코펜하겐에서 기차를 타고 칼룬버그 항으로 가서 다시 배를 타고 삼쇠 섬으로 가는 길은 멀었다. 그러나 기차에서는 태양전지판을, 배를 타고서는 해상풍력 발전기를 보며 덴마크는 정말 친환경 에너지에 많은 관심이 있다는 것을 알게 됐다. 배를 타고 내리니 삼쇠 에너지 아카데미 에너지 사업본부장 마이클 랄슨(Michael Larsen) 씨가 우리를 기다리고 있었다. 우리는 버스를 타고 삼쇠 에너지 아카데미로 이동하였다. 그곳에서 우리는 점심을 대접 받고 인터뷰를 진행한 후, 교육을 받을 수 있었다. 삼쇠 섬이 어떻게 자립을 하게 되었는지, 그리고 주민들의 참여를 이루기 위해서 어떠한 노력을 했는지에 대한 내용으로, 에너지 자립을 이루기 위해 장기간에 걸쳐서 시민들을 설득했고 정부의 많은 지원이 있었다고 했다. 이제는 주민들이 조합을 만들어 공동출자를 하고 에너지 발전을 통해 수익을 내고 있었다. 장장 세 시간에 걸친 인터뷰를 마치고 우리는 다시 시민들을 만나러 갔다. 삼쇠 섬에서는 영화관에서도 태양광을 이용해 영화를 상영하고 우체국은 전기자동차를 활용해 우편배달을 하고 있었다.

이를 보고 우리는 우리나라의 남해와 서해 섬들이 에너지 자립을 할 수 있다는 희망을 품게 됐다.

삼쇠섬으로 가는 길,
다음 인터뷰를 위해
페리를 탄 人SIDE팀
바람이 무척 많이 분다

챌린저 INTERVIEW

Sams ø Energy Academy 마이클 랄슨

삼쇠 섬의 친환경 에너지 목표는 '2030년까지 화석 연료 없는 지속 가능한 섬을 만드는 것'이라고 들었습니다. 주민들은 어떻게 친환경 에너지를 이용하고 있나요?
삼쇠 섬은 풍력과 태양열을 이용하기에 가장 좋은 환경을 갖고 있습니다. 현재 삼쇠 섬에는 11개의 육상 풍력 발전기와 10개의 해상 풍력 발전기가 설치되어 있어 육상 풍력 발전기가 섬 전체의 전력 소비량을 충당합니다. 해상 풍력 발전기에서 생산하는 전력은 덴마크 본토로 수출하고 있습니다.

우리는 섬 밖에서 석유나 가솔린을 구입하지 않아요. 오랜 전통으로 대중교통인 버스와 페리는 바이오매스를 이용하여 운행합니다. 섬이 크지 않아 겨울에도 충전할 수 있는 전기자동차를 이용하기 쉽죠.

우리나라를 삼쇠 섬처럼 만들려면, 우리가 당장 해야 한다고 생각하는 것은 무엇인가요?
만약 대한민국에 삼쇠 섬과 같은 에너지 자립마을을 만들고 싶다면, 친환경 에너지 프로젝트를 함께 할 사람들과 지역을 찾는 것이 중요할 것입니다. 이러한 종류의 공동체 프로젝트가 어떻게 운영되는지 모두 투명하게 볼 수 있게 해야 합니다.

삼쇠 섬에서는 사람들이 함께 협력하며 살아갑니다. 삼쇠 에너지 아카데미는 이런 일에 감각이 있는 것이 아닙니다. 단지 지역적 상황에 기반을 두고 프로젝트를 하고자 하는 사람들의 노력을 지지합니다. 그리고 지역 수준이나 국가 수준에서 지역과 협력합니다. 우리는 일본, 중국, 미국과 연결되어 있어 서로 지식을 공유할 수 있는 범세계적인 다양한 네트워크를 갖고 있습니다. 우리는 각국의 지식을 교환하면서 더 좋은 대안을 모색할 수 있습니다.

덴마크 삼쇠에는 낭만이 있다

한국인이 바라본 덴마크 에너지

마지막으로 방문한 기관은 코펜하겐에 있는 주덴마크 대한민국 대사관이다. 이곳에서 인터뷰하게 될 마영삼 대사님은 에너지에 대해 높은 관심을 두고 계셨고, 덴마크에 거주하시며 얻은 인사이트를 우리에게 전달해 주실 수 있을 거로 생각했다. 마영삼 대사님은 에너지 보좌관(Energy Adviser) 튜어(Tue Sander Hansen) 씨와 함께 등장하셨다. 대사님은 덴마크에는 핵발전소가 한 곳도 없지만, 에너지를 생산해 다른 나라에 판매하고 있다고 하셨다. 덴마크가 '단계적으로 정책을 실행하고, 장기적으로 목표를 세우는' 정치적 특징을 가지고 있다고 이어 말씀하시며, 에너지 정책은 모든 정당이 합의로 실행한 것이라 장기적으로 사업을 지속할 수 있었다고 설명해주셨다. 우리는 정부 측면에서 덴마크에 배울 점이 많다는 생각을 했다. 에너지 사업들을 대부분이 세금으로 지탱되고 있다는 사실을 알고, 이 또한 우리나라가 지향해야 할 부분이라고 생각하였다. 튜어 씨는 덴마크와 우리나라 국민의 인식 차이에 대해서 "덴마크에서는 친환경 에너지를 개발해야겠다는 주민들의 인식이 매우 높다. 미래의 더 나은 환경을 위해 현재의 비용을 치르는 것이다."라고 답해주셨다. 우리는 대사관을 나서면서 우리나라의 향후 방향성을 알게 된 것 같아 뿌듯했다. 기관을 다니며 배운 것을 통해 우리나라도 에너지 자립 마을을 만들 수 있을 것 같다는 믿음을 얻으며 탐방을 마무리하였다.

인터뷰를 기다리며
항구에서 찰칵!

인터뷰 끝나고 에너지보좌관
튜어 씨와 마영삼 대사님과 함께

탐방대원 후기

팀원 1. 김찬미

첫 해외여행이 LG글로벌챌린저와 함께라니! 무한한 가능성을 알게 해준 LG글로벌챌린저를 무사히 마칠 수 있게 되어서 감사드립니다. 해외기관과 컨택하면서 실제로 만나서 인터뷰를 하는 일이 결코 쉬운 일이 아닙니다. 제 인생에 있어 잊지 못할 추억입니다.

팀원 2. 권태은

꿈에서만 그리던 '해외여행'을 LG글로벌챌린저를 통해 '해외탐방'이라는 더 좋은 기회로 경험할 수 있었습니다. LG글로벌챌린저는 새로운 세계를 경험하게 해주었으며 앞으로의 꿈을 실현하는 데 있어서 나의 무한한 가능성에 대한 확신 그리고 나의 꿈에 한 걸음 더 다가갈 수 있는 계기가 됐습니다.

팀원 3. 김재남

LG글로벌챌린저는 저에게 새로운 도전을 할 수 있게 해주었고, 우리가 직접 계획하고 실천해 하나하나 인터뷰 일정을 소화할 때마다 뿌듯함을 느꼈습니다. 탐방은 저에게 많은 것을 알게 해준 경험이었습니다.

팀원 4. 이명진

이렇게 좋은 기회로 뿌듯한 경험까지 얻어가는 알찬 유럽여행을 할 수 있을 것이라곤 상상도 못했습니다. 우리가 정한 주제를 가지고 해외 기관에서 직접 인터뷰 할 기회가 살면서 또 있을까요?! 더불어 호흡이 잘 맞는 팀원들을 만나서 하루하루가 새롭고 행복했습니다. 그 새로움이 일상이 되어갈 쯤 돌아올 수밖에 없었다는 사실이 아쉽기만 합니다.

Know-how
당신이 알아야 할
두 가지

1.
탐방을
떠나기 전에
해야 할 것들

탐방을 다녀온 후에는 모든 팀이 본인 팀의 일정에서 30일 이내에 모든 서류를 제출하게 되어있다. 특히 모든 팀은 인터넷 중계를 하게 되는데, 일정을 너무 빡빡하게 짜면 조금 힘들 수 있다. 우리 팀의 경우에는 일정이 빡빡하여 거의 전지훈련 급이어서, 다들 자정만 되면 곯아떨어지기 일쑤였다. 물론 해외탐방을 가서 많이 보고 즐기고 느끼고 오는 것도 중요하지만, 해야 하는 게 있다면 놓치지 않기를 바란다.

2.
영어가
중요할까?
그렇다

탐방을 떠날 때 영어가 중요한가? 물론 중요하지 않을 수 있다. 넷다 영어를 못해도 해외탐방을 갈 수도 있을 것이다. 하지만 진가는 탐방을 다녀온 후에, 혹은 인터뷰할 때 발휘된다. 인터뷰를 할 때 우리는 평소보다 더 긴장되는 상황에 놓이게 되고 상대방의 말이 잘 안 들릴 수도 있다. 지금 당장 영어 실력을 확 늘리기는 어려울 것이나, 인터뷰할 때 전문용어 때문에 어려울 때가 많이 있으므로 주제와 관련된 용어라든가 대화체 정도는 알아두면 훨씬 도움이 될 것이다. 갔다 와서 보고서를 작성할 때 녹취록을 들어야 하는 팀들도 있을 텐데, 팀원들과 잘 협력하여 풀어가길 바란다.

RVM(Reverse Vending Machine),
분리배출을 더 쉽게

팀명(학교) R뱀 (서울과학기술대)
팀원   김윤아, 여수진, 원서윤, 이유진
기간   2015년 8월 17일~2015년 8월 29일
장소   독일, 네덜란드, 영국
          1. 베를린 (독일 판트 시스템 DPG Deutsche Pfandsystem GMBH)
          2. 본 (바이렌스테인 컨설팅 Bielenstein Consulting)
          3. 랑엔펠트 (톰라 Tomra)
          4. 함부르크 (콜레베 광고에이전시 Kolle Rebbe Advertising Agency 화상 인터뷰)
          5. 아메르스포르트 (에코타운, Envipco)
          6. 런던 (아이디오 IDEO)

우리 대학 내에는 일반 쓰레기통이 없다. 재활용만을 지나치게 강조했기 때문이다. 그래서 학생들은 재활용 쓰레기통에 일반 쓰레기를 함께 버린다. 최근에 우리는 언론을 통해서 일반 쓰레기의 매립지가 거의 없다는 방송을 쉽게 접할 수 있다. 또한, 종량제에 반입되어 버려지는 재활용품도 70%에 이른다는 환경부의 통계조사가 있다. 만약 제대로 분리수거 된다면 매립하거나 소각하는 쓰레기의 양은 지금보다 훨씬 줄일 수 있고 매립하지 않아도 된다. 하지만 더 큰 문제는 재활용품을 재활용하는 행동이 쓰레기를 버리는 것과 같다는 문화와 우리들의 인식이다. 이렇듯 대두되는 환경 문제와 더불어 해결하지 못한 문제들이 존재하고 버리지 않고 다시 쓰고 잘 분리배출 하여 얻는 경제적인 가치는 크다. 제대로 버리는 방법을 우리의 문화에 스며들게 하여 의식적이고 강제적인 행위가 아닌 자연스러운 행동으로 끌어내는 것은 중요한 문제이다. 이를 위해서 RVM(Reverse Vending Machine)이라는 문화가 정착된 유럽 대륙으로의 탐방을 계획하고 방문하였다.

Pfand 시스템을 배운 Deutsche Pfandsystem GMBH

탐방 첫째 날, 독일에 저녁 늦게 도착해 숙소에 도착하자마자 잠들었다. 우리의 탐방은 둘째 날부터 본격적으로 시작했다. 처음 방문한 도시는 독일의 수도인 베를린으로 단일규모로는 최대의 도시이다. 깔끔한 거리와 사람들의 모습이 인상 깊었다. 그리고 첫 탐방기관은 베를린에 있는 독일 판트 시스템(DPG, Deutsche Pfandsystem GMBH)이다. 이 회사는 Pfand 제도를 운영하는 기관으로 독일의 식품부, 유통협회, DPG의 대표들이 모여 운영하고 있고 보증금 제도를 처음으로 국가 차원에서 실시하였다.

한국에서 메일과 전화로 연락을 시도했으나 답변이 없었다. 하지만 포기할 수 없었고 선배님들의 조언대로 지도상의 위치로 찾아갔다. 기관은 다행스럽

챌린저 Tip

RVM(Reverse Vending Machine) I 음료를 마시고 남은 빈 병을 넣으면 병의 종류에 따라 자동으로 선별하여 모으고 사용자에게는 병에 포함된 보증금을 돌려주는 기계.

게도 숙소에서 걸어서 15분이어서 찾아가기 쉬웠다. 우리의 전체 일정 중 베를린에서의 일정이 짧아 다음날 떠나야 하는 상황이었고, 무작정 찾아갔기 때문에 도착해서 벨을 누를 때까지도 걱정이 가득했다. 하지만 걱정과는 달리 현재 직원의 대부분이 휴가 중이지만 내일 베를린을 떠나기 전에 다시 찾아오면 인터뷰할 수 있다는 긍정적인 대답을 주었다. 순조로운 출발이었다.

내일 오라는 연락을 받은 당일, RVM 기계를 찾아 베를린 곳곳을 돌아다녔다. 마트에서 음료에 붙은 보증금을 확인하고 직접 이용했다. 그리고 이용하는 시민을 만나 인터뷰했다. 그 중에서도 스벤야(Svenja Mike Popp) 씨와의 인터뷰가 기억에 남는다. 그녀는 여러 이유로 평소에는 기기를 적극적으로 이용하진 않지만, 가정에서는 부모님의 주도로 사용한 병을 모아서 보증금을 환불받는다고 했다. 그렇게 모이는 돈은 한 달에 약 10유로(원화 13,000원의 가치)로 다시 장을 보는 것에 사용한다고 했다. 그녀는 가정에서부터 환경교육이 실천되는 것이 중요하다고 강조했다.

많은 시민을 만나고 인터뷰를 마친 우리는 다음날 짐을 챙겨 베를린을 떠나기 3시간 전에 기관을 다시 방문했고 전날보다 많은 직원이 기관에서 업무를

인터뷰 요청을 한 후,
가능한지 물어보러 들어간 직원을
기다리며 초조한 서윤, 수진, 유진

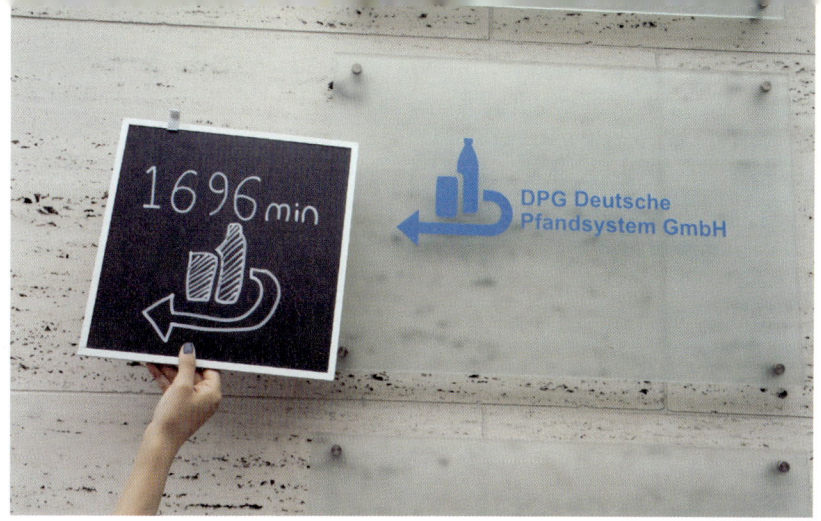

DPG에 도착한 직 후, 탐방 시작 몇 분인지 기록한 사진, 1696분이 흐른 후였다

보고 있는 모습을 확인할 수 있었다. 시스템의 지원과 공정 관리의 책임자 직무를 맡은 마이크(Mike Pöthig) 씨가 우리를 기다리고 있었다. 그는 본격적으로 인터뷰를 시작하기 전에 기관이 설립된 이유와 역할을 설명해주었다. 1시간 30분에 걸쳐서 보증금 제도가 운영될 수 있는 배경이 무엇인지, 어떤 음료 용기에 얼마의 보증금이 있는지에 대해서 들을 수 있었다. 문서 상으로 얻을 수 없었던 정보를 전문가에게 생생하게 들을 수 있는 경험이었다.

그는 한국과 글로벌챌린저에 관심을 가졌고 우리의 목적과 방문 이유를 들은 후 흥미로워했다. 또 우리에게 한국의 실정을 듣고 실제로 적용할 수 있도록 조언을 아끼지 않았다. 인터뷰 후에 기차 시간이 촉박하여 짐을 들고 뛰어가듯 떠나야 했지만 RVM이 당연한 문화로 자리 잡아 깔끔한 거리의 베를린은 우리의 기억에 오래도록 여운이 남았다.

챌린저 Tip

판트(Pfand) 제도 | 2003년부터 시행된 독일의 공병 보증금 반환 제도로 Einweqpfand로 'single-use deposit' 라는 의미이다. 음료를 구매할 때 용기에 붙은 보증금을 소비자가 직접 회수시키고 보증금을 돌려받는다. RVM을 통해 병을 수거하는 시스템을 사용한다.

기관 인터뷰 후, 글로벌챌린저 깃발을 들고 찍은 사진, 윤아,Jan,유진,수진,Tobias와 서윤

재사용 용기를 관리하는 기업, Bielenstein Consulting

베를린을 서둘러 벗어난 우리는 유럽에서 두 번째로 높은 대성당이 있는 쾰른에 도착했다. 쾰른 어디에서나 성당을 볼 수 있었고, 높은 성당만큼 역사가 살아 숨 쉬는 곳이었다. 우리가 쾰른에 머물며 방문할 기관 2곳은 쾰른의 남쪽으로 30분 거리인 본, 북쪽으로 1시간 거리인 랑엔펠트에 있었다. 본에 있는 기관은 가장 빨리 호의적으로 인터뷰에 응해준 회사였다. 오래된 친구를 만나는 반가운 마음으로 인터뷰를 준비하며 설레는 마음으로 잠들었다.

아침 일찍 출발했고 미리 무슨 표를 사야 하는지 다 알아봤지만, 본까지 기차표를 사는 법을 몰라 기관에 약속한 시각보다 30분을 지각하게 되었다. 죄송한 마음에 조심스럽게 들어갔는데 우리의 인터뷰를 해 줄 최고경영자 토비아스(Tobias Bielenstein)와 얀(Jan Haverkock) 씨는 개의치 않고 "무슨 일이 있을 줄 알았습니다. 이해해요." 라며 인터뷰에 응해주었다. 인터뷰 전에 우리 소개가 끝나자 기관 소개와 두 분의 업무를 소개해줬다.

바이렌스테인 컨설팅(Bielenstein Consulting)은 재사용 용기 보증금에 대한 컨설팅, 마케팅, 광고, 홍보를 맡고 있다. 재사용 용기에도 판트와 같이 재사용 마크가 붙어있는데, 이 마크를 불법으로 사용하는 음료 회사를 단속, 저작권을 보호하고, 미디어에 노출될 때에 홍보를 담당하는 업무를 보고 있다고 했

166

다. 전 기관인 DPG에서 얻은 내용과는 다른 시각과 관점에서 제도를 설명해 주었다. 특히 기억에 남는 내용은 병의 회전에 관한 내용이었는데, 어떻게 하면 병의 순환이 더 효율적으로 일어나는지, 가능한 이유가 무엇인지에 대해서 설명해 주셨다.

20년 전에 한국에 방문한 적이 있었다는 토비아스 씨는 인터뷰 내내 유쾌한 내용과 유머로 우리를 즐겁게 해 주었다. 전체적인 맥락에서 독일의 재활용, 재사용 시스템을 이해할 수 있었으며 우리의 생각의 폭을 넓힐 수 있었다. 마지막으로 한국에 알맞은 해결책에 대해서 같이 논의하고 걱정해 주셨다. 또한, 우리가 미처 생각하지 못했던 정치적인 논제도 던져주었다. 기대했던 이상의 정보를 얻었고 발전할 수 있었다. 그와 인터뷰는 한 분야를 연구한 전문가와의 만남이자 국경을 넘어 인생 선배로서의 만남이었다.

한 컷에 담기 힘들 정도로 높은
쾰른 대성당의 모습

챌린저 INTERVIEW
Bielenstein Consulting CEO 토비아스

독일에서 재사용 용기에 보증금을 부과할 수 있었던 이유가 무엇입니까?

2008년 DPG 시스템이 도입되기 전인 2005년부터 일회용 용기를 재사용 용기로 사용하자는 사회적 움직임이 있었습니다. 'Pfand' 제도가 전국적으로 미미하게나마 시행되고 있었고, 그 영향으로 소비자들은 재활용이 재사용보다 친환경적이라는 오해를 하고 있다는 문제를 인식하고 바로 잡기 위해 등장하게 되었습니다. 이러한 사회의 기대에 부합하기 위해 재사용 용기에도 보증금을 부과하기로 결정하게 되었습니다.

독일이 우리나라와 다른 점은 무엇입니까?

현재 총 83개의 독일 음료 제조 회사가 재사용 마크를 사용하고 있다. 지역 단위의 작은 신생 맥주 회사 등이 계속해서 재사용 용기사용에 참가하고 있으므로 가입회사가 매년 늘고 있습니다. 신생 회사에는 재활용 용기보다 재사용 용기의 사용을 적극적으로 권장하고 있습니다. 다른 나라에 비해 독일은 작은 음료 회사가 굉장히 많습니다. 독일의 경우 지역별로 그 지역만의 맥주를 만들기 때문에 독일 곳곳에 맥주 양조장이 매우 많은데 그 수는 무려 1,300개가 넘습니다. 다른 제품의 경우 점차 편리성을 추구하면서 일회용 용기의 사용이 늘고 있으나 맥주만큼은 재사용 용기를 많

기관 인터뷰 중 열심히 설명을
듣고 있는 유진, 수진과
설명중인 CEO 토비아스

이 사용하고 있습니다. 독일 국민은 맥주 맛의 질에 굉장히 민감한 편이기 때문에 적어도 맥주만큼은 유리병에 유통되고 있습니다. PET나 캔의 경우 유통과정에서 김이 빠지는 등 맥주의 질이 떨어지기 때문에 판매량이 저조해서 단종 되고 있습니다. 그래서 독일이 유난히 재사용 병의 사용률이 높다고 생각합니다.

재사용 보증금을 사용하는 것이 왜 나은가요?

독일에서는 80여 개의 생수 회사가 1가지 유리 용기를 공용으로 사용하고 있어 회수된 용기들을 보다 쉽게 재사용할 수 있습니다. 예전에는 한 병의 순환주기가 1년한 번에 불과하였으나, 이제는 1년에 5~6회 정도 재사용이 가능합니다. 유리 용기한 병을 약 50회까지 재사용을 하고 있고, 페트 용기의 경우 20~25회 정도 재사용하고 있습니다. 유리 용기를 오랫동안 사용하기 위하여 마찰이 잦은 라벨 윗부분의 유리를 조금 더 두껍게 제작합니다. 유통 및 회수 과정에서 부딪히며 스커핑링(Scuffing Ring)이 생기는 데 이것은 소비자에게 용기가 재사용되었음을 직관적으로 확인할 수 있어 환경 보호를 생각하게 하는 효과가 있습니다. 재사용 병을 10번 이상 재사용을 하게 될 경우, 회수 및 세척 비용을 포함하여도 재활용을 비롯한 일회용 용기보다 훨씬 더 경제적인 선택이라고 말씀드릴 수 있습니다.

챌린저 Tip

스커핑 링(Scuffing Ring) | 재사용의 경우 여러 번 재사용하게 되면 병에 기스가 생긴다. 가장 왼쪽에 있는 병은 처음 사용되는 새 병이고 오른쪽으로 갈수록 사용 빈도가 많다. 병 가운데 있는 하얀색 선이 유통과 회수의 과정에서 부딪히면서 생긴 상처이다. 하얀 선의 두께와 진하기를 통해 재사용 빈도를 가늠해 볼 수 있다. 가장 오른쪽에 있는 병은 대략 35번 정도 사용되었다.

RVM의 원리를 배운 톰라(Tomra)

톰라(Tomra)는 RVM 및 재활용품 선별 기계를 제조하는 회사이다. 톰라의 본사는 노르웨이에 있고 대기업이라 연락이 잘 닿지 않았다. 그러던 중 국내 탐방 중 만났던 순환자원유통지원센터에서 인터뷰해주신 대리님의 소개로 토마스(Thomas Morgenstern) 씨를 만날 수 있었다. 우리는 그와 연락해 약속을 잡을 수 있었다.

톰라의 독일 지부가 있는 랑엔펠트는 작은 도시이다. 내려서 찾으러 걸어가는데 보이는 것은 회사 건물과 나무밖에 없었다. 한참을 걸어가자 드디어 톰라를 만날 수 있었다. 떨리는 마음으로 건물에 들어섰다. 밖에 분위기와는 다르게 회사 내부는 편안하고 직원들이 쉴 수 있는 공간이 충분히 있었다. 우리는 그와 그의 직속 직원에게 RVM이 어떻게 작동하는지, 톰라가 어떤 일을 할 수 있는지에 대해서 설명을 들었다. 기계의 작동원리와 다른 기계에 비해 장점이 무엇인지 듣다 보니 톰라 기계를 한 대 사고 싶은 마음이 들었다.

기계 원리와 관련된 어려운 단어가 많이 나왔지만, 그는 친절하게 설명해주었고 한국에도 꼭 생겼으면 좋겠다는 말로 마무리했다. 끝나고 로비의 로고 앞에서 함께 사진을 찍고 싶었지만 바로 회의가 있어 즐거웠다며 떠났다.

인터뷰 후 로고가 잘 보이도록 쭈그려 앉아서 찰칵!
유진, 윤아, 안나, 수진과 서윤

그의 부하 직원과 사진을 찍은 우리는 준비해 간 선물을 잊고 있었다는 사실을 깨닫고 선물을 드렸다. 그는 한국 토속의 미가 느껴진다며 매우 좋아했다.

돌아오는 길에 우리는 독일에서 방문하려던 기관을 모두 방문했다는 사실에 뿌듯해 했다. 한국에서 출발하기 전까지 불안하고 걱정되었던 마음과는 사뭇 다른 마음가

짐이었다. 우리는 쾰른으로 돌아가며 가벼운 마음으로 인터넷 중계에 올릴 영상을 찍었다. 다시 돌아보니 그때의 우리가 가장 밝았던 것 같다. 앞으로 닥칠 큰 문제는 모르는 해맑은 표정이었다. 돌아와서 배운 것들을 정리하며 독일이 깔끔하고 국민 모두의 환경을 사랑하는 마음을 본받고 싶다는 생각을 하며 다음 나라로 갈 준비를 했다.

환경을 소중히 여기는 사람들의 도시, Amersfoort

다음으로 우리가 도착한 나라는 네덜란드이다. 아메르스포르트(Amersfoort)라는 친환경 마을과 암스테르담에 있는 에코타운 엔빕코(Envipco)를 방문하기로 해서 아메르스포르트에 머물며 마을을 느껴보기로 했다. 국경을 넘어 도착한 그곳은 나무가 많고 아름다웠다. 네덜란드에 머무는 동안에 주말이 겹쳐있었기 때문에 우리는 먼저 주소를 찾아가 기관이 존재하는지 보고 오기로 했다. 4월쯤 전화했을 때에는 방문하라는 연락을 받았는데 그 이후로 연락이 끊겼기 때문이다. 홈페이지에 나와 있는 회사 위치는 우리가 묵고 있는 아메르스포르트 그리고 암스테르담 2곳이었다. 지도를 펴고 숙소에서 약 20분을 걸어갔고 위치에 도착했다. 하지만 그곳에는 가정집만 있었고 기관은 존재하지 않았다. 토요일을 그렇게 허무하게 보냈지만, 암스테르담에는 있겠지 라는 기대로 친환경 마을을 둘러보았다.

다음날은 전부터 꼭 가보고 싶었던 풍차 마을 잔센스한스(Zaanse Schans)에 방문했다. 네덜란드의 정취를 느끼며 여유로움을 실컷 만끽했다. 물론 그 와중에도 꾸준히 마트를 방문하여 네덜란드식 RVM을 이용했다. 그리고 대망의 월요일이 밝아왔다. 우리는 일찍 서둘러 암스테르담으로 향했고 우리가 도착한 건물엔 사무실들이 많았지만, 그 어디에서도 엔빕코는 찾아볼 수 없었다. 아마 네덜란드 본부인 엔빕코 지부가 사라진 것 같았다. 아쉬운 마음이 가득하였지만 우리는 네덜란드 사람을 만나며 즐거운 시간을 보냈다. 네덜란드는 운하와 건물이 아름다운 도시였다. 아직도 눈을 감으면 네덜란드의 야경이 눈에 선하다.

혁신은 눈에서 시작한다, IDEO

네덜란드에서의 아쉬움을 뒤로하고 우리는 마지막 나라인 영국으로 향했다. 영국은 디자인으로 유명한 국가이다. 건물, 판매하는 제품 하나하나 다 감각적이었다. 우리는 영국에서 디자인 회사이자 우리 아이디어의 기부 영감을 준 아이디오(IDEO)를 방문하고 테스코(TESCO)라는 마트에 설치된 RVM을 살펴보기로 했다. 그리고 전부터 가보고 싶었던 브라이턴의 세븐시스터즈(Seven Sisters Brighton)라는 절벽에 하루 가기로 했다. 악명 높은 영국 날씨답게 비바람이 불었지만 즐거운 시간을 보냈다.

다음날 우리는 아이디오에 방문하기로 했다. 한국에서 CEO와의 메일과 전화로 방문이 충분히 협의가 이뤄져 있던 기관이다. 런던 지부에 방문하기만 하면 되었는데 도착해보니 그런 연락을 받은 적이 없다며 지금은 인터뷰해 줄 수 있는 직원이 없으니 연락처를 남기고 가면 가능할 때에 연락을 주시기로 했다. 초조한 우리는 네덜란드가 반복될까 봐 걱정했지만 기다려보기로 했다, 하지만 웬걸 다음날 3시가 될 때까지도 기다리던 연락은 오지 않았다. 그래서 우리는 또 방문했다. 어제와 같은 말의 반복이었다. 아쉬운 대로 아이디오에서 나온 책을 선물로 주셔서 받아서 가려는 순간이었다. 팀원 중 한 명이 우리가 준비한 선물이라도 드리고 가자고 했다.

결론적으로 우리는 선물을 받은 직원이 감동하여서 디자이너를 불러주었다. 바쁜 업무가 있는 상황이지만 바쁜 시간을 쪼개 나오셔서 인터뷰해 주셨다. 짧게 헝클어진 머리가 매력적인 캐롤라인(Karoline Anderson) 씨였다. 캐롤라인 씨는 IDEO가 만든 학교 출신의 디자이너라고 했다. 우리는 아이디오를 돌아다니며 전시된 결과물을 설명해 주셨고 어떻게 아이디어를 얻을 수 있는지에 대해서 설명해주었다. 아이디오의 디자이너들은 먼저 디자인을 하기 전에 사용자들을 분석하고 직접 사용자가 되는 데에서 시작한다고 했다. 그녀는 설명하는 내내 눈빛을 반짝이며 즐거워했고 자신의 업무에 대한 애정을 느낄 수 있었다.

172

아이디오를 방문하고, 테스코를 방문
하고 시민들을 만났다. 그리고 미술관
을 돌아보며 영국의 분위기를 느낄 수 있
었다. 탐방을 마무리 지으며 영국에서의
소중한 기억들을 갈무리했다. 영국에 꼭
다시 오고 싶었다.

선물로 주신 아이디오 책

재활용과 재사용에 대한 관심과 실천을 대한민국으로

쓰레기, 재활용, 분리배출, 분리수거 모두 환경과 관련된 중요한 문제라고 생
각했지만, 나의 문제가 아니라고 생각했다. 해야 한다는 사실은 알고 있었지
만 어떤 과정을 거쳐 일어나는지 왜 국내에서 이런 방식을 택했는지는 관심이
없었다. 그랬던 우리가 분리배출이라는 주제를 선택하고 국내 관련 기업과 교
수님, 재활용품 선별 처리시설, 고물상 등을 찾아다녔다. 인터뷰를 요청하고
다양한 관점에서 문제를 보았다.

그리고 답을 얻기 위해 2주에 거쳐 독일, 네덜란드, 영국을 다녀왔다. 전에
도 유럽여행을 다녀온 적이 있었지만, 전혀 다른 느낌이었다. 대부분의 일이
우리 스스로 손으로 이루어졌다. 새로운 환경에서 잘 곳을 알아보고 예약했으
며 예산을 짰다. 무엇보다도 특별했던 경험은 해외의 전문가들과 경영인들을
만날 수 있었다. 영어로 메일을 작성하여 연락하고 가서 인터뷰하고 대화를 나
눴다. 혼자서는 이룰 수 없는 R뱀이라는 팀이기에 가능한 일이었다.

각자의 전공을 떠나 팀원들과 미래를 바꿀 수 있는 주제를 정했고 더 깊게
생각해 볼 기회였다. 또 LG글로벌챌린저라는 든든한 후원 아래에서 국내와 국
외의 전문가들을 만날 수 있었다. 그 결과 간단해 보이는 일 일지라도 많은 이
해관계가 얽혀있고 노력이 존재한다는 사실을 알 수 있었다. 우리는 탐방을 통
해 폭넓은 시야와 종합적으로 사고하는 능력을 기를 수 있었다. 최선을 다해
얻은 것이 많은 탐방이었고 얻은 내용을 국내에 적용되도록 노력할 것이다.

팀원 1. 이유진

2015년 3월부터 시작된 LG글로벌챌린저라는 장거리 레이스를 팀원들과 함께 달려왔던 모든 시간이 소중했습니다. 앞으로 살아가면서 인생에서 어떤 힘들고 곤란한 상황들이 생기더라도 멋지게 극복해나갈 수 있다는 자신감이 생겼습니다. LG글로벌챌린저라는 인생의 멋진 타이틀을 얻을 수 있어 행복했습니다.

팀원 2. 김윤아

글로벌챌린저와 2015년도를 함께 했습니다. 멋있는 사람들을 많이 만났고 돈으로 얻을 수 없는 값진 경험을 할 수 있었습니다. 힘든 일도 없진 않았지만 지나고 나니 어떤 어려움도 이겨낼 수 있다는 자신감이 생겼습니다. 여기에서 만족하지 않고 더 다양한 활동에 도전해보고 싶습니다.

팀원 3. 여수진

R뱀의 아이디어는 탐방 전후 여러 도움을 받았고, 현재 실생활에 적용하는 단계를 밟고 있습니다. 하나의 과제를 기획부터 실행까지 전부 거쳤다는 점이 뿌듯하고, 그 과정에서 정말 많은 것을 보고 느꼈습니다. 대학생에게 열린 최고의 가능성을 누릴 수 있는 2015년이었습니다.

팀원 4. 원서윤

모든 탐방을 자유롭게 우리 스스로 계획하고 실천으로 옮긴다는 것이 쉽지 않은데 그것을 해냄으로써 우리에게 가능성이 있다는 것을 깨닫게 되면서 자신감도 생기고 대견스럽다는 생각을 하게 되었습니다. 이런 경험을 할 수 있게 해준 우리 팀원들과 LG글로벌챌린저에 감사드립니다.

Know-how
책임감과 배려로
똘똘 뭉쳐라!

1.
책임감 있는,
끝까지 함께 할
사람을 찾아라!

최종 발표가 나기 전까지는 당장 학교 과제와 시험이 급하고 붙을
지 확실하지 않은 상황이기 때문에 불안한 마음이 든다. 그래서
극한의 상황이 닥칠지라도 끝까지 포기하지 않을 책임감 있는 친
구가 필요하다. 외국어에 능숙하고, 깔끔한 디자인을 할 수 있는
능력의 부분도 중요하지만, 책임감이 먼저이다. 내가 내 몫을 다
해가면 자신의 몫을 다 해올 수 있는 친구인지 먼저 확인해야 한
다. 그렇다면 그런 친구인지 어떻게 알까? 아는 사람을 먼저 탐색
하여 미리 평판을 들어보면 알 수 있다. 학교 내의 인맥을 총동원
해서 결정하면 끝까지 간다는 마음으로 신중하게 팀을 이루는 것
이 정말 중요하다.

2.
물어보고
또 물어보자!

일단 팀이 되면 많이 만나게 되고 힘든 일도 많이 있다. 특히 해외
에 나가면 더 힘들고 예민해지기 마련이다. 해외여행을 가면 친한
친구와도 싸운다는 말이 있다. 여자 네 명이 같이 갔다면 안 봐도
훤하다. 그러나 우리 팀은 싸운 적이 없다. 탐방을 가기 전에 서
운한 부분이 있다면 매일 부드러운 언어로 털어놓고 풀기로 했기
때문일까? 아니다. 서운할 일이 아예 일어나지도 않았다. 항상 먼
저 물어보고 행동했기 때문이다. 상대방은 내가 아니다. 생각을
물어보고 행동하라. 이성과 지성을 갖춘 글로벌챌린저들이라면
대화로 충분하다. 그래도 해결이 되지 않는 문제라면 그때 가서
부드러운 어조로 서운함을 토로하자.

PART 3

Society 사회

사회적 유대감을
높여주는 도시에서 놀자
Playable City

팀명(학교) 플레잇 (아주대학교)
팀원 김성진, 염태훈, 정희성, 최지원
기간 2015년 7월 23일~2015년 8월 5일
장소 영국
　　　1. 런던 (영국 왕립예술학교 Royal College of Art, 러셀 스퀘어 Russell Square,
　　　　바비칸 센터 Barbican Centre, 런던대학교 University of London, Tine Bech Studio)

한국인의 정체성을 '정(情)'으로 규정할 만큼 우리는 한국 사회 내에 유대감이 존재한다는 믿음이 있었다. 그러나 2013년 OECD 삶의 질 지수 유대감/공동체 부문에서 한국은 36개국 중 3, 4위에 머물렀고, 그중 사회 관계망 지수는 0점으로 OECD 중 꼴찌를 기록했다. 사회의 급격한 변화와 기술의 발전, 도시화로 인해 한국의 사회적 유대감은 심각하게 약화했다. 주거지 이동이 빈번해진 것도 도시 내 공동체의 형성을 힘들게 했다. 그 결과 한국은 '행복지수가 낮고, 11년째 자살률 1위인 국가'라는 불명예를 얻었다. 최근 세계의 트렌드에 맞추어 송도, 서면, 북촌 등 한국의 도시들 또한 Smart City로 탈바꿈하고 있다. 우리는 이러한 추세가 사람들에게 편리한 도시 생활을 제공해 주겠지만, 그 이면에 도시 내 유대감을 더욱 약화할 것이라고 생각했다. 그리고 이러한 일을 먼저 겪으면서 대안을 마련한 영국의 도시를 방문하여 그 사례와 철학, 효과, 그리고 그 기반이 되었던 한 기업에 대해서 배워왔다.

공동체의 재미를 지키는 사회적 기업 Watershed

영국 런던의 서쪽에 있으면서 영국에서 8번째로 큰 도시, 브리스톨. 이곳에는 'Smart City가 사람들 간의 대화를 감소시키고 개인의 고독감을 높일 수 있다.'는 우려를 해결하기 위해 Playable City라는 도시 프로젝트를 진행하고 있는 워터쉐드라는 사회적 기업이 있다. 워터쉐드는 사람들을 한곳에 모이게 하고, 대화를 끌어내는 데에는 재미만한 매개체가 없다고 확신했다. 또한 Smart City의 핵심 기술인 IoT의 무궁무진한 가능성을 도시 내 유대감을 회복시키는 데에 활용할 수 있을 것이라는 생각으로 다양한 아이디어를 모으고 실현했다.

전문가와 화상인터뷰 전, 지원이와 성진이가 열심히 준비한다

　사실 우리는 워터쉐드와 인터뷰를 진행하기 하루 전까지 컨택에 성공하지 못했다. LG글로벌챌린저를 준비하며 만남을 약속했지만, 합격 후 인터뷰를 준비하면서 우리가 너무 흥분하는 바람에 워터쉐드에 너무 많은 메

귀국 마지막 날, 내셔널 갤러리에 한 번 더 갔다

일을 보낸 것이다. 메일을 4통쯤 보냈을 때, 워터쉐드는 강요받는 기분이라며 인터뷰 거절 의사를 밝혀왔다. 워터쉐드의 프로젝트 진행 절차와 노하우를 알아오는 것이 우리의 핵심 탐방 내용이었기 때문에 너무 당황스러웠다. 하지만 또다시 인터뷰 요청을 하는 것은 무리라고 생각했고, 일단 진심을 담아서 사과의 메일을 보냈다. 핵심 기업과의 인터뷰가 좌절된 상태로 영국으로 출국했기 때문에 계속 마음이 편치 못했다. 탐방 마지막까지 '워터쉐드는 포기하고 영국을 즐길까.'와 '이렇게 포기할 수는 없다.' 사이에서 고민하던 우리는 LG글로벌챌린저 정신으로 다시 한 번 도전하기로 했다. 그리고 마지막으로 보낸 사과 메일. "저희는 진심으로 Playable City에 대해 배우고 싶습니다." 진심이 통한 것일까? 워터쉐드는 우리의 열정과 끈기가 느껴진다며 다시 만남을 약속했다. 이렇게 얻어낸 워터쉐드와의 인터뷰 기회는 너무나도 값진 시간이었다.

챌린저 Tip

IoT(Internet of Things) 사물인터넷 | 각종 사물에 센서와 통신기능을 내장하여 인터넷에 연결하는 기술.

챌린저 INTERVIEW
Watershed 힐러리

Playable City 프로젝트 안에서 워터쉐드의 구체적인 역할은 무엇인가요?

워터쉐드는 Playable City 프로젝트를 주관하는 기업이기 때문에 수행하는 역할이 다양합니다. 가장 중요한 역할 세 가지는 프로젝트 구현을 위한 팀 결성과 브리스톨 시의회와의 협력, 프로젝트 실현을 위한 재정 마련입니다.

첫째, 프로젝트를 구현하기 위한 전문팀을 결성해주는 역할을 하고 있어요. 완벽한 프로젝트를 위해 부족한 분야를 보완할 수 있는 다양한 분야의 전문가들과 연결해 전문 팀을 결성시켜 주는 역할을 합니다.

둘째, Playable City 프로젝트를 실현하기 위해서 브리스톨 시의회의 협조가 중요합니다. 특히 도시 구조물을 사용하는 것에 대해 허가를 받아야 합니다. 프로젝트마다 허가를 받아야 할 내용이 다르고, 복잡한 행정절차를 거쳐야 하므로 개인이 하기 힘든 부분이죠. 따라서 디자이너와 기술자들이 프로젝트에 집중할 수 있도록 워터쉐드에서 이 부분을 담당하고 있습니다.

셋째, 워터쉐드는 비영리 기업으로서 Playable City 프로젝트를 실현하기 위해 외부로부터 재정적인 지원을 받고 있습니다. 현재 정부, 브리스톨 시의회, 파트너기업 및 개인으로부터 자금을 확보하기 위해 노력하고 있습니다.

해외로 프로젝트를 수출할 때 어떠한 점을 고려하시나요?

수출할 때도 많은 조사가 필요합니다. 미리 현지 파트너사와 함께 현지 사람들의 행동 양상과 특성을 조사하여 어떠한 프로젝트가 적합할지 정합니다. 예를 들면, 최근 나이지리아 Lagos에서의 현지조사 결과, 그림자를 이용한 Shadowing 프로젝트가 문화적으로 부적합하다는 전문가의 의견에 따라 선정되지 않았어요. 반면, Hello Lamppost는 현지화가 충분히 가능할 것이라는 판단에 따라 선정됐습니다. 이렇게 선정된 후에도 초기의 프로젝트를 그대로 적용하지는 않아요. 각 도시의 문화적 차이를 고려하여 프로젝트를 약간 변형시킵니다. 즉, 현지조사를 충분히 한 후 현지 도시 버전의 프로젝트를 진행하는 것이죠.

영국하면 떠오르는 런던아이의 야경을 찍었다

Kevin Walker & Yuri Suzuki의 Supernatural

우리는 2015 Playable City Award 후보에 올랐던 Supernatural 프로젝트의 디자이너와 기술자인 케빈 워커(Kevin Walker), 유리 스즈키(Yuri Suzuki) 씨를 만나기 위해 런던 예술 대학으로 향했다. 케빈 씨는 정문까지 직접 우리를 마중 나와 주셨다. 두 전문가 분들이 우리가 이곳에 오게 된 것에 대해 궁금해 하셔서 LG글로벌챌린저에 관해 설명해 드렸다. 그리고 우리가 궁금했던 Supernatural 의 기술적인 부분과 구현방법, 그리고 Playable City 자체에 대해서도 인터뷰를 진행했다. 케빈 씨는 도시 공동체의 유대감을 높이기 위해서 사람들이 자신이 사는 도시에 관심을 갖게 해야 한다고 생각했다. Supernatural을 통해 사람과 도시 속 사물 사이의 교감을 끌어내려 했다. 사람들이 도시 속 사물을 건드리면 사물에 따라 다른 사운드가 재생된다. 두 사람은 특히 도시 속 자연의 사운드를 들려줘서 사람들이 자신이 사는 도시를 편안한 장소로 느끼게 하고 싶었다.

챌린저 Tip

정전용량 | 콘덴서가 전하를 축적할 수 있는 능력을 나타내는 물리량이다. 정전용량이 클수록 더욱 더 많은 전하를 저장할 수 있다.

Supernatural은 정전식 터치센서를 이용하는 방식이었다. 소리를 내기 위해 미세한 전류가 흐르도록 회로를 구성하였고 이를 자연물체에 연결한다. 이 자연물체를 만지면 사람 몸 자체의 정전용량에 의해 회로의 저항이 바뀌고 전류가 변화된다. 이 전류 변화를 소리로 표현시킴으로써 마치 사람의 손길에 사물이 반응을 하는 것처럼 만들었다. 실제 Supernatural이 시현되는 모습을 보면서 설명을 들으니 기술적인 부분도 잘 이해할 수 있었다. 마지막으로 프로젝트를 진행하면서 가장 어려웠던 점을 들으면서 워터쉐드라는 기업의 존재가 중요한 것을 다시 한 번 깨달을 수 있었다.

바비칸에 가면 나와 동행하는 내가 있다

아침 일찍 우리는 메튜(Matthew Rosier) 씨를 만나기 위해 바비칸 센터로 향했다. 바비칸 센터는 런던의 대표적인 복합 예술 센터로, 전시회, 영화, 프로젝트 등 다양한 문화 예술을 즐길 수 있다. 그는 IoT 기술자로, 그의 프로젝트인 Shadowing은 가로등과 그 아래의 그림자에서 착안해, 가로등 아래를 지나갈 때 다른 사람의 그림자를 보여줌으로써 누군가와 동행하고 있다는 느낌을 주려고

런던아이를 배경으로
글챌러의 베스트 포즈

브라이튼 해변을 보고 기쁨을 주체 못한 성진

시간가는 줄도 모르고 브라이튼 해변에서
LG글챌 깃발 들고 사진을 찍는다

했다. 우리가 방문한 날은 바비칸 센터에서 한 대학의 졸업식이 있어 사람이 정말 많았다. 운 좋게도, 영국에서 흔치 않은 아주 맑은 날씨여서 야외에서 인터뷰했다. 메튜는 자신의 프로젝트가 도시 유대감에 미칠 영향에 대해 확신을 가진 듯했다. 자신 있고 친절한 모습으로 "Shadowing 프로젝트는 흔히 볼 수 있는 도시 속 가로등을 IoT로 연결하고, 사람들의 그림자를 이용해 놀 수 있는 프로젝트"라고 설명해 줬다.

Whispering Cloud를 통한 소통을 꿈꾸다

타인(Tine Bech) 씨는 행동연구가 겸 디자이너로 Whispering Cloud 프로젝트의 디자이너이다. 한국에서 인터뷰를 준비하면서 타인 씨와 지속해서 연락이 닿았는데, 갑자기 영국으로 출발하기 직전 장소와 시간을 정하지 않은 채로 답변이 오지 않았다. 영국에 도착하고 다른 전문가와의 인터뷰를 진행하면서도 답을 기다리다가 지쳐갈 때쯤 그녀에게서 연락이 왔다. 자신의 스튜디오로 우릴 초대하면서 문자로 오는 길을 정말 상세하게 적어주었다. 하지만 다른 전문가와 달리 런던에서 한참 떨어진 곳에 있어서 찾아가는 길이 쉽지는 않았다.

약속 시각 30분 전에 Tine Bech Studio 앞에 도착한 우리는 UCC 제작을 위한 영상을 찍고 있었다. 그런데 저 멀리서 걸어오는 익숙한 얼굴!

그녀는 정말 친절했다. 우리가 궁금했던 Whispering Cloud에 대해 자세히 설명해주었다. 그녀는 하늘 어디에나 떠 있는 '구름'과 데이터 저장 시스템인 'Cloud System'에서 아이디어를 떠올렸다. 도시에 연결된 IoT 연결망을 통해 많은 사람이 Whispering Cloud에 접속하여 소통할 수 있었으면 하는 바람으로 프로젝트를 진행했다고 한다.

Whispering Cloud 이외에도 스튜디오는 그녀의 실험들로 가득했고, 우리는 하나하나 체험해 볼 수 있었다. 정말 좋은 아이디어만 있으면 IoT를 이용하여 도시에 재미있는 것들이 가득해질 수 있을 것 같다는 생각이 들었다. 이를 통해 IoT의 무궁무진한 가능성에 대해 다시 한 번 느낄 수 있었다.

친절한 타인 씨와 인터뷰를 마치고

탐방대원 후기

팀원 1. 염태훈

2015년 3월 어색한 첫 만남, 하지만 LG글로벌챌린저라는 하
나의 목표를 가지고 열심히 달려온 우리 팀원들, 힘든 순간이
많았지만 영국에 도착하는 순간!! 그 순간의 희열을 잊지 못할
것 같습니다. LG글로벌챌린저 21기 화이팅!

팀원 2. 김성진

여행이라는 것은 항상 즐거운 것만은 아닙니다. 여행이라는 이
두 글자에는 기쁨, 즐거움, 좌절, 슬픔 등 다양한 감정이 섞여
있다고 생각합니다. 이번 LG글로벌챌린저를 통해 이와 같은
감정을 모두 느꼈던 것 같습니다. 모든 것이 저에게는 멋진 여
행의 과정이었습니다.

팀원 3. 정희성

이번 영국탐방은 제 인생에서 '처음'이라고 표현하고 싶습니
다. 첫 공모전, 첫 비행, 첫 외국여행. 모든 것이 새롭고 낯설
었지만 흥미롭고, 뜻깊었고, 자유로웠습니다. 이번 첫 경험을
발판삼아 저의 미래를 새롭게 도약해보고 싶습니다.

팀원 4. 최지원

4학년인데 LG글로벌챌린저를 하면 너무 바빠질 것 같아서 고
민하고 고민하다가 도전했던 저 자신을 칭찬해주고 싶네요. 생
각 이상으로 바빴고 힘든 일도 많았지만, 이런 경험은 두 번 다
신 못 할 것을 알기 때문에 다 좋은 기억이 될 것 같습니다. 7
개월이나 되는 시간 동안 함께 해준 팀원들에게도 아주 고마운
마음이 듭니다. 2015년이 LG글로벌챌린저로 인해 제 인생
최고의 한 해가 되었습니다. 감사합니다.

Know-how
성공적인 탐방을 위해서는
좋은 사람과 함께할 것

1.
서로에게 믿음을
줄 수 있는 팀을
구성하자

대학생활을 하면서 많은 조모임을 해보았지만, LG글로벌챌린저를 단순 조모임이라고 생각하면 안 된다. 탐방의 계획부터 시작해 해외기관 인터뷰, 결과보고서, PT발표 등 장기적인 모임이 되기 때문에 처음에 팀원 구성이 매우 중요하다. 우리 팀의 경우 처음에 팀원을 구성할 때 하루 만에 바로 나가고, 취업 때문에 못하겠다는 등 어려움이 많았다. 하지만 주어진 일에 책임감을 바탕으로 서로를 존중하는 멋지고 예쁜 팀원이 들어와서 성공적인 탐방을 할 수 있었다.

2.
백번의
인터넷 검색보다는
한 명의 전문가를
만나라!

우리 팀이 처음에 주제를 선정할 때 단순히 인터넷 검색으로 스마트시티 발전이 요즘 떠오르고 있는 걸 알게 되었다. 하지만 스마트시티 발전에 대한 계획서를 준비하다 보면서 인터넷으로만 검색하다 보니 한계가 왔다. 그래서 우리 팀은 계획서를 가지고 교수님께 조언을 얻으러 갔다. 교수님은 단순히 발전에 방향만을 보지 말고 다른 시각으로 바라보라고 하셨다. 이로 인해 우리 팀은 흔한 주제를 남들이 생각지 못한 차별성 있는 주제로 바꿀 수 있었다.

스스로 낫는 도로,
안전한 세상을 만들다

팀명(학교) Road Challenger (서울과학기술대학교)
팀원 김보석, 이보미, 이혜진, 정인웅
기간 2015년 8월 21일~2015년 8월 31일
장소 **영국, 네덜란드, 독일**
    1. 바스 (바스 대학교 내 연구소 BRE CICM at Bath University)
    2. 카디프 (카디프 대학교 내 연구소 M4L at Cardiff University)
    3. 암스테르담 (델프트 대학교 내 연구소 Micro lab at Delft University)
    4. 쾰른 (독일연방정부도로연구소 BASt)

고속도로를 생각하면 가장 먼저 떠오르는 것 중 하나가 교통사고일 것이다. 그렇다면 우리나라 도로는 과연 안전한 것일까? 비가 오면 빗물이 고여 제동거리가 늘어나고 라벨링이 발생하고 도로 위에 생긴 구멍인 포트홀이 생기기도 한다. 거기다 유지 보수를 할 때 생기는 도로 폐기물과 도로 소음이 환경을 위협하고 있다. 하지만 이러한 문제들을 해결할 인원과 예산도 부족한 실정이다. 스스로 치유되는 'Self Healing Road' 기술은 도로의 소음을 줄이고 배수가 잘되도록 만든다. 또한, 도로 수명이 증가하고 균열도 생기지 않아서 도로 폐기물 발생이 줄어들고 도로 유지 보수 비용을 획기적으로 줄일 수 있다. 우리는 마치 사람처럼 스스로 낫는 도로 기술의 국내 도입을 꿈꾸면서 유럽의 영국, 네덜란드, 독일로 떠났다.

바이오 콘크리트를 연구하고 있는 Prof. Richard Cooper

영국 바스에 도착한 우리는 설레는 마음을 안고 인터뷰 장소를 향해 갔다. 첫 인터뷰를 위해서 찾아간 곳은 Self Healing Road에 관한 기술 중에서 특히 바이오 콘크리트에 사용되는 박테리아에 대해서 연구를 하는 바스대학교였다.

첫 탐방 기관인 바스대학에서 길을 잃어서 미리 인터뷰하기로 약속한 트럽티(Trupti Sharma) 씨를 찾아 바스대학 이곳저곳을 돌아다녔다. 마침내 트럽티 씨가 일하는 BRE CICM(The BRE Centre for Innovative Construction Materials)으로 찾아갔지만 우리에게 청천벽력과 같은 소식이 기다리고 있었다. 담당자 분이 우리와의 인터뷰 약속을 잊어버리고 휴가를 갔다는 것이다. 그래서 한참

바스 대학교 탐방 후

동안 사무실에서 실랑이한 결과 연구실에 남아있던 다른 교수님이 바쁜 와중에 잠시 짬을 내어 인터뷰를 해주시기로 했다. 갑작스럽게 인터뷰를 하게 된 리차드(Richard Cooper) 교수님은 연구실에서 박테리아를 실제로 보여주시며 박테리아가 어떻게 균열을 치료하고 콘크리트 안에서 어떻게 살아남는지에 대해 설명해주었다. 짧은 시간이지만 당황스럽게 찾아온 우리에게 최선을 다해 설명을 해주고 다음으로 방문할 카디프 대학의 교수님께 연락을 취해주는 등 따뜻하게 배려해 주었다. 다시 생각해보면 리차드 교수님의 배려 덕분에 좀 더 자신감을 얻고 나머지 탐방을 마칠 수 있던 것 같다.

자연을 닮은 콘크리트를 만들어 내려는 Dr. Bob Lark

바스에서 기차를 타고 2시간만 가면 웨일스 지방의 수도 카디프가 나온다. 그곳에 있는 카디프대학의 M4L 연구소를 방문하였다. 카디프 대학의 M4L(Materials for Life)연구소는 사실 바스대학교, 캐임브릿지대학교와 같이 Self Healing Concrete 기술을 공동연구하고 있다. 카디프대학교의 밥(Bob Lark) 교수님이 주도적으로 이 기술을 연구하고 있다.

두 번째 탐방기관인 카디프대학교를 찾아가는 발걸음은 가벼웠다. 바스대학교의 리차드 교수님도 연락을 해주셨고 전날 정확한 위치도 알아 놓았기 때문이다. 캠퍼스가 단과 대학마다 따로 도시 내에 여기저기 흩어져있기 때문에 위치를 잘못 알기 십상이었다. 카디프대학교에 들어서자마자 밥 교수님의 제자 마틴(Martins Pilegis) 씨가 우리를 반갑게 맞아 주었다. 그는 어떤 연구를 하고 있는지, 어떻게 Self Healing Concrete를 만들어 내는지, 어떤 장비를 이용해 실험하는지 보여주며 랩투어를 시켜주었다.

랩투어가 끝난 후 이 분야를 선도하고 있는 밥 교수님을 만날 수가 있었다. 프레젠테이션을 통해서 우리에게 Self Healing Concrete를 만들게 된 계기와 원리를 설명해주었다. 또한, 지금 그것을 실현하기 위해서 어떤 연구를 하고 있는지, 연구하면서 겪고 있는 어려운 점은 무엇이고 이 기술로 어떤 것을 이룰

카디프 대학교 내 연구소 M4L, 밥과 리차드 교수님과 함께

수 있는지에 대해서 배웠다. 심도 있는 토의를 통해서 방문하기 전에 예상했던 것보다 훨씬 더 연구가 진척된 것을 알 수 있었다.

탐방이 끝난 후 밥 교수님과 마틴 씨에게 준비했던 부채와 책갈피를 선물했다. 선물을 받고 마치 아이처럼 해맑은 표정으로 즐거워했다. 카디프에서 어디를 가봤는지 있는지, 앞으로는 어디로 가는지 이것저것 질문을 했지만 바쁜 일정 때문에 탐방을 마치고 곧바로 공항으로 가야 한다고 말하자 우리보다 더 아쉬워하며 공항으로 가는 버스 위치까지 알아봐주었다. 비 오는 카디프의 버스를 타고 떠나는 발걸음은 친절했던 마틴 씨가 떠올라 더욱 아쉬웠다.

챌린저 Tip

포트홀 | 도로 표면에 생기는 파인 곳을 말한다. 아스팔트에 생기기 쉽고 물이 스며들어 동결 융해를 반복하여 약해진 부위가 차량의 무게로 손상되어 구멍이 커지는 현상이다.

라벨링 | 도로 표면의 골재가 조금씩 떨어져 나가는 현상이다. 떨어져나간 골재가 추가적인 라벨링을 유발하며 도로 수명을 줄이고 안전성도 하락하게 된다.

Self Healing Asphalt | 아스팔트에 포트홀이 생기거나 라벨링이 발생하기 전에 인덕션을 이용해 전자기를 유도하여 열을 발생시켜 아스팔트내의 강철 섬유를 가열한다. 가열된 강철섬유가 아스팔트를 녹여서 미세균열을 메우는 기술이다.

Self Healing Concrete | 석회질을 생산하는 박테리아를 콘크리트 내에 넣은 콘크리트를 말한다. 균열이 발생하게 되면 콘크리트내 박테리아가 활성화되어 균열을 메워 콘크리트가 다시 강도가 회복되고 안전해지는 기술이다.

실제 시공까지 마친 Self Healing Asphalt의 유일무이한 일인자, Erik Schlangen

영국에서의 일정을 마친 우리는 비행기를 타고 네덜란드 암스테르담으로 향했다. 우리가 방문할 탐방 기관은 네덜란드의 델프트 공대였다. 유럽의 5대 공과 대학 중 하나인 델프트 공대의 에릭(Erik Schlangen) 교수님은 마이크로 랩(Micro Lab)에서 Self Healing Asphalt & Concrete를 연구하고 있으며 도로 파괴 문제를 해결하기 위해서 열을 가하면 스스로 치유가 되는 Self Healing Asphalt를 만들어 시공까지 해냈다. 그래서 아스팔트를 개발한 에릭 교수님이 연구를 하는 마이크로 랩을 직접 방문할 예정이었다.

하지만 운명의 여신은 변덕이 심했다. 인터뷰 약속이 다 정해지고 유럽으로 떠나기 얼마 전 에릭 교수님에게서 갑작스러운 이메일 한 통이 도착했다. 우리가 탐방을 가는 동안 학회에 참석하기 위해서 네덜란드를 떠난다는 내용이었다. 물론 연구실에는 방학 기간이라 학생이 한 명도 없을 것이라는 설명도 덧붙여주었다. 그러나 폭풍우 속에 한 줄기 빛처럼 에릭 교수님은 우리의 희망을 되살려 주었다. 학회가 열리는 곳이 바로 우리나라 인천이라는 것이다. 즉 우리가 네덜란드에 있는 동안 에릭 교수님이 한국에 있다는 것이다. 다행히 인천에서 에릭 교수님께서 시간 여유가 있다고 해서 인터뷰하기로 했다.

친한 후배에게 사정을 설명하고 교수님과의 인터뷰를 부탁하였다. 무엇을 물어봐야 하는지 가르쳐 주고 Self Healing Asphalt에 대한 설명도 했다. 그 결과 우리는 네덜란드에 있지만 교수님과 인터뷰를 할 수 있었다. 비록 직접 만나서 인터뷰하지는 못하였지만 궁금했던 것들을 알아 볼 수 있었으며 Self Healing Road를 실현하기 위해서 어떤 것이 필요한지 설명을 들을 수 있었다.

속도 무제한의 고속도로 아우토반이 있게 만든 BASt

네덜란드에서 일정을 모두 마치고 마지막 탐방기관이 있는 독일의 노르트라인 웨스트팔렌주의 쾰른에 도착했다. 쾰른은 라인강이 흐르고 거대한 쾰른 대성당이 있고 쾰슈라는 맥주가 유명한 독일에서 가장 오래된 도시 중 하나이다.

이곳에서 마지막으로 방문한 BASt는 1951년 설립된 독일 연방 정부 도로 연구 기관으로 대내외적으로 매년 약 600개의 연구를 진행하고 있고 독일 내 고속도로 건설기술, 교통기술, 교량이나 터널 기술 등 도로 모든 것을 연구하고 있다.

쾰른 역에 내리자 이른 아침의 화창한 날씨도 우리를 반기는 듯했다. 역에서 택시를 타고 아우토반을 달려 독일연방고속도로 연구소(BASt, Bundesanstalt für Straßenwesen)에 도착하자 방금 스크린에서 나온듯한 잘생긴 스페인 남자, Highway Construction Technology, Asphalt Pavement 담당인 루디(Rudi Bull-Wasser) 씨가 우리를 반갑게 맞아주었다. 그는 BASt가 무엇을 연구하는 기관이며 무슨 일을 하는지에 대해서 자세히 설명해 주었고 독일의 도로 네트워크에 대해서 전반적으로 설명해 주었다. 그 후 연구실을 돌아다니면서 도로 연구를 하기 위해서 어떤 실험을 하는지 보여주며 설명해 주었다. 또한 Concrete Pavement를 담당하고 있는 조지(Jorge Melero) 씨를 소개해주었다. 조지는 우리에게 독일의 도로 시스템에 관해서 설명해 주었다. 도로 교통량을 어떻게 제어하는지 유지 보수를 위해서 어떤 기술을 사용하는지 설명해 주었다.

점심을 먹고 나서 Traffic Management and Road Maintenance Services 담당자 마이클(Michael Burger) 씨를 소개받았다. 그는 우리가 Self Healing Road기술과 접목하기 위해서 궁금해했던 독일의 도로 배수시스템에 대해서 설명해 주었다. 서로 영어 실력이 좋지 않아 의사소통에 약간의 어려움을 겪었지만 도로 기술과 그 주변을 함께 다루는 것이 중요하다는 것을 알 수 있었다.

인터뷰를 끝내고 나서는 우리를 위해서 총 6시간 동안 수고를 해준 루디, 조지, 마이클 씨에게 우리가 준비했던 부채와 넥타이핀을 전달했다. 마치 강의를 들으러 온 것처럼 체계적으로 그리고 열정적으로 설명을 해주어서 감동을 했다. 탐방하는 동안 BASt의 규모와 실험장비들을 보면서 우리나라의 한국 건설기술 연구원과 비교를 하게 되었다. 역시 도로 강국은 다르다는 것을 알 수 있었다. 우리나라도 좀 더 많은 연구가 활발하게 이루어질 필요가 있다고 느꼈다.

챌린저 INTERVIEW

M4L 연구소 밥 교수님

현재 진행하고 있는 Self Healing Concrete 기술 프로젝트는 어떤 것인가요?

사람의 자연 치유 능력을 닮은 살아 있는 것 같은 콘크리트를 만들어 내는 프로젝트입니다. 석회질을 만들어내는 박테리아를 마이크로캡슐에 집어넣어 균열이 발생하면 석회질이 그 균열을 막아 콘크리트의 균열이 사라지게 됩니다. 박테리아가 마치 우리 몸속의 혈소판처럼 상처를 치료하는 것입니다. 이것을 통해서 콘크리트 내부에 있는 철근을 보호할 수 있고 콘크리트 강도도 회복할 수 있습니다. 또한 형상 기억 플라스틱을 콘크리트 내부에 넣어서 콘크리트의 균열이 더 커지지 않도록 붙잡아줍니다. 기존 콘크리트 강도의 70%까지 버틸 수 있습니다. 이 능력으로 형상 기억 플라스틱으로 균열이 더 커지지 않게 만든 후 박테리아의 치유 능력으로 균열을 완전히 제거합니다. 이를 통해서 콘크리트가 파괴될 위험이 현저하게 줄어들 것입니다. 또한 콘크리트의 수명이 지금의 3배 이상 늘어날 것으로 보고 있습니다. Self Healing Concrete를 통해서 안전하고 경제적인 콘크리트를 만들어 낼 수 있죠.

이 프로젝트로 얻을 수 있는 경제적인 효과는 무엇입니까?

아직 연구 초기 단계이기 때문에 확실하게 확답을 할 수는 없습니다. 유지 관리비가 감소할 것은 확실하나 초기 시공비가 얼마나 증가할지 정확한 수치는 알 수 없습니다. 하지만 상용화될 수 있을 정도로 기술이 개발된다면 아마 콘크리트의 유일한 단점인 균열을 없앨 수 있으므로 콘크리트에 대한 개념을 바꿀 수 있을 정도의 기술입니다. 콘크리트의 유지하는데 가장 어려운 점이 날씨나 하중 때문에 균열이 발생하는 것인데 그 문제를 해결한다면 콘크리트를 반영구적으로 사용할 수 있는 것입니다. 전 세계적으로 천문학적인 돈을 아낄 수 있을 것입니다. 또한, 구조물의 강도를 신뢰할 수 있게 되므로 콘크리트가 파괴되어 발생할 수 있는 사고들을 미리 막을 수 있습니다. 콘크리트의 안전성을 돈으로 정확히 환산할 수는 없지만 엄청난 가치가 있는 것이죠.

뒤셀도르프 포토존 퀘닉살레

사회간접자본이 튼튼한 나라

우리나라에서 사전조사를 할 때 한국건설기술연구원과 도로연구실을 방문할 때 관련 자료도 없고 국내 기술 수준이 낮아서 어려움이 많았다. 실제로 국내의 도로에 관한 권위를 가지고 있는 교수님께서도 우리나라 도로 수준은 선진국의 80년대 수준이라고 말하기에 그 정도까지 차이가 나는지 의구심이 들었었다.

유럽으로 나가 두 눈으로 확인해보니 시공된 도로부터 그 차이를 느낄 수 있었다. 또한 연구소를 방문했을 때 도로에 관한 연구도 우리나라와 비교해서 그 분야의 범위와 깊이가 다양하고 깊었다. 역시 도로 강국은 다르구나 하는 생각이 들 수밖에 없었다. 아우토반에 좀 더 안전한 도로를 위해서 노력한 모습이 고스란히 나타나 있었다. 우리나라의 도로도 좀 더 안전하고 친환경적으로 바꾸고 싶은 마음이 커졌다.

같은 학교 같은 동아리에서 만난 팀원 네 명이 LG글로벌챌린저가 되어 실제로 가능한 기술인지 의심이 들었던 Self Healing Road에 대해서 배우기 위해 유럽을 다녀왔다. 그 가능성을 확인하기 위해 겪었던 즐거웠던 일들, 힘들었던 일들 모두 좋은 추억이 되었다.

탐방대원 후기

팀원 1. 김보석

탐방 주제를 고르고 탐방을 다녀오던 순간 힘들었던 순간들과 즐거웠던 순간들 하나하나가 제게 잊지 못할 추억이 되는 것 같습니다. 추억으로만 끝나지 않고 앞으로 더 많은 일을 할 수 있도록 제 자신감과 꿈의 원동력이 됩니다. 제게 새로운 전환점을 준 LG글로벌챌린저, 감사합니다!

팀원 2. 이보미

사실 4학년과 LG글로벌챌린저를 병행하기가 쉽지 않았습니다. 하지만 이번 기회를 놓친다면 다시는 오지 않을 것 같아 도전하게 되었습니다. 망설였던 마음이 무색하게도 저는 LG글로벌챌린저를 통해서 얻은 것이 참 많습니다. 이런 일들을 가능하게 해준 LG글로벌챌린저에 감사드립니다.

팀원 3. 이혜진

저희가 탐방을 준비하면서 도움 주신 분들이 정말 많아요. 교수님과 친구들, 부모님, 탐방지에서 극적으로 만난 인터뷰이 등 탐방은 저희 4명이 다녀왔지만 뒤에서 물심양면으로 도와주신 많은 분이 있기에 무사히 탐방을 마칠 수 있었습니다. 이 자리를 빌려 감사한 마음 전달합니다! 모두 사랑해요~

팀원 4. 정인웅

LG글로벌챌린저는 뜻밖에 다가온 공모전의 기회인데 혜택도 좋아 바로 참가하게 되었던 것 같습니다. 그때까지만 해도 공모전이란 것이 이렇게 사람을 지치게 만들 수 있다는 것을 몰랐으니까요. 그래도 '이 또한 지나가겠지'라는 생각으로 최선을 다한 결과 해외 탐방도 다녀오고 무엇보다 성공적으로 마칠 수 있어서 좋았습니다. 스스로한테 자랑스럽고 LG글로벌챌린저에도 감사합니다.

Know-how
탐방에 집중하라

**1.
일찍 일어난 새가
벌레를 잡는다**

탐방 기간은 무조건 일찍 잡아야 한다. 탐방기관의 연구원이나 직원
들이 대부분 8월 중순부터 여름휴가를 가기 때문에 찾아가도 만나지
못할 수도 있다. 또한 탐방 종료일로부터 한 달 이내에 50장의 보고
서와 인터넷 중계를 마쳐야 하므로 때문에 탐방 후에는 충분한 시간
이 필요하다. 21기의 탐방 기간은 7월 15일부터 8월 31일까지였
는데, 우리 팀은 7월 21일부터 8월 31일까지 탐방을 했다. 그리고
우리의 개강일은 8월 31일이었다. 개강 후 다시 찾아온 시차 적응
에 의한 피로와 학업과 보고서를 같이 해야 한다는 부담감에 지금 수
기를 쓰고 있는 이 순간에도 우리는 모두 폐인이 되어있다. 반드시
탐방 후 정리할 시간을 생각해서 탐방을 일찍 다녀오도록 하자.

**2.
문어발식
컨택 확장**

챌린저들의 가장 큰 고충 중 하나는 탐방기관과의 컨택이다. 컨택을
잘 할 수 있는 팁을 하나 제시하자면, 일단 컨택된 기관을 이용하라
는 것이다. 연구기관 같은 경우에는 서로 협력하여 연구하는 경우가
많다. 따라서 컨택된 기관에 협력연구 기관에 관해 물어보고, 도움
을 요청할 수 있다. 우리 팀의 경우, BATH대학에 갔다가 그곳의 교
수가 Cardiff대학의 협력 연구 랩실에 연락해 주어 다음날 무사히 탐
방을 갈 수 있었다.

**3.
잠이 보약이다**

아무래도 해외탐방 활동이다 보니 시차 적응에 어려움을 겪게 된다.
그리고 시차 적응이 어려움에도 불구하고 한국에서 못해본 활동을
하거나 유명한 관광장소에 가보고 싶은 욕심이 생기기도 한다. 그러
다 보면 정작 우리의 최우선 목표인 탐방을 할 때 피로가 누적되어
탐방 중에 집중력이 떨어질 수 있다. 우리 팀 같은 경우에는 탐방 약
속이 주로 아침에 있었기 때문에 전날에는 무리하지 않고 일찍 정리
하여 다음 날 탐방에 영향을 주지 않도록 노력했다.

공부하는 컴퓨터,
딥러닝(Deep Learning)의
세계로 로그인

팀명(학교) Run & Learn (중앙대학교)
팀원 성원기, 이태중, 임지윤, 한지민
기간 2015년 7월 20일~2015년 8월 2일
장소 미국
1. 뉴욕 (IBM WATSON)
2. 로스앤젤레스 (Emotient 이모시언트)
3. 샌프란시스코 (버클리대학교 University of California, Berkeley,
   에르사르츠 Ersatz Labs, 샌프란시스코 시청 San Francisco City Hall)

인공지능은 우리가 인식하고 있지 못하고 있을 뿐, 핸드폰, 인터넷 등 이미 사람들의 삶 속에 자리 잡았다. 딥러닝(Deep Learning)은 바로 이 인공지능의 중심 기술로, 사람의 뉴런 구조를 기반으로 만들어진 인공지능 학습 기술이다. 쉽게 말해, 사람의 사고방식을 컴퓨터에 적용하는 것. 이 기술은 2014년 세계 IT 시장 10대 주요 예측이자 세계의 거대 기업과 수많은 대학 연구실의 중점 연구 주제이기도 하다. 우리는 대한민국의 딥러닝 연구가 기술의 중요성은 인지하지만 데이터의 부족, 제도적 장벽, 전문가 인력 부족 등의 문제로 어려움을 겪고 있다는 것을 발견했다. 그래서 딥러닝이 가장 활발하게 연구되고 활용되는 국가인 미국의 대학, 정부 기관에 방문하여 실질적 사례와 시스템, 그리고 우리가 나아갈 발전 방향에 대해서 알아봤다.

인공지능의 선두주자 IBM WATSON에 가다!

IBM WATSON 연구소는 뉴욕의 외곽 지역에 있어 기차를 타고 한참을 더 가서야 도착할 수 있다. 우리는 지하철로 이동하다 양키 스타디움 역에서 기차로 갈아탔는데, 마침 경기 날이어서 많은 인파를 거슬러 가야 했다. 하지만 처음 타본 미국 기차의 풍경, 종점 역인 크로톤-하몬 역으로 가는 길은 정말 아름다웠다. 끝이 보이지 않는 호수를 옆에 두고 달리는 기차는 눈 닿는 곳마다 감탄하게 했다.

긴 기차여행 끝에 도착한 IBM WATSON 연구소는 잘 정돈된 잔디밭과 호수, 그리고 캐나다 구스가 돌아다니는 아름다운 경치를 가지고 있었다. 그곳에서 우리의 첫 인터뷰이 박영자 박사님을 만나 뵐 수 있었다. 박영자 박사님은 현재 IBM 연구소에서 자연어 처리, 데이터 마이닝, 딥러닝, 머신러닝을 이용해 사이버안보, 건강, 비즈니스 등에 적용하는 프로젝트를 진행하고 계셨다. IBM 왓슨은 딥러닝이 IT업계의 미래임을 예측하였고, 이미 이렇듯 많은 연구와 응용을 실행하고 있다는 것이 놀라웠다. 박사님께서는 다양한 프로젝

챌린저 Tip

딥러닝 | 사사람의 뉴런 구조를 기반하여 만들어진 인공지능 학습 기술. 컴퓨터 스스로 학습 할 수 있다는 특징을 가지고 있다.

IBM WATSON 박영자 박사님과 글챌 선배님, 그리고 런앤런팀

트 이외에도 대기업의 근무환경, IT업계의 미래 등 많은 이야기를 들려주셨다. 이어진 놀라운 사건! IBM에서 근무하고 계셨던 LG글로벌챌린저 10년 선배님과 마주친 것! 이로써 얼마나 많은 선배님이 세계 곳곳 유수의 기업에서 근무하고 계시는지 새삼 느낄 수 있었다. 친절하신 선배님은 런앤런 팀을 다시 기차역까지 차로 데려다주셨다. 감사해요, 선배님.

실리콘밸리의 딥러닝 스타트업, Emotient

우리가 흔히 '컴퓨터 과학의 요람'이라고 부르는 실리콘밸리에는 수많은 하이테크 기업들이 생겨나지만 또 그만큼 많은 기업이 빛을 보지 못하고 그냥 사라진다. 딥러닝은 컴퓨터 테크놀로지의 다음 세대를 이을 기술이지만, 아직 새롭기에 이 기술을 통해서 이윤을 얻는 기업은 많지 않다. 그래서 런앤런은, 다양한 분야와 비즈니스 모델로 비약적인 발전을 이루고 있는 장래가 촉망되는 딥러닝 스타트업 기업, 이모시언트(Emotient)를 만나보았다.

이모시언트는 얼굴 인식을 전문적으로 연구하는 회사다. 사람들의 미묘한 표정변화를 인식하는 기술을 통해서 광고, 마케팅, 설문조사, 교육, 의학 등 다양한 분야에서 높은 인지도와 기업 만족도를 보인다고 한다. 이곳에서 CEO 켄 덴만(Ken Denman) 씨와 컴퓨터 과학자 이안(Ian R Fasel) 씨를 만나서 이모시언트가 하는 일에 대해서 자세한 설명을 들을 수 있었다. 두 사람은 특허받은 얼굴인식 데이터 셋을 픽셀 단위로 조작을 가해 저장하는 기술로 사람의 얼굴 저장 문제로 발생하는 프라이버시 문제를 예방하고 있었다. 또한, 새로운 시도로 자폐증 환자용 프로그램을 만들고 있다고도 했다. 우리는 인터뷰를 통해 자료조사만으로는 알 수 없었던 새로운 기술의 시도를 알 수 있어 매우 기뻤다.

딥러닝 인재의 요람, 버클리대 Robot Learning Lab

버클리대학교는 샌프란시스코 중심가에서 차로 두 시간 정도 떨어진 곳에 있다. 우리는 차를 렌트해 버클리대학교로 출발했다. 미국의 대학에 비해 작은 편이라고는 하지만, 한국의 대학들에 비해 엄청난 규모를 자랑하기에 교정에 도착해서도 한동안 Robot Learning Lab의 위치를 파악하기 위해 헤매야만 했다. UC Berkeley Robot Learning Lab을 안내해 준 건 로한(Rohan Chitnis) 군이었다. 그는 특별히 우리를 위해 딥러닝을 통해서 블록을 특정 구멍에 끼워 맞추는 업무를 수행하는 로봇을 보여줬다. 로봇은 딥러닝을 통해 15분 정도의 시행착오에서 경험을 쌓고, 성공적으로 블록 알맞은 구멍에 넣을 수 있다고 한다. 버클리대학교의 실험실은 미국에서 최초로 로봇에게 딥러닝을 적용하고 있었다. 해당 실험실의 최종 목적은 그 어떤 가정환경에서도 성공적으로 가사업무를 돕는 가사도우미 로봇을 만드는 것이라고 한다. 성공해서 세계의 일반 가정에도 쉽게 볼 수 있는 보급형 가사도우미 로봇이 출시될 수 있기를 기대한다.

Heart of the City, 샌프란시스코 시청

안개와 바람의 도시 샌프란시스코엔 벌써 가을이 찾아온 듯했다. 올해로 건축된 지 100년을 맞이한 샌프란시스코 시청에 도착한 런앤런은 다들 하나같이 입이 쩍 벌어졌다. 시청 건물은 고풍스러

샌프란시스코 데이터는 어떻게 운영되고 있을까?

운 세월의 흔적을 고스란히 드러내고 있었다. 우리가 찾아간 금요일은 결혼한 커플을 위해 시청을 개방하는 날로, 아름다운 시청 곳곳에 연미복과 웨딩드레스를 입고 사진 촬영을 하는 행복한 커플들을 볼 수 있었다.

얼굴에 행복이 만발한 커플들을 뒤로하고, 우리는 샌프란시스코 시의 1대 Chief Data Officer인 조이(Joy Bonaguro) 씨와 그녀와 함께 일하는 Open Data Program Manager 제이슨(Jason Rally) 씨를 만났다. 조이 씨는 미국에서 공공데이터의 국민개방에 처음으로 힘쓴 사람 중 하나로, 자신이 하는 일이 국민의 정책 결정력과 국정 운영에 큰 도움이 될 거라는 굳은 신념을 지니고 있는 사람이었다. 우리가 방문한 날은 마침 새로운 프로그램 'Live Dashboard Tracking'을 런칭하는 날이라 누구보다 먼저 이 프로그램을 경험해 볼 수 있었다. 이 프로그램은 실시간으로 시 산하기관들이 시민들에게 어떤 데이터를 공급하고 있으며, 그 데이터의 종류, 공급 계획 등은 무엇인지 알려주고 있었다. 이는 미국 내 어떤 시도 시도하지 않은 새로운 프로그램이다. 공공데이터 공급의 투명성과 정보공개는 시민, 나아가 국민에게 큰 힘이 될 것으로 보였다. 조이와 제이슨 씨의 친절한 설명 덕분에 샌프란시스코 시가 지금처럼 시민들을 위한 공공데이터 정책과 프로그램들을 제공하기까지 얼마나 많은 노력을 했는지 알 수 있었다. 무엇보다도 그들의 샌프란시스코 시에 대한 사랑이 인상 깊었다.

1인 기술기업인
에르사르츠를 운영 중인
데이브 씨,
인터뷰 후 함께 먹는 맛있는 저녁

챌린저 INTERVIEW

San Francisco City Hall 제이슨

현재 샌프란시스코 시청에서는 오픈데이터 공급을 위해 어떠한 일들을 하고 있나요?

샌프란시스코 시청에서는 그동안 Data Scientist들의 전유물로 여겨졌던 오픈데이터를 그들뿐만 아니라 공무원들과 시민들도 사용하여 오픈 데이터의 공익적 가치를 드높일 수 있도록 하고 있습니다. 우리는 현재 미국에서 가장 혁신적인 공공데이터 제도를 갖추고 있으며, 다양한 프로젝트를 통해서 샌프란시스코 시민들이 공공데이터를 더 친숙하게 사용할 수 있도록 노력하고 있습니다. 현재 진행하고 있는 프로젝트는 'Change Management', 'SF Housing Data Hub'로, 시민들의 가장 큰 문제인 높은 집값 문제를 해결하기 위해서 만든 데이터 허브 센터입니다. 이곳에서 집값에 영향을 미치는 시 단위 부처에서 집행 중인 정책이나 프로그램을 한눈에 확인할 수 있습니다. 이외에도 국민이 양질의 공공데이터 생산의 주체가 될 수 있도록 하는 4단계로 이루어지는 정교한 시스템도 구축하고 있습니다.

샌프란시스코 시청에서는 프라이버시 문제를 해결하기 위해서 어떤 방법을 사용하고 있나요?

사실, 프라이버시 문제와 관련해서는 아직 완벽한 해결책이 없습니다. 샌프란시스코 시청에서는 이 문제를 최대한 해결하기 위해 공공데이터를 공급하는 시 부처에게 '공공데이터 공급을 위한 프라이버시 체계'를 확립하여 배부하였습니다. 내용을 보면 첫 번째로, 부처단계 시 단위 부처에서는 가로축의 요구(낮음, 중간, 높음)와 세로축의 분류(보호, 민감, 공공)으로 총 9개의 그리드로 분류하여 각 오픈데이터의 초기 중요도 레벨을 선정하게 합니다. 두 번째로는 사용자들, 사용자들에게 데이터셋의 선호도를 조사하여 해당 데이터셋의 공급승인을 받습니다. 마지막으로 전략적, 주제에 특화된 데이터셋의 공급입니다. 'Housing Data Hub'처럼 어떤 특정 주제에 맞게 데이터셋을 공급합니다.

탐방대원 후기

팀원 1. 성원기

처음에 글로벌챌린저를 알게 된 건 저의 롤모델인 18기 남창
모 군대 선임 덕이었습니다. 공부 핑계, 시간 핑계를 대며 망
설이다가 이번에 큰맘 먹고 도전하였고 당당하게 합격을 했습
니다. 준비하면서 새웠던 밤들 그리고 미국을 탐방하며 배워
온 많은 것들은 제 인생에서 큰 거름이 되었습니다!

팀원 2. 이태중

전역 후 우연히 도전한 LG글로벌챌린저에 합격한 날은 꿈에
그리던 순간이었습니다. 스스로가 성장하는 것을 느꼈고 앞으
로도 무한 도전을 할 수 있다는 자신감을 얻었습니다. 정말 진
심 어린 도움을 주었던 학교 선배님, 친구들과 교수님까지 감
사의 인사를 전하고 싶습니다.

팀원 3. 임지윤

처음으로 해외에 갈 기회를 LG글로벌챌린저를 통해 얻었습니
다. 모든 일정과 루트, 인터뷰를 조율하고 계획하는 과정은 어
디서도 얻을 수 없는 소중한 경험이라고 생각합니다. 오랫동
안 같이 동고동락한 팀원들에게 감사하고, LG글로벌챌린저
를 통해 저의 가능성을 확인할 수 있어서 즐거웠습니다.

팀원 4. 한지민

2주간의 탐방을 통해서 실제로 컴퓨터과학기술의 본고장인 미
국의 선진 기술에 대해 배울 수 있었습니다. 내 힘으로 자료 조
사하고, 인터뷰 요청 메일을 보내고, 날짜를 조율했던 인터뷰
어와 직접 만나서 인터뷰했을 때의 뿌듯함은 잊히지 않습니다.
탐방의 처음부터 끝까지 팀원들의 재능과 노력 없이는 불가능
했을 것이기에 함께해준 팀원들에게 감사합니다.

Know-how
유비무환,
준비가 최고 순위!

1.
**탐방 기관
섭외 메일은
많이 보낼수록 좋다**

너무 많다는 생각이 들 정도로 많은 기관에 섭외 이메일을 보냈다. 처음에는 하루에 두 개 이상의 인터뷰를 다녀오고, 불가능할 정도로 빠르게 이동해야 하는 빽빽한 일정이 완성됐다. 하지만 '일정이 겹치면 어떡하지?'라는 걱정이 무색하게도, 연락이 끊기기도 하고, 인터뷰를 날짜를 확정하지 못하는 등 취소 사례가 발생했다. 결국, 그 많던 섭외 기관 중 다녀올 수 있었던 곳은 최종 다섯 개의 탐방 기관. 우리가 걱정해야 할 정도로 많은 기관을 섭외하는 일은 거의 생기지 않는다! 그러니 최대한 많은 기관을 섭외하도록 노력하라.

2.
**보고서 정리 및
작성은
'티끌 적어 태산'**

최종 보고서는 예비보고서의 2배가 넘어가는 양을 작성해야 한다. 또한, 최종보고서뿐만 아니라, 인터넷 중계, 단행본 원고 작성 등 많은 작업이 우리를 기다리고 있다. 그러므로 탐방을 떠나기 전, 최종보고서의 큰 흐름을 계획하고 가는 것을 추천한다. 이것은 다양한 장점을 발휘한다. 만일 인터뷰한다면, 인터뷰에서 얻고자 하는 것이 뚜렷하여 인터뷰를 수월하게 진행할 수 있다. 또한, 탐방 중간 중간에 일지를 적는 것은 단행본 원고와 인터넷 중계를 작성할 때 큰 도움이 된다. 2주간의 탐방에서 느꼈던 생생한 기분과 기억을 한국에 돌아와서 떠올리는 것은 생각보다 힘든 노동이 될 수 있다.

파랑길 : KAIST

세계를 하나로 잇는 길,
World Wide Water Grid

팀명(학교) 파랑길 (KAIST)
팀원 김예은, 박미소, 천선정, 최승주
기간 2015년 7월 27일~2015년 8월 9일
장소 인도, 싱가포르, 중국
    1. 뭄바이 (뭄바이 지방정부 Municipal Corporation of Great Mumbai,
       반덥 정수처리장 (Bhandup Water Treatment Plant)
    2. 아메다바드 (구자랏주 물 · 공중위생관리기관 Water And Sanitation Management
       Organisation)
    3. 싱가포르 (마리나 댐 Marina Barrage, 창이 뉴워터 공장 Changi NEWater Factory)
    4. 베이징 (칭화대학교 Tsinghua University)

급격한 경제성장과 인구의 증가로 인해 세계적으로 물 부족이 심각해지고 있다. 이미 각 국가 간에는 수자원을 차지하기 위한 갈등들이 비일비재하며 기상이변으로 세계 곳곳은 홍수와 가뭄으로 고통을 받고 있다. 기상이변은 막대한 경제적 피해를 동반하고, 수질에 악영향을 주며, 수인성 질병을 유발한다. 전 세계의 강수량은 물 수요를 충족시키기에 부족하지 않다. 그런데도 많은 국가가 물 때문에 고통을 받는 것은 '물 불균형' 때문이다. 이 물 불균형을 해소하기 위해 우리가 내놓은 해결책은 World Wide Water Grid(WWWG)이다. WWWG는 범세계적 수자원 관리 시스템으로 물을 균등하게 분배하고 기후변화로 인한 재난을 대비할 수 있는 물 기반시설이다. WWWG에 필요한 다양한 기술들을 파악하고 각국의 전문가들로부터 WWWG에 대한 견해 및 조언을 구하기 위해 WWWG의 1차 적용 대상인 아시아로 탐방을 떠났다.

소비자와 미래세대를 위한 AMR 수도 계량기 사업, MCGM

뭄바이 지방정부인 MCGM(Municipal Corporation of Great Mumbai)는 AMR(Automated Meter Reading) 프로젝트를 하고 있다. AMR 프로젝트란 기존의 구형 수도계량기를 AMR 수도계량기로 교체하는 사업이다. 새로운 AMR 수도계량기는 센서를 통해서 원격에서 실시간으로 물 사용량과 계량기 상태정보를 보내준다. AMR 수도계량기를 WWWG에 적용한다면 실시간으로 WWWG 시스템 전체를 파악하고 운영하는 데 도움이 될 것으로 판단하여 첫 탐방기관으로 MCGM을 선택했다.

약속된 장소에 갔을 때, 뭔가 이상하다는 느낌이 들었다. 건물에 간판이 없고, 정부기관의 건물이라는 것이 의심될 정도로 허름하였다. 출입구는 경비원이 지키고 있었는데 우리의 출입을 허용하지 않았다. 우여곡절 끝에 인터뷰할 사람과의 전화통화를 통해 우리가 맞게 찾아왔음을 확인받고 건물에 들어갈 수 있었다. 건물 2층 회의실로 갔더니 세 명의 공학자가 우리를 맞이했다. Executive Engineer of AMR meter project인 스리(Shri Vijay Pachpande) 씨와 두 명의 어시스턴트 엔지니어였다. 우리는 우선 AMR 프로젝트에 대한 설명을 들었고, 이후에 질의응답을 통해 궁금증을 해소했다. WWWG에 대한 MCGM 공학자들의 의견도 들을 수 있었다. 이후 건물 1층에서 AMR 수도계량기가 얼마나 정확히 수량을 측정해내는지 실험하는 과정을 살펴볼 수 있었다.

AMR 프로젝트는 수익성 사업이 아님에도 불구하고 뭄바이 정부는 막대한 예산을 투자하여 AMR 수도계량기로 바꾸고 있다. 또한, 수량을 정확히 측정할 수 있게 되면서 소비자에게 그들이 사용한 수량만큼만 요금을 부과할 수 있게 됐다. 기존에는 수도세를 뭄바이 전체에서 사용한 물의 양을 평균화하여 요금을 징수했다. 따라서 소비자들의 불만이 많았고, 그들의 물 소비량과 요금 사이에 연관성을 찾기 힘들었다. 하지만 AMR 수도계량기로 교체 후, 소비자들은 자신이 소비한 수량을 정확히 알게 됐고, 그들이 물을 사용한 만큼 수도세가 나옴을 알게 됐다. 따라서 소비자는 수도요금을 줄이기 위해 물을 낭비하지 않을 것이고, 이렇게 만들어진 물 절약 습관은 미래 세대에게 도움이 될 것이다.

WWWG는 단기적으로 수익성을 내기 어려울 것이다. 수익성을 위해 건설될 기반시설이 아니다. 그뿐만 아니라 WWWG의 목적인 수자원의 균등한 분배와 기후변화 대비는 현세대뿐만 아니라 미래세대를 위한 일이기도 하다. 이러한 점에서 AMR 수도계량기는 WWWG에 단순히 기술을 도입하는 것뿐만 아니라 그 정신 또한 반영될 필요가 있다고 생각된다.

MCGM 담당자분들과 함께

뭄바이 빨래터의 풍경

뭄바이에 상수도를 공급하는 Bhandup 정수처리장

반덥 정수처리장은 인도 최대 규모의 정수처리장으로 뭄바이 북쪽 비하르(Vihar) 호수 옆에 있다. 인도에 오기 전, 반덥 정수처리장에 탐방을 위해 컨택을 시도했으나 연락이 오지 않아 방문이 좌절됐던 곳이다. 하지만 운이 좋게도 전날 방문한 MCGM에서 흔쾌히 반덥 정수처리장에 연락을 해주었고, 덕분에 탐방을 갈 수 있었다.

반덥 정수처리장은 보안을 위해 사방이 벽으로 둘러싸여 있었고, 입구에서는 경비원들이 출입을 엄격하게 통제하고 있었다. 일반인 출입금지구역이었기 때문에 내부에서 사진 촬영조차 허용되지 않았다. 입구에서 정수처리장까지 가는 길 양쪽으로는 지름이 약 3m 정도의 거대한 벌크 파이프가 지상에 설치돼 있었다. 이 파이프는 취수원에서부터 물을 정수처리장까지 끌어오고, 처리한 상수도를 뭄바이에 공급하는 데 사용된다고 한다. 파이프를 따라가다 보면 비하르 호수가 모습을 드러낸다. 비하르 호수는 취수원 보호를 위해 접근이 제한되었다. 호수를 지나자 마침내 반덥 정수처리장이 모습을 드러냈다. 우리

챌린저 Tip

여과지 | 정수장시설의 하나로 하천이나 호수에서 끌어온 물을 여과하기 위해 만든 못이다. 모래, 자갈, 돌멩이 등을 깔아 1m 내외의 층을 만들어 물을 걸러낸다. 처리된 물은 미생물 제거를 위해 염소소독을 거친 뒤 상수도로 공급된다.

가 방문한 부분은 정수처리장 중 여과지가 위치한 곳이었다. 반덥 정수처리장은 최근에 여과지를 확장했고, 새로 지은 여과지는 전 과정을 자동화하여 관리한다고 한다.

정수처리장에서 일하시는 공학자를 인터뷰하면서 이상한 점이 있었다. 고도정수처리에 대해 전혀 알고 있는 것이 없다는 점이다. 한국의 경우 상수도를 단순히 깨끗하게 만드는 것을 넘어서 고도정수처리를 통해 수돗물의 맛과 냄새를 향상시키고 있다. 하지만 반덥 정수처리장 공학자는 상수도가 충분히 깨끗하다고만 말할 뿐, 맛과 냄새에 대해서는 신경을 쓰지 않는다고 했다. 왜 그런 것일까라고 곰곰이 생각해보자, 뭄바이에는 그저 깨끗한 물이면 충분한 것이 아닐까라는 생각이 들었다. 인구당 GDP는 한국이 인도보다 높다. 즉, 경제수준이 평균적으로 인도가 한국보다 낮으므로 그들에게는 마실 수 있는 정도의 물이면 충분히 만족하는 것이다. 이러한 부분을 통해서 무조건 뛰어난 기술보다는 기술을 적용할 대상의 경제적 수준에 맞춘 적정한 기술이 더 옳은 것일지도 모른다는 생각을 하게 됐다. WWWG는 최신의 기술들이 적용된 거대한 물 기반시설이다. 하지만 이번 인도 뭄바이를 탐방하며 WWWG가 설치될 국가와 지역의 정치적, 문화적, 사회적, 환경적 조건을 고려하여 무조건 첨단기술이 아닌 지역에 알맞은 기술을 적용하는 것이 더 적합할 것 같다는 깨달음을 얻었다. 경제적 수준의 차이를 통해서 WWWG의 기능과 설계에 대해 다시 한번 돌아보게 되었다.

물을 균등하게 분배하여 주민들의 행복을 추구하는 WASMO

인도 북서쪽에 있는 구자랏주는 물이 부족한 지역이다. 또한 지역에 따른 수자원 불균형이 심하고, 대부분 지하수는 오염돼있다. 이에 구자랏주는 벌크파이프와 나르마다(Narmada) 운하를 통해 물이 풍부한 구자랏주 남쪽 지역에서 물이 부족한 북쪽 지역으로 물을 보내는 사업을 진행했는데, 이것이 바로구자랏 State-wide Water Grid이다. 구자랏 State-wide Water Grid는 구자랏주 정부산하의 세 개의 기관에서 관리한다. 그 중 WASMO(Water And Sanitation Management Organisation)는 구자랏주 마을 곳곳에 깨끗한 물을 공급하고 관리하는 역할을 한다. 특히, WASMO는 각 가정에 도달하는 물의 질을 스스로 검사하고 관리할 수 있도록 마을 주민들의 활동을 지원하고 있다. 이 WASMO의 CEO인 마헤시(Mahesh Singh) 씨와 인터뷰를 하고 구자랏 State-wide Water Grid에 대해 알아보기 위해 인도 뭄바이에서 아메다바드로 떠났다.

WASMO에 방문하여 WASMO 공학자들로부터 State-wide Water Grid에 대한 설명을 들을 수 있었다. 마헤시 씨와의 인터뷰를 진행한 후, 아메다바드에 위치한 상수도처리장을 방문했다. 이 상수도처리장은 나르마다 운하에서 끌어온 물을 처리하는 곳이었다. 다음으로 나르마다(Narmada) 운하를 보러 갔고, 운하 옆에 있는 거대한 펌핑 시설을 견학했다. 나르마다 운하의 물은 운하 옆에 있는 펌핑시설을 통해 상수도 처리장으로 보내진다고 한다.

"정부의 역할이 무엇일까요?"

WASMO의 한 공학자는 물었다. 국민을 행복하게 해 주는 것이 아니냐는 대답에 그는 그렇게 만들려면 어떻게 해야 하느냐고 물었다. 국민이 필요한 것을 충족시켜주면 그들이 행복해지지 않겠냐고 대답했다. "그러기 위해서 어떻

힘든 인도 여정을 같이한
피디님들과 임대리님과 함께

게 해야 하나요?" 그는 다시 물었다. 우리는 대답하지 못했다. 그러자 그는 이렇게 말했다.

"공평하게 분배하면 됩니다. 우리에게는 State-wide Water Grid가 바로 그 해결책입니다."

State-wide Water Grid를 통해서 구자랏주의 각 가정에 상수도가 공급되는 비율이 인도 전체의 평균보다 2배 이상 높아졌다. 상수도가 가정에 공급되면서 물을 구하러 다니느냐 시간이 없었던 많은 소녀가 정상적으로 학교에 다닐 수 있게 됐다. 구자랏주 정부는 State-wide Water Grid를 더욱 확대하여 구자랏주의 모든 가정에 상수도가 공급될 수 있도록 할 계획이다.

State-wide Water Grid는 WWWG의 좋은 선례이다. WWWG도 수자원의 균등한 분배를 추구하고 있기 때문이다. 하지만 State-wide Water Grid를 바라보면서 WWWG가 단순히 물 불균형을 해소하고 기후변화에 대비하는 목적을 뛰어넘어 추구해야 할 가치가 있다는 생각이 든다. 그것은 바로 행복이다.

대기실에서 단체컷

212

챌린저 INTERVIEW

Water And Sanitation Management Organisation 마헤시

구자랏주가 약 300개의 해수 담수화 공장을 운영한다고 들었습니다. 해수 담수화 공장 운영이 경제적 부담되지는 않나요?

해수 담수화 공장 운영에는 큰 비용이 소모됩니다. 또한 해수 담수화 시 효율은 절반에 불과해요. 예를 들어 100L의 물이 담수화 공정에 투입되면, 50L의 담수만이 얻어질 뿐, 나머지는 버려집니다. 또한, 해수담수화는 많은 양의 에너지를 소모하죠. 여기에 매 3~4년 마다 막을 바꾸어 주어야 하며, 6개월마다 카트리지를 교체하는 등 고려해야 할 사항이 많습니다. 작은 규모의 공장인 경우에는 운영이 쉽지만, 대규모 공장은 확실히 운영하는 것이 힘듭니다.

그런데도 불구하고 많은 해수 담수화 공장을 건설하고 운영하는 이유는 무엇인가요?

해수 담수화 공장을 운영하는 것은 분명히 큰 비용이 듭니다. 우리도 해수 담수화 공장을 더 늘릴 계획은 없습니다. 하지만 해안선 근방 지역을 생각해 보세요. 그 지역의 수자원은 염분이 들어와 사용할 수 없습니다. 우리는 그 지역주민들이 사용할 수 있는 물을 공급해 주어야만 하죠. 그들을 위하여 해수 담수화는 필수적입니다.

WWWG 건설에는 큰 비용이 사용될 것으로 예상하는데, 그런데도 인류에게 꼭 필요하다고 생각하시나요?

물론입니다. 물은 우리 삶에 필수적인 원자재이기에 공급돼야만 합니다. 비록 비용이 많이 들기는 하지만, 우리는 삶에 가격을 부여할 수 없습니다. 하지만 대륙 간에 물 수송은 힘들 것입니다. 하지만 대륙 내에서는 가능하다고 생각합니다. 우리 주가 했던 것과 마찬가지로 물이 풍부한 동남아에서 물이 부족한 몽골, 중국으로 물을 보내는 것은 충분히 가능하고, 관련 국가 모두에게 큰 도움이 될 것으로 기대됩니다.

화려한 싱가포르의 야경

수자원 관리의 패러다임을 바꾼 마리나 댐

싱가포르는 물 부족 지수 5.0의 나라로 좁은 땅에 인구밀도가 높아 물이 소중하다. 수자원 부족 문제를 해결하려는 방법으로 싱가포르는 도심 한가운데에 댐을 건설했다. 그리고 이곳이 싱가포르에서의 첫 번째 방문기관이 되었다.

설레는 마음으로 마리나 댐(Marina barrage)의 방문 센터에 도착해 안으로 들어가니 사람들이 아주 많고 군인들도 보이고 분위기 또한 심상치 않을 것을 느낄 수 있었다. 잠시 어리둥절했지만, 탐방의 목적을 되새기며 인포메이션 부스로 가서 투어담당자를 만났다. 가이드투어는 다른 그룹과 함께 진행되었고, 방문센터 내를 돌아다니며 마리나 댐이 생긴 배경, 운영 기술, 기능뿐만 아니라 싱가포르의 수자원 관리 전략에 대해서도 배울 수 있었다. 싱가포르의 수자원 관리방법 중 인상 깊었던 점이 싱가포르 수자원 관리부(PUB)에서는 단순히 깨끗한 물을 적절한 가격으로 공급하는 것 이상으로 시민들이 수자원에 대해 주인의식을 가지고 스스로 물을 더럽히지 않고 깨끗이 사용하게끔 유도하고

챌린저 Tip

물 부족 지수 | WRI(World Resources Institute)에서 각 국가에 물이 부족한 정도를 수치화한 지수이다. 0에서부터 5까지의 숫자로 나타내며, 숫자가 클수록 물이 부족한 정도가 심각하다.

있었다. 시민들이 댐의 수변공간에 접근하는 것을 막연히 제한하는 것이 아니라 여가 활동을 즐길 수 있는 수변공간으로 새롭게 조성하여 한 번 쓰고 나면 버려지는 물이 아니라 다시 나 자신, 그리고 가족에게 돌아오는 것이 물이라는 인식을 심어주는 것이다. WWWG에도 이러한 수자원 관리방법을 도입한다면 좀 더 효과적인 수질관리가 가능할 것이라는 생각이 들었다.

가이드투어 중 알게 된 놀라운 사실은 마리나 댐의 탐방 날이 마침 싱가포르의 독립 50주년을 축하하는 에어쇼가 마리나 댐의 상공에서 열리는 날이었던 것이다. 정말 운이 좋게도 탐방이 끝나는 시간에 정확히 에어쇼가 시작해 싱가포르 항공부대인 블랙 나이트(Black Knights)의 멋진 공연을 관람할 수 있었다. 또한 그 자리에는 싱가포르 국방부 장관도 참여해서 장관을 직접 볼 수 있는 기회까지 가질 수 있었다.

폐수를 정수하여 재활용수를 만드는 NEWater Factory

싱가포르의 물 부족을 해결하기 위한 또 다른 정책으로는 수자원 다양화 정책을 들 수 있다. 말 그대로 물의 원천을 다양화해서 안정적인 공급을 유지하는 것이다. 싱가포르는 총 4가지(빗물, 말레이시아로부터 수입한 물, 해양담수화한 물, 재활용수)의 수원을 가지고 있는데 우리는 그중 하나인 재활용수를 만드는 공장인 창이 뉴워터 공장(Changi NEWater Factory)을 방문하였다.

싱가포르 택시기사와 신나게 수다를 떨면서 창이 뉴워터 공장에 도착했다. 무사히 도착했다는 사실에 안도하며 택시에서 내려 탐방기관에 들어섰는데, 아니 웬걸! 귀여운 병아리 같은 초등학생 아이들 50여 명이 로비에 가득 차 있었다. 우리 팀이 신청한 가이드투어 시간대에 단체 초등학생 아이들이 같이 포함

챌린저 Tip

역삼투 | 농도가 다른 두 용액 사이에 반투막이 있을 때 농도가 진한 용액의 위쪽에 높은 압력을 가해주면 농도가 진한 용액 속의 용매가 농도가 묽은 용액 속으로 이동하는 현상.

되어 있었던 것이다. 걱정 반 기대 반으로 우리 팀은 그렇게 탐방을 시작했다.

가이드의 설명을 통해 싱가포르 수자원에 대한 설명뿐 아니라 재활용수가 만들어지는 세 가지 과정인 미세 막 여과, 역삼투, 자외선 살균에 관해서도 알 수 있었다. 하지만 이러한 설명들보다 더 배울만한 점이 있었는데 그것은 바로 수자원관리의 관광화이다. 싱가포르의 경우 수자원 관리 정책을 홍보하기 위해 앞선 마리나 댐 방문 센터뿐만 아니라 창이 뉴워터 공장 등 여러 방문센터를 운영하고 있다. 또한 가이드 투어 프로그램까지 마련되어 있어 관광객들이 나라에서 물을 어떻게 관리하고 있는지, 수돗물이 어떻게 만들어지는지 어린 아이부터 어른들까지 쉽게 이해할 수 있었다. 이는 사람들에게 수자원의 소중함을 일깨워주는 효과 또한 불러올 수 있다. WWWG에도 싱가포르처럼 방문 기관을 만들어 많은 노력으로 균등하게 배분된 물을 헛되이 쓰지 않고 소중히 쓸 수 있도록 하면 좋을 것 같다.

세계에서 가장 큰 운하를 가지고 있는 중국

중국은 최근 급속한 인구증가로 인해 수자원 부족을 겪고 있다. 중국의 베이징은 이 문제를 해결하기 위하여 양쯔 강의 물을 베이징으로 운반하는 남수북조 프로젝트를 실현하였다. 이에 남수북조 프로젝트의 운영방식, 환경적 영향, 경제성 확보 등에 대한 설명을 듣고자 중국의 연구중심대학교 칭화대학교의 환경시스템분석학과 지아(JIA Haifeng) 교수님을 만났다.

교수님과의 미팅장소였던 칭화대학교의 환경학부 건물이 참 인상적이었는데 건물 외벽에는 거울이 달려있어 외부의 빛을 조절해 실내 밝기와 온도를 관리하고, 건물 자투리 공간에는 많은 식물이 심겨 있었고, 두 개로 나누어진 건물 사이에는 작은 수로가 있어 물이 흐르고 있었다. 나중에 들은 사실로는 건물 내부에는 에어컨이 없다고 한다. 대신에 천장에 파이프를 설치해 찬 공기를 흘려보내 실내온도를 낮춘다고 한다. 환경학부 건물인 만큼 환경을 고려하여 좋은 아이디어들을 도입해 설계한 모습이 환경을 지키고자 하는 실천적인 의

지를 보여주는 것 같아 보기 좋았다.

탐방 기간에는 처음으로 대학 교수님을 만나는 자리라서 그런지 다들 긴장한 기색이 역력했다. 떨리는 마음으로 사무실 안으로 들어가니 아주 푸근한 인상의 교수님이 앉아있었다. 우리는 회의실로 자리를 옮겨 WWWG에 대한 간단한 발표를 마치고 약 2시간에 걸쳐 중국의 남수북조 프로젝트, 삼협댐, 인구이동 정책 등과 WWWG에 대한 교수님의 의견까지 이야기를 나눌 수 있었다. 지아 교수님은 우리의 WWWG와 같은 인간의 행동에 대해 생태계의 반응이 긍정적일지 부정적일지를 예측하기 위해서 생태계에 대해 깊고 세밀한 연구가 필요하다고 강조하며 우리 프로젝트의 건투를 빌어줬다.

이렇게 우리는 세 나라를 오가는 2주간의 긴 탐방일정을 모두 마쳤다. 우리의 탐방이 WWWG라는 세계의 물 평등을 실현하기 위한 프로젝트에 유익한 거름이 되어 많은 사람이 혜택을 받고 조금이라도 더 행복한 삶을 살았으면 한다.

하얀 탑을 갖고 있는
절을 품고 있는 곳,
북해공원

탐방대원 후기

팀원 1. 김예은

"우리 졸업 전에 마지막으로 공모전이나 해볼까?" 결과는 대성공. 무려 1년이나 계속되는 긴 여정에서 이제 최종보고서 제출과 발표심사만을 남겨두고 있어요. 혼자서 하라면 그저 캄캄하기만 했을 여정들. 넷이 힘을 합쳐 마지막까지 잘 마쳤으면 합니다. 파랑길 사랑해요.

팀원 2. 박미소

지난 1월, 유럽에 있을 때 메시지 하나를 받았습니다. LG글로벌챌린저를 같이 해보자는 제안이었죠. 좋은 경험이 될 것 같아서 수락했지만, 되리라고 생각하지 못했어요. 많은 준비가 필요하고 선정된 후에도 해야 할 일이 많지만 LG글로벌챌린저는 좋은 경험입니다. 함께 해준 팀원들에게 정말 감사해요.

팀원 3. 천선정

탐방 제안서 준비부터 여행 계획, 인터뷰, 그리고 최종 보고서까지 파랑길 친구들이 있었기에 이 모든 것이 가능했습니다. 친구들에게 고맙다는 인사를 전하고 싶어요. 그리고 여행 중 많은 즐거움과 일을 주신 피디님들과 대리님까지!! 너무너무 감사드립니다. ♡

팀원 4. 최승주

주제 선정부터, 탐방, 보고서 작성까지 약 8개월간 내 생에서 가장 긴 프로젝트를 끝마쳤습니다. LG글로벌챌린저가 끝난 후, '난 한 단계 아니 그보다 더 성장했다, 내 스스로 모든 일을 해내며, 무슨 일도 해낼 수 있다'는 자신감을 얻었습니다. 이렇게 나를 성장시킬 기회를 만들어준 LG글로벌챌린저에 감사함을 전하고 싶습니다.

Know-how
탐방의 목적은
기관 방문 및 인터뷰!

**1.
PD님을
잡아라**

글로벌챌린저의 모든 행사에 오셔서 그림자처럼 우리를 따라다니시는 두 분, 바로 PD님들이다. PD님들께서는 한 기수에 5팀의 탐방을 같이 다니시면서 카메라에 그 모습을 담으신다. 왜 PD님들과 함께 떠나야 하느냐고? 먼저 저희의 탐방하는 모습을 영상으로 담아, 잊을 수 없는 추억을 만들어주신다. 또 산전수전 다 겪으신 PD님들은 어떠한 돌발상황에서도 당황하지 않으시고 우리를 이끌어 주시기도 한다. 마지막으로 PD님들의 은근한 압박은 3달 넘게 컨택이 안된 기관도 1주일 만에 컨택 완료할 수 있게 만들어주신다는!

**2.
수단과 방법을
가리지 말고
컨택하라**

탐방을 통해 외국의 문화를 접하고, 새로운 사람들을 만나는 것도 좋지만, 누가 뭐라 해도 탐방의 주목적은 기관방문 및 인터뷰이다. 의사소통이나 연락이 자유로운 국내 컨택에 반해, 해외 컨택은 쉽지가 않다. 하지만 열 번 찍어서 안 넘어가는 나무 없다는 말이 있듯 가장 기본적인 컨택 방법은 인터뷰 대상에게 E-mail을 통해 연락하는 것. 답장이 없는 경우가 허다하고, 인터뷰를 거절하는 경우에는 직접 전화를 하는 것을 추천한다. E-mail에 비해 빠른 연락이 가능하고, 더 직접 약속을 할 수 있기 때문. 끈기를 가지고 컨택한다면, 불가능은 없다.

꿈의 에너지 핵융합 가속화 방안을 위하여

팀명(학교) K star (KAIST)
팀원 김상현, 서다솔, 진승욱, 홍세원
기간 2015년 8월 15일~2015년 8월 28일
장소 **미국, 캐나다**
1. 뉴욕 (맨하탄 Manhattan)
2. 필라델피아 (핵융합 연구기관 Lawrenceville Plasma Physics, Princeton Plasma Physics Laboratory)
3. 워싱턴 D.C (백악관 The white house)
4. 샌프란 시스코 (버클리 Lawrence Berkeley National Laboratory 연구소)
5. 씨애틀 (시애틀 시청 Seattle City Council)
6. 벤쿠버 (스탠리 공원 Stanley park)

지금 전 세계적으로 에너지 문제가 심각하다. 세계의 에너지 수요량을 1971년부터 2012년까지 살펴보면 화석연료를 중심으로 계속해서 증가해오고 있다는 것을 알 수 있다. 국제 에너지 기구는 2030년까지 세계 에너지 수요가 최대 55%까지 증가할 것으로 전망한다. 현재 세계는 증가하는 에너지 수요를 충족시킬 수 있는 무한 에너지가 필요하다. 이런 에너지 문제를 해결하기 위해 세계는 핵융합 에너지원을 주목하고 있고 연구개발에 힘을 쏟고 있다. 미국에서는 실제로 핵융합 연구를 국가주도 사기업주도 대학 연구 기관주도 등 다양한 방식을 통해 진행하고 있습니다. 이런 다양한 방식의 연구 활동은 많은 성과 등을 내고 있고 핵융합 에너지 실현을 앞당기는 데 크게 이바지하고 있다. 우리 K star팀은 미국의 이런 여러 가지 연구 성과 등을 보면서 크게 감명받았고 미국의 핵융합 기술을 개발시키는 인프라적 방안들을 보고 배워와 대한민국에 맞는 핵융합 에너지 기술 개발 방안을 제안하려고 한다.

협력적으로 핵융합 에너지 연구를 선도하는 PPPL
(Princeton Plasma Physics Laboratory)

미국의 명문 아이비리그 소속의 사립대학교인 프린스턴대학교에서는 특별하게 미국 정부 소속의 DOE(Department of Energy)와 함께 공동 핵융합 에너지 연구를 진행하고 있다. 미국 정부는 프린스턴 대학과 함께 깨끗하고 풍부한 에너지원을 찾는 데 주력하면서 플라즈마 과학을 중점적으로 연구 중이며 핵융합을 미래의 차세대 에너지원으로 사용하기 위해 플라즈마 작용을 컴퓨터 시뮬레이션과 실험을 하고 있다.

첫 탐방기관인 PPPL을 찾아가는 마음은 설렘 반 두려움 반이었다. 메일로만 연락하던 기관을 직접 찾아가서 보게 된다는 것이 너무 신기하고 낯설기만 했다. PPPL은 사실 프린스턴 대학과 조금 떨어진 곳에 위치한다. 우리는 차를 빌려 갔기 때문에 처음에는 프린스턴대학으로 향하였다가 잘못 온 것을 알고 쉽게 PPPL로 다시 향할 수 있었다. PPPL은 정부기관에서 관리하는 중요 연구소이기 때문에 보완이 삼엄하고 분위기는 엄숙하였다. 그래도 건물 안으로 들어가니 PPPL에서 연구원으로 활동하고 계신 안준욱 연구원님을 만날 수 있

PPPL연구소로 향하는 다솔,세원,승욱의 뒷모습   PPPL 내부모습

었다. 우리는 외국 연구원이 나올 것으로 예상했는데 한국 연구원님이 나오니 반갑고 신기했다. 안준욱 연구원님은 PPPL에서 NSTX(National Spherical Torus Experiment)를 진행하시고 계신다. 이 프로젝트는 현재 대표적인 핵융합 에너지 생산 방식인 토카막 외에 더 효율적인 방식을 찾기 위해 진행되고 있다. 연구원님은 현재 미국에서 어떤 방식으로 핵융합 연구를 진행하고 있는지 핵융합 연구는 언제부터 시작되었는지 등을 상세히 설명해주셨다. 핵융합연구의 이론적인 부분뿐만 아니라 역사적인 부분까지 자세히 설명해주셔서 우리 팀원들은 쉽게 이해할 수 있었고 흥미롭게 이야기를 경청했다.

바쁘신 와중에 한국에서 왔다는 이유로 선뜻 연구소 기관을 탐방시켜주시고 인터뷰시간을 내주셔서 매우 감사했고, 그 감사의 마음으로 우리는 LG글로벌챌린저가 준비한 한국 전통 부채를 드렸다. PPPL이 있는 뉴저지는 우리가 탐방하는 동안 평화롭고 온화한 날씨였고 뉴저지의 전원주택들이 들어서 있는 모습은 평화로움을 한층 더 하고 있었다.

챌린저 Tip

토카막 | 토카막은 플라즈마를 가두기 위해 자기장을 이용하는 도넛형 장치이다. 이런 가두어진 플라즈마를 안정화하기 위해서는 자기장뿐만 아니라 내부에 전류가 흐르게 하여야 하며 플라즈마가 벗어나지 않게 하기 위한 또 다른 자기장이 필요하다. 자기장을 이용하여 플라즈마를 가두는 많은 장치가 있지만 그중 가장 많은 연구 진척도가 왔으며 핵융합 발전에 가장 최적의 장치로 손꼽히고 있다.

NSTX | NSTX는 PPPL에서 개발 중인 새로운 형태의 장치이다. 이 장치의 특징은 도넛형 모양의 토카막을 타원형으로 구부려서 플라즈마를 더욱 효율적으로 가두기 위해 개발 중이다.

미국의 핵융합 스타트업의 선도주자 LPP

우리는 다음 탐방지인 Lawrenceville Plasma Physics로 향했다. LPP는 프린스턴 대학에서 차로 이동하면 2시간이 걸리는 뉴저지 주에 위치하였다. 뉴저지 주 (State of New Jersey)는 미국에서 네 번째로 면적이 작고, 인구밀도가 가장 높은 미국의 주이다. 주의 이름은 영국 해협의 저지 섬에서 따왔다. 북쪽으로 뉴욕 주, 동쪽으로 대서양, 남쪽으로 델라웨어 주, 서쪽으로 펜실베이니아 주와 접 한다.

LPP연구소는 미국에서 핵융합 연구를 선도하고 있는 스타트업 기업으로 이 미 전 세계적으로 연구하고 있는 핵융합 방식인 토카막 방식 외에 Dense Plasma Focus(DPF)라는 기기를 통해 수소-붕소 핵융합으로 아예 방사성 폐기물이 발 생하지 않는 안전하고 저렴하고 친환경적인 에너지를 무한히 얻을 수 있도록 연구 중이다.

우리 팀은 뉴저지 주에 도착하여 GPS 상으로 LPP 연구소가 있다는 곳 에 도착했지만 아무리 찾아보아도 LPP 연구소를 찾지 못하였다. 주소는 128 Lincoln Blvd. Middlesex, NJ 08846- 1022로 그곳은 전원주택들과 많은 창 고가 줄지어 있었다. 우리는 미국에 서 핵융합 연구를 선도하고 있는 사기 업이기 때문에 영화에서 볼 수 있는 연 구소의 모습을 상상했지만 LPP 기업은 창고에서 핵융합을 연구하고 있는 작은 소기업이었다.

LPP 연구소의 대표를 맡고 있는 에 릭 러너(Eric Lerner) 씨는 우리를 정말

LPP에서 실제로 연구 중인 핵융합로

반갑게 맞아 주었고 우리는 그가 지금 연구하고 있는 핵융합 방식에 대한 자세한 설명을 들었다. 에릭 씨는 기존의 핵융합 접근 방식은 매우 크고 비싼 자석과 레이저 기계를 통해 뜨거운 플라즈마를 압축하여 원자핵을 합성하고 에너지를 방출시킨다고 얘기하며 자신의 연구 목표는 Dense Plasma Focus(DFP)를 통해 플라즈마의 불안정성을 없애는 자석 병을 만들어 스스로 압축이 가능하게 하는 것이라고 했다. DPF기계를 만드는 것은 매우 어렵고 복잡하기 때문에 이것이 에릭 씨 팀의 연구에 동기부여를 더욱 준다고 하였다. DPF기계가 완성이 된다면 작은 방과 적은 비용으로도 핵융합 기계를 상용화할 수 있다고 말했다.

에릭 씨 연구소는 비록 창고에서 핵융합 개발에 착수하는 중이었지만 그는 핵융합 연구를 통해 이익을 내려는 목적보다도 순수하게 과학적인 호기심을 가지고 핵융합 연구를 주도하고 있었다. 우리나라는 아직 이익이 뒷받침되지 않으면 사업을 시작하는 않는 환경이지만 미국은 우리나라와는 다르게 순수한 과학적 열정을 가지고도 사업을 시작하는 과학 강대국다운 면모를 보였다.

LPP 에릭 러너 대표님과 함께

챌린저 INTERVIEW
LPP 에릭 러너

핵융합 스타트업으로 유의할 점 같은 것이 있을까요?

일단, 핵융합을 연구한다는 것 자체가 만만치 않은 돈이 드는 일이기 때문에, 지속적인 펀딩을 받을 수 있는 환경을 만드는 것이 가장 중요합니다. 저희는 운이 좋게 구글 TeckTalk라는 곳에 초대되어 저희가 하는 일을 설명할 기회를 얻고, 이것이 동영상으로도 올라와서 매스컴의 관심을 얻을 수 있었습니다. 덕분에 초기 투자자들에게 연락이 닿아 투자도 받을 수 있었고, 지속해서 관심을 가져주어서 현재까지 자금을 조달하여 실험을 계속할 수 있었죠. 또한, 앞으로의 후원 가능성을 위해 웹사이트에 저희가 하는 일을 주기적으로 올리고, 컨퍼런스 같은 곳에도 열심히 참여하여 펀딩 기회를 찾고 있습니다. 더불어 무엇보다도 중요한 것은, 투자자들이 회사를 장악하지 못하게 하는 것입니다. 핵융합은 단기간 내에 수익이 발생하기 어려우므로, 투자자들이 인내심을 잃고 회사의 방향을 변경하려고 하기 쉽습니다. 핵융합은 아무리 오래 걸리더라도 지속해서 개발해야 하는 분야이고, 성공했을 때의 이익 또한 엄청납니다. 그래서 저희는 그런 일이 발생하는 것을 애초에 막기 위하여 투자를 받을 때 투표권이 없는 무의결권주만을 발행하였습니다. 이러한 결정 덕분에 아직 큰 문제 없이 연구를 계속해오고 있기도 합니다.

LPP에서 개발 중인 작은 스케일의 핵융합로는 국가 차원에서 개발 중인 큰 핵융합로에 비해서는 어떠한 장점이 있나요?

약 세 가지 장점이 있다고 말씀드릴 수 있습니다. 첫 번째는, 핵융합로 설립에 필요한 인프라 비용이 훨씬 저렴합니다. 저희가 개발하려고 하는 핵융합로는, 5MW의 에너지를 생성하면서 안전하게 사람이 사는 이웃 동네에도 설치할 수 있는 종류입니다. 따라서 에너지 송신료가 따로 들지 않아 유통비용이 많이 감소할 것입니다. 또한 작은 크기로 인해 간단하게 설립될 수 있다는 점은 개발도상국 같은 가난한 국가에 매우 효과적인 설립과 안정적인 에너지 보급을 보장할 수 있습니다. 마지막으로 선진국에는 안정적인 에너지를 공급할 수 있다는 점이 최대의 장점이 되겠네요. 거대한 파워플랜트의 경우에는 문제가 생길 경우 도시 전체가 정전을 각오해야 하지만, 작은 여러 개의 파워공급원이 있다면 훨씬 더 안정적으로 문제없이 에너지가 공급될 것입니다. 특히 지금 우리가 있는 뉴저지 주의 경우만 보더라도 허리케인이 약 13달의 주기로 자주 발생해 도시 전체에 큰 정전이 일어나는 경우가 많은데, 세계에서 가장 발달한 국가 중 하나인 미국에서 주기적인 정전으로 많은 사람이 고생한다는 것이 참 아이러니하지 않습니까? LPP의 핵융합로가 보급된다면 이러한 문제들도 해결할 수 있을 것으로 생각합니다.

플라즈마 기초연구를 통해 핵융합 에너지 개발에 도움을 주는 LBNL

샌프란시스코에서는 탐방기관이 LBNL 밖에 없었기 때문에 비교적 여유롭게 이동할 수 있었다. 우리는 LBNL 연구소로 가기고 위해 샌프란시스코에서 조금 떨어져 있는 버클리로 지하철을 타고 이동하였다. 버클리대학은 미국 캘리포니아 주 버클리에 있는 미국 최고의 공립대학이자 세계 최고의 명문 연구 중심 대학 중 하나다. 과연 명성답게 버클리공대는 높은 산 속에 수많은 연구소가 있었다. 우리는 그중 하나인 LBNL 연구소를 가기 위해 버클리에서 교내 버스를 타고 이동하였다. LBNL에서는 주로 Heavy Ion Fusion 프로그램을 통해 고도의 이온빔(Intense Ion Beam)실험을 하여 플라즈마 상태에서 거의 고체에 가까운 밀도를 가지게 하는 따뜻한 밀집 물질(Warm Dense Matter)에 관한 연구를 한다.

LBNL연구소,
파울씨와의 단체사진

페리를 타고 바라본 뉴욕의 모습

애플사 앞 분수대 앞에서 쉬고 있는 다솔, 세원

파울 알비사토스(Paul Alivisatos) 씨는 LBNL 연구소에서 연구 기획자로서 물리학적 분야의 하나인 관성 제한 합성을 연구하시는 중이라고 하였다. 이 연구는 어떻게 보면 핵융합과는 관련이 깊지 않아 보이는 순수 물리학적인 분야라고도 생각할 수 있지만, 파울 씨가 연구하는 것은 핵융합을 개발하는 데 있어서 풀어야 할 중요한 물리적인 문제들을 해결하는 열쇠이자 징검다리의 역할이라고 말했다.

우리는 마지막 탐방을 마치고 시원섭섭한 마음으로 버클리 대학 연구소들이 위치한 산에서 내려왔고 앞으로 남은 일정은 이제 여유롭고 평화롭게 보낼 수 있다는 생각을 하니 깊은 안도감이 밀려왔다. 미국에서 다양한 탐방기관들을 보고 배우다 보니 우리나라의 현황에 대한 문제점에 대해서도 다른 관점에서 바라보게 되고 해결책을 제시하게 되었다.

그리고 탐방이 어느새 얼마 남지 않았다는 생각이 들며 LG글로벌챌린저로 만나 옥신각신하며 주제를 논의하고 수정, 보완하던 시간들이 떠올랐고 각자 다른 팀원 네 명이 뭉쳐 탐방을 성공적으로 마쳤다는 생각에 벅차 기쁨이 몰려왔다. 그 날 밤 우린 숙소에서 우연히 만난 포항공대생 4명과 함께 고기를 먹었고 같은 공대생끼리 대학생활을 공감하며 즐거운 시간을 보냈다.

탐방대원 후기

팀원 1. 서다솔

이렇게 탐방 후기를 쓰니 3월에 LG글로벌챌린저에 지원하여 붙었으면 좋겠다는 간절한 바람을 가지고 있던 게 생각이 나네요. LG글로벌챌린저를 준비하면서 서로 돕고 의지하며 끝까지 탐방을 마친 것에 대해 감사합니다.

팀원 2. 김상현

LG글로벌챌린저를 통한 1년간의 활동은 저에게 많은 것을 느끼게 해주었습니다. 여러 연구소와 기업들을 방문하고 많은 도시도 둘러보면서 견문을 넓힐 수도 있었습니다. 앞으로의 대학생활에 큰 도움이 될 경험을 준 LG와 LG글로벌챌린저에 감사드립니다.

팀원 3. 진승욱

스스로가 탐방을 계획하고 실행한다는 점은 대학생활 중 정말 하기 힘든 진귀한 경험이었다고 생각해요. LG글로벌챌리저 최대의 장점은 대원들 모두가 세상 곳곳을 탐방하고 그러한 경험들을 나누며 보다 전 세계를 바라볼 수 있는 넓은 시야를 가지게 된다는 것입니다. 이 글을 읽는 여러분들도 꼭 지원하셔서 좋은 기회를 꼭 잡으시기를 바랍니다. 제 인생에서 중요한 점 하나를 찍게 해준 LG에 감사드리며 후기를 마칩니다.

팀원 4. 홍세원

돌이켜보면 탐방도 탐방이지만 그것을 준비하는 과정이 더 재미있고 의미 있었던 것 같습니다. 합격하기 위해 팀원들과 같이 밤새워서 고민했던 날들, 합격하고 나서는 단체 사진촬영, 탐방계획 그 외 미션을 통해서 여러 가지 활동을 주체적으로 해볼 기회였습니다. LG글로벌챌린저 화이팅!

Know-how
서로의 장점을
적극적으로 활용하라

1.
역할분담,
서로의 부족함을
채워주는 팀워크!

보고서를 쓸 때는 모두 같이 하나의 일에 몰두하고 있는 것은 그렇게 바람직하지 않다. 일의 효율이 떨어지기 때문이다. 우리 팀의 경우 각자 자신이 자신 있어 하는 부분들을 찾아 일을 수행했는데, 세원이는 영어담당과 피피티 디자인 쪽을 잘하였고 승욱이는 해외기관 컨택을 잘하였고 상현이는 자료조사와 피피티 제작을 잘하였다. 이런 식으로 팀원 내에서 각자의 장점을 빨리 찾고 서로 부족한 부분들을 채워나가는 팀워크가 빠른 시간 내에 빛을 발할 수 있는 좋은 작전이라고 생각한다.

2.
주제선정,
철저하게 분석하고
신중하게 판단하라

우리 팀은 LG글로벌챌린저에 합격하는 데 필요한 요소 중 하나가 주제 선정의 탁월함이라고 생각한다. 물론 주제 선정을 하는 것에 대해 특별한 노하우는 없지만, 항상 주제를 어떤 것으로 할지 고민하고 신중해야 한다고 생각한다. 우리 팀도 주제선정을 하는 데에만 10일이 넘게 걸렸다. 주제를 선정할 때 고려해 할 것은 바로 전년도 합격 팀들의 주제이다. 우리 팀 같은 경우에는 주제선정을 할 때 1기부터 20기까지 모든 팀의 주제를 분석했고, 가장 많이 뽑히는 유형의 주제들을 큰 카테고리로 묶었다. 그러다 보니 공학 쪽에 가까운 주제로는 에너지 분야의 주제가 매년 2팀이나 3팀 정도 꼭 뽑힌다는 사실을 알게 되었고 우리는 에너지 분야 쪽 주제로 선정하기로 했다. 그 후에는 에너지 분야 쪽 주제로 무엇이 적합할지 끊임없이 고민하고 조사하였다. 그러던 도중 TED영상에 핵융합 관련 강연을 보게 되었고 우리 팀원 모두 핵융합 주제의 매력에 사로잡히게 되었다. 철저한 주제 분석과 선정 과정들이 우리 팀의 합격 비결이라고 생각하고 LG글로벌챌린저의 합격 당락을 결정할 정도로 중요하다고 생각한다.

공학 강국 대한민국의
미래를 교육에 묻다

팀명(학교) WE FLASH (이화여자대학교)
팀원   문지현, 박슬기, 임수영, 조수정
기간   2015년 7월 26일~2015년 8월 8일
장소   핀란드, 독일, 스위스, 프랑스
       1. 헬싱키 (헬싱키 공과대학 University of Helsinki)
       2. 아헨 (아헨 공과대학 Aachen University of Technology)
       3. 로잔 (로잔 연방 공과대학 Federal Institute of Technology Lausanne)
       4. 파리 (에피타 EPITA)

지난 몇십 년 동안 대한민국은 세계 어느 곳에서도 찾아볼 수 없던 눈부신 국가 발전을 이뤘다. 천연자원이 부족하고 가난했던 작은 나라가 이제는 자동차, 전자, IT, 화학 등의 공업 분야에서 세계적인 수준을 자랑하며 해외에 기술을 수출하는 공업 강대국이 된 것이다. 우리는 현재 우리나라의 공학이 올바른 방향으로 나아가고 있는지 알고 싶었다. 세계 공업 기술을 선도하는 위치에 있는 대한민국의 오늘을 돌아보며, 미래의 국가 발전을 위해 공학이 나아가야 할 방향에 대해 탐구하고자 했다. '교육'이라는 본질로 돌아가, 해외 공과대학의 교육 시스템과 산학협력, 네트워크를 알아보고 대한민국의 미래를 선도할 훌륭한 엔지니어들이 성장할 수 있는 교육 환경에 대한 해답을 찾고자 유럽으로 향했다.

교육의 나라 핀란드 헬싱키 공과대학교

핀란드는 자국만의 교육 철학을 통해 학생들을 가르치고 성장하도록 돕는 것으로 유명하다. 우리는 가장 먼저 핀란드에서 가장 좋은 공과대학으로 손꼽히는 헬싱키 공과대학교로 향했다. 첫 탐방 국가인 핀란드에서 가장 먼저 계획된 일정이 탐방기관 인터뷰였기 때문에 걱정과 설렘으로 가득 찬 마음을 안고 컴퓨터 과학 전공으로, 네트워크와 green ICT 분야를 연구 중인 유씨(Jussi Kangasharju) 교수님을 찾아갔다.

헬싱키대학교에서
유씨 교수님과
인터뷰를 마치고

헬싱키 대성당 앞 대학생다운 점프샷을 도전했으나, 실패하고야 말았다

교수님이 활짝 웃으시며 우리를 맞아 주신 덕분에 긴장도 사르르 녹고, 쌀쌀했던 핀란드 날씨로 인해 움츠러들었던 몸도 편하게 풀어졌다. 교수님은 헬싱키 공과대학의 커리큘럼과 학생들의 인턴십 제도, 교육 철학에 대해 말씀해 주셨다. 교수님 말씀에 따르면, 헬싱키대학의 학생들은 입학할 때부터 주전공을 정하고 들어오게 되며, 후에 부전공 수업 두 개를 들어야 한다. 또한 졸업 조건으로 단기 인턴십을 필수적으로 하게 되어 있고, 대표적인 단기 인턴십인 Summer Job 등을 하기 위해 학생은 스스로 모든 정보 및 자료를 찾아보아야 한다. 우리는 유씨 교수님께 교수님만의 교육 철학은 무엇인지 여쭤봤더니, "학생들에게 자율성을 많이 줌으로써 흥미를 가지고 자발적으로 공부할 수 있도록 하는 것."이라고 답해주셨다.

오랜 공업의 역사를 지닌 독일의 자랑, 아헨 공과대학교

우리는 핀란드를 떠나 프랑크푸르트 공항을 통해 독일에 도착했다. 앞서 독일을 탐방했던 다른 팀의 친구들이 매우 더워서 힘들었다는 이야기를 듣고 더위를 걱정했는데 우리가 도착한 7월 말의 독일은 오히려 매우 쌀쌀했다.

우리의 숙소가 있었던 프랑크푸르트는 아헨과 기차를 타고 이동해야 할 만

232

큼 꽤 떨어져 있었다. 한국으로 보면, 서울과 대전 정도의 거리였다. 우리는 탐방 전 미리 준비해온 유레일패스를 이용해 기차를 타고 차가운 아침 바람을 맞으며 아헨으로 이동했다.

독일 일정 둘째 날 이루어진 인터뷰는 아헨 공과대학교의 한국인 유학생 임민후(기계공학), 이태헌(전자공학) 씨와 진행했다. 아헨 공과대학교는 세계적인 수준의 교육 환경과 시스템을 구축하고 서유럽 최고의 공과대학교로 인정받고 있다. '실용주의'라는 교육 방침에 따라 모든 학생이 연구소나 산업 현장에서 경험을 쌓는 것이 학점으로 인정되는 필수 과정이다. 또한, 산업 현장 경험이 많은 분들이 교수로 재직하고 있으므로, 학생들에게 매우 수준 높은 교육을 제공할 수 있는 바탕이 된다.

우리는 한국과 독일의 공학교육을 모두 경험한 유학생으로부터 두 교육 시스템의 차이와 장, 단점에 대한 이야기를 들었다. 독일은 강의실에서 이루어지는 이론 수업을 넘어서 산업체와 연구소에서 경험을 쌓을 기회를 매우 많이 제공하며 입학의 제한은 없지만, 재학 중에 치러지는 시험이 매우 어려우므로 입학생 대비 졸업생의 비율이 아주 낮다고 했다. 모든 시험이 절대평가로 이루어지기 때문에 정말 어려운 시험의 경우 70~80%의 학생이 낙제를 한다는 말

아헨 공과 대학교의
멋진 건물!

을 듣고 깜짝 놀랐다.

아헨 공과대학은 한국의 여느 대학들과 달리 정해진 캠퍼스 없이 아헨 시내 곳곳에 학교 건물들이 흩어져 있었다. 시내에 있는 건물에 'RWTH((Rheinisch Westfalische Technische Hochschule)'라는, 독일 노르트라인 베스트팔렌 주에 있는 공과 대학교라는 의미의 글자가 붙어있으면 대학 건물이다. 만약 서로 다른 건물에서 연속 강의가 이어진다면 정말 힘들 것 같다는 생각이 들었다. 인터뷰가 끝나고 아헨 시내의 한 식당에서 함께 점심을 먹었는데, 외국에서 한국 사람들과 한국어로 나누는 정겨운 대화가 화기애애하고 즐거웠다.

학생들의 실무 경험을 중시하는 스위스 로잔 공과대학교

탐방을 떠나기 전 사전 컨택 과정에서 우리는 로잔 공과대학교(EPFL)의 유수프(Yusuf Leblebici) 교수님과 인터뷰 일정을 조율하던 중, 교수님께서 연구 관련한 일로 마침 6월에 한국을 방문하신다는 연락을 받았다. 덕분에 우리는 유럽으로 떠나기 전, 서울에서 교수님을 뵐 수 있었다.

비록 우리나라에서 하게 된 인터뷰였지만, 챌린저로서 처음으로 진행한 인터뷰였기 때문에 약속 장소에서 교수님을 기다리며 교수님께 어떻게 인사를 드려야 할지, 어떤 말로 분위기를 풀어나가야 할지에 대해 팀원들과 고민하고 긴장해 있었다. 그런데 우리를 처음 본 교수님은 밝은 미소를 지으시며 한 명, 한 명에게 악수를 청하셨고 인터뷰 내내 온화한 미소를 잃지 않으신 채로 우리의 질문에 친절하게 답해주셨다.

스위스 로잔 공과대학에서 집적회로 분야를 연구하시는 유수프 교수님은 산학협력과 실무 및 프로젝트 경험을 중점적으로 말씀하셨다. EPFL의 학생들은 학부의 마지막 학년이 되면 한 교수님의 연구실을 정한 후 연구실의 일원이 되어 프로젝트에 참여하게 되는데, 선배들과 함께 일하고 지도받을 수 있다고 한다. 이 과정에서 학생은 문제 해결 방법을 배우기도 하고, 학생이 새로운 아이디어를 제안했을 때 학교는 그 학생의 아이디어를 구체화하고 발전시킬 수 있

234

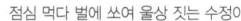

점심 먹다 벌에 쏘여 울상 짓는 수정이 　　　로잔으로 이동하다 들른 리기산 위에서 담은 아름다운 풍경과 우리의 모습

도록 도와줌으로써 학생 혼자서는 하기 힘든 것들을 해낼 수 있는 교육 환경을 만들어 준다.

　　교수님은 '나중에 탐방이 시작되어 EPFL을 방문하고 학생들의 인터뷰가 필요하다면 연구실 사람들에게 연락해 놓을 테니 언제든 말하라'고 하시며 우리의 탐방을 응원해주셨다. 더불어 스위스의 아름다운 관광지도 추천해주시며 우리에게 스위스 탐방에 대한 설렘을 안겨주셨다.

챌린저 Tip

프락티쿰(Praktikum) | 우리나라의 인턴십과 같은 의미로, 커리큘럼 자체에서 이 활동을 하도록 권장하고 있다. 학부 과정에서도 많이 활성화되어 있으며, 이를 통해 실습다운 실습을 경험하게 된다.

폴리테크닉(Polytechinic) | 공학 교육의 넓은 영역에서 지식을 얻는 것을 의미한다. 한 분야에 대한 지식뿐 아니라 다른 분야까지 넓게 이해하여 폭넓은 이해를 바탕으로 다른 공학 분야와 연계할 수 있도록 하는 것을 목적으로 한다. 로잔 연방 공과 대학의 교육 이념은 이러한 폴리테크닉에 뿌리를 두고 있다.

CTI | 앞서나가는 역량을 기반으로 하는 공학 교육이 이뤄지도록 돕고, 교육의 품질이 보증된 고등 교육 기관을 지원하는 것을 목적으로 하는 인증 제도를 의미한다.

학생들의 자유로운 활동을 장려하는 프랑스 EPITA

마지막 탐방 인터뷰 기관은 프랑스 파리에 있는 공학 교육 기관인 EPITA였다. EPITA는 여러 공학 분야 중에서도 IT에 초점을 두고 엔지니어들을 가르치는 곳이다. 우리는 이곳의 국제협력팀 학생 매니저 셀리아(Célia Fernandez)와 인터뷰를 진행하였다.

탐방을 준비하는 사전 컨택 과정에서 셀리아는 우리가 어떤 것을 알고자 하는지 궁금하다며 인터뷰 질문지를 메일로 전달받고자 했다. 우리가 직접 인터뷰를 하러 방문했을 때, 셀리아는 미리 질문지에 답변들을 다 정리하고 우리를 기다리고 있었다. 그 세심함과 친절함 덕분에 우리는 프랑스 공학 교육의 특징과 시스템에 관해 이야기 들으며 수월하게 인터뷰를 진행할 수 있었다. 산학협력에 관한 우리의 질문에 셀리아는 "프랑스의 공과 대학은 전반적으로 산학협력이 잘 이루어지고 있는 편이며 특히 사립학교에서 더 잘 진행되고 있다"고 답했다. 또한 에피타의 경우, 주(state)로부터 인증받는 제도인 CTI를 따르고 있으며 급변하는 시대에 맞춰 커리큘럼에도 많은 신경을 쓰고 있다고 덧붙였다. 그리고 대부분 학생들과 교수님들은 면대면 수업을 선호하기 때문에 교수님들께서 밤늦게까지 남아 학생들과 원활하게 소통하고 유대감도 높다며 에피타에 대한 자부심을 표현했다.

제로 포인트에서 프랑스에 다시 올 것을 다짐하며

인터뷰가 끝나고 그녀는 우리에게 '나중에 한국에 돌아가서라도 필요한 자료나 더 알고 싶은 것이 있으면 언제든 메일을 보내달라.'고 했고, 학교 내부의 모습도 편하게 둘러볼 수 있도록 배려해 주었다. 우리가 방문한 기간은 프랑스의 휴가철임에도 불구하고 흔쾌히 시간을 내어 인터뷰해준 셀리아에게 너무 감사하다는 말을 다시 한 번 더 전하고 싶다.

챌린저 INTERVIEW

EPITA 셀리아

졸업 전에 학생들이 인턴십을 해야 하는 것은 의무인가요?

학생들은 졸업 전에 인턴십을 두 번 이상 해야만 합니다. 학생들이 인턴십을 한 번 할 때의 기간은 한 학기 즉, 5~6개월이고요. 우리 학교는 학생들을 기업과 연결해 주기도 하는데요, 학교에서 기업 박람회를 열어 기업이 학생들에게 인턴십이나 일자리 제공을 할 수 있는 자리를 마련합니다. 이때 학생들은 기업을 선택할 수 있는 폭이 넓어서 본인이 원하는 최적의 회사에서 일할 수 있습니다. 기업은 우리 학생들을 고용하고 싶어 하고, 학생들도 인턴십을 통해 실무적인 면에서 많은 것을 배울 수 있어서 만족도가 높습니다. 이런 인턴십은 기업과 학생 모두에게 이득이므로 의무적으로 진행해도 좋을 만큼 꼭 필요한 프로그램입니다.

학생들은 예체능 등과 같은 교양 강의를 반드시 들어야 하나요?

교양 강의 수강은 졸업 필수 조건이 아닙니다. 우리 학교에서는 예체능 강의를 따로 편성하지 않습니다. 그러나 캠퍼스 안에 뮤지컬이나 스포츠를 하는 그룹들이 있어 교외 활동의 기회를 활용할 수 있어요. 우리는 학생들이 다양한 활동을 할 것을 권장하고 있습니다. 단순히 공부에만 집중하는 것보다는 교양을 쌓을 수 있는 활동도 하는 것이 더 넓은 시각을 갖추는 데 도움이 되기 때문이죠. 그래서 교외 활동을 주기적으로 하고 보고서를 써서 제출하면 그 활동에 대한 것을 학점으로 인정해주기도 한답니다.

인터뷰가 끝난 후 LG 깃발을 들고 환하게 웃으며 한 컷

탐방대원 후기

팀원 1. 박슬기

지난 6개월, 무엇 하나 쉽지 않았던 시간이었습니다. 하지만 힘들었던 기억들까지도 무엇 하나 잊지 못할 소중한 추억이 되었습니다. 앞으로 어떤 일이 있어도 LG글로벌챌린저를 통해 배운 열정과 패기로 극복해 나갈 수 있을 것만 같습니다. 제 인생에 다시 돌아오지 못할 빛나는 순간을 LG글로벌챌린저와 최고의 팀원들과 함께할 수 있어 행복했습니다.

팀원 2. 문지현

LG글로벌챌린저 설명회를 듣고 한눈에 반해 버렸답니다. 마지막 학년에 스스로 더 고난의 길을 만들어 간 건 아닌가 싶기도 하지만, 한편으로는 그만큼 뿌듯하고 보람 있게 마무리할 수 있어서 기쁩니다. 가슴 깊이 남을 이 탐방에 동고동락해 준 팀원들과 LG에 깊은 감사를 전합니다!

팀원 3. 임수영

유럽의 공학교육을 배우러 가보자는 명확한 목표가 있어서였는지 어느 유럽여행보다도 훨씬 차별화된 우리 팀만의 여행을 갔다 온 것 같습니다. 특히 슬기 언니의 레이어드, 지현 언니의 감성사진과 선글라스, 수정이의 춤, 그리고 나의 캐리어 다이어트는 절대 못 잊을 추억이 되었습니다.

팀원 4. 조수정

탐방하면서 힘들기도 했지만, 그 힘듦마저도 즐겁게 느껴졌던 소중한 시간이었고 정말 평생 잊지 못할 추억을 만들었습니다. 탐방을 준비하면서 도움 주신 많은 분께 정말 감사하고, 항상 저를 응원해주시는 부모님과 가족들, 친구들 그리고 우리 팀원들 아주 고맙고 사랑합니다.

Know-how
우리만의 비밀 병기,
이름하여 철두철미!

1.
일찍 떠나는 새가
여유를 잡는다

두근두근 가슴 설레는 해외탐방! 전체 탐방 기간은 7월 중순을 시작으로 8월 말에 끝나게 된다. 마음 내키는 대로 아무 때나 떠나는 것이 속 편할 수 있겠지만, 그런 본능을 따랐다가는 탐방 기간뿐만 아니라 귀국 후까지도 후회가 따르게 될지도 모른다. 우리 팀은 7월 마지막 주와 8월 첫째 주, 이렇게 2주를 보내고 왔는데 날씨가 너무 덥지도 않았고 비도 거의 오지 않아 상쾌한 기분으로 아름다운 풍경을 실컷 만끽할 수 있었다. 무엇보다도 귀국 후, 보고서에 할애할 시간적 여유뿐만 아니라 마음의 여유도 확보할 수 있었다. 경험상 탐방은 가급적 7월 중에 떠나는 것이 좋은 것 같다.

2.
인맥 활용하면
쥐구멍에도
볕 들 날 온다

메일이라고는 교수님께 보낼 때 외엔 사용하지 않는데 전혀 모르는 사람에게 익숙한 모국어도 아니고 외국어로 보내야 하니 막막할 수밖에 없다. 우리는 줄곧 인터뷰를 잡는 데에 어려움을 겪었다. 해당 기관 대표 문의 메일로도, 인터뷰하고자 하는 사람의 개인 메일 주소로도 보내 보았다. 그러나 대부분 답장이 없었고, 그나마 답장이 온 것마저 거절하는 내용이 담긴 메일이었다. 이러다가 LG글로벌챌린저 최초로 아무 기관도 탐방하지 못하는 불상사가 생기는 것은 아닐까 하고 걱정이 되기 시작했다. 그때 마침 예전에 들었던 강의 중 외국인 교수님이 떠올랐다. 교수님께서는 우리의 사정을 듣고 적극적으로 도와주셨고 결국 인터뷰를 무사히 마치고 돌아올 수 있었다. 아무리 노력해도 인터뷰를 잡을 수 없다면 가까운 사람들, 혹은 교수님들께 도움을 요청해 보는 것도 좋은 방법이다. 감사한 마음을 표현하는 것도 잊어서는 안 될 것이다.

기부공학 : 경북대학교

핀테크로 내다보는
기부의 미래

팀명(학교) 기부공학 (경북대학교)
팀원　　　김도연, 김수현, 유현지, 이창훈
기간　　　2015년 7월 20일~2015년 8월 2일
장소　　　**네덜란드, 독일, 영국**
　　　　　1. 암스테르담 (포더쿤스트 Voordekunst, 크라우드펀딩 허브 Crowdfunding Hub,
　　　　　　 낫소 펀드레이징 Nassau Fundraising)
　　　　　2. 베를린 (엘레펀드 Elefunds)
　　　　　3. 런던 (스몰 채리티 콜리션 Small Charity Coalition, 기비 Givey,
　　　　　　 페니포런던 Penny for London, 헝거 프로젝트 The Hunger project)

통계청 조사에 따르면 우리나라 국민 10명 중 3명 정도만이 기부에 참여하는 것으로 나타났다. 연간기부 참여 횟수는 6.5회. 기부의 필요성, 기부에 대한 의식은 높으나 실제로 기부하는 사람들을 보면 고학력의 40, 50대 남성만이 주를 이뤘다. 어떻게 하면 사람들의 기부 참여를 높일 수 있을까? 방법을 모색하던 중 우리는 최근 대두되는 '핀테크'에 주목하게 됐다. 활발한 핀테크 기술에 기부가 결합된다면 충분히 성과를 거둘 수 있을 거라고 판단했기 때문이다. 보고서를 준비하던 당시 핀테크를 활용한 기부 모델은 국내에 전무했지만, 영국과 독일에서는 핀테크를 활용한 새로운 기부 모델이 대두되고 있었다. 핀테크와 기부. 영리와 비영리라는 이 질적인 두 요소를 융합하기가 결코 쉽지만은 않았지만, 새로운 기부 모델을 만들기 위해서 어떤 노력을 하고 있는지 알아보러 네덜란드 · 독일 · 영국으로 탐방을 떠났다.

성공적인 모금을 위한 신뢰 쌓기, Nassau Fundraising

'낮은 땅'이라는 뜻을 가진 네덜란드는 국토의 25%가 해수면보다 낮은 지역이다. 우리의 세 번째 방문기관인 낫소 펀드레이징은 네덜란드의 수도 암스테르담에 있다. 낫소 펀드레이징은 네덜란드의 자선단체 모금 계획, 캠페인 실행, 직원 교육, 인력 채용 등 운영 전반에 대한 컨설팅 업무를 담당한다. 네덜란드 체류 마지막 날, 암스테르담의 지리를 충분히 익혔다고 생각한 우리는 자만심에 빠져 게으름을 피우다가 약속 시간에 늦었다. 우리가 약속 시간에 도착하지 않자 안 오는 줄 알았다던 베라(Vera Peerdeman) 씨는 다행히도 우리를 친절하게 맞아 주셨고, 인터뷰를 진행할 수 있었다. 그녀는 15년간 모금 전문가로 일했다. 기업이나 박물관 등 다양한 단체를 위한 모금 캠페인을 기획해 많은 성공을 이뤘다. 하지만 일을 할수록 돈의 액수에 집착하는 모금 캠페인에 회의를 느끼면서 돈이 전부가 아니라 모금 이전의 사람 대 사람의 관계(Relationship)가 더 중요하다는 생각을 하게 됐고 그녀가 가진 비전을 공유하기 위해 낫소 펀드레이징이라는 회사를 설립했다.

낫소는 'Friendraising' 방법으로 기부를 촉구한다. 지속가능한 기부모델은 결국 사람 사이의 단단한 신뢰와 네트워크에서 출발한다고 생각했기 때문이다.

그 신뢰는 바로 서로를 알아가고 비전을 공유하는 것에서 시작한다. 예전에 대학 발전기금을 모금하기 위한 캠페인을 진행할 때 그들은 동문의 네트워크 구축을 도왔다. 성공한 동문과 연락해 그들이 대학을 위해 보답하는 것이 지니는 의미를 상기시킨 다음에 기부를 부탁했다. 우리의 가치에 동의하는 동문은 오히려 우리 캠페인에 주인의식을 갖고 주변 동문에게 더욱 적극적으로 기부를 촉구했다. 결국, 목표로 했던 5년보다 짧은 기간에 목표 금액을 모두 모금할 수 있었다. 우리는 액수를 채우기 위한 모금보다 네트워크 구축을 통한 모금 전략이 어떤 효과를 낼 수 있는지 확인할 수 있었다.

기술과 아이디어가 만난 최초의 온라인 쇼핑몰 기부모델, Elefunds

우리는 네덜란드에서의 탐방을 마치고 새벽 기차로 다음 탐방국가인 독일의 베를린으로 향했다. 베를린 도착 후 숨 돌릴 틈도 없이 잡혀있던 인터뷰 일정 탓에, 숙소에서 짐을 풀 여유도 없이 베를린의 엘레펀드를 방문했다. 엘레펀드(Elefunds)는 독일 최초로 온라인 쇼핑몰과 기부를 결합하는 새로운 모델을 선보였다. 그들은 독자적 기술로 2011년부터 온라인 쇼핑몰의 결제에 기부를 접목한 새로운 플랫폼을 구축했다.

처음에 우리가 만나고자 한 사람은 엘레펀드의 최고경영자(CEO) 팀(Tim Wellmans)이었다. 그러나 도착하기 일주일 전 그에게 다른 급한 일이 생기는 바람에 공동설립자이자 최고기술책임자(CTO)인 데이비드(David Hirsch) 씨를 만나 인터뷰를 진행했다. 그들은 맥도날드에서 물건을 사고 남은 잔돈을 기부하는 박스에서 아이디어를 얻어, 동일한 원리를 온라인 쇼핑몰에서 적용하고자 했다. 온라인 쇼핑몰의 최종 결제 단계에 기부할 곳을 선택하고 금액을 입

챌린저 Tip

핀테크(FinTech) | 금융(Finance)과 기술(Technology)의 합성어로, 금융과 IT의 융합을 통한 금융서비스 및 산업의 변화를 통칭한다. 금융서비스의 변화로는 모바일, SNS, 빅데이터 등 새로운 IT기술 등을 활용하여 기존 금융기법과 차별화된 금융서비스를 제공하는 기술기반 금융서비스 혁신이 대표적이다.

데이비드 씨와의 인터뷰를 무사히 마치고

력하면 상품 금액에 기부금도 함께 결제된다. 현재는 다양한 쇼핑몰, 금융사, 자선단체와 파트너십을 구축한 성공적인 모델로 평가되지만, 처음엔 절대로 쉽지 않았다. 엘레펀드의 모델 자체가 새로운 방식이었기에 온라인 쇼핑몰들이 제휴하기를 꺼렸다. 게다가 쇼핑몰별로 다른 결제 시스템을 사용하는 까닭에 엘레펀드 방식을 적용하는 데에 많은 시행착오를 겪어야만 했다. 하지만 쇼핑몰들 역시 CSR을 실천할 필요성을 인지하고 있었고 그 부분에 초점을 맞춰 설득하면서 점차 많은 쇼핑몰들과 협력 관계를 맺을 수 있었다.

우리는 핀테크의 장점이 엘레펀드의 모델, 기부금 결제방식들에도 적용될 수 있다는 이야기를 들었다. 다만 지금까지의 기부 플랫폼은 기존의 금융 시스템에 익숙하기 때문에 새로운 방식의 적용을 주저하는 경향이 있다고 했다. 데이비드는 무뚝뚝한 기술자였으며, 영어에 서툰 독일인이었지만 우리의 인터뷰에 적극적으로 답해주었고 사무실 소개와 기념선물까지 챙겨주는 알찬 인터뷰 경험을 우리에게 선물해 주었다.

챌린저 Tip

CSR ǀ 기업의 사회적 책임(Corporate Social Responsibility, CSR)이란, 기업이 생산 및 영업활동을 하면서 환경경영, 윤리경영, 사회공헌과 노동자를 비롯한 지역사회 등 사회 전체에 이익을 동시에 추구하며, 그에 따라 의사 결정 및 활동을 하는 것을 말한다. 기업들은 CSR을 통해 경제, 환경, 사회 측면에서 지속적인 성과를 창출하여 기업의 가치를 증진하려 하므로 중요한 가치를 지닌다고 볼 수 있다.

독일의 인터뷰를 모두 마치고 베를린장벽 공원에서

SNS를 활용한 기부경험 공유, Givey

독일에서의 일정도 모두 마무리 짓고 마지막 탐방국가인 영국으로 향했다. 영국의 두 번째 탐방 기관이었던 기비(Givey)는 회사가 런던의 외곽에 있었지만, 우리를 위해서 런던의 중심지인 Victoria 역 근처의 카페에서 미팅을 하자고 제안해 주었다.

우리는 이전의 실수를 반복하지 않기 위해 약속 시간보다 30분이나 일찍 카페에 도착했다. 그런데 기비의 마케팅담당자 에밀리(Emily Scott) 씨와 기술책임자 마크(Marc Qualie) 씨는 우리보다 먼저 자리를 잡아 우리를 기다리고 있었다.

기비는 기부의 동기와 기부경험을 SNS로 공유하면서 주변 사람들의 기부를 자극해 사람들의 기부 참여를 이끌어내는 전략을 적극 활용하고 있었다. 게다가 기비는 다른 플랫폼과 다르게 자선단체로부터는 어떤 수수료도 받지 않고 기부금 전액을 전달했다. 우리는 기비와의 인터뷰에서 기부금의 수수료를 절감하는 방법과 인스타그램, 페이스북, 유투브를 비롯한 SNS를 적극적으로 활용하는 그들의 기부 전략에 대해서도 들을 수 있었다. 끊임없이 신선한 콘텐츠를 고민하고 만들어 내는 그들의 열정이 기비의 성공 원인이라는 생각이 들었다. 에밀리와 마크 씨와의 인터뷰는 우리에게 많은 감동을 주었다. 우리는 영국의 전통 홍차를 대접받았으며 인터뷰가 끝난 후엔 우리가 부탁하기도 전에 사진을 찍자고 제안했다. 심지어 우리가 한국으로 귀국한 뒤에 국제택배로 감사편지와 소정의 선물을 보내 주었다. 탐방 후에도 지속되는 감동과 여운을 선사해 준 기비의 사람들에게 진심으로 감사의 뜻을 표하고 싶다.

1페니로 바꾸는 런던, Penny for London

런던 도심을 걷다 보면 옛 건물과 현대의 건물이 묘하게 잘 어울리는 것을 발견할 수 있다. 오이 피클 모양의 거킨빌딩, 외관을 드러내는 로이드 빌딩이 유명하며 템스강 옆에 위치한 달걀모양의 런던 시청도 그 유명세를 더하고 있다. 우리나라의 네모나고 큰 정부기관의 건물들과 달리 현대식 건축물인 런던 시청은 우리의 상상력의 범위를 넘어선 디자인이었다. 바로 이곳에 우리의 세 번째 영국 방문기관인 페니 포 런던의 사무실이 있었다. 기관 방문의 모습을 담고자 한 영상을 촬영하는 도중, 입구에서 보안직원에게 제지를 당했다. 시청 내에서는 카메라 촬영이 금지되었던 것. 보안검사를 철저히 한 후 잠시 앉아 기다리니 페니 포 런던의 최고운영책임자(COO)인 데이비드(David Saidman) 씨와 마케팅 담당자 쉬나엘(Shahnaz Awan) 씨를 만날 수 있었다.

페니 포 런던은 런던 시와 독립된 기관이지만 그들의 하는 일은 런던 시와 매우 밀접하다. 런던의 청년들을 위한 교육환경 개선, 급식지원, 직업교육과 같은 일들을 맡아서 하는 그들은 비접촉식(Contactless) 카드 결제에 기부를 접목한 독자적인 모금 플랫폼을 운영하는 중이다. 쉽고 편리한 기술에 소액기부가 접목된 그들의 모델은 우리가 맨 처음 구상했던 핀테크 기반의 기부모델 아이디어와 같았다. 버스와 지하철을 탈 때마다 1페니씩 기부할 수 있도록 만든 그들의 생활 속 기부실천 모델에 현재 3천 명이 넘는 사람들이 참여하고 있다. 작년 10월부터 도입된 페니 포 런던에서 시작된 시민들의 작은 실천이 모여 올 7월에는 자선단체에 35,000파운드를 전달할 수 있었다. 비접촉식 카드 결제로 바뀌는 시장의 트렌드에 맞춰 기부를 접목하여 영국 제1의 카드회사인 Barclays와 Visa, MasterCard 협력도 쉽게 이끌어낼 수 있었다. 게다가 런던 시와의 긴밀한 공조 덕분에 런던 대중교통에 그들의 아이디어를 접목할 수 있었다. 좋은 아이디어와 적절한 때가 만나 혁신적인 기부 플랫폼이 탄생하게 된 것이다.

인터뷰가 모두 끝나고 우리는 시청 내의 구내식당에서 점심을 먹었다. 구내식당이라 별 기대를 안 했던 우리는 생각 외로 다양한 메뉴와 맛있는 음식에 놀랐다. 생각지도 못한 장소에서 런던 맛집을 발견한 기분이었다. 시청을 방문하여 식사한 것 자체가 색다른 경험이었으며 즐거움이었다.

왜 하필 1페니 기부인가요?

상징적이기 때문이죠. 대부분의 사람은 길 위에서 1페니를 발견해도 그냥 지나칠 겁니다. 워낙 적은 금액이니까요. 하지만 우리는 이 1페니가 모이면 어떻게 될까, 라는 생각을 했어요. 매일 수천 명, 아니 수만 명이 모으는 1페니가 뭉치면 그 금액은 결코 무시할 수 없을 겁니다. 세상을 바꾸는 힘은 결국 개개인의 작은 실천에서 비롯되기 때문이죠.

Penny for London의 성공 요인이 무엇이라고 생각하시나요?

쉬운 결제 수단과 명확한 기부 대상이 성공 요인이라고 생각합니다. 처음 우리가 이 모델을 도입했을 때 자선단체와 사람들에게 페니 포 런던이 얼마나 쉽고 편리한지에 초점 맞춰서 홍보했습니다. 사실 처음 홈페이지 등록만 마치면 사람들은 내가 기부하고 있다는 의식을 하지 못할 정도로 편리해요. 서비스를 하고 반년 후인 지난 4월 소비자들 대상으로 우리 서비스에 대한 설문조사를 실시했습니다. 그 결과 사람들이 우리 모델의 편리함에 대해서는 충분히 인지했지만 자신이 기부한 돈이 어떤 의미를 지니는지에 대한 의문을 품고 있다는 사실을 발견했습니다. 그 후 우리는 홍보 전략을 바꿔서 기부금이 어떻게 런던의 청소년들을 돕는지, 그래서 청소년들이 어떻게 그들의 꿈을 키워나갈 수 있게 됐는지를 알리기 시작했어요.

기술이 편리한 것도 중요합니다. 하지만 기부의 핵심은 결국 효용감입니다. 내가 기부한 돈이 얼마나 소중하게 쓰이는지, 그리고 이를 통해 얼마나 많은 사람이 혜택을 보고 바뀌어 나가는지를 확인할 수 있어야지 꾸준한 기부의 동력으로 작용하게 됩니다. 그래서 우리는 등록한 사람들에게 정기적으로 뉴스레터로 우리가 어떤 사업을 진행 중인지 알려주고 있습니다.

데이비드와 쉬나엘과 런던 지도 위에서 함께

무에서 시작해 유를 만들어낸 탐방

처음 '핀테크로 실천하는 기부의 일상화'를 주제로 잡았을 때, 우리는 아무것도 몰랐다. 4명의 전공은 핀테크, 기부와 전혀 무관한 공대와 사범대였기 때문이다. 게다가 처음 계획서를 쓸 때는 핀테크와 기부가 접목된 모델조차 없었다. 인터넷 기사, 논문을 찾고 전문가들을 만나면서 개념을 잡아갔지만, 마음 한편으로는 우리가 전문가도 해결하지 못하는 기부의 생활화를 위해 획기적이면서 실현 가능한 방안을 과연 제안할 수 있을지에 대한 의문이 떠나지 않았다. 실제로 만나본 전문가 중에서는, 실제 기부 현장의 이야기를 들려주면서 우리가 너무 순진한 생각으로 접근하는 건 아닌가 하는 이야기를 해주시는 분도 계셨다. 핀테크 전문가들은 우리나라는 규제 때문에 핀테크 산업이 성장할 타이밍을 놓쳤다며 부정적으로 전망하기도 했다. 그렇기에 더욱 책임감이 들었다. 기부를 둘러싼 다양한 이해관계를 충족시키는 모델을 찾기 위해 노력했다. 그 과정에서 기부를 바라보는 다양한 시각을 접하고 공부할 수 있었다.

아직 우리의 탐방은 끝나지 않았다. 우리가 구체화 시킨 이 아이디어를 국내의 모금 전문가들과 자선단체의 담당자들에게 반드시 전달해야만 한다. 그들에게 전달할 결과물을 만들어 내기까지의 우리가 지내온 나날들이 새록새록 떠오른다. LG글로벌챌린저가 아니었다면 결코 무에서 유를 만들어낼 수 없었을 것이다.

예술가를 위한 기부를 실천하는 이창훈 팀장

팀원 1. 이창훈

대학생활을 돌이켜보면 내가 주인이 돼 시작부터 끝까지 일을 마무리 했던 경험 중 으뜸은 당연히 LG글로벌챌린저입니다. '어쩌자고 이 일을 하겠다고 덤볐을까'하는 생각도 들었지만 지나온 모든 순간순간이 저를 성장하게 만들어 준 소중한 자산이 됐습니다. 하나의 목표를 위해 만난 각기 다른 매력의 팀원들, 그리고 탐방을 위해 만났던 모든 인연이 가장 큰 선물이었습니다.

팀원 2. 김도연

뭣도 모르고 시작한 도전이지만 지나고 보니 다 소중한 경험들인 것 같습니다. 대학생일 때 아니면 이런 도전 못 해볼 것으로 생각합니다. 이 글을 읽고 계신 분들도 고민하지 말고 부딪혀 보세요!

팀원 3. 김수현

탐방하며 겪었던 모든 것이 좋았지만, 돌이켜보면 탐방을 준비하고 마무리하는 과정이 더 값진 경험이었던 것 같습니다. 힘든 순간도 있었지만 결과물을 만들어내는 과정이 재미있기도 하고 서툴렀던 부분들이 아쉽기도 합니다. 그래도 LG글로벌챌린저를 통해 대학생으로서 할 수 있는 경험은 다 해본 것 같아 뿌듯합니다.

팀원 4. 유현지

내 자식과도 같았던 LG글로벌챌린저를 떠나보내려니 아쉽습니다. 수많은 공모전과 대외활동에 도전했었지만, 이번 경험은 저에게 더욱 많은 애착이 갑니다. 좋은 팀원들과의 추억과 주제에 대해 하나부터 열까지 고민했던 지난날은 훌륭한 밑거름이 될 것 같아요.

Know-how
첫걸음부터 신중히

1.
서로 다름에서
만들어지는
팀 케미스트리

우리 팀은 학과도 성향도 너무나도 다른 4명이 팀을 이뤘다. 서로의 생각과 견해차가 커서 팀원 모두의 의견을 함께 녹여내는 과정이 순탄했던 적이 한 번도 없었다. 주제 선정부터 탐방, 귀국 후 마무리 작업까지 모든 과정에 걸린 시간이 다른 팀들보다 두 배는 될 것이다. 계획서 준비와 최종 보고서 마감 즈음에는 부모님과 함께하는 시간보다 더 많은 시간을 팀원들과 보내기도 했다. 그러나 이런 과정을 겪었으므로 양질의 결과물을 만들 수 있었다. 물론 마음이 잘 맞는 4명이 팀을 이루어 일사천리로 모든 일을 진행하는 것도 좋지만, 서로의 각기 다른 생각들을 조율하는 과정에서 더 좋은 내용을 얻을 수 있다고 생각한다. 나와 다른 색깔을 가진 팀원을 기꺼이 환영하라! 각기 다른 색깔의 팀원이 만나 만드는 하모니 덕분에 우리는 2015 LG글로벌챌린저 대원이 될 수 있었다.

2.
섹시한 주제를
선정하라!

LG글로벌챌린저는 주제가 반이라고 생각해도 과언이 아닐 정도로, 주제 선정은 매우 중요한 일이다. 우리 팀은 학기가 시작하고 주 2~3회씩 만나 끊임없이 다양한 주제에 대해 고민하고 토론했다. 좋은 주제를 선정하기 위해 공강 시간마다 도서관에서 학술지를 읽었고 뉴스 기사들을 매일 살폈다. 그렇게 한 달 정도는 주제를 선정하는 데에만 시간을 할애했다. 그렇게 우리 팀은 섞일 수 없을 것 같던 핀테크와 기부라는 두 가지 영역을 합치는데 성공했다. 보통 주제를 빨리 설정해야 계획서를 쓸 수 있을 것이라 생각하는데 오히려 그 반대다. 주제만 잘 잡는다면 계획서는 금방 써 내려 갈 수 있다. 곱씹을수록 매력적인 주제, 섹시한 주제를 삼는 것. 그것이 LG글로벌챌린저 대원이 되는데 가장 중요한 첫걸음이다.

커피찌꺼기로
에너지를 만든다

팀명(학교) 에너지프레소 (명지대학교)
팀원   강지호, 공민지, 박장우, 이가희
기간   2015년 7월 28일~2015년 8월 10일
장소   **스위스, 영국**
     1. 브베 (네슬레 본사 Nestle)
     2. 로잔 (네스카페 커피캡슐재활용 프로그램 Recycling@home)
     3. 제네바 (네스카페 커피캡슐재활용 프로그램 Recycling@home)
     4. 런던 (엔젤 에이아이엠 Angel AIM)
     5. 런던 (킵펠 KIPFERL)
     6. 배스 (배스대학교 University of Bath)

커피 찌꺼기가 에너지가 될 수 있다. 심지어 한 줌의 커피 찌꺼기는 바이오 디젤과 에탄올, 펠릿까지 삼중으로 활용 가능하며, 다른 자원과 비교해도 효율이 높다. 그렇다면 왜 '커피 찌꺼기'는 에너지 자원으로 활용되고 있지 않을까? 간단하다. 커피 찌꺼기를 에너지로 사용할 수 있다는 사실 자체를 모르기 때문이다. 이로 인해 커피 찌꺼기를 수거할 수 있는 시스템은 부재하며, 폐기물 처리법과 관련 시장도 과거에 머물러있다. 우리가 일상에서 쉽게 마주칠 수 있는 부산물이자 효율 높은 커피 찌꺼기. 커피 찌꺼기를 에너지로 활용한다면 멀게만 느껴지는 폐기물과 바이오 에너지를 긍정적인 이미지와 함께 일상 속으로 끌고 올 수 있다. 그래서 우리는 커피 찌꺼기 에너지를 성공적으로 도입한 사례를 살펴보기 위해 영국과 스위스로 떠났다.

커피 찌꺼기 활용 선두 기업, Nestle

스위스에 도착한 이튿날, 우리는 세계 굴지의 기업인 네슬레(Nestle)로 향했다. 첫 탐방 기관인 만큼 설레는 마음이 앞섰지만, 이에 못지않게 몰려오는 걱정을 외면할 수 없었다. 불과 탐방 이틀 전에 Regional Assistant Manager 탓슈(Tatsuhiko Fukatani) 씨가 휴가를 갈 수도 있다는 내용의 메일을 보내왔기 때문이다. 그러나 다행히도 탓슈 씨는 휴가를 가지 않았고, 오히려 다섯 명이나 되는 인원이 우리를 맞아주며 생각 이상의 환대를 해주었다. 심지어 그들은 하나같이 우리 프로젝트에 큰 관심을 두고 있었으며, 네스카페 소속의 Coffee Speciallist 데미안(Demien Tissot)과 Customer Service Mnager 수(Stevenson Sue) 씨는 우리의 기획서를 보고 인터뷰에 자발적으로 참여했다고 이야기했다. 덕분

스위스 도착, 장난기 가득한 가회와 장우!

'네슬레 거리'앞에서 인증샷 하나!

에 우리는 다양한 소속과 직책을 가진 담당자들과 화기애애한 분위기 속에서
인터뷰를 진행할 수 있었고, 네슬레가 왜 커피 찌꺼기에 관심을 두었고, 현재
의 수거 방식을 사용하는 이유와 그 성과까지 구체적이면서도 심도 있게 들을
수 있었다. 그들은 이렇게 말했다. "우리는 지속 가능성과 친환경을 굉장히 중
요한 가치로 생각합니다." 매년 수십만 톤에 달하는 커피 찌꺼기를 활용한다면
에너지 사용량과 이산화탄소 배출량을 크게 절감할 수 있죠. 그래서 커피 찌
꺼기 활용방안에 대해 관심을 갖기 시작했고, 가정의 커피 찌꺼기까지 수거함
으로써 소비자들의 참여까지 이끌어내고 있습니다." 인터뷰 이후에는 탓슈와
Corporate Communication Manager 안나(Guarnero Anne-Marie) 씨의 권유로 네
슬레 본사 구석구석을 구경할 수 있었다. 네슬레 전시관은 물론, 호수 건너편
프랑스의 에비앙이 환상적으로 펼쳐져 있는 전망 포인트까지. 네슬레 방문은
탐방 자체가 여행인 듯 하나하나가 재밌었고, 볼거리가 넘쳐났다. 우리는 이
에 대한 답례로 준비해간 작은 선물들을 드렸지만, 오히려 세계적인 식품기업
인 네슬레는 우리 손에 각종 군것질거리가 남긴 담긴 쇼핑백을 쥐여주며 우리
를 배웅해주었다. 우리의 첫 탐방은 그렇게 훈훈하게 끝이 났다.

캡슐 커피 속 커피 찌꺼기를 활용하라! Recycling @ Home

우리가 다음으로 다녀온 곳은 커피 캡슐 재활용 프로그램(Recycling@Home)수거 포인트였다. 여기서 커피 캡슐 재활용 프로그램이란 네슬레와 우체국이 공조하여 시행하는 캡슐커피 수거 프로그램으로, 전국 각지에 퍼져 있어 높은 회수율을 자랑하는 프로그램이었다. 그중에서도 우리가 방문한 수거 포인트는 로잔과 제네바에 있는 것들이었다. 먼저, 로잔에서 방문한 수거 포인트는 아름다운 가게 옆에 헌 옷 수거함이 위치하듯이, 네슬레 매장 옆에 자연스럽게 자리 잡은 수거함이었다. 우리가 머무른 순간만 해도 두 명이 캡슐 커피를 버리러 다녀갔고, 그 시민 중 한 명인 안젤리나(Angelina Kysla) 씨는 고작 열 개 남짓한 캡슐 커피를 버리기 위해 여기까지 왔다고 했다. 우리는 번거로운 작업에 기꺼이 참여하는 그녀를 대단하게 바라보았지만, 그녀는 오히려 이것을 보기 위해 여기까지 온 우리가 멋있다며 웃어 보였다. 그 후 우리는 제네바에 있는 재활용 분리수거장으로 향했다. 다른 재활용 수거함과 마찬가지로 큰 글씨로 자신의 역할을 알리고 있던 그곳의 캡슐커피 수거함은, 묵직한 무게로 여태까지 수거한 양을 대변하고 있었다. 우리나라의 재활용장과 크게 다르지 않은 모습이었지만, 수거함에 표시된 우체국 표시는 우리와 다른 시스템을 갖고 있다는 걸 이야기해주고 있었다. 우리는 낯선 듯 익숙한 모습에 국내 도입을 한층 가깝게 느끼며, 기분 좋은 발걸음을 돌릴 수 있었다.

전화위복(轉禍爲福)의 탐방 Angel AIM

그 누구보다 바빴던 크리스티나와 함께!

다음 탐방을 위해 이동한 도시는 영국의 런던. 런던은 한적한 스위스와 달리 수많은 인파와 혼잡을 자랑하고 있었다. 알고 보니 우리가 도착한 날은 런던에서 지하철 파업이 시작한 날로, 덕분에 우리는 지하철로 40분도 걸리지 않을 거리를 버스로 두 시간 넘게 돌아가야 했다. 설상가상으로 인터뷰 당일 날까지 이어진 파업으로 인해 Executive 마크(Mark Turner) 씨가 출근하지 못했고, 우리는 Chief Executive 크리스티나(Christne Lovett) 씨와 이야기해야만 했다.

그러나 다행히도 우리를 맞아준 크리스티나 씨는 쾌활하고 적극적인 사람이었다. 그녀 역시 예기치 못한 상황에 당황했지만, 곧 특유의 유쾌함으로 우리를 반겨주었고, 타 기관과 연결해주기 위해 적극적으로 나서기 시작했다. 담당자가 아닌 만큼 직접 도와주기보다 전문가들을 연결해주는 것이 더욱 현명하다고 생각한 듯했다. 우리는 기꺼이 연결 다리 역할을 자청하며 동분서주해준 크리스티나 덕분에 의외의 성과들을 얻을 수 있었다. 기존에 우리와의 인터뷰를 수차례 거절했던 기관들, Bio-bean, First Mile과 일사천리로 대화를 나눌 수 있었으며, 주변 협력 카페인 Costa, KIPFERL등과도 큰 무리 없이 이야기 나눌 수 있었다. 그들은 커피 찌꺼기가 오후 3시경에 일괄 수거되며, 카페 입장에서는 처리비용을 절감할 수 있다는 장점이 있다고 이야기했다. 게다가 원래 담당자인 마크 씨와도 다시 만날 기회가 주어졌으며, 기관 총 책임자인 크리스티나 직책 덕에 Angel AIM이라는 기관에 대해 더욱 자세히 알 수 있었다. 전화위복이었다. "우리는 커피 찌꺼기 외에도 재활용 가능한 물건들에 대한 수거 시스템을 고민하고 있어요. 우리 지역에 입점해있는 매장들의 호응도 매우 좋습니다."

챌린저 Tip

Angel AIM | 2007년 설립된 런던 Islington - Angel 지역의 BID(Business Improvement District)이다. BID란 상권을 중심으로 임대인과 입정상인 등이 관리조직을 구성하여 협약을 맺고 자체부담금을 바탕으로 지속적이고 통합된 상권을 관리, 운영하는 자치제도이다. Angel AIM에 소속되어 있는 모든 커피전문점은 의무적으로 커피 찌꺼기를 모아 별도로 배출해야 하며, Angel AIM은 이를 수거하는 역할을 담당하고 있다. 이렇게 수거된 커피 찌꺼기는 에너지 생산기업에게 전달되어 에너지원으로써 재사용된다.

커피찌꺼기를 다루는 현장의 소리를 듣다, KIPFERL

우리는 커피 찌꺼기 수거에 협력하고 있는 카페들도 찾아갔다. 그중에서 가장 먼저 방문한 카페는 KIPFERL. 이즐링턴 지역에서 커피 찌꺼기 배출량이 가장 많은 카페였다. 미리 연락드렸던 카페 사장님께서는 기다렸다는 듯이 우리를 맞아주셨고, 커피 한 잔을 타 주시며 커피 찌꺼기를 어떻게 버리는지 보여주겠다고 하셨다. 우리는 카페 직원인 캘리(Lydia Kelly) 씨의 도움으로 지하에 있는 커피 찌꺼기통과 골목에 버려진 커피 찌꺼기를 직접 볼 수 있었고, 하루에 어느 정도의 커피 찌꺼기가 발생하며 어떤 방식으로 수거되는지 간단한 설명까지 들을 수 있었다. 그리고 우리는 여기에 그치지 않고, 그녀에게 수많은 질문을 쏟아냈다. 현장에서 직접 커피 찌꺼기를 다루는 사람들의 이야기를 듣고 싶었기 때문이다. 그리고 우리의 바람대로 캘리는 우리가 가장 듣고 싶었던 이야기를 해주었다.

"커피 찌꺼기를 따로 분류해서 버리는 건 물론 번거로워요. 그러나 우리는 이걸 통해서 처리 비용을 줄일 수 있고, 누군가는 에너지를 만들 수 있어요. 그렇다면 이건 좋은 방법이지 않나요?"

우리가 그리는 커피 찌꺼기의 선순환 구조를 너무나도 쉽고 명확한 표현으로 듣는 순간이었다. 커피 찌꺼기를 재활용하는 것은 거창한 개념도 아니었고, 어려운 일도 아니었다. 그저 우리가 하는 작은 수고로움만을 덧대면 충분히 실현 가능한 것이었다. 우리는 얻어 마신 커피 한 잔만큼 맑아지는 정신으로 카페를 나설 수 있었다.

예상을 뛰어넘는 환대를 받은 네슬레,
열심히 인터뷰하는 에너지프레소팀!

우리에게 해답을 준 캘리 씨와 카페 사장님

챌린저 INTERVIEW

Nestle 탓슈

네슬레가 커피 찌꺼기를 에너지원으로 사용하게 된 계기는 무엇인가요?

처음 커피 찌꺼기 에너지 및 재생 에너지에 관심을 두게 된 것은 스위스 정부의 핵발전소 축소 정책과 맥락을 함께했습니다. 스위스 정부는 2035년까지 모든 핵발전소의 폐쇄를 결정했습니다. 그로 인해 재생에너지에 대한 관심이 높아졌고, 스위스에 기업 모태를 두고 있는 우리 역시 정부와 함께 재생 에너지에 투자를 시작했습니다.

네슬레에서는 커피 찌꺼기를 어떻게 활용하고 있나요?

네슬레 및 네스카페 등의 산하 브랜드에서 발생하는 커피 찌꺼기의 양은 연간 40만 톤이 넘습니다. 이렇게 발생하는 커피 찌꺼기를 설비가 노후 된 일부 공장 (28개의 공장 중 5개)을 제외하고 모두 커피 찌꺼기를 에너지원으로 재사용하는 중입니다. 특히 커피 찌꺼기로 바이오 펠릿을 만들어 네스카페 공장 내부에 설치된 펠릿 보일러의 원료로 사용 중입니다. 이는 단순히 생각해도 굉장한 양이지만, 커피 찌꺼기의 효율을 생각하면 더욱 놀라운 부분입니다. 네슬레에서 사용하는 폐기물 중 퓨리나 펫케어(Nestle Purina PetCare)의 사료공장에서 나오는 폐기물이나 카카오 부산물 등과 같은 다른 폐기물들은 평균적으로 톤당 10GJ의 에너지를 생산하는 반면, 커피 찌꺼기는 톤당 15GJ의 높은 효율을 보입니다. 커피 찌꺼기가 이렇게 높은 효율을 낸다는 점을 알았을 때가 바로 커피 찌꺼기 에너지 사용의 첫걸음이었습니다.

이것이 바로 말로만 듣던
커피찌꺼기 봉투!

256

커피찌꺼기가 에너지가 되는 장면을 목격하다, Bath Univ.

런던에서 한창 인터뷰를 하고 있을 때, 바스대학교에서 컨퍼런스로 인해 인터뷰가 어렵다는 취소 연락이 왔다. 그러나 영국까지 왔는데 여기서 포기할 수는 없는 법. 우리는 '밑져야 본전'이라는 마음가짐으로 무작정 바스로 향했다. 기차로 세 시간을 달려 도착한 바스대학교는 예상대로 컨퍼런스 준비로 정신이 없었지만, 우리는 두 시간가량 기다린 끝에 젠킨스(Rhodrl Jenkins) 박사님을 만날 수 있었다. 그는 커피 찌꺼기 활용의 원천 기술을 지니고 있는 전문가로, 자신을 만나기 위해 먼 길을 찾아온 우리에게 크게 감동했는지 격하게 반겨주며 우리를 실험실로까지 안내해주었다. 얼떨결에 흰 가운에 고글까지 쓴 채로 실험실로 들어간 우리는 커피 찌꺼기가 바이오 디젤이 되는 과정을 직접 볼 수 있었으며, 젠킨스 박사님에게 구체적인 설명까지 들을 수 있었다. 카페에서 수거되었던 커피 찌꺼기들은 여기서 중요한 실험재료가 되었고 곧 소중한 에너지자원이었다.

여기서 그치지 않고 크리스는 동료들에게 조금 더 늦겠다고 양해를 구한 후 우리를 연구실로 데려가 더욱 심층적인 이야기를 해주었다. 커피 찌꺼기 기술의 변천 과정과 연구 계획 등 전문가인 그에게서만 들을 수 있는 내용이었다. 천신만고 끝에 낙이 온다고 했던가. 우리는 만남조차 불확실했던 시간이 무색하게끔 탐방 중 가장 값진 성과물을 가져갈 수 있었다. "과거에는 커피 찌꺼기에서 디젤을 추출하는 방식이 까다로워 사실상 불가능했습니다. 그러나 기술이 발달하면서 그 과정이 단순화되어 이제는 상용화까지 되었죠. 지금 제 목표는 원산지와 상관없이 안정적인 디젤을 추출하는 방안을 발견하는 것입니다."

에너지프레소팀 커피찌꺼기 실험실 입성

탐방대원 후기

팀원 1. 이가희

제가 글로벌챌린저를 해야겠다고 생각한 게 1학년 때인데, 이렇게 후기를 작성하고 있다는 것이 믿기지 않아요. 많은 활동을 해보았지만, 글로벌챌린저만큼 저를 설레게 했던 활동은 없었던 것 같아요! 저를 한 단계 더 성장시키고, 값진 경험을 주신 LG글로벌챌린저, 감사합니다.

팀원 2. 강지호

2013년, 제대하고 처음으로, 그때 당시 19기를 모집하던 LG글로벌챌린저를 알게 되었다. 나는 죽었다 깨어나도 여기 합격하긴 힘들겠다고 생각했었다. 그런데 어느덧 21기 LG글로벌챌린저로서의 나의 활동이 막바지에 왔다. 'Impossible is Nothing'이라는 광고카피는 누가 만들었을까? 지금 내 기분이 딱 그렇다.

팀원 3. 공민지

얼떨결에 시작해서 너무 멋진 경험과 추억으로 남은 LG글로벌챌린저. 에너지프레소팀의 언니 오빠들이 없었다면 불가능했을 거에요! 우리 팀과 함께 LG글로벌챌린저 활동을 할 수 있었던 건 제게 큰 행운이었습니다. 함께한 언니 오빠들, 이런 기회를 주신 LG글로벌챌린저! 모두 감사드려요!

팀원 4. 박장우

많은 사람은 말합니다. 젊었을 때 하나에 몰두해 보라고. 하지만 하나에 몰두해본 경험이 많지 않으리라고 예상합니다. 저는 LG글로벌챌린저를 통해 대해 몰두해 본 것 같습니다. 지금 생각하면 프로그램에 몰두함으로써 나 자신이 성장하는 발판이 되었던 것 같습니다.

Know-how
사람이 힘이다!

1.
좋은 사람이
좋은 탐방을
만든다

탐방의 주제와 기획서, 보고서는 모두 중요하다. 하지만 이 모든 결과는 사람이 만든다. LG Global Challenger는 공식 일정만 6개월에 달하며, 해외를 함께 다녀와야 한다는 특성이 있다. 따라서 '누구와 함께할 것인가'는 매우 중요한 부분이며, 우리 팀 역시 초창기에 가장 심혈을 기울인 부분이다. 좋은 사람이 없다면 좋은 결과가 나오기도 어렵다. 우리가 여기까지 올 수 있었던 건 각자 치열히 고민하고 참여한 팀원들 덕분이다. 모든 것을 준비하기 전에 명심해야 할 점. '좋은 사람이 좋은 탐방을 만든다!'

2.
가까운 일상에
주목하기

우리는 주제를 선정하기 위해 많은 사물과 현상에 호기심을 접목해보았다. 수많은 기사와 책들을 살펴보았고, 그 과정에서 궁금증을 불러일으키는 사안들은 따로 메모해 모으기도 했다. 그러나 정작 그 답은 우리와 가장 가까운 장소, 카페에서 찾았다. 카페에서 회의하던 중 버려지는 커피 찌꺼기를 보고 그것이 어떻게 활용할 것인가 궁금해한 것이 우리 프로젝트의 시작이었다. 늘 바라보던 장면에 호기심을 하나를 더한 것이다. 만약 주제를 고민하고 있다면 멀리, 어려운 것을 살피기보다는 가까운 일상을 바라볼 것을 권한다. 일상 속에서 문득 궁금해지는 그 부분이야말로 모두가 공감할 수 있는 부분이니 말이다.

4드론 나가신다
불은 비켜라

팀명(학교) 4드론 (서강대학교)
팀원 남성현, 박경록, 서동찬, 현재훈
기간 2015년 8월 1일~2015년 8월 15일
장소 스페인, 네덜란드, 독일
1. 세비야 (세비야소방서 Seville Fire Department,
   훈타 데 안달루시아 junta de Andalucia, 세비야대학교 Universidad de Sevilla)
2. 암스트레담 (팔크 FALCK)
3. 라이덴 (스카이아이 Skeye)
4. 퀼른 (유럽항공안전기구 European Aviation Safety Agency)

선진 방재 시스템을 구축하는 데 있어서 국내 환경에 적합한 소방드론에 대한 논의는 반드시 진행되어야 하는 사항이다. 국내에서 소방드론은 골든타임 준수와 관련하여 신속성에 초점이 맞춰 도입되려는 시도가 있다. 그러나 위험한 일을 사람 대신 하는 안전성, 적은 비용으로 넓은 지역을 담당하는 효과성, 다양한 기기와 결합하여 응용이 가능한 확장성 등 소방드론은 가능성이 무궁하다. 이에 우리 4드론 팀은 '한국 여건에 적합한 소방드론의 도입', 더 나아가 '기술자립을 통한 소방드론의 질적 다양성 확대와 양적 확산'이라는 비전을 실현하기 위해 기술, 제도, 정책 분야의 국내외 전문가를 찾아 나섰다.

바르셀로나 to 바르셀로나

바르셀로나에서 세비야로 가는 비행기에서 있었던 일이다. 전날 탐방을 열심히 한 탓에 피곤한 몸을 비행기를 싣자마자 잠이 들었다. 그리고 깊은 잠을 자다가 일어났을 때 옆자리 여자가 나에게 "우리 바르셀로나에 도착했어." 이렇게 말을 했다. 나는 속으로 '예쁜 여성이 나한테 관심이 있나 보다'라고 생각하면서 내렸고 비행기 계단 앞에 있던 버스를 탔다. 그리고 아무 생각 없이 옆자리에 앉아있던 50대 중반의 아저씨에게 "세비야 날씨 생각보다 별로 안 덥네요"라고 하자 아저씨께서 "여기 바르셀로나인데?" 라고 하셨다. 그 아리따운 여성은 나에게 관심은커녕 말도 안 되는 1시간 동안 비행 후 회항한 사건에 대한 정보를 제공하고자 했던 것인데 혼자 착각하고 의심했던 것이었다. 그때를 생각하면 아직도 얼굴이 뜨겁다.

스페인 산림은 드론에게 맡긴다. 세비야 소방서와 Junta de Andalucía

여름철에 36도까지 온도가 치솟고 건조한 지역에서 산불관리는 어떻게 할까? 이 답을 우리에게 안겨줄 곳은 세비야 소방서(Seville Fire Department)와 안달루시아 지방의 지역 행정 단체인 훈타 데 안달루시아(Junta de Andalucía)였다. 훈타 데 안달루시아는 지역 행정의 여러 분야를 담당하는데 산불도 그들의 담당 영역 중 하나이다.

길거리에서, 비틀즈(앨범컷)처럼 네 명이 단체사진을 찍다!

　우리의 첫 탐방지인 만큼 설렘과 긴장감을 안고 길을 나섰다. 훈타 데 안달루시아 직원 분을 세비야 소방서에서 만나 뵙기로 했는데 '혹시 잊으셨으면 어쩌지.'부터 '스페인이니까 시에스타(낮잠) 시간은 아닐까.'라는 걱정까지 온갖 걱정이 머릿속을 파고들었다.

　하지만 예상과는 다르게 우리가 세비야 소방서에 들어서자 소방대장님인 안토니오(Antonio Fernandez) 씨가 우리를 반가운 미소와 격한 악수로 맞아주었다. 먼저 세비야 소방서의 경관을 둘러보았다. 화재진압용 소방차부터 수상구조용 보트까지 다양한 장비를 확인할 수 있었다. 그리고 마지막으로 우리가 기다리던 산불감시용 드론을 눈으로 확인할 수 있었다. 산불감시용 드론은 산림을 순찰하면서 화재로 의심되는 영상을 드론 스스로가 분석하여 소방관에 알려주는 역할을 한다. 이 드론은 우리가 상상하는 드론보다 훨씬 컸고 생김새는 비행기에 가까웠다. 이 크기라면 충분히 산의 강한 바람과 매서운 산불에 맞서서 감시할 수 있다는 것을 알 수 있었다.

챌린저 INTERVIEW

Junta de Andalucia 제이미

산불감지드론을 시범운영하셨는데요, 드론을 이용한 산불 감지가 가지는 장점이라면?

드론은 넓은 범위를 빠르게 정찰할 수 있습니다. 그뿐만 아니라 전송된 카메라 영상을 보며 눈으로 직접 산불 여부를 판독할 필요가 없습니다. 시간과 장소의 제약을 줄이고 자동으로 정찰하며 산불을 감지하는 것이죠. 사람의 눈으로 목격하여 신고가 들어왔을 때 산불은 이미 확산된 상태입니다. 하지만 드론을 이용하여 수시로 정찰할 경우 산불 발생 초기에 발견해 확산되기 전에 빠른 대처가 가능합니다. 산불 예방을 위해 투입되는 인적 자원과 비용도 절감할 수 있습니다.

한국에 소방드론을 도입한다면 현장에서는 어떤 준비가 필요할까요?

업무 현장에 소방드론이 새롭게 추가된다면 초기에 활용이 미숙할 뿐만 아니라 친숙하지 않아 충분한 활용가치를 얻을 수 없을 수도 있습니다. 신기술이 현장에 도입돼 정착하는 과도기를 줄이기 위해서는 완전한 상용화 전에 충분한 시범운행을 통해 출동 메뉴얼을 적절하게 변경하고 예상될 수 있는 문제점을 미리 파악해 사전에 관련 지침을 준비해놓아야 현장의 혼란을 피할 수 있습니다.

세비야대학교로 가면서 탔던 마차

소방드론 개발은 나에게 맡겨라, 세비야대학교 올레로 교수님

소방서를 방문한 다음 날 세비야대학교의 올레로(Anibal Ollero) 교수님 연구실을 방문하였다. 스페인 대학교들의 방학 시즌이어서 혹시 못 볼 수 있다는 각오를 하고 찾아갔는데 다행히 올레로 교수님께서 반갑게 맞이해 주셨다. 그리고 우리에게 본인의 연구를 서둘러 보여주고 싶으신 마음에 교수님사무실을 구경할 새도 없이 본인의 연구실로 우리를 이끌어 가셨다. 이곳에서 우리는 올레로 교수님은 산불감시드론부터 튜브드론, 물건을 집을 수 있는 집게가 있는 드론 등 온갖 종류의 안전과 관련된 연구를 하고 계셨다. 드론의 확장성이 무궁무진하므로 아이디어가 생기면 이를 실행에 옮겨 제작하신다고 하셨다. 정말 다양한 소방드론들을 보니 소방

교수님의 연구센터에서! '진짜 드론 많다!!!!'

박람회인지 교수님연구실인지 구분하기 어려울 정도였다. 그리고 이런 다양한 연구들을 바탕으로 한국의 환경에 적합한 기술과 한국만의 드론의 특성이 무엇이 좋을지 제안해 주셨다. 직접 다양한 드론들을 보여주고 만지게 해주시며 설명해주시니 빠르게 이해되었다.

모든 것을 스캔해주마 하늘의 눈, skeye

네덜란드 암스테르담(Amsterdam)에 도착해서 기차를 타고 1시간 30분가량 타고 가야 나오는 레이든(Leiden)이란 도시에서 30분가량의 시내버스, 5km를 도보로 걸어가야 만날 수 있는 곳이 스카이아이(Skeye)였다. 하지만, 누가 이곳까지 가는 게 힘들었냐고 묻는다면 자신 있게 NO라고 대답할 수 있다. 레이든까지 가는 길은 창가로 보이는 아름다운 풍경에 넋을 놓고 있었고 30분간에 시내버스는 레이든이라는 도시의 고즈넉함을 느낄 수 있었으며, 5km의 운하를 낀 마을을 걸을 때는 사람들의 여유를 느낄 수 있어서 너무나 행복했다.

이런 들뜬 마음을 안고 도착한 스카이아이는 슬램(Slam)기술이라는 영상 촬영한 것을 3D이미지화 시키는 연구를 하는 곳이다. 우리는 이 곳에서 내부침

투드론에 슬램 기술을 장착한 한국형 소방드론에 대한 의견을 물었다. 한국이 고층건물이 많은 특성상 구조를 위해 빠르게 스캔해야하는데 슬램 기술은 이를 원활하게 해주는 것이 가능하다는 답변을 들었다.

스카이아이가 레이든이라는 아름다운 소도시에 있는 이유는 드론을 시험 비행해야 하기 때문이라고 한다. 조금 심심할 수도 있지만 여유와 풍경이 있는 곳에서 일하는 사람을 부러워하는 마음을 가지며 돌아왔다.

드론은 사용해본 사람이 가장 잘 안다, FALCK

암스테르담(Amsterdam)에는 강남과 강북을 잇는 배가 5분 간격으로 무료로 운행된다. 팔크(FALCK)도 네덜란드 도심인 강남에서 배를 타고 들어간 강북에 있었다.

팔크는 전 세계에 지부를 갖고 암스테르담에 본사를 둔 종합소방컨설팅기관이다. 소방 관련 장비와 시스템들을 연구하여 각 국가에 조언을 하는 기관이다. 드론 역시 이 기관에서는 다양하게 사용하면서 시험해보고 있었다. 우리는 여기서 AED(제세동기) 드론을 확인하고 튜브드론의 미래에 대해 확인 할 수 있었다. AED드론은 드론에 AED를 실어 심정지 환자에게 빠르게 응급조치를 가능하게 한 기술이고 튜브드론의 미래는 LTE를 적용한 드론이 될 것이라는 의견을 들었다.

특히 팔크에서 좋았던 점은 드론을 실제 사용하는 기관이기 때문에 장점뿐 아니라 해결되어야 할 과제까지 동시에 들을 수 있었던 점이다. AED드론은 법적인 문제가 전제되어있고 LTE를 이용한 튜브드론은 기술적인 문제가 있다.

이를 통해 한국형 소방드론을 도입할 때 해결해야 할 문제의 우선순위를 정할 수 있었다.

챌린저 Tip

드론 | 드론은 사용목적과 크기, 형태에 따라 다양하다. 심현철 한국과학기술원(KAIST) 항공우주공학과 교수는 '사람이 탑승하지 않는 항공기'로 드론을 정의했다.

Slam | 심하게 손상 된 건물에서 생존자를 찾고 붕괴 우려가 있는 위험 지점을 찾는 등 3차원 지도를 생성하는 무인 항공기에 적용되는 기술이다.

탐방대원 후기

팀원 1. 박경록

의무 소방으로 군 복무를 하면서 화재 현장에서 함께 일하던 동기와 직원 분을 잃은 경험이 있습니다. 마음 한쪽에 깊이 새겨졌던 그때의 슬픔은 글로벌챌린저에 도전하는 계기가 되었습니다. '소방관의 순직을 최소화할 수 있는 선진 소방 시스템을 보고 오겠다'라는 일념으로 도전했습니다. 먼저 떠나간 동료들에게 부끄럽지 않게 최선을 다했습니다.

팀원 2. 남성현

네덜란드 암스테르담 근교에 레이든 이라는 작은 도시는 다른 세계였습니다. 물가의 아이들은 낯선 외지인이 부르자 서슴없이 웃으며 사진을 찍었고, 요트 위 아저씨는 길 가던 우리를 승선시켜 사진 찍게 해주었습니다. 치열했던 우리네 삶을 되돌아보며, 제 마음에 작은 시골을 새겼습니다.

팀원 3. 서동찬

대학생으로서 뜨겁게 국내외 현실에 대해 고민하고, 여러 권위자를 찾아 답을 얻어오는 경험을 할 수 있어 특별했습니다. 다양한 사람들과 소통하고, 반년에 걸쳐 팀워크를 시험해오며 모두 많이 배웠습니다. 더불어 아낌없이 도와주신 서강대학교 이양호 교수님을 비롯한 많은 분께 감사의 인사를 전합니다.

팀원 4. 현재훈

국내뿐만 아니라 해외의 ICT현장을 보고 올 수 있다는 기대로 가슴이 뛰었습니다. LG글로벌챌린저는 제게 의무 소방으로 복무하며 경험한 안타까운 사고들을 돌이키며, 제 관심사를 살려 조국의 국민 안전에 이바지할 수 있는 자랑스러운 기회였습니다.

Know-how
정보는 힘이다
아는 만큼 얻어낼 것이다

1.
**컨택 시
우리의 전문성을
드러내라**

다녀와서 탐방공유회를 가보면 느끼겠지만 많은 팀이 컨택에 어려움을 겪고 무작정 들어간다는 경우가 많다. 하지만 현지인의 입장에서 보면 잘 알지도 못하는 학생들이 인터뷰 하겠다고 찾아오면 시덥잖게 보는 것이 당연할 것이다. 그래서 몇 가지 노하우를 주자면 우선 학교 이메일을 이용하라. 학교에서 제공하는 이메일은 주소의 마지막이 ac.kr로 끝나게 된다. 이는 해외에 있는 사람들도 학교라고 인식을 하고 보다 신뢰를 하게 된다. 그리고 번역은 하지 못하더라도 탐방계획서 pdf를 함께 첨부하라. 어떤 언어인지는 모르지만, 탐방계획서를 보고 이 학생들이 나름대로 준비를 많이 했다는 걸 느낄 수 있다. 이 두 가지만으로도 컨택의 성공률을 높일 수 있다.

2.
**Linkedin을
활용하라**

한국에선 잘 알려지지 않지만, 해외에서는 이미 Linkedin이라는 사이트가 굉장히 인기를 끌고 있다. Linkedin이란 사이트는 이직이 잦은 외국 문화에 따라 생긴 사이트인데 본인들의 경력 연락처 등을 올리는 일종의 SNS이다. 담당기관을 찾고 Help@ooo.oo.oo라는 주소로 메일을 보냈지만 답이 없는 경우가 많은데 이 사이트를 이용하면 실제 담당자를 찾아 직접 개인 메일로 이메일을 보내기 때문에 빠른 답을 얻어낼 수 있다. 글챌대원이 사용하는 법은 간단하다. 기관 이름을 Linkedin에 쳐라!

PART 4

Economy 경제

농Beer천가 (서울대학교)

밥풀 (홍익대학교)

Ray Active (경희대학교)

벤처농장 (한동대학교)

농Beer천가 : 서울대학교

농업,
수제맥주와 만나다

팀명(학교) 농Beer천가 (서울대학교)
팀원 노정우, 윤재윤, 이지예, 주민지
기간 2015년 8월 1일~2015년 8월 14일
장소 미국
　　　　1. 샌디에고 (샌디에고 대학원 San Diego State University-College of Extended
　　　　　 Studies, 칼스트라우스 브루잉 컴퍼니 Karl Strauss Brewing Company)
　　　　　 포트 콜린스 (뉴벨지움 브루잉 컴퍼니 New Belgium Brewing Company)
　　　　　 볼더 (브루어리 협회 Brewers Association)
　　　　2. 뉴욕 (플랜비 팜 브루어리 Plan Bee Farm Brewery)
　　　　3. 보스톤 (새뮤얼 아담스 브루잉 컴퍼니 Samuel Adams Brewing Company,
　　　　　 하푼 브루어리 Harpoon Brewery)

고령화, 시장개방, 도 · 농 소득격차 심화로 무너져 가는 농촌경제를 살릴 방법은 무엇일까? 그간 농가소득을 개선하고 농촌사회를 유지하기 위해 이중가격제, 농업직불금 등 여러 정책이 시행되었지만, 이는 오히려 시장 질서를 왜곡하여 농민들이 생산성 향상을 위해 노력할 인센티브를 앗아가는 부작용을 가져왔다. 농가경제를 근본적으로 살릴 수 있는 방안이 필요하다. 이를 위해 우리는 '농촌형 마이크로 브루어리 사업'을 제안한다. 지난해 주세법 개정으로 소규모 맥주 제조자에 대한 법적 규제가 완화된 현시점에서 농촌에 속한 사업체가 그 지역의 특산물(1차 산업)을 첨가한 맥주를 개발 및 생산하고(2차 산업) 유통 · 판매 · 관광 상품화(3차 산업)한다면 농산물의 부가가치를 증대시켜 농가소득을 개선할 수 있기 때문이다. 농촌형 마이크로 브루어리 사업이 성공적으로 안착할 수 있도록 40여 년 전의 주세법 개정을 기점으로 꾸준히 성장해 온 미국의 크래프트 브루어리 사업을 탐방했다.

로컬 브루어리가 답이다!

샌디에고 크래프트 브루어리의 시초인 칼스트라우스 브루잉 컴퍼니(Karl Strauss Brewing Company)는 1989년에 설립된 이래 꾸준히 성장해 온 브루어리이다. 우리의 인터뷰 대상은 칼스트라우스의 마케팅 담당자이자 샌디에고 주립대학 크래프트 맥주 수업의 자문단이기도 한 앤드류(Andrew Wilde) 씨였다. 칼스트라우스에는 총 여덟 개의 지점이 있는데 앤드류 씨와의 인터뷰는 모든 지점에서 판매하는 맥주를 모두 맛볼 수 있는 테이스팅 룸에서 진행됐다. 우리는 무려 여섯 가지의 혁신적인 맥주를 맛보며 편안한 분위기에서 인터뷰할 수 있었다. 특히 신제품 R&D와 마케팅에 대해 자세히 들을 수 있었는데 우리의 예상과 달리 여덟 개의 지점에서 자유롭게 새로운 맥주를 소량만 실험해 보기 때문에 비용 부담이 그리 크지 않다

앤드류씨에게 선물 받은 맥주를 들고 함께 사진을 찍었다

앤드류 씨가 농Beer천가를 위한 맥주 테이스팅을 준비!

는 점이 가장 인상적이었다. 또한 여러 마케팅 수단 중 우리가 방문한 테이스
팅 룸을 예로 들면서 소비자들이 맥주를 만드는 과정을 관찰할 수 있고 다른
곳에서는 맛볼 수 없는 맥주를 맛볼 수 있다는 사실 때문에 테이스팅 룸을 즐
겨 찾는다고 알려주었다.

　실제로 우리가 인터뷰를 진행하는 한 시간 동안 영업일이 아니었음에도 세
팀의 손님들이 찾아왔다. 맥주잔까지 가져와서 문을 두드리는 사람들을 보고
우리가 신기해하자 앤드류 씨는 크래프트 브루어리를 선호하는 소비자들의 가
치관에 관해서도 설명해 주었다. 크래프트 브루어리는 처음부터 더 좋은, 더
다양한 맥주를 마시고 싶다는 수요에 따라 만들어진 것이기 때문에 소비자들
은 품질 좋고 신선한 크래프트 맥주에 몇 달러 더 소비하는 것을 아까워하지
않는다. 특히 칼스트라우스와 같이 지역에서 생산하는 농산물을 사용하면 신
선함을 보장할 수 있고, 대기업 맥주 회사에 비해 지역경제에 기여하는 바가
크기 때문에 더욱 환영받는다고 한다. 지역 특산물을 활용해 맥주를 생산하고
지역 내의 문화 및 관광자원과 연계하고자 하는 우리의 비전이 한층 밝아지는
것 같은 느낌을 받을 수 있었다.

　미국 중서부에 위치한 뉴벨지움 브루잉 컴퍼니(New Belgium Brewing
Company)는 미국 내 크래프트 브루어리 중 3위에 달하는 규모를 자랑한다. 규

272

모만 생각하면 우리가 흔히 생각할 수 있는 대기업과 다를 바가 없을 것 같지만, 실제로는 포트 콜린스 시에 기반을 둔 로컬 브루어리로서의 정체성을 지키며 지역 농업과 환경을 위해 많은 노력을 기울이고 있는 회사이다. 우리는 이곳의 자문단인 타마(Tamar Banner) 씨를 인터뷰하였다.

우리가 뉴벨지움 브루잉 컴퍼니에서 가장 주목했던 것은 지역 농민과의 계약재배 및 다른 마이크로 브루어리들과의 협력이었다. 뉴벨지움 브루잉 컴퍼니에서는 홉 수확 3년 전 농민들과 계약을 맺어 농가소득을 안정화하고, 지속할 수 있는 농촌을 위해 환경 및 생물 다양성을 보호하고 젊은 농부들을 격려하고 있다. 원래 우리의 생각은 농민이나 협동조합이 직접 마이크로 브루어리를 운영해야 한다고 생각했었는데, 이번 인터뷰에서 브루어리는 다른 주체가 운영하더라도 지역 농민들과 계약재배를 맺으면 경영 전문성을 높이면서도 농촌경제에 기여할 수 있음을 배울 수 있었다. 또한 지역 내외 브루어리들과의 정기적인 만남을 통해서 정보를 공유하고 협력하는 모습에서 마이크로 브루어리는 경쟁자가 아닌 동반자로서 산업을 발전시켜야 한다는 사실을 깨달았다.

지역 농업과 연계된 브루어리들에 팜 브루어리(Farm Brewery) 자격증을 발행하고 있는 뉴욕 주에서 우리가 인터뷰한 곳은 비콘(Beacon)시에 위치한 플랜

타임스퀘어
전광판에 나온 우리의 영상

비 팜 브루어리(Plan Bee Farm Brewery)이다. 이곳은 왓슨(Watson) 부부가 직접 농사를 지으며 양조장을 운영하는, 초기 우리 팀이 구상한 모델에 가장 가까운 형태로 운영되고 있는 곳이다. 그런데 인터뷰를 하기로 한 날 왓슨 부부에게 갑작스러운 일이 생겨서 만날 수 없었고 아쉽게도 이메일 답변으로 인터뷰를 갈음하게 되었다. 이곳은 이름(Bee)에서 알 수 있듯 벌꿀 맥주가 유명한데 그 외에도 계절별로 직접 기른 허브나 과일을 첨가하여 신제품 개발에 힘쓰고 있으며, 첨가물 외에도 기본재료인 맥아, 홉, 효모마저 뉴욕 지역 내에서 조달하여 허드슨 밸리(Hudson Valley) 내 팜 브루어리의 대표주자로 인정받고 있다. 플랜 비 팜 브루어리는 '농업', '농촌' 하면 생각나는 이미지와 달리 세련된 홈페이지와 마케팅 기술을 선보여 우리의 농촌형 마이크로 브루어리 사업 구상에 많은 도움을 주었다.

챌린저 Tip

마이크로 브루어리(Microbrewery) ┃ 마이크로 브루어리란 대규모 맥주 회사와 상반되는 용어로서 자체 맥주 제조설비를 갖추어 맥아, 호프, 효모 등의 원료와 고유의 제조방법으로 맥주를 만드는 소규모 제조장을 의미한다. 주세법상의 소규모 맥주 제조자를 위한 세제 혜택을 받을 수 있는 기준은 연간 생산량 3,000㎘ 이하이다.

크래프트 브루어리(Craft Brewery) ┃ 미국의 마이크로 브루어리는 크래프트 브루어리(Craft Brewery)로 통칭되고 있는데, 이는 1980년대 초 미국에서 홈 브루잉(Home Brewing) 합법화로 마이크로 브루어리가 급증하던 시기에 미국양조협회(ABA; American Brewers Association)에서 정의하여 세계적으로 통용되고 있는 개념이다. 크래프트 브루어리는 연간 생산량이 600만 배럴 이하이고(Small), 외부 자본 비율이 25% 미만이며(Independent), 대기업과 차별화된 올몰트(All-Malt) 비어의 비중이 높은(Traditional) 맥주를 생산하는 브루어리를 지칭하며, '혁신(Innovation)'을 중심 가치로 삼는다.

계약 재배 ┃ 생산물을 일정한 조건으로 인수한다는 계약을 맺고 농산물을 재배하는 일

Farm Brewery ┃ 뉴욕 주에서 생산되었다는 인증을 받은 맥주를 생산하거나, 보관하거나, 판매하는 뉴욕주 내의 농가를 말한다. 이외에 농가가 아니더라도 모든 재료의 20% 이상을 뉴욕 주 내에서 조달하여 맥주를 제조하거나 보관하거나 판매하면 Farm Brewery로 인정받을 수 있다.

챌린저 INTERVIEW

New Belgium Brewing Company 타마

사업에서 농가와 홉을 계약 재배하는 이유는 무엇인가요?

우선은 농부를 위해서입니다. 계약 재배는 농부에게 일정한 소득을 보장해주는 수단입니다. 그리고 이는 우리를 위해서도 필요합니다. 홉은 농산물이기 때문에 생산의 변동성이 클 뿐만 아니라 미국에서는 많은 홉을 생산하고 있지 않습니다. 그래서 우리는 농부와 3년 전에 홉을 계약하지 않으면 안정적으로 맥주를 생산할 수가 없습니다. 따라서 홉을 계약 재배하는 것은 농부를 위해서도 우리 회사를 위해서도 중요합니다.

뉴벨지움 브루잉 컴퍼니가 성공할 수 있었던 원인은 무엇일까요?

첫 번째는 품질입니다. 우리는 절대로 그 무엇과도 품질을 타협하지 않습니다. 두 번째는 직원입니다. 우리는 재능 있는 사람들을 고용하고, 그들은 좋은 아이디어를 가지고 사업을 발전시킵니다. 이들이 우리 회사의 자산이라고 할 수 있습니다. 마지막은 주변의 다양한 크래프트 브루어리들로부터 받는 긍정적인 영향입니다. 우리는 그들에게 자극을 받기도 하지만 근본적으로는 서로 협력하면서 정보를 공유합니다. 미국의 크래프트 브루어리는 서로 경쟁자가 아니라 동반자로서 맥주 산업에서 성장하기를 바랍니다. 소비자가 크래프트 브루어리에 대해서 생각할 때도 다양한 크래프트 브루어리가 공존하는 것이 더욱 좋을 것이고, 우리도 다른 브루어리들을 보면서 많은 점을 배울 수 있습니다.

친절하게 인터뷰를 해주신 타마 씨와 함께!

College of Extended Studies, 맥주수업을 진행해주신 마이클 씨와 함께!

크래프트 브루어리 산업의 든든한 지원자, San Diego State University의 College of Extended Studies와 Brewers Association

우리가 목표로 하는 것은 개별 농촌형 마이크로 브루어리의 성공이 아니라 이 것이 하나의 산업으로 자리 잡아 전국의 농촌경제에 이바지하고, '한국형 맥주' 를 농업, 농촌과 연계하여 포지셔닝하는 것이다. 따라서 개별 브루어리가 아 닌 크래프트 브루어리 산업 전체를 돕는 역할을 하고 있는 교육기관인 샌디에 고 주립대학 College of Extended Studies(CES)와 Brewers Association(BA)를 탐방 하였다.

CES는 '평생교육'을 목적으로 다양한 분야에 대한 강좌, 세미나, 학위 프로 그램을 제공한다. 2013년에 크래프트 브루어리 붐이라는 트렌드를 반영하여 크래프트 맥주사업 전문 수료 과정(Professional Certificate in the Business of Craft Beer)을 개설했다. 우리는 CES의 프로그램 관리자인 지아나(Giana Rodriguez) 씨와 프로그램 조정자인 에본(Evon Yousif) 씨로부터 크래프트 맥주 산업에 대 한 깊은 지식을 가진 인력 양성의 중요성과 농촌형 마이크로 브루어리 사업 에 적용할 방안에 대해 배웠다. 또한 마이클(Michael Peacock) 씨가 진행하는 Draught(발효된 술을 통에서 따라내는 과정) 수업에 직접 참관하여 강사와 학 생들을 인터뷰할 수 있었다. 대학생이 아니어도 수제맥주를 사랑하는 사람,

276

브루잉에 관심이 많은 사람, 언젠가는 직접 브루어리를 운영하고 싶은 사람들이라면 모두 수업에 등록할 수 있다. 실제로 우리가 수업 참관을 했을 때 현직 우체부가 수업을 듣고 있었다. 그는 나중의 자신의 꿈인 크래프트 브루어리를 개업하기 위해서 퇴근 후에 수업을 듣고 있다고 말했다. 전문 인력을 양성하는 교육기관의 중요성을 다시 한 번 깨닫게 되었다.

BA는 미국 내 브루어(brewer, 브루어리 운영자)를 위해 만들어진 비영리 동업조합이다. 2014년 12월을 기준으로 미국 전체 브루어의 74%인 2,447개가 BA에 가입한 상태이며, 브루어리 관계자 외에도 유통자, 소매업자, 제휴사업자, 일반 개인 등 6,764명의 다양한 구성원이 활동하고 있다. 우리는 이곳에서 크래프트 맥주 산업의 경제적 효과를 분석하고 관련 칼럼을 기고하는 수석 경제학자인 바트(Bart Watson) 씨를 만나 크래프트 맥주 산업의 특성과 BA의 역할에 대해 배우고 우리의 사업모델에 대한 조언을 들었다. 그는 크래프트 브루어리들에게는 힘을 합쳐 맥주 시장에서의 점유율을 함께 높여나가는 것이 중요한 과제이고 따라서 BA는 특정 브루어리의 홍보나 마케팅을 돕기보다는 산업 전체가 성장할 수 있도록 제도 및 환경을 정비하고 소비자 인식을 개선하는 것이 중요하다고 했다. 현대소비자들은 '가치'에 대해 '프리미엄'을 제공하기 때문에 크래프트 맥주가 환경, 농업, 지역사회에 기여하는 바에 대해 홍보하는 것이 굉장히 중요하다고 강조했다. 우리나라 농촌형 마이크로 브루어리의 발전을 위해서도 BA처럼 마이크로 브루어리를 하나로 묶어주고 산업 성장을 도와줄 수 있는 기관의 체계적인 운영이 필요하다는 것을 느꼈다.

샌디에고 대학교, 수업참관을 마친 후에 학교 잔디밭에서 자유 시간을 즐기는 농Beer천가

혁신적인 맥주개발과 마케팅의 강자!

Samuel Adams Brewery & Harpoon Brewery

미국으로 탐방을 오기 전 국내에 있는 농촌형 마이크로 브루어리 몇 곳을 방문했었다. 그곳에서 발견한 가장 큰 문제점은 바로 맥주 개발 미흡과 마케팅의 부족이었다. 우리는 다양한 맥주 개발방법과 마케팅 전략을 배워오기 위해서 보스턴에 있는 두 브루어리로 브루어리 투어를 떠났다.

사뮤엘 아담스(Samuel Adams)는 보스턴 라거(Boston Beer Company)에서 생산되는 맥주의 이름이다. 이 브루어리의 여러 지점 중 보스턴 지점의 사뮤엘 아담스 브루어리(Samuel Adams Brewery)는 창의적이고 혁신적인 맥주를 생산하고 개발하는 것으로 유명하다. 트레이드마크인 보스턴 라거부터 계절별로 즐길 수 있는 시즈널 비어(Seasonal Beer), 창의성을 가지고 소량만 생산되는 소규모 제조 맥주(Small Batch Beers) 등 다양한 종류의 맥주를 생산하고 있다. 또한 매년 'longshot american homebrew' 콘테스트를 여는데, 이 대회에서는 홈 브루잉을 하는 사람의 맥주를 평가해서 시상한다. 수상을 한 일부 맥주는 재발전시킨 후 상품화 과정을 통해 실제 사뮤엘 아담스의 맥주로 판매하는 등 혁신적인 방법으로 맥주를 개발하고 있다. 우리는 이곳에서 브루어리 투어에 참여했다. 아침 10시에 시작하는 투어였는데도 약 20여 명의 사람들이 투어에 참여하기 위해 모였다. 미국인들의 크래프트 비어에 대한 지대한 관심을 느낄 수 있

Samuel Adams 브루어리 투어 진행자분과 함께!

었다. 투어에서는 맥주 생산에 필요한 원료부터 맥주 시설 설비에 관한 자세한 설명을 들을 수 있었고, 직접 여러 종류의 맥주를 시음해 볼 수 있었다.

하푼 브루어리(Harpoon Brewery)는 1987년도에 설립되어 현재 메사추세츠 주의 보스턴과 버몬트 주의 윈저, 2곳에서 브루어리를 운영하고 있다. 하푼 브루어리의 가장 큰 강점은 마케팅에 있다. 브루어리 투어뿐만 아니라 맥주와 관련된 다양한 축제와 이벤트를 통해서 자신들의 맥주를 홍보한다. 가장 유명한 축제로는 'Harpoon Octoberfest'가 있다. 축제에서는 맥주 시음, 독일 음식 먹기, 댄스파티, 간단한 게임 등을 체험할 수 있다. 우리는 이곳에서 브루어리 투어에 참여했고 함께 투어에 참여한 시민들과 이야기를 나눌 수 있었다. 맥주에 대한 이야기를 나누니 행복해하는 그들의 모습에서 미국에서 맥주가 하나의 문화로 자리 잡았다는 생각이 들었다. 농촌형 마이크로 브루어리를 위한 다양한 발전 방향에 대해서 생각해볼 수 있었던 뜻깊은 시간이었다.

| EPISODE |

뉴욕 브로드웨이 한복판에서 우리의 아픈 역사를 마주하다

뉴욕 오프브로드웨이에서 일본군 위안부의 참상을 그린 창작뮤지컬 '컴포트우먼(Comfort Women)'을 관람했다. 뮤지컬의 주인공인 고은이 일본에서 취업할 수 있다고 한 말에 속아서 일본에서 '위안부' 생활을 하는 가운데 한반도 출신의 일본 군인의 협력을 받아 동료들과 함께 탈출을 시도하는 것이 뮤지컬의 대략적인 줄거리이다. 비록 우리의 언어가 아닌, 영어로 진행된 뮤지컬이었지만 배우들의 표정, 목소리, 몸짓 하나하나에서 그들이 표현하고자 하는 감정, 아픔들을 그대로 느낄 수 있었기에 마음 한편이 아렸다. 그러나 한편으로는 뮤지컬을 통해서 세계인들에게 올바른 정보를 제공하여 잘못된 역사를 바로잡을 수 있는 계기가 될 수 있을 것 같아서 뿌듯했다. 뮤지컬을 본 후에는 관계자분들의 도움으로 배우들과 감독님을 만날 수 있었다. 머나먼 타지에서 우리의 아픈 역사에 대해서 다시 한 번 생각해볼 수 있었던 의미 있는 시간이었다.

극장 앞에 놓여있던 소녀상

탐방대원 후기

팀원 1. 주민지

혼자였으면 못해냈을 일들을 넷이었기에 해낼 수 있었다고 생각합니다. 고생한 우리 팀원들에게 고맙다는 말을 꼭 해주고 싶습니다. 앞으로 살면서 종종 2015년. 여름. 미국에서의 2주를 떠올릴 것 같습니다. 행복한 기억으로!

팀원 2. 노정우

미국 탐방을 통해 세 가지를 얻었습니다. 미국 음식으로부터 '살'을 얻어 행복한 돼지가 되었고, 함께 지낸 오빠, 언니들로부터 분에 넘치는 '사랑'을 받았습니다. 그리고 스스로 하나의 주제에 대해 깊게 파고들어 분석하는 과정에서 '열정'을 느낄 수 있었습니다. 잊지 않겠습니다. 정말 행복했습니다!

팀원 3. 윤재윤

'enthusiasm'. 열정이란 뜻의 이 단어는 라틴어 어근에서 살펴보면 '내 안에 신이 있다'라는 뜻을 담고 있다고 합니다. 치열하게 준비하고 멋지게 성공했던 과정에서 우리는 그 뜨거운 열정을 몸소 느낄 수 있었습니다. 새로운 풍경을 보는 데에 급급했던 여행이 아닌, 새로운 눈을 가질 수 있었던 이번 탐방은 앞으로 제 꿈을 이루기 위한 초석이 될 것입니다!

팀원 4. 이지예

미국에서의 탐방은 하루하루가 설렘의 연속이었지만 가장 마음에 남는 건 가족보다, 애인보다 자주 만난 농Beer천가 팀원들입니다. 6개월이 넘는 긴 시간 동안 '농촌형 마이크로 브루어리를 통한 농가소득 증진'이라는 같은 비전을 품고서 동고동락할 수 있어 행복했습니다. 평생 함께할 친구들을 만나 소중한 추억을 쌓게 해준 LG글로벌챌린저에 감사드립니다.

Know-how
사랑하자

**1.
정말 관심 있고
좋아하는 주제를
선정하라**

요즘 우리 사회의 20대는 3포 세대, 88만원 세대라고 불릴 정도로 힘든 시기를 보내고 있다. 우리에게 실패는 곧 도태를 의미하므로 실패를 두려워한다. 그러나 LG글로벌챌린저는 다르다. 그들은 우리에게 합법적으로 실패할 기회를 준다고 말한다. 그래 맞다! 20대는 도전하고 넘어져 가면서 배우는 것이다.

실패를 두려워 하지마라. 주제를 선정할 때 관심이 없는데도 합격할 것 같은 주제를 고르는 것이 아니라 정말 관심 있고 내가 사랑할 수 있는 주제를 고르기를 바란다. '남들은 과연 맥주라는 주제로 합격할 수 있을까'하는 의심의 눈길을 보냈지만, 우리는 우리가 좋아하기에 이 주제를 선정했다. 좋아하는 주제를 선정했기에 미국에서도 즐기면서 행복한 탐방을 할 수 있었다.

**2.
배려하고
이해하자**

탐방을 떠나기 전 팀원들끼리 혹시라도 탐방을 떠나서 다툴 것을 대비해서 '화해의 노래'를 만들었다. 물론 그때는 웃자고 한 말이었다. 그런데 실제로 탐방을 떠나니 화해의 노래가 아니라 화해의 춤이라도 춰야 할 지경이었다. 하루에 6~7시간을 걸어 다니는 강행군 속에서 팀원들의 체력은 바닥으로 떨어졌고 그만큼 신경은 날카로워졌다. 그리고 우리는 이를 해결하기 위한 가장 어렵고도 쉬운 방법을 찾았다. 바로 서로 배려하고 이해하는 것이다. 화해의 노래나 춤보다도 한 번만 더 참고 배려한다면 행복하고 즐거운 탐방이 될 수 있을 것이다. 팁을 하나 더 주자면 우리 팀의 청일점 윤재윤 팀원은 항상 초콜릿을 챙겨다녔다. 이 초콜릿은 체력이 떨어진 팀원들에게 소중한 에너지원이 되었다.

밥풀 : 홍익대학교

착한 비즈니스를 위한 BOP 비즈니스 플랫폼

팀명(학교) 밥풀 (홍익대학교)
팀원   김선미, 유형규, 조서희, 표동열
기간   2015년 7월 22일~2015년 8월 4일
장소: **페루, 칠레**
         1. 리마 (유니레버 페루 Unilever Peru,
            네스티 NESst Nonprofit Enterprise and Self-Sustainablility Team)
         2. 찬차마요 (찬차마요 시청 Ayuntamiento de Chanchamayo)
         3. 산티아고 (UN 중남미 경제 위원회 The Economic Commission for Latin America
            and the Caribbean, ECLAC)

많은 사람은 빈곤층이 정상적인 사업의 대상이 될 수 없다고 생각한다. 그러나 빈곤층과 기업이 함께 성장하는 새로운 비즈니스 모델인 BOP 비즈니스에서 빈곤층은 소비자임과 동시에 생산자, 경영자가 되어 기업의 가치사슬에 참여한다. BOP 비즈니스로 빈곤층의 니즈가 충족됨과 동시에 빈곤층은 자발적으로 경제활동에 참여해 소득수준을 높인다. 이를 통해 빈곤 문제의 근본적 해결이 가능하다. 하지만 BOP 비즈니스엔 제약요인이 많다. 사업의 대상이 개도국이기 때문에 시장의 정보가 부족하고 사회기반 시설이 미비하며 금융 서비스 이용이 제한된다. 따라서 이를 극복하기 위한 NGO-현지 정부-기업과의 협력이 무조건 필요하다. 이는 우리가 "BOP 비즈니스 플랫폼"을 만들고자 하는 이유이며, 우리는 플랫폼을 만들기 위해 BOP 비즈니스의 현장, 정부의 정책적 지원과정, NGO-정부-기업과의 협력 메커니즘을 연구한다. 이 모든 과정을 살펴보기 위해 우리는 남미 대륙에 도전장을 내밀었다.

BOP 비즈니스로 브랜드 가치를 창출해내고 있는 Unilever

전 세계적으로 BOP 비즈니스를 성공적으로 수행하고 있는 유니레버를 탐방하기 위해 페루 리마에 도착했다. 유니레버는 세계적인 생활용품 기업으로, 비즈니스 규모를 두 배로 확장하면서도 환경에 미치는 영향은 줄이고 사회에 긍정적인 영향을 주는 Sustainable Living Plan을 실천하고 있다. 이는 회사와 지역사회 모두를 성장시키는 BOP 비즈니스 모델이다.

우리는 유니레버의 HR팀 SLP 담당자 에리카(Erika Guanilo), 영업팀 SLP 담당자 마이클(Michael Lasso) 씨와 만나 페루의 BOP 비즈니스를 살펴보았다. 에리카 씨는 '페루 유니레버는 모든 상품을 수입하여 판매하기 때문에 상품 판매에 집중한다.'고 했다. 이를 위한 유통채널은 두 가지가 있다. 직접 채널(Direct Channel)은 보통 우리가 알고 있는 큰 슈퍼마켓에 판매하는 유통채널인 반면, 전통적인 채널(Traditional Channel)은 보데가(Bodega)에 상품을 유통하는 것이다. 보데가는 소규모 가게(구멍가게)로 빈곤층 가정은 가계에 보탬이 되고자 보데가를 운영한다. 보데가에서 판매되는 상품은 빈곤층도 구매할 수 있는 저가격 소포장 제품들이다. 대표적으로 샤쳇이 있다. 유니레버는 보데가에게 직

유니레버,
선물받은 샤쳇을 들고
에리카, 마이클 씨와 함께

접 상품을 판매하지 않고 여러 보데가를 관리하는 중간 상인에게 상품을 전달한다. 보데가 주인, 중간 상인 모두 빈곤층이다.

보데가 마케팅 전문가인 마이클은 보데가를 통해 제품의 판매 · 보급 · 운영의 과정에서 빈곤층을 참여시켜 판매자, 운영자로서의 해야 할 역할을 할 수 있도록 해주었다. 보데가를 통해 빈곤층의 니즈를 충족시킨 것은 물론, 유니레버는 보데가로 자사 제품의 유통망을 페루 전역으로 확대했고, 빈곤층은 자립기반을 형성할 수 있었다.

에리카, 마이클 씨와 이야기하면 할수록 유니레버의 모든 사업은 BOP 비즈니스와 관련되어 있다는 생각이 들었다. 에리카 씨는 "유니레버가 BOP 사업 전략을 추진하는 이유는 결국 빈곤층의 자립이 사업의 지속가능성과 연관이 있기 때문"이라고 했다. 그들을 위한 노력은 모두 회사의 성장과 브랜드 가치로 되돌아온다. 첫 탐방부터 '글로벌 착한 기업 유니레버'를 방문하면서 글로만 보았던 BOP 비즈니스를 간접적으로 느낄 수 있었다. 인터뷰를 끝내고 보데가에서 판매하는 샴푸인 샤쳇까지 선물 받은 우리는 기쁜 마음으로 다음 인터뷰 장소로 향했다.

챌린저 Tip

BOP(Bottom of Pyramid) I 소득 피라미드의 하부를 이루고 있는 계층으로 1인당 연간 소득 3,000달러 미만으로 생활하는 경제적 빈곤층을 말한다.

BOP 비즈니스 I BOP 계층을 원조의 대상이 아니라 미래의 잠재시장으로 간주하여 이들에게 필요한 제품이나 서비스를 기존 시장과는 다른 방법으로 제공함으로써 기업은 수익을 확보하고 아울러 빈곤층의 후생 수준도 높이는 비즈니스이다.

혁신적 네트워크의 구축으로 민간형 비즈니스 플랫폼을 운영하는, NESsT

네스티(NESsT)는 Nonprofit Enterprise and Self-Sustainablility Team이란 이름에서 알 수 있듯이 지역사회에 도움을 주는 사회적 기업의 컨설팅, 투자 및 자금 지원을 해주는 곳이다. 우리는 네스티의 컨설팅부서 전문 컨설턴트 이사벨(Isabel Castillo) 씨와 페루에서 본 가장 잘생긴 남자, 변호사 오마르(Omar Angulo Arce) 씨를 만났다. LG글로벌챌린저로 우리를 소개하면서 페루의 LG에 관해 물었다. 페루에서 LG 제품을 많이 보아 궁금했기 때문이다. 오마르 씨는 LG 제품이 좋은 품질을 지녔다고 말하며 페루 LG는 근무환경도 좋다고 했다. 근무환경이 좋은 것은 '전 여자친구'가 LG에 다녀서 안다고. 유머러스한 폭로로 즐거운 분위기에서 인터뷰를 시작할 수 있었다.

이사벨 씨는 우리의 탐방 목적을 듣고 실제로 여러 기업을 지원하면서 BOP 비즈니스 플랫폼과 같은 기구가 필요하다 말했다. 민간 기업이 페루와 남미 전체의 경제에 긍정적인 역할을 할 수 있다고 믿으며, 네스티는 그들이 성공적으로 비즈니스를 수행하기 위한 가교 역할을 하고 있다고 말하였다. 다만 네스티는 비즈니스를 통해 수익을 얻는 동시에 사회적 이윤을 추구하는 기업들만을 지원한다. 페루 정부, 시민사회, NGO 등과 적극적 네트워크를 구축하고 있는 네스티는 다양한 주체들 간의 파트너십과 이를 통한 네트워크가 중요하다고 강조했다. 실제로 시골 지역에서 신생아 황달을 효과적으로 치료하는 기계, 네오레드(NEOLED)를 개발한 인헤니메드(Ingenimed)는 넓은 네트워크를 구축하고 있는 네스티를 통해 이 기계를 팔아줄 판매자를 찾을 수 있었다.

NESsT, 이사벨, 오마르 씨와 함께

이외에도 우리는 네스티가 해온 다양한 사업들을 소개받았다. 쉽게 설치 가능한 간이 화장실로 리마의 위생문제를 해결하는 X-runner, 퀴노아의 국제 품질 기준을 맞출 수 없어 퀴노아 농작을 포기할 수밖에 없었던 소작농들을 위해 합리적인 가격의 농업 기계를 생산한 RITEC, 가내수공업자들을 위한 고용 에이전시인 AGTR 등 네스티는 페루에 있는 다양한 사업 기회가 성공할 수 있도록 도왔다. 우리는 수익을 얻으면서도 사회적 가치를 추구한 기업들의 시장 진출을 돕는 네스티를 보면서 BOP 비즈니스 플랫폼의 역할을 다시 한 번 깊게 느꼈다.

BOP 계층의 가능성을 확인한 찬차마요 워크숍

우리 팀은 BOP 비즈니스를 하기 위해선 BOP에 대한 이해가 최우선이라고 생각했다. BOP에 대한 진정한 이해를 위해서는 모든 편견을 버리고 제로베이스 관점(Zero-Based view)에서 시작해야 한다. 이에 우리는 '빈곤층은 냉장고가 가장 필요할 거야'와 같이 외부에서 바라본 니즈가 아닌 그들의 진정한 니즈 파악을 위해 워크숍을 기획했다.

우리는 워크숍을 위해 산 라몬(San Ramon) 시청 건물을 빌리고, '나의 찬차마요 이야기(Mi Historia de Chanchamayo)'가 적힌 멋진 디자인의 현수막을 걸어

찬차마요 워크숍,
찬차마요의 여러 니즈들을
검토 중인 시민들

놓고, 한국 과자와 사탕 그리고 소정의 선물들을 준비했다. 최대한 친한 사람들끼리 같은 그룹에 있지 않게 그룹을 나눴고 남녀 성비, 연령대를 적절히 섞어 앉혔다. 산라몬은 찬차마요를 이루고 있는 4개의 구역 중 하나로 주민의 대부분이 BOP 계층이며 80%가 커피농업에 종사하고 있다. 이곳은 서울시청이 상수도 개발협력을 하고 있으며, KOICA가 보건의료사업을 펼치고 있는 곳이기도 하다. BOP 계층이 주민의 대부분을 차지하는 이곳은, 한국과 특별히 인연이 많다.

워크숍을 진행하기 전 '서로 얼굴 그려주기'란 간단한 게임으로 참가자들이 긴장을 풀고 친해지도록 유도했다. 또한, 가치분석게임으로 현지 주민들의 소중한 가치를 자연스럽게 알아보는 시간을 가졌다. 가치분석게임은 여러 가지 질문에 대한 답을 쓰고 그것을 참가자들끼리 서로 이야기하며 공유하는 것이다. 그 후 우리는 '불만족 게임'을 통해 현지 주민들이 느끼고 있는 지역 사회의 문제점을 자유롭게 토론했다. 또한 여기서 나온 문제점들은 '나는 기업가다' 게임을 통해 사업 기회로 바꿀 수 있도록 제안하게 했다. '나는 기업가다' 게임은 $300가 주어진다면 불만족게임에서 제기된 문제들을 어떻게 해결할지 사업계획서를 써보는 것이다. 우리는 사업계획서를 통해 어떤 자원이 이용 가능한지, 무엇이 실현 가능한지 그리고 빈곤층 스스로 문제를 해결할 수 있는 주체임을 상기시켰다.

우리는 워크숍 중간에 상품이 걸린 게임을 진행했고 마지막엔 K-POP 춤(EXID의 위아래)을 공연하며 함께 추었다. 처음엔 무뚝뚝한 얼굴로 앉아있던 시민들은 워크숍이 진행되면서 적극적으로 변했다. 워크숍이 끝난 후 우리는 연예인이 된 마냥 플래시 세례를 받았다. 주민 16명, 찬차마요 보좌관, 시의원 그리고 우리를 취재한 산 라몬 지역 방송 기자까지 함께 한 워크숍은 성황리에 막을 내렸다. 밤새워 워크숍을 준비하고 우렁차게 우는 닭들 때문에 한숨도 자지 못했지만, 전혀 피곤함을 느낄 수 없었다. 몸과 마음이 모두 뜨거워지는 워크숍이었다.

BOP에 대한 선입견을 버릴 수 있었던
찬차마요 가정방문

찬차마요 가정방문, 신나는 댄싱타임

가정방문은 BOP 계층의 생활방식과 소비패턴, 가치관을 알아보기 위해 계획했다. 우리는 워크숍에 참가했던 베라운(Teofilo Santos Pizarro Porras Beraun) 씨의 집에 방문했다. 베라운 가족이 살고 있는 찬차마요는 페루의 시골로 가난한 동네이다. 물론 베라운 씨도 찬차마요의 BOP 계층이다. 그의 가족이 정성스레 준비한 점심을 먹고 다양한 이야기를 나누었다. 베라운 씨는 트럭으로 질 좋은 생선을 가져다 파는 일을 하고 있고, 슬하에 2남 2녀를 두고 있다. 부족한 살림에도 교육열이 높아 아직 어린 막내를 제외하고 모두 리마의 대학에 보냈다고 했다. 베라운 가족은 냉장고보단 텔레비전을 소유하고 있었다. 일반적으로 더운 날씨에 살기 때문에 텔레비전보다 냉장고를 먼저 살 것이라 여겨진다. 하지만 그들은 그날 먹을 것은 그날 조달하는 생활에 익숙하다. 오히려 춤을 좋아해 오락을 위한 텔레비전과 DVD 플레이어를 더 선호했다. BOP 계층에게 휴대전화는 사치라고 생각될지 모르지만 베라운 가족은 모두 휴대전화를 가지고 있었다. 그들은 우리가 보기엔 많은 것이 부족한 시골에 살지만 그 부족함을 느끼지 못하고 있다. 우린 가정방문으로 BOP 계층은 현지에서 보고 느끼고 파악한 대로 이해해야 함을 깨달았다.

식사 후 한국 문화와 페루 문화를 교류하는 시간을 가졌다. 바로 K-POP과 페루 춤을 바꿔 추는 것이다! 위아래의 뮤직비디오와 남미 춤 동영상을 재생하고 모두 일어났다. 중독성 강한 '위아래' 노래에 베라운 가족은 모두 빠져들었으며 우리는 격렬한 살사 스텝에 정신이 혼미해졌다.

각 주체 간 협력 메커니즘이 잘 이뤄지고 있는 찬차마요 시청

이번 탐방으로 제일 만나고 싶었던 단 한 사람을 꼽으라면 바로 정흥원 시장님이다. 우리나라로 따지면 서울시 시장이 외국인인 것인데, 어찌 대단하지 않을 수 있을까. 정흥원 시장님은 시장직을 수행하기 전 많은 빈민들을 도우며 빈민의 대부로 불렸고, 시장직을 수행하면서도 BOP 비즈니스 관련 정책을 다수 수행하여 빈곤 감소에 힘쓰고 있다. 우리가 찬차마요에 방문한 날은 하필 페루의 가장 큰 명절 독립기념일이었다. 시청이 쉬는 날인 것이다. 찬차마요 시청을 방문하지 못할 수도 있다는 생각에 너무 아쉬워하는 찰나, 정흥원 시장님이 직접 시청 문을 열고 우리를 초대해 주었다. 정흥원 시장님은 찬차마요와 한국의 여러 기관, 기업과 많은 협력 사업을 이뤄냈다. 실제로 찬차마요시에는 서울시, 전라남도 교육청, 코이카, 한솥 등 여러 주체와의 협력 사업이 많이 이루어지고 있었다. 정흥원 시장님은 빈곤층을 위한 지원 정책에 관해 풍부한 경험을 바탕으로 여러 조언을 해주었고 이를 통해 우리는 빈곤층이 자립하기 위해서 현지 정부의 정책 지원이 필수적임을 깨달았다. 인터뷰 날이 마침 정흥원 시장님의 생일이어서 코이카 박인선 연구원, 찬차마요 보좌관, 인류학을 연구 중인 주성환 박사님, 시청 직원 솔란시(Solansh Liliana Mariano Beraun)씨가 모두 모여 생일을 축하하는 자리를 가졌다. 그날 우리는 물었다. "시장님, 생신 소원 비셨어요?" 정흥원 시장은 답했다. "제 소원은 다른 거 없어요. 찬차마요 시민들의 건강한 미래면 충분합니다."

찬차마요 정흥원 시장님, 인터뷰 후 생신 축하 자리! 생신 축하합니다!

챌린저 INTERVIEW

Ayuntamiento de Chanchamayo 정흥원 시장님

서울시 ODA 프로그램(상수도 시설 지원 사업)이 왜 중요합니까?

최초 선례의 중요성입니다. 찬차마요 상수도 시설 산업은 서울시의 지원으로 끝나는 것이 아닙니다. 이 사업은 한국 기업들의 페루 상수도 시설 사업의 진출 발판이 되어 줄 것입니다. 사업 진행 시 서울에서 온 기술자들은 페루 현지 회사에게 기술을 전수하며 공사를 진행했습니다. 덕분에 페루 현지 기업들은 ODA 프로그램 이후에도 상하수도 기술이라는 성장 동력을 확보할 것입니다.

페루에서 BOP 비즈니스를 수행하기 위해 무엇이 가장 필요합니까?

현지의 사업방식에 대한 이해가 필수적입니다. 당연하다고 생각하지만 지켜지지 않고 있는 것입니다. 요즘 페루에 일본과 중국의 진출이 두드러집니다. 특히 중국은 막강한 자금력을 바탕으로 과감한 투자를 진행하고 있습니다. 하지만 우리나라는 우리의 기준을 페루에 그대로 적용하고 있습니다. 페루에선 과감한 사업방식이 필요하지만, 아직도 우리나라는 정확성과 절차를 많이 따집니다. 그래서 사업 진행이 더디거나 아예 무산되기도 합니다.

둘째, 시스템, 인프라 상의 문제 해결입니다. 빈곤지역에서는 원재료에서 부가가치를 창출하지 못할 뿐만 아니라 원재료에 대해 제값을 받지 못하고 있습니다. 저희 찬차마요에서는 질 좋은 커피가 많이 생산되지만 커피를 말릴 시설이 부재합니다. 그래서 찬차마요 커피는 리마의 시설을 빌릴 수밖에 없는데, 이 과정에서 다른 지역의 커피들과 섞여 질이 크게 떨어져 농민들은 큰 손해를 봅니다. BOP 비즈니스를 위해선 그 지역 사람들이 자신의 노동에 대한 제값을 받을 수 있도록 하는 시스템, 즉 그 지역 내에서 비즈니스를 수행할 수 있는 인프라가 절실히 필요합니다.

찬차마요 정흥원 시장님과 인터뷰 중

UN 중남미경제위원회, 안데스 산맥을 배경으로

남미 전체에 적용될 플랫폼의 가능성을 살펴 볼, UN중남미경제위원회(ECLAC)

탐방 9일째, 정들었던 페루를 떠나 칠레의 수도 산티아고에 도착했다. 택시를
타고 숙소로 향하며 이웃나라지만 사뭇 다른 칠레의 풍경에 감탄했다. 우리가
칠레에서 탐방할 기관은 UN ECLAC(중남미 경제 위원회)이다. UN 경제위원
회는 대륙마다 존재하고 있으며, ECLAC는 중남미를 대표하는 경제연구기관
이다. 우리는 뉴스에서만 보던 UN의 로고와 ECLAC의 세계문화유산으로 지
정된 건물 디자인에 감탄했다. 이번 인터뷰에선 외교부에서 파견 나온 중남미
지역 전문가 김효은 컨설턴트를 만났다.

김효은 컨설턴트는 우리의 계획서를 받아보고 큰 관심을 표하며, 중남미의
BOP에 관한 현실적인 이야기들을 해주셨다. 중남미는 현실과 통계의 차이가
심하며, 통계상으로는 다른 개도국보다 나아 보이지만 현실은 절대 그렇지 않
음을 강조하였다. 또한, BOP 비즈니스의 잠재력을 역설하면서 기업이 BOP
시장 진출 시 UN의 역할은 제약요인을 극복시켜주는 것이라 설명했다. 김효
은 컨설턴트는 최근 한·중·일의 중남미 투자가 활발히 진행되고 있으며, 그
중에서도 중국의 진출이 두드러진다고 했다. 중국은 막강한 자금력을 바탕으
로 여러 자원을 많이 수입하며 인프라에 대한 투자가 어마어마하다고 했다. 컨
설턴트는 만약 한국이 이런 중국의 투자에 대응하지 못한다면 중남미 시장 선
점에 있어 매우 불리해질 것이라고 역설했다. 인터뷰를 마친 뒤 우리는 김효은
컨설턴트에게 칠레의 추운 겨울에 LG글로벌챌린저 부채를 선물했다. 육 개월
후 부채를 꺼내 들 즘 우리를 기억하길 바라며.

탐방대원 후기

팀원 1. 표동열

작년 이맘때 저는 독서실 구석 자리에서 자격증 준비를 하고 있었습니다. 그러던 어느 날 깨달았습니다. '난 확고한 꿈이 있는데, 왜 이 공부를 하고 있지?' 나는 당장 꿈을 이룰 계획을 세웠습니다. 첫 번째 단계는 LG글로벌챌린저! 이 기회를 통해 나의 꿈에 한 발짝 더 다가갈 수 있어 기쁩니다.

팀원 2. 김선미

팀의 주제는 예전부터 관심 있던 분야로 남미는 내가 꿈꿔오던 대륙이었습니다. 관심 있던 주제로 가고 싶었던 곳을 가게 되어 너무 행복했습니다. 탐방을 하며 만난 소중한 인연들에 행복합니다. 스티브 잡스는 말했습니다. 'The journey is the reward.' LG글로벌챌린저는 그 자체로 행복한 보상입니다.

팀원 3. 유형규

2015년 특별한 경험이 시작됐습니다. 나와 너, 우리가 하나 되어 시작된 긴 여정. 때론 힘들고, 지치고. 하지만 그 무엇보다 즐거움과 환희가 가득했던 순간들이 주마등처럼 지나갑니다. 우리는 요즘 그렇게 힘들다는 20대의 청춘을 살고 있지만, 2015년은 즐거웠던 순간이었습니다.

팀원 4. 조서희

현재 나에게 LG글로벌챌린저의 의미는 그 무엇보다 큽니다. LG글로벌챌린저를 통해 얻은 것이 정말 많았기 때문입니다. 누구와도 바꿀 수 없는 팀원, 같은 뜻을 공유하는 사람들, 뜻 깊은 경험까지. 내가 LG글로벌챌린저를 처음 시작하는 순간으로 다시 돌아간다면 나 자신에게 조언해 주고 싶습니다. "두드려라, 그러면 열릴 것이다."

Know-how
모두가 읽고 싶어 하는
보고서를 만들어라

1.
보고서의
시작과 끝은
국내 탐방에서

주제를 더 깊게 공부할수록 우리의 시야에 한계를 느꼈다. 이에 여러 국내 기관에 인터뷰를 시도했다. 국내 인터뷰를 하면서 신기했던 점은 같은 주제에 대해 모두 다른 관점에서 바라보고 이야기를 해준다는 것이었다. 자칫 한 초점에 한정될 수 있었지만, 여러 의견을 듣고 이를 알맞게 조립하면서 우리에게 맞는 해답을 찾아갈 수 있었다. 게다가 해외 탐방은 2주라는 시간적 제약이 존재하지만, 국내 탐방은 계획서에서 보고서 단계까지 언제든 이뤄질 수 있다. 또한 국내 탐방의 좋은 점은 어딜 가든 LG글로벌챌린저에서 왔다고 하면 모두 우리를 알아보고 반겨준단 것이다! 해외 탐방과 더불어 알찬 국내 탐방이 이루어져야 더욱 좋은 보고서가 완성된다.

2.
보고서를
읽는 사람의
머리는 백지와도
같다!

보고서를 쓰면서 어떻게 쓸 것인지에 관한 충분한 고민이 있어야 한다. 우리 팀은 50장이나 되는 보고서가 독자에게 어렵게 느껴지지 않도록 하는 것이 관건이라고 생각했다. 우리의 탐방 결과물이 어떻게 하면 돋보일 수 있을지 그리고 읽는 사람이 어떻게 하면 우리의 논지를 잘 받아들일 수 있을지 계속 고민했다. 우리는 읽는 사람이 편히 읽을 수 있게끔 두괄식 문장을 쓰고, 많은 부분을 시각화하여 나타내려 노력했다. 만약 보고서가 잘 쓰이지 않는다면, 주제에 관한 키워드를 뽑아보고 그림으로 나타내보자. 그리고 그것은 보고서 작성에 아주 큰 도움이 될 것이다.

개발원조에
비즈니스 옷을 입히자

팀명(학교) Ray Active (경희대학교)
팀원   엄주석, 윤정혜, 이선주, 허준
기간   2015년 8월 17일~2015년 8월 30일
장소   **독일, 영국**
            1. 베를린 (시민환경단체 NABU, 건축회사 GRAFT, 솔라키오스크 Solarkiosk)
            2. 뮌헨 (지멘스 재단 Siemens Stiftung)
            3. 쾰른
            4. 런던 (에너지분야 NGO GVEP International)

우리나라의 신재생에너지 분야의 공적개발원조(ODA : Official Development Assistance, 이하 원조)는 1997년부터 시작해 지금까지 우리나라의 주요 개발협력분야로 자리매김하고 있다. 특히 높은 수준의 태양광발전 기술에 힘입어 우리나라의 유·무상 원조기관인 경제개발협력기금(EDCF)과 한국국제협력단(KOICA)은 앞으로도 이 분야의 원조를 증대할 예정이다. 하지만 사회기반시설 건설의 성격이 강한 신재생에너지 분야 원조는 우리나라 원조기관이 사업을 종료하면 수원국의 역량에 따라 태양광발전소 유지·관리가 어렵고 태양광발전으로 인한 환경, 여성일자리 창출 등 사회적 영향력을 가져오기 어려운 측면이 있다. 반면, 독일의 솔라키오스크는 전력 자체와 태양광 제품을 판매하는 사업형태로 지속성을 유지하고 있어, 이 사례를 자세히 알아보고 우리나라 원조사업에 적용해보고자 한다. 물론 즐거운 여행도 함께.

풀뿌리운동으로 시작한 독일의 시민환경단체 NABU

리나(Lina Hähnle) 씨는 나부(NABU, Nature And Biodiversity Conservation Union)를 여성인권단체로서 설립했으나 독일 시민 누구나 가입할 수 있는 시민단체로 변모하면서 독일 전역의 환경문제에 관심을 돌리게 되었다. 솔라키오스크의 CEO인 안드레아스 스피스(Andreas Spiess) 씨 또한 NABU의 회원으로 활동하고 있었고, 이 인연을 통해 아프리카의 환경문제에 관심이 있는 양쪽 기관의 이해가 맞아 아프리카에서 협업하였다고 하니 독일 사람들의 자연보호에 대한 관심은 세계 어느 나라 사람들보다 더 각별한 것 같다.

나부는 솔라키오스크가 에디오피아 카파(Kaffa) 지역에 진출할 때 지역 문화, 환경, 사업환경 등 여러 지역 정보를 제공하고 솔라키오스크 사업에 대한 자문역할을 하였고 나부 또한 이 지역에서 자체적으로 환경보호 프로젝트

챌린저 Tip

솔라키오스크(Solarkiosk) | 태양광 발전을 이용해 개발도상국 BOP시장에 전력공급, 인터넷, 통신서비스, 생활용품을 판매하는 회사
공적개발원조 | 타국(他國)에 OECD가 인정하는 방법과 수준을 만족하는 현금, 현물 등의 도움
수원국 | 공적개발원조를 받는 국가
유상원조 | 원조자금에 대한 수원국의 상환의무가 있는 원조

NABU, 인터뷰 인증샷!

를 수행 중이다. 환경보호단체로서 단순히 환경보호 구호를 외치는 것보다 환경을 보호하여 관광자원으로 활용하는 방법, 태양열 에너지를 이용한 음식 조리기술 보급 등 환경보호에 실질적인 해결책을 제시하고 지역 사람들의 의식을 개선하려는 노력을 하는 점이 인상적이었다.

모든 답은 현지에 있다. Solarkiosk & GRAFT

우리 팀은 첫날부터 나부와 성공적인 인터뷰를 수행해서 그런 탓인지 8시간의 시차도 별로 문제 되지 않았다. 둘째 날에는 우리 팀 주제에 중요한 답을 해줄 수 있는 두 회사와 인터뷰를 했다. 솔라키오스크의 책임기술자(CTO)인 라스(Lars Krückeberg) 씨는 솔라키오스크의 플랫폼을 디자인한 건축회사인 그라프트 소속의 건축설계사이기도 하다. 솔라키오스크의 마케팅 총괄담당자(HOM)인 사샤(Sasha Kolopic) 씨는 아프리카 현지에서 라스를 만나 이야기 하면서 회사에 합류하게 되었고 현재 베를린대학대학원에서 경제학을 공부 중인 학생이라고 소개했다.

독일에 오기 전에 우리는 사샤와 두 번의 스카이프 통화를 했고 두 번의 통화를 통해 우리는 이미 솔라키오스크의 사업에 대해 많은 것을 알고 있었다. 그런데도 우리의 질문은 꼬리에 꼬리를 물었고 라스와 사샤 씨는 성실히 대답해 주었다. 특히 라스 씨는 베를린 대학에서 종종 강의도 하고 있어서 교수님의 마음으로 우리의 질문에 꼼꼼하게 대답해 주었다.

인터뷰 종료 후에 에너지 분야 개발협력사업이 개발도상국 지역주민들에게 직접적인 필요를 채울 수 있고, 경제적으로 자립할 기회를 충분히 제공할 수 있음을 솔라키오스크의 사례를 통해 배울 수 있는 시간이 되었다.

296

챌린저 INTERVIEW

Solarkiosk 라스와 사샤

본 직업이 건축가이면서 어떻게 솔라키오스크를 설립하실 생각을 하셨나요?

저는 운명을 믿는 사람입니다. 다른 업무로 아프리카에 갔다가 저녁에 목도 축일 겸 바에서 술 한 잔을 하였습니다. 옆에 같은 독일인이 있어서 이야기를 나누다가 아프리카 지역에서 태양광발전이 가능할지 이야기를 나누게 되었고, 태양광 전력을 이용한 비즈니스를 구상하게 되었습니다. 비즈니스로서 성공 요인이 충분할 뿐만 아니라 지역 주민에게도 긍정적인 영향을 줄 수 있을 것 같아 그 자리에서 합류하기로 했습니다.

솔라키오스크를 설계하면서 가장 고려했던 점은 어떤 것들인가요?

가장 많이 고민했었고, 지금도 고민하는 것은 솔라키오스크가 현지특성을 반영할 수 있도록 디자인하는 것입니다. 태양광 기술, 설계 · 건축, 현지 주민의 요구사항, 미래의 확장 가능성 등을 다양한 시각에서 꼼꼼하게 확인하면서 솔라키오스크를 디자인했습니다. 특히, 접근성이 떨어지는 개발도상국의 마을 어디에나 접근하기 쉽도록 Kit of Parts 건축 기법을 이용하여 분해 및 조립이 편리하도록 하였습니다. 또한 지역사회와 현지주민의 다양한 필요에 즉각적인 반응을 할 수 있도록 키오스크의 용도가 확장될 수 있도록 설계하였습니다. 전기가 추가로 더 필요하면 태양광 패널을 더욱 많이 설치해야 하는데, 이 작업을 수월하게 진행되도록 천막 부분의 확장을 쉽게 하였습니다.

챌린저 Tip

Kit of Parts 건축법 | 미리 만들어진 부속을 조립하여 건축을 하는 것을 뜻한다. 전문가 도움 없이도 가능하다.

앞서 말씀하신 건축적 특징들이 현장에서 제대로 효과를 발휘하고 있나요?

물론입니다. 개발도상국의 한 가정은 우리보다 더 많은 기본적인 의식주가 필요합니다. 그리고 이들은 기본적인 의식주 단계를 넘어서 개인 여가생활 및 문화생활에도 큰 관심을 보입니다. 그렇기에 우리는 이러한 필요에 반응하기 위해서 현지 조사를 토대로 솔라키오스크가 어떻게 확장이 되어야 할지 많은 이야기를 합니다. 이와 같은 필요를 충족시키기 위한 한 가지 예는 솔라키오스크 내부에 텔레비전을 설치한 것입니다. 또한, 에티오피아와 케냐에는 통신회사인 에릭슨과 함께 통신탑을 세워서 인터넷, 무선전화 통신 등 새로운 서비스를 제공하려고 노력하고 있습니다. 솔라키오스크가 한 번 설치된 지역에는 단순히 솔라키오스크와 연결된 천막구조물을 확장하면 되기 때문에 추가로 태양광 발전량을 늘리는 것은 어려운 일이 아닙니다.

솔라키오스크가 지속해서 운영되기 위해서는 다양한 수입원이 필요 할 것 같은데 핵심 수입원에는 무엇이 있나요?

주요 수입원으로는 크게 세 가지 항목이 있는데, 첫째는 태양광 전력을 이용한 서비스입니다. 여기는 휴대폰 충전뿐만 아니라 문서복사, 문서코팅, 인터넷사용 등 개발도상국의 일반 가정집에서 보유하기 힘든 전자제품을 이용한 서비스도 포함합니다. 두 번째는 태양광 제품 판매입니다. 태양광을 이용한 랜턴, 버너 등 태양광 자가발전으로 쉽게 사용할 수 있는 제품들을 판매합니다. 세 번째는 FMCG제품 판매입니다. 솔라키오스크가 진출하는 대부분 지역은 도시로부터 멀리 떨어진 곳이기에 지역주민들이 생활필수품들을 쉽게 구매하지 못합니다. 그러므로 솔라키오스크의 냉장, 냉동 시설을 이용해서 지역주민들이 멀리 가지 않고도 재화를 쉽게 구매할 수 있도록 물품을 팔고 있습니다. 또한 추후에는 솔라키오스크가 진출한 지역에 에릭슨, 토탈과 같은 다국적 기업들과 함께 사업을 확장할 예정입니다.

챌린저 Tip

FMCG(Fast-Moving Consumer Goods) | 일용소비재 제품을 뜻 한다. 비누, 주스, 쌀, 차량용 연료, 담배, 서적 및 문구용품 등 한번에 소비되는 비내구재 물품을 뜻한다.

솔라키오스크의 제품과 서비스를 지역주민에게 판매하기 위한 특별한 전략이 있는지요?

우리는 따로 광고하지 않습니다. 굳이 광고라고 이야기하자면 솔라키오스크는 설치하는 것 자체가 광고입니다. 대중매체가 잘 발달하지 못한 곳에서는 오히려 발 없는 말이 천릿길 가기 쉽습니다. 솔라키오스크 설치 자체가 지역사회에 큰 이야깃거리가 됩니다. 그리고 우리의 제품을 이용하는 방법을 보여주면 사람들이 관심을 가지고 관찰하고 제품과 서비스가 유용하다고 생각하면 우리의 제품을 삽니다. 개도국의 도외지역 사람들에게 태양광제품과 우리가 제공하는 서비스들은 생소한 것이기 때문에 쉽게 주변 마을과 다른 지역에 소문이 퍼집니다. 이러한 방법으로 우리는 별도의 광고비 지출 없이 사람들의 일상생활에 빠르게 스며들었습니다.

적정기술 + 기업가정신 + 문화 = 지멘스 재단

우리 팀의 두 번째 방문 도시인 뮌헨에 저녁 식사 시간 즈음 도착한 우리는 요동쳤던 기내 탓인지 저녁도 거르고 예정되어있던 숙소에서 저녁 시간을 보냈다. 다음 날 아침 우리는 인터뷰가 예정되어있던 지멘스 재단에 미리 도착하여 사무실 주변을 여기저기 둘러보았다. 지멘스 재단은 적정기술을 이용한 개발협력사업을 수행 중인 회사들에 비즈니스 컨설팅을 제공하는 역할을 한다고 했다.

아침 식사 시간이 이미 지났음에도 우리를 위해 미리 준비해준 차와 음식을 나누어 먹으면서 서로 금세 친해졌고 딱딱한 인터뷰 자리가 아닌 양국 간의 개발협력현황과 우리 각 개인의 여러 가지 목표도 나누는 시간을 가졌다.

지멘스 재단과 인터뷰를 하면서 무엇보다도 놀라웠던 점은 독일이 가지고 있는 기술력을 단순히 개도국에 전파하는 것이 아니라 개발협력 대상국 지역사회의 문화적인 요소들을 고려하여 개발협력사업을 수행하도록 개도국과 긴밀한 관계를 맺고 있는 것이었다. 유명 기업의 재단으로서 단순히 이미지 개선을 위한 사업을 하는 것이 아니라 기업과 분리된 별개의 재단으로서 개발협력사업의 촉매제 역할을 하는 것이 매우 인상 깊었다.

지멘스 재단,금방 친해진 우리

널 기다려 왔다! 독일의 학센!

전문성이 우리를 더 강하게 한다. GVEP

우리 팀의 마지막 인터뷰 기관인 GVEP은 원래 IMF산하의 기관이었으나 IMF
에서 분리·독립되어 현재는 에너지 분야 개발협력사업에 참여하고 있는 기업
간 네트워크를 구성할 수 있도록 돕고 관련 분야에서 사업을 진행 중인 회사들
에 자문역할을 수행하는 NGO이다. IMF산하 기관이었기 때문인지 아프리카
를 포함한 전 세계 해외 사무소에서 일하고 있는 직원 수가 더 많다고 한다. 인
터뷰는 미국인인 그레고리(Gregory Miller) 씨와 당시에도 케냐 사무소에서 일
하고 있는 피터(Peter J. George) 씨가 스카이프를 통해 참석했고 우리의 질문 하
나하나에 성실하게 응답해 주었다. GVEP은 솔라키오스크의 케냐 진출 초기에
지역 정보를 제공했고 솔라키오스크의 사업에 대한 모니터링과 평가, 그리고
재무 분석의 역할을 하였다. GVEP 또한 아프리카에서 솔라키오스크의 사업
이 확장추세에 있으며, 이는 전력 사용이 어려운 개발도상국의 도외지역의 문
제점을 정확히 판단한 결과라고 한다. 우리나라의 개발 NGO들과 비교했을 때
한 분야에 대한 전문성이 월등히 높고 또한 그들만의 전문성을 통해 다른 개발
협력기관의 역량개발을 도와준다는 점에서 GVEP만의 강점을 엿볼 수 있었다.

먹을 준비 완료

GVEP International, 케냐 현지직원도 열심히 참여해준 인터뷰!

런던의 눈, London Eye!

| EPISODE |

돌다리도 두드려보고 건너라!

우리 팀원들 모두는 개인적으로도 해외여행이 이골이 날 정도로 다녔기 때문에 기차 환승은 눈을 감고도 할 수 있었다. 아니 그렇게 믿었었다. 사건은 만하임에서 벌어졌다. 우리의 이동일정은 뮌헨 중앙역에서 ICE를 타고 만하임(Mannheim)에서 환승해 쾰른으로 가는 EC를 타야 했다. 만하임에 도착하자마자 10분 만에 쾰른 행 기차로 갈아타야 하는 우리는 무조건 달렸다. 달리고 달려서 겨우 기차를 잡아탄 우리는 안도의 숨을 내쉬는 순간, 이게 웬일인가. 우리가 탑승한 기차는 베를린으로 향하고 있었다. 그렇다. 쾰른은 베를린과 정반대 방향이다. 심지어 팀원 중 막내인 정혜는 기차도 타지 못해 우리는 그렇게 생이별을 했다. 하지만 다행히도 정혜는 쾰른행 기차를 제대로 탔고 나머지 팀원 3명은 기차 안 승무원에게 자초지종을 설명하였고 승무원은 애처롭다는 듯이 우리 기차표 위에 독일어로 우리의 상황을 자세히 적어 주었다. 그 덕분에 나머지 3명도 훈장과 같은 독일어가 적혀있는 기차표를 보여주며 쾰른행 열차를 타게 되었다. 쾰른 중앙역에서 무사히 상봉한 우리는 그날 저녁부터 다음날까지 밤낮으로 푹 쉬었다.

너도 뛰고 나도 뛰고

도이취 반 네 이놈들 ㅠㅠ

탐방대원 후기

팀원 1. 엄주석

LG글로벌챌린저에 도전하고 대원으로서 활동할 수 있어서 너무나 좋은 시간이었습니다. 특히 관심 있는 분야의 주제에서 이미 활동하고 있는 수많은 기관이 일하는 모습을 보고 배울 수 있어서 개인적으로 뜻 깊은 시간이 되었습니다. 탐방활동을 통해 삶의 방향을 얻을 수 있어서 감사한 시간이 되었습니다.

팀원 2. 윤정혜

LG글로벌챌린저 21기에 합격한 후, 학교 수업에서 벗어나 해외에서 전공과 직접 관련된 분야의 기관들을 방문하여 인터뷰하고 배울 수 있는 기회를 얻게 되어 정말 운이 좋았다고 생각합니다. 인생에 한 번밖에 없을 소중한 기회를 만들어준 팀원, 응원해 주신 모든 분께 감사의 인사를 전합니다.

팀원 3. 이선주

새로운 것과 다른 것을 한가득 담다 보니 너무나도 벅찬 탐방이었습니다. 언제나 저를 믿어주고 응원해준 분들께 감사하며 이번 도전을 토대로 조금 더 자란 모습 보여드릴게요. 더 좋은 세상을 만들고자 13박 14일의 여정을 마치고 돌아온 우리 Ray Active팀을 포함한 LG글로벌챌린저 21기 대원들이 정말 자랑스럽습니다. 사랑해요! 글챌러들!

팀원 4. 허준

독일과 영국의 국제개발 NGO, 기업, 등을 방문하면서 선진국들의 개발협력사업이 어떠한 트랜드로 발전해가고 있는지 조금이나마 엿볼 수 있어 좋은 공부가 되었습니다. 국제개발협력 분야에서 종사할 한 사람으로서 앞으로 개발도상국과 우리나라 양국의 발전에 이바지하겠습니다.

Know-how
나는 나를 속일 수 없다

**1.
정직과 성실만이
우리가 살 길이다**

우리 팀은 지난 1학기가 시작하기 전인 2월부터 LG글로벌챌린저 준비를 시작했다. 우리 팀 모두 개발협력학을 공부하는 학생들이었고 공통으로 관심 있는 분야의 주제를 찾아가기 시작했다. 수많은 회의 끝에 우리는 한 주제에 도달 할 수 있었고 우리가 선택한 주제에 대한 기초조사를 시작했다. 인터넷으로 찾는 자료는 한계가 있어 우리나라 정부기관의 보고서와 기업의 연차보고서들을 꼼꼼히 살펴보았다. 우리가 찾은 자료들을 제안서에 녹여 내는 과정에도 우리의 주제를 단순히 전달하는 것에만 그친 것이 아니라 우리 스스로가 만족할 때까지 계속해서 수정하였다.

**2.
기다렸던 여행이다
충분히 즐기자!
C'est la vie!**

해외에 오래 거주했거나 여행을 많이 다녔다고 해도 처음 방문하는 곳은 낯설고 피곤하다. 더구나 글로벌챌린저 대원은 여러 기관을 방문해야 하고 인터뷰도 해야 했기 때문에 어딜 가든 긴장하기 마련이다. 또 우리가 원하지 않아도 작은 사고도 생길 수 있다. 그럴 때면 위축되고 스트레스를 받기보다 C'est la vie라고 외치고 할 수 있는 최선의 방법을 찾아보면 된다.

스타트 업, 스탠드 업
Start-Up, Stand Up

팀명(학교) 벤처농장 (한동대학교)
팀원 이민아, 조한길, 최현우, 허수진
기간 2015 8월 1일~2015년 8월 14일
장소 미국
1. 실리콘밸리 (구글 Google, 에버노트 Evernote, GSV랩 GSVLabs)
2. 라스베가스 (다운타운 프로젝트 Downtown Project, 베가스 테크 펀드
   Vegas Tech Fund, 워크 인 프로그레스 Work in Progress)

현재 우리나라는 '창조 경제'라는 슬로건 아래 막대한 자금을 투자하여 스타트 업을 발굴하고 육성하는 정책을 활성화하고 있다. 이에 따라 창업 인프라(공간, 멘토, 초기 자금 지원 등)는 잘 이루어져 있으나, 미국의 에버노트, 우버, 에어비엔비, 페이스 북과 같은 굵직한 스타트 업들이 나오지 못하고 있는 실정이다. 이제 우리는 초기 스타트 업 발굴을 넘어 실패를 뜻하는 '데스 밸리'를 잘 넘길 수 있도록 돕고, 스타트 업 생태계 내에서 선순환이 이루어지는 환경을 만들어야 한다. 이를 위해서 우리는 오랜 역사를 가진 실리콘 밸리와 보스턴, 라스베가스 구도심을 중심으로 새롭게 만들어지고 있는 스타트 업 생태계가 어떻게 문화를 만들어가고 있는지 알아보기 위해 탐방을 떠났다.

스타트 업에서 성공한 기업으로, 에버노트

우리의 첫 여정은 스타트 업의 성지라고도 할 수 있는 실리콘 밸리였다. 실리콘 밸리에 있는 에버노트(Evernote)는 메모 애플리케이션을 만드는 기업이며, 아주 작은 스타트 업에서 시작해서 1조원의 가치를 지닌 기업으로 성장했다. 우리가 에버노트에서 인터뷰하고 싶었던 내용은 두 가지였는데, 첫째는 1조원의 가치를 지닌 기업으로 성장하기까지의 과정이었고, 둘째는 현재 에버노트가 어떻게 스타트 업 생태계에 기여하고 있는지였다. 그렇지만 우리에게 에버노트는 첫 영어 인터뷰 기관이었고, 인터뷰 시간 또한 확정되지 않아 약간의 두려움과 걱정을 안고 에버노트로 향했다. 우리의 두려움과 걱정과 달리, Director of Developer Relations 크리스(Chris Traganos) 씨는 우리를 반갑게 맞이해주었고, 자신은 청년들과 이야기하는 것을 좋아한다는 말로 우리의 긴장감을 풀어주었다. 우리는 그와 이야기를 나누면서 그가 얼마나 청년들을 좋아하는지 느낄 수 있었을 뿐만 아니라, 에버노트라는 기업에 대해 자세히 들려줬

챌린저 Tip
Pay it Forward I 선행을 나누는 문화라고 하며, 누군가의 도움을 받아 성공한 스타트 업 창업자들이 후배 스타트 업을 조건 없이 도와주는 것

우리의 인터뷰에 친절히 응해준 크리스와 함께 찰칵

다. 그는 에버노트라는 한 제품이 소비자에게 좋은 제품으로 서비스되기 위해서는 '3rd Party'라고 하는 협업 서비스들이 얼마나 중요한지에 대해 이야기했다. 또한 그에게서 매주 실리콘 밸리의 개발자, 디자이너, 마케터 등의 다양한 직군의 사람들과 어떻게 그들의 아이디어를 나누고 서로에게 시너지를 주는 관계를 형성하는지에 대해서 들을 수 있었다. 그의 설명에 따르자면, 성공한 스타트 업인 에버노트는 신생 스타트 업을 발굴하고, 어느 정도의 궤도에 오른 스타트 업들에게 투자하는 일을 통해 스타트 업 생태계에 기여하고 있음을 알 수 있었다. 이러한 문화를 'Pay it Forward' 문화라고 하는데, 우리나라 스타트 업 생태계에서 가장 부족한 부분이라는 것도 느꼈다. 뿐만 아니라, 대표부터 인턴까지 그들 스스로가 기업 내에서 스타트 업 '문화'가 유지되고 확산되기 위해 노력하고 있다는 점 또한 기억에 남았다. 시간이 짧아 아쉬웠지만, 궁금한 것이 있으면 언제든지 메일로 물어보라는 말로, 그는 끝까지 우리를 편안하게 만들어주었다.

스타트 업의 성공을 돕는 교두보, Think Tomi

같은 실리콘 밸리에서 우리는 한국계 미국인이자, 스타트 업의 해외진출을 돕는 엑셀러레이터인 씽크 토미(Think Tomi)의 문정환(Jung Moon) 대표님을 만나 뵐 수 있었는데, 현재 대표님께서는 한국 스타트 업들이 미국 시장에 잘 진출할 수 있도록 교두보 역할을 하고 계셨다. 우리가 만난 곳은 GSV Labs라는 곳인데 이 곳은 씽크 토미와 파트너 관계를 맺고 협업하고 있는 기관으로, 우리나라의 D.camp 그리고 지역 마다 있는 창조경제혁신센터와 같이 스타트 업에게 멘토링 서비스, 육성 프로그램, 그리고 공간 등을 제공하는 스타트 업 지원기관이다. 우리는 대표님께 한국과 미국, 두 국가의 생태계가 구체적으로 어떤 차이점이 있는지, 한국 스타트 업 생태계가 가지는 한계점은 무엇인지, 우리가 미국 스타트 업 생태계에서 배워야 할 것은 무엇인지에 대해서 물어보았고, 우리는 문정환 대표님께 한국과 미국 두 국가의 생태계가 형성된 역사부터 문화까지 어떠한 차이점을 기반으로 지금의 모습을 가졌는지에 대해 들을 수 있었다. 이를 통해 한국 스타트업 생태계가 세계 진출에서 문화적으로 취약할 수밖에 없는 부분과 규모의 한계를 깨달을 수 있었다. 또한 미국 생태계와 한국 생태계 양쪽을 이해하는 전문가로 바라보는 각 생태계 스타트업들의 마인드와 한국이 취해야 할 전략에 대해 들을 수 있었다.

문정환 대표님과
인터뷰 중인 우리들

챌린저 Tip

엑셀러레이터 | 스타트 업의 성장을 가속화시키기 위한 집중 육성 프로그램 및 단체
프리 엑셀레이팅 | 세계 시장의 현지 엑셀러레이터부터 투자와 보육을 받기 위한 중간 단계로 진출하려는 현지 시장에 대한 이해와 현지화 전략, 기업가 정신 등을 집중 교육하는 단계 및 프로그램

한국의 스타트 업 지원기관과 GSV Labs와 같은 미국의 스타트 업 지원기관은 어떤 차이점이 있나요?

첫 째로 미국의 스타트 업 지원기관은 자신들이 잘할 수 있는 몇 가지 주제에 집중해서 관련한 스타트 업들을 입주시켜요. GSV Labs를 예로 들면, Mobile, EdTech(Education + Technology), Sustainability, Big Data 등 네 가지의 주제를 가지고 있는데, 같은 주제를 가진 스타트 업들을 입주시킴으로써, 그들 간의 협업과 시너지가 잘 이루어질 수 있는 환경을 만드는 것입니다. 그뿐만 아니라 지원 기관도 자신들이 잘할 수 있는 것을 하기 때문에, 스타트 업이 더 잘 나아갈 수 있도록 도울 수 있어요. 반면에 한국의 지원 기관 같은 경우에는 주제를 가지고 나누기보다는 괜찮은 아이디어나 비즈니스 모델을 가진 창업자들의 피칭을 듣거나 면접을 보는 과정을 거쳐 입주시키는 편입니다.

두 번째로 한국은 괜찮은 아이디어를 가진 창업자에게 멘토도 매칭해주고, 초기 자금도 투자해주고, 공간도 무료로 지원해주는 반면 미국의 스타트 업은 입주 공간부터 월 700달러(한화 약 83만 원)의 금액을 내고 입주해야 합니다. 그뿐만 아니라 자신을 도와줄 사람들은 창업자 자신이 필사적으로 찾아야 해요. 이 차이점을 창업자의 관점에서 보면, 이러한 점 때문에 실리콘 밸리의 창업자들은 모든 것에 필사적으로 달려들 수밖에 없죠. 절박함의 정도가 달라요. 보통 실리콘 밸리의 창업자들은 일 년 동안 생활 할 수 있는 자금(약 1만 불, 한화 약 1200만 원)을 가지고 시작하는데, 이 금액을 가지고 1년 안에 승부를 못 보면 또 1만 불을 벌어서 승부를 보아야 하는 환경입니다. 이러한 이유로 실리콘 밸리의 창업자들은 누구든지 만나면 30초 피칭을 하며 필사적으로 할 수밖에 없는 상황이죠. 한국은 이와 비교했을 때 이제는 한국이 창업 인프라가 부족하다고 말하기는 어렵지 않을까요.

우리나라 스타트 업 생태계가 더 나아지기 위해서는 어떤 부분이 개선되어야 한다고 생각하시나요?

우리나라 스타트 업 생태계가 더 나아지기 위해서는 분야별로 전문가들을 양성해야 합니다. 법, 마케팅, 비즈니스 모델 등 각각의 분야별로 스타트 업을 지원해줄 수 있는 전문가가 필요하다고 생각하는데, 이러한 서포터들이 충분할 때 스타트 업 생태계가 더 나아질 것이라고 생각해요. 이러한 여러 가지 분야 중에서 한국이 가장 약하다고 생각하는 부분은 마케팅인데, 마케팅뿐만 아니라 각각의 분야별로 장기적인 플랜을 세우고 전문가들을 모으는 일을 정부가 해야 한다고 생각합니다.

또 하나는 글로벌 시장에 진출하기 전에, 프리 엑셀레이팅(pre-accelerating) 단계가 필요해요. 한국에서 어느 정도 기반을 닦은 스타트 업들이 세계 시장에 진출하려고 하지만, 세계 시장에 진출하기 위해서는 펀딩을 받기 전까지의 계획을 잘 수립해야 하죠. 고객도 다르고, 환경도 다르고, 무엇보다도 살인적인 실리콘밸리의 물가 속에서 체계적인 세계 시장에 대한 이해와 진출전략 없이 무작정 실리콘 밸리에 온다는 것은 소모전이나 다름없어요. 국내에서 준비할 수 있는 것들과 해외에서만 할 수 있는 것들을 잘 고려한 전략적 접근이 필요합니다.

인터뷰를 마치고 인터뷰를 진행했던 GSV Labs 앞에서

라스베가스의 구도심으로 진행되고 있는 다운타운 프로젝트

새로운 형태의 스타트 업 생태계, 다운타운 프로젝트

우리는 샌프란시스코에 있는 실리콘 밸리 탐방을 마치고, 밤의 도시 라스베이거스로 이동했다. 우리는 카지노와 다양한 엔터테인먼트가 즐비 한 거리를 떠올렸고, 라스베이거스는 생각했던 것 이상으로 그런 도시였다. 이 속에서 탄생한 새로운 스타트 업 생태계의 이름은 다운타운 프로젝트다. 이 프로젝트는 미국 최대의 온라인 신발 쇼핑몰. 자포스(ZAPPOS)의 CEO 토니 셰이(Tony Hsieh) 씨가 자포스의 본사를 라스베가스의 구도심으로 옮겨가면서 시작된, 영감, 기업가 정신, 창의, 혁신, 열정의 에너지가 넘치는 도시를 만드는 것을 미션으로 여기는 프로젝트이자 기업이다. 자포스는 직원의 성장을 돕기 위한 투자를 아끼지 않고 최근 홀라크라시(Holacracy)라는 관리자가 없고 보스가 없는 새로운 조직구조를 시도하는 것으로 화제가 됐다. 도시를 재생시키는 사회적 가치를 실현하고 있지만, 영리집단이라는 점이 매우 흥미로웠다. 여기서 우리는 코워킹 스페이스(Work in Progress)에서 일하고 있는 조지(George Moncrief) 씨를 만날 수 있었다. 그는 DTP(Down Town Project)의 계열사인 베가스 테크펀드(VEGAS TECH FUND)의 직원이다. 우리는 그와 이야기를 나누면서 4년 동안 DTP가 어떤 일을 해왔는지, 지금은 어떤 일에 주력하고 있는지, 어려운 부분은 어떤 것인지 등에 관해서 이야기를 들을 수 있었다. 그에 따르면, 현재

베가스 테크 펀드에서는 100개가 넘는 회사에 5천만 달러 이상을 투자하고 있으며, 특히나 라스베가스에서는 엔터테인먼트 산업에 집중하고 있다고 이야기를 해주었다.

한국 스타트 업의 미래를 생각하다

2주라는 시간 동안 미국에 있는 스타트 업 생태계를 탐방하는 일을 잘 마무리 됐다. 이 과정을 통해서 우리는 한국 스타트 업 생태계의 방향성을 생각해볼 수 있었고, 스타트 업 생태계에 대해 관심을 가질 수 있는 시간이었다. 무엇보다도 좋았던 것은 스타트 업 탐방하는 것과는 함께 스타트 업에서 일을 하는 사람들을 만나는 과정에서 그들로부터 삶의 태도와 마인드 셋(Mind-Set)과 같은 것들을 배울 수 있었다. 그들의 도전정신과 함께 어떻게 자신의 성장 과정에서 받아온 수많은 도움과 영향들을 또다시 생태계의 누군가에게 흘려보내주는지에 대해 알았다. 또한 경쟁자를 대하는 태도에 있어서도 어떻게 서로 성장하는 시너지를 일으키는 관계로 경쟁 관계를 형성하는지에 대해서도 깨달을 수 있었다.

이러한 삶의 태도와 마인드 셋이 우리 삶에 큰 자양분이 될 것이라 믿고 있다. 팀을 만들고 여기까지 오는 과정이 쉽지는 않았지만, 노력한 만큼 많은 것들을 배울 수 있는 시간이었기에 의미 있었다.

다운타운 프로젝트에서
투자하고 있는
EAT 레스토랑에서

팀원 1. 이민아

정말 같은 걸 보아도 각기 다른 것을 느끼고 생각한다는 것을 많이 느낀 팀이었어요. 항상 중심내용을 잡는데 많은 시간이 들어 힘들기도 했지만, 그만큼 제가 생각하지 못했던 부분들, 한쪽으로만 생각했던 부분들을 한 번 더 생각하면서 함께 협업하는 방법들을 더 고민하고 배울 수 있었던 것 같아서 좋았습니다.

팀원 2. 조한길

밤을 새우며 보고서를 쓰고, 비행기를 타고, 다시 한국으로 돌아온 지금까지 많은 순간이 떠오릅니다. 정말로 쉽지 않은 과정이었지만, 어느새 그 절반 그 이상을 달려왔다는 것이 믿기지 않네요. 미국 탐방 또한 정말 저에게는 소중한 시간으로 기억되기에, 이러한 기회를 준 LG에 정말로 감사합니다.

팀원 3. 허수진

저는 이번 탐방을 통해서 처음으로 접해본 것이 많았어요. 모든 순간이 설레고 떨렸답니다. 이런 기회를 준 LG글로벌챌린저에게 감사하고, 함께한 팀원들에게도 정말로 감사하다고 말해주고 싶어요. 앞으로도 많은 도전자가 LG글로벌챌린저에 참가해서 좋은 경험들을 접했으면 좋겠습니다.

팀원 4. 최현우

단순히 여행하는 것도 좋지만, 그것을 넘어서 하나의 주제를 가지고 더 알아볼 수 있는 기회들이 많았기에 많은 것을 배울 수 있는 시간이었던 것 같아요. 정말 짧은 시간이었지만, 많은 것을 보고 배우고 느낄 수 있는 시간이었기에 의미 있었던 시간이었습니다.

Know-how
서로의 장점을
적극적으로 활용하라

1.
**평소에 관심 있는
기사를
스크랩하라!**

우리는 종종 SNS에 내가 관심이 가는 기사(article)들이 올라오는 곳을 볼 수 있다. 편하게 스크랩을 할 수 있도록 도와주는 애플리케이션(Pocket, Evernote Web Clipper)을 사용하여, 기사들을 잘 모아두어라. 그리고 틈틈이 시간이 날 때마다 자신이 스크랩 한 기사들을 다시 한 번 읽고, 기사에 대한 내 생각들을 정리해보아라. 이렇게 관심사를 정리해두면, 주제 선정 과정에서 내가 관심이 가는 소재로 주제를 선정할 수 있을 것이다.

2.
**자신의 관심사를
공유하자**

노하우 1을 실행에 옮겼다면, 노하우 2를 실천해보자. 모아놓은 기사(article)들을 자신의 SNS나 학교 인트라 넷에 '공유'하기만 하면 된다. 정말로 많은 사람이 여러분들이 공유한 글에 관심이 없겠지만, 그런데도 소수의 몇몇 사람들은 여러분들의 글에 반응하고, 이 주제로 여러분들과 이야기를 나누고 싶어 할 것이다. 그들을 눈여겨보고, 지원할 때 잘 포섭하자! 물론 같은 학교여야 한다.

3.
**생각을
공유하는
시간을 가질 것**

하루를 마무리할 때 있었던 일들에 대해서 공유하는 시간을 많이 가지자. 하루를 정리하는 것은 물론, 서로의 생각을 통해 많은 것을 배울 수 있다. 그뿐만 아니라 이 시간은 서로에 대해서 서운해했던 부분을 '잘' 이야기하는 시간이 될 수도 있다. 위의 두 가지를 '잘' 하는 방법의 하나는 오늘 하루의 기분을 1점부터 10점까지 이야기하고 '왜 이 점수인지'에 대해서 이야기를 해주면 된다. 누가 6점이라고 이야기했다면, 왜 6점인지, 왜 5점은 아닌지, 왜 7점은 아닌지에 대해서 까지도 이야기 하면 좋다. 이러한 과정들을 통해 서로의 상황이나 감정을 파악하는 데 도움이 되고, 서로 배려 할 수 있는 출발점이 될 수 있다.

PART 5

Culture 문화

언니네박물관 : 경희대학교

한국패션 정체성 지킬
K-패션 박물관 건립을 위하여

팀명(학교) 언니네박물관 (경희대학교)
팀원 민송주, 서수영, 이연수, 최가은
기간 2015년 7월 20일~2015년 8월 2일
장소 **영국, 프랑스, 이탈리아**
1. 런던 (LCF Collections & Archive)
2. 파리 (장식미술박물관 Les Art Decoratifs, 파리 의상 박물관 Palais Galliera,
   피에르 가르뎅 박물관 Pierre Cardin Museum)
3. 피렌체 (구찌 박물관 Gucci Museum)

서울에서 샤넬의 크루즈 컬렉션 쇼가 열리고, 세계적 브랜드인 디올과 루이비통 전시가 개최되면서 세계의 관심이 한국으로 집중됐다. 이상봉, 우영미 등 국내 패션디자이너들이 세계 각지에서 러브콜을 받고 수많은 한국 학생들이 유명 패션학교에서 좋은 성과를 거두고 있는 지금, 이 모든 흐름이 맞물려 한국은 무한한 가능성을 지닌 글로벌 패션산업의 메카로 그 이름을 알리고 있다.

1세대 노라 노 디자이너부터 현 신진디자이너에 이르기까지 한국은 많은 패션 인재를 배출하며 그 명성을 세계에 알렸다. 이제는 지금까지의 성장을 기록하고, 연구하며 한국패션의 미래를 그려보아야 할 시기다. 그동안 이뤄낸 성과와 자료를 한 자리에 모아 체계적으로 관리함으로써 누구나 그 자료를 바탕으로 연구 · 발전할 수 있는 기반을 마련하는 것이야말로 세계와 소통하는 패션문화를 만들기 위한 발판이다. 우리는 '한국형 패션 박물관 건립'이라는 거대한 꿈을 안고 탐방에 나섰다.

세계적 명성의 비결, LCF Collections & Archive

세계 최고의 패션학교로 꼽히는 London College of Fashion. LCF의 아카이브는 학생들의 작품을 비롯해 다양한 브랜드와 기업, 디자이너의 자료를 소장하고 있다. 1906년 개교 이래 100년이 넘는 세월 동안 수집된 방대한 양의 자료들을 여성 보그, 남성복, 테일러링, 평면패턴 등으로 세분화시켜 관리한다. LCF의 명성의 바탕이 된 이곳, LCF Collections & Archive를 찾았다.

험난한 여정 끝에 우리는 LCF 메인 캠퍼스에 도착해서 담당자 제인 홀트 교수님을 만날 수 있었다. 연구실에는 1800년대 후반부터 오늘날까지의 의복사가 담긴 책들이 빼곡하게 꽂혀 있었다. 수백 페이지의 책들이 수십 권, 빼곡한 신문 스크랩, 연구자료, 사진자료로 채워져 있는 모습이 굉장히 인상적이었다. 19세기 부츠와 1930년대의 발레슈즈, 캘리코와 타이

우리를 맞이하는 세계적 패션학교 LCF의 로고

벡으로 싸인 의복들을 조심스럽게 보여주시는 교수님의 모습에서 아카이브에 대한 애정을 엿볼 수 있었다. 아카이브의 사진자료로 만들었다는 엽서를 한 장씩 받고, 각자 자기 취향에 맞는 그림을 받았다고 즐거워하며 우리의 첫 번째 인터뷰를 성공적으로 끝마쳤다.

파멜라 골빈 씨를 기다리는 우리

파리의 장식미술박물관, Les Art Decoratifs

파리의 장식미술박물관 내에는 '패션과 섬유관'이 따로 마련되어 있다. 부설로 운영되는 박물관이라 하여 보잘것없다고 넘겨짚는 것은 금물. 정부 지원을 받는 박물관 내에 있는 만큼 풍부한 콘텐츠로 유명하다. 게다가 우리와 인터뷰하기로 한 사람은 장식미술관의 수석 큐레이터이자 전 세계 유명 프레스에 얼굴을 비치는 셀러브리티, 파멜라 골빈(Pamela Golbin) 씨였다.

화요일로 예정되어 있었던 인터뷰가 급히 월요일로 변동됐다. 우리는 당연히 문이 열려있다는 생각으로 박물관에 갔다가 정문 앞 안내 표지판에서 월요일은 휴관이라는 문구를 발견하고 3초 동안 절망에 빠졌다. 그러나 친절한 직원의 안내를 받고 '박물관을 전세 냈다.'며 신이 났다.

파멜라 골빈 씨는 우리를 만나기 직전에도 인터뷰가 있었던 듯 보였다. 따뜻한 커피와 함께 박물관의 기획전시, 전반적인 운영 시스템에 대하여 들을 수 있었다. 특히 다음 기획전시는 한국의 디자인을 주제로 진행된다고 하여 더욱 흥미로웠다.

챌린저 Tip

캘리코(Calico) | 가로로 짠, 올이 촘촘하고 색깔이 흰 무명베. 시트나 옷 따위를 만드는 재료로 씀.

타이벡(Tyvek) | 진드기 및 미세먼지를 차단하는 기능이 있는 특수원단. 부직포에 비해 약 60% 정도 뛰어난 정균, 제균 능력이 있다.

Palais Galliera, 인터뷰를 마치고 갈리에라 계단에서

Palais Galliera

갈리에라 박물관은 파리시에서 운영하는 세계 최대 규모의 의상 전문 박물관이다. 탐방 전부터 우리는 학생이나 연구자에게만 공개되는 갈리에라의 도서관을 볼 생각에 들떠 있었다. 게다가 갈리에라는 박물관 조직의 반 이상을 보존부서로 두고 있기에 우리가 궁금했던 것들에 대해 더 자세히 알 수 있는 기회였다.

아침 일찍 갈리에라로 출발했다. 하지만 정작 인터뷰 약속이 되어 있었던 박물관의 총괄자 삼손(Alexandre Samson) 씨는 나와 있지 않았다. 박물관에 있던 다른 직원분들은 불어와 영어를 섞어가며 우리에게 상황을 설명해주었다. 몇 번의 통화 시도 끝에 극적으로 삼손 씨와 연결되어 저녁에 인터뷰를 진행하기로 다시 약속을 잡았다.

갈리에라 박물관의 공식적인 운영이 끝난 시각, 우리는 드디어 삼손 씨를 만났다. 그는 생각보다 훨씬 젊고 훈훈한 사람이었다. 우리는 또다시 전세를 낸 기분으로 박물관 곳곳을 구경하며 삼손 씨와 이야기를 나눴다. 특히 삼손 씨의 전문 분야는 현대의상이었기에 우리가 듣고 싶었던 주제들에 대해 더 많은 이야기를 들을 수 있었다. 마지막으로 한국 패션박물관 건립에 대한 조언을 구했을 때, 그는 성심성의껏 자신의 의견을 말해주었다. 그와의 인터뷰는 우리가 입을 모아 최고로 꼽는 인터뷰이다.

의복을 보존 및 보관하는 특별한 기준이나 방법이 있나요?

갈리에라의 보관 및 보존 부서가 유명하다는 것을 알고 있을 거예요. 모든 의복 보존은 갈리에라 소속의 전문 인력만으로 진행됩니다. 보존은 박물관 전체에 있어서 가장 중요한 일 중 하나이기 때문에 특별히 전문부서를 따로 마련하고 있는 것이죠. 보존처리 의복의 소재에 따라 약간씩 다른 방법을 선택합니다. 어떤 소재인지에 따라 약품의 강도나 약품 처리 빈도수를 다르게 하는 경우가 있는데, 예를 들어 18세기의 옷은 가구와 같은 소재로 옷을 만들었기 때문에 오히려 최근 옷보다 소재의 조직력이 강해 보관이 용이해요. 따라서 높은 강도의 약품을 일 년에 한 번 정도 사용하는 것만으로도 충분하답니다.

한국에 패션박물관이 세워진다면 무엇이 가장 중요할까요?

가장 중요하게 생각할 것은 '전시품'입니다. 어떤 전시품을 선택해 어떤 역사를 써나갈 것인지 결정해야 합니다. 의복이 전시되는 순간, 그것은 한국 패션을 정의하는 요소가 됩니다. 따라서 냉정해져야 합니다(Be cruel). 지나간 것 중 우리가 기억하는 최고는 단 몇 가지이니까요.

무엇보다 한국의 특징에 대해, 한국 패션의 특징에 대해 끊임없이 연구하고 생각해야 합니다. 어떤 것이 가장 '한국다운' 것인지, 소위 말하는 정체성을 찾는 것이 중요합니다. 이 과정은 패션박물관을 세우기 전뿐 아니라 세우고 난 후에도 계속해서 진행해야 할 과제입니다. 훗날 한국 패션이 더욱 발전하기 위해서도 꼭 필요한 과정이라고 생각합니다.

삼손 씨와의 단체샷

Pierre Cardin Museum

파리 시내의 한가운데에 있는 피에르 가르뎅 박물관은 신생 박물관이다. 언론의 극찬을 받긴 했지만 아무래도 개관한 지 얼마 되지 않아 온라인으로 찾을 수 있는 자료가 많지 않다는 사실은 우리를 조금 망설이게 했다. 지난 겨울 이곳을 방문했었던 팀원 가은의 적극적인 추천에 가보기로 했다.

박물관에 들어서자마자 환한 얼굴의 큐레이터 르네(Renée Taponier) 씨가 우리를 맞아주었다. 불어로 인터뷰해야 하는 상황이라 영어로 진행하는 것보다는 소통이 조금 어려웠다. 그러나 르네 씨는 우리의 노트에 그림을 그려주고, 어려운 용어는 철자를 써주기도 하면서 열성적으로 우리의 질문에 답을 해주셨다. 피에르 가르뎅과 14살 때부터 일을 해왔다는 그녀는 "박물관은 디자이너에게 창조적 영감의 원천이 된다."며 박물관의 모든 일을 직접 관리할 정도로 그의 작품에 대한 애정이 깊어 보였다. 박물관 책자와 초콜릿, 선물들을 한 아름 받아 안고 나오면서 이번 탐방을 통해 좋은 사람들을 많이 만난다고 생각했다.

에펠탑 앞의 꿈꾸는 우리

구찌 인터뷰이들과

피렌체, Gucci Museum

마지막으로 우리가 방문한 곳은 피렌체의 Gucci Museum. 구찌는 자체적으로 아카이브를 운영하며 백 년이 넘는 브랜드의 역사를 기록하고 있으며, 그 일환으로 피렌체에 박물관을 두어 대중과 소통하고 있었다. 단독 브랜드에서 운영하는 박물관 중에서는 가장 큰 규모를 자랑하는 이곳에서 우리는 친절한 일본인 큐레이터 케이코(Keiko) 씨를 만날 수 있었다.

패션기업 자체에서 운영하는 박물관인 만큼 유연한 운영시스템과 브랜드 아이덴티티를 효과적으로 전달하는 전시기법이 눈에 띄었다. 확실히 패션브랜드 자체에서 운영하는 박물관이라 그런지 인테리어부터 전시관 구성 모두가 감각적이었다. 케이코 씨는 "박물관은 모두의 참여를 통해 이루어진다."며 일본인 특유의 나긋나긋한 목소리로 전시의 구성과 구찌 아카이브의 운영 시스템, 홍보법 등에 대해 알려주었다. 마지막에는 피렌체의 마법 주문 "임보카루브"로 우리의 탐방에 힘을 실어주었다. 주문의 의미는 '힘들고 어려운 일이 있어도 그 마지막은 화려할 것이다.'이다.

| EPISODE |

런던 횡단

우리의 첫 번째 탐방기관인 LCF Collections & Archive에 가는 날. 첫 번째 인터뷰인 만큼 늦지 않으려고 한 시간 더 일찍 나왔다. 학교 건물은 생각보다 외진 곳에 있었고, 골목을 굽이굽이 돌아가서야 우리는 LCF의 간판을 발견했다. 예상보다는 허름한 외관에 살짝 의구심이 들었지만, 메일에 적힌 주소를 재차 확인해보아도 이곳이 바로 아카이브 연구실이 있다는 그곳이었다. 하지만 웬걸, 건물 1층의 안내 데스크에서는 우리가 잘못 찾아온 것이라며 다른 주소를 알려주었다. 남은 시간은 십 분. 우리는 택시를 잡아타고선 두 번째 LCF 건물로 달려갔다.

직원분의 안내를 받고 강의실 앞에서 십 분을 기다렸지만 아무도 나오지 않았다! 결국 교무실로 찾아가 확인해본 결과 아카이브의 수석 연구원 제인 홀트(Jane Holt) 교수님은 이 캠퍼스에 없다고 한다. 안내데스크에 다시 내려가 여쭤 보았더니 자신의 실수라며 새로운 주소를 알려주었고, 홀트 교수님과 전화 통화를 통해 기다리고 있을 테니 천천히 오라는 말씀을 들었다. 길고 긴 여정 끝에 우리가 도착한 곳은 런던 시내 한복판에 있는 LCF 메인 빌딩. 지난 이틀간 우리가 수없이 지나다녔던 바로 그곳이었다. 알고 보니 런던 시내에는 총 6개의 캠퍼스가 있고, 간혹 교수님과 학생들도 주소를 헷갈리는 일이 생긴다고 했다. 인터뷰는 30분 넘게 늦어졌지만 교수님께서는 자신이 주소를 잘못 알려줘서 생긴 일이라며 상냥한 목소리로 우리를 맞이해주셨다. 그렇게 우리는 화기애애한 분위기 속에서 즐겁게 첫 인터뷰를 마쳤다.

인터뷰 후 제인 홀트 교수님과

탐방대원 후기

팀원 1. 민송주

LG글로벌챌린저는 제가 그동안 가보지 못한 새로운 길을 열어주었습니다. 돌이켜보면 순간순간이 값진 시간이었고, 이를 통해 한 단계 성장한 저 자신을 마주할 때마다 너무나 뿌듯합니다. LG에 감사드리고, 소중한 순간을 함께해준 가은, 수영, 연수에게 사랑의 마음을 담아 한마디 전할게요. 얘들아 우리 정말로 최고여!

팀원 2. 서수영

내가 하고 싶던 일을 위해 인터뷰를 진행하고, 탐방하는 과정은 다시 돌아오지 못할 스물셋의 소중한 추억이 될 것 같습니다. 좋은 사람들, 뜻밖의 기회, 새로운 경험. 이 모든 일을 가능케 해주신 하나님께 감사드리며, 늘 아껴주는 팀원들에게 고맙다는 말을 전하고 싶습니다.

팀원 3. 이연수

'설마'하는 마음으로 시작했던 LG글로벌챌린저는 이제 제 대학생활에 있어 새로운 이야깃거리가 되었습니다. 숨 돌릴 틈도 없이 달려온 학기였지만, 마음만큼은 그 어느 때보다도 가볍습니다. 도움을 주신 모든 분과 LG, 그리고 긴 여정을 함께해준 세 명의 팀원들에게 각별한 마음을 전합니다.

팀원 4. 최가은

계획서부터 탐방까지 팀원들이 머리를 모아 스스로 해내는 모든 과정이 도전이었습니다. 지금이 아니면 할 수 없는 일을 해냈다는 게 정말 뿌듯합니다. 마음이 꼭 맞는 팀원들과 두고두고 추억할 수 있는 여름을 만든 것 같아 행복합니다. 얘들아 정신 차려! 좋은 기회 주신 LG글로벌챌린저 감사합니다!

Know-how
모든 과정을 즐기자!

1.
쉽고 재밌는
주제를 선택하자

탐방 초반 한 달 동안 우리의 발목을 잡은 것은 다름 아닌 주제 선정이었다. 같은 전공 네 명이 모인 만큼 전공과 관련이 깊으면서도 참신한 주제를 생각해내야 했다. 몇 번이고 주제를 바꾸고, 자료조사를 새로 하면서 시작부터 이렇게 막히면 안 된다는 생각이 들었다. 결국, 우리는 우리가 평소에 전공공부를 하면서 실질적으로 필요로 하던 것들에 대해 생각하게 되었다. 덕분에 탐방의 모든 과정동안 즐겁게 임할 수 있었다.

2.
탐방이
끝난 후에도
팀원과 함께 있기

해외탐방을 다녀온 후에도 할 일은 끊이지 않았다. 보고서도 써야 하고, 인터넷 중계에 수기에 할 일이 많다. 매일 8시간 이상씩 직접 만나 작업해야 하는 상황에 카페를 전전하는 것도 번거로운 일이다. 팀원들 간, 집이 멀 경우에는 더욱 불편하다. 우리는 탐방을 다녀온 후에도 2주 동안 합숙을 하며 함께 지냈다. 실시간으로 피드백을 주고받으며 작업능률을 올렸다.

애물단지를 예술단지로,
공중전화를 구하라

팀명(학교) Tell me (가천대학교)
팀원   강수경, 임우일, 최웅식, 허주연
기간   2015년 8월 2일~2015년 8월 15일
장소   **영국, 독일**
          1. 런던 (영국통신 British Telecom / 김정후 교수 UCL)
          2. 첼트넘 (첼트넘 뮤지엄 Cheltenham Wilson Museum)
          3. 헥섬 (레드 박스 아트 갤러리 RED BOX ART Gallery)
          4. 세틀 (갤러리 온 더 그린 Gallery on the Green)
          5. 쾰른 (쾰른국제디자인학교 Köln International School of Design)
          6. 프랑크푸르트 (독일 디자인카운슬 German Design Council)

공중전화를 발견하고 인증샷을 찍는 사람들이 있을 정도로 공중전화는 우리 곁에서 빠르게 사라지고 있다. 관리하기도 어려운 데다, 사용률 급감으로 인해 발생하는 적자 또한 상당해서 여간 골칫거리가 아닐 수 없다. 그렇다고 전부 철거하는 것만이 답은 아니다. 철거비용 또한 상당할뿐더러, 일본 대지진 사태와 같은 외국의 사례들을 통해 볼 수 있듯, 비상통신 수단으로서 공중전화의 필요성으로 인해 일정량에 한하여 철거가 법에 따라 제한된다. 우리는 이러지도 저러지도 못하는 애물단지가 되어버린 공중전화를 새로운 재탄생을 생각해 봤다. 공중전화 부스를 예술가를 위한 전시장으로 만들어 일상에서 예술을 접할 기회가 부족한 시민들과 전시 기회가 부족한 신진 예술가 모두를 위한 활용법으로 제시하고자 디자인 선진국 영국과 독일은 과연 어떻게 이러한 문제에 대처했는지 직접 알아보고자 탐방을 다녀왔다.

영국의 공중전화는 우리가 책임진다, British Telecom

BT는 영국 제1의 통신사이자 세계 10대 통신사에 드는 큰 기업인 데다, 우리 탐방의 시작이자 이번 탐방에 있어 가장 큰 비중을 차지할 것으로 생각했기에 비장한 마음으로 사옥에 들어섰다.

우리와 인터뷰를 하기로 한 BT의 디자인 총괄책임자(Head of Design)인 데이비드(David Mercer) 씨가 직접 로비로 나와 우리를 맞이해주었다. 으리으리한 사옥 내부가 우리를 압도했다. 보안 또한 매우 철저했지만, 데이비드 씨 덕분에 아무런 문제 없이 미팅룸까지 갈 수 있었다.

데이비드 씨는 우리의 우려와는 달리 매우 정성스레 손수 인터뷰를 준비해 두었다. 우리가 사전에 알려두었던 질문 외에도 많은 자료를 준비해두었다는 얘기를 듣고 우리 모두 감동했다.

영국의 공중전화 또한 우리나라의 상황과 크게 다르지 않다고 했다. 사용률 저하로 적자문제와 관리에 어려움을 겪으며 쓰레기장 혹은 음란전단지로 둘러싸인 골칫거리가 되었다고 말했다. BT는 이러한 상황을 일찍부터 심각하게 받아들이고, 그들의 명성과 자존심이 걸린 문제라고 생각하고 적극적으로 재사용 방안 모색에 나섰다. 'Adopt a Kiosk Campaign', 'BT Artbox Project' 등이 그 노력

으리으리한 BT사옥 내부

BT사옥 로고 앞에서
디자인 총괄책임자
데이비드 씨와 함께

을 보여주는 대표적인 사례이며, 그 중에서도 BT Artbox Project는 공중전화 부스를 예술작품으로 승화하여 시민들에게 접근했다는 점에서 배울 점이 많았다.

2시간에 걸친 인터뷰가 끝나고, 떠나려는 우리의 손은 데이비드 씨가 챙겨준 각종 자료로 무거웠다. 감사함에 미리 준비했던 명함케이스를 선물로 드렸더니 고마움에 사진이라도 더 찍자며 우리를 이끌던 모습이 아직도 생생하다.

데이비드 씨와의 일정 첫 인터뷰를 무사히 마친 우리는 BT 사옥 인근 유명 레스토랑에서 배를 채웠다. 런던에서의 첫 식사를 기념하기 위해, 또 첫 인터뷰를 무사히 마친 기념으로 메뉴는 과감하게 랍스터로 정했다.

'도시재생 전도사', UCL 김정후 박사님

랍스터로 배를 든든히 채운 우리는 다음 인터뷰이 김정후 박사님을 만나기 위해 런던대학교(University College London)로 향했다. 런던대학교 지리학과에서 펠로우로 도시연구에 참여하고 계신 김정후 박사님은 '도시재생 전도사'라고 불리며 국내외에서 공공, 도시재생 전문가로 잘 알려져 있다. 해외탐방 전 국내 기관 조사 과정에서 많은 담당자가 런던을 방문하면 김정후 박사님을 꼭 찾아가라고 권했을 정도로 공공디자인과 도시재생 분야에서 전문가로 꼽힌다.

박사님의 인터뷰 기사와 박사님이 저술하신 저서에서 제도나 실태에 대한 예리한 비판을 종종 볼 수가 있었기 때문에, 박사님이 계신 연구실의 문을 두드릴 때쯤 우리는 우리도 모르게 살짝 긴장하고 있었다.

하지만 우리의 작은 우려와는 달리 인터뷰는 아주 수월하게 진행되었다. 공중전화 부스를 전시장으로 활용할 시 생기는 관리의 문제점과 해결책에 대한 논의를 통해 좋은 해결책을 얻을 수 있었고, 우리 프로젝트에 관한 전체적인 조언과 더불어 기업과의 협업에 관해서도 다양한 조언을 아끼지 않으셨다. 또한, 유휴공간으로 전락한 공중전화를 철거가 아닌 재활용 한다는 점, 고질적인 도시미관 저해 문제점을 해결할 수 있는 좋은 해결책이 될 것이라는 점에서 가능성을 크게 평가해주셨다. 기업과의 협업 과정에 있어 어려운 점이 생기면 꼭 도움을 주겠다는 약속까지 해주시고, 여러모로 힘을 얻어갈 수 있었던 든든한 인터뷰였다.

무사히 첫날 일정을 마치고 숙소로 돌아가는 우리의 발걸음은 날아갈 듯했다. 시작이 반이라고 하지 않는가! 런던의 아름다운 야경을 보며 우리의 남은 일정도 이처럼 밝으리라 느꼈다.

멀리서 본 타워브릿지. 유독 연인들이 많이 보였다

공중전화 전시장의 가능성을 보여준 Cheltenham Museum

첼트넘 뮤지엄은 후기 인상파인 바네사 벨, 스탠리 스페서와 프란체스코 과르디 등 여러 유명 작가들의 전시품을 소장 중인 첼트넘 지역을 대표하는 미술관이다. 최근 이 미술관에서 지역 번화가에 위치한 공중전화들을 박물관의 전시장 일부로 재활용하고자 프로젝트를 진행하였다고 하여, 프로젝트의 Collection & Engagement Manager인 스티비(Stevie Edge-McKee) 씨와 인터뷰를 잡았다.

약속 시간보다 일찍 도착했음에도 불구하고 스티비 씨는 그녀의 후임 매니저와 함께 로비에서부터 우리를 기다리고 있었다. 임신 중인 몸을 이끌고 약속 시간보다 먼저 나와 우리를 기다려준 스티비 씨에게 정말 고마웠다.

비록 우리가 미팅을 했을 당시에는 아직 프로젝트가 완벽하게 진행되지 않은 상태였기 때문에 그 실체를 확인할 수는 없었지만, 그들이 프로젝트를 진행하며 겪었던 어려움과 제약사항들을 통해 우리의 프로젝트에서 생길 수 있는 이러한 문제점들을 예측하고, 그에 대한 해결책을 미리 마련할 수 있는 좋은 기회였다.

하지만 무엇보다도 지구 반대편의 낯선 사람들이 우리와 같은 생각을 하고 같은 고민을 했다는 것, 그리고 무엇보다도 한 자리 모여 그러한 것들에 대해 같이 이야기 나눌 수 있다는 사실이 우리를 설레게 하였다.

인터뷰를 마치고 박물관 내에서 찰칵. 스티비 씨는 만삭의 몸이었음에도 불구하고 친절하게 우리를 맞아주었다

사람들로 붐비는 갤러리 앞에 귀여운 화분인형

우리가 직접 예술가가 되어 전시했던 RED BOX ART Gallery

헥섬에는 '레드 박스 아트 갤러리(RED BOX ART Gallery)'라는 이름으로 운영되고 있는 공중전화 부스 갤러리가 있다. 2013년 말 영국의 유명 배우 롭슨(Robson Green)의 전시를 시작으로 전시장으로 본격적으로 운영되어 온 이 갤러리는, 지난 2년간 지역 안팎 여러 작가의 다양한 작품을 전시하고 있다.

우리는 작품을 전시할 작가들의 입장을 조금이라도 더 이해하고자 우리가 직접 예술가가 되어보고 싶었다. 직접 작가의 입장이 되어 공중전화 부스를 꾸며본다면 이해에 도움이 될 것으로 생각한 우리는, 탐방 전 미리 레드 박스 아트 갤러리 측에 연락을 취하여 우리의 방문 날짜에 맞춰 전시장 대여를 약속받아두었다.

우리는 한국의 전통문양에 대한 전시를 기획하여 준비해 왔다. 영국 현지에서 전시 준비를 할 수는 없었기 때문에, 한국에서 미리 모든 것을 준비해 왔다. 작가의 입장이 되겠다는 마음으로 주제 기획부터 수묵화를 그리고 문양에 덧댈 한지의 색을 고르는 일 하나하나 우리가 직접 준비했다. 1시간가량의 설치작업 끝에 우리의 전시가 완성되었고, 결과는 매우 성공적이었다. 주변을 지나가는 사람들의 많은 관심을 받았다. 누구보다도 아만다(Amanda Galbraith)씨가 무척 만족해했다. 알렌데일 포지 스튜디오(Allendale Forge Studios)의 매니

어디서 찍어도 작품이었던 세틀의 한 언덕에서. Tell Me팀이 뽑은 베스트포토

저로, 레드 박스 아트 갤러리의 큐레이터를 겸하고 있는 아만다 씨는 우리에게 솔직히 걱정이 많았다고 털어났다. 누군지도 잘 모르는 타지의 학생들이 전시를 하겠다고 신청했을 때, 솔직히 처음에는 거절하려 했다고 말했다. 하지만 계속된 우리의 구애에 마음을 열었고, 우리의 노력과 아름다운 전시에 고맙다고 했다.

그녀는 스튜디오 1층의 카페테리아에서 맛있는 파니니를 대접해주고, 스튜디오에서 작업 중인 지역 예술가들을 차례대로 소개해주었다. 비록 예정에는 없었지만, 지역 예술가들을 직접 만나고 그들의 니즈를 직접 들을 수 있는 좋은 기회가 되었다. 또 아만다 씨로부터 이 스튜디오가 지역 예술가들을 위해 하고 있는 일과, 영국의 지역 예술 지원정책에 대해 들을 수 있었던 유익한 시간이었다. 우리는 그렇게 해가질 때까지 이야기를 나누었다.

가장 이상적인 공중전화 전시장을 보여준 Gallery on the Green

헥섬에서의 일정도 무사히 마치고, 다음날 우리는 바로 영국에서의 마지막 일정지 세틀(Settle)로 향했다. 세틀로 향하는 기차는 영국의 넓고 아름다운 초원을 끝없이 가로질렀는데, 그 경치가 가히 장관이었다.

세틀에 위치한 갤러리 온 더 그린(Gallery on the Green)은 영국 내에서도 가장 성공적인 공중전화 재사용 사례로 꼽힌다. 주민들의 자발적 참여로 관리되는 이 갤러리는 2009년 개관했으며, 전설적인 락 밴드 퀸의 기타리스트 브라이언 메이(Brian May) 등 국내외의 다양한 작가들의 작품을 전시해오고 있다.

우리와 만나기로 한 줄리(Julie Sobczak) 씨는 이 갤러리의 큐레이터를 맡고 있었다. 인상이 참 좋았던 줄리 씨와 그녀의 남편 빅터(Victor Sobczak) 씨는 우리를 따뜻하게 맞아주었다. 따뜻한 홍차와 간단한 다과를 즐기며 공중전화 갤러리가 세틀에 가져온 긍정적인 영향과 갤러리 온 더 그린이 성공적일 수 있었던 이유를 묻고 이야기를 나누었다. 줄리와의 대화가 느슨해질 때쯤 중간중간 빅터 씨가 해주는 브라이언 메이에 대한 이야기와 영국 축구 얘기 덕에 지루할 틈 없이 대화를 이어갈 수 있었다.

줄리 부부는 미팅이 끝나고, 마을 뒤편의 언덕이 경치가 좋다며 우리를 데려갔다. 언덕에 올라서자 기차를 타고 올 때 보였던 초원들이 끝없이 펼쳐져 있었다. 그때 보았던 영국의 드넓은 초원 뒤로 저물어 가는 석양을 우린 절대 잊지 못할 것이다.

챌린저 Tip

Adopt a Kiosk Campaign | 공중전화 박스를 철거하는 대신, 현재 위치 지역의 지방정부나 단체에서 단돈 1파운드(한화 1,700원)에 해당 부스를 이양받을 수 있도록 하고 있다. 프로그램이 시작된 2008년 이래로 2,500여 개의 공중전화 부스가 지역사회로 이양되어 활용되고 있다.

BT Artbox Project | BT의 아동상담단체 ChildLine 후원 25주년 기념으로 진행된 이벤트. 피터 블레이크(Peter Blake), 자하 하디드(Zaha Hadid) 등 70명의 유명 작가와 디자이너가 참여해 작품을 만들었으며, 2012 런던 올림픽 기간에 전시되었다. 전시 종료 후 전시작품은 경매를 통해 판매되었으며, 수익금 전액 다 ChildLine에 기부되었다.

유휴공간 | 유휴공간은 '사용하지 않고 놀리는 비어 있는 곳'으로 정의되며, '쓸모없음'이 아니라, '사용하지 않는 상태'를 의미한다. 유휴공간은 녹지, 공원으로 조성되거나 문화시설, 예술창작시설로 활용되고 있다.

탐방대원 후기

팀원 1. 최웅식

저에게 있어서 LG글로벌챌린저는 잊혀 가던 소중한 사람들을 되찾게 해준 고마운 존재랍니다. 약 일 년이라는 시간 동안 항상 옆에 있어 주고 어리광 받아줘서 고마워요, Tell Me 팀 친구들!

팀원 2. 강수경

탐방을 마친 후에 이렇게 글을 쓰면서 느끼는 건, 바로 앞에 일에만 연연하지 말고 기회가 있을 때 도전해 봐야 한다는 거예요. 그런 의미로 저에게 LG글로벌챌린저를 제의해준 언니, 오빠들이 너무나도 소중한 존재라고 말해주고 싶어요. 도전하세요! 그리고 맛보게 될 그리움을 밑바탕으로 더 멀리 나아갈 수 있길 바랍니다.

팀원 3. 임우일

바쁜 일정임에도 불구하고 앞만 보고 여기까지 달려올 수 있었던 건, 좋은 친구들과 함께했기에 가능했다고 생각해요. 하마터면 별 일없이 무난하게 지나갈 뻔했던 저의 대학생활에 있어 LG글로벌챌린저는 대학생활을 마치는 화려한 종지부이자 인생의 전환점이 될 것이라 믿습니다.

팀원 4. 허주연

처음 해보는 친구들과의 공모전, 해외 탐방, 그리고 도전!, 서로 죽이 잘 맞아 한 번도 싸운 적이 없었어요. 일정상 쫓겨 밤을 새우고 힘이 들어도 오히려 웃고 장난치면서 괴롭지만 즐거운 시간을 보냈죠. 생각해보면 프로젝트를 논리성 있게 구축하고 실현 가능성을 계속 검토하는 것처럼, 팀원과 어떻게 하면 즐겁게 지낼지 노력하는 것이 매우 중요한 것 같아요.

Know-how
애착을 가지고
프로젝트에 임하라!

1.
흥미나 열정을
가지고 할 수 있는
주제를 선택하라

주제선정은 탐방의 첫 단계인 만큼 그 중요성을 백 번 강조해도 지나치지 않다. 어려워 보이는 것, 멋있어 보이는 것이 꼭 좋은 주제는 아니다. 자신이 잘 아는 주제, 혹은 자신이 관심 있는 주제를 고른다면 프로젝트를 발전해나가는 과정에서 탄력을 받을 수 있다. 주제에 열정을 담아 진행하다 보면, 프로젝트와 함께 성장해가는 나를 발견할 수 있을 것이다.

2.
해외 기관과의
컨택은
정성이다!

해외 기관과의 컨택은 해외 탐방의 성과를 좌우하는 중요한 단계이다. 하지만 해외 기관의 입장에서 본다면, 메일 한 통, 전화 한 통에 지구 반대편 어딘가의 낯선 사람을 덥석 믿고 내 시간을 내주기란 쉽지 않다. 그러므로 만일 첫 시도에서 거절당한다 하더라도 좌절하지 말고 계속 '나는 당신의 도움이 필요하다'는 나의 호감을 사야 한다. 각종 작업물이나 안내 자료를 통해 프로젝트에 대한 정보와 진행사항 등을 확인시켜 주는 것이 효율적이다.

이끼로 재생 도시를
물들이다

팀명(학교) 나이끼 (한국교통대학교)
팀원 김진호, 손현경, 장승혁, 허현석
기간 2015년 8월 2일~2015년 8월 15일
장소 미국
    1. 애틀란타 (그린루프닷컴 Greenroofs.com)
    2. 리치몬드 (마운틴모스 MountainMoss)
    3. 워싱턴디씨 (그리닝얼번 GreeningUrban)
    4. 샌프란시스코 (링크드인 Linkedin, 브라운론그린 BrownLawnGreen,
       플로라그럽 Floragrubb)

이미 우리나라에는 약 200여 개의 벽화 마을 곳곳에 존재하며, 계속 추진 중인 벽화 마을 프로젝트도 많다. 하지만 우리는 무분별한 계획과 관리 소홀로 인해 발생하는 낙서, 소음, 쓰레기 등으로 인해 벽화 마을의 첫 기획 의도와는 다른 거리가 만들어지고 있다는 사실을 알게 됐다. 우리는 이에 대한 대안으로 기존의 벽화 마을에 자연을, 특히 이끼를 이용하여 새로운 이미지의 자연 친환경 도시재생을 계획해 보았다. 흔하지만 늘 우리 곁에 있던 이끼로 물들인 벽화 마을 그리고 도시재생. 우리나라에서는 친환경적 도시재생이란 찾아보기 어렵고, 자연과 접목한 마을 꾸미기 사례는 지속하지 못하는 실정이다. 그래서 60년 동안 탄탄히 쌓은 미국의 도시 재생 시스템 노하우를 배우고, 다양한 자연물들의 사례들을 직접 보기 위해 미국으로 향했다.

산 넘어 산 고난과 역경으로 묶인 출발

새벽 6시 30분, 미국으로 출발하기 약 3시간 전. 공항에서 맞는 일출은 참 아름다웠지만, 장밋빛 하늘이 금빛으로 바뀔 무렵, 방금까지만 해도 있었던 김진호 팀장의 여권이 사라짐과 동시에 장승혁 대원이 자동출입국등록을 못 했다는 사실을 알게 됐다. 안절부절 못하고 있던 찰나, 김진호 팀장의 전화벨이 울렸고 이어 그의 여권을 습득하였으니 가져가라는 말과 동시의 장승혁 대원이 자동출입등록을 무사히 마쳤다는 소리를 들을 수 있었다. 부리나케 달려가 80명의 대기인원을 뚫었다는 막내 장승혁 대원의 말과 함께 한결 가벼운 마음으로 보안 탐색대를 지났는데, 김진호 팀장과 허현석 대원이 나오지 않는다. 이게 무슨 일이지? 우리는 액체반입과 몇 가지 수하물 금지 품목을 버리고서야 비행기에 몸을 실을 수 있었다. 시차 적응을 위한 잠자리 준비를 하려는 찰나에 어디선가 빼-빼-, 쇠그릇을 손톱으로 긁는 소리가 엄청난 울음소리와 함

챌린저 Tip

도시재생 | 산업구조 및 신도시 위주의 도시 확장으로 인해 상대적으로 낙후된 기존 도시에 새로운 기능을 도입하고 창출함으로써 쇠퇴한 도시를 새롭게 경제적·사회적·물리적으로 부흥시키는 도시사업을 의미를 말한다.

비행기에서 본 미국 하늘

께 들려왔다. 아뿔싸, 우리의 뒷자리에 앉은 아이 3명이 울기 시작했다. 우리
는 이렇게 15시간 동안 삼중주 아가들의 울음소리가 난무한 버뮤다 삼각지대
에 빠져 헤어 나오지 못하였고 그렇게 근 이틀을 뜬눈 상태로 애틀랜타에 도착
했다. 애틀랜타에 도착 후 출입국 심사를 위해 기다렸는데 무서운 심사관들의
표정에 살짝 긴장했다. 먼저 김진호 팀장부터 시작했는데 이상하다. 이야기가
길어지기 시작하더니 다른 심사관들이 김진호 팀장에게 계속 무언가를 물어보
니 어느새 10분이 흘렀다. 미국의 입국심사는 엄격한 것으로 알고 있다. 의심
하는 것이 직업인 그들과 첫 대면을 해야 하는 곳이 입국심사이다. 김진호 팀
장에게 심사관이 여러 질문을 했는데, 이 때 김진호 팀장이 영어를 못하고 매
우 긴장한 표정으로 땀을 흘리며 지은 옅은 웃음이 문제가 됐다. 그들은 한국
어가 가능한 다른 심사관을 부르고 연이어 질문을 던졌다. 하지만 모든 질문이
끝난 뒤 그들은 김진호 팀장에게 "너무 떨어 정서적으로 문제가 있는 줄 알았
다."고 설명했다고. 미국에 오자마자 잠도 못 잔 채 조롱을 들으며 우리는 공
항을 빠져 나와 드디어 애틀랜타 땅을 밟았다!

두근두근 첫 탐방 인터뷰 Greenroof.com

친환경 도시재생 관련 비영리 단체였던 Greenroof.com과의 탐방을 위해 그곳의 대표이자 홍보 및 디자인컨설턴트인 린다(Linda Velazquez) 씨를 만나기로 하고, 그녀에게 확인 전화를 걸었다.

"I did not expect you are really come here.(정말로 너희가 올 줄 몰랐어.)"

2달 반전부터 그녀에게 보낸 수십 통의 메일 그리고 비싼 국제통화를 하며 이렇게 미국까지 고생하며 왔는데 그녀의 첫마디에 뒤통수 한 대를 탕! 맞은 느낌이 들었다. 그녀는 그린루프를 보여주겠다며 애틀란타 국립공원(Atlanta National Park)을 알려주었다. 금발 머리의 아름다운 파란 눈을 가진 린다 씨는 활발하며 귀여운 목소리로 우리의 첫 인터뷰를 즐겁게 만들어 줬다. 그녀는 대학시절 독일유학 중 보았던 그린루프를 통해 인간은 자연이 필요한 존재임을 깨달았다. 그 후 30년 동안 자연 속에 사는 삶을 위해 그린루프 도시재생을 만들어 온 멋진 커리어우먼이었던 것. 우리는 이끼를 통한 도시재생에 관하여 준비한 이끼벽화그림을 보여주며 '도시재생을 위해서는 장기적인 계획이 있어야 하고, 지속적인 유지가 가능하기 위해서는 이끼의 장기적인 보관 및 관리 방법을 확실하게 파악하고 있어야 한다'고 알려줬다. 그녀는 우리가 선물로 준 부채에 감동하더니,

LG글로벌챌린저 부채를 좋아하는 린다 씨

챌린저 Tip

그린루프 | 건축물의 단열성이나 경관의 향상 등을 목적으로 지붕이나 옥상에 식물을 심어 녹화하기 위한 것을 의미한다.

"You should go to Southface and take a look at what's Green regeneration system. (Southface 회사에 가서 도시재생 시스템이 어떤지 한번 봐야 해요.)"라고 조언해줬다.

실제로 도시의 한 곳에서 건물 자체에 친환경 에너지시스템으로 환경과 에너지비용면에서 효과를 보고 있는 곳 Southface를 통해 도시에 있는 건물들도 그 자체가 친환경적인 시스템 구조로 환경을 생각함과 동시에 건물 내 에너지 사용 비용을 절감할 수 있으며, 또한 건물 내에서 일상생활을 하는 사람들에게 쾌적한 환경을 제공할 수 있음을 알 수 있었다.

그런데 이끼는 언제 볼 수 있지?

이끼를 사랑하는 그녀, MountainMoss의 애니

이끼를 이용한 도시재생을 꿈꾸는 마운틴모스의 대표 애니(Annie Martin) 씨를 만나기 위해 우리는 리치몬드의 옆 동네인 노스 캐롤라이나 애쉬빌에 갔다. Mountain Moss Enterprises는 이끼에 관한 전문적인 지식과 일상생활에서 어떻게 활용하며 관리, 디자인, 설계, 유지 등 다양한 분야에 적용하는 방법 소개 및 이끼 지붕 및 이끼 작품을 책 발간 그리고 상품으로 제공하는 곳이다. 옆 동네지만 우린 장장 12시간을 운전하여 가야 했고 그렇게 우린 미국의 규모를 몸소 실감한 채 이끼 박사 애니 씨를 만났다. 그녀는 생각 의외로 너무나 밝고 활발한 할머니였고 환한 미소 덕분인지 이끼를 키우고 생육하는 공간에서의

이끼를 온몸으로 만끽하다

세 가지 종류의 이끼

첫 인터뷰는 너무나 황홀하였다.

"Take off your shoes.(신발 벗어요.)"

그녀의 첫마디에 우린 인터뷰하는 내내 맨발로 이끼를 온몸으로 즐기며 다양한 종류와 다양한 색깔의 이끼를 볼 수 있었다. 그녀를 만나지 않았다면 허황한 공상에서 그쳤을 뻔한 나이끼. 하지만 그녀는 공상을 현실로 만들어주었고 죽은 이끼도 물만 있으면 더운 곳에서나 습한 곳에서나 잘 자랄 수 있다는 점에 감동했다. 심지어 꽁꽁 언 얼음 속에서도 그녀는 굳건히 살아간다.

"Moss has a sex."

"What?"

이끼가 성별이 있다는 애니 씨의 황당한 말에 우리 나이끼는 순간 멈칫하였다. '여사님이 우리를 놀리는 건가! 아까부터 우리를 유치원생 다루듯 하시던데' 라는 생각도 잠시. 우리는 그 말이 사실이라는 것을 알았다. 새 생명이 태어나기 위해선 생명이 시작되는 종자가 있어야 하는데 보통 식물은 그들의 뿌리 속에 두고 자라나지만 이끼는 그 자체가 종자가 되어 죽음과 동시에 새 생명이 태어날 수 있는 구조를 가진 '자수성가'하는 녀석이었다. 그래서 죽고 마른 이끼를 잘라내어 모은 뒤 바짝 말려도 씨앗처럼 뿌리고 물을 주면 또다시 푸르게 힘껏 자랄 수 있다는 것. 가장 신기한 점은 말랐던 이끼는 물을 주기만 하면 순식간에 반응을 하여 그 색깔에 점점 활기가 돈다는 것이었다. 그동안 몰랐던 이끼에 대해 경이로움을 가진 채 애니 씨와 아름다운 작별인사를 하며 끝날 때까지도 그녀는 쌩쌩한 모습으로 우리에게 마지막 인사를 건네주었다. 힘들게 온 만큼 얻어가는 것도 많았던 애쉬빌에서의 하루.

"자, 이제 집에 가자! 7시간밖에 안 걸려 하하!" 웃음소리의 끝남과 동시 어디선가 스포트라이트가 깜빡거린다. 순간 쨍쨍한 하늘 아래 '토네이도가 올 거야 번개만 안 맞으면 좋겠다.'라고 애니가 했던 말이 뇌리를 스쳤다. 그렇게 우린 집으로 돌아가는 한밤 고속도로에서 태풍과 마주쳤고 빗발치는 천둥과 번개 빛에 의존해 시야를 확보하며 태풍의 눈 속을 달리고 있었다.

이끼는 자생력이 강한 만큼 번식력도 매우 강력한 식물인데 이를 어떻게 조절하고 고정하나요?

여러분들의 말처럼 이끼는 자생력이 강한 친구예요. 추운 얼음 속이나 덥고 습한 곳 그리고 햇빛이 없는 물속에서도 살아남는 것이 이끼죠. 번식력도 매우 강해 시멘트 돌이든 대리석이든 어떠한 곳에서도 잘 자라나죠. 이런 이끼를 상품화하기 위해서는 형태를 잘 만들어주어야 해요. 저는 이런 이끼를 고정하기 위해 치아교정 할 때 사용하는 나일론을 이용했어요. 치과의사인 아버지로부터 알게 된 나일론 철사와 친환경 재질의 천을 2~3겹 엮어 그 위에 이끼를 자라게 해요. 그렇게 이끼를 고정하고 형태를 단단하게 만들어 주어 여러 가지 모양의 이끼 판을 만들 수 있었어요. 독일에 어느 한 회사에서도 이것을 저에게 만들어 달라고 의뢰 했었죠.

이끼도 식물이기에 한정된 시간 속에서 살아가다 시들어 버리는데 이끼가 죽으면 어떻게 처리하나요?

여러분들이 한 가지 잘 못 알고 있는 게 있어요. 모든 식물이 죽는 건 아니랍니다. 이끼가 그런 식물이죠. 이끼는 죽지 않고 다만 시들뿐이에요. 다른 식물들은 영양분을 얻는 뿌리가 죽으면 시들어 다시 살릴 수 없어요. 하지만 이끼는 달라요. 이끼는 그 자체가 뿌리이고 씨앗이니까요. 그래서 물만 있으면 어디서든 메말랐던 이끼는 다시 살아나요. 그렇게 저는 죽은 이끼를 버리지 않고 잘게 잘라 말려둔 다음 후에 사용할 이끼 타일을 만드는 데 사용하죠.

애니의 이끼지붕 아래서 찰칵

죽은 이끼를 잘게 잘라 보관하는 모습

미국 도시재생 1번지 Washington D.C.

태풍과 이끼가 우릴 맞이 해주었던 애틀란타 에서의 여정을 무사히 마치고 리치몬드에서 멋진 은발의 인자한 크리스(J.Chris Earley) 씨를 만났다. 오늘 일정이 있다는 그의 말에 좌절하려던 찰나, 그가 우리를 위해 일정을 뒤로 미루고 반나절 동안 도시재생의 일 번지인 워싱턴에서 그가 진행했던 프로젝트 장소들을 보여준다는 것이었다! 우린 그 덕분에 대한민국 반도와는 차원이 다른 미국의 대륙에서 반세기 역사를 가진 도시재생의 결과물을 볼 수 있었다. 그와의 인터뷰 중 미국 도시재생에서 'Renovation'과 'Regeneration' 중 어디를 더 중요시하는 경향이 있냐는 질문에 그는 "큰 대륙인 미국인 이곳에서도 도시재생을 모든 도시가 이뤘다고 말할 수 없어요. 60년이 지났지만, 여전히 미비한 곳도 있고 그런 곳이 있기에 아직은 고치고 새롭게 바꾸는 'Renovation'이라 말할 수 있겠군요. 이 부분은 도시재생 분야에서도 굉장히 중요하게 다뤄지고 있는 부분이에요 누군가의 경향에 따라 다르게 해석되고 중요 요소도 달리 될 수 있을 테니까요."라고 대답했다.

너와 나의 연결고리, 링크드인

해외 기관과의 연락은 여러모로 난관이 많다. LG글로벌챌린저의 첫 번째 난관은 바로 '섭외'. 이 가운데 가장 힘든 세 가지가 있다면 그건, 언어, 시차, 그리고 믿음.

안 되는 영어를 써서 우여곡절 끝에 섭외 요청 메일을 완성하더라도 메일수신을 안 할 수 있어 전화하게 되는데 보통 우리나라 굿나잇이 그들의 굿모닝이다. 학기 중 준비를 하다 보면 시험기관과 겹쳐 이중 고생. 설령 컨택이 성공되어 글챌이 되고 해외탐방 당일 1시간 전에 가겠다는 전화를 주더라도 관계자가 부재중, 휴가중, 심지어 올 줄 몰라서 준비 안 했다는 실망을 안겨주기도 한다. 이럴 때 확신을 하는 컨택을 위해서는 그들의 연락망 네트워크를 파악해야 한다. 한국의 카카오톡 페이스북 G메일 등이 있듯 미국에는 '링크드인'

숙소 돌아가는 길 손가락으로 L을 취하는 승혁 진호 뒷모습

이 있었다. 링크드인은 관련 분야의 비즈니스 업계들을 연결지어주는 비즈니스 네트워크 빅 데이터 회사다. 우리 나이끼는 200통이 넘는 손현경 대원의 요청 메일과 장승혁 대원의 국제통화가 있었지만 어찌 된 영문인지 미국에 와서는 연락이 모두 되지 않았다. 당혹감도 잠시 '링크드인'을 통해 연락 두절이었던 회사의 오너 들이 30분 만에 전화와 문자를 주었다. 그렇게 3개의 컨택기관 그린루프닷컴, 마운틴모스, 그리닝얼번을 무사히 방문할 수 있었다. 링크드인과의 인연은 여기서 그치지 않았다. 우리는 링크드인을 견학할 수 있었을 뿐만아니라 탐방 주제에 대한 조언 및 빅데이터 비즈니스 네트워크의 중요성에 대한 견해를 얻을 수 있었다. 수많은 회사 그리고 수많은 사람을 이어주는 네트워크 속에 우리 나이끼는 미국에서 무사히 LG글로벌챌린저를 알릴 수 있어 무척이나 행복하고 소중한 날임을 깨달았다.

메마른 가뭄의 땅 캘리포니아에서 이끼를 물들이다

오늘은 천연염료를 이용하여 메마른 갈색 잔디를 푸른 초록색으로 물들이는 회사 브라운론그린(BrownLawnGreen) 탐방을 위해 아침 일찍 서둘렀다. CEO인 빌(Bill Schaffer) 씨에게 전화와 문자를 통해 무사히 도착한 뒤 빌과 인사했다.

"You came early? (일찍 왔네요?)" 일찍 왔다고? 우리 30분 늦었는데.

"We will be in here tomorrow 12th lady."

아뿔싸 오늘은 한국시각으로 12일, 미국은 11일 이었다!! 이런 샌프란시스코에서 시차를 망각하고 한국시간대로 찾아 온 것이었다. 이럴 수가.

"I totally sorry to early come here!! If you want, I can go to back my home right now.(너무 빨리 와서 정말 죄송해요!! 지금 바로 돌아갈게요.)"

손현경 대원의 말을 들은 빌은 친절하게도 우리에게 의자에 앉으라는 말과 함께 인터뷰에 응해주었다. 그와의 만남은 단순 비즈니스 인터뷰뿐만이 아니라 빌이 엄청난 사람이라는 것 또한 알 수 있었던 기회였다. 재치 덩어리 빌 씨와의 인터뷰에서 그의 검은색 은빛윤기가 나는 털을 가진 강아지 Dita와 함께 그의 회사는 어떤 회사인지 그리고 전 세계에서 유명한 신생회사임을 알 수 있었고 흥미진진한 인터뷰였기에 시간 가는 줄도 모르고 어느새 3시간이나 흘렀다. 브라운론그린은 올해 3월부터 시작한 작은 회사임에도 불구하고 시작한지 5개월 만에 엄청난 성장과 엄청난 명성을 얻은 일명 '작지만 큰 회사'였던 것이다. 그의 회사는 이미 프랑스 이탈리아 스위스 그리고 미국 주립대표 신문에서도 첫 페이지를 장식할 만큼 기발하고 친환경적인 회사였음을 그가 보여준 신문기사들을 통해 알 수 있었다.

"내 머릿속에서만 기억하고 잊어버리기엔 너무나 미안한 아이디어였어요. 그래서 시작했죠."

빌 씨는 그의 아이디어를 허황된 공상에서 그친 것이 아닌 모든 사람에게 선사할 기회를 주고 싶다는 작은 소망과 자신감이 우리의 심장을 차갑게 적셔버렸다. 뜨거운 열정이 불안감 속에 얽매여 도전은커녕 갇힌 틀 속에서만 살기 바빠 결국 뜨거운 채로 굳어버리는 화산 같던 우리인데 이틀 전부터

빌과 함께 직접 염색해보는 현경의 뒷모습

40살이 되었다는 빌 씨의 말은 우리의 굳어버린 심장을 차갑게 스며들어 더욱 뜨겁게 달구었다.

"초록색이 되려면 무슨 색이 필요할까요?"

"노랑과 파랑?"

"맞아요. 그 두 가지 색의 적절한 비율이 잔디를 장기간 초록으로 보이게 만드는지 아니면 파랑으로 보이는지 배합비율이 가장 큰 관건이에요 그리고 물과의 만남이 잔디에 또 다른 생명을 주지요. 하지만 이 배합비율은 굉장히 어려워요. 그래서 동종 업계 회사들이 자신들의 제품을 택배로 보내요. 덕분에 택배 부자가 되어버렸죠."

빌 씨의 황금비율은 같은 계열 회사제품 중에서도 가장 품질이 우수한 제품을 완성시킬 비율을 가지고 있다 한다. 그렇기에 시간이 지나면 파란색으로 변하는 타 회사와는 달리 푸른 초록을 장기간 유지 가능한 것이 바로 브라운론그린이었다. 빌 씨의 아이디어는 우리의 아이디어를 공상에서 그치지 못하게 만드는 감초 같은 역할을 하였고 우린 그렇게 빌과의 아쉬운 이별을 남기고 미국에서의 모든 일정을 끝맺었다.

숙소 돌아가는 길
슈퍼맨놀이하고 있는 현석

| EPISODE |

LG트윈타워가 4개? 13500피트 상공에서 죽음의 점프

열정과 청춘이 우리를 미치광이로 만들었다. 그래서 우린 글챌 이다. 탐방들 속에서 미친 추억 하나 쯤은 만들고 싶었던 나이끼 우린 미국의 큰 대륙을 몸소 느낄 수 있다는 13,500피트 스카이다이빙을 하였다. 한국에서부터 지금까지 "하지 말까? 하지 말자 아!!" 라며 계속 내뱉던 장승혁 대원도 결국 동행하였다. 미국의 하늘은 높고도 높아 마치 천사들이 그 속에서 뛰어 놀 것만 같은 그곳에 놀러 간 다는 생각에 마음속에 꽉 차오르는 기쁨을 주체하지 못하고 차에서 신난 클럽 노래를 들으며 선글 라스를 멋있게 쓰고 창문을 활짝 열어 기쁨을 뿜어냈다. 그렇게 도착한 NO LIMITS SKYDIVING 그 곳에서 우린 먼저 뛰고 있는 사람들을 기다리기 위해 예정시간보다 2시간 늦게 뛰었다. 지루함 속에 쿵쾅거리던 막내의 마음은 차분히 가라앉았고 그렇게 우리는 저녁 6시 하늘 위로 올라가기 위해 조 그마한 비행기에 몸을 실었다.

"Hey boss where is the shot guns?(헤이 보스, 총 어디에 있더라?)"

"It's on my car.(내 차에 있지)"

"Oh, crap turkeys are on there. (이런 망할, 칠면조들이 저기에 있어.)"

아니 이게 무슨 소리인가 샷건? 총? 칠면조? 우리가 뛰어내리고 착지하는 넓은 잔디밭에 칠면조 떼 들이 점령하였고 흔한 일이라 여기서는 다이버들의 안전을 위해 칠면조를 사냥해 구워 먹는다고 한 다. 갑자기 칠면조가 먹고 싶어졌다. 긴장감이 깨알도 없던 손현경 대원은 칠면조 소리에 뒤에 앉아 있던 장승혁 대원에게 고개를 돌렸는데 그의 얼굴을 보고 순간 뇌리에 스치는 것이 있었는데 그것 은 탐방 전 여행안전교육 내용이었다.

'유해송환(불의에 사고로 생명을 잃었을 때 화장한 뒤 고국으로 돌려보내주는 서비스)'

여기서 심장마비로 막내가 하늘에서 영영 내려오지 못할 것 같단 생각이 들었고 손현경 대원은 바 로 막내의 손을 잡아주었다. 그리고 막내와 함께 뛸 다이버의 감동적인 한 마디.

"Don't worry boy, I'll be care of you! (걱정 마 내가 지켜 줄게!)"

그렇게 막내는 소리 없이 비행기에서 사라졌다. 시속 200k/m의 바람이 무거운 우리를 날게 하였고 너무나도 아름다운 석양이 꼬불꼬불 강물 사이의 금빛은 반짝거리며 내 눈을 즐겁게 하였다. '눈이 있다는 게 너무 감사했어. 그 아름다움을 보지 못했다면 난 없는 눈에 눈물을 흘렸을 거야'

죽음의 서약 쓰는 승혁과 현경

공중에서 글챌 현수막 꺼내는 현경

탐방대원 후기

팀원 1. 김진호

무엇보다도 팀원들이 많이 배려해준 덕택에 더욱 의미가 깊었던 탐방이었어요. LG글로벌챌린저의 장점이 이게 아닌가 생각해요. 나의 부족한 점을 서로가 다듬어주고, 가능성을 다 같이 여는 뜻깊은 경험을 선사해주었으니까요!

팀원 2. 손현경

생애 첫 공모전이라 어쩔 줄 몰라 하면서도 다사다난했던 날들을 이겨내고 글챌 손현경 대원으로 존재한다는 게 아직도 안 믿어져요. 투덜대면서도 서로를 믿고 의지하며 계속 나아가다 보니 어느새 우린 360시간을 미국이란 커다란 곳에서 함께 하였고 지금도 함께 하고 있어요. 예쁜 우리들의 청춘 시절 나이끼와 글챌과 함께해서 너무 행복합니다!

팀원 3. 장승혁

너무나도 보람찬 이번 탐방!! 지금 돌이켜보면 꿈만 같았던 2주였습니다. 처음에는 시간이 너무 가지 않는다고 느껴졌지만, 어느 순간부터 갑자기 시간이 빨리 가더니 2주라는 시간이 흘렀습니다. 우리 학교에서는 저희가 첫 번째 주자이기 때문에 부담감도 많았습니다. 하지만 제가 후배들에게 걸림돌이 아닌 디딤돌이 되어주려고 합니다. 글챌 파이팅!

팀원 4. 허현석

탐방 기간 동안 계속되는 강행군에 너무 힘들었지만 그때마다 동료들의 따뜻한 손이 있었기에 웃을 수 있었습니다. 어려움을 끝까지 함께 헤쳐나가기 위해 애쓰는 동료들의 모습에 안심되었고 더는 힘들지 않게 느껴졌습니다. 어려움을 극복하게 해주고 많은 것을 생각하게 해준 LG글로벌챌린저 감사합니다.

Know-how
'팀'이 되기 위한
기본 지침서

1.
수다쟁이 팀이
되어라!

LG글로벌챌린저는 네 명이 하나가 되어야만 할 수 있는 공모전이다. 한명이라도 잠수 타면 팀 전체가 힘들어진다. 각자 맡은 역할이 있고 그 과정을 매 순간순간 서로가 잘 알아야 주어진 시간을 유익하게 쓸 수 있다. 처음엔 어색하더라도 글챌을 통해 하나가 된 팀원은 가족보다 더 오래 보는 식구가 된다. 팀원들에게 고민과 걱정거리 그리고 힘든 점 모두 말하라. 그리고 풀어라. 우리는 마음을 읽을 수 있는 마법사가 아니다. 나중에 폭발하면 팀이 와해 될 수 도 있다. 만일 괘씸한 팀원이 있다면 싸워라. 그리고 진심을 표현해라. 우리는 이제 더 이상 남이 아니다.

2.
언제 어디서나 항상,
백업을 해야 한다

탐방을 마친 어느 날, 다녀온 뒤 숙소에 와보니 300GB가 넘는 13일간의 탐방 내용과 인터넷 중계 제작 영상을 담고 있던, 멀쩡하던 노트북의 액정이 나의 멘탈처럼 완전히 박살 나 있었다. 좌절 속 스치는 말들은 '액정은 한국에서 고치면 된다.', '처음부터 다시 만들더라도 원본 데이터만 살아있기를.' 였다. 결국 인터넷 중계 진행은 중단하고 하드디스크만 살리자고 팀원들과 결정했다. 결국 밤 8시에 쉴 틈도 없이 컴퓨터 도매상가에 뛰어가 도구를 찾아 헤맸다. 다른 노트북에 연결하여 데이터가 살아있음을 확인하고 나서야 편안하게 잠자리에 들 수 있었다.

PART 6

Global Korea 글로벌 한국

급하네 (동국대학교)

옛지현미 (서울대학교)

드림하이 (대구대학교)

All Be One (이화여자대학교)

FROS (연세대학교)

급하네 : 동국대학교

K-toilet과의 색다른 여행

팀명	급하네 (동국대)
팀원	가심 (기니), 김홍실 (중국), 장추 (중국), 주흐라 (키르기스스탄)
기간	2015년 8월 17일~2015년 8월 27일
탐방장소	대한민국

1. 서울 (장충동공원 한옥공중화장실, 화장실문화시민연대, 명동)
2. 수원 (화장실문화전시관 해우재)
3. 대전 ((주)미승산업)
4. 대구 (대구시내)
5. 부산 (구포 여성전용화장실, 부산역 근처)
6. 제주 (신산공원공중화장실, 아름다운절물화장실, 함덕해수욕장)

K-pop, K-drama, 그리고 또 뭐가 있지? K- toilet!!!

한국에서 자랑스러운 것들이 무엇이 있느냐고 물어보면 끝이 없을 정도로 많겠지만, 우리 팀은 한국의 화장실도 자랑거리라고 생각했다. 아름답게 지어진 외곽뿐만 아니라 그 안에 담겨 있는 사람에 대한 배려 문화와 평등의식도 아름답기 때문이다.

그 아름다움을 향해 작은 화장실로 보이는 넓은 세상을 찾아가는 여정에 올랐다. 우리의 탐방은 K-toilet과 함께 색다른 여행이다.

DAY 1 장추 | 중국

드디어 우리들의 재미있는 화장실 여행 첫째 날이 되었다. 오늘 우리는 첫 탐방기관으로 1999년에 만들어진 화장실 시민 단체인 화장실 문화시민연대에 방문하였다. 오늘 만날 분은 문화연대의 책임자 표혜령 대표님이다. 표 대표님은 열정을 가진 카리스마 넘치는 분이다. 우리를 친근하게 맞이해 주셨다. 하지만 우리는 그녀의 나이가 무려 70세 가까이 된다는 것을 그 누구도 상상하지 못했다.

표 대표님은 우리가 하는 질문에 답을 해주셨고 연대가 어떤 문제를 가지고 있는 건지 설명을 해주셨다. "한국 화장실문화는 배려라고 생각합니다. 아름다운 사람은 머문 자리도 아름답습니다." 일정이 끝나고 본인이 좋아하시는 전통 음식인 김치찌개를 우리에게 대접 해주셨다. 표 대표님과 함께 하루를 지내면서 화장실이 한국에 그리고 우리 개인적인 생활에서 얼마나 중요한 부분인지를 알게 되었다. 또한 우리가 선택하는 이 주제가 옳다고 확신을 하게 되었다. 왜냐하면 우리는 다른 사람들한테 소소하지만 중요한 것을 알려주고 싶었기 때문이다.

화장실문화시민연대의 대표님과 함께

И вот наступил 2-ой день нашей интересной экспедиции по туалетам Кореи. Сегодня мы навестили свободную коолицию туалета, созданую в 1999 году. Главный человек организации- это основатель Пё Хэ Рёнг. Это женщина с неумоверной внутренней силой и неисчерпаемым источником интузиазма. При нашей встрече она так радужно нас приветствовала и с такой молодой энергией, что я бы никогда не подумала бы что ей уже ближе к 70 летам. Мы посетили их собрание на тему узаконадательства некоторых вещей по поводу туалета. Ведь Корея является чуть ли не единственной страной, имеющая законы об общественных туалетах.

Затем она ответила на вопросы о культуре туалета в Корее, котооые мы подготовили для нее. Также мы побеседовали о проблемах организации. А затем, по-корейски, угостила нас моим любимым блюдом кимчи-чигэ.

Мы провели весь день в её окружении. Именно в этот день мы поняли насколько важен туалет и забота о нашей гигиене для всего корейского народа, да и не только^^.

Еще раз убедившись, что выбрали очень даже правильную тему. Ведь хотим знать больше и делиться с другими всем незаметным, но очень важным.

DAY 2 주흐라 | 키르기스스탄

긴장과 설렘임으로 첫 여행지 수원 탐방을 시작했다. 수원 똥 박물관 해우재는 세상의 단 하나뿐인 변기 모양 박물관이며 사찰에서 화장실 이름으로 쓰이는 '해우소'를 그 이름으로 쓰고 있다. 수원 똥 박물관 해우재는 세계 화장실 문화운동의 선구자로서 일생을 살아가신 미스터 토일렛 신재덕 선생님의 뜻에 따라 무료 관람을 하고 있었다. 우리는 이곳에서 심재덕 선생의 스토리와 화장실 문화에 대한 설명을 들을 수 있었다. 심재덕 선생님은 한국 화장실 문화전시관인 해우재를 만드셨고 범세계적으로 화장실 발전운동을 위해 세계 최초 공중화장실법 제정과 한국화장실협회, 세계화장실협회의 창립에 큰 공한을 하셨다. "미스터 토일렛의 꿈은 세계 모든 사람이 화장실을 나오면서 미소를 짓는 것이었습니다. 보편적이고 이타적인 배려문화를 꿈꿨던 것이죠." 2층에 있는 어린이 체험관 또한 유익했는데 각국의 화장실 마크가 그 나라의 특징을 반영하고 있어 인상 깊었다.

정말 인상깊은 수원의 해우재 박물관

　　伴随着紧张和心动我们来到了第一个的探访地水源。在水源朋友的父亲请我们吃了韩餐。非常好吃。吃完午餐后我们就开始了我们的探访。去的是水源厕所博物馆《解忧所》。解忧所是世界仅有的以马桶模样建筑的博物馆。寺庙以厕所弥明为,<解忧所> 解忧所是世界厕所是 文化运动的先驱着MR.TOLIET.김재덕前水源市长的遗址实施着免费参观。在那里可以 看到MR.TOLIET的故事以及历年来厕所的变化以及发展。然后就去了世界厕所协会。在2楼有有儿童体验馆有着非常多有意思的体验。各种动物的粪的模型。一只以为每个国家厕所男女标识是一样的到那里才发现。各个国家男女厕所的标识是不仅不一样还还淋漓尽致的体现各国的风格以及特点。这是让我印象最深的地方。墙上还贴了各种关于粪的谚语。然后我们与代表做的访问就往大田出发了。

DAY 4　가심 | 기니

여기는 대전! 새로운 탐방 장소에서 눈을 뜨니 기분이 좋다! 우리는 11시 반경, 미승산업의 정석준 대표님을 만났다. 미승산업은 화장실을 사용 시 기본 양변기의 물 소비량에 비해 약 90% 이상 절수가 가능한 절수형 양변기를 개발해 판매하는 회사다. 우리는 KAIST 연구실에서 3시간 동안 깨끗하고 편한 화장실이 사람의 삶에 있어서 긍정적인 영향을 미치는 것에 대한 이야기를 나눴다. 전 세계적으로 물 자원 부족문제가 심각한 상황임에도 불구하고 우리가 화장실을 사용하고 나서 물 한번 내리는데 무려 15L나 되는 물이 소비된다는 사실을 알게 되어 인상 깊었다.

우리는 이러한 문제를 근절하기 위한 광고를 통해 다른 사람의 삶에 가치를 창출하는 방법에 대해 토론했다. 이는 다양한 전시회에 참여함으로써 미승산업의 제품을 광범위로 광고하는 것이다.

DAEJON 20 AOÛT 2015. 대전

"Que ça fait du bien de se réveiller à Daejon"

A 8h du matin, nous prîmes le petit déjeuner et nous retrouvâmes dans la chambre d'hôtel pour discuter des objectifs de la journée et partager les tâches.

Aux environs de 11h30 nous rencontrâmes Mr Jung Suk Joon qui nous conduisit au siège de sa société Meesung Industry Company dont il est le PDG; sis au Campus scientifique de KAIST University. Suite à un bon répas à la cafeteria, nous discutâmes durant 3 heures dans son bureau, notamment sur l'importance capitale des toilettes et équipements affiliés dans la vie de tous les jours. "comment des toilettes bien équipées peuvent positivement impacter la vie de l'homme". Ainsi, après une interview, nous clôturâmes la discussion sur l'importance de l'entrepreneuriat et la satisfaction liée à la création de "valeur" dans la vie d'autrui en trouvant des solutions innovatrices faces aux problèmes et inconvéniences dans la vie.

Enfin après avoir dîner à Kung Dong nous rentrâmes à l'hôtel et ramassâmes nos affaires pour se rendre à Daegu.

DAY 6 주흐라 | 키르기스스탄

여섯째 날은 강한 해가 내리쬐는 부산에 있었다. 우리는 아침부터 큰 기대를 하고 하루를 시작했다. 우리는 구포 여성전용화장실로 향하며, 화장실문화시민연대 표 대표님께서 소개해 주신 우리의 탐방 가이드, 김동호 씨를 만났다. 가는 길에 아름다운 부산의 풍경이 펼쳐졌다. 도착한 화장실은 정말 신기했다. 크고 넓은 공간과 여러 가지 시설들 그리고 무료 텔레비전도 있었다. 화장실에 들어가서 쉬어도 될 만큼 아주 편한 공간이었다. 거기서 우리는 사진도 찍고 인터뷰도 하고 밥을 먹으러 갔다. 부산은 바다가 있어서 해산물이 넘치는 도시이지만 우리는 전통 음식을 선택했다. 잊을 수 없는 날이다. 짱이다!

절수형 양변기를 개발, 생산, 판매하는 미승산업 정석준 대표님과 함께

Сегодня наш 6-ой день путешествия, и проснулись мы солннчным утром в Пусане. С самого утра мы были готовы к новому дню. Мы встретились с очень дорбым и отзывчивым Ким Донг Хо. Он встретил нас и мы поехали в один из самых интересных туалетов Кореи- туалет Гипо только для женщин. Мы ехали долго, запечатляя все самые красивые места Пусана. И вот мы были там. Туалет оказался очень даже необычным. Он был большим и просторным, и состоял аж из нескольких комнат. И даже был телевизор. Можно было зайти и отдохнуть прямо в туалете, посмотрев телевизор. Мы взяли несколько интервью у женщин, сфотографировали все, что могли и решили пойти на обед. Пусан богат всяческой рыбой, но ее мы оставили на ужин. Пошли отведать пусанскую корейскую еду. Мы даже не замечали как летит время, и мы очень устали. Вернувшись в отель, отдохнули и пошли дальше осматривать Пусан. Поужинали вкуснейшей рыбой и пошли играть в любимый боулинг. Уже было поздно и мы вернулись в отель. По дороге купили фрукты. Как это было каждый вечер, мы собрались все в одной комнате обсудить планы на следующий день. Это было незабываемый день. Было круто!

DAY 9 장추 | 중국

태풍 고니가 지나간 후였지만, 아침부터 비가 계속 내리고 있다. 그래도 나가야 한다. 오늘은 우리 팀의 촬영 날이기 때문이다. 택시를 타고 숙소까지 30분 거리에 있는 오늘의 첫 번째 목적지인 제주절물자연휴양림에 도착했다.

생각보다 방문객이 많았다. 인터뷰를 약속한 휴양림 관리실 담당자를 만나서 오늘의 주인공인 '아름다운 절물 화장실'을 탐방하러 갔다. 이 화장실은 우

함께 사진을 찍은 급하네팀과 옛지현미팀

리가 본 다른 화장실에 비해 더 오래된 건물이라 외곽이 낡아 보였다. 하지만 들어가면 정말 잘 만들어졌다고 느낄 수 있는데, 먼저 자연광이 잘 들어올 수 있는 유리 지붕이 있고 대나무를 심겨 있는 작은 못도 볼 수 있다. 우리는 "정말 이름처럼 아름답네!"를 연발했다.

听说台风已经过去了，但是早上一醒来还是发现外面在下着雨。下雨了也得出门，因为今天是我们的活动拍摄日。坐的士经过30分钟才来到我们今天的目的地，济州岛自然修养林。来这里观赏的人比我想象的要多。和事先约好管理人员见面之后，开始了我们今天的任务，"美丽卫生间"的探访。外面虽然看起来很有历史感，但是进入厕所里面的话，自然光可以穿过屋顶，很好的投射下来，不仅可以节省电力，还可以在上卫生间的时候望望济州美丽的天空。另外还有一个栽培着竹子的小的水池，真是和它的名字一样是座漂亮的卫生间呢！

结束对这座卫生间的考察，闲逛的时候却和另外一个队遇见了，他们刚好结束拍摄，顺便和摄影师们一起来看我们的拍摄活动。真是很高兴能在济州里遇见朋友们呢。虽然今天的天气不是很好，但是却看到了美丽的公共卫生间和我们的朋友还是很开心的一天。

탐방대원 후기

팀원 1. 장추

애초에 한 아이디어로 팀이 모이게 된 것과, 5팀밖에 안 뽑는
글로벌 분야의 한 팀이 되었을 때의 놀랍고 기뻤던 기억이 아
직 생생히 남아 있습니다. LG글로벌챌린저란 자부심과 그 동
안 보고 배웠던 걸 토대는 또 다른 도전의 시작이 되지 않을까
싶습니다.

팀원 2. 가심

2015년 LG글로벌챌린저 활동에 참여할 수 있게 된 기회를 얻
어서 기쁘고 감사합니다. 우리는 탐방을 통해 중요한 것을 많
이 배웠습니다. 팀원마다 의견이 가끔 달랐지만 우린 팀의 공
동 목표로 결정하곤 했어요. 국내를 여행하는 최고의 기회였
습니다. 대한민국의 큰 도시를 거의 다 다녀왔고 그 도시에 대
해 알게 되었습니다.

팀원 3. 김홍실

먼저 LG에 너무 감사하고 글로벌챌린저 탐방은 너무 재미있
었고 제 기억에 정말 인상 깊었습니다. 이 활동은 나를 성장시
켰고 자신감을 키워주고 많은 것을 가르쳐줬어요. 저희 팀원
에게도 감사합니다. 항상 배려해주고 힘들 때 힘이 돼 줘서 너
무 자랑스럽습니다. 이러한 경험은 돈 주고도 못 살 것같아요.

팀원 4. 주흐라

이 탐방은 내 인생에서 제일 좋은 경험이었습니다. 이 탐방은
우리의 지식을 통해 성공을 향한 한걸음 더 가까이 갈 수 있도
록 이바지했어요. 이것을 동력 삼아 미래에 대해 최선을 다할
수 있을 것이라고 생각합니다. 이제부터가 시작입니다!

한방약재로 아름다워지는 한국화장품의 신비를 찾아서

팀명(학교) 옛지현미 (서울대학교)
팀원 가브리엘 (스페인), 시티폰 (라오스), 안드라 (루마니아), 호르헤 (칠레)
기간 2015년 8월 21일~2015년 8월 31일
탐방장소 대한민국
             1. 오산시 (NCR, 아모레퍼시픽)
             2. 남양주시 (산들소리)
             3. 제주 (테크노파크, 제주 이니스프리)
             4. 제천 (제천약재시장)
             5. 서울 (서울약령시장, LG생활건강)
             6. 부산 (국제 시장, 해운대, 오륙도)

우리 팀의 이름 옛지현미는, '옛날의 지혜와 현재의 아름다움' 이라는 뜻을 가지고 있으며, 이 것이 바로 우리가 탐방하고자 하는 목적이다. 우리는 한방약재를 통해 한국화장품의 미래를 꿈 꿔보고 싶었다. 우리에게 생소한 한국의 약재가 어떻게 아름다움의 재료가 되는지, 그 과학에 서부터 마케팅까지 우리의 호기심을 자극했다.

DAY 1 안드라 | 루마니아

탐방의 첫날! 오늘의 일정은 오산에 있는 글로벌코스메틱연구개발사업단 NCR(National Coordinating Center for Global Cosmetic R&D)이다. NCR는 신 소재 발굴, 융합기반기술 개발, 글로벌 수준의 화장품 용기 개발 등 화장품 기 술의 전반적 수준 향상을 선도하고 있는 곳이다. 서울에서 오산까지는 약 3시 간이 걸렸다. NCR에 도착했을 때 화장품연구팀장님과 한방화장품전문 한의 사님이 우리를 기다리고 계셨다. 1시간 동안의 매우 건설적인 인터뷰 후에 우 리는 한방화장품연구에 대한 정보 구할 수 있었다. 이 정보를 근거로, 우리는 한방화장품의 세계적 성공의 가능성을 발견했고, 이번 탐방 결과에 대한 희망 을 발견할 수 있었다.

Prima zi a calatoriei!! Astazi am mers la Osan sa le luam interviu celor de la NCR. Calatoria cu diverse mijloace de transport de la Seoul la Osan dureaza in jur de 3 ore. Nu ne putem plange de timpul petrecut pe drum dar vremea a fost foarte calda.

글로벌코스메틱 개발연구사업단 앞에서 인터뷰 잘 해주시는 두 분과 인증샷

물향기수목원에서 숲에 들어가서 크고 아름다운 나무 배경으로 사진을 찍었다

Am ajuns la NCR pentru interviu la ora 11. Acolo ne asteptau managerul diviziei de cosmetice si un alt angajat care se intampla sa fie si medic pentru medicina traditional coreena. La fix pentru proiectul nostru!

Am avut parte de o discutie foarte interesanta ce a durat mai mult de o ora. Am reusit sa aflam tot ce ne-am dorit in legatura cu subiectul nostru. Am primit chiar si cateva documente in legatura cu piata de cosmetice traditionale ca lectura pentru acasa!

Cei de la NCR ne-am invitat la masa dupa interviu si am mers impreuna la un restaurant local faimos care isi produce propria branza de soia, chiar in cladirea de langa. Am mancat acolo cea mai buna tocanita de soia cu kimchi si fructe de mare.

Maine mergem la Amore Pacific!

DAY 2   시티폰 | 라오스

한국의 대표 화장품, 생활, 건강용품 브랜드인 아모레퍼시픽의 스토리가든은 관람객이 스스로 미의 의미를 발견할 수 있도록 설계된 '스토리텔링 공간'으로, 스토리, 공간 디자인, 체험이라는 세 요소를 중심으로 구성되어 있다. 우리는 도착하자마자 가이드를 받을 수 있어 정말 감동했다. 스토리가든은 구체적인 해설 없이도 감성을 자극하는 여러 장치를 제공했다. 가장 인상 깊은 스토리가 든이 '감성과 이성, 전통과 서양, 그리고 자연과 과학의 대비를 통한 아름다움의 구현'이라는 아모레퍼시픽 디자인 철학이 반영된 공간이라는 점이다.

362

[ນີ້ທີ 2] ແຂວງ ຄະຍ໌ອງກີ, ເມືອງ ໂອຊານ, ບໍລິສັດອານາປາຊິນິກ, ສວນມານກີນທ.

ນີ້ນີ ເປັນນີ້ທີ່ສອງຂອງການໄປທັດສະນະສຶກສາ. ຕໍ່ຈາກນີ້ຄານມື່ນພວກເຮົາກໍ່ຍັງຢູ່ທີ່ເມືອງ ໂອຊານ. ໃນຕອນເຊົ້າ ພ ວກເຮົາໄດ້ໄປທີ່ ໂຮງງານຜະລິດເຄື່ອງ຾າອງຂອງ ບໍລິສັດອານາປາຊິນິກ. ຢູ່ທີ່ນັ້ນ ຈະມີພາການ່ອມຫົ້ຍ ທີ່ຈັດເປັນ ບ່ອນວາງສະແດງ ເຄື່ອງອອກແບບມາເພື່ອບອກເລົ່າປະຫວັດຂອງບໍລິສັດ ພ້ອມດ້ວຍເປີດໂອກາດໃຫ້ຜູ້ເຂົ້າຊົມ ໄດ້ລ ອງເຄື່ອງ຾າອງດ້ວຍຕົວເອງ. ຜັແຕ່ພວກເຮົາໄປຣອດ ພະນັກງານກໍໄດ້ອອກມາຕ້ອນຮັບ ແລະ ພາທ່ຽວຊົມພ້ອມ ດ້ວຍອະທິບາຍເປັນຢ່າງດີ. ເຊິ່ງເປັນສິ່ງທີ່ປະທັບໃຈຫຼາຍ. ເຖິງວ່າ ຈະບໍ່ມີການອະທິບາຍຢູ່ທີ່ນັ້ນ, ພວກເຮົາກໍສາມ າດເຂົ້າໃຈໄດ້ ເນື່ອງຈາກການອອກແບບສະຖານທີ່ທີ່ດີ ປະກອບກັບຮູບພາບ ແລະ ສິ່ງຂອງຕົວຈິງທີ່ສາມາດລໍາຜັດ ໄດ້. ສໍາລັບຂ້ອຍເອງ ສິ່ງທີ່ປະກົດທີ່ສຸດແມ່ນ ການວາງສະແດງປຽບທຽບລະຫວ່າງ ຄວາມຮູ້ສຶກກັບເທດຕົນິນ, ປະເພ ນີດັ່ງເດີມກັບແບບໃໝ່, ແລະ ຫ່າມະຊາດກັບວິທະຍາສາດ ເຊິ່ງໄດ້ສະແດງອອກດ້ວຍຄວາມຄິດງ຾າມ ໃນການອອກ ແບບຂອງສະຖານທີ່ດັ່ງກ່າວ.

ຫຼັງຈາກນັ້ນໃນຕອນສວາຍ, ເຖິງວ່າອາກາດຈະຮ້ອນ ແຕ່ພວກເຮົາກໍໄດ້ໄປທ່ຽວຊົມ ສວນມານກີນທ ເຊິ່ງເປັນແຫຼ່ງ ທ່ອງທ່ຽວອ່ານ຾ຶ່ງທີ່ໜ້າສົນໃຈ ໃນເມືອງໂອຊານ. ສະຫຼຸບແລ້ວ ນີ້ນີພວກເຮົາໄດ້ຮຽນຮູ້ ພ້ອມດ້ວຍເກັບກ່ຽວປະ ສົບການຫຼາຍຢ່າງ!

🔴 DAY 3 호르헤 | 칠레

한국에서 이렇게 예쁘고 잘 정돈된 정원을 보는 것은 이번이 처음이다. 산들소리 정원은 자연과의 조화로 가득 차 있었고, 분위기는 매우 평온했다. 배경음악으로 흐르는 클래식과 노래하는 새들, 날아다니는 나비들이 그곳을 장식하고 있었다. 산들소리 수목원은 자연치유 정원이라고 생각하면 된다. 서울에서 가까운데도 조용하고 힐링 할 수 있는 분위기를 갖고 있다는 점이 매력이다. 팀원들은 천국이 있다면 산들소리 수목원을 닮았을 거라고 이야기했다. 영화 〈호빗〉의 촬영지가 떠오르기도 했다. 산들소리 수목원을 탐방하면서 깨달았던

산들소리수목원에서 아름다운 산과
나무 배경으로 사진을 찰칵!

것은 인간에게 가장 편하고 좋은 공간은 자연 속이고 사람의 마음과 몸을 치유해줄 것은 자연밖에 없다는 점이다.

가게에서는 천연 제품을 팔고 있었는데, 그곳에서 우리는 자연을 컨셉으로 한 제품과 한국 전통의 발전을 관찰할 수 있었다. 이러한 경험은 이후 우리가 제품을 유통하고 홍보하기 위한 전략을 짤 때 유용할 것으로 생각된다.

Para mi es la primera vez que veo un jardín tan lindo y tan bien cuidado en Corea, decidimos tomar metro y taxi para ir a las afueras de Seúl hasta el jardín "Sandelsori", llegamos casi a las 10:30 el sol estaba bastante fuerte pero el clima era agradable. La naturaleza y la armonía se podían respirar, la atmosfera del lugar era muy pacifica, se podía escuchar música clásica en el fondo y disfrutar del paisaje natural, el canto de los pájaros y el vuelo de las muchas mariposas que adornaban el lugar.

El museo fue interesante, tomamos bastantes fotos y no dudamos en para a servirnos algo la cafetería. En la tienda donde vendían productos naturales, pudimos observar el desarrollo del concepto de naturaleza y tradición al estilo Coreano, que después nos podrá servir para analizar estrategia de distribución de productos y su promoción.

Al final, creo que fue un día muy placentero tuvimos un buen almuerzo y nos sorprendimos de los sabores naturales y una sabrosa barbacoa.

이니스프리하우스 녹차 가든

유기농 오썸화장품회사 안에서 화장품 만드는 기계 배경으로 인터뷰를 잘 해주신 담당자 분과 인증샷

DAY 5 시티폰 | 라오스

제주는 아직도 태풍 영향권에 있었지만, 우리는 탐방을 계속하기 위해 아침 일찍 출발하여 바라눌제주워터를 향했다. 바라눌제주워터는 제주테크노파크와 함께 용암해수를 사용한 사업을 펼치고 있는 용암해수 인증브랜드다. 제주용암해수 산업단지 내 입주 기업의 업종은 식품과 음료, 화장품, 채소가공 및 저장처리업, 과실가공, 미네랄워터 등 여러 가지가 있다.

우리 팀이 바라눌제주워터의 본사를 방문한 이유는 바로 화장품의 70%가 물로 이뤄져 있기 때문이다. 화장품에 들어가 있는 물까지 제대로 신경 쓰면 화장품의 품질을 좋게 하는 방법이 될 수 있다는 말이고, 바라눌제주워터는 바로 이 일을 하는 회사였다. '바라눌 제주워터'는 '바라(바다의 순우리말)'와 '눌(땅의 순우리말)'의 결합어로 제주바다와 땅이 만든 물인 용암해수의 특성을 그대로 표현한 브랜드다. 용암해수 제품에 대한 유통혼란의 사전예방과 용암해수의 우수성을 체계적으로 홍보함으로써 소비자의 신뢰도 확보를 위해 개발되었다.

[ບົດທີ 5] ແຂວງ ເຈຈ, ບໍລິສັດບ້ານພາຣາໂນໂບລ, ບໍລິສັດອາມປາຈິຍົກ, ບໍລິສັດເຄື່ອງສຳອາງສະໝຸນໄພໂອຍຮອມ, ສ ວນປ່າຈອມມຸນ, ພິພິທະພັນສັດບ້ານຣົນຣວາ, ພູເຂົາຊ່ອງຊາມອືນຈຸນບົງ.

ລຳລັບບີນີ້ລີມພາຍຸກຍັງມີມີເຮົາ ເຊິ່ງໄດ້ຜົດພາເອົາເຈຍຣຜີມມານ່ຳ. ເຈົ້ງວ່າການເດີນທາງ ຈະຫຍຸ້ງຍາກກວ່ານ່ຳກາ ແ ຕ່ພວກເຮົາກໍສືບຕໍ່ເດີນທາງ ໂດຍເຊີ່ມຕົນຕັ້ງແຕ່ເຊົາ. ທ່ຳອິດພວກເຮົາໄດ້ໄປທີ່ ບໍລິສັດບ້ານພາຣາໂນໂບລ ເຊິ່ງເປັນບ່ອ ນຜ່ງຮສະໝຸນວ່ານເຄື່ອແຣ່ ໃນການຜະລິດບ້ານຕື່ມ, ບ້ານໃຊ້ບຳຫຳໃຫ້ອາຫານ, ເຄື່ອງສຳອາງ, ປູກຜັງ ແລະ ລ້ຽງສັ ດບ້ານ. ໂດຍການນ່ຳໃຊ້ບ້ານບາຄາມ ທີ່ສະຍີມມາເປັນເວລາຄົບບານທີ່ເກາະເຈຈ. ຕໍ່ຈາກນັ້ນພວກເຮົາກໍໄດ້ໄປ ບໍລິສ ດເຄື່ອງສຳອາງ, ສະໝຸນໄພໂອຍຮອມ, ເຊິ່ງເປັນແຫຼ່ງນ່ຳໃຊ້ສະໝຸນໄພຈາກເກາະເຈຈ, ມາຜະລິດເປັນເຄື່ອງສຳອາງ ທີ່ຕິດຕໍ່ພົວຕັ້ງ ແລະ ເປັນມິດກັບສິ່ງແວດລ້ອມ. ຫຼັງຈາກນັ້ນ ພວກເຮົາກໍໄປ ສວນປ່າຈອມມຸນ ເຊິ່ງເຕັມໄປດ້ວຍຕົ ນໄມ້ທີ່ໃຫຍ່ຫຼາຍ. ຕອນນີ້ ເຈົ້ງວ່າຈະຍັງຕິກຢູ່ຫຍ້ອຍໜຶ່ງ ແຕ່ພວກເຮົາ ກໍໄດ້ເດີນປ່າ ດ້ວຍຄວາມມ່ວນຊື່ນ. ໃ ນຕອນສວາຍຂອງມີນີ້ນ, ພວກເຮົາໄດ້ມີໂອກາດ ໄປທ່ຽວຊົມ ພິພິທະພັນສັດບ້ານຣົນຣວາ ເຊິ່ງເປັນພິພິທະພັນທີ່ໃກ ຍ່ຫຍາຍ ແລະ ເຕັມໄປດ້ວຍສັດບ້ານນາງຊະນິດ ພ້ອມດ້ວຍການສະແດງ ທີ່ຕື່ນຕາຕື່ນໃຈ. ຕໍ່ຈາກນັ້ນ ພວກເຮົາກໍກ ໄດ້ໄປທີ່ ພູເຂົາຊ່ອງຊາມອືນຈຸນບົງ, ໂຮກກິທີ່ຕອບໄປຣອດ ລີມພາຍຸກັຊເຮົາ ແລະ ທ້ອງຟ້າກໍແຈ້ງສະຫວ່າງ, ທົວທັ ດ ທ່ຳມະຊາດ, ທີ່ສວຍຊິດທິງຄວາມ ລະວ່າງ ວ່າງພູເຂົາກັບທະເລ ປະກອບກັບທີ່ງທຍ່າທີ່ຂຽວງາມ, ປະກອບກັບແສງແດດ ທີ່ອົບອຸ່ນ, ນັນຊ່າງເປັນຄວາມຊິງຈຳທີ່ບໍ່ອາດຈະລືມໄດ້. ນັນແມ່ນຈຸດສຸດຍອດ ຂອງການທ່ອງທ່ຽວຄັ້ງນີ້!

DAY 6 안드라 | 루마니아

제주도에서 서울로, 다시 제천으로 향하는 열정적인 여행을 한 날이었다. 우리는 제천에서 한국의 대표적인 한방약초시장을 방문하고 허브를 이용하는 한방 티 테라피 체험장 담당자와 인터뷰를 진행했다. 제천약초시장에서 한방약재에 관련한 교육을 받고 화장품을 만들 때 이용하는 약재에 관한 설명을 들었다. 제천은 조선시대부터 3대 약초 시장으로 불린, 한국 황기의 70%가 유통되는 한방 치유의 도시다. 매년 한방바이오박람회가 열리고, 관련 산업단지인 바이오밸리가 조성되어 있기도 하다. 제천한방약초시장을 방문해서 한방약재의 역사가 얼마나 긴지 알게 되고 각각 약초가 어떤 효과가 있는 지에 대해 다양한 지식을 얻었다. 한방약재를 이용한 화장품을 직접 만들어 보기도 했는데, 우리가 직접 만들었던 한방화장품은 어머니께서 사용하실 수 있게 고향으로 보내기로 했다!

Astazi am zburat spre Seoul de pe insula Jeju la 8 de dimineata. La ora 9 in aeroportul Gimpo din Seoul ne astepta deja echipa de filmare obositi si ei dupa ce filmasera timp de doua zile in Jeju. De la aeroport am plecat direct spre Jecheon unde urma sa vizitam piata de ierburi traditionale. Din cauza traficului calatoria cu masina a durat 3 ore pana la Jecheon.

In piata de ierburi traditionale ne-am oprit prima oara la o cafenea faimoasa, unde se pot servi bauturi pe baza de ierburi traditionale coreene. La aceiasi cafea am avut si interviul cu managerul pietei, iar apoi am mers sa ne fie prezentate ierburile care se folosesc la cosmetice si functiile lor.

Urmatoarea oprire a fost la magazinul de cosmetice de langa piata unde o doamna foarte draguta ne-a ajutat sa cream propriul nostru produs cosmetic pe baza de ierburi traditionale. Echipa noastra a creat 2 crème si 2 tonneruri. A fost o experienta foarte frumoasa!

Am ajuns acasa aprope de ora 12 noaptea!

제천약초시장에서
한방화장품을 직접 만든
우리의 모습

제천약초시장에서
한방약재를 배우고
한복도 입고 한국문화를
경험한 시간

DAY 11 | 시티폰 | 라오스

마지막 탐방 날! 어제 부산에서 왔고 서울에 늦은 밤에 도착했기 때문에 너무 피곤했다. 그래도 끝까지 힘내기로 했다. 오늘 탐방일정은 LG생활건강 본사 화장품부문! LG생활건강은 한국을 대표하는 FMCG(Fast Moving Consumer Goods) 회사다. LG생활건강 국내외 사업장 및 코카콜라음료, 해태음료, 더페이스샵 등의 브랜드를 가지고 있으며, Healthy(생활용품), Beautiful(화장품), Refreshing(음료) 등의 영역에서 소비자에게 가치를 제공하기 위해 사업을 펼치고 있다. LG생활건강 '더히스토리 오브 후' 브랜드 담당자가 우리를 환영해주시고 관련 내용을 잘 설명해주셔서 진짜 감동적이었다. 우리는 더 히스토리 오브 후의 마케팅전략에 대해 알게 되었는데, 담당자는 한방화장품 스토리텔링과 모델의 중요성을 강조했다. 이어서 앞으로 한방화장품이 세계로 나갈 기회에 대해 같이 토론하기도 했다. 덕분에 많은 것을 잘 배웠고 중요한 정보와 아이디어를 얻을 수 있었다.

ວັນທີ 31 ເດືອນ 8 ທັດສະນະສຶກສາມື້ສຸດທ້າຍ

ພວກເຮົາຫາກໍບິນມາຈາກບູຊານ ແລະ ມາຮອດໂຊລມື້ວານນີ້ກໍຄ່ຳໆຫຼາຍແລ້ວ ກໍເລີຍເມື່ອຍ. ເຖິງແນວໃດກໍຕາມ ມື້ນີ້ເປັນມື້ສຸດທ້າຍຂອງການທັດສະນະສຶກສາ ພວກເຮົາຍອມຫຍ້ອຍ ສືບຕໍ່ເຮັດໃຫ້ດີທີ່ສຸດ. ພວກເຮົາໄດ້ໄປທັດສະນະທີ່ ບໍລິສັດLG ຂະແໜງຊີວິດ ແລະ ສຸຂະພາບ. ບໍລິສັດດັ່ງກ່າວໄດ້ມີທຸລະກິດທີ່ໃຫຍ່ຫຼາຍໆ, ປົກຫົງປະເພດເຄື່ອງດື່ມ, ອາຫານບຳລຸງ ແລະ ເຄື່ອງສຳອາງ, ເຊິ່ງກ່ວງເຕີບໃຫຍ່ຂະຫຍາຍຕົວຂຶ້ນ. ພວກເຮົາໄດ້ເຂົ້າໄປທັດສະນະທີ່ ພາກສ່ວນເຄື່ອງສຳອາງ, ເຊິ່ງຄືວຫາພາກສ່ວນການຕະຫຼາດໄດ້ມາຕ້ອນຮັບ ແລະ ອະທິບາຍເປັນຢ່າງດີ ເຊິ່ງວັນຂຶ້ງທີ່ ໜ້າປະທັບໃຈຫຼາຍ, ເນື່ອງຈາກໄດ້ຮຽນຮູ້ຫຼາຍຢ່າງ ແລະ ໄດ້ໄອເດຍໃໝ່ ທີ່ສາມາດນຳໃຊ້ໄດ້ ໃນການຮຽນປິດລາຍງານ. ຫຼັງຈາກນັ້ນ ພວກເຮົາກໍໄດ້ກັບໄປໂຮງຮຽນ ແລະ ກະກຽມເພື່ອສຶກວັນຮຽນໃໝ່.

탐방대원 후기

팀원 1. 안드라

탐방하면서 소중한 추억을 만들었습니다. 우리 팀에게 도움을 주신 분들께 매우 감사합니다. 이들 덕분에 좋은 경험을 했습니다. 또 한국을 돌아다니면서 일이 잘 안되거나 날씨가 너무 불친절할 때 힘들다는 생각을 가끔 했지만, 탐방을 하면서 소중한 추억을 만들 수 있었습니다.

팀원 2. 가브리엘

LG글로벌챌린저는 저에게 좋은 기회가 되었습니다. 탐방도 하고, 여행도 하면서, 무엇보다 한국의 많은 것을 배울 기회였습니다. 아울러 함께 일하고, 협동하는 법에 대해 알게 해 준 팀원들에게 고맙습니다.

팀원 3. 시티폰

LG글로벌챌린저로서 탐방하게 된 것은 좋은 경험이었습니다. 한국 사람의 아름다움과 다양한 한국의 화장품에 대해 알게 되었습니다. 특히 한방약재로 만든 화장품에 대한 특징과 마케팅 전략을 많이 배우게 돼서 참 좋은 기회라고 생각합니다. 또한, 탐방 장소들은 처음 가는 곳이라 여행하는 듯이 즐겁게 탐방했습니다. 우리를 도와준 사람들과 팀원 덕분에 탐방을 잘 끝낸 것 같습니다.

팀원 4. 호르헤

보고서까지 만만치 않은 일정이었지만 끝내고 나니 아쉽고 그리운 마음이 큽니다. LG글로벌챌린저를 한 마디로 표현하면, 정말 좋은 기회들의 합인 것 같습니다. 한국 한방 화장품 업계를 파악할 수 있었을 뿐만 아니라, 그 가능성을 발견할 수 있는 능동적인 여정이었기에 절대 잊지 못할 것입니다.

대한민국의
도로 운영 시스템을
배우러 왔다!

팀명(학교) 드림하이 (대구대학교)
팀원 데스탈렘 (에티오피아), 바우마 (콩고민주공화국), 창찰돌람 (몽골),
프랭크 (콩고민주공화국)
기간 2015년 7월 21일~2015년 7월 31일
탐방장소 대한민국
1. 서울 (서울지방경찰청 교통정보센터, 서울 TBS 교통방송, 서울시청 교통정보센터)
2. 성남 (한국도로공사)
3. 제주 (도로교통공단 , Jeju IHO beach)

처음 한국 땅에 도착했을 때, 우리는 한국의 잘 포장된 도로와 교통정보 시스템에 놀랄 수밖에 없었다. 좁은 땅에 거미줄처럼 촘촘하고 체계적으로 연결된 교통시스템은 감동을 주기까지 했다. 우리들의 나라에는 인도와 차도가 구분이 잘 안 되어 있는 곳도 많고 신호등이 존재하지 않는 곳도 많기 때문이다. 공항에서 시내로 들어가던 그 순간을 잊지 못한다. 한국은 단순히 포장도로가 발달한 것이 아니라 교통방송 등 '통신'을 이용한 '교통 시스템'이 발달되어 있었다. 이외에도 운전자의 편의를 위한 휴게소와 주유소부터, 내비게이션 시스템, 교통사고 관리 체계 등 한국의 첨단 교통관리 시스템을 배워 고국에 돌아가 정부나 관련 기업에 그 필요성을 홍보해 고국의 발전에 이바지하고 싶다.

DAY 1 창찰돌람 | 몽골

우리는 대구에서 서울까지 먼 거리를 여행했고, 밤늦도록 미팅을 해서 피곤했지만, 첫 탐방지인 서울지방경찰청 종합교통정보센터로 이동하며 설레는 마음을 감출 수 없었다. 우리를 반갑게 맞이해주신 분은 박경미 중위님. 우리는 중위님으로부터 CCTV카메라, 인터넷교통방송, 실시간의 교통정보를 제공하는 시스템에 대해 친절한 설명을 들을 수 있었다. 가장 인상 깊은 것은 주요 도로에 설치된 여러 가지 CCTV의 역할이 다르다는 것. 경찰청 상황실에서는 이 CCTV를 통해 24시간 실시간 현장을 볼 수 있고, 주요도로가 색깔별로 표시된 전자지도를 통해서도 실시간 교통 상황을 파악할 수 있다. 실시간 동영상은 인터넷이나 스마트폰 앱으로 연결하여 누구나 접속해 볼 수 있는 시스템이 마련돼 있다. 더불어 운전자들에게 도로 현장에서 사고나 공사가 생겼다는 상황이 전달되면, 센터가 그 자료를 라디오 리포터들에게 넘겨주어 방송하도록 제공을 한다. 또한, 운전하다가 02-700-5000(교통정보센터)으로 전화를 하면 어디서 사고가 났는지, 어느 쪽으로 가면 더 빨리 갈수 있는지를 안내 받을 수도 있었다.

　우리는 탐방기관 수를 많이 선정해 두었기에 지체할 시간이 없었다. 뒤이어 서울특별시 교통정보센터(Seoul TOPIS)로 향했다. 양윤계 주무관님께서도

도로에 대해 공부하던 우리

우리를 친절하게 환영해 주셨다. 우리는 한국의 ITS, 버스 도착 정보시스템, GPS시스템, 서울도로의 발전역사 등에 대해서 배울 수 있었다.

1950년부터 현재까지 서울 대중교통의 교통시설은 경제성장과 발맞춰 발전했다. ITS는 교통정보의 수집, 분석 및 가공 제공의 3단계로 이루어져 있다. TOPIS 자체 통신망을 사용하여 GPS와 무선통신 장치가 내장된 차량의 내비게이션으로부터 차량의 위치와 속도, 시간정보, 노면 기지국과의 통신 내용을 수집하고 있다. TOPIS에서 가공된 정보는 홈페이지, 전광판, 교통방송, 스마트폰, 내비게이션, SNS 등을 통해 실시간으로 시민들에게 전달된다. 더불어 버스 관리시스템은 버스 안에 장착된 차량단말기, GPS, 무선통신기를 통하여 실시간 버스의 위치, 운행 속도 등을 수집, 가공, 관리하는 시스템이다. 버스 승객들은 정류소에 설치된 버스 안내판을 통하여 정확한 버스도착 예정시간을 볼 수 있다. 무인단속 카메라로 주요 도로를 감시하여 주·정차 위반과 버스 전용차로 위반 차량을 단속하고, 주차관리통합누름쇠센서로 보내진 차량의 숫자는 통합정보시스템에서 가공하여 실시간으로 주차 가능 대수를 안내한다.

Хол замыг туулан зорьсон газартаа хүрээд орой болтол хуралдсан бид ядарсандаа сайхан унтаж амарлаа. Буудалсан буудал маань тухтай ч, жаахан үнэтэй болохоор буудлаа солихоор шийдсэн юм.

Ингээд Сөүлийн Цагдаагийн Ерөнхий Газрын дэргэдэх Замын Хөдөлгөөний Мэдээллийн Нэгдсэн Төв рүү хөдөлсөнөөр энэ өдрийн аялалаа эхлүүлэв.

Тэнд бид ажиглалтын камер, интернэт нэвтрүүлэг гэх мэт зам тээврийн мэдээллийг цаг тухай бүрт нь алдалгүй дамжуулдаг системийн талаар суралцсан юм. Өдрийн хоолондоо Вьетнам ресторанд хооллочихоод төлөвлөгөөнийхөө дагуу Сөүлийн Нийтийн Тээврийн Удирдлага болон Мэдээллийн Төв (TOPIS)-д ирэн Солонгосын нийтийн тээврийн ухаалаг систем болон автобусны мэдээллийн систем, жи-пи-эс систем, Сөүлийн зам тээврийн хөгжлийн түүх гэх мэт олон зүйлсийн талаар мэдэж авсан юм. Энэхүү сургалтыг хариуцсан багш бид бүхнийг халуун дотноор хүлээн авсан ба сургалтын дараа Чёонгэчон(урьд нь зам байсныг өөрчлөн явган хүмүүс чөлөөтэй зорчдог гүүр болгосон) дээр ирж бидний цаашдын ажил амьдралын тухай ярилцсаар, мөн олон сайхан зөвөлгөө өгөн хагас өдрийг бидэнтэй хамт өнгөрөөв. Эцэст нь тэрээр бидэнд амжилт хүсэн тэргүүн байранд орохыг ерөөлөө.

Оройн хоолоо Найжириа ресторанд махны соустай Фүфү гэдэг Африк хоол идэв. Эхний айлчлалууд маань ийнхүү амжилттай болсон учир бид ч тэмдэглэхээр явсан юм.

DAY 2 | 프랭크 | 콩고민주공화국

탐방 2번째 날, 우리의 세 번째 탐방기관은 공항에서부터 우리를 감동하게 했던 TBS교통방송국이다. 우리는 TBS가 운전자들에게 어떠한 방식으로 교통정보를 제공하는지 알고 싶었다. 미디어정책실 천효진 PD님은 "택시, TOPIS, 경찰청, 시민들의 제보를 통하여 교통정보를 받고 스튜디오에서 제작합니다. 산에 있는 안테나는 보통 FM라디오와 TV안테나라 보면 되고 들판에 있는 안테나는 보통 AM안테나라고 보면 됩니다. 교통방송과 내비게이션 선호를 비교해보면 좋습니다. 교통방송은 음악 들으면서 대략적인 교통정보를 얻을 수 있고 내비게이션은 자기가 원하는 교통정보를 정확하게 알 수 있다는 점이 있습니다."라고 말씀해주셨다.

Le toisième jour nous avons visité la station de diffusion des informations sur le traffic routier(TBS), nous y sommes partis étudier comment se fait cette diffusion aux chauffeurs. À la fin de la visite, nous avons reçu des cadeaux que nous continuons à garder precieusement!

La nuit précédente Chagi avait pris des medicaments pour la constipation, alors en sortant de TBS nous l'avons patiemment attendue des toilettes. Dès qu'elle est revenue, nous avons pris un taxi pour nous diriger au marché de Dongdaemun, d'où nous devrions prendre le déjeuner. Là, nous avons mangé le Huushuur et le Tsuivan dans un restaurant Mongolien et après nous avons fait le tour du marché. La nuit tombée nous sommes allés, sous la pluie, à la tour de Namsan vu qu'il pleuvait nous n'avons pas pu photographier ni profiter de la vue nocturne mais quand même nous avons fait quelques prise des photos à l'intérieur de la tour avec notre téléphone LG G4 et aussi profité de prendre d'autres photos express que nous avons payé et avons même fait imprimer.

En sortant de la tour de Namsan, il nous a été difficile de trouver un taxi pour nous diriger vers notre lieu d'hébergement "Chognye 1Ga" car il pleuvait toujours. Nous avons eu du mal de trouver le bon chemin vue la complexité des routes de Séoul. Et aussi Franck venait lentement avec Chagi car elle portait des chaussures à haut talon, Moi et Destalem étions devant pour trouver le chemin de retour. C'était une première expérience de ce genre depuis que nous sommes en Corée du Sud. Arrivant à la maison nous sommes partis prendre le Chimek(Bière et Poulet) pour nous destresser.

DAY 3 프랭크 | 콩고민주공화국

아침 일어날 때 비가 오고 있었다. 비가 오는 한국 날씨를 즐기며 우리는 차를 한국도로공사로 향했다. 오늘은 한국의 톨게이트 비지니스 하이패스 교통정보 시스템에 대한 인터뷰를 진행하는 일정이다. 궁금했던 교차점, 버스전용차선 등에 대해 서울영업지원센터 고재홍 대리님께 질문

드림하이, 한국도로공사에서

을 쏟아냈다. 고속도로 정보는 VDS센서, DSRC 단거리 전용 통신망, CCTV를 통해 센터로 들어온 뒤, 교통정체나 사고 등의 정보는 가공하고 분석해낸 다음 다양한 매체(스마트폰 앱, 교통방송 등)를 통해 운전자들에게 2분 내외로 전달하게 된다. 톨게이트 시스템인 Close System과 Open System, 차량 및 차량의 크기와 운행 거리로 통행료를 계산하는 Touch Pass, 직접 터치해서 통행료를 계산하는데 카드를 안테나에 삽입하고 길가에 있는 또 다른 안테나와 통신을 해서 통행료를 계산하는 하이패스 시스템까지 그 체계에 놀라지 않을 수 없었다.

Il pleuvait encore quand nous nous sommes reveillés. Nous avons roulé sous la pluie jusqu'à Korea Expressway Corporation dans la ville de Seongnam, Mais sur l'autoroute nous avions encore une fois perdu notre chemin faute de ne pas bien suivre les instructions de la navigation GPS. Une fois vous manquez votre sortie dans l'autoroute, vous devez rouler juqu'à la prochaine sortie. Nous étions effrayé car nous ne voulions pas être en retard pour l'interview. Heureusement nous avions appelé la compagnie d'avance pour les informer que nous avions perdu notre sortie. L'autre probleme etait que nous ne sommes pas famillier de conduire dans Séoul. Heureusement nous y sommes arrivé à temps comme prévu. Nous avions etudié le système de péage route coréen, le système de laisser passer, Système d'information sur le Trafic de l'autoroute etc.

Pendant le cours , nous leur avions dit que l'autoroute a un inconvenient qu'une fois manqué son chemin, vous devez aller jusqu'à la sortie suivante bien que loin. Ils nous ont répondu que l'autoroute est une "Route libre" c'est à dire on minimise le nombre de sortie et d'intersection pour éviter l'embouteillage. Nous avions demandé encore que sur l'autoroute il ya une ruelle séparée d'autres ruelle par une ligne bleu où passent les bus, mais d'autres petits vehicules aussi l'utilisent. Ils nous a répondu que c'est uniquement pour les bus, camionnette et mini-bus, si d'autres petits vehicules l'utilisent et que la camera les détecte ils payeront l'amande.

Nous avons eu comme déjeuner Kittfo et Tibs au restaurant Ethiopien et Arabe et avons voulu visiter l'Université nationale de Séoul, mais le temps était jaloux. Alors nous sommes partis nous rafraîchir à notre logis avant d'aller dinner au restaurant Brésilien. Chaque jour nous essayons de manger un nouveau repas. Nous sommes partis au club pour clôturer notre séjour de Séoul. Une fois au club , nous avons fait une surprise en offrant à Chagi une fleur car elle était la seule fille parmi nous.

챌린저 Tip

ITS | 지능형교통시스템 ITS란 실시간으로 교통정보를 수집하고 이를 다양한 방법으로 제공함으로써 교통의 효율을 높여 도로를 더욱 안전하고 빠르게 만드는 최첨단교통시스템이다.

VDS | 차량검지기VDS(Vehicle Detection System)는 도로에 설치된 센서를 통해 지나가는 차량의 속도(Speed)와 차량 교통량(Volume) 등의 정보를 수집하는 장치다.

DSRC | 단거리 전용 통신망 DSRC (Dedicated Short Range Communication) 또한 교통정보수집용 시스템으로, 5.8GHz 주파수 대역을 이용한 노변장치 (RSE: Road Side Equipment)와 차량 탑재 장치(OBE: On-Board Equipment)사이에 무선 통신을 통해 정보를 수집한다.

DAY 4 프랭크 | 콩고민주공화국

여기는 제주도! 우리는 아름다운 풍경과 제주의 맛을 충분히 즐기며 인터뷰 준비를 할 수 있었다. 우리가 제주도에 온 목적은 관광인구 이동이 많은 제주도로교통공단에 방문해 도로 교통시스템이 어떻게 관리 되는지 배우는 것. 이곳에서는 일반들에게 도로 안전교육을 해주고 도로교통 제어시스템을 개선하기 위한 연구도 진행한다. 우리를 맞이해 주신 안전시설부 고창성 과장님께서 친절히 안내해 주신 내용을 옮기면, 안전사업에서는 각종 교통안전기술을 지원하고 있고, 교육사업에서는 교통교육과 어린이, 노인 등 교통약자를 위해 사회교육을 한다. 운전면허사업은 저렴한 비용으로 운전면허 취득을 돕고, 교통과학 연구원은 교통안전 교통기술을 연구한다. 교통사고의 과학적 분석과 조사를 위해 공단에서는 사고차량의 속도계산과 마찰계수를 측정하는 감면 인식기, 사고현장의 데이터를 사고현장을 신속하고 측정하는 3D Scanner, 다양한 사고 유형을 분석하는 PC Crash 프로그램, CCTV와 블랙박스 영상분석 시스템 등 첨단장비도 운영하고 있다.

탐방을 마치고 점프샷!

Asubuyi tuli tayarisha mahojiano(interview), kisha tuka enda kula Haejangkuk kama chakula ya muchana. Htujawahi kula Heajangkuk kama hiyo tangu tuko Korea, ilikuwa nyingi na tamu sana na nyama kubwa, na bei likuwa nafuu(cheap), kama tuna enda tena kwa kisiwa(Island) cha Jeju tuta enda kula hiyo chakula tena.

Kisha chakula cha muchana tulienda kwa office ya "Jeju Doro Kongdan" tuka soma ginsi wana chunguza trafiki ya barabara. Hata kama trafiki ya Jeju si tata(complex), kuna kituo cha trafiki kwa kuzuia hatari barabarani. Na hapo wana fundisha watu usalama ya barabara, na wana fanya utafiti(research) ya kuboresha (Improve) mufumo(system) wa kudhibiti(control) trafiki.

Kisha mahojiano tuli kamata picha na wafanyakasi, kisha tukaenda kwa kituo cha trafiki ya Jeju. Kisha tukaenda kwa pwani(beach) IHO ya Jeju yenye wafanyakazi walitu pendekeza(suggest), hapo tuka kodi(rent) mashua na tuka cheza nayo kwa maji. Tulikuwa na wakati mzuri! Kisha kuogelea tulitembeza gari kando ya maji na tuka shukuwa picha nyingi. hatukuweza enda ona nafasi zengine nzuri kwani hatukukuwa na muda. Tulirudi nyumbani tukakula jioni Haejabgkuk kwa mgahawa(restaurant) pembeni ya moteli yetu. lakini hiyo Haejangkuku haikukuwa powa kama ya muchana.

Tukarudi nyumbani kisha tuka lala mapema kwani iliomba turudishe gari yenye tuli kodisha sa sita ya muchana.

항상 즐거웠던 탐방

탐방대원 후기

팀원 1. 프랭크

먼저 팀장으로서 LG글로벌챌린저에 참여하도록 도와준 우리 팀 멤버 모두에게 감사드립니다. 서로 협력하여 마지막 보고서를 제출할 때까지 각자 맡은바 역할을 열심히 해서 기뻤습니다. 이번 챌린저를 통해 잊을 수 없는 많은 추억을 쌓았습니다.

팀원 2. 데스탈렘

내 인생에 절대 잊지 못할 여러 가지 추억을 얻게 되었습니다. 콩고민주공화국과 몽골 친구들을 깊게 알게 되서 기쁩니다. 이런 특별한 기회를 제공해주신 LG글로벌챌린저에 정말 감사합니다. 앞으로 우리가 배운 지식을 우리나라에 꼭 전달하고 활용할 수 있도록 노력할 것입니다.

팀원 3. 바우마

2015년 LG글로벌챌린저에 참여해 〈교통강국 대한민국의 도로운영 시스템〉이라는 것을 조사하고 발표했습니다. 이 기회를 통해 살면서 잊을 수 없는 추억을 갖게 되었고 전국 여러 회사를 방문하면서 인간관계도 넓어졌으며, 앞으로 저의 삶에 큰 원동력과 도움이 될 거라고 생각합니다.

팀원 4. 창찰돌람

선진국의 발전된 기술을 후진국에 적용함으로써 기술개발에 필요한 시간, 금전적 비용 등을 아낄 수 있다는 큰 장점을 확인하였습니다. 또한 각 나라의 문화, 환경, 국민의 성향이나 특성을 고려해야 한다는 것을 알았습니다. 최선을 다하겠다는 마음가짐으로 LG글로벌챌린저에 참여했기 때문에 더욱 의미

있고 보람을 느꼈던 탐방이었습니다. 마지막으로 또 다른 세상을 볼 수 있게 기회를 준 LG에게 깊이 감사드립니다.

중국 외동딸들과
한국 다문화의 만남

팀명(학교) All Be One(이화여자대학교)
팀원 양비비 (중국), 장일홍 (중국), 조경 (중국), 팽효예 (중국)
기간 2015년 7월 30일~2015년 8월 29일
장소 대한민국
1. 부산 (부산다문화국제학교, 참조은다문화,
   부산대학교 사회과학연구원 다문화연구센터)
2. 서울 (무지개청소년센터, LG 사랑의 다문화학교, 서대문구다문화가족지원센터,
   다문화어린이도서관 모두, 가평설악도서관)
3. 청주 (청주시다문화가족지원센터)
4. 대구 (대구교육대학교 다문화교육센터, 대구 국제문화센터, 다문화강사협회)
5. 울산 (울산글로벌센터, 울산다문화교육지원센터, 울산남구다문화가족지원센터)

유학생으로서 처음 한국으로 왔을 때 언어상의 문제로 하여 어려움을 느끼기도 한 우리는 다문화가정의 아이들은 어떠하였는지 궁금증을 갖게 되었다. 기사검색 등 사전조사를 통해 우리는 다문화가정 자녀들이 한국사회에 적응함에 있어서 언어상 문화상 많은 문제가 있다는 것을 알게 되었다. 이러한 문제들을 해결하고자 탐방노선을 정하였다.

DAY 2 팽효예 | 중국

우리의 탐방은 부산에서 시작됐다. 계획대로 우리는 참조은다문화 서점과 부산대학교 다문화연구센터에 가서 탐방과 인터뷰를 진행했다. 참조은다문화 서점에서 이주 여성 몇 분을 만나 봤는데, 이는 다문화에 관한 주제를 가지고 탐방하는 과정 중에 처음으로 다문화 가족과 직접 대화한 것이었다. 모국에서 살다가 한국에 와서 생활하는 점에 있어서 우리가 그들과 비슷하지만, 그들은 제3자의 입장에서 언어와 문화를 배우거나 체험하는 것이 아니고 이 낯선 사회에 자리를 잡아야 하므로 우리보다 한국 사회에 더 깊게 융합해 들어가야 한다는 압력과 욕망을 가진다. 그래서 그들이 유학생인 우리보다 더 많은 거부감과 스트레스를 느낄 수밖에 없다. 그들의 인생 이야기를 들으면서 '그렇게 어려운 상황을 겪고 있음에도 적극적으로 노력해서 적응 경로를 찾아 왔구나!' 감동했다. 게다가 오늘의 탐방을 통해서 많은 깨달음을 얻었는데 특히 부산대학교 다문화연구센터의 선생님들과 얘기를 나누는 과정 중에 우리가 작성할 보고서의 중심 방향과 접근점들을 찾았다. 이 중에 가장 인상적인 점은 바로 '다문화라는 어휘를 더 이상 강조하지 않은 사회는 바로 진정한 다문화 사회이다.'라는 말이다. 지금 정의된 다문화 가족들과 일반 가정들의 집단 간의 차이보다 공통점에 더 중점을 두는 동시에 집단 내의 각 구성원의 특성을 인정해 주는 사회는 바로 '진정한 다문화 사회'인 것이다.

계획에 따라 탐방을 끝낸 다음에 잠깐 쉬고 우리는 지하철로 부산 광안리 바닷가에 가기로 했다. 광안리 대교는 부산의 야경 명소로 밤에 진짜 아름답다고 들어서 거기서 우리의 미션을 촬영하려고 했기 때문이다. 광안리에 도착하여 지하철역에서 나오자 어느 쪽으로 가야 할지 지도를 찾고 있었을 때 시원한 바람 한 줄기가 불어오는 게 느껴졌다. 부산의 모든 탐방 계획을 완성한 우리는 가벼운 마음으로 떠들고 장난치며 여유롭게 바다까지 걸어갔다. 우리 팀 4명은 다 내륙 출신이고 바다를 직접 접할 기회가 그다지 많지 않았다. 신발을 벗고 맨 발로 바닷물을 밟았고 밤의 바닷물이 서늘하고 짧게 물놀이를 해서 하루에 쌓인 더위가 다 사라진 것 같았다.

今天是在釜山的第二天，依照计划我们去了"真好多文化"书店和釜山大学多文化研究中心探访，今天的机构探访给了我们很多启发，尤其是在跟釜山大学多文化研究中心的老师交流的过程中甚至找到了我们的提案的中心方向和几个关键的切入点。其中印象最深刻的就是'不再强调"多文化"一词的社会，才是真正的多文化社会'。经过采访我个人对此的理解是所有的社会成员都自然而然地将现在所定义的多文化家庭看作这个社会不可分割的一部分，比起现在所定义的多元文化家庭和一般家庭这样的群体差异来说更注重于群体之间的共性，同时认可群体之内的个体的特性。

结束了计划的行程稍作休息之后，我们就坐地铁直奔广安里海边，听说广安大桥的夜景很美，就决定在那里拍我们的G4 mission。釜山的夏天比我们预想的要热，到了广安里，一出地铁站还不知方向正在查地图呢，一阵凉风吹过，立即明了，'还查什么呀，跟着风走就对了……'，完成了在釜山的采访任务的我们一路嬉闹着，带着几分悠闲地就晃到了海边。内陆来的旱鸭子，很少有机会亲身接触大海，迫不及待地踢掉鞋子，光脚踩进了海水，夜晚的海水清凉，就那么晃荡几下仿佛就洗尽了一整天的暑气……

부산다문화국제학교, 인터뷰 중

DAY 4 조경 | 중국

오늘은 서울에서 탐방하는 첫날, 무지개청소년지원센터에서의 인터뷰를 진행했다. 무지개청소년지원센터는 여성가족부가 지원하는 이주배경청소년센터이다. 이주배경청소년의 초기 한국사회 첫걸음을 함께하고 있고 그들을 위해 각종 프로그램을 지원하고 있다. 한국어 교실은 물론이고 진로지원, 자기 계발 프로그램 등 다양한 프로그램을 진행하고 있다. 또한 이주배경청소년들이 한국 사회에 더 빨리 적용할 수 있도록 한국인 학생이나 직장인과 1:1 멘토링도 진행하고 있다. 그리고 학생들은 "다톡다톡(多TALK茶TALK)"이라는 공간에서 친구들과 고민도 이야기하고 책도 보면서 다양한 활동을 할 수 있다. 탐방이 끝나고, 우리는 오랜만에 샤브샤브 먹으러 갈까 하는 생각에 '하이디라오'를 향하게 됐다. 중국에서 흔히 먹을 수 있었던 것임에도 불구하고 유학하게 되면서 한국에서 먹게 되니 사뭇 그리움의 맛이 나기도 했다.

여름밤의 남산은 참으로 아름다운 것 같다. 외국인 관광객들도 흠모하여 찾아오는 관광명소이다. 여기저기 뛰어다니는 어린이들, 애정 어린 눈빛으로 그들을 바라보는 부모님들, 행복한 미소를 머금고 셀카 찍는 연인들…, 밤하늘의 별이 빛나고 남산타워에서 바라보는 서울 밤이 빛나고 그것을 바라보는 우리의 눈도 빛나고 있다.

今天是首尔探访的第一天，我们来到了位于景福宫附近的移住背景青少年中心进行采访。中心的相关负责人为我们进行了详细的讲解。采访结束后，想着好久没有吃火锅了，我们就决定去海底捞吃火锅。虽然在国内的时候经常能吃到，但是在国外能吃到正宗的火锅还是别样的一种体验。

在梨泰院的步行街上我们向来往的外国友人介绍了我们的探访活动，她们欣然接受了我们我们合影的提议。买冰淇淋的时候遇到了搞怪的土耳其大叔，还有亲切的意大利冰淇淋店社长和我们聊天。

夜晚的南山很适合散心，有很多一家人一起来散步的，有一对对的情侣依偎着记录下很多美好的瞬间，还有很多慕名而来的外国友人。夏夜，雨后的天空闪着点点星光，从南山塔俯瞰下去，夜幕下的首尔灯火辉煌，汉江和高楼大厦支撑着这个忙碌城市人们的生活。

오늘의 일정은 LG 사랑의 다문화학교와 서대문구 다문화가족지원센터 탐방이다. 오전에는 마포빌딩에서 LG 사랑의 다문화학교 언어인재 글로벌 리더십캠프 온라인 이중언어교육연구원과 인터뷰를 하였는데 학교가 어떤 프로그램을 제공하고 있는지, 학생의 선발 기준은 어떻게 되는지, 멘토는 어떤 자격을 갖추어야 하는지 등에 대하여 알아봤다. 인상 깊게도 학생들이 한국어와 부모님의 언어를 모두 배울 수 있게 도우며, 이주 부모 본국에 가서 체험하는 기회를 제공하고 있었다.

오후에는 서대문구다문화가족지원센터를 갔는데 뜻밖에도 우리 외에도 같은 시간에 예약을 해서 기관탐방을 하는 분들이 있었다. 우리와 같은 학교에 재학 중인 4명의, 출신 나라가 각기 다른 대학원생이었다. 우리는 유익한 토론을 하였고, 특히 그 중 한 분은 캄보디아에서 몇 년 봉사하다가 오신 분이어서 복지와 다문화에 대해 많은 대단한 분들이 노력하고 있다는 것에 존경하고 감동했다. 우리는 김혜원 다문화가족지원사업 팀장님 인터뷰를 통해 실제로 센터를 운영하면서 센터를 이용하는 분들이 부딪치게 되는 문제들에 대하여서도 알게 됐다. 다문화가족지원센터에서는 새로운 프로그램을 계획하기 전에 설문조사를 한다. 평일에 근무해야 하는 사람을 위해서 주말 프로그램도 많이 열린다. 그러나 막상 프로그램을 시작하면 참여하는 사람이 많이 없다. 거리상 문제도 있지만 아이를 돌봐줘야 하거나 집안일을 해야 해서 못 나온 사람이 많

서대문구다문화가족지원센터앞에서 인증샷

서대문구다문화가족지원센터에서 기관방문을 마친 후

다. 게다가 화목한 집안 분위기를 만들려고 가족모임이나 부부교육 프로그램
도 많이 만들었는데 실제 참여하는 부부도 적다. 외국인 며느리가 한국어를 잘
안 돼서 시어머님과의 관계가 안 좋은 집이 있다. 그래서 시어머님이 외국인
며느리를 더 이해할 수 있게끔 프로그램도 개발했는데 외국인 며느리도 한국
인 시어머님도 참석하지 않는 점이 아쉬웠다.

　　今天我们的日程是采访LG爱的多文化学校的负责人以及探访西大门区多文
化家族支援中心。

　　上午在麻浦大厦对LG爱的多文化学校的负责人进行了采访。了解了他们开
设了什么样的项目，学生的选拔标准以及导师需要具备的能力等等。双重语
言养成的项目还提供学生去结婚移居的父亲或母亲的本国体验的机会。

　　下午在西大门区多文化家族支援中心意外的见到了同一时间预约了机构探
访的其他人。非常巧合的是她们居然都是和我们一样的梨花女大学生。4位都
是在学习多文化及社会福祉的研究生，并且出身国家各不相同。期间收获了
非常有帮助的讨论，并且了解了实际上利用多文化家族中心的人实际上会遇
到的问题。

　　特别是研究生在读的其中一位前辈曾经在柬埔寨做过很多年职业义工，真
的是非常感动有很多很厉害的人对于社会福祉以及多文化做出不断的努力试
图改善，非常尊敬他们。

챌린저 INTERVIEW

LG 사랑의 다문화 학교 백종대 선생님

지금 진행중인 프로그램을 소개해 주실 수 있나요?

1년 짜리 이중언어과정과 2년 짜리 인재양성과정이 있습니다. 2009년에 한국외국 어대학교와 같이 최초의 이중언어과정을 설립하여 수강생을 선발하고 그 다음 해부 터 본격적으로 시작했는데 하다가 이를 확대할 필요성을 느껴 2010년에 2년 단위 언어인재과정의 수강생을 선발해 그다음 해에 개강했습니다. 주로 초, 중학생을 대 상으로 하고 온라인 수업의 형식으로 진행하는 동시에 대학생 멘토를 연결해 줍니 다. 1년짜리 이중언어과정은 초등학교 1학년부터 6학년까지의 학생을 대상으로 하 고 출석과 성적이 우수하면 계속 수강을 할 수 있는데 2년짜리 언어인재과정은 2년 동안 교육을 받으면 졸업식이 있고 졸업한 다음에 이중언어과정을 계속 수강하고 싶 다면 온라인으로 계속 수강할 수 있어요. 지금 개설된 언어는 이중언어과정에는 한 국어-중국어, 한국어-베트남어, 한국어-몽골어가 있고 언어인재과정에는 중국 어, 일본어, 베트남어, 몽골어, 인도네시아어가 있습니다. 교재는 10단계로 나뉘 어 있고 학생들은 먼저 레벨 테스트를 본 다음에 적당한 수업을 배치해 줍니다.

진행중인 과정들을 설계했을 때 지침 같은 것이 있나요?

물론 학생들에게 직접 언어를 가르치고 그들에게 두 가지 언어를 습득하게 하는 목 표도 있지만, 다른 문화 출신인 엄마이나 아빠의 문화를 이해하게 하는 것이 우리의 첫 번째 목표입니다. 그런데 이보다 더 중요한 것은 그들의 집에서 더 좋은 이중언 어환경을 만들어 주고 나아가 외부에서 그들에게 자존감을 찾을 수 있도록 적극적인 사회 분위기를 조성하는 것이지요.

다문화 가정 출신 아이들은 이중언어이라는 특장점은 가지고 있지만 실제로 아이들 의 한국어 언어 발달 수준이 좀 지연된 경우도 있고 이때는 아이들은 소외감을 느끼 게 되고 자존감을 수립하기가 어려울 수도 있습니다. 우리는 바로 이러한 그들만을 대상으로 하는 프로그램을 통해서 다문화 가정 출신 아이들에게 '내가 무언가가 다 르지만 좋은 점이구나.'라는 인식을 아이들에게 심어 주려고 노력한답니다. 이중언어프로그램은 아이들에게 '나는 이 언어를 배우면 엄마 모국에 있는 친척들과 말할 수 있지요. 그냥 단순히 외국어를 공부하는 한국인 학생들과 다른 거야.'라는 학습 동기도 부여해 줍니다. 동시에 교육 내용에 해당 언어권의 문화 교육도 들어가 있고 이를 통해서 이주민 엄마의 출신 문화에 대한 호기심을 일으키고 아이들에게 이주민 엄마 모국의 문화를 가치 있게 보게 하여 부모 자녀 간의 관계를 개선할 수 있습니다. 따라서 아이들의 성장에 좋은 가정환경을 조성할 수 있지요.

서울 LG사랑의 다문화학교 담당자와 인터뷰를 마친 뒤

김광석거리,김광석 다시 그리기길 입구에서　　　　　대구다문화강사협회,인터뷰를 마치고 정문에서

DAY 8　조경 | 중국

오늘 우리는 대구교육대학교와 대구다문화강사협회를 탐방했다. 대구다문화 강사협회 협회장은 중국에서 한국으로 이주하게 된 중국어 강사였는데 우리를 친절하게 반겨주셨다. 인터뷰의 과정에서 그는 자신의 실제적인 경험으로 언어교육에 관한 우리의 사야를 넓혀주었다.

　　今天我们在大邱进行了一天的探访，我们采访了大邱教育大学和大邱多文化讲师协会。大邱多文化讲师协会的创办人是一位从中国移住到韩国的中文讲师，她亲切地接待了我们，在采访过程中不时地用自己的亲身体会来拓宽我们的思路。

　　结束了一天的行程后，我们在大邱教育大学门口的一家素食餐厅尝试了很多新menu，有韩方冷面，八宝饭，素肉汉堡和嫩豆腐汤。当晚，我们住在了通过airbnb找到的位于东大邱站附近的公寓，虽然经历了密码错误、淋浴器不出热水等乌龙事件，但总体上来说还是很充实的一天。

DAY 10　팽효예 | 중국

우리 모두 긴장했던 탐방 일정도 드디어 끝이 보인다. 모두가 오랜만에 이렇게 연속적이고 빈틈없는 일정을 소화하느라 힘들었을 것이다. 그렇지만 울산다문화교육지원센터에 도착했을 때 인터뷰해주신 선생님이 진짜 열정적이고 친절하셔서 우리는 감동하지 않을 수 없었다. "울산다문화교육지원센터는 한국 최초의 다문화교육지원센터입니다. 물론 다문화가정 자녀가 한국 사회에 적용하는 것도 중요하지만 비다문화가정 자녀들이 '다문화'라는 개념을 잘 이해하는 것도 중요하죠. 그래서 비다문화가정 자녀들은 직접 다른 나라의 문화, 풍습을 체험할 수 있게 저희 울산광역시 교육청이 다문화교육지원센터를 설립했습니다."

이어서 탐방한 남구다문화가족지원센터는 우리의 뜻밖의 행운이라고 말할 만했다. 각 지역의 다문화가족문화센터는 각자 정해진 기관방문일이 있고 우리의 일정은 울산남구다문화가족지원센터의 기관방문일과 일치한 날짜가 없었는데 교육지원센터의 센터장님의 소개 덕분에 남구다문화가족지원센터를 탐방할 수 있게 됐다. 이는 우리에게 울산에서 또 하나의 중요한 영감을 수확하게 했다. 다문화가정 자녀나 결혼이민자가 한국 사람들과 많이 만나면 더 친해질 수 있고 서로 더 알 수 있다. 그러나 아직 한국에서 이런 기회가 많이 없다. 그래서 미니올림픽이나 합창단과 같은 프로그램이나 행사가 많아졌으면 좋겠다.

한국에서 생활해 온 기간에 비해 탐방했던 10일은 짧은 시간임에도 불구하고, 이 전에 해 보지도 않았던 도전들을 경험했다. 이 열흘의 기억은 미래의 어느 순간에 돌이켜 음미할 만하다고 믿는다.

울산에서의 마지막 점심!!!
채식도 이렇게 맛있을 수가 있지롱~

第10天了，我们紧张的探访日程终于快结束了，可能是因为快结束而松了口气或者太久没有连续走过这么紧凑的行程的缘故，在下午两点按计划到达蔚山多文化教育支援中心时心里切切实实地感到那么一丝疲惫，还是督促自己打起精神联系到负责人老师。接待我们的老师非常热心，细致地向我们介绍中心正在展开的工作和将来地计划，了解到我们的行程之后不仅主动帮我们联系蔚山市南区多文化家族支援中心，还拜托来中心参加活动的校车捎我们到离市区更近的公交站，以便我们能更快地赶到南区。

南区多文化家族支援中心算是我们行程的意外之喜，因为本来各地区的多文化家族支援中心都有自己固定的开放日，我们的行程日期和南区的开放日并不一致，但是多亏了教育支援中心的老师的介绍，使得我们能够在蔚山收获了又一关键的灵感。至于具体的灵感是什么，还请参考我们的报告书，在日记里就不再赘述了。

又一天结束了，越临近行程的尾声，心里越矛盾，既想赶紧结束好休息一下，又有点不舍，10天，跟我在韩国生活的时间比起来真的算是很短的，但是却经历了很多之前没有尝试过的挑战。这10天的记忆可能会随着时间慢慢褪色，但在未来的某天回想起来的时候，一定会让我不由地细细回味。

울산다문화교육지원센터, 탐방 후에 중국출신 선생님과 같이 기념사진 한 장

탐방대원 후기

팀원 1. 팽효예

탐방을 통해서 다른 어디서든 배우지 못한 한 인생 수업을 배우게 된 것 같습니다. 바로 자기의 생각에만 집중하면 안 되고, 주변 사람들의 생각에 대해서진심을 써 이해해야 한다는 것입니다. 이런 인식의 변화는 이번 활동을 통해서 얻은 가장 귀한 것으로 생각합니다.

팀원 2. 양비비

활동 중간에 대학원 종합시험과 논문 준비 때문에 많이 힘들었지만, 우리 착한 동생들 덕분에 끝까지 버틸 수 있었어요. 좋은 시절에 좋은 사람을 만나서 참 많이 행복합니다. 그리고 지금에 느끼는 행복과 감동은 오랫동안 간직할게요~ LG글로벌챌린저! 감사하고 사랑해요~^^

팀원 3. 장일홍

기차역에서 먹었던 맛있던 음식, 탐방 과정 중에서 친절하게 대접해주셨던 분들, 그리고 기념품까지 챙겨주시며 인터뷰를 해주신 기관 담당자 분들과 연구원 선생님들… 고맙고 감동적이었습니다. 한국에 대해 더 많이, 깊게 알게 되었고 직접 체험하면서 인터뷰를 하고 의미 있는 시간을 가질 기회를 준 LG 글로벌챌린저라는 활동에 너무 감사합니다.

팀원 4. 조경

한국에서 유학하면서 LG글로벌챌린저를 통해 한국 사회와의 관계가 더 밀접하게 된 느낌이 들었습니다. 탐방을 통하여 다문화에 대한 이해가 전보다 깊어졌을 뿐만 아니라 시야를 넓히고 사색의 시간을 가지게 될 수 있었던 것 같습니다.

한국의 숨은 보물,
전통음식 떡의
시크릿을 찾아서!

팀명(학교) FROS (연세대학교)
팀원 라차타 (태국), 사비나 (핀란드), 아노징 (몽골), 응웬 (베트남)
기간 2015년 8월 18일~2015년 8월 28일
장소 대한민국
1. 양양 (송천떡마을)
2. 서울 (한국전통음식연구소, 카페자이소, 떡의미학, 명동, 인사동)
3. 부천 (전통떡한과세계화협회)
4. 함양 (물레방아떡마을)
5. 담양 (목산공예관)
6. 제주도 (매일올레시장)

4개의 다른 국가에서 와 한국에서 만난 우리 팀은, 떡이란 음식으로 하나가 되었다. 떡은 어떻게 보면 우리에게 친근하지 않은 음식인 것이 사실이다. 하지만 우리 팀은 떡이 단순히 먹는 음식이 아니라는 것을 느꼈고, 떡의 진정한 본질을 사람들에게 알리기 위해 탐방을 시작하게 되었다. 우리 팀은 떡의 기능적 본질뿐만이 아닌 떡이 가지고 있는 속 의미와 뜻을 배우고 체감할 수 있었다. 무엇보다 떡은 한국의 대표이자 고유하고 귀중한 전통음식이라는 것을 확신할 수 있었다. 또한 떡이란 음식을 통해 한국 역사와 문화를 더욱 깊이 이해할 수 있는 기회를 가졌다.

우리에게 떡의 대중화는 곧 한국의 대중화와 같은 것이다. 떡이 더욱 많이 상품화되고 언제 어느 곳에서나 쉽게 접할 수 있는 대중적인 음식이 되기를 바란다. 대중화를 넘어 떡은 김치처럼 한국을 대표하는 세계적인 음식이 될 것을 확신한다.

DAY 1 아노징 | 몽골

2015년 8월 18일 오늘은 바로 LG글로벌챌린저 활동을 시작하는 날! 새벽 5시, 탐방을 시작한다는 설레는 마음으로 하루를 시작했다. 가장 먼저 방문할 장소가 강원도에 있어 아침 일찍 출발했다.

팀원인 라차타와 사비나는 고향에 다녀와 다소 피곤했지만 모두 웃는 모습으로 만났다. 무조건 즐거울 거라고 생각했던 탐방은 막상 시작하니 '잘 끝낼 수 있을까'라는 걱정이 들기도 했다. 설레는 마음과 걱정하는 마음이 공존했었던 것 같다.

3시간을 지나 우리 팀은 양양에 도착했다. 그리고 오늘의 탐방 장소인 송천떡마을에 방문하자 걱정이 모두 사라졌다! 송천떡마을에서 일하는 분들이 모두 반갑게 웃는 얼굴로 우리를 맞이해 주셨기 때문이다. 떡을 직접 만드는 체험을 하면서 떡마을 사람들

남부터미널에서 우리 팀의 첫 출발!

인절미를 만드는 모습

과 금방 친해질 수 있었다.

우리 팀의 탐방목적은 떡의 비밀을 찾아 현대 사람들에게 널리 알리는 것이다. 그러기 위해 떡을 만드는 과정부터 알아야 할 필요가 있었다. 오늘의 떡 만들기 체험은 우리에게 떡에 대해 많이 배울 기회를 줬다. 무엇보다 중요한 것은 떡을 만드는 것이 간단한 일이 아니며 정성과 노력이 필요한 귀한 전통 음식이라는 것을 더욱 실감할 수 있었다는 것.

떡마을의 바쁜 체험 활동을 마치고 잠깐의 여유를 가지기 위해 낙산 해수욕장에 들렀다. 파란 하늘 아래에서 푸른 바다의 파도 소리를 들으며 재미있는 시간을 보냈다. 열심히 체험활동을 하고, 재미있는 여유 시간을 보낸 오늘이 우리에게 너무나 완벽한 날이었다고 생각한다. 날씨도 무척 좋아 더 좋았던 것 같다.

2015 оны 8 сарын 18-ны өдөр нь бидний хувьд онцгой өдөр юм. Учир нь гэвэл энэ өдөр LG-гийн судалгааны аялал маань эхэлж байна. Бидний хамгийн эхэнд очих ёстой газар Ганвондууд байдаг учираас Сөүлээс эрт хөдлөх шаардлагатай байлаа.

Манай багийн гишүүд болох Рачата Сабина нар нутаг руугаа явж ирээд удаагүй хэдий ядарсан ч гэсэн бүгд инээмсэглэн уулзацгаав. Хэдий хүсэн хүлээж байсан аялал ч гэлээ амжилттай дуусгаж чадах болов уу гэсэн зовинол байсан юм.

3 цагын турш явсаны эцэст Ганвонду дахь Янг Янг-д ирцгээв. Хамгийн эхний газар болох "Сунчон Ттоэк" тосгонд биднийг очиход тосгоны хүиүүс биднийг найрсагаар угтан авцгаалаа.

Ттоэк хийж сурах явцдаа бид хүмүүстэй хурдан танилцаж байсан юм. Ттоэк хийхийг сурч эхэлж байхад биднийг загнаад байгаа юм шиг сэтгэгдэл төрж байв. Гэвч Ганвонду-гын хүмүүсийг угаасаа дуу чангатай гэдгийг сүүлд нь мэдэж авсан юм. Бидний аялалын зорилго бол Ттоэк-д орших нууцыг олон тэрхүү нууцаа орчин цагийн хүмүүст өргөнөөр таниулж мэдүүлэх билээ.

Тиймээс бид өөрсдөө Ттоэк-ийг хэрхэн хийдэгээс нь эхлээд суралцах нь маш чухал гэж үзсэн юм. Өөрсдийн гараар хийж үзсэнээр манай багийхан солонгосын үндэсний зууш болох Ттоэк-ийг хийнэ гэдэг нь энгийн нэгэн зүйл биш ямар их хүч хөдөлмөр шаардсан ажил вэ? гэдгийг мэдэрсэн юм.

Сунчон тосгон дахь ажилаа дуусгаад бид Нагсаны далайн эрэг рүү явав. Хөх цэнхэр тэнгэрийн дор далайн давалгаан чимээг сонсонгоо манай багийнхан цагийг сонирхолтой өнгөрөөв. Ажилаа хичээнгүйлэн хийж, чөлөөт цагаа сонирхолтой өнгөрөөсөн өнөөдөр нь бидний хувьд сайхан өдөр болж өнгөрлөө. Цаг агаар ч гэсэн сайхан байсан учраас илүү сайхан байсан байх аа.

Оройн 11 цаг, нэг л мэдхэд нэгэн өдөр өнгөрч багийн гишүүд маань өдрийнхөө ажилийг цэгцэлж байна. Ирэх өдрүүд маань ч гэсэн ямар байх бол хэмээн бодож сууна. Ахиад 9 шөнө 10 өдөр үлдсэн ч гэсэн өнөөдрийн адилаар нэг л мэдхэд өнгөрсөн байх бизээ. Одоо үлдсэн өдрүүддээ хором мөч бүрийг хичээнгүйлэн мөн дурсамжтай хөгжилтэйгээр өнгөрөөх болно гэсэн бодлоор өнөөдрийг дуусгаж байна.

챌린저 Tip

떡의 어원 | 떡의 어원은 「찌다」가 명사화되어 「떼기」 → 「떠기」 → 「떡」으로 변화

석탄병 | '석탄병(惜呑餠)'이란 떡의 향과 맛이 너무나 뛰어나서 삼키기가 아깝다는 의미. 감가루를 많이 넣고 향이 좋은 계피, 생강, 율병을 넣어 보슬보슬하게 쪄낸 메시루떡의 일종 '규합총서(閨閤叢書)'에 '맛이 차마 삼키기 안타까운 고로 석탄병'이라 한다는 기록에서 유래

오늘은 서울 탐방이 계획된 날이라 7시부터 분주히 움직였다. 첫 날 활동을 정리하느라 늦게 잠들었지만 깨끗한 공기와 아름다운 자연 때문인지 상쾌한 아침이었다. 이런 양양에서 하루밖에 보내지 못한 것이 좀 아쉬웠지만 앞으로 인터뷰 할 기관들이 많기 때문에 부지런히 움직였다.

오후 3시 우리는 서울 강남에 위치한 카페 자이소 퓨전 떡 카페를 방문했다. 어제는 전통 떡을 체험했다면 오늘은 현대식 떡을 체험하는 것이다. 우리 팀이 궁금했던 것 중 하나가 전통 떡과 퓨전 떡의 대립이었다. 그래서 전통 떡과 퓨전 떡을 직접 보고, 경험하고, 평가하기로 했다. 카페자이소 대표님과 인터뷰한 결과 전통 떡만을 강조하고 중요시하는 것이 아니라 현대 소비자들의 니즈에 맞는 새로운 상품 개발 즉, 퓨전 떡의 개발이 필수 과제라는 것을 알 수 있었다. 즉 전통 떡과 퓨전 떡의 균형을 맞춰 가는 것이 중요하다는 결론이다.

서울의 하루는 금방 지나고 저녁이 왔다. 양양과는 달리 서울은 정신이 없었다. 저녁이 되도 일이 끝나지 않는 서울 사람들은 발걸음을 어디론가 서두른다. 서울은 아마 세계에서 가장 바쁜 도시 중의 하나일 것이다. 우리 팀은 어제와 같이 오늘 일을 정리하고 내일의 계획을 논의한다. 겨우 두 번째 날이지만 다소 피로감이 느껴지기도 한다. 앞으로 서울에서 우리에게 어떤 일들이 기다리고 있을까? 상상만 해도 즐겁다.

카페 자이소 CEO 님과 인터뷰 중

Өнөөдөр манай багийнхан сөүл рүү эрт явахаар өглөө 7 цагт босцгоов. Эхний өдрийнхөө ажилаа цэгцлэх гэсээр оройтож унтсан ч гэсэн цэвэр агаарт унтацгаасан болоод тэр үү өглөө сэргэг байцгаав.

뮤전 떡

Бага зэрэг харамсаж байсан зүйл маань гэвэл энд ердөө ганц л хоносон явдал байлаа. Дахиад нэг хоноё гэсэн ч бусад ажилууд маань төлөвлөгдсөн байгаа учир яах ч аргаггүй байлаа. Тэгэхдээ төлөвлөсөн зүйлсээ амжуулаад буцаж байгаа болхоор эхлэл маань сайхан байна гэж бодож байна.

Үдээс хойш 3 цаг гэхэд бид Ганнгнам дүүрэгт байдаг Ттоэк кафед очсон байв. Өчигдөр бид уламжлалт Ттоэк-ийг өөрсдийн гараар хийж үзэцгээсэн бол өнөөдөр өнөөдөр орчин үеийн Ттоэкийг хийж үзэхээр очсон юм. Манай багийханы мэдэхийг хүсэж байгаа зүйл нь орчин үеийн ба уламжлалт Ттоэкийн ялгаа юм. . Энэ кафед ихэнхдээ шинэ төрлийн Ттоэк хийдэг учир харицуулж дүгнэлт хийхэд тохиромжтой санагдав. Миний хувьд уламжлалт Ттоэк амттай ч орчин үеийн Ттоэк илүү таалагдав. Магадгүй гадаад хүмүүст орчин үеийн Ттоэкийг идэхэд илүү тохримжтой байдаг байх гэж санагдаж байна.

Кафе Жайсу- гийн эзэнтэй хийсэн ярилцлагынхаа үр дүнд бид уламжлалт Ттоэк-ийг чухалчилхаас гадна залуу хүмүүсд ч гэсэн таалагдахуйц шинэ төрлийн Ттоэк хийх нь зайлшгүй хэрэгтэй гэдгийг ойлгосон юм. Ерөнхийдөө уламжлалт болон орчин үеийн Ттоэкийн тэнцвэрийг хадгалах нь зүйтэй юм байна гэсэн дүгнэлтэнд хүрэв.

Сөүл дэх ажил маань ч гэсэн нэг л мэдхэд дуусаж орой болсон байв. Ян Ян-аас өөр нь Сөүлд маш их хөдөлгөөнтэй байв. Орой болж ажил тарах цаг өнгөрсөн ч олны хөл татрахгүй Сөүлийн хүмүүс хаашаа ч юм яаралдацгаана.

Магадгүй Сөүл дэлхийн хамгийн завгүй хотуудийн нэг байх гэж бодогдлоо. Өнөөдөр ч өчигдөрийн нэгэн адилаар ажлаа эмхлэж маргаашийхаа ажлыг төлөвлөв. Дөнгөж 2 дахь өдөр ч гэлээ жаахан ядарч байгаагаа мэдэрлээ.

한국 전통떡한과세계화협회 사무국장님과 카페 자이소 공장의 대표님 인터뷰를 통해 유용한 정보를 많이 얻어서 의미 있는 날이었다.

사무국장님은 떡 세계화를 계승하려면 보관 방법을 개발해야 한다고 말씀하셨다. 떡은 만든 다음에 바로 먹어야 되는 음식이라 다른 곳으로 유통하는 것이 어렵다. 따라서 한국 전통 떡한과세계화협회가 주로 떡의 유통기한을 개선하는 것에 노력하고 있다고 했다.

개인적으로는 자이소 대표님의 인생 이야기가 가장 인상적이었다. 고등학교를 졸업하고 대학교에 지원해보았지만 실패하고 2년 동안 군대생활을 했다고 한다. 제대한 후 다시 대학교를 지원했는데 또 실패하고 말았다. 그 때는 자기가 미래에 무엇을 할지 결정해야 할 시기였다. 그래서 떡 공장을 만들면 어떨까라는 생각을 한 것이다. 형편이 어려워도 포기하지 않고 독립해 장사를 시작했다. 이 이야기를 들었을 때 나는 영감을 받았다. 왜냐하면 교육에 대한 사회적 압력과 경제적으로 어려운 상황에서도 용기를 내어 도전한다는 것은 대단한 일이라고 생각한다. 만약에 많은 사람이 이런 결심을 하고 열심히 활동한다면 사회 발전에 도움이 될 것으로 생각한다.

Tutkimusmatkamme kolmas päivä oli erittäin tapahtumarikas. Saimme tilaisuuden tavata kaksi mielenkiintoista henkilöä, jotka työskentelevät korealaisten riisikakkujen, tteokin valmistus- ja myyntialalla. Aamulla hastattelimme tteokin globalisaatioyhdistyksen pääsihteerin, Park Donghwan ja iltapäivällä kävimme Café Jaison tehtaalla tavataksemme paikan toimitusjohtajan, Park Hosungin. Saimme heiltä paljon tärkeää ja hyödyllistä tietoa, jota voimme myöhemmin käyttää raportimme tiedonlähteenä.

Globalisaatioyhdityksen pääsihteeri, Park Donghwalta saimme paljon tietoa liittyen tuotteiden maastavientiin sekä pakkaus- ja säilöntämenetelmiin. Koska tteok on ruoka, joka ei sisällä minkäänlaisia keinotekoisia säilöntäaineita, se on vaikea pitää tuoreena pitkään ja täten se on myös vaikea kuljettaa pitkiä matkoja paikasta toiseen. Tteok on ruoka, joka pitää syödä heti valmistuksen jälkeen, muuten se kovettuu ja hyvä, tuore maku katoaa. Siksi tämä globalisaatioyhdistys tekee töitä ensinnäkin kehittääkseen tteokin säilöntämenetelmiä. Jos säilöntämenetelmiä pystyttäisiin parantamaan, tteokin globalisaatiokin onnistuisi paremmin. Tällä hetkellä näyttää kuitenkin siltä, että parantaaksemme tteok varastointiaikaa, tteok on joko jäädytettävä tai valmistettava sillä tavalla, että se maistuu hyvältä myös kovana tai rapeana.

Café Jaison toimitusjohtaja, Park Hosung oli yllätykseksemme hyvin nuori, mutta silti erittäin kokenut ja intohimoinen. Hänen elämäntarinansa oli meille erittäin rohkaiseva ja inspiroiva. Lukion jälkeen Hosung yritti päästä yliopistoon, mutta epäonnistui. Näin ollen hän päätti yliopisto-opintojen sijaan suorittaa pakollisen asevelvollisuuden ja yrittää yliopistohakua uudestaan armeijan jälkeen. Hän kuitenkin epäonnistui toisellakin hakukerralla ja niin hänen oli keksittävä, miten hän elättäisi itseään tulevaisuudessa. Pian sen jälkeen Hosung ajatteli, riisikakkutehtaan täytäntöönpanoa, vaikka hänellä ei ollut edes rahaa laittaa tehdas alulle. Hänen kova työ kuitenkin palkittiin, ja näin hän onnistui perustamaan ikioman riisikakkutehtaan. Myöhemmin hän onnistui avaamaan myös riisikakkukahvilan, jossa asikkaat pystyvät nauttimaan tehtaassa valmistamia tuoreita riisikakkuja.

Hänen elämäntarinansa oli minusta positiivisella tavalla pysäyttävä, sillä oli hienoa huomata, että lukuisien epäonnistumisien jälkeen hän rohkeni haastamaan itsensä perustamalla oman yrityksen, vaikka hänellä ei ollut edes rahaa siihen. Hienoa on myös se, että hän ei antanut sosiaalisten paineiden koreakoulusaavutusten tärkeydestä kataa itsetuntoaan vaan hän pysyi kovana ja päätti ottaa riskin ja tehdä jotain erilaista ja uutta.

Hänen tarinansa oli tunteita herättävä ja olimme kaikki kiitollisia Hosungille siitä, että hän halusi jakaa yksityisen elämäntarinansa meidän kanssa.

라차타의
퓨전떡
먹방 촬영 중

한국전통음식연구소에서 윤숙자 교수님과 함께 인터뷰

DAY 4　라차타 | 태국

오늘은 왠지 긴장이 많이 됐다. 아마 오늘 한국전통음식연구소의 소장님과 떡에 대해 깊이 인터뷰를 해야 하기 때문이었던 것 같다. 소장님께서는 한복을 차려입고 우리를 대접해 주셨다. 차를 마시면서 편하게 이야기하는 동안, 꼭 만나고 싶었던 명장과 인터뷰하고 있는 느낌이 들었다. 인터뷰를 마무리하기 전에 소장님은 우리에게 본인이 직접 쓰신 책을 기념품으로 주셨는데, 정말 감동을 받았다.

　이렇게 인터뷰를 끝낸 후에 내일 활동할 떡 홍보와 조사 활동에 필요한 준비를 했다. 팀장으로서 기대를 많이 했고, 열심히 준비한 만큼 사람들이 우리가 할 활동에 관심을 두기를 바랬다.

วันที่' 4 ของการเดินทาง เป็นอีกหนึ่งวันที่รู้สึกตื่นเต้นมาก เพราะว่าจะได้ไปสัมภาษณ์กับบุคคลท่านหนึ่งที่เรียกว่าเป็น "ปรมาจารย์ทางด้านอาหารเกาหลี" เลยก็ว่าได้ ตอนที่ทำการบ้านหาข้อมูลเกี่ยวกับต๊อก กิจะเห็นอาจารย์ท่านนี้ตลอด เช้านี้เรามีนัดสัมภาษณ์กับอาจารย์ "ยูน ชุก จา" อ.มาในชุดฮันบกให้พวกเราขึ้นไปสัมภาษณ์ ความรู้สึกตอนนั้นไม่แตกต่างอะไรจากการที่ได้มาเจอดารา เรานั่งพูดคุย จิบชาไปด้วย ยิ่งไปกว่านั้น อ.ยังมอบหนังสือเป็นที่ระลึกพร้อมกับเซ็นลายเซ็นต์ให้ด้วย เป็นภาพที่ปราทับใจมาก เสร็จสิ้นจากการกิจเราก็ไปเตรียมอุปกรณ์เพื่อที่จะใช้ทำกิจกรรมในการประชาสัมพันธ์ขนมต๊อกพร้อมกับทำแบบสำรวจในวันพรุ่งนี้ พรุ่งนี้เป็นอีกหนึ่งวันที่เราคาดหวังว่าให้ทุกอย่างออกมาดี และหวังว่าทุกคนในย่านอินซาดง, แดฮักโร, มยองดง ที่เราจะไปวันพรุ่งนี้ จะให้ความสนใจในกิจกรรมของพวกเรา

챌린저 INTERVIEW

한국전통음식연구소 윤숙자 교수님

한국인들에게 떡이란 무엇인가요?

우리 한국 사람들은 아주 옛날부터 떡을 먹어왔어요. 아주 기쁘나 슬플 때도 떡이 상에 있었고, 상례 때나 재래 때 꼭 떡을 먹어왔어요. 옛날에는 "밥 먹는 배가 따로 있고 떡 먹는 배가 따로 있다"할 정도로 한국인의 사랑을 받아온 음식입니다.

요즘 한국인들은 떡을 많이 선호하지 않는 것 같다, 이유가 무엇인가요?

우리 민족의 사랑을 받아왔던 떡은 그 우수성에도 불구하고 외식문화가 급속하게 발전하고 달콤한 빵이나 케이크가 들어오면서 점점 우리의 일상생활에서 멀어져 갔어요. 명절이나 각종 행사 때 구색을 갖추는 음식 정도로 그 자리를 지켜왔지요.

이 문제점을 해결하기 위해 한국전통음식연구소는 무슨 역할을 하고 있나요?

한국전통음식 연구소는 떡 박물관, 떡 가르치는 과정, 떡 산업 박람회를 통한 떡 홍보, 떡 카페 등을 열어 떡일 많이 알리는 역할을 하고 있어요. 떡 카페의 경우 사람들이 벤치마킹을 통해 다른 지방에도 많이 생기고 있어요.

떡이 대중화 음식이 되기 위해서는 무엇이 필요한가요?

상품의 크기부터 시작해서 각 소비층이 선호하는 떡을 조사하고 개발해야 합니다. 예를 들어 현대인들은 건강에 많은 관심이 있어 건강 기능성 상품을 개발할 필요가 있다. 요즘 젊은 사람들은 퓨전 떡을 많이 선호하는 경우가 있죠. 이에 따른 새로운 상품 개발도 필요해요.

인사동에서 떡 홍보 활동을 하며

인사동에서 선호하는 떡 조사를 한 결과, 많은 사람이 퓨전 떡을 선호했다. 전통적인 떡이 더 맛있다고 한 사람들은 주로 나이 많은 분들이었고, 외국인들의 경우 대부분 퓨전 떡을 선호했다.

두 번째 조사는 대학로에서 진행했다. 떡의 비주얼의 중요성에 대한 조사였다. 첫 조사와 같이 2가지 종류의 떡으로 조사를 진행했다. 한쪽은 예쁘게 생긴 매화 떡이 있었으며, 다른 한쪽은 겉으로는 예뻐 보이지 않았지만 맛있는 시루떡이었다. 사람들에게는 먼저 자기가 먹고 싶은 떡을 선택하라고 했다. 다음에는 선택하지 않는 떡도 맛을 보라고 했다. 조사 결과 사람들이 주로 매화 떡을 먼저 선택했지만, 맛은 시루떡에 손을 들어줬다.

Tänään oli erittäin hauska päivä, sillä teimme riisikakkuihin liittyvää tutkimusta kadulla. Insadongissa tutkimme ihmisten, sekä ulkomaalaisten että korealaisten, makumieltymyksiä, käyttämällä riisikakkukylässä itsetehtyjä riisikakkuja. Jotta pysyisimme budjetissa, rakensimme kadulle pienen pöydän pahvilaatikoista, jonka jälkeen asettelimme pöydälle riisikakut erottamalla ne kahteen osaan; yhdet erilaisten kastikkeiden viereen ja toiset sellaisenaan ilman kastikkeita. Sen jälkeen pyysimme ohikulkijoita maistamaan kumpaakin riisikakkua ja kertomaan meille kumpi on heidän mielestä parempi; perinteinen riisikakku ilman kastiketta vai modernisoitu kastikkeen kera. Niin kuin arvelinkin, ylivoimaisen voiton vei moderni riisikakku kastikkeella. Sekä korealaiset että ulkomaalaiset olivat yksinkertaisesti sitä mieltä, että perinteinen riisikakku maistuu paremmalta kastikkeeseen dipattuna.

Lisäksi, minusta oli mielenkiintoista huomata, että suurin osa ulkomaalaisista eivät olleet koskaan maistaneet tai edes kuulleet korealaisista riisikakuista.

Insadongista siirryimme Daehakroon, joka on suosittu nuorten keskuudessa, tutkimaan nuorten mieltymyksiä riisikakkujen ulkonäön suhteen. Pyysimme kadulla olevia ihmisiä valitsemaan yhden kahdesta tarjoamastamme riisikakuistamme (yksi kaunis mutta ei niin hyvän makuinen riisikakku ja toinen ruma mutta erittäin hyvänmakuinen kakku), jonka jälkeen pyysimme heitä kertomaan valinnan syyn ja maistamaan toisenkin riisikakku. Melkein kaikki riisikakkumaistajat halusivat maistaa hyvännäköisen kakun ensin, mutta maistettuaan toisenkin kakun he olivat sitä mieltä, että rumannäköinen kakku oli parempi.

DAY 8 아노징 | 몽골

오늘 우리 팀은 다소 바쁜 일정을 보내야 했다. 전주에서 출발해 정읍, 담양, 광주까지 가야 했기 때문. 세 곳 모두 우리가 가보지 못한 장소였기에 기대감도 컸다.

첫 목적지는 정읍에 있는 솔티애 떡마을이었다. 목적지에 가까워질수록 감탄이 절로 나왔다. 풍경이 너무 아름다웠기 때문이다. 안개가 낀 흐른 날씨가 더욱 아름답게 만든 것 같았다. 일정상으로 정읍에는 오전밖에 머물 수 없어서 다음에 꼭 다시 놀러 와야겠다는 생각이 들었다. 이런 풍경이 기다리고 있다는 것을 일찍 알았다면 하루를 더 정읍에서 보냈을 것이다.

아름다운 풍경 속에 있는 솔티애 떡마을의 대표님 역시 멋진 분이었다. 떡을 통해 이웃과 나눔을 실천하고 있는 분이었기 때문이다. 떡은 나눔의 음식으로 대표적이다. '어느 집에서나 떡을 만들어 혼자 먹는 법이 없다'라는 말을 들어본 적이 있다. 실제로 그런 분을 만난 셈이다. 아직도 할 일이 많고 꿈을 향해 계속 달리고 있다는 대표님의 말을 듣고 우리팀의 떡 탐방이 더욱 자랑스럽게 느껴졌다.

다음 목적지는 담양이었다. 우리는 담양 목산공예관에서 떡살 제작 전통을 유일하게 잇는 김규석 장인을 만날 수 있었다. 떡에 찍는 문양을 예쁘게 꾸미는 것으로만 생각하기 쉽지만, 떡살 문양 하나하나 아주 깊은 뜻이 담겨있다는 것을 알게 되었다. 우리는 이것을 보고 떡이 예술이라는 것을 발견하게 되었다.

예를 들어 생일과 혼례, 제사상에 오르는 떡에 찍는 떡살 문양이 모두 다르다. 다른데 이것은 아무거나 찍는 게 아니고 각자 다 깊은 뜻이 담겨 있다는 것이다.

Бидний судалгааны ажил эхлээд 8хоножж байна. Аялал дуусахад ердөө 3 хоног л үлдсэн учир илүү хичээх шаардлагатай гэж бодлоо. Өнөөдөр ч гэсэн бусад өдрийн адил завгүй байлаа. Жонжүгаас Жон эб, Дамян, Гүангжү хүртэл явах шаардлагатай байв.

Өнөөдөр хамгийн эхний зориж очсон газар маань "Солтиэ" гэдэг үзэсгэлэнтэй байгальтай тосгон байв. Миний хувьд бидний очсон газаруудын дундаас хамгийн ихээр таалагдав. Гэвч цаг бага байсан учир ойр орчинтой нь танилцаж чадаагүй нь харамсалтай санагдав.

"Солтиэ" тосгоны эзэн нь бусадаас хүндэтгэл хүлээсэн хүн байлаа. Ттоэк гэдэг энэхүү зуушаар дамжуулан олон хүнд тус дэм болж байжээ. Ттоэк гэдэг нь Солонгост хуваалцах гэсэн утгатай ёс заншлийг илэрхийлэл юм. Тэр утгаараа энэ хүнтэй уулзах нь манай багт их ач холбогдолтой байв. Цаашдаа ч гэсэн олон хүнд тус болохын тулд хийх зүйл их байгаа гэж байлаа.

Дараагийн зорисон газар маань Дамян байлаа. Жон эб-ээс нэг цагийн зайтай боловч буруу явсны улмаас 3цаг орчим зарцуулагдав. Тэндээс мэдэж авсан зүйл гэвэл зам заагчинд 100% итгэж болохгүй гэдэг байлаа. Зам заагчаа дагаад явсан бол өнөөдрийн ажил дуусахгүй ч байж мэдэх байлаа.

Буруу замаар явж цаг нилээн алдсан учир Дамян- аас удалгүй явж Гүангжү-д ирэв. Өнөөдрийг хуртэл судалгааны ажлаа сайн хийсэн учир өөрсөддөө чөлөөт цаг олгохоор шийдэв. Амттай хоолонд орж аялсан газруудыхаа талаар ярилцан оройг өнгөрөөв.

전주한옥마을에서 떡 홍보활동을 하며

DAY 9 라차타 | 태국

오늘은 어제보다 늦게 일어나서 바로 광주공항에 도착했다. 제주도 여행은 처음이라서 설레었다. 비행기 타기 전에 팀원들과 제주도에서 할 일들에 대한 계획을 세웠다. 응웬은 "승무원에게 떡을 나눠주고" 싶다고 말했다. 처음에는 그냥 농담하는 줄만 알았다. 원래 비행기 안에서 이런 행동을 하면 안 된다는 생각이 들었지만, 만약 하지 못하면 흑돼지를 사주기로 했기 때문에 바로 내기를 했다.

비행기가 이륙하자, 응웬이 나를 불렀다. 응웬은 이미 승무원에게 허락을 받았고 떡을 나눠주고 사진까지 찍을 수 있었다. 그리고 승무원들은 비행기 조종사에게 전달해 준다고 했다. 이런 경험은 정말 감동적이었고 즐거웠다. 승무원과 비행기 조종사가 우리가 만든 떡을 맛있게 먹기를 바란다.

วันนี้ตื่นสายๆ ก่อนจะมุ่งหน้าไปที่สนามบิน ครั้งแรกของการเดินทางที่เจจู แน่นอนว่าแอบคาดหวังไว้ว่าต้องสนุกไม่แพ้เมืองอื่นเช่นกัน ก่อนขึ้นเครื่องคุยกับทีมเรื่องไอเดียแสนกิจกรรมที่จะไปทำที่เกาะเจจู หนิม มากับความคิดที่ว่า จะอาต๊อกไปแจกกับต้นแสแอร์ฮอสเตจบนเครื่อง เราก็ได้แต่ยิ้มคล้อยตามไปด้วยเข้าใจว่าล้อเล่น แต่สีหน้าของหนิมดูเหมือนจะไม่เป็นอย่างนั้น ทันทีที่เครื่องขึ้นได้สักครู่ หนิมทักเราให้เราเตรียมออกไป เราอยู่แล้วว่าไม่ใช่เรื่องง่ายที่จะทำอะไรแบบนี้ แต่น่าลองอีกสักตั้ง เลยเดิมพันกันว่า ถ้าทำสำเร็จ วันนี้กินของอร่อย หมูดำเมืองเจจู ถ้าทำไม่สำเร็จก็กินธรรมดาๆแล้วกันนะ เท่านั้นแหล่ หนิมก็ใช้ความเป็นคนต่างชาติเจรจา บรรยากาศกลับสวยงามแอร์รับขนมของพวกเราด้วยสีหน้ายิ้มแย้มแล้วดีใจ ขนาดบอกว่าจะเอาไปฝากให้กับต้นด้วย ถือว่าเป็นประสบการณ์ที่ไม่คิดไม่ฝันว่าจะได้ทำอะไรสุดๆแบบนี้มาก่อน ก็หวังว่าทุกคนจะชอบต๊อกของพวกเราน

DAY 11 응웬 | 베트남

오늘이 벌써 탐방 마지막 날이다. 제주도에 온 지 이틀이 지났고 오늘 저녁때 비행기를 타고 서울로 돌아가야 한다. 오늘 아침에는 오메기떡으로 유명한 사귀포 매일올레시장에 방문했다. 사람들이 줄을 서서 떡 사는 모습을 처음으로 봐서 신기했다. 즉석에서 만들고 팔아서 그런지 줄은 계속 길었다. 우리도 꼭 먹어 보기 위해 줄을 서서 구매를 했다.

오메기떡은 사실 보기에는 예쁘지 않고 별로 맛이 없어 보인다. 그러나 직접

제주도에서
인증샷 찍기

먹어본 결과 많이 부드럽고 고소한 맛이 났다. 그리고 퓨전 오메기떡도 있는데,
이것은 팥 대신에 해바라기 씨와 땅콩을 사용한다. 역시 너무나 맛있었다.

서울로 돌아가기 전에 해변에서 저녁노을을 보는 것으로 우리의 탐방을 마
무리했다. LG글로벌챌린저가 아니었다면 평생 이런 경험을 해보지 못했을 것
이다. 덕분에 한국에서 잊지 못할 시간을 보낼 수 있었다. 정말 감사합니다!

Thoáng một cái đã đến ngày cuối cùng của chuyến đi.

Bọn mình đến đảo Jeju đã được hai ngày và tối nay sẽ bắt máy bay về Seoul.
Hôm nay cả nhóm đi tham quan chợ Sakuypo Olle vốn nổi tiếng với món đặc sản
Omegi. Lần đầu tiên trong chuyến đi bọn mình được chứng kiến cảnh mọi người
xếp hàng dài đết mua bánh gạo. Bánh được làm trực tiếp tại cửa hàng và đóng gói
ngay khi khách hàng đến mua. Chính vì thế mà phần vỏ bánh mềm, tan nhẹ trên
đầu lưỡi. Nhân bánh ngọt lịm hòa quyện với phần đậu đỏ bọc ngoài vỏ. Khó có thể
hình dung một chiếc Omegi với vẻ ngoài sần sùi lại có vị nhẹ nhàng đến thế. Có lẽ
trong chuyến đi này, món bánh gạo mà mình thích nhất là Omegi với vỏ ngoài bao
bởi các loại hạt: hạt hướng dương, hạt bí, đậu phộng... Vốn dĩ các loại hạt đều chứa
nhiều dầu nên khi ăn cùng với nhân đậu đỏ và vỏ gạo, tạo nên cảm giác bùi bùi
ngậy ngậy vô cùng hấp dẫn.

Vèo một cái đã đến cuối ngày! Vì mải mê ngắm cảnh mặt trời lặn ở bãi biển nên
xém thì lỡ máy bay. Không biết bọn mình lỡ máy bay thật thì có được trực thăng
đến cứu về Seoul không ta, hì hì? Lúc ngồi trên máy bay, mình mới có thời gian
nhìn lại về chuyến đi. Quả là một chuyến đi thú vị!

Mặc dù đã sinh sống ở Hàn một thời gian không phải là ngắn nhưng thực sự
mình chưa có điều kiện đi du lịch nhiều. Nếu không nhờ có cuộc thi LG Global
Challenger 2015 này thì chưa chắc mình đã có trải nghiệm đáng nhớ này trong quá
trình du học tại Hàn.

406

탐방대원 후기

팀원 1. 라차타

우리 팀이 탐방을 안전하게 끝내는 것이 유일한 목표였지요.
LG글로벌챌린저 사무국 직원들 덕분에 편하고 안전하게 탐방
을 마칠 수 있었어요. 탐방하면서 한국 문화의 아름다움을 느
낄 수 있었고, 한국 문화를 세계에 알리고 싶은 마음이 강하게
들었습니다. 저와 우리 팀원들의 꿈을 이루게 해 준 LG에 감
사할 뿐입니다.

팀원 2. 사비나

이 탐방은 정말 의미 있는 기회라고 생각합니다. 많은 사람을
알 수 있을 뿐만 아니라 한국과 나 자신에 대해 더 많이 알게
되었습니다. 떡에 대해 많이 알게 되었고, 항상 먹고 싶을 정
도로 떡을 좋아하게 되었어요. 이 탐방은 내 머릿속에 영원히
아름다운 추억으로 남을 겁니다.

팀원 3. 아노징

LG글로벌챌린저라는 프로그램이 외국인들에게도 열려있다는
것이 가장 좋은 일이라고 생각합니다. 이 프로그램을 통해 한
국 문화를 더 깊이 이해하고, 나 자신을 한 단계 더 발전시킬
수 있었거든요. 앞으로도 한국인 학생뿐만 아니라 외국인 학
생들도 이 프로그램을 통해 새로운 도전을 하기 바라요.

팀원 4. 응웬

가장 중요한 것은 자기계발이라고 생각합니다. 제 자신이 많
이 달라진 것을 느낄 수 있었어요. 전에 상상하지 못한 것들을
지금은 다 할 수 있기 때문입니다. 새로운 IT기술, 디자인 센
스, 사람 보는 눈 등입니다. "You can never know what
you are capable of until you push yourself."

역대 LG글로벌챌린저 보기

LG글로벌챌린저를 빛낸 1기(1995년)부터 21기(2015년)까지의 팀원들과 그들의 탐방을 통해 공부한 주제를 소개합니다.

1기 1995년 | 팀 구성 인원 5명, 총 40팀, 대원 수 200명

대상 한국형 실버 서비스 모델에 관한 탐방보고서
청주대학교 | 안병렬, 정재성, 김민경, 송옥현, 전하연
탐방국 | 일본

금상 지역 문제 해결에 기여하는 지리정보체계(GIS)
서울대학교 | 김종연, 김현미, 정현주, 최선영, 신성희
탐방국 | 미국

은상 미국 동부 지역 장애인 종합 재활 센터
부산대학교 | 김남숙, 윤성현, 여정인, 정선희, 장철호
탐방국 | 미국

은상 한국 쌍방향 케이블 텔레비전 사업의 국가 경쟁력 제고를 위한 발전적 대안 제시
국민대학교 | 윤정구, 반대현, 김판수, 권규석, 신선주
탐방국 | 미국

동상 냄새 측정 기술과 그 응용
울산대학교 | 김현정, 허경욱, 심광훈, 김영우, 이길수
탐방국 | 일본

동상 21세기 미술을 통한 새로운 문화 교육-아동 미술관
덕성여자대학교 | 김희성, 김승민, 한지현, 임선희, 최은정
탐방국 | 미국

동상 정보 흐름의 전략적 활용을 위한 한국형 일류(Workflow) 시스템의 기능 구조
연세대학교 | 이근상, 김용우, 한정필, 정철범, 문재윤
탐방국 | 미국

지하 공간 개발을 위한 암석의 물성 측정
강원대학교 | 오선환, 정성윤, 최예권, 유영준, 성대현
탐방국 | 미국

암 치료의 최첨단 동향 관찰 및 실험
가톨릭대학교 | 주지현, 문장석, 이진, 임현미, 장정원
탐방국 | 미국

독일 제약 회사의 의약 스크리닝 연구 방법 및 기술 습득
충남대학교 | 이재흥, 이수정, 김응배, 양희정, 박선희
탐방국 | 독일

김치 세계화를 위한 미각 센서의 기본 원리 및 응용 가능 분야 연구
서울여자대학교 | 김정진, 이선민, 정예선, 정윤선, 황용우
탐방국 | 일본

과학 선진국으로 진입하기 위한 기초 과학 정책 방안 제시
서울대학교 | 김석형, 박성호, 신영기, 김상덕, 최윤라
탐방국 | 미국

21세기 한국 생명 과학의 도약을 위한 방안 모색
연세대학교 | 윤성원, 김범철, 이인명, 김정은
탐방국 | 미국, 캐나다

Research on Agile Manufacturing
포항공과대학교 | 김유한, 최제호, 이광구, 이종혁, 차수현
탐방국 | 미국

멀티미디어와 미래 유통
서울대학교 | 김무성, 신철희, 손종솔, 강동원, 구진희
탐방국 | 미국

네덜란드 수출 원에 산업의 기반을 찾아서
중앙대학교 | 박성효, 강지은, 강남길, 이은승, 최규동
탐방국 | 네덜란드

지방자치제와 통일 시대를 대비한 지역 사회 중심 범죄 예방 정책
경찰대학교 | 신성권, 이현준, 전재근, 정범균, 한상훈
탐방국 | 프랑스, 영국, 독일

환경 보존을 통한 생태 건축와 도시 개발
경북대학교 | 변혜선, 박몽섭, 이승엽, 장희창, 박해주
탐방국 | 독일, 스위스

통일에 대비한 농촌 지역 사회 개발 모형 연구
건국대학교 | 김상균, 이호필, 김은주, 김주현, 이경화
탐방국 | 이스라엘

직장 탁아
연세대학교 | 구영범, 탁양현, 원신보, 민자경, 양혜선
탐방국 | 캐나다, 영국

지방 자치 단체의 기업 정책과 환경 정책
숙명여자대학교 | 이혜정, 박진경, 김시현, 최윤형, 정지윤
탐방국 | 미국

유럽 3개국 박물관과 고고학 유적지 탐방-교육 프로그램과 보존 실태 중심
서울대학교 | 유용욱, 고성필, 김지인, 김혜원, 이윤아
탐방국 | 영국, 프랑스, 독일

베니스 비엔날레와 그 연관 효과
전남대학교 | 이창훈, 이금주, 오상훈, 김진태, 송경자
탐방국 | 이탈리아

영상 산업과 멀티미디어
경희대학교 | 김호성, 박성용, 정희권, 유영숙, 이남희
탐방국 | 미국

산업 교육에 있어서 기업 · 대학 · 연구소의 전략적 제휴
한양대학교 | 김승중, 한진수, 김병준, 이은경, 전수현
탐방국 | 미국

발전된 언어 교육이 국가의 문화 교류 확대에 미치는 영향
고려대학교 | 홍성호, 김상호, 박영민, 박종호, 홍승우
탐방국 | 영국, 프랑스

이상적인 한국형 기업 메세나를 찾아서
홍익대학교 | 한현정, 정형탁, 박미란, 이장희, 윤혜영
탐방국 | 영국, 프랑스, 이탈리아

408

새로운 커뮤니케이션 기술 발전에 따른 한국 언론의 발전 방안
성균관대학교 | 백승천, 김희경, 김정숙, 한상희, 백은희
탐방국 | 미국

전통 문화를 이용한 이집트의 산업화 전략
한양대학교 | 이창호, 이경희, 장준희, 진성원, 윤정아
탐방국 | 이집트

미국 박물관의 문화 소개 방법과 사회 교육 전략
서울대학교 | 고동욱, 김재석, 이경묵, 정유선, 민정홍
탐방국 | 미국

멀티미디어와 원격 교육 시스템을 활용하는 학교 및 사회 교육 기관
전남대학교 | 노석준, 민혜영, 오선아, 이동훈, 이순덕
탐방국 | 미국

세계 초우량 기업의 인도 진출 사례 및 인도 지역의 잠재성 검토
전북대학교 | 전진우, 시재영, 김경훈, 박준영, 이진열
탐방국 | 인도

인간 공학 분야의 기업 활용 사례
고려대학교 | 이행렬, 성도현, 방철환, 장훈, 전민호
탐방국 | 미국, 캐나다

Wal-Mart의 물류 혁명
숭실대학교 | 지성찬, 우종균, 최영민, 이형597, 임재오
탐방국 | 미국

21세기 초고속 정보통신망의 미래 진단을 위한 사례 연구
상명여자대학교 | 김영희, 박호수, 백소영, 이보라미, 한혜미
탐방국 | 미국

지역 경제 활성화를 위한 지방 자치 단체의 기업 유치 전략과 성공 요인 분석
한국외국어대학교 | 송정식, 조종명, 김정섭, 양태순, 권오설
탐방국 | 미국

정보화 전략을 통한 고객 만족 경영의 구체적 실천 방안
이화여자대학교 | 윤영미, 장수경, 김양경, 성은숙, 손수경
탐방국 | 미국, 일본

Facility Management를 통한 사무 환경 개선
연세대학교 | 구아현, 김성은, 소윤경, 이승은, 이우형
탐방국 | 미국

자본 시장 개방에 대비한 미국의 금융 기관 설립과 운영
고려대학교 | 진현, 이장훈, 김욱, 이유정, 박흥권
탐방국 | 미국, 일본

환경 창조 기업
서울대학교 | 김문웅, 김영규, 김진우, 서정모, 김승모
탐방국 | 영국, 독일, 핀란드

2기 1996년 | 팀 구성 인원 4명, 총 50팀, 대원 수 200명

대상 21세기 반도체 산업을 주도할 Nanostructure Device
포항공과대학교 | 구우석, 최선미, 전상미, 허영규
탐방국 | 일본

대상 지역문제 해결에 기여하는 지리정보체계(GIS)의 초고속 정보통신 기반 구축 현황과 추진 체계, 그에 따른 서비스 연구
충남대학교 | 김종석, 정윤기, 조희령, 최승호
탐방국 | 미국

대상 세계의 복합 영상 문화 공간, 한국형 영상 문화 중심지의 내일
연세대학교 | 채희승, 권혜진, 김주연, 유송
탐방국 | 미국, 프랑스, 벨기에

대상 모듈 기업의 아웃소싱 전략
전북대학교 | 김윤모, 김준수, 임설규, 윤성중
탐방국 | 미국

우수 클린 에너지 실용화를 위한 태양 전지의 개발과 그 응용
울산대학교 | 서정일, 김광호, 박재석, 최형기
탐방국 | 일본

우수 동양적 효 사상에 입각한 한국형 노인 복지 서비스의 모델-다세대 복합 시설 중심
경북대학교 | 박순미, 박소현, 최영희, 이성민
탐방국 | 일본

우수 '감'을 키우는 놀이방
고려대학교 | 최수정, 김은자, 정명희, 최애순
탐방국 | 미국

우수 신개념 물류 센터-지하 저장 시설 중심
명지대학교 | 김태곤, 김재학, 정호진, 이가희
탐방국 | 미국

장려 The Future Trend Toward Design of New Drugs
서울대학교 | 송건형, 정재훈, 정해련, 천광훈
탐방국 | 미국

장려 삶의 질 향상을 위한 한국형 보행자 공간
한양대학교 | 김병철, 김학용, 김삼중, 강도선
탐방국 | 덴마크, 네덜란드, 독일

장려 학교 정보화
한양대학교 | 권동혁, 김정태, 김봄, 김주연
탐방국 | 영국, 독일, 네덜란드

장려 한국형 위탁 급식 산업의 미래
이화여자대학교 | 정서진, 국주현, 김보은, 은수정
탐방국 | 미국, 영국, 덴마크, 스위스

21세기 의료에서의 정보 공학의 역할
가톨릭대학교 | 고석범, 김명원, 김효신, 석윤
탐방국 | 미국

차세대 반도체 기술 개발의 한국형 전략 모델
부산대학교 | 전장은, 이명재, 손혜웅, 김재문
탐방국 | 벨기에, 독일, 네덜란드

21세기 신약 개발에서의 CADD의 응용
충남대학교 | 박소영, 박진희, 황자선, 정진상
탐방국 | 스위스, 독일

자동화 시스템
서울대학교 | 최재진, 한상현, 최성훈, 백장균
탐방국 | 미국, 일본

Actuator의 연구 개발과 응용
울산대학교 | 안종혁, 김은성, 최성호, 최해주
탐방국 | 미국, 일본

단체 급식의 위탁 경영
덕성여자대학교 | 김수진, 길현경, 김선영, 현윤정
탐방국 | 미국

한국형 지하 구조물 도입을 위한 노르웨이의 지하 구조물 탐방
서울대학교 | 길민정, 서연진, 조민수, 이선아
탐방국 | 노르웨이

마이크로 머시닝에 대한 연구 기술과 응용 사례
고려대학교 | 최은호, 김병석, 김봉수, 서성규
탐방국 | 미국

카오스 이론의 현주소와 유체 혼합에의 적용
국민대학교 | 남주현, 장우석, 우경범, 조주행
탐방국 | 미국

그린라운드에 대비한 청정 기술 (Clean Technology)
아주대학교 | 신성기, 노정기, 이대환, 최용석
탐방국 | 미국

광우병과 노인성 뇌질환 그리고 물질과 정신의 상보적 통합체로서의 뇌에 관한 분자생물학적 접근
경희대학교 | 김성희, 곽민정, 이여정, 오주은
탐방국 | 영국, 미국

생명을 연장하는 인공 장기의 현주소
인제대학교 | 최영철, 김영석, 김광중, 김성현
탐방국 | 미국

폐기물의 재활용 시스템을 중심으로 한 폐기물 관리 체계 현황
울산대학교 | 최준명, 박현구, 이수곤, 현동혁
탐방국 | 미국

쓰레기 소각 발전 & 상하수도 시스템
동아대학교 | 노정택, 강청운, 이기엽, 조소영
탐방국 | 영국, 독일

미국의 장애인 고용 재활 프로그램
국민대학교 | 박헌주, 이우호, 조성만, 전혜정
탐방국 | 미국

한국 대학생의 외국어 의사 소통 능력 향상을 위한 해외 연구 현황과 개선 방안
부산대학교 | 김수정, 김태경, 윤수경, 윤은주
탐방국 | 미국

초우량 쓰레기 재생 사업의 제시
고려대학교 | 신지현, 신욱, 조인직, 이정도
탐방국 | 스위스, 독일, 프랑스

일본 지자체의 국제화 경향과 민간 기업의 참여
연세대학교 | 김주영, 배종찬, 정진이, 이장수
탐방국 | 일본

첨단 도로 교통 체계에서 인간 공학의 역할
금오공과대학교 | 최영수, 박웅규, 이경호, 이종주
탐방국 | 미국

21세기 건전한 청소년 문화 형성을 위한 청소년 비행 예방책 모색
경찰대학교 | 박세희, 서정호, 장동률, 김영미
탐방국 | 일본, 미국

스위스 ZSCHOKKE의 건설 현장 탐방-환경 이슈 중심
이화여자대학교 | 이영은, 서나영, 최지인, 이혜원
탐방국 | 스위스

물의 효율적 이용과 오염 관리
한양대학교 | 김민규, 고석채, 조윤예, 이용욱
탐방국 | 독일, 스위스, 프랑스

케이블 TV의 활성화 방안
서울대학교 | 김의태, 류현주, 박선경, 이한나
탐방국 | 미국

옥외 광고와 도시 환경
홍익대학교 | 안빈, 박민희, 김회수, 신지원
탐방국 | 미국, 캐나다

영국의 대학 교육과 중등 교육의 실태
고려대학교 | 남진우, 서영설, 이태수, 김철
탐방국 | 영국

브로드웨이 뮤지컬의 저변 문화와 문화 산업 시스템 분석
연세대학교 | 이동선, 박천휘, 최도인, 강병태
탐방국 | 미국, 일본

패션 트렌드의 본고장 탐방-패션 정보 회사 중심
가톨릭대학교 | 육심현, 고은정, 구영미, 조화경
탐방국 | 프랑스, 이탈리아, 영국

장애아를 위한 조기 통합 교육
성신여자대학교 | 이지향, 김주례, 김세진, 이현진
탐방국 | 미국

환태평양 시대의 선물 산업 발전 가능성
경남대학교 | 전승일, 신정욱, 서윤희, 황정민
탐방국 | 미국, 싱가포르

지방 세계화 모형 연구-일본 지방 자치 단체 세계화 경제 전략
건국대학교 | 정영욱, 김정필, 김홍재, 정충근
탐방국 | 일본

일본의 해양 개발 사례 연구
서울대학교 | 박광필, 양정석, 윤해동, 윤대규
탐방국 | 일본

21세기 가상 기업 구현을 위한 인트라넷 활용 방안
연세대학교 | 남지원, 유병곤, 박래성, 장기건
탐방국 | 미국

컨벤션 산업의 국내 발전 모형 제시
건국대학교 | 야정수, 장영규, 양인하, 황세연
탐방국 | 영국, 포르투갈

중국 진출 기업의 조선족 활용 방안
연세대학교 | 김태형, 이성희, 이영기, 맹주열
탐방국 | 중국

사이버 마케팅-인터넷을 통한 증권사의 투자 유도 전략
이화여자대학교 | 권희영, 김은정, 박미나, 최희은
탐방국 | 미국, 일본

21세기 초일류 로지스틱스
고려대학교 | 최준락, 김병인, 이지철, 김현수
탐방국 | 미국

인간 존중 경영의 현장
서울대학교 | 김규석, 신은정, 이종명, 임효경
탐방국 | 미국

Futurekids를 찾아서
조선대학교 | 조석봉, 이경섭, 조재익, 임권진
탐방국 | 미국

3기 | 1997년 | 팀 구성 인원 4명, 총 50팀, 대원 수 200명

대상 생물리의 오늘과 비전
포항공과대학교 | 남규현, 최경진, 김재욱, 윤건수
탐방국 | 미국

최우수 21세기 신기술 패러다임 시대를 선도할 생명공학 전문 벤처 기업의 국내 육성 방안
부산대학교 | 구선영, 박한수, 이유경, 차정호
탐방국 | 미국, 영국

최우수 Techno Park를 찾아서
충남대학교 | 박정우, 박병선, 이중원, 차상룡
탐방국 | 영국

최우수 스포츠 마케팅
연세대학교 | 강신봉, 김영기, 이지현, 허장원
탐방국 | 미국, 캐나다, 일본

최우수 동구 유럽 시장 진출을 위한 해외 광고 전략 및 활성화 방안-러시아 중심
한국외국어대학교 | 권용태, 지미선, 이나면, 김정인
탐방국 | 러시아

우수 Speech Recognition in Mobile Computing
포항공과대학교 | 황재인, 김길연, 박세원, 심준혁
탐방국 | 미국, 영국

우수 독일 통일 후 내적 통합을 위한 독일인의 노력
연세대학교 | 홍순상, 전병준, 전주영, 김보경
탐방국 | 독일

우수 전략적 문화 산업으로서의 캐릭터 산업
한국외국어대학교 | 이정현, 김태현, 김용균, 박정규
탐방국 | 일본, 미국

우수 Eco-Design for Computer Industry
명지대학교 | 장훈철, 조재호, 최상호, 장상열
탐방국 | 미국, 일본

장려 우리나라의 효율적인 유류 오염 대응 제도
한국해양대학교 | 박영철, 김석진, 서동민, 박충식
탐방국 | 미국, 캐나다, 일본

장려 선진 응급 의료 체계에서 배운 한국 응급 의료 체계의 문제점 해결 방안 및 대안
경북대학교 | 강민규, 김현호, 이강, 이경진
탐방국 | 미국

장려 열린 교육-소학교 중심
덕성여자대학교 | 이정아, 이명선, 오현경, 박주란
탐방국 | 일본

장려 비즈니스 경쟁의 새 지평-Mass Customization
전북대학교 | 이용철, 김영이, 최병수, 김철민
탐방국 | 미국

특별 한국형 관광 안내소의 미래
연세대학교 | 차문희, 김재영, 황윤성, 박정훈
탐방국 | 영국, 프랑스, 홍콩

21세기에 대비한 핵폐기물 처리 방법에 관한 연구
한양대학교 | 배만섭, 오현덕, 이성훈, 유동석
탐방국 | 미국

치매에 대한 21세기적 진단과 치료
가톨릭대학교 | 임현수, 이성종, 김승훈, 염진호
탐방국 | 미국

미래의 기능성 식품
고려대학교 | 박정수, 박영선, 최현정, 허명욱
탐방국 | 일본, 미국

저온 플라즈마의 산업적 응용
포항공과대학교 | 송정욱, 서혜진, 황준호, 안용환
탐방국 | 미국

새로운 경쟁 체제하에서의 국내 자동차 산업의 발전 방향-자동차 리사이클링
경희대학교 | 추민수, 이종선, 박기현, 마민영
탐방국 | 독일, 스웨덴, 영국

사회 기반 시설물의 내진 및 보강 기술
한양대학교 | 신민철, 이용욱, 김윤배, 이동영
탐방국 | 미국, 일본

4G DRAM에로의 접근
금오공과대학교 | 조민우, 김주현, 장천규, 강익수
탐방국 | 미국

21세기를 주도할 청정 에너지원인 연료 전지
서울시립대학교 | 김용구, 강상윤, 김용문, 조태준
탐방국 | 일본, 미국

A Cultural Revolution in Drug Discovery
서울대학교 | 진현숙, 김만수, 이지은, 심원식
탐방국 | 미국

The Advanced Technology of Semiconductor Manufacturing Equipment
서울대학교 | 이태연, 주세욱, 윤락근, 김혜령
탐방국 | 미국, 일본

한국 외교 인력 양성의 문제점과 해결책 모색 전문성과 일반성의 괴리와 조화
서울대학교 | 김진영, 이지윤, 정내리, 차유진
탐방국 | 미국, 캐나다, 호주

환경 문제와 기업 경영
서강대학교 | 진증, 곽준경, 김재한, 정성엽
탐방국 | 영국, 미국

생태도시(Ecopolis)
충남대학교 | 김용택, 김현석, 김병무, 김성범
탐방국 | 미국

국내외 장애인의 이동권 확보 현황
단국대학교 | 이상훈, 양상진, 김영석, 강영욱
탐방국 | 캐나다, 미국

독일의 환경 친화성 제품의 인증 제도-환경 마크 제도 중심
연세대학교 | 김진아, 구선정, 안수정, 최성욱
탐방국 | 독일

남북 통일시 문화적 충격 완화에 미치는 기업의 역할
한국외국어대학교 | 임형준, 곽용, 김민용, 임경재
탐방국 | 독일, 체코, 루마니아

문서 관리와 활용에 관한 연구
연세대학교 | 이상훈, 박운정, 이종화, 강성훈
탐방국 | 미국, 영국

21세기 정치와 통일 문제 해결을 위한 방송의 역할
고려대학교 | 성정민, 송호섭, 김정희, 손준석
탐방국 | 영국, 독일

21세기 도시 쓰레기의 효과적인 재자원화 방안
경북대학교 | 손진하, 이승재, 이정아, 최정란
탐방국 | 일본, 미국

러시아 조기 예술 교육의 성공적 사례와 한국적 수용의 가능성
성균관대학교 | 이석원, 김정무, 김세정, 이상명
탐방국 | 러시아

차세대 원격 교육을 통한 교육 혁명
전북대학교 | 박종철, 김창수, 강준영, 노성봉
탐방국 | 미국, 캐나다

사전을 만드는 나라 프랑스-자료의 수집, 정리, 보존, 체계화 관련
고려대학교 | 권예림, 김정우, 김옥태, 전종학
탐방국 | 프랑스

가상 대학의 현재와 가능성
중앙대학교 | 장동신, 최연수, 김미경, 이주영
탐방국 | 미국, 영국

종합 문화 공간으로서의 박물관 역할과 자생적 운영 방안
연세대학교 | 김혜은, 위은숙, 이주영, 이소연
탐방국 | 미국, 영국

독일의 직업 교육
부산대학교 | 권기덕, 김연희, 장은주, 이미경
탐방국 | 독일

중국 유통 산업의 문화 계층별 · 지역별 특성 조사
한양대학교 | 강수진, 고현승, 정권, 서진성
탐방국 | 중국

BASES와 IRI 탐방을 통한 시장 조사 업계의 전환점
숭실대학교 | 정병길, 김형일, 이상익, 이자연
탐방국 | 미국

Multimedia Super Corridor의 새로운 도전과 영향
고려대학교 | 조현준, 임창근, 김용석, 안성욱
탐방국 | 말레이시아, 싱가포르, 미국

신용사회, 정보화 사회를 위한 신용 정보업
서강대학교 | 강수현, 유창준, 류정훈, 이준호
탐방국 | 미국

다국적 기업의 전략적 제휴 현장
고려대학교 | 유승주, 조준희, 신선화, 김나일
탐방국 | 미국, 일본

쓰레기 소각과 그 폐열을 이용한 지역 난방
동국대학교 | 이제호, 박성조, 김동현, 현봉완
탐방국 | 덴마크, 독일

Professional Secretary를 찾아 세계로!
이화여자대학교 | 권은경, 명재신, 유민, 윤은원
탐방국 | 미국, 프랑스

아랍 에미레이트 두바이 자유 무역항의 유통 구조에 관한 연구
한국외국어대학교 | 정재엽, 엄동섭, 박찬, 유길종
탐방국 | U.A.E., 싱가포르, 홍콩

이미지에 승부하는 고부가 가치 산업-한국형 캐릭터 산업의 미래
연세대학교 | 유창재, 김준권, 김혜진, 송하영
탐방국 | 일본, 미국

미국의 사례를 통한 Internal Communication 활성 방안
한양대학교 | 김동원, 정석원, 손명수, 최금숙
탐방국 | 미국

첨단 정보 기술 산업 분야의 선진 벤처 중소기업 육성 현장
서강대학교 | 김종헌, 신동익, 구상효, 김은진
탐방국 | 미국, 대만

4기 1998년 | 팀 구성 인원 3명, 총 30팀, 대원 수 90명

대상 지식 경영의 성공 요인
연세대학교 | 이영수, 이병욱, 한다원
탐방국 | 미국

우수 **특별** 21세기 Brain Hunt 시대 뇌 과학의 위상과 비전
서울대학교 | 채영광, 최형진, 한승석
탐방국 | 미국

우수 21세기 기업의 전략적 사회 공헌 활동-기업의 자원 봉사
서강대학교 | 정철규, 임지영, 박민희
탐방국 | 미국

우수 상호 문화적 관점의 도입을 통한 외국어 교육 개선 방안
서울대학교 | 선혜윤, 이미생, 임진희
탐방국 | 독일, 오스트리아

우수 폐광 지역의 카지노 성공 열쇠
경희대학교 | 김호기, 심교헌, 편유진
탐방국 | 미국

장려 환경 보존을 위한 축산 폐기물 처리 방안
건국대학교 | 김창한, 유지호, 강승기
탐방국 | 미국

장려 한국의 신호 교통 체계의 향후 발전 방향
경찰대학교 | 이광렬, 김한철, 변재원
탐방국 | 영국, 프랑스, 이탈리아

장려 21세기 특수교육의 대변환, 전환교육-미국 캘리포니아 지역 사회 모형을 찾아서
단국대학교 | 김민정, 김지연, 장순덕
탐방국 | 미국

장려 21세기 식량 문제-오스트레일리아의 식량 기지화
건국대학교 | 김준홍, 남경민, 최지영
탐방국 | 호주

21세기 식품으로 부상하는 유전자 재조합 식품의 동향 파악
덕성여자대학교 | 김경해, 이지혜, 조유경
탐방국 | 영국

신원 확인의 기초인 Facial Reconstruction
가톨릭대학교 | 김지희, 황정택, 김동석
탐방국 | 미국

에너지와 환경을 고려한 Green Building
홍익대학교 | 백상흠, 신수현, 이정로
탐방국 | 미국

심해저 광물의 경제성 분석 및 개발 방법
동아대학교 | 이대성, 이학준, 이한림
탐방국 | 미국

중앙아시아 범투르크계 경제권의 발전 가능성
한국외국어대학교 | 오종진, 박현아, 김자옥
탐방국 | 카자흐스탄, 우즈베키스탄, 터키

더불어사는 21세기-주거 공간에서의 Universal Design 적용
한양대학교 | 최윤형, 정나래, 최정윤
탐방국 | 미국

미국의 직업 교육 훈련
충남대학교 | 김홍화, 고원석, 최장석
탐방국 | 미국, 캐나다

장애인 보조 기구와 휠체어 리프트의 인간공학적 연구
한양대학교 | 이정훈, 이준혁, 박민경
탐방국 | 미국

Waterfront의 개발에 따른 지역 경제의 파급 효과
부경대학교 | 박신영, 김상욱, 김호경
탐방국 | 미국

21세기 초우량 기업의 창출을 위한 기업 교육의 역할 탐구
한양대학교 | 장우진, 정훈, 신승훈
탐방국 | 미국

21세기 경쟁력 제고를 위한 디자인 교육의 방향 및 디자인 인프라
부산대학교 | 이동규, 송재형, 최나리
탐방국 | 영국, 독일

축제 산업의 진흥을 위한 지방 자치 단체의 지원 체제 및 산학연 협동 체제 구축 방안
조선대학교 | 김미혜, 전현정, 신봉호
탐방국 | 중국

월드컵 미디어를 통한 문화 알리기
이화여자대학교 | 박소현, 김희정, 김애리
탐방국 | 프랑스

한국적 상황에 적합한 전자 상거래의 고찰
인하대학교 | 이치훈, 정한호, 김기세
탐방국 | 미국, 캐나다

한국 선물 산업의 발전적 대안 탐색
한양대학교 | 이상헌, 김상범, 양대용
탐방국 | 일본, 싱가포르

Management Buy-Out과 기업 구조 조정
연세대학교 | 김학우, 이영섭, 이성준
탐방국 | 영국

해외 직접 투자 유치의 초우량
연세대학교 | 강성호, 최병훈, 장원식
탐방국 | 싱가포르, 일본

프랑스 파리를 넘보는 '춘향 N ° 5'를 꿈꾸며
숙명여자대학교 | 김선영, 민진숙, 송혜란
탐방국 | 영국, 프랑스, 독일

중남미인들의 소비 성향 조사를 통한 시장 개척 방안 모색
한국외국어대학교 | 김인욱, 이택선, 김유진
탐방국 | 멕시코, 칠레, 아르헨티나

해외 고급 인력 활용을 통한 국내 경기 활성화의 한국형 TBI 모델 제시
전남대학교 | 김명수, 정연수, 이명준
탐방국 | 이스라엘

중국 · 베트남 국경 무역 지대 해외 시장 개척 조사
동서대학교 | 조창희, 이윤혁, 류승수
탐방국 | 중국, 베트남

5기 1999년 | 팀 구성 인원 3명, 총 30팀, 대원 수 90명

대상 네트워킹 분야의 첨단 기술 혁신 전략
서강대학교 | 정진용, 성열호, 박수현
탐방국 | 미국

우수 인간수명 120세 시대, 21세기 노인의학의 위상과 비전
서울대학교 | 이세원, 이종윤, 신동욱
탐방국 | 일본

우수 외국어로서의 한국어 발전 가능성
서강대학교 | 박현숙, 손건일, 조연희
탐방국 | 미국

우수 누군가는 바꿔야 할 한국의 장묘 문화
충남대학교 | 장재원, 한대섭, 서민정
탐방국 | 영국, 프랑스, 독일

우수 21세기 경영 전략으로서의 환경 경영
연세대학교 | 이종형, 정형일, 정영철
탐방국 | 미국, 캐나다

장려 생체 시스템(의공학)의 개발 현황 및 성장 분석
서울대학교 | 강신우, 류찬열, 조우제
탐방국 | 미국

장려 21세기 다매체시대에서의 한국형 미디어 교육 모델
경희대학교 | 이연진, 김미정, 김효진
탐방국 | 캐나다, 미국

장려 빛깔 있는 삶터, 서울을 꿈꾸며
이화여자대학교 | 우희정, 이자경, 최윤영
탐방국 | 일본

장려 전자상거래 최후의 장애물, 물류
인하대학교 | 공경철, 임장혁, 경석현
탐방국 | 미국

특별 디지털상품을 위한 비즈니스 프로세스 개발
연세대학교 | 김호영, 정준, 오혜림
탐방국 | 미국

Digital/Network에서의 기술 급변에 따른 Business Model 변화
KAIST | 배재현, 김재형, 박명제
탐방국 | 미국

청년 실업 문제 해결을 위한 영국의 노력-New Deal 정책 중심
연세대학교 | 양회승, 박지원, 유능한
탐방국 | 영국

Glycobiology를 이용한 신약 개발
경희대학교 | 김병진, 김지윤, 임민영
탐방국 | 영국, 네덜란드, 독일, 스위스

대체에너지로서의 지열에너지
전북대학교 | 이은기, 김성주, 나보연
탐방국 | 일본, 스웨덴, 프랑스, 그리스

포항 방사광가속기의 21세기 발전 전략
포항공과대학교 | 황재석, 김필원, 이지희
탐방국 | 미국

선진 의료 전달 체계
서울대학교 | 김주혁, 전우석, 최수진
탐방국 | 독일

일본의 이지매(왕따) 문화 진단
경찰대학교 | 배성열, 이치훈, 고준수
탐방국 | 일본

축구신동의 보고, 중남미
경희대학교 | 김승일, 임승필, 장유성
탐방국 | 브라질, 아르헨티나, 멕시코

2002년 월드컵을 대비한 GIS 활용 방안
인하대학교 | 최승식, 조현홍, 이장규
탐방국 | 호주

발도르프 체제하에서의 특별 활동과 방과 후 활동
성균관대학교 | 변조민, 최현애, 황령
탐방국 | 독일, 스위스, 오스트리아

퇴행성 질환 예방·치료를 위한 공예 교육 프로그램
조선대학교 | 김이슬, 정혜원, 김재홍
탐방국 | 미국

공학과 디자인의 만남-홀로그램의 활용과 발전 방향
홍익대학교 | 박형우, 오종훈, 김시내
탐방국 | 미국

한국의 바람직한 장묘 문화 정착을 위한 개선 방안
덕성여자대학교 | 김선우, 나의정, 최유정
탐방국 | 스페인

21세기 인간과 도시-영국의 신도시 개발과 도심 재개발 사업
홍익대학교 | 이종훈, 이성재, 김영진
탐방국 | 영국

오락을 넘어 산업으로
부산대학교 | 김수정, 문현정, 권정희
탐방국 | 미국

고도성장의 촉매제, 벤처캐피털리스트 육성 방안
경희대학교 | 이충렬, 손국호, 김대중
탐방국 | 미국

선진 IR 활동을 찾아서
연세대학교 | 김진경, 최동혁, 최세민
탐방국 | 미국

디자인 경영-창조적 디자인에서 비즈니스 성공으로
서울대학교 | 김종화, 정유성, 서재훈
탐방국 | 미국

고객만족 극대화를 위한 미국 일류호텔의 서비스 보증 제도
경기대학교 | 신유섭, 김난희, 심가영
탐방국 | 미국

KOREA의 힘, 국가경쟁력 강화를 위한 전략적 PR 방안 연구
숙명여자대학교 | 임현영, 이윤주, 김여주
탐방국 | 미국

6기 2000년 | 팀 구성 인원 3명, 총 30팀, 대원 수 90명

대상 마지막까지 아름다운 삶을 위하여
서울대학교 | 이은경, 이혜경, 정경은
탐방국 | 영국, 아일랜드

우수 **특별** 잃어버린 학교를 찾아서
한동대학교 | 임채덕, 윤영덕, 신은혜
탐방국 | 일본

우수 미국의 응급의학과 응급의료시스템
인제대학교 | 박종하, 배상모, 박상언
탐방국 | 미국

우수 21세기 한국 공연장의 생존 전략
한국외국어대학교 | 이안호, 이희현, 한정호
탐방국 | 일본

우수 독일 전시 산업의 경쟁력 원천
건국대학교 | 박효균, 김정호, 차상엽
탐방국 | 독일

장려 한국형 인터넷 선거 모델
연세대학교 | 김성일, 최정진, 정찬석
탐방국 | 미국

장려 DNA 칩과 21세기
서울대학교 | 정영태, 김정현, 김석준
탐방국 | 미국

장려 가고 싶은 공중화장실
성균관대학교 | 강경원, 이완민, 김지수
탐방국 | 덴마크, 독일, 스위스

414

장려 이업종 공동브랜드 'Will'
KAIST | 강명주, 배준상, 김태경
탐방국 | 일본

전자 치료(Gene Therapy)
서울대학교 | 최태웅, 최주현, 한민석
탐방국 | 미국

지진에 대비한 내진 설계
연세대학교 | 김인성, 박주완, 안병무
탐방국 | 일본

가축 전염병의 예방책
충북대학교 | 김용일, 윤성진, 황혜중
탐방국 | 영국, 벨기에, 프랑스, 독일, 이탈리아

21세기의 새로운 수자원 기술
서울대학교 | 장원석, 박지원, 이현실
탐방국 | 이스라엘

무한한 가능성의 탄소나노튜브
고려대학교 | 윤여운, 김상준, 김동준
탐방국 | 미국

사회 안전망으로서의 재해 대책
대구대학교 | 강재국, 김동옥, 이병희
탐방국 | 미국

위성방송을 통한 영어 사용 능력 향상
공주교육대학교 | 김묘진, 조혜진, 채정희
탐방국 | 스웨덴, 노르웨이

푸드뱅크의 한국적 정착
서강대학교 | 김서현, 홍세미, 정창우
탐방국 | 미국, 캐나다

21세기 시위 관리의 뉴 패러다임
경찰대학교 | 정준선, 김현민, 김원태
탐방국 | 독일, 프랑스, 영국

아이들의 가능성을 발견하는 Mentoring Program
이화여자대학교 | 김해은, 김수미, 민윤경
탐방국 | 미국

장애인의 인간적인 삶을 위하여
이화여자대학교 | 김민정, 김영인, 유나리
탐방국 | 미국

한국의 주거문화 정착
서울대학교 | 김수현, 이진희, 신동현
탐방국 | 일본

유니버설 디자인
KAIST | 박도연, 고은혜, 임세정
탐방국 | 프랑스, 독일, 스웨덴

한국형 링컨센터
연세대학교 | 김현동, 손은정, 김효정
탐방국 | 미국

오타쿠, 일본 사회를 이끄는 힘
포항공과대학교 | 인민영, 서영실, 김한옥
탐방국 | 일본

살아 숨 쉬는 지하철 공간
이화여자대학교 | 조수경, 이진여, 이민선
탐방국 | 미국

병원의료서비스의 경쟁력 향상
연세대학교 | 최원준, 홍성배, 함혜정
탐방국 | 미국

21세기 비디오 게임기 산업의 가능성
고려대학교 | 송현석, 오한솔, 하민우
탐방국 | 일본

유럽 중소기업의 인큐베이터, 프라운호퍼
건국대학교 | 이상탁, 지현욱, 강민식
탐방국 | 독일

도약하는 농업
서울대학교 | 김미선, 김미란, 김혜진
탐방국 | 일본

남한 기업의 성공적 북한 진출
연세대학교 | 신안식, 정동식, 한신남
탐방국 | 독일

7기 2001년 | 팀 구성 인원 3명, 총 30팀, 대원 수 90명

대상 의료의 맥도널드화
가톨릭대학교 | 정석원, 나경선, 정수진
탐방국 | 미국

우수 미생물과 인간의 생존 경쟁
서울대학교 | 곽수현, 김기갑, 정우진
탐방국 | 미국

우수 일본 집합주택의 커뮤니티 공간
부산대학교 | 강민지, 오정화, 하정남
탐방국 | 일본

우수 내셔널트러스트 운동의 활성화
서울대학교 | 김상석, 김희성, 문수영
탐방국 | 영국

우수 한국 인턴 제도의 활성화 방안
이화여자대학교 | 주미경, 이현정, 안지영
탐방국 | 미국

장려 공룡화석지의 자연사 교육강화
전남대학교 | 김보성, 홍희정, 김은혜
탐방국 | 중국

장려 장애인 자립생활운동의 현장
연세대학교 | 김동운, 정혜진, 이윤택
탐방국 | 미국, 캐나다

장려 살기 좋은 집합주거단지의 건설
성균관대학교 | 김민영, 이주욱, 임도훈
탐방국 | 영국

장려 여성 인력, 21세기 기업의 성공 요인
연세대학교 | 이병희, 주민혜, 박상준
탐방국 | 미국, 캐나다

환경친화적 댐 건설 성공 스토리
한국기술교육대학교 | 김군태, 이용석, 조석호
탐방국 | 미국

꺼져가는 삶의 마지막 희망
서울대학교 | 조범주, 박효은, 배기정
탐방국 | 미국

합리적인 도로 유지 보수를 위한 도로포장관리시스템
연세대학교 | 장항배, 이홍주, 권유정
탐방국 | 미국

반사회적 청소년을 다시 사회로
한국교원대학교 | 최지영, 최기복, 정재산
탐방국 | 영국, 독일

보는 '엘리트스포츠'에서 뛰는 '생활스포츠'로
건국대학교 | 박병선, 강태영, 천봉귀
탐방국 | 독일

지능형 교수학습 프로그램의 교육적 활용
고려대학교 | 김원식, 권은주, 최정
탐방국 | 미국

이혼가정 자녀를 위한 사회복지 프로그램
한국외국어대학교 | 박정효, 윤설영, 김정림
탐방국 | 영국

미국 차터스쿨(charter school)을 통해 본 한국 공교육의 방향
서울대학교 | 박하나, 서정연, 정지윤
탐방국 | 미국

장애인들의 날개옷 사업
이화여자대학교 | 윤소영, 이재령, 송주현
탐방국 | 미국

안전한 장난감이 가득한 세상
고려대학교 | 윤수호, 이세종, 전종일
탐방국 | 영국, 벨기에, 덴마크, 스웨덴

21세기 생태관광의 미래
경동대학교 | 김명기, 최성택, 김수용
탐방국 | 미국

문화적 예외라는 시각에서 본 자국영화 발전 방안
고려대학교 | 강리브가, 김민선, 정현진
탐방국 | 프랑스

변화를 읽는 디지털 건축의 디자인 프로세스
홍익대학교 | 이주병, 강현일, 신지호
탐방국 | 영국, 네덜란드

어린이 놀이공간 개선 방안
홍익대학교 | 이준오, 성우정, 임청란
탐방국 | 스웨덴, 덴마크, 네덜란드, 프랑스

신화와 전래동화를 활용한 관광 상품 개발
홍익대학교 | 김진경, 강민정, 김현민
탐방국 | 독일, 스위스, 이탈리아, 그리스

선진 사례를 통해 본 e-CRM
연세대학교 | 박재현, 김규원, 최민석
탐방국 | 미국

금융권의 고객 가치 혁신과 그 핵심
이화여자대학교 | 이의수, 이혜수, 이수희
탐방국 | 미국

의료보험의 재정난 해결을 위한 민영의료보험의 역할
연세대학교 | 민경업, 현지아, 신웅섭
탐방국 | 미국

e-비즈니스 환경의 기업보안관, Computer Forensics
연세대학교 | 장원석, 김리나, 전수빈
탐방국 | 미국

CRM 환경하에서의 텔레마케터 역할 제고
서울대학교 | 박계영, 김지경, 박소윤
탐방국 | 미국

9기 2003년 | 팀 구성 인원 3명, 총 30팀, 대원 수 90명

대상 Virtual city of Helsinki의 연구
성균관대학교 | 장윤화, 성현수, 오충식
탐방국 | 핀란드, 러시아

우수 Sink or Swim? Implications from European M-Commerce market
고려대학교 | 김원기, 조현섭, 최문영
탐방국 | 영국, 스웨덴, 덴마크, 독일, 핀란드

우수 로봇수술, 수술의 새로운 미래
서울대학교 | 김채화, 김지은, 김진욱
탐방국 | 미국

우수 시장 매커니즘을 통한 환경 경영의 정착
서울대학교 | 김진하, 구재범, 황정하
탐방국 | 영국, 독일, 스위스, 네덜란드

우수 스쿨 존의 성공적인 정착 방안
연세대학교 | 김형욱, 윤지남, 김이홍
탐방국 | 영국, 덴마크, 스웨덴, 독일

우수 세계화의 발판 WORK CAMP
한국외국어대학교 | 박나경, 김은아, 김선하
탐방국 | 영국, 프랑스, 독일, 이탈리아

장려 유비쿼터스 혁명과 우리나라 IT 강국을 향한 전망
KAIST | 김원영, 강민석, 정희재
탐방국 | 미국

장려 제주도와 타즈매니아의 환경 정책
이화여자대학교 | 김남희, 강지영, 복서정
탐방국 | 호주

장려 기업연금의 효율적인 자산 운용 방안
연세대학교 | 김상호, 조민영, 이은정
탐방국 | 미국

장려 교실은 세상의 일부이다–프랑스 프레네 교육에 기초한 공교육개혁
고려대학교 | 정해진, 김정숙, 박현철
탐방국 | 프랑스, 독일

장려 Post PC시대의 인간 중심 디자인
KAIST | 이형민, 이효정, 김나리
탐방국 | 미국

특별 Way finding을 위한 사인의 디자인적 접근
서울여자대학교 | 심보경, 정주리, 허고운
탐방국 | 네덜란드, 독일, 프랑스

갯벌의 친환경적인 활용 방안
연세대학교 | 이상엽, 정연일, 신주연
탐방국 | 독일, 네덜란드, 영국, 덴마크

노인의 curing & caring
가톨릭대학교 | 양용준, 김예니, 안성배
탐방국 | 영국, 스위스, 독일

잃어버린 죽음을 찾아서
가톨릭대학교 | 김수연, 서보미, 신현영
탐방국 | 영국, 프랑스, 덴마크

안전한 유기농산물과 건강한 환경을 위한 Innovative Technology
서울대학교 | 박닫비, 조민영, 홍인기
탐방국 | 네덜란드, 스위스, 독일, 스웨덴

Ubiquitous의 전략적 활용
연세대학교 | 이슬, 최양우, 임성준
탐방국 | 미국

인간을 위한 연구, 장애인을 생각하는 공학
울산대학교 | 손제현, 이재광, 백성환
탐방국 | 미국, 캐나다

유해한 환경 속 건축 폐기물의 효율적 처리와 재활용
서울대학교 | 최한준, 김범준, 이재범
탐방국 | 미국

Opening the door to your own home(Mortgage system)
연세대학교 | 정정구, 이영호, 김경하
탐방국 | 미국

윤리경영-회계 부정에 대한 선진국의 대응 방안
연세대학교 | 문장현, 곽지영, 이승보
탐방국 | 미국

직장보육시설, It's worth an investment
고려대학교 | 엄보영, 최소진, 김세영
탐방국 | 미국

자동판매기의 효율적 운영을 위한 관리시스템
연세대학교 | 임영희, 이지선, 이신재
탐방국 | 미국

21세기 기업의 사회적 역할-전직 지원 제도의 정착
연세대학교 | 권의식, 임주현, 민복기
탐방국 | 미국

한국 사회의 지적 수준 제고 방안-미국 공공도서관 시스템을 통한 고찰
이화여자대학교 | 이주영, 신미경, 양현신
탐방국 | 미국

고령화 사회의 한국적 노인 보건복지 모델
연세대학교 | 손민중, 김현철, 이희원
탐방국 | 독일, 스위스, 스웨덴

From Gifted to Talented
연세대학교 | 홍원형, 황승민, 이재우
탐방국 | 미국

수용에서 보호로-동물을 위한 동물원 디자인
한성대학교 | 강성호, 조혜영, 박스란
탐방국 | 미국

일본의 축제 마츠리를 통한 한국 축제 발전 방안 모색
한국외국어대학교 | 남희정, 안지원, 최현우
탐방국 | 일본

장애인 캠프의 질적 향상
성신여자대학교 | 이태리, 백수경, 최지현
탐방국 | 미국

10기 2004년 | 팀 구성 인원 4명, 총 30팀, 대원 수 120명

대상 스페이스 캠프의 성공적 정착을 통한 체험과학교육의 활성화
연세대학교 | 윤성원, 김범철, 이인명, 김정은
탐방국 | 미국, 캐나다

최우수 IT시대의 새로운 경영 패러다임 RTE
KAIST | 강영은, 최은정, 김희동, 이은주
탐방국 | 미국

최우수 신용불량자 문제 해결을 위한 선진국의 신용 상담 기구
서울대학교 | 김율영, 임다사롬, 이은영, 이상호
탐방국 | 미국

최우수 교실 속 청소년 탐방-우리나라 고등학교 상담 체계
이화여자대학교 | 강민주, 박윤지, 정주원, 우수원
탐방국 | 미국

우수 Who steals our nest?
이화여자대학교 | 조희선, 김수라, 김민경, 박유영
탐방국 | 영국, 폴란드, 독일

우수 Sabermetrics를 통한 한국야구산업 발전 방향 모색
연세대학교 | 민용현, 이용설, 오중석, 이재웅
탐방국 | 미국

우수 한국의 Frodo economy를 꿈꾸며
연세대학교 | 강석모, 류연택, 이요찬, 이준영
탐방국 | 뉴질랜드

우수 Street Furniture를 통한 도시경관 고품격화를 위한 로드맵
한국외국어대학교 | 김지우, 김은영, 박선아, 한혜수
탐방국 | 네덜란드, 영국, 이탈리아, 프랑스

우수 체계적인 음악예술 교육프로그램을 통한 클래식 공연 미래 관객 확보
고려대학교 | 유대진, 채정수, 이은미, 김지영
탐방국 | 미국, 이탈리아

특별 은퇴 과학기술 인력을 활용한 청소년 과학교육 활성화 프로그램
한동대학교 | 최원규, 김은우, 오승택, 주은혜
탐방국 | 미국

장려 21C 한국형 외국인노동자 정책
영남대학교 | 안창기, 김현철, 심민영, 허영윤
탐방국 | 영국, 스웨덴, 독일

Biomimetics의 무한 가능성, 생체모방공학
KAIST | 최우식, 윤광선, 정서영, 양성호
탐방국 | 미국

줄기세포를 알면 암이 보인다
가톨릭대학교 | 심유진, 백지원, 박지혜, 천용준
탐방국 | 미국

IT-Port-대한민국을 국제 허브로
KAIST | 노창현, 정승기, 강서연, 도재명
탐방국 | 일본, 중국, 싱가포르

재료를 연구하는 또 하나의 방법, 재료과학 전산 모사
서울대학교 | 김홍석, 오승수, 오용태, 유승석
탐방국 | 미국

RFID로 이루는 유비쿼터스 물류 혁명
KAIST | 이정훈, 오은정, 김솔, 이홍기
탐방국 | 미국

스마트 무인로봇 기술강국을 향한 힘찬 발걸음
울산대학교 | 신영훈, 박상경, 이창원, 류제철
탐방국 | 미국

웹에서 한걸음 더 진화한 인터넷, 그리드 컴퓨팅
한양대학교 | 김선교, 정세훈, 연양미, 이연준
탐방국 | 미국

나노강국을 꿈꾸며-나노 Fab이 가야 할 길
KAIST | 김찬구, 강호석, 김철, 박태훈
탐방국 | 미국

BcN의 성공적 시행과 선도를 위해-Me, too가 아닌 Follow Me!
인제대학교 | 강정예, 박효진, 송지영, 양진홍
탐방국 | 스위스, 이탈리아, 독일, 영국

부드러운 것이 온다-꿈의 디지털 디스플레이, 전자종이
포항공과대학교 | 지솔근, 최우석, 김영준, 류준수
탐방국 | 미국

미국 교육저축제도를 통해 본 국내 간접투자시장의 활성화 가능성
연세대학교 | 최민정, 박현진, 김재은, 박세웅
탐방국 | 미국

가상 심포지엄으로 살펴본 2006 날씨 위험관리 심포지엄
서울대학교 | 조연서, 최고은, 김명길, 이현재
탐방국 | 미국

유럽에서 찾아보는 에너지 한국의 미래
포항공과대학교 | 차화륜, 장지은, 김서준, 고재윤
탐방국 | 독일, 영국, 프랑스, 스웨덴

지속가능한 개발을 위한 교육-BALTIC 21 사례 중심
경희대학교 | 조장은, 곽수민, 장소영, 정성훈

탐방국 | 덴마크, 노르웨이, 핀란드, 스웨덴

고아원 없는 한국의 미래
연세대학교 | 서승현, 김수미, 조나영, 이서원
탐방국 | 영국, 독일, 스웨덴

POSITIVE SUM, NOT ZERO SUM-노사 문제 인식의 새 지평
연세대학교 | 조대곤, 박항미, 백지선, 채혜조
탐방국 | 독일, 아일랜드

세계 속 한국문학의 르네상스를 꿈꾸며
이화여자대학교 | 노아실, 안선영, 이현진, 백가윤
탐방국 | 프랑스, 독일

문화 원형 복구를 통한 콘텐츠화
성균관대학교 | 홍승범, 김소영, 서은성, 이철우
탐방국 | 중국, 대만

에코디자인과 에코문화의 정착
국민대학교 | 천신호, 이유희, 이해영, 이지혜
탐방국 | 독일, 스위스, 프랑스, 영국

11기 2005년 | 팀 구성 인원 4명, 총 30팀, 대원·수 120명

대상 PAV(Personal Air Vehicle) 시대
건국대학교 | 이준호, 윤성욱, 조국현, 박강호
탐방국 | 미국

최우수 살아 있는 시약-실험동물 21C Portfolio
충북대학교 | 김수항, 오한택, 박기혜, 백철
탐방국 | 미국

최우수 A Challenge for Terabyte-Holographic Data Storage
서울대학교 | 배준범, 이윤석, 임인홍, 한명수
탐방국 | 미국

최우수 Let There Be Light! 조명을 통한 야간 경관의 관광 자원화
이화여자대학교 | 김연우, 김현정, 정지혜, 조대은
탐방국 | 프랑스, 체코, 영국

최우수 Come, See and Enjoy! It's our pleasure! 기업 박물관
고려대학교 | 김혜진, 최민, 현선영, 홍상은
탐방국 | 미국

최우수 도심 속 GREENWAYS를 통한 삶의 질 향상
서울대학교 | 양석우, 이원철, 박재민, 송지현
탐방국 | 미국

우수 노령화 사회에서 치매 연구와 치매 노인에 대한 복지
이화여자대학교 | 박지윤, 박지현, 조가은, 조현아
탐방국 | 영국, 스위스, 스웨덴

우수 세포 하나가 환자 하나가 된다-나노의학
연세대학교 | 김은정, 김한상, 조수현, 노성민
탐방국 | 미국

우수 혁신클러스터의 성장원동력, 한강의 기적에서 대덕의 기적으로
서울대학교 | 이은호, 김시내, 김희연, 최형표
탐방국 | 미국

우수 모노레일 타고 동북아 허브의 길로 가자
연세대학교 | 유형석, 정순형, 김용수, 이상엽
탐방국 | 일본, 인도네시아, 말레이시아

우수 한국 지역 축제, 그 성공의 청사진
한국외국어대학교 | 서지원, 유형민, 백찬규, 이세미
탐방국 | 스페인

특별 대체 냉매로서 나노유체의 성공적 활용
경희대학교 | 김재완, 이광호, 정청우, 정준영
탐방국 | 미국

캐나다의 무인도 개발을 통해 본 우리나라 무인도 개발의 비전
동서대학교 | 최재영, 김휘일, 전상민, 최홍철
탐방국 | 캐나다

장기기증 네트워크를 통한 장기기증의 체계화 및 활성화
가톨릭대학교 | 이자영, 김은경, 박주혜, 서우석
탐방국 | 스페인, 네덜란드, 벨기에, 독일

우주를 정복해 지구를 지배하라-초소형 위성의 연구
KAIST | 장지윤, 정연지, 신창용, 유인영
탐방국 | 영국, 독일, 오스트리아, 이탈리아

세상을 바꾸는 청정 파워, 수소에너지
연세대학교 | 박준호, 전진원, 양유진, 김진혁
탐방국 | 캐나다, 미국

유비쿼터스의 핵심 임베디드 시스템
고려대학교 | 김도형, 이기현, 김용세, 김정수
탐방국 | 미국

주파수 활용의 아나바다, Cognitive Radio
ICU | 강동협, 신우람, 이건국, 이남정
탐방국 | 캐나다, 미국

RTE 환경에서 변화 관리 방안에 관한 연구
KAIST | 김가은, 김형준, 오유진, 이은정
탐방국 | 미국

New Paradigm of Healthcare, E-Health
연세대학교 | 정승민, 김일훈, 이준민, 엄정환
탐방국 | 영국, 프랑스

인류를 위한 세계 최대의 퍼즐, 항공 사고 조사
한국항공대학교 | 이현호, 박용군, 박용오, 신정훈
탐방국 | 미국, 캐나다

新바젤협약(Basel II)-한국 중소기업 생존 전략
부산대학교 | 권오근, 윤필재, 정성표, 정재식
탐방국 | 독일, 스위스

NPO와 기업의 지속 가능 경영, 자선을 위한 WIN-WIN 파트너십
숙명여자대학교 | 김지은, 정누리, 배연주, 인정은
탐방국 | 영국

코리아 재탄생의 중요한 실마리, 유럽 지역 한국학 진흥 도모
한국외국어대학교 | 김미라, 정성희, 윤혜영, 송선재
탐방국 | 스웨덴, 영국, 프랑스, 독일, 체코, 이탈리아

도시 하천의 친환경적 복원 방향에 관한 제안
고려대학교 | 이큰별, 주민석, 김소희, 염선영
탐방국 | 영국, 네덜란드, 독일, 스위스, 프랑스

도로안내표지판 개혁을 통한 REBIRTH OF SEOUL-THE GLOBAL CITY
이화여자대학교 | 김유라, 신지연, 윤새봄, 조민경
탐방국 | 홍콩, 일본

한국 이공계 리더 탄생의 미래
서강대학교 | 이휘찬, 서동욱, 황윤교, 박문성
탐방국 | 중국

미술은행의 활성화 방안
성균관대학교 | 황순재, 이한상, 김정현, 김수현
탐방국 | 영국, 프랑스

디지털 미디어 시대, 라디오의 부활
홍익대학교 | 오륭진, 김찬일, 당현선, 최혜은
탐방국 | 영국, 프랑스, 스위스

한국음식의 세계화를 통한 국가 브랜드 상승
홍익대학교 | 김현주, 박화철, 조애리, 주하나
탐방국 | 영국, 프랑스, 이탈리아, 오스트리아

12기 2006년 | 팀 구성 인원 4명, 총 30팀, 대원 수 120명

대상 대중음악의 興를 위하여
중앙대학교 | 김수민, 도경우, 유윤태, 윤민상
탐방국 | 일본

최우수 See the world-누가 내 백사장을 옮겼을까
연세대학교 | 박희대, 이혜은, 장연주, 최석진
탐방국 | 미국

최우수 e-Court 사법 체계와 선진 IT 기술의 융합
KAIST | 김현태, 손장한, 이윤주, 이은경
탐방국 | 미국

최우수 미래의 에너지, 불타는 얼음-Methane Hydrate
서울대학교 | 오송희, 유명식, 이경선, 이상호
탐방국 | 일본

최우수 유럽의 Death Care Industry
성균관대학교 | 권병민, 박웅기, 이은혜, 최하연
탐방국 | 영국, 독일, 스위스

최우수 R&D 혁신의 최전선, Innovation Lab
연세대학교 | 강성주, 김우상, 김태일, 양진철
탐방국 | 미국

우수 아동 성폭력의 정신의학적 치료와 사회적 대처
연세대학교 | 송제은, 윤예지, 임선민, 전여름
탐방국 | 미국

우수 기술의 한계에 날개를 달아 줄 차세대 블루오션
-감성공학
아주대학교 | 김아람, 김재환, 이원, 이종철
탐방국 | 미국

우수 CDM사업 시스템의 한국형 모델
중앙대학교 | 강희성, 마성선, 윤현수, 최미지
탐방국 | 일본

우수 Community Collaborative, 행복한 아이들이 사는 동네
고려대학교 | 손철수, 이경휘, 임은지, 한수진
탐방국 | 미국

우수 여행자 거리 조성을 통한 배낭여행객 유치 방안
한국외국어대학교 | 김원녕, 손수남, 심진, 채우리
탐방국 | 태국, 중국, 베트남

특별 다니엘 헤니를 만지고 싶을 때, 실감방송
ICU | 남은혜, 방옥경, 배영인, 이은미
탐방국 | 스위스, 독일, 영국, 네덜란드

Is Your Child Safe?–아동 발달장애의 Early Intervention
가톨릭대학교 | 강혜라, 김종호, 이미진, 이승훈
탐방국 | 영국, 프랑스, 스위스, 독일

차세대 암 조기 진단법–바이오마커
가톨릭대학교 | 곽현정, 전재섭, 최정원, 최호준
탐방국 | 미국

아시아 임상시험의 허브로
서울대학교 | 장원, 정율리, 주영석, 허세범
탐방국 | 호주, 뉴질랜드

Robot, New Paradigm Shift
KAIST | 구윤모, 김주희, 윤성준, 이안나
탐방국 | 미국

한국 U-헬스케어 기술을 도입한 가정용 비만관리시스템
경희대학교 | 김의연, 이영명, 이지준, 장진원
탐방국 | 미국

도로에서 평화를 이루다
경원대학교 | 이영경, 장진주, 전유미, 최성구
탐방국 | 스웨덴, 네덜란드, 독일, 영국

하늘의 고속도로 CNS/ATM
한국항공대학교 | 김국재, 오정훈, 한성아, 홍종범
탐방국 | 영국, 네덜란드, 벨기에, 프랑스, 스위스

2011년을 뒤덮을 RFID 서비스 세계
연세대학교 | 박건우, 박승복, 손진범, 이기헌
탐방국 | 미국

홈 네트워크를 기반으로 한 스마트 홈
국민대학교 | 김남석, 박남천, 오현인, 주학철
탐방국 | 중국

농촌관광활성화를 위한 한국형 농촌관광단지 조성
건국대학교 | 박지현, 최상희, 최지연, 허지현
탐방국 | 영국, 프랑스, 독일

한국형 MBA의 Repositioning 전략
성균관대학교 | 김수민, 이경진, 정낙일, 정두영
탐방국 | 네덜란드, 독일, 프랑스, 영국

유럽의 수목장 특성 및 운영 조사
고려대학교 | 김홍립, 우영준, 최인영, 최철군
탐방국 | 독일, 스위스, 스웨덴

21세기형 인재 육성 방안으로서의 디자인 조기교육
이화여자대학교 | 박신형, 이유리, 이형영, 임채린
탐방국 | 영국

일과 가정의 양립을 통한 저출산 해결 방안
전남대학교 | 박용석, 조은애, 최새롬, 황기환
탐방국 | 핀란드, 스웨덴, 노르웨이

우리나라 출산 문화의 발전 방향 모색
한국외국어대학교 | 김정은, 송재인, 정창환, 진우현
탐방국 | 프랑스, 영국, 스웨덴

한국형 숲 유치원(Eco-kids school)의 제안
숙명여자대학교 | 김민정, 이세은, 이승민, 이지현
탐방국 | 독일

한국골프산업의 미래, 우리가 책임진다
경희대학교 | 권혁, 안홍기, 이동욱, 이정희
탐방국 | 미국

Architecture + Marketing-The 3rd Space
동국대학교 | 나성욱, 성민구, 장정모, 장푸름
탐방국 | 영국, 독일, 오스트리아

대상 에너지 혁신기술 스마트 그리드
성균관대학교 | 이경민, 이정훈, 최형식, 추승우
탐방국 | 미국

최우수 병원 감염 위험 없는 新의료 환경 조성
고려대학교 | 김성완, 김수옥, 박동수, 이여림
탐방국 | 미국

최우수 한국의 바이오에너지 마을의 미래상
포항공과대학교 | 김은선, 김혜진, 서상우, 이응주
탐방국 | 독일, 덴마크, 노르웨이, 스웨덴, 핀란드

최우수 한국형 마이크로크레딧의 정착과 발전 방안
서울대학교 | 김세일, 김세화, 안재균, 오성택
탐방국 | 미국

최우수 **특별** 도심 속 어울림의 장, 재래시장의 Revitalization
한국외국어대학교 | 김승필, 김연준, 원지예, 이지원
탐방국 | 스페인, 영국, 덴마크

최우수 한미 FTA 타결, 한국 농업의 새로운 도전, 유기농
한동대학교 | 김경욱, 유승म१, 이용명, 최동철
탐방국 | 독일, 오스트리아

우수 한국형 친환경 축산업 발전
건국대학교 | 김병환, 김현영, 박선영, 백성민
탐방국 | 영국, 스위스, 오스트리아, 독일

우수 신의 눈을 훔치다–전자구관측시스템을 통한 이상기후 예측
인하대학교 | 김규동, 백영효, 조경학, 하준용
탐방국 | 미국

우수 한국형 마이크로크레딧
경북대학교 | 김병두, 박경로, 우지은, 정예라
탐방국 | 미국

우수 한국형 ODA 모델의 방향
한국기술교육대학교 | 김지연, 김현문, 유호영, 편준우
탐방국 | 탄자니아, 케냐

우수 버스킹 문화의 도입 및 활성화를 통한 거리 예술의 대중화
광운대학교 | 강지은, 김정훈, 유승혜, 이선행
탐방국 | 영국, 프랑스

유럽형 기상산업 민·관 협력 체제 연구 및 활용
부산대학교 | 김지웅, 문상석, 송보경, 한득천
탐방국 | 독일, 영국

식이장애의 현황 분석과 한국형 Role-Model 제시
경희대학교 | 김미령, 문상우. 안혜준. 윤은경
탐방국 | 미국

제약산업의 미래상
성균관대학교 | 김신애, 박승영, 서현진, 허성훈
탐방국 | 미국

일본의 선진화된 RFID의 물류분야 사례 탐방
부경대학교 | 김형석, 문보라, 정대훈, 정순규
탐방국 | 일본

무선전력 송신기술에 대한 우리나라의 발전 방향
아주대학교 | 김진욱, 문성호, 임미령, 허진영
탐방국 | 미국

무인자동차의 개발 동향과 사회무인화에 끼칠 영향
KAIST | 김종훈, 박준석, 변문정, 현혜선
탐방국 | 미국

Ubiquitous Sensor Networks
연세대학교 | 김세욱, 김희진, 박철현, 이동원
탐방국 | 미국

u-Eco City-자연과 인간이 어우러지는 첨단도시
KAIST | 류승균, 장아침, 조혁일, 홍정현
탐방국 | 독일, 핀란드, 덴마크

디지털 포렌식-정보보안을 위한 디지털 증거 분석
고려대학교 | 박신화, 박춘화, 유회석, 정재성
탐방국 | 미국

TUI 실현을 위한 촉감 인터페이스
상명대학교 | 김경남, 백소현, 육현수, 이인성
탐방국 | 미국

건강한 습지, 건강한 인간-성공적인 람사협약 당사국 총회
이화여자대학교 | 권유미, 노채원, 최영인, 황주영
탐방국 | 스위스, 네덜란드, 영국

북유럽 산학 협력 사례 탐방을 통한 산학 클러스터 활성화 방안
한양대학교 | 김범, 이상현, 이형준, 정두선
탐방국 | 덴마크, 스웨덴, 핀란드

독일 대학식당 탐방을 통한 한국 대학식당의 급식서비스 개선
서울여자대학교 | 김희진, 이연희, 이지미, 홍진희
탐방국 | 독일

칠레 농업의 경쟁력과 수출 마케팅 사례
경희대학교 | 나성주, 나한나, 심창욱, 정효찬
탐방국 | 칠레

한국형 ODA가 나아가야 할 방향
KAIST | 김재민, 김준연, 이슬기, 최윤정
탐방국 | 일본, 베트남

청소년을 위한 Death Education 도입
한국외국어대학교 | 김판기, 김호성, 윤지현, 정진경
탐방국 | 미국

우리나라 아이스 공연 콘텐츠 발전 방안
경기대학교 | 문지록, 이희, 최창혁, 황민솔
탐방국 | 러시아

장애인스포츠 및 선진국형 통합스포츠 활성화 방안
이화여자대학교 | 박인혜, 박주희, 조영희, 최진선
탐방국 | 프랑스, 네덜란드, 스웨덴, 영국

Sportainment를 통한 한국 프로스포츠의 활성화
충북대학교 | 김원석, 김혜령, 이광규, 임재석
탐방국 | 미국

14기 2008년 | 팀 구성 인원 4명, 총 30팀, 대원 수 120명

대상 BIPV SYSTEM, 태양 도시의 꿈
서울시립대학교 | 고인석, 남궁용, 박민룡, 전형준
탐방국 | 스페인, 독일

최우수 안심하고 약을 사용할 수 있는 그날까지
성균관대학교 | 강수연, 김미연, 진연지, 차지선
탐방국 | 미국

최우수 우리의 문화유산, 디지털 복원으로 세계를 향하다
숙명여자대학교 | 박민서, 서원경, 이예진, 최연화
탐방국 | 영국, 벨기에, 스위스, 터키

최우수 대학의 재정건전성 제고를 위한 기금 운용 메커니즘
연세대학교 | 김효임, 박상은, 이희원, 임승혁
탐방국 | 미국

최우수 기업의 참여를 통한 통합적 알코올중독 재활 시스템 구축
한동대학교 | 김상연, 김향기, 임준수, 조용혁
탐방국 | 미국

최우수 응급의료서비스(EMS)의 민관파트너십 구축 방안
한양대학교 | 김진석, 안중혁, 유기원, 최승규
탐방국 | 미국

우수 RNAi를 통한 새로운 질병 치료제 탐구
연세대학교 | 박세웅, 성승ون, 신혜지, 윤자경
탐방국 | 미국

우수 한국형 인간 동력의 도입과 발전 방향
서울대학교 | 김동준, 김우람, 이정재, 최혁준
탐방국 | 일본, 중국

우수 성공적인 한국형 웨딩 오픈마켓의 정착
건국대학교 | 윤희욱, 임현균, 정종규, 황예지
탐방국 | 미국

우수 국내 공개 입양 가정의 성공적인 적응을 위한 지원 방안
성균관대학교 | 김상원, 류현, 전신영, 정병수
탐방국 | 미국

우수 DAC(Design Against Crime) 디자인이 경찰력이다
국민대학교 | 김나리, 김민준, 정예원, 홍혜란
탐방국 | 영국, 네덜란드

특별 신 에너지원, 인간 동력의 한국형 모델
동국대학교 | 김재영, 박효선, 오남정, 유준곤
탐방국 | 독일, 네덜란드, 영국

대한민국 Blue Ocean, 실버푸드 시장
이화여자대학교 | 김선미, 우소영, 이조은, 정은영
탐방국 | 일본

로스쿨 시대, 한국형 과학 전문 법조인의 생존 전략
KAIST | 김정우, 남재현, 박유림, 임지민
탐방국 | 미국

재난 생존자의 정신 보건을 위한 보고서
가톨릭대학교 | 김은정, 성수윤, 윤혁진, 최승용
탐방국 | 미국

한국형 CCS 기술 제안
KAIST | 박진은, 서용범, 이선우, 이천규
탐방국 | 노르웨이, 독일, 프랑스, 영국

의료기기 산업을 제2의 반도체로
연세대학교 | 강민석, 이영호, 이주원, 이진영
탐방국 | 미국

Robot, Bio Technology를 만나다
건국대학교 | 박병용, 장경민, 홍승지, 홍승진
탐방국 | 미국

대한민국 무인항공기의 선진화를 위한 방안
서울대학교 | 구창모, 권범진, 김종원, 노희권
탐방국 | 미국

유휴 철도부지는 재생 혁명 중
고려대학교 | 곽윤석, 우병규, 최재은, 최탄일
탐방국 | 미국

탄소나노튜브(CNT) 실용화에 앞선 점검
성균관대학교 | 김민경, 김태형, 김태훈, 복다미
탐방국 | 미국

CSR(기업의 사회적 책임), 지속 가능 경영의 길
한양대학교 | 박종현, 박진환, 안성호, 이문휘
탐방국 | 미국

일본의 남미 해외식량기지 확보 사례 벤치마킹
서울대학교 | 김나리, 김지훈, 노민하, 이지원
탐방국 | 브라질, 아르헨티나

일본에서 한국 야생동물의 미래를 꿈꾸다
강원대학교 | 박민호, 이호산, 정은선, 조성관
탐방국 | 일본

미국의 사례를 통한 한국 홈스쿨리의 발전 방향
명지대학교 | 박미라, 백충임, 최다운, 허원
탐방국 | 미국

시민이 만드는 공원
서울대학교 | 강대욱, 안미선, 이상은, 이원미
탐방국 | 미국, 캐나다

공교육에서 활용 가능한 ADHD 교육 콘텐츠 개발
춘천교육대학교 | 배수진, 전성곤, 최은아, 홍세미
탐방국 | 미국

한국 바둑 세계화를 위한 탐색
명지대학교 | 김미라, 김준상, 이세미, 정준수
탐방국 | 스웨덴

다양한 문화콘텐츠 기반으로서의 '문학'의 역할
홍익대학교 | 김규상, 김도용, 김승환, 안은경
탐방국 | 프랑스

실버세대를 위한 문화콘텐츠 개발
중앙대학교 | 김쥬리, 박혜은, 서진실, 이우리
탐방국 | 네덜란드, 독일, 덴마크, 스웨덴

15기 2009년 | 팀 구성 인원 4명, 총 30팀, 대원 수 120명

대상 개별 주택에 적합한 빗물 관리 시스템 확산 방안
한동대학교 | 이재규, 이혜주, 정대장, 최준회
탐방국 | 일본, 싱가포르

최우수 한국형 Passive House의 성공적 정착
KAIST | 문채윤, 이동명, 이화영, 정윤화
탐방국 | 독일, 스위스, 오스트리아

최우수 지속 가능 개발을 위한 한국형 Green Village 발전 방향
부산대학교 | 김철우, 이용희, 조해인, 천재호
탐방국 | 영국, 네덜란드, 독일

최우수 Wearable Computer 산업 경쟁력 제고를 위한 전략 방안
이화여자대학교 | 김수연, 김희진, 손수경, 신은지
탐방국 | 미국

최우수 도시마케팅, 21C 도시의 필수 생존 전략
성균관대학교 | 공병재, 손산하, 이원수, 이지현
탐방국 | 미국

최우수 전략적 분석을 통한 한식의 세계화 방안 모색 프로젝트
중앙대학교 | 김현영, 박한솔, 신동이, 이지민
탐방국 | 미국

우수 자연의 중심에서 모방을 외치다~자연모사공학
연세대학교 | 김온누리, 서민호, 정준영, 하소영
탐방국 | 미국

우수 한국형 마을 만들기 운동~YAP(Yourself Attractive Peculiar)
경북대학교 | 김민지, 서규아, 서현철, 허희정
탐방국 | 일본

우수 Fair Trade, 지속 가능한 성장의 모멘텀
서울대학교 | 김진영, 노태우, 이성은, 조태호
탐방국 | 미국, 코스타리카, 엘살바도르

우수 국내 유기농 화장품 시장 활성화를 통한 안전한 화장품 시장 형성
동국대학교 | 권경신, 성은이, 이미진, 장진영
탐방국 | 프랑스, 독일

우수 **특별** 한국 TV프로그램을 전 세계로 수출하기 위한 방안
고려대학교 | 나지웅, 오용호, 유종훈, 최인환
탐방국 | 영국, 프랑스, 네덜란드

iPS cell의 미래
서강대학교 | 우현민, 정보람, 조순지, 최지영
탐방국 | 미국

국내 신약 연구 분야의 방향-시스템생물학
건국대학교 | 김호진, 송혜진, 조은상, 현지예
탐방국 | 미국

캠페인을 통한 빛공해의 인식 변화 및 개선 방안
충남대학교 | 박성훈, 이주미, 임이랑, 천감찬
탐방국 | 영국, 벨기에, 오스트리아, 이탈리아

AT(보조공학)를 활용한 장애인 교육 기회 확대
KAIST | 김성실, 김혜린, 정용재, 최원희
탐방국 | 미국

한국형 Cloud Computing의 성장 방향
숙명여자대학교 | 김연희, 신지혜, 최윤희, 최재연
탐방국 | 미국

Green Data Center
인하대학교 | 김민정, 박준영, 성주엽, 이준영
탐방국 | 미국

한국형 클라우드 컴퓨팅
KAIST | 강범수, 강설아, 김대형, 장은제
탐방국 | 미국

열전을 통한 에너지 효율 극대화 방안
한양대학교 | 김경미, 부현석, 서성호, 전우열
탐방국 | 미국

하이드로젤 지지체를 통해 본 조직공학의 가능성
KAIST | 김수영, 박주연, 조용정, 지하연
탐방국 | 미국

이언트 켈프 바이오에탄올을 통한 에너지 · 환경문제의 해결
KAIST | 강동원, 김지나, 김찬미, 목정완
탐방국 | 영국, 프랑스, 독일, 벨기에, 덴마크, 스웨덴

한국법률전문가의 동남아시아 시장 진출 방안
충북대학교 | 구민선, 김범수, 정성영, 조규백
탐방국 | 홍콩, 싱가포르, 말레이시아, 중국

집현전의 부활을 꿈꾸며
한양대학교 | 강보희, 고경민, 이정윤, 최소연
탐방국 | 미국

봉이 김선달과 풀어 가는 조선팔도의 물산업 강국 구현 전략
한동대학교 | 변지혜, 이주연, 임지훈, 허동희
탐방국 | 독일, 네덜란드, 프랑스, 이탈리아

한국형 토론리그 도입을 통한 한국의 토론 르네상스
연세대학교 | 김신일, 김지수, 박준영, 지성현
탐방국 | 미국

외국어로서의 한국어-세종학당 구출 작전
고려대학교 | 강한모, 김소희, 김유림, 윤지윤
탐방국 | 영국, 독일

의료용 기능성게임의 개발 및 진흥
서울대학교 | 강연호, 김경호, 박희선, 정영찬
탐방국 | 미국

세계는 아직 한식에게 반하지 않았다
부경대학교 | 김경민, 김승하, 민승미, 유은희
탐방국 | 미국

공연, 그 이상의 감성 체험을 위한 Site-Specific Theatre
한국예술종합학교 | 구슬지, 이금자, 한수지, 한자인
탐방국 | 영국, 오스트리아, 프랑스

한국의 새로운 다문화정책과 진정한 다문화사회로의 개진
한국외국어대학교 | 노병용, 오상호, 윤시내, 황지훈
탐방국 | 우즈베키스탄, 카자흐스탄

16기 2010년 | 팀 구성 인원 4명, 총 30팀, 대원 수 120명

대상 CO2 제로의 꿈이 현실이 된다
경북대학교 | 서보열, 전은명, 강연희, 이미희
탐방국 | 영국, 독일, 스위스, 덴마크

최우수 반도체, 실리콘을 버리고 그래핀을 담다
성균관대학교 | 원승욱, 배상훈, 황지환, 이길용
탐방국 | 미국

최우수 오감으로 책 읽기, 모두를 위한 독서를 말하다
숙명여자대학교 | 이재화, 김태은, 이경희, 김소영
탐방국 | 영국, 스웨덴, 프랑스

최우수 전자폐기물, 애물단지가 자원이 되다
명지대학교 | 서은성, 김지현, 김경난, 박미나
탐방국 | 스웨덴, 스위스, 독일, 벨기에

최우수 유해한 화학물질, REACH가 잡는다
중앙대학교 | 심효석, 백송이, 김동경, 이서진
탐방국 | 독일, 스웨덴, 영국, 프랑스

최우수 간판공해, 생각을 바꿔야 답이 보인다
연세대학교 | 최유라, 신현상, 이정원, 조은정
탐방국 | 프랑스, 영국, 핀란드

우수 안전한 의약품, 천연 식물에 비밀이 있다
성균관대학교 | 전하은, 전가경, 이소희, 박지선
탐방국 | 미국

우수 건물 설계부터 관리까지, BIM이 책임진다
고려대학교 | 이경주, 정진영, 한경수, 문수인
탐방국 | 독일, 영국, 핀란드

우수 사람을 위한, 사람에 의한 공간을 만들다
숙명여자대학교 | 이혜진, 김선희, 백승경, 김정현
탐방국 | 미국

우수 사람을 위한 집, 희망의 씨앗을 짓다
한동대학교 | 신기준, 이은우, 김은혜, 김이연
탐방국 | 미국

우수 누구나 배우가 되어 사람과 사회를 치유하다
서강대학교 | 송한아, 황승민, 이지은, 정태환
탐방국 | 미국

특별 아프리카와 휴대전화, 새로운 세상을 열다
연세대학교 | 이종택, 박경준, 최윤호, 손소현
탐방국 | 나이지리아, 남아프리카공화국

숲이 된 도시, 디자인의 옷을 입다
경원대학교 | 홍근학, 한보영, 서정화, 박하나
탐방국 | 네덜란드, 독일, 스위스

그린시티, 자연을 도시에 녹아 내다
공주대학교 | 정지윤, 이회정, 고수연, 정경록
탐방국 | 미국

날씨도 바꿀 수 있는 미래가 온다
부산대학교 | 최유미, 황덕현, 이은정, 김혜수
탐방국 | 미국

건축물의 탄생, 성장, 죽음에 CO2는 없다
고려대학교 | 류재호, 장혜진, 우승기, 이영은
탐방국 | 영국, 스위스, 핀란드

테크놀로지의 미래, 사람 속에서 답을 구하다
연세대학교 | 고은경, 박지훈, 소중희, 이지영
탐방국 | 미국

운송의 변화, 환경과 유통을 살린다
서울시립대학교 | 황지은, 장성만, 육상도, 서동환
탐방국 | 독일, 벨기에, 영국, 네덜란드

CO2 없는 대체 에너지의 열쇠를 찾다
연세대학교 | 탁영주, 한지원, 박태현, 남재훈
탐방국 | 영국, 네덜란드, 프랑스, 벨기에, 독일

차세대 태양전지의 미래를 그리다
UNIST | 남희진, 신연란, 허미희, 윤영심
탐방국 | 미국

홈 헬스케어, 집이 곧 병원이 된다
KAIST | 김소라, 이소영, 강보배, 최인혜
탐방국 | 벨기에, 스웨덴, 독일, 영국

폐수에서 인을 찾아내다
KAIST | 김정헌, 신희선, 예성지, 김재관
탐방국 | 벨기에, 독일, 네덜란드, 핀란드

초고층 빌딩, 관리 못하면 모두 허사이다
건국대학교 | 김규완, 권정윤, 이승원, 김남진
탐방국 | 미국

녹색금융, 경제와 환경의 두 토끼를 잡다
KAIST | 천창욱, 김보성, 김경훈, 김영곤
탐방국 | 영국, 프랑스, 네덜란드

기부가 일상인 나라, 뗄레뚄에서 답을 찾다
고려대학교 | 손지혜, 안윤철, 전혜미, 박민섭
탐방국 | 칠레, 멕시코

인문사회 영재가 이끄는 미래를 꿈꾸다
성균관대학교 | 김미숙, 어지현, 설경은, 이지윤
탐방국 | 미국

친환경 수산물, 인증만이 살 길이다
부경대학교 | 서정대, 윤상훈, 이현호, 박재실
탐방국 | 영국, 독일, 덴마크, 벨기에, 이탈리아

뉴 미디어아트, 상상력이 기술과학을 이끌다
홍익대학교 | 송연주, 최이주, 손부경, 이진
탐방국 | 독일, 네덜란드, 영국, 프랑스, 오스트리아

브로드웨이에서 공연 랜드마크의 미래를 보다
청운대학교 | 변민정, 조주선, 최인아, 김예진
탐방국 | 미국

그린스포츠, 환경과 재미를 살리다
경희대학교 | 최대훈, 이종규, 김한솔, 윤상욱
탐방국 | 미국, 캐나다

17기 | 2011년 | 팀 구성 인원 4명, 총 30팀, 대원 수 120명

대상 독일의 PFANT 제도를 통한 한국 공병방환제도 활성화 방안
서강대학교 | 류승백, 김용석, 김현철, 박선태
탐방국 | 노르웨이, 독일, 영국

최우수 **특별** 나고야 의정서, 그 폭풍 속 생존 전략
연세대학교 | 김용희, 김민정, 심진, 임정훈
탐방국 | 영국, 프랑스, 스위스, 이탈리아

최우수 해수담수화 플랜트의 핵심 기술
KAIST | 김현민, 명노준, 안윤호, 함수비
탐방국 | 스페인, 독일, 네덜란드, 영국

최우수 투명 풍악을 울려라–투명전극의 미래
성균관대학교 | 박세진, 박영훈, 김지운, 유승룡
탐방국 | 미국

최우수 국가 재난형 질병의 해답 '바이오시큐리티 시스템'
부산대학교 | 박재용, 명재민, 이경민, 강태경
탐방국 | 이탈리아, 네덜란드, 영국

최우수 **특별** 한국형 주소 체계를 찾아서
경희대학교 | 임하영, 김미경, 임재빈, 정영훈
탐방국 | 이탈리아, 프랑스

우수 안개 수집을 통한 수자원 확보
부경대학교 | 정수원, 박소라, 김수정, 이송이
방국 | 독일, 프랑스, 스페인

우수 한국형 Vertical Farm 도입
인천대학교 | 백언하, 박준영, 최광호, 이지현
탐방국 | 미국, 캐나다

우수 **특별** 덴마크형 정부 기업 대학 공존 모델
성균관대학교 | 강한용, 김학영, 이원태, 정진원
탐방국 | 덴마크

우수 46점짜리 민주주의를 구하라–호주 선거문화 탐방
고려대학교 | 채민석, 홍수현, 최현주, 이지혜
탐방국 | 호주

우수 긴급 재난 시 지속적 생존을 위한 구호 키트 디자인 연구
홍익대학교 | 성소라, 윤인영, 김현정, 이소영
탐방국 | 영국, 아일랜드, 덴마크, 프랑스, 스위스

특별 그린에너지 기반 한국형 수소 생산 인프라
인하대학교 | 서성호, 강대훈, 임종범, 권혁
탐방국 | 스위스, 독일, 덴마크, 아이슬란드

특별 소수 90%를 위한 버네큘러 디자인
국민대학교 | 구경완, 홍혜진, 심유경, 류이든
탐방국 | 남아프리카공화국, 모잠비크, 케냐

특별 PPP(민관 협력) 사업의 한국형 발전 방향
국민대학교 | 장두수, 채진석, 홍명기, 박수진
탐방국 | 미국

특별 해리포터의 나라 영국, 그 인문학적 토양을 찾아서
경희대학교 | 한지수, 정보옥, 박초은, 마미연
탐방국 | 영국

특별 서울시가 모르는 진정한 혼잡 통행료의 효과
서울시립대학교 | 이승도, 전상익, 고봉수, 이지담
탐방국 | 이탈리아, 스웨덴, 영국

신경 질환에 빛을 밝히다
KAIST | 전지웅, 김유나, 김보경, 곽기욱
탐방국 | 미국

생물 자원의 효율적 데이터베이스화를 통한 종자 산업의 비전
중앙대학교 | 임정택, 이진원, 진보경, 윤소리
탐방국 | 미국

미래를 위한 첨단농업, 식물공장
서울대학교 | 최선영, 김진솔, 민병수, 김정원
탐방국 | 스웨덴, 네덜란드, 벨기에, 영국

위기의 방사성, 심지층 처분이 답이다
홍익대학교 | 우상균, 심동설, 박종명, 송정섭
탐방국 | 영국, 프랑스, 스웨덴, 핀란드, 스위스

시스템바이오정보학 기반의 개인맞춤의학 산업화 모델 개발
KAIST | 임재현, 조형찬, 안소영, 조민지
탐방국 | 미국

유럽 자연순환 모방형 설비 도입으로 실현하는 블루시스템
세종대학교 | 정새롬, 김가현, 윤희경, 서현준
탐방국 | 독일, 스웨덴, 스위스

인공 광합성을 이용한 신 재생에너지 개발
경북대학교 | 김동현, 차지원, 정호연, 송준수
탐방국 | 미국

성공적인 전기 자동차 충전 인프라 구축
고려대학교 | 김영훈, 나유호, 윤여울, 김정현
탐방국 | 미국

벤처, 생태계를 꿈꾸다
성균관대학교 | 박동희, 이지수, 강정은, 남수균
탐방국 | 미국

MICE 선두주자, 유럽 컨벤션 도시로 가자
서울대학교 | 김우석, 오창훈, 정송연, 조희은
탐방국 | 영국, 프랑스, 독일

국립공원에서 배우는 자연의 소중함-플레내듀케이션
서울대학교 | 최재훈, 노주철, 김정인, 권용희
탐방국 | 미국

미국에서 찾는 뮤지엄 학교 연계 교육 활성화 방안
서울교육대학교 | 최예경, 김주희, 윤여경, 조은아
탐방국 | 미국

아시아 역사문화도시의 허브 경주
경희대학교 | 이재형, 이금희, 김보미, 김태경
탐방국 | 중국, 태국, 라오스, 베트남

Patrocinio Coreano-한국 예술의 대중화(Artelizacion)
고려대학교 | 도승혜, 이보영, 곽지산, 고민섭
탐방국 | 콜롬비아, 베네수엘라, 브라질

'18기 | 2012년 | 팀 구성 인원 4명, 총 30팀, 대원 수 120명'

대상 갈라파고스에서 한국 보전생물학의 길을 묻다
이화여자대학교 | 이원희, 장하늘, 임수정, 김미선
탐방국 | 에콰도르

최우수 적정기술, 다시 고민하기
한국기술교육대학교 | 박한용, 한영혜, 배옥화, 김상우
탐방국 | 에티오피아, 케냐, 탄자니아, 남아프리카공화국

최우수 Phytoremediation, 자연으로 자연을 정화하다
고려대학교 | 박지은, 이재강, 임수빈, 김진
탐방국 | 미국

최우수 폐기물의 재탄생, 업사이클링
동국대학교 | 최유리, 이태훈, 이효진, 함형택
탐방국 | 영국

최우수 지속 가능한 독일의 1인 창조기업 정책 및 혁신 요소
성균관대학교 | 강두석, 김윤준, 이바우, 정다혜
탐방국 | 독일

최우수 'Unsafe is Safe' Shared Space의 한국식 도입 모색
한양대학교 | 이준호, 강서나, 김재협, 전하영
탐방국 | 영국, 벨기에, 네덜란드, 독일, 스위스

우수 독일의 물 절약 시스템을 찾아서!
한국외국어대학교 | 신승호, 김태영, 이아름, 유가은
탐방국 | 독일

우수 IT와 미디어의 융합, 저널 퍼블리싱의 미래를 보다
숙명여자대학교 | 최자령, 원지현, 서승희, 홍지연
탐방국 | 미국

우수 청년실업, 유럽의 노동정책에서 해법 찾기
한동대학교 | 김현진, 김진솔, 이소랑, 김현수
탐방국 | 독일, 영국, 덴마크, 벨기에, 네덜란드

우수 대학생 주거 문제 대안
고려대학교 | 현소영, 김지혜, 김효선, 김성은
탐방국 | 미국, 캐나다

우수 전방 문화재미터를 사수하라-문화재 주변 경관 보전 연구
이화여자대학교 | 김민영, 남유선, 권수진, 한은지
탐방국 | 독일, 영국, 프랑스

특별 M2M으로 소통하라
동국대학교 | 김원호, 유민철, 황희재, 김동욱
탐방국 | 네덜란드, 덴마크, 영국

STEAM 교육을 위한 디자인 기반 과학융합 교육 컨텐츠 개발 및 활용 방안
중앙대학교 | 김다운, 김수형, 박찬아, 이진성
탐방국 | 핀란드, 영국, 프랑스

폐의약품의 효율적인 수거 시스템 정립
서강대학교 | 이병철, 안현수, 조혜진, 이상지
탐방국 | 스웨덴, 벨기에, 프랑스

미생물에 의한 문화재 훼손-훈증법을 대체할 보존과학
숙명여자대학교 | 조민지, 이가람, 최지혜, 이유나
탐방국 | 스웨덴, 덴마크, 영국, 프랑스, 이탈리아

미세조류를 이용한 바이오디젤 생산 공정의 경제성 확보
KAIST | 정희영, 이재호, 김현규, 김한새
탐방국 | 미국

Trash turns into Treasure
서울시립대학교 | 김은영, 임혜민, 김보현, 임은숙
탐방국 | 영국, 스웨덴, 독일

미생물 연료전지, 폐수에서 빛을 찾아라
성균관대학교 | 박연옥, 김수빈, 박우주, 노다승
탐방국 | 미국

과학의 물감으로 생명을 그리다
KAIST | 정필명, 박재선, 이유민, 정희정
탐방국 | 미국

생각을 현실로! 차세대 인터페이스, BMI
한양대학교 | 박찬희, 남창모, 권성근, 임소연
탐방국 | 미국

바이오 플라스틱 산업의 활성화 방안
성균관대학교 | 이진영, 서이레, 박서영, 신수빈
탐방국 | 이탈리아, 독일, 영국, 덴마크

대한민국 협동조합의 미래
인하대학교 | 이은혜, 문승훈, 곽대호, 곽나린
탐방국 | 이탈리아, 스위스, 영국

지속 가능 발전을 위한 마이다스의 손, 레미데어서 키우자
숙명여자대학교 | 조예운, 홍정아, 엄나연, 이유영
탐방국 | 호주, 뉴질랜드

생산적 복지국가의 구현-자활사업을 통한 접근
연세대학교 | 양선제, 이선우, 이나라, 오환철
탐방국 | 미국

다문화에 대처하는 우리의 자세-통합을 넘어 화합으로
아주대학교 | 이승학, 이홍эн, 민준호, 신은영
탐방국 | 미국, 캐나다

해외 사례 분석을 통한 국내 슬로패션 활성화 방안
고려대학교 | 오보람, 유인지, 김다연, 이지은
탐방국 | 영국, 아일랜드, 스위스

고령 운전자로 인한 문제와 대책
서울시립대학교 | 주영광, 김현길, 이유정, 도하원
탐방국 | 미국

시민과의 소통을 찾아-미디어파사드콘텐츠의 발전 방향
성신여자대학교 | 김경진, 권다영, 김희정, 송화연
탐방국 | 영국, 오스트리아, 독일, 핀란드

해외소재 한국문화재를 이용한 한국의 문화 경쟁력 강화
경북대학교 | 구본학, 송윤상, 최재웅, 서호연
탐방국 | 영국, 프랑스, 네덜란드, 독일

한국 다문화 축제의 올바른 방향
명지대학교 | 조동희, 조한솔, 윤다혜, 김신혜
탐방국 | 호주

19기 2013년 | 팀 구성 인원 4명, 총 30팀, 대원 수 120명

대상 사막의 회복을 위한 치료법, 미생물에서 찾다
한동대학교 | 방성제, 김주예, 조윤제, 박경원
탐방국 | 프랑스, 독일, 네덜란드, 영국

최우수 열전소자를 활용한 친환경 데이터센터 프로젝트
동국대학교 | 심현철, 박태연, 강경석, 이희재
탐방국 | 미국

최우수 아동완화의료 도입-아동완화의료 본고장 영국 탐방
연세대학교 | 이가영, 김은민, 강원석, 박재영
탐방국 | 영국, 아일랜드, 스코틀랜드

우수 진실을 밝히는 과학의 힘, 한국 법과학 발전 방안 탐구
이화여자대학교 | 권소영, 이소민, 임초아, 최연지
탐방국 | 영국, 네덜란드, 프랑스, 스위스

우수 그린 게이미피케이션, 친환경에 '재미'라는 상상력을 더하다
고려대학교 | 백지연, 김진희, 이한별, 김현
탐방국 | 미국

우수 서체와 타이포그라피로 본 기업 및 국가의 아이덴티티
건국대학교 | 조중현, 이기탁, 이다은, 이서우
탐방국 | 독일, 네덜란드

특별 애플리케이션을 활용한 박물관의 혁신적인 서비스 모델
서강대학교 | 김요한, 김세영, 김예빈, 천용희
탐방국 | 미국

특별 한국 수용자 자녀 지원 시스템을 찾아서
국민대학교 | 박상미, 정참, 주영호, 김선웅
탐방국 | 미국

특별 바다의 청정에너지, 해상풍력발전의 첫걸음
KAIST | 노현채, 송영훈, 정유진, 강필웅
탐방국 | 독일, 덴마크, 노르웨이

특별 IT-패션 융합기술을 이용한 글로벌 패션 브랜드 만들기
건국대학교 | 김종민, 박준희, 박다정, 송태진
탐방국 | 독일, 영국, 스페인, 프랑스, 이탈리아

우주 선진국으로 가는 길, Way to Universe
KAIST | 이지은, 강재영, 손하늘, 오서희
탐방국 | 미국

빅데이터, 질병 예측의 미래를 이야기하다
아주대학교 | 김재형, 송선혜, 이현진, 김세진
탐방국 | 미국

게임 속에서 밖으로! 기능성 게임
한경대학교 | 유승훈, 권선아, 김지은, 이기상
탐방국 | 미국

감성을 요리하라-국내 감성 ICT 발전 방안
숭실대학교 | 원종진, 김민재, 김상현, 양훈석
탐방국 | 미국

카운트다운, 원전해체-그 시스템을 진단한다
부산대학교 | 이서린, 김수빈, 김정현, 이민주
탐방국 | 오스트리아, 독일, 프랑스, 영국

노인 복지용 Wearable Robot
성균관대학교 | 박규식, 정연수, 한충희, 홍나영
탐방국 | 미국

유리화기술과 방사성 폐기물 처리에 관한 새로운 방향
부산대학교 | 차건일, 박경관, 지승영, 고슬기
탐방국 | 프랑스

특허분쟁에 대응하여 국내 기업이 나아갈 방향
서울대학교 | 구상본, 김현승, 배원근, 이호영
탐방국 | 미국

지하에서 미래를 보다
숭실대학교 | 임혜진, 박성주, 안보영, 양선우
탐방국 | 캐나다, 미국

폐가전 제품으로부터의 희유금속 추출 방안
KAIST | 박재현, 이세찬, 이종범, 지민수
탐방국 | 영국, 벨기에, 독일, 오스트리아

중소기업 M&A 활성화를 위한 중개기관 발전 방향
한동대학교 | 양진욱, 김윤주, 장미롬, 신희수
탐방국 | 일본

사회 혁신의 길, 한국형 SIB 운영의 발전 방향
숙명여자대학교 | 이보라, 문샛별, 임정연, 장지원
탐방국 | 영국

성공창업 육성을 위한 방안
연세대학교 | 이누리, 김유식, 손열, 최준석
탐방국 | 이스라엘

감춰진 95%의 아이디어를 위하여
한동대학교 | 구혜빈, 황유선, 송시완, 채승찬
탐방국 | 스페인, 네덜란드, 영국, 노르웨이

수용자 자녀를 위한 멘토링 프로그램
연세대학교 | 이규원, 표지수, 백준욱, 한선아
탐방국 | 미국

환경, 경제의 앙상블 DMZ 생태관광 코스타리카에서 찾기
서울대학교 | 조효림, 봉하진, 지민규, 김정은
탐방국 | 코스타리카

베이비부머의 은퇴 후 삶의 질을 높이는 타임뱅크
한국외국어대학교 | 황은비, 권정은, 서보연, 전인혜
탐방국 | 영국

사회혁신채권의 창조적 적용, 그 +@를 찾아서
중앙대학교 | 차한솔, 최승환, 이재은, 최지영
탐방국 | 미국

국외소재 문화재 관리의 한국형 신모델 구축
서강대학교 | 채승권, 주희준, 김지연, 안재윤
탐방국 | 영국, 프랑스, 독일, 이탈리아

모두를 위한 음악교육-특수교육의 특별한 음악시간
서울대학교 | 이지예, 백고은, 석상아, 허정은
탐방국 | 영국, 스코틀랜드, 핀란드

20기 2014년 | 팀 구성 인원 4명, 총 35팀, 대원 수 140명

대상 해양 환경 보호 – 하얀 바다에 버섯을 심다
한동대학교 | 이규리, 이주연, 임평화, 한예정
탐방국 | 미국

최우수 모듈러건축, 삶을 지속시키는 네모난 희망
숭실대학교 | 김현수, 유슬기, 윤중연, 조종주
탐방국 | 호주, 뉴질랜드

최우수 별들을 지켜주세요
인하대학교 | 박철진, 신정윤, 양지혜, 최동은
탐방국 | 프랑스, 영국, 벨기에, 헝가리

우수 전기자동차 상용화를 위한 제도적 기술적 방안 탐색
국민대학교 | 김민주, 김영민, 유준상, 이준범
탐방국 | 독일

우수 모두가 편한 민원서식 리디자인
건국대학교 | 김영헌, 박기쁨, 심미현, 홍석인
탐방국 | 네덜란드, 영국

우수 번지다, 공유경제
부산대학교 | 김동영, 김영준, 김행덕, 최현정
탐방국 | 미국

특별 압전 에너지 하베스팅, 미세 진동을 전기에너지로
서울대학교 | 구현정, 김지원, 신선혜, 오유진
탐방국 | 미국

특별 무한한 전통 원형에 기반한 실험적 문화예술 콘텐츠 개발
서울예술대학교 | 최누리, 최영순, 현서연, 홍석훈
탐방국 | 영국, 그리스

특별 뇌과학과 마케팅의 만남, 뉴로마케팅의 새로운 길을 찾아서
성균관대학교 | 김홍지, 정혜민, 차민지, 홍다예
탐방국 | 영국, 독일, 스위스, 헝가리

특별 E-Bike 활성화 방안
한국항공대학교 | 구재준, 김현재, 민보미, 박다래
탐방국 | 영국, 네덜란드, 독일

글로벌 막걸리의 세계화를 위한 글로벌 전략
서강대학교 | 리사, 마헬, 아미카, 투르칸
탐방국 | 대한민국

수은 함유 폐기물, 100% 적정처리를 위한 방안 모색
부산외국어대학교 | 김민찬, 김유진, 이기훈, 김민찬
탐방국 | 일본, 대만

내 손 안의 식물, IOT와 식물양육이 접목된 힐링 서비스
동국대학교 | 권기현, 심미선, 유주원, 한성철
탐방국 | 네덜란드, 프랑스, 스위스, 스웨덴

초등학생 코딩교육 활성화
경희대학교 | 권지혜, 박민경, 장은지, 장혜진
탐방국 | 영국, 에스토니아

병든 마음을 치료하는 가상의 공간, Healing Space
아주대학교 | 김성래, 조성민, 조영윤, 조은정
탐방국 | 미국

한국형 해안 안전 시스템 필요성
성균관대학교 | 김재근, 이석희, 최진국, 한동욱
탐방국 | 네덜란드, 프랑스, 영국

시각 장애인을 위한 인공 시각 전달 시스템
서울과학기술대학교 | 김아름, 김언지, 박찬형, 신양재
탐방국 | 미국, 캐나다

BIM 시장 활성화를 위한 솔루션, BIM Cloud
세종대학교 일반대학원 | 신상윤, 안민규, 임진강, 정상아
탐방국 | 미국

지속 가능한 식품, 환경오염의 새로운 해결책이 되다
이화여자대학교 | 박수은, 윤시지, 이기은, 차지원
탐방국 | 미국

하늘에서 내려다본 녹색 도심, 옥상녹화
홍익대학교 | 박성연, 박우현, 신지혜, 이화진
탐방국 | 독일

3D프린터의 발전방향에 대한 연구
경희대학교 | 강상원, 김현, 박성준, 봉혜원
탐방국 | 미국

CLT의 국내도입 방안 모색
건국대학교 | 권종은, 김하정, 나호철, 박민규
탐방국 | 미국

실버 화장품 산업의 국내 시장 활성화를 위한 방안 제시
경북대학교 | 김지희, 박은미, 박지혜, 이수경
탐방국 | 영국, 프랑스

식용곤충 시장의 활성화를 위한 상품화 전략 모색
서울여자대학교 | 권소망, 마강희, 손소희, 이소정
탐방국 | 영국, 네덜란드, 벨기에, 프랑스

한국형 Industry 4.0의 인프라와 시스템 구축
연세대학교 | 양상윤, 유하림, 윤동규, 조정한
탐방국 | 독일, 이탈리아

고가도로와 Lost Space, 지속가능한 활용 방안 모색
성신여자대학교 | 김지연, 김지원, 전예슬, 한승희
탐방국 | 미국, 캐나다

인간공학적 시선으로 본 장애인의 이동권
울산과학기술대학교 | 신슬이, 이지현, 임정민, 장다희
탐방국 | 독일

상처받지 않을 권리, '대리외상'의 해결 방안을 찾아서
한동대학교 | 박유나, 이장희, 조마리아, 주환
탐방국 | 미국

산업유산 재활용을 통한 지역재생
카이스트 | 공서영, 연지수, 이종민, 임근우
탐방국 | 영국, 독일, 프랑스

한국의 고액기부 활성화를 위한 방안 제시
연세대학교 | 구세모, 박형은, 이혜민, 오정석
탐방국 | 미국

작가가 숨쉬는 문학생태계 조성을 위하여
이화여자대학교 | 고주연, 백고은, 석상아, 홍성민
탐방국 | 독일, 프랑스, 영국, 노르웨이

한국 중공업의 발전을 통해 산업·경제 시스템을 배우다
이화여자대학교 | 바쿠, 범, 에라, 엔자
탐방국 | 대한민국

환경 파괴 없이 얻은 에너지
배재대학교 일반대학원 | 라마, 루시, 제니스, 파울라
탐방국 | 대한민국

한국프로야구 마케팅 전략의 세계 스포츠산업 도입 방안
서울대학교 | 아크바르, 아식, 이르ान, 조심열
탐방국 | 대한민국

한국 전통역사 축제 탐방기, 지역축제의 세계화 방안 모색
연세대학교 | 루이, 모니카, 요코, 유우키
탐방국 | 대한민국

21기 2015년 | 팀 구성 인원 4명, 총 35팀, 대원 수 140명

대상 살아있는 식물에서 전기에너지를 얻다
한동대학교 | 안정환, 손단아, 강윤하, 김예슬
탐방국 | 프랑스, 독일, 네덜란드

최우수 떡 시크릿 : The revealing of Tteok's secrets
연세대학교 | SORANAKOM RACHATA, BAATARNYAM ANUJIN,
NGUYEN PHUONG DUNG, GRUDINSHI SABINA
탐방국 | 한국

최우수 실크 + 엽록소 = 미세먼지 해결공식
한동대학교 | 김대현, 김승윤, 김태신, 황지영
탐방국 | 미국

최우수 커피찌거기를 활용한 바이오매스 에너지
명지대학교 | 이가희, 박장우, 공민지, 강지호
탐방국 | 영국, 스위스

우수 동물매개 프로그램을 활용한 재범방지책
연세대학교 | 김우정, 류현재, 김형민, 고유리
탐방국 | 미국

우수 세계를 하나로 잇는 길 World Wide Water Grid
KAIST | 김예은, 천선정, 최승주, 박미소
탐방국 | 인도, 싱가포르, 중국

우수 한국 맞춤형 소방드론 도입 방향 연구
서강대학교 | 박경록, 현재훈, 남성현, 서동찬
탐방국 | 영국, 네덜란드, 독일, 스페인

특별 불가사리 단백질을 이용한 접착제
동아대학교 | 박혜진, 이현주, 이창우, 김동우
탐방국 | 미국

특별 3D Printer를 이용한 고령자식품 상품화 방향 모색
중앙대학교 | 신택수, 윤석현, 이경석, 안태혁
탐방국 | 덴마크, 독일, 네덜란드, 오스트리아, 이탈리아

특별 BOP시장 진출 활성화를 위한 비즈니스 플랫폼 구축
홍익대학교 | 표동열, 유형규, 조서희, 김선미
탐방국 | 페루, 칠레

특별 솔라키오스크 사례를 통한 신재생에너지 개발협력사업
경희대학교 | 엄주석, 허준, 윤정혜, 이선주
탐방국 | 독일, 영국

바이오촤(Bio-Char) : 음식물폐기물 자원화
서울여자대학교 | 박지아, 조민지, 이주은, 김나연
탐방국 | 독일, 벨기에, 영국, 프랑스

닭털 플라스틱으로 지구를 치유하다
서강대학교 | 김혜린, 이서영, 이윤석, 정원우
탐방국 | 미국, 멕시코

노인복지를 위한 IoT, Smart Bed
인하대학교 | 라웅균, 박영범, 김형필, 강지웅
탐방국 | 핀란드, 스웨덴, 영국, 프랑스, 독일

사회적 유대감을 높여주는 도시 Playable City
아주대학교 | 염태훈, 김성진, 최지원, 정희성
탐방국 | 영국

사물인터넷(IoT)을 활용한 도시환경 문제의 '해결책'
한양대학교 | 변보선, 이동영, 조인영, 장혜린
탐방국 | 영국, 아일랜드, 스페인

Self Healing Road를 통한 도로 환경 및 경제성 확보
서울과학기술대학교 | 김보석, 이보미, 정인웅, 이혜진
탐방국 | 네덜란드, 영국, 독일

마비환자들을 위한 국내 엑소스켈레톤 발전방안
경북대학교 | 김수연, 우병준, 박성희, 이유정
탐방국 | 미국, 캐나다

딥러닝 기술적용의 국내 활성화 방안
중앙대학교 | 성원기, 이태중, 한지민, 임지윤
탐방국 | 미국

공학교육 패러다임의 터닝포인트, 2015
이화여자대학교 | 박슬기, 문지현, 임수영, 조수정
탐방국 | 핀란드, 독일, 스위스, 프랑스

핵융합 에너지 상용화를 앞당기기 위한 기술과 제도 탐색
KAIST | 서다솔, 진승욱, 홍세원, 김상현
탐방국 | 미국, 캐나다

농촌형 마이크로 브루어리 사업을 통한 농가 소득 증진
서울대학교 | 주민지, 노정우, 윤재윤, 이지예
탐방국 | 미국

서바이벌 스타트업, 서식지에 안착
한동대학교 | 이민아, 조한길, 허수진, 최현우
탐방국 | 미국

주민참여형 Zero Energy Village
한림대학교 | 김찬미, 이명진, 김재남, 권태은
탐방국 | 덴마크, 독일

비콘, 장애인의 길을 밝히다
단국대학교 | 김용현, 조연희, 김준호, 고병학
탐방국 | 독일, 네덜란드, 영국

행복한 공유주거, 시니어 콜렉티브 하우징
한양대학교 | 신예은, 이서연, 최수원, 임다영
탐방국 | 일본

핀테크로 실천하는 기부의 일상화
경북대학교 | 이창훈, 유현지, 김수현, 김도연
탐방국 | 독일, 네덜란드, 영국

Reverse Vending Machine을 통한 재활용 패러다임
서울과학기술대학교 | 원서윤, 김윤아, 여수진, 이유진
탐방국 | 독일, 네덜란드, 영국

한국 패션 정체성 확립을 위한 K-패션박물관 건립 방안
경희대학교 | 서수영, 민송주, 이연수, 최가은
탐방국 | 영국, 프랑스, 이탈리아

공중전화부스 재사용을 통한 문화예술 소통 프로젝트
가천대학교 | 최웅식, 임우일, 허주연, 강수경
탐방국 | 영국, 독일

이끼, 회색도시를 물들이다
한국교통대학교 | 김진호, 허현석, 손현경, 장승혁
탐방국 | 미국

작은 화장로 보이는 넓은 세상
동국대학교 | ZHANG CHU, JIN HONG SHI,
VAIDULLAEVA ZUKHRA, FOFANA ALGASSIMOU
탐방국 | 한국

한방약재를 통해 꿈꾸는 한국화장품의 미래
서울대학교 | Andra Cristina Albusoiu, Jorge Enrique Mardones
Carpanetti, Sithiphone Sithoumphalath, Gabriel Ruiz Benito
탐방국 | 한국

교통강국 대한민국의 도로 운영 시스템
대구대학교 | Franck Kimetya, Sunduijav Chantsaldulam,
Bauma Frigeant Bitamba, Destalem Tesfay
탐방국 | 한국

다문화 가정 자녀의 한국사회 적응 문제 및 해결방안
이화여자대학교 | PengXiaoyi, YANG FEIFEI, ZHANG YIHONG,
ZHAO QING
탐방국 | 한국

21년 역사를 이룬
LG글로벌챌린저만의 특별한 도전기

세계를 꿈꾸며
열정으로 걷다

2016년 1월 8일 초판 발행

지은이	2015년 LG글로벌챌린저 대원들
발행인	송민지
디자인 / 제작	(주)피그마리온
펴낸곳	도서출판 피그마리온
	서울시 마포구 양화로12길 26(서교동, 2층)
	전화 02-516-3923
	팩스 02-516-3921
	www.pygmalionbooks.com
등록번호	제313-2011-71호
등록일자	2009년 1월 9일

ISBN 979-11-85831-15-2
정가 16,000원

※ 잘못 만들어진 책은 구입하신 서점에서 교환해 드립니다.